中國古典文學基本叢書

玉臺新詠箋注

上册

〔陳〕徐　陵編
〔清〕吴兆宜注
程琰删補
穆克宏點校

中華書局

圖書在版編目(CIP)數據

玉臺新詠箋注:典藏本/(陳)徐陵編;(清)吴兆宜注;(清)程琰删補;穆克宏點校. —北京:中華書局,2017.4
(2020.8 重印)
(中國古典文學基本叢書)
ISBN 978-7-101-12249-7

Ⅰ.玉… Ⅱ.①徐…②吴…③程…④穆… Ⅲ.古典詩歌-詩集-中國 Ⅳ.I222

中國版本圖書館 CIP 數據核字(2016)第 259131 號

中國古典文學基本叢書
玉臺新詠箋注(典藏本)
(全二册)
〔陳〕徐 陵 編
〔清〕吴兆宜 注
〔清〕程琰 删補
穆克宏 點校

*

中 華 書 局 出 版 發 行
(北京市豐臺區太平橋西里 38 號 100073)
http://www.zhbc.com.cn
E-mail:zhbc@zhbc.com.cn
北京市白帆印務有限公司印刷

*

850×1168 毫米 1/32 · 20½印張 · 4 插頁 · 310 千字
2017 年 4 月北京第 1 版 2020 年 8 月北京第 2 次印刷
印數:3001–4500 册 定價:98.00 元

ISBN 978-7-101-12249-7

玉臺新詠卷十

陳尚書左僕射太子少傅東海徐陵孝穆編

吴江吴兆宜顯令原注

長洲程琰東治刪補

古絶句四首

〔按〕襍曲歌詞又齋云此卷甚佳四首更古雅

藁砧今何在，山上復有山。何當大刀頭，破鏡飛上天。〔嚴羽〕滄浪詩話此僻辭隱語也〔許顗〕彥周詩話藁砧何在言夫也山上復有山言出也何當大刀頭破鏡飛上天言月半當還也

日暮秋雲陰，江水清且深。何用通音信，蓮花瑇瑁簪。

菟絲從長風，根莖無斷絶。〔周處〕風土記仲夏長風扇暑〔注〕此節東南常有風俗名黃

清乾隆三十九年刻本《玉臺新詠箋注》

玉臺新詠卷第一

陳尚書左僕射太子少傅東海徐陵字孝穆撰

古詩八首

上山采蘼蕪下山逢故夫長跪問故夫新人復何如新人雖言好未若故人姝顏色類相似手爪不相如新人從門入故人從閤去新人工織縑故人工織素織縑日一匹織素五丈餘將縑來比素新人不如故

凜凜歲云暮螻蛄夕鳴悲涼風率已厲遊子寒無衣錦衾遺洛浦同袍與我違獨宿累長夜夢想見容輝良人惟古歡枉駕惠前綏願得常巧笑攜手同車歸既來不須臾又不處重闈諒無晨風翼焉得凌風飛眄睞以適意引領遥相睎

明趙均小宛堂覆宋本《玉臺新詠》

點校説明

《玉臺新詠》十卷，南朝陳徐陵編。徐陵（公元五〇七——五八三年），字孝穆，東海郯（今山東郯城縣）人。他「八歲屬文，十三通莊老義。及長，博涉史籍，從横有口辯」①。在梁時，初爲東宫學士，後爲通直散騎侍郎。梁武帝太清二年（公元五四八年），他以兼通直散騎侍郎的身份出使北魏，被扣留不讓回來。後入陳，歷任五兵尚書、尚書左僕射、中書監、左光禄大夫、太子少傅等職。陳後主至德元年卒，年七十七。徐陵早年與父摛和庾肩吾、庾信父子出入梁太子蕭綱的東宫，寫作宫體詩，很受寵愛。因詩文綺豔，當時稱爲「徐庾體」。入陳以後，當時的文檄、軍書及受禪詔策，皆出自其手，被視爲「一代文宗」。他的文章「緝裁巧密，多有新意」②，頗能改變舊體。著有《徐孝穆集》三十卷，今存六卷。

《玉臺新詠》是我國古代的一部詩歌總集。唐劉肅説：「梁簡文帝爲太子，好作豔詩，境内化之，浸以成俗，謂之宫體。晚年改作，追之不及，乃令徐陵撰《玉臺集》以大其體。」③據此，可知《玉臺新詠》（又稱《玉臺集》）編於梁朝。這一點，可以在書中找到證明，書中稱梁簡文帝蕭綱爲皇太子，稱梁元帝蕭繹爲湘東王，説明此書是在蕭綱爲皇太子、蕭繹爲湘東王時，大約是在梁朝末年編成的。但是，爲什麽書中題爲「陳尚書左僕射太子少傅東海徐陵孝穆撰」呢？顯然這是後人所加的。劉勰的《文心雕龍》撰成於齊朝，書中卻題爲「梁劉勰撰」，情況與此相同。至於書中梁武帝稱謚號、國號，邵陵王等書名，也都是後人追改的。

梁朝的宫體詩盛極一時，當時不僅最高統治者蕭衍、蕭綱、蕭繹父子大量創作宫體詩，那些封建官僚也傾力寫作。《南史·梁簡文帝紀》云：「（簡文帝）雅好賦詩，其自序云：『七歲有詩癖，長而不倦。』然帝文傷於輕靡，時號『宫體』。」《南史·徐摛傳》云：「（徐摛）屬文好爲新變，不拘舊體。……摛文體既别，春坊盡學之。『宫體』之號，自斯而始。」唐杜確《岑嘉州集序》云：「梁簡文帝及庾肩吾之屬，始爲輕浮綺靡之辭，名曰『宫體』，自後沿襲，務爲妖豔。」君主愛好，臣僚附和，這就造成了「宫體所傳，且變朝野」的局面。《玉臺新詠》就是在這種環境中産生的。

《玉臺新詠》的主要内容是寫閨情，所收的詩多數是豔詩，即宫體詩。徐陵在《玉臺新詠序》中説：「撰録豔歌，凡爲十卷。」明胡應麟説：「《玉臺》但輯閨房一體。」④清紀容舒指出：「按此書之例，非詞關閨闥者不收。」⑤這是此書在内容上的特點。在宫體詩的作者中，蕭綱是有代表性的，本書收入他的詩竟達一百零九首之多，如《倡婦怨情》、《和徐録事見内人作卧具》、《戲贈麗人》、《和湘東王名士悦傾城》、《美人晨妝》、《詠美人觀畫》、《詠内人晝眠》、《春夜看妓》等詩，都是典型的宫體詩，反映了當時統治階級荒淫的生活。他們的詩以華美雕琢的形式掩蓋淫靡、放蕩的内容，實在是詩歌的墮落。《隋書・文學傳序》斥爲「亡國之音」，不是没有道理的。這種詩風延續到陳、隋，以至初唐，影響是惡劣的。然而，我們還應該看到，本書中有不少詩並非宫體詩，只因「篇中字句有涉閨幃」⑥，雖内容全不相干，也被收録，因此收入了不少優秀詩篇。例如《日出東南隅行》，揭露了封建官僚的荒淫無耻的面目，塑造了一個堅貞美麗的婦女形象。《羽林郎》歌詠一個胡姬拒絶金吾子的調戲和引誘，表現了她反抗强暴的精神和堅貞不屈的品格。《怨詩》以扇比喻女子，反映了封建社會婦女的不幸的命運。《皚如山上雪》寫一個女子對負心男子表示決絶，指責那個男子只看重金錢，而不看重愛情。《上山采蘼蕪》寫一個棄婦的哀怨，反映了封建社會婦女被壓迫的地位。《古詩爲焦仲卿妻作》叙述漢末廬江小吏焦仲卿和妻子劉蘭芝，因受封建禮教的壓迫而致死的悲劇，揭露了封建禮教吃人的罪惡，歌頌了他們的反抗精神。這些優秀詩篇都是人們所熟悉的。此外，書中還選録了枚乘、張衡、曹植、阮籍、左思、鮑照、謝朓等著名詩人的作品以及其他一些佳作。這是《玉臺新詠》的主要價值所在。

《玉臺新詠》還有幾點是值得我們注意的：

一、在中國文學史上，漢魏六朝的總集、别集流傳下來的很少，許多詩歌都失傳了。《玉臺新詠》是《詩經》、《楚辭》以後最古的一部詩歌總集，它爲我們保存了大量的詩歌資料。例如本書選録了較多的樂府詩，這對保存梁朝以前的樂府詩起了一定的作用，像《古詩爲焦仲卿妻作》這樣的名篇，正是由於本書選録才保存下來的。另外，如曹植的《棄婦詩》、庾信的《七夕》，其本集皆失載，也因被選入本書而免於失傳。這是十分可貴的。以《玉臺新詠》和略早的《文選》相比較，《文選》這部詩文總集，它兼收詩文，因此所收的詩歌數量較少。《玉臺新詠》專收詩歌，選録詩歌達八百七十首之多，這樣，《玉臺新詠》就更值得我們重視了。

二、由於《玉臺新詠》成書在梁朝，當時編者能够見到的古書，後來有許多已散失了，所以今天我們可以用它來校訂其他古籍。如蘇伯玉《盤中詩》，馮惟訥的《古詩紀》把它定爲漢詩，本書列在晉代。又如古詩《西北有高樓》等九首，《文選》無作者姓名，本書認爲出自枚乘。《飲馬長城窟行》，《文選》亦無作者姓名，本書歸於蔡邕。諸如此類，皆可資考證。

三、《玉臺新詠》專選歌詠婦女的詩篇，這種選本在當時是没有前例的。又《文選》不選録生存者的作品，而《玉臺新詠》六、七、八三卷所選都是當時文士的作品，這種做法也不同一般。還有，《詩經》的詩篇按風、雅、頌分類，《文選》所選録的詩文按體裁分類，而本書所收的詩篇，卻以時代順序排列，不同於過去的總集。這是《玉臺新詠》的一些新的特點。

四、本書所收齊梁時代的一些宫體詩，在聲律、對偶、用典等方面已經相當成熟，這些對唐詩的發展有直接的影響。另外，本書卷九主要是選録七言歌行，卷十全部是五言二韻的古絶句，這對後世的七言詩創作和唐代絶句的發展也都會有一定的影響，同時，對我們研究漢魏六朝的七言歌行和古絶句也都提供了一些方便。

總之，《玉臺新詠》對我們研究漢魏六朝詩歌是頗有參考價值的。

《玉臺新詠》的刻本，宋以後是比較多的⑦。但是，注本只有吴兆宜一家。吴兆宜的箋注本引證頗博，箋注詳贍，只是有時繁而無當，又常常以後代的書注前代的事，也不盡允當。雖然如此，它對我們理解作品還是有一定幫助的。至於他把每卷中明代人濫增的作品退歸每卷之末，注明「已下諸詩，宋刻不收」，這是很可取的。據《四庫全書總目》記載，此書當時只有鈔本流傳，尚無刻本⑧。至清乾隆三十九年，才有程琰删補的吴兆宜箋注《玉臺新詠》刊行。程琰的删補本做的工作是「譌者悉正」、「删繁補闕」和「參以評點」，當時有人稱之爲「善本」⑨。本書即以乾隆三十九年刊行的程琰删補本爲底本。程琰删補本的原文據明趙均小宛堂覆宋本，與明嘉靖徐學謨海曙樓刊本校對同異。這次，我們又校以趙均小宛堂覆宋本《玉臺新詠》（簡稱趙氏覆宋本），參校了五雲溪館本《玉臺新詠》（簡稱五雲溪館本）、紀容舒《玉臺新詠考異》（簡稱紀氏《考異》）、嗚沙石室影印敦煌唐寫本《玉臺新詠》（簡稱唐寫本）、《太平御覽》、《藝文類聚》、《文苑英華》、《初學記》、《文選》、《樂府詩集》、《古樂府》、《古文苑》、《古詩紀》等書。在校勘中，凡是有參考價值的異文，皆出校記，能够斷定訛誤的，均在校記中注明，不逕改原文。紀氏《考異》參考了《玉臺新詠》的各種版本和一些書籍，詳加考辨，訂正了宋、明諸本的不少錯誤。近人徐乃昌的《玉臺新詠校記》參考衆本寫成，用力甚勤。這兩部著作在《玉臺新詠》的校勘上很有成績，本書的校勘記參考了他們的校勘成果。凡原本標注「一作某」者，有的已查明其所據版本，則重新寫入校勘記，其餘則仍存「一作」。注文部分，與清光緒五年宏達堂刻本、掃葉山房石印本（一九一五年版）、中華書局四部備要本、世界書局排印本（一九三五年版）等幾個通行的本子對讀一次⑩。在查閲了大量的注文所引用的書籍之後，我們發現注文錯誤竟達一百八十餘條。這些錯誤，各本大致相同。而有的錯誤是相當嚴重的，例如：卷二傅玄《秋蘭篇》注引《離騷》云：「秋蘭兮蘼蕪，羅生兮堂下。」這裏的「離騷」應作「九歌」。卷九秦嘉

《贈婦詩》注引《説文》云：「啾唧，小聲也。」「説文」應作「廣韻」。吴均《行路難》二首注引《離騷》云：「矢交墜兮士爭先。」「離騷」應作「九歌」。沈約《歲暮愍衰草》注引《離騷》云：「靡蓱九衢。」「離騷」應作「天問」。這是引文的題目搞錯了。又如卷一《古詩八首》注引郭璞《贊》云：「蘼蕪香草，亂之茶床，不懼其貴，自烈以芳。」「香」應作「善」，「茶」應作「蛇」，「懼」應作「隕」，「貴」應作「實」，「烈」應作「別」。《古詩爲焦仲卿妻作》注引李尤《正陽城門銘》云：「平門督月，午位處分。」「正陽」應作「平」，「月」應作「師」，「分」應作「中」。卷六吴均《梅花落》注引高誘《吕氏春秋注》云：「西交風曰颷風。」「高誘《吕氏春秋注》」應作「吕氏春秋」，「交」應作「方」，「颷」應作「飂」；又引吴均《周承未還重贈》云：「蓬姿霜雪來。」「霜雪來」應作「浮霜采」。卷七皇太子《紫騮馬》注引《莊子》云：「天下馬有成林，若亡若失，若喪若一。」「林」應作「材」，「亡」應作「卹」，「若一」之「若」應作「其」。卷八劉孝威《怨》注引《戰國策》云：「解綍衣之羃之。」「綍」應作「紵」，「之羃」應作「以羃」。卷九梁武帝《遊女曲》注引崔駰《上録》云：「飛閣重樓。」「上録」應作「七依」。這是鈔刻錯的。如此等等，不一而足。對這些明顯的錯誤，我們都予以改正。限於水平，這次點校，可能還有不少疏漏和錯誤，歡迎讀者和專家們批評指正。

在本書點校過程中，中華書局文學編輯室的同志提出了不少寶貴的意見，並補輯序跋二十八篇作爲附録，爲本書增色不少，謹此致以謝忱。

穆克宏

一九八三年九月

①《南史·徐陵傳》。

②《南史·徐陵傳》。

③《大唐新語》卷三。

④《詩藪·外編》卷二。

⑤《玉臺新詠考異》卷九。

⑥《玉臺新詠考異》卷九。

⑦參閲《增訂四庫簡明目録標注》卷十九。

⑧《四庫全書總目提要》卷一四八《庾開府集箋注十卷》條云：「兆宜，字顯令，吴江人，康熙中諸生。嘗注徐、庾二集，又注《玉臺新詠》、《才調集》、《韓偓詩集》。今惟徐、庾二集刊板行世，餘惟鈔本僅存云。」

⑨見本書阮學濬跋語。

⑩近成都古籍書店出版的吴兆宜注《玉臺新詠》是根據世界書局排印本影印的。

目録

玉臺新詠箋注卷第二

玉臺新詠箋注卷第三

玉臺新詠箋注卷第四

玉臺新詠箋注卷第五

玉臺新詠箋注卷第六

玉臺新詠箋注卷第七

玉臺新詠箋注卷第八

玉臺新詠箋注卷第九

玉臺新詠箋注卷第十

玉臺新詠序

案：王逸《九思》：登太乙兮玉臺。晉陸機《塘上行》：發藻玉臺下。注：玉臺，以喻婦人之貞。

陳尚書左僕射太子少傅東海徐陵孝穆撰

按：《陳書·徐陵傳》云：太建三年，遷尚書左僕射。後主即位，遷太子少傅。《大唐新語》云：梁簡文爲太子，好作豔詩，境内化之。晚年欲改作，追之不及，乃令徐陵撰《玉臺集》以大其體。檢此，則是書之撰，實在梁朝，可以明證。署名如是，明是後人所加也。又：此書陵在梁朝所纂，銜名乃後人所加，即以陳代所歷官階題之，亦無不可。但陵官終于中書監，不終于尚書左僕射。考陵末年所加之階及兼領之官職，應全書之云「陳中書監、左光禄大夫、太子少傅」，方爲完全，然舊本相沿如此，今姑仍之。

夫一無「夫」字。凌雲概日，由余之所未窺；千門萬户，張衡之所曾賦。周王璧臺之上，漢帝金屋之中，玉樹以珊瑚作枝，珠簾以玳瑁爲押，按：舊本作「匣」。其中有麗人焉。其人也，一無「也」字。五陵豪族，充選掖庭；四姓良家，馳名永巷。亦有潁川、新市，河間、一作「澗」。觀津，本號嬌娥，曾名巧笑。楚王宫裏，一作「内」。無不推其細腰；衛一作「魏」。國佳人，俱言訝其纖手。閱詩敦禮，豈一作「非直」。東鄰之自媒；婉約風流，一有「無」字。異西施之被教。弟兄協律，生按：一作「自」。小學歌；少長河陽，由來能舞。琵琶新曲，無待石崇；箜篌雜引，非關一作「因」。曹植。傳鼓瑟於楊家，得吹簫於秦女。至若寵聞長樂，陳后知而不平；畫出天仙，閼氏覽而遥妒。至如按：一作「乃」。東鄰巧笑，來侍寢于更衣；西子微顰，得一作「將」。横陳於甲帳。陪遊馺娑，騁纖腰於結風；長樂鴛鴦，奏新聲於度曲。妝鳴蟬之薄鬢，按：一作「髩」。照墮馬之垂鬟。反插金鈿，横抽寶樹。南都石黛，最發雙蛾；北地燕脂，一作「支」。偏開兩靨。亦有嶺上仙童，分丸魏帝；腰中寶鳳，授曆軒轅〔一〕。金星將一作「與」。婺女爭華，麝月與一作「共」。嫦娥競爽。驚鸞冶袖，時飄韓掾之香；飛燕長裾，宜結陳王之珮。雖非圖畫，入甘泉而不分；言異神仙，戲陽臺而無别。真可謂傾國傾城，無對無雙按：一作「無雙無對」。者也。加以天時一作「精」。開朗〔二〕，逸思雕華，妙解文章，尤工詩賦。瑠璃硯匣，終日隨身；翡翠筆牀，無時離手。清文滿篋，非惟芍藥之花；新製連篇，寧止蒲萄之樹。九日登高，時有緣情之作；萬年公主，非無累按：一作「誄」。德之辭。其佳麗也如彼，其才情也如此。既而椒宮一作「房」。宛轉，柘館陰岑，絳鶴晨嚴，銅蠡晝靜。三星未夕，不事懷衾；五日猶賒，一作「餘」。誰能理曲。優游少託，寂寞多閑。厭長樂之疏鐘，勞中宫之緩箭。纖腰一作「輕身」。無力，怯南陽之擣衣；生長深宫，笑扶風之織錦。雖復投壺玉女，爲觀一作「歡」。盡於百驍；按：一作「嬌」，非是。爭博齊姬，心賞窮於六箸。按：一作「著」。無怡神於暇景，惟屬意於新詩。庶按：一作「可」。得代彼臯按：本集作「萱」。蘇，微蠲愁疾。但往世名篇，當今巧製，分諸麟閣，散在鴻都。不籍篇章，無由披覽。於是，燃脂暝寫，弄筆一作「墨」。晨書，撰録豔歌，凡爲十卷。曾無忝於雅頌，亦靡濫於風人，涇渭之間，若斯而已。於是，麗以金箱，裝之寶軸。三臺妙迹，龍伸蠖屈之書；五色花箋，河北膠東之紙。高樓紅粉，仍定魚魯之文；辟惡生香，聊防羽陵之蠹。靈一作「雲」。飛太按：一作「六」。甲，高擅玉函；鴻烈按：一作「列」。仙方，長推丹枕。至如青牛帳裏，餘曲既按：一作「未」。終；朱鳥窗前，新妝已竟，方當開兹縹帙，散此縚繩，永對翫于書帷，長循環於纖手。豈如鄧學《春秋》，儒者之功難習；竇專一作「傳」。黄老，金丹之術不成。因一作「固」。勝西蜀豪家，託情窮於魯殿；東儲一作「臺」。甲觀，流詠按：一作「比興」。止于洞簫。變彼諸姬，聊同棄日，猗歟彤管，無或譏焉。一作「麗矣香奩」。

按：《奇賞》云：繡口錦心，又香又豔，文士浪稱才情，顧此應愧。又齊云：雲中彩鳳，天上石麟，即此一序，驚才絶豔，妙絶人寰。序言「傾國傾城，無雙無對」，可謂自評其文。○序文舊有注，今因徐箋中吴注有專刻，兹不更録。

〔一〕紀氏《考異》：「四句與下文不屬，疑有脱落。」

〔二〕「時」，《文苑英華》作「晴」，紀氏《考異》、今本《藝文類聚》均作「情」。紀氏《考異》：「案《魏書·崔光傳》『天情沖謙，動容祇愧』，《齊書·王文殊傳》曰『婚義滅于天情，官序空于素抱』，庾信《譙國夫人步陸孤氏墓誌》曰『敬愛天情，言容禮典』，則『天情』二字本南北朝之習語，蓋訛『情』爲『晴』，又訛『晴』爲『時』耳。」

考訂姓氏

長洲彭啟豐芝庭
華亭張鳳孫寶田
嘉定王鳴盛西莊
休寧汪啟淑秀峰
丹徒王文治夢樓
南豐邱　漣悔菴
吳縣陳樹華治泉
長洲蔣業晉立崖
休寧吳　賢魯齋
元和顧宗泰星橋
蒲城雷國楫松舟
丹徒茅元銘耕亭

天台齊召南息園
嘉定錢大昕辛楣
長洲吳泰來竹嶼
吳縣沙維杓白岸
建水李鳳彩五峰
元和陳初哲永齋
長洲李　棨滄雲
嘉定王鳴韶鶴谿
吳縣吳　俊蠡濤
青浦陸伯焜璞堂
元和蔣麟書香涇
長洲顧紹祖東橋

全椒金兆燕椶亭　華亭張夢喈玉壘
長洲蔣謝庭雲隈　蘇州孫國泰顧崖
元和陳希哲雲濤　南匯吴省蘭泉之
吴縣潘元振蓉湖　上海薛龍光少文
寶山范起鳳瘦生　吴縣繆　瑍緑疇
長洲陸如范繡巖　元和顧元鰲海占
上海朱　霞友梅　吴縣朱日望南橋
吴縣范來宗翰尊　武進楊　隲酨音
元和顧　葵景園　昭文黄叔燦牧村
蘇州陳位中懷軒　吴江陳毓咸芝房
吴縣黄有山鰲峰　元和馮　培仁宇
嘉定諸廷槐佃楞　吴縣董　溹半舫
元和朱邦瑾墨畦　上海曹錫端菘畦
休寧汪　堪楞伽　蘇州李秉德涪江
吴縣陸　昶梅垞　武進趙懷玉琬亭

長洲金鳳翔虚谷　吴縣金　梅花洲
平湖馮　錕含輝　元和高景光自柏
吴縣張嵩三畯田　蘇州宋思敬秋崖
元和薛之鈞菜園　吴縣吴樹萱少甫
華亭王　鼎條山　青浦徐薌坡蒼林
吴縣郭一臨晴川　昭文江藻鑑仙洲
上海彭元度若春　寶山范洪鑄立堂
震澤費奎勳尚莘　蘇州袁　照春鋤
華亭楊開基銕齋　奉賢顧鴻志學遜
吴縣潘元揚顒槎　嘉定王元勳叔華
長洲吴　雲潤之　婁縣汪　熙笠夫
歙縣汪　昶午亭　吴縣王富學寄村
大興吴天佑驤衢　崑山諸世器竹莊
吴縣程志道又川　無錫秦　儀梧園

嘉定朱綿生鳴初　吴縣陸邦泰春岸
蘭溪諸葛誥鳳銜　元和王枚吉碧澄

玉臺新詠箋注卷一

古詩八首

上山采蘼蕪，下山逢故夫。《本草》：蘼蕪，芎藭苗也。生雍州川澤及冤句。四月、五月采葉暴乾。陶隱居云：今出歷陽，處處亦有，人家多種之，葉似蛇牀而香。《管子》：五沃之土，生蘼蕪。《廣志》：蘼蕪，香草。魏武帝以藏衣中。郭璞《贊》：蘼蕪善草，亂之蛇牀。不隕其實，自別以芳。**長跪問故夫：「新人復何如？」**劉熙《釋名》：跪，危也。兩膝隱地，體危俛也。《穆天子傳》：膜拜而受。注：長跪，拜也。《吳越春秋》：女子知子胥非常人，長跪以餐與之。樂府：白兔長跪擣蝦蟇丸，奉上陛下一玉柈。蔡琰《悲憤詩》：託命于新人。**「新人雖言好，未若故人姝。**《韓詩外傳》：居處齊則色姝，飲食齊則氣珍。毛萇《詩傳》：姝，美色也。揚雄《方言》：姝，好也。李陵《答蘇子卿書》：幸謝故人。**顏色類相似，**按：《藝文》作「其色似相類」。**手爪不相如。」**《漢·外戚傳》：李夫人曰：「顏色非昔。」《説文》：爪，本爲抓爪之爪，非手足甲也。按：下文「織縑」、「織素」，正見「手爪不相如」意。**「新人從門入，故人從閤去。」**《爾雅》：小閨謂之閤。**「新人工織縑，故人工織素。**《釋名》：縑，兼也。其絲細緻，數兼於布絹也。細緻染縑爲五色，細且緻不漏水也。又：素，朴素也。已織則供用，不復加巧飾也。又：物不加飾皆自謂之素，此色然也。**織縑日一匹，織素五丈餘。**《小爾雅》：倍兩謂之疋。二丈謂倍，兩，四丈也。**將縑來**按：《藝文》作「持縑將」。**比素，新人不如故。」**

凜凜按：一本作「廩」。**歲云暮，螻蛄多鳴悲。**按：《文選》作「夕鳴悲」，一本作「悲鳴」。善曰：《說文》：「凜，寒也。」《方言》：「南楚或謂螻蛄爲螻。」《廣雅》：「螻蛄，蛄也。」按：《爾雅疏》：螜，一名天螻，一名碩鼠，即今之螻蛄也。劉向《別録》：鄒衍言黄帝土德，有螻蛄如牛以應之。**涼風率已厲，遊子寒無衣。**善曰：杜預《左傳注》：厲，猛也。無衣，見《毛詩》。《漢書》：高祖曰：「遊子悲故鄉。」**錦衾遺洛浦，同袍與我違。**錦衾，見《毛詩》。《漢・地理志》雒陽注：周公遷殷民，是爲成周。《春秋》：昭公二十一年，晉合諸侯於狄泉，以其地大成周之城，居敬王。莽曰宜陽。師古曰：魚豢云：漢，火行，忌水，故「洛」去「水」而加「隹」。如魚氏說，則光武以後改爲「雒」字也。《說文》：浦，水濱也。《風土記》：大水有小口別通曰浦。**獨宿累長夜，寤想見容暉。**按：宋本作「煇」。後倣此。《毛詩箋》：敦敦然獨宿于車下，此誠有勞苦之心。《楚辭》：襲長夜之悠悠。《琴操》：聶政之妻曰：「聶政出遊，七年不歸，吾嘗夢想思見之。」《漢書・王莽傳》：夙夜夢想。梁吴均《答柳惲》詩：左右生容暉。蓋本此。**良人惟古懽，枉駕惠前綏。**善曰：劉熙曰：「婦人稱夫曰良人。」按：《選》言：良人念昔之懽愛，故枉駕而迎己，惠以前綏，欲令升車也。故下云攜手同車。**願得長巧笑，攜手同車歸。**古詩：「不念攜手好。」**既來不須臾，又不處重闈。**善曰：《楚辭》：「何須臾而忘反。」張銑曰：闈，閨門也。**諒無鷐**一作「晨」。**風**

翼，焉能凌五臣作「陵」。**風飛**〔一〕？善曰：《爾雅》：「晨風，鸇也。」《莊子》：「鵲凌風而起。」**眄睞以適意，引領遥相睎。**善曰：《左傳》：「穆叔謂晉侯曰：『引領西望。曰：庶幾乎？』」吕延濟曰：眄睞，邪視也。睎，望也。**徙倚懷感傷，垂涕霑雙扉。**李周翰曰：扉，門扇也。司馬相如《長門賦》：間徙倚於東箱兮。《東觀漢記》：丁鴻感悟垂涕。按：以下四首俱入《文選》，此係《十九首》之第十六首。

〔一〕「能」，趙氏覆宋本作「得」。

冉冉孤生竹，結根泰山阿。翰曰：冉冉，漸生進貌。善曰：《風賦》：「緣太山之阿。」張衡《南都賦》：結根竦本。按：《選》注：竹結根于山阿，喻婦人托身於君子也。**與君爲新婚，菟絲附女蘿。**善曰：毛萇《詩傳》：「女蘿，松蘿也。」《毛詩草木疏》：「今松蘿蔓松而生，而枝正青，兔絲草蔓聯草上，黄赤如金，與松蘿殊異。此古今方俗，名草不同，然是異草，故曰附也。」**菟絲生有時，夫婦會有宜。**善曰：《倉頡篇》：「宜，得其所也。」**千里遠結婚，悠悠隔山陂。**《漢·蕭望之傳》：萬里結婚。善曰：《説文》：「陂，阪也。」**思君令人老，軒車來何遲！**杜預《左傳注》：軒，大夫車。服虔云：車有藩曰軒。**傷彼**按：一作「披」。**蕙蘭花，含英揚光輝。**《説文》：蘭，香草也。《山海經》：天帝之山，其下多蕙。外山之下，其草蕙。毛萇《詩傳》：英，猶華也。**過時而不采，將隨秋草萎。**善曰：《楚辭》：「秋草榮其將實，微霜下而夜殞。」**君亮執高節，賤妾亦何爲？**善曰：《爾雅》：「亮，信也。」《列女傳》：齊母乃作詩，以砥礪女之心，高其節。《左傳》：晉文公有賤妾曰燕姞。按：此係《十九首》之第八首，《文心雕龍》曰傳毅之詞。

孟冬寒氣至，北風何慘慄。善曰：毛萇《詩傳》曰：「栗洌，寒氣也。」**愁多知夜長，仰觀衆星列。**吕向曰：列，羅列也。**三五明月滿，四五蟾兔缺。**「三五」、「四五」，見《禮記》，張衡《靈憲》：月者陰精之宗，積成爲獸，象兔形。《春秋元命苞》：月之爲言闕也。一説蟾蠩與兔者，陰陽雙居，明陽之制陰，陰之倚陽。**客從遠方來，遺我一書札。**善曰：《説文》：「札，牒也。」張銑曰：札，筆也，謂書也。**上言長相思，下言久離别。置書懷袖中，三歲字不滅。**善曰：《韓詩外傳》：「趙簡子少子名無恤，簡子自爲書牘使誦之。居三年，簡子坐青臺之上，問書所在，無恤出其書於左袂，令誦習。」**一心抱區區，懼君不識察。**善曰：《李陵與蘇武書》：「區區之心，竊慕此爾。」《廣雅》：「區區，愛也。」按：此係《十九首》之第十七首。

客從遠方來，遺我一端綺。善曰：《説文》：「綺，文繒也。」**相去萬餘里，故人心尚爾。**善曰：鄭玄《毛詩箋》：「尚，猶也。」《字書》：「爾，辭之終也。」**文彩雙鴛鴦，裁爲合歡被。著以長相思，緣以結不解。**善曰：鄭玄《儀禮注》：「著，謂充之以絮也。著，張慮切。」又《禮記注》：「緣，飾邊也。緣，以絹切。」毛萇《詩傳》：鴛鴦，匹鳥也。《侯鯖録》：古詩云：「文彩雙鴛鴦，裁爲合歡被。著以長相思，緣以結不解。」注：被中著綿謂之長相思綿綿之意。緣，被四邊綴以絲縷，結而不解之意。**以膠投漆中，誰能别離此。**善曰：《韓詩外傳》：「子夏曰：『實之與實，如膠與漆，君子不可不留意也。』」按：此係《十九首》之第十八首。

四坐且莫諠，願聽歌一言。請説銅鑪器，崔嵬象南山。崔嵬，見《毛詩》。後漢李尤《薰鑪銘》：上似蓬萊，吐氣委蛇。與此意同。**上枝以**一作「似」。**松柏，下根據銅盤。雕**一作「彫」。**文各異類，離婁自相聯。**漢賈誼《簴賦》：妙雕文以刻鏤。趙岐《孟子注》：離婁，古之明目者也，蓋黄帝時人。《淮南子》：離朱之明察鍼末於百步之外。**誰能爲此器？公輸與魯班。**《史記》：公輸班作陵雲之梯以攻宋城。《淮南子》：魯般以木爲鳶而飛之。般音班。**朱火然其中，青煙颺其間。**劉向《薰鑪銘》：中有蘭綺，朱火青煙。**從風入君懷，四坐莫不歎。**一作「且莫歡」。**香風難久居，空令蕙草殘。**王子年《拾遺記》：瀛洲時有香風泠然而起，張袖受之則歷紀不歇。《廣雅》：蕙草，緑葉紫花，魏武帝以爲香燒之。

悲與親友別，氣結不能言。贈子以自愛，道遠會見難。人生無幾時，顛沛在其間。念子棄我去，新心有所歡。焦贛《易林》：不見所歡。**結志青雲上，何時復來還？**《史記·范睢傳》：須賈曰：「賈不意君能自致于青雲之上。」

穆穆清風至，吹我羅裳裾。《釋名》：下曰裳。裳，障也，所以自障蔽也。**青袍似春草，長條隨風舒。朝登津梁上，**一作「山」。按下「抱柱」，「山」當作「上」。**褰裳望所思。**王充《論衡》：津梁絶而不過。《説文》：津，水渡也。《華嚴經讚》：苦海作津梁。考此，即《楚辭》登山臨水意。《尚書大傳》：舜曰：「精華已竭，褰裳去之。」《楚辭》：折芳馨兮遺所思。

安得抱柱信，皎日以爲期？

《史記》：蘇秦曰：「尾生與女子期于梁下，女子不來，水至不去，抱梁柱而死。」皎日，見《毛詩》。

齊云：古詩妙不可言，使集中皆如此，即近于國風矣。按：《文選注》並言古詩，蓋不知作者。或云枚乘，疑不能明也。詩云「驅車上東門」，又云「遊戲宛與洛」，此則辭兼東都，非盡是乘明矣。然《文選》十九首中，枚乘詩八首，古詩四首，其餘《玉臺》詩不録。《文選注》據第三首「青青陵上柏」，第十三首「驅車上東門」以爲非盡是乘詩。此二詩《玉臺》亦未載入枚乘詩中。《文選》不應將八詩概没卻枚乘姓名也。

古樂府詩六首

日出東南隅行〔一〕一作《陌上桑》。一作《豔歌羅敷行》。

《古今樂録》：《陌上桑》歌瑟調。古辭《豔歌羅敷行》「日出東南隅」篇。崔豹《古今注》曰：《陌上桑》者，出秦氏女子。秦氏邯鄲人，有女名羅敷，爲邑人千乘王仁妻。王仁後爲趙王家令。羅敷出採桑于陌上，趙王登臺見而悦之，因置酒欲奪焉，羅敷巧彈箏，乃作《陌上桑》之歌以自明，趙王乃止。《樂府解題》：古辭言羅敷採桑，爲使君所邀，盛誇其夫爲侍中郎以拒之。與前説不同。若陸機「扶桑升朝煇」，但歌美人好合，與古辭始同而末異。又有《採桑》，亦出于此。按：相和歌辭。

《宋志》：清商三調，大曲：《豔歌羅敷行》古辭三解。

日出東南隅，照我秦氏樓。秦氏有好女，自言名一作「名爲」。**羅敷。**《史記》褚先生《滑稽傳》：東方朔取少婦于長安中好女。**羅敷善**一作「憙」。**蠶桑，采桑城南隅。青絲爲籠繩，**按：《宋志》作「係」。**桂枝爲籠鉤。**《漢書》：籠貨物，籠鹽鐵。《方言》：籠，南楚江沔之間謂之篣，或謂之莜。注：亦呼籃。《説文》：繩，系也。《方言》：鉤，宋楚陳魏之間謂之鹿觡，或謂之鉤格。自關而西謂之鉤，或謂之鑯。注：鉤，懸物者。劉安《招隱士》：攀桂枝兮聊淹留。**頭上倭墮髻，耳中明月珠。**《後漢·梁冀傳》：冀妻孫壽作墮馬髻。《風俗通》：墮馬髻者，側在一邊，始自梁家所爲，京師皆倣效之。《古今注》：墮馬髻，今無復作者。倭墮髻，一云墮馬之餘形也。《後漢·輿服志》：耳璫垂珠。鄒陽書：明月之珠，夜光之璧。**緑**按：《宋志》作「緗」。**綺爲下裾，**一作「裳」。按《樂府》、《詩紀》作「裙」。**紫綺爲上襦。**毛萇《詩傳》：上曰衣，下曰裳。《説文》：緗，帛淺黄色也。又：綺，文繒也。《六書故》：織素爲文曰綺。《戰國策》：齊人紫敗素也，而價十倍。《説文》：襦，短衣。一曰䰀衣。《方言》：汗襦，自關而東謂之甲襦。陳魏宋楚之間謂之襜襦，或謂之襌襦。**行者見羅敷，下擔捋髭鬚。**《左傳》：不有行者，誰扞牧圉。《説文》：擔，負何也。背曰負，何曰擔。《釋名》：擔，任也，任力所勝也。《説文》：髭，口上須也。《釋名》：髭，姿也，爲姿容之美也。**少年見羅敷，脱巾**一作「帽」。**著帩頭**（二）。《方言》：兩複結謂之幘巾，或謂之承露巾，或謂之覆髮巾。《釋名》：帩頭，帩鈔也，鈔髮使上從也。《漢制考》：後漢向栩好被髮著絳綃頭。注：帩，當作幧。陸氏《筆記》舉《孫策傳》：張津常著絳帕頭，帕頭者，巾幘之類，猶今言幞頭也。耕者忘其耕，按：一作「犁」。鋤者忘其鋤。來歸相喜怒〔三〕，一作「怒怨」。但坐觀羅敷。按：以上一解。使君從南來，五馬立踟躕。漢世太守、刺史，或稱君，或稱將，或稱明府。前漢趙廣漢爲京兆，界上亭長戲曰：「至府，爲我多謝問趙君。」尹翁歸，徵拜東海太守，于定國家在東海，謂邑子曰：「此賢將，汝不任事也。」韓延壽爲東郡，門卒曰：「今旦明府早駕。」若使君之稱則見之《後漢・郭伋傳》：伋前在并州，行部到西河美稷，有童兒數百，道次迎拜，曰：「聞使君到，喜，故來奉迎。」此詩云「使君從南來」，其爲後漢人作無疑。許顗《彦周詩話》：五馬事，無知者。陳正敏云：「孑孑干旟，在浚之都。素絲組之，良馬五之。」以謂州長建旟作太守事。又《漢官儀注》：駟馬，加左驂右騑。二千石有左驂，以爲五馬。存之以俟知者。陰時夫《韻府群玉》引《元帝紀》云：漢制太守駟馬，其加秩中二千石乃右驂，故以五馬爲貴。今《元帝紀》無，未詳何據。《道齋閒覽》：漢朝臣出使爲太守，增一馬，故爲五馬。《墨客揮犀》：世謂太守爲五馬，人罕知其故事。或言詩云：「孑孑干旟，在浚之都，素絲組之，良馬五之。」鄭注：謂周禮州長建旟，漢太守比州長，法御五馬，故云。後見龐幾先朝奉云：古乘駟馬車，至漢時太守出，則增一馬，事見《漢官儀》也。踟躕，《説文》：峙躇也，峙躇不前。使君遣吏往〔四〕，問此一作「是」。誰家姝？《漢書・王訢傳》：以郡縣吏積功。《陳萬年傳》：沛郡相人也，爲郡吏。《趙廣漢傳》：涿郡蠡吾人也，少爲郡吏。《孫寶傳》：潁川鄢陵人也，以明經爲郡吏。此云「遣吏往」，則知使君爲二千石矣。姝，注見上文《古詩》。秦氏有好女，自名爲一作「答云秦氏女，且言名」。羅敷。羅敷年幾何？二十尚未滿〔五〕，一作「不足」。十五頗有餘。使君謝羅敷：「寧可共載不？」晉灼《漢書注》：以辭相告曰謝。《漢·外戚傳》：孝成帝遊于後庭，常欲與班婕妤同輦載，婕妤辭。**羅敷前置辭**〔六〕：「**使君一何愚！使君自有婦，羅敷自有夫。**」按：以上二解。「**東方千餘騎，夫壻居上頭。**《爾雅》：女之夫曰壻。**何以**一作「用」。**識夫壻，白馬從驪駒。**毛萇《詩傳》：純黑曰驪。《說文》：驪，深黑色。何承天《纂文》：馬二歲爲駒。**青絲繫馬尾，黄金絡**按：宋本作「駱」，據《藝文》《樂府》應作「絡」。**馬頭。**《説文》：羈，馬駱頭也。《南史》：梁武帝大同中童謡云：「青絲白馬壽陽來。」蓋本此。**腰間**一作「中」。**鹿盧劍，可直千萬**一作「金」。**餘。**《燕丹子》：荆軻左手把秦王袖，右手揕其胸，秦王乞聽琴聲而死，召姬人鼓琴，琴曰：「羅縠單衣，可裂而絶。八尺屏風，可超而越。鹿盧之劍，可負而伏。」秦王乃奮地而起，遂殺軻。《西京雜記》：昭帝時，茂陵家人獻寶劍，上銘曰：「直千金，壽萬歲。」按：《漢書·雋不疑傳注》：古長劍首以玉作井鹿盧形，上刻木作山形，如蓮花初生未敷時。今大劍木首，其狀似此。**十五府小吏，**一作「史」。**二十朝大夫。**《漢書·張湯傳》：始爲小吏。《翟方進傳》：年十二三，給事太守府爲小史。《百官公卿表》：大夫掌議論，有太中大夫、中大夫、諫大夫，皆無員，多至數十人。武帝元狩五年，初置諫大夫，秩比八百石。太初元年，更名中大夫爲光禄大夫，秩比二千石，太中大夫秩比千石。**三十侍中郎，四十專城居。**杜氏《通典》：侍中者，周常伯即其任也。秦爲侍中，本丞相史也，丞相使史五人，往來殿内奏事，故謂之侍中。漢侍中爲加官。潘岳《馬汧督誄》：「剖符專城」，蓋本此。**爲人潔白晳，鬑鬑**按：鬑字，字書不載。凡宋刻書髯字多如此寫。活本、楊本作鬑鬑。《説文》：力兼切，長貌。**頗有鬚**〔七〕。《左傳》：冉豎告平子曰：「有君子白晳，鬒鬚眉，甚口。」**盈盈公府步，冉冉府中趨。**《北堂書鈔》：《續漢書・百官志》云：「公府掾比古元士三命者也。」崔寔《政論》：三府掾屬及其取官，又多超卓，或期月而長州郡，或數年而致公卿。諸葛亮《前出師表》：宮中府中，俱爲一體。**坐中數千人，皆言夫壻殊。**」按：以上三解。

〔一〕「行」，趙氏覆宋本作「觀」。
〔二〕「帩」，《初學記》卷十九作「幞」。
〔三〕「喜」，紀氏《考異》作「怨」。
〔四〕「吏」，《藝文類聚》卷四十一作「使」。
〔五〕「未滿」，《藝文類聚》作「未然」。
〔六〕「置」，《樂府詩集》卷二十八作「致」。
〔七〕「鬑鬑」，《樂府詩集》作「髯髯」。

相逢狹路間 一作《相逢行》。

《樂府解題》：古辭文意與《雞鳴曲》同。晉陸機《長安狹邪行》云：「伊洛有岐路，岐路交朱輪」，則言世路險狹邪僻，正直之士無所措手足矣。唐李賀有《難忘曲》，亦出于此。按：相和歌辭清調曲。

亦曰《長安有狹斜行》。古辭又有《長安有狹斜行》，辭意相類，陸機擬之。宋謝惠連有擬《相逢行》、《長安有狹斜行》各一首。

相逢狹路間，道隘不容車。如何兩少年〔一〕，**挾**一作「夾」。**轂問君家。**王符《潛夫論》：京師貴戚其嫁娶者，車軿數里，緹帷竟道，騎奴侍童，夾轂相引。**君家誠易知，易知誠難忘**〔二〕。**黄金爲君門，白玉爲君堂。**揚雄《解嘲》：歷金門、上玉堂有日矣。**堂上置樽酒，使作邯鄲倡**〔三〕。《史記·趙世家》：趙王遷，其母倡也。徐廣曰：《列女傳》：「邯鄲之倡。」**中庭生桂樹，華鐙**按：一作「燭」。**何煌煌。**《説文》：桂，江南木，百藥之長。宋玉《招魂》：蘭膏明燭，華鐙錯些。王朗《三秦故事》：百華鐙樹，正月朔朝賀殿下，設于三階之間。**兄弟兩三人，中子爲侍郎**〔四〕。杜氏《通典》：中書侍郎，漢置。又門下侍郎。秦官有黄門侍郎，漢因之。《北堂書鈔》：漢初有散騎侍郎。**五日一來歸，**一作「遊」。**道上自生光。**《古樂府·清調曲》：三子俱入室，室中自生光。**黄金絡馬頭，觀者滿路傍**〔五〕。金絡注見上文。**入門時左顧，但見雙鴛鴦。**《左傳》：晉士彌牟送叔孫于箕，叔孫使梁其踁待于門内。余左顧而欬，乃殺之；右顧而笑，乃止。《漢·宣元六王傳》：子高迺幸左顧存恤。師古曰：左顧，猶言枉顧也。鴛鴦，注見上文《古詩》。**鴛鴦七十二，羅列自成行。**謝氏《詩源》：霍光園中鑿大池，植五色睡蓮，養鴛鴦三十六對，望之爛若披錦。故《相逢行》云云。見《嫏嬛記》。羅列，注見上文《古詩》。**音聲何噰噰，鶴鳴東西廂。**《説文》：廂，廊也，正寢東西室也。**大婦織羅綺**〔六〕，**中婦織流黄。**《范子》：羅出齊郡。孔氏《書傳》織文錦綺之屬。《環濟要略》：間色有五：紺、紅、縹、紫、流黃也。**小婦無所作**〔七〕，**挾瑟上高堂**。《世本》：庖羲氏作瑟。瑟，潔也。使人精潔于心，淳一于行也。《古歌詩義》：公在高堂下。齊云：《三婦豔》之根。**丈人且安坐，調絲未遽央**〔八〕。《顔氏家訓》：古樂府歌辭，先述三子，次及三婦。三婦是對舅姑之稱。其末章云：「丈人且安坐，調弦未遽央。」古者，子婦供事舅姑，旦夕在側，與兒女無異，故有此言。丈人亦長老之目，今世俗猶呼其祖考爲先亡丈人。又疑「丈」當爲「大」，北間風俗，婦呼舅爲大人公。「丈」之與「大」，易爲誤耳。近代文士頗作三婦詩，乃爲匹嫡並偶己之群妻之意，又加鄭衛之辭，大雅君子，何其誤乎。陸賈《新語》：調之以管弦絲竹之音。《野客叢書》：《庭燎》詩「夜未央」注云：夜未渠央。渠，其據切。當呼遽，只此一音，謂夜未遽盡也。《古樂府》：王融《三婦豔》詩曰：丈人且安坐，調絲未遽央。又《長安挾斜行》曰：丈人且徐徐，調絲渠未央。並合呼遽。《史記》：尉佗曰：「使我居中國，何渠不若漢。」班史作「何遽不若漢」，益可驗也。

〔一〕《樂府詩集》作「不知何年少」。

〔二〕「誠」，趙氏覆宋本、《樂府詩集》卷三十四作「復」。

〔三〕「使作」，《樂府詩集》作「作使」。

〔四〕「爲侍郎」，紀氏《考異》作「侍中郎」。

〔五〕「滿路」，《樂府詩集》作「盈道」。

〔六〕「羅綺」，《太平御覽》、《樂府詩集》作「綺羅」。

〔七〕「作」，《樂府詩集》作「爲」。

〔八〕「未遽」，《樂府詩集》作「方未」。

隴西行 一曰《步出夏門行》。

《樂府解題》：古辭云：「天上何所有？歷歷種白榆。始言婦有容色，能應門承賓，次言善于主饋，終言送迎有禮。此篇出諸集，不入《樂志》。若梁簡文「隴西四戰地」，但言辛苦征戰，佳人怨思而已。王僧虔《伎録》云：《隴西行》歌武帝「碣石」、文帝「夏門」二篇。《通典》曰：秦置隴西郡，以居隴坻之西爲名。後魏兼置渭州。《禹貢》曰：「導渭自鳥鼠同穴」，即其地也。今首陽山亦在焉。

按：相和歌辭瑟調曲。古辭又有《步出夏門行》，結四句云：「天上何所有？歷歷種白榆。桂樹夾道生，青龍對伏趺。」與此篇起四句同。

天上何所有？歷歷種白榆。白榆，星名也。**桂樹夾道生，青龍對道隅。**虞喜《安天論》：月中仙人桂樹，今視其初生，見仙人之足，漸已成形，桂樹復生。**鳳凰鳴啾啾，一母將九雛。**焦贛《易林》：鳳有十子同巢，共母歡以相保。應璩《百一詩注》：馬子侯爲人頗癡，自謂曉音律。黄門樂人更往嗤誚，子侯不知，名《陌上桑》反言《鳳將雛》，輒摇頭欣喜，多賜左右錢帛，無復慚色。**顧視世間人，爲樂甚獨殊。好婦出迎客，顏色正敷愉。**《爾雅》：蕍，榮也。郭璞曰：蕍，猶敷蕍，亦草之貌也，漢郊祀歌：旉與萬物。**伸腰再拜跪，問客平安不。**《戰國策》：荆軻見太子，太子再拜而跪膝行流涕。劉歆《七略》：解紛釋結，反之于平安。《鶴林玉露》：古者，婦女以肅拜爲正，謂兩膝齊跪，手至地而頭不下也。拜手亦然。《南北有樂府詩説》：婦人曰：伸腰再拜跪，問客今安否？伸腰，亦是頭不下也。**請客北堂上，坐客氈氍毹。**毛萇《詩傳》：背，北堂也。《聲類》：氍毹，毛席。《風俗通》：織毛褥謂之氍毹。《異物志》：大秦國以野繭絲織成氍毹，以群獸五色毛雜之，爲鳥獸人物、草木雲氣，千奇萬變，惟意所作，上有鸚鵡，遠望軒軒若飛。**清白各異樽，酒上**按：一作「止」。**正華疏。**《魏略》：太祖禁酒而人竊飲之，故難言酒，以白酒爲賢者，清酒爲聖人。**酌酒持與客，客言主人持。卻略再拜跪，然後持一杯。談笑未及竟，左顧勑中厨。**孔融《與王朗書》：談笑有期，勉行自愛。曹植《箜篌引》：中厨辦豐膳。蓋本此。左顧，注見上文。**促令辦麤飯，慎莫使稽留。**一作「留稽」。古辭《孤子生行》曰：大兄言辦飯。《吕氏春秋》：無所稽留。**廢禮送客出，盈盈府中趨。**《左傳》：以器幣則廢禮。府中，注見上文。**送客亦不遠，足不過門樞。**《漢・五行志》：視門樞下。師古曰：樞，門扇所開閉者也。曹植《仙人篇》：白虎夾門樞。蓋本此。**取婦得如此，齊姜亦不如。**《史記・滑稽傳》：西門豹爲鄴令，曰：「至爲河伯娶婦時，幸相告語之。」**健婦持門户，勝一**一作「一勝」。**大丈夫**〔一〕。《顔氏家訓》：鄴下風俗，專以姑持門户。漢吾邱壽王《驃騎論功論》：徒觀朝廷下僚門户之士。

〔一〕「勝一大」，《古樂府》卷五作「亦勝一」，是。

豔歌行

《樂府解題》：古辭云：「翩翩堂前燕，冬藏夏來見。」言燕尚冬藏夏來，兄弟反流宕他縣。主婦爲綻衣服，其夫見而疑之也。按：相和歌辭瑟調曲。《古今樂録》曰：《豔歌行》非一，有直云《豔歌》，即《豔歌行》是也。若《羅敷》、《何嘗》、《雙鴻》、《福鍾》等行，亦皆《豔歌》。王僧虔《技録》云：《豔歌雙鴻行》，荀録所載，《雙鴻》一篇；《豔歌福鍾行》荀録所載，《福鍾》一篇，今皆不傳。《豔歌羅敷行》「日出東南隅」篇，荀録所載。《羅敷》一篇，相和中歌之，今不歌。又按：《豔歌行》，古辭二首，其一「翩翩堂前燕」，其二「南山石嵬嵬」是也。

翩翩堂前燕，冬藏夏來見。宋玉《九辨》：燕翩翩其辭歸兮。《晉・郗鑒傳》：鑒避難于魯國澤山，掘野鼠蟄燕而食之。**兄弟兩三人，流蕩**一作「宕」。**在他縣。故衣誰當**按：一作「爲」。**補，新衣誰當綻。**按：綻，舊作「䘺」。《説文》無此䘺字，當作綻。**賴得賢主人，覽取爲吾綻。**一作「組」。《正字通》引《禮記》：衣裳綻裂。又縫補其裂亦曰綻。綻，《説文》本作組。《廣韻》：綻，縫補也。**夫壻從門來，斜柯**一作「倚」。**西北眄。**夫壻，注見上文。眄，注見上文《古詩》。**語卿且勿眄，水清石自見。**《白虎通》：卿之爲言章也，善明理也。**石見何纍纍，遠行不如歸。**按：《漢書・石顯傳》：印何纍纍。《論衡》：圖畫之工圖雷之狀，纍纍如連鼓之形。《説文》亦作累。

皚如山上雪 一作《白頭吟》。

《古樂府録》：王僧虔《技録》曰：「《白頭吟行》歌古『皚如山上雪』篇。」《西京雜記》：司馬相如將聘茂陵人女爲妾，卓文君作《白頭吟》以自絶，相如乃止。《樂府解題》：古辭云：「皚如山上雪，皎若雲間月。」又云：「願得一心人，白頭不相離。」始言良人有兩意，故來與之相決絶。次言別于溝水之上，叙其本情。終言男兒重意氣，何用于錢刀。若宋鮑照「直如朱絲繩」，陳張正見「平生懷直道」，唐虞世南「氣如幽徑蘭」，皆自傷清直芳馥，而遭鑠金玷玉之謗，君恩以薄，與古文近焉。一説云：《白頭吟》疾人相知，以新間舊，不能至于白首，故以爲名。唐元稹又有《決絶辭》，亦出于此。按：相和歌辭楚調曲。古辭《白頭吟》二首，一首本辭，或作卓文君詩；一首晉樂所奏，五解，起四句同，下互異。

皚如山上雪，皎若雲間月。 劉歆《遂初賦》：漂積雪之皚皚。《説文》：「皚皚，霜雪貌。」皚，今衰切。**聞君有兩意，故來相訣絶。** 一有「一解」。此下一有「平生共城中，何嘗斗酒會」。**今日斗酒會，明旦溝水頭。** 楊惲《報孫會宗書》：烹羊炰羔，斗酒自勞。《考工記》：匠人爲溝洫井間，廣四尺，深四尺，謂之溝。蘇林《漢書》「王渠」注：王宫家渠也，猶今御溝也。**躞蹀御溝上，溝水東西流。** 一有「二解」。此下一有「郭東亦有樵，郭西亦有樵，兩樵相推與，無親爲誰驕。三解」。**淒淒復** 一作「重」。**淒**

淒，嫁娶不須一作「亦不」。啼。《白虎通》：嫁娶以春，何也？春，天地交通物始生，陰陽交接之時也。願得一心人，白頭不相離。一有「四解」。竹竿何嫋嫋，魚尾何簁簁。一作「離簁」。竹竿，見《詩》。《南越志》：天牛魚尾長五尺。男兒重意氣，一作「欲相知」。何用錢刀爲！《漢書》：王莽造大錢，作契刀、錯刀、五銖錢，凡四品並行，故稱錢刀。此下一有「藍如馬噉萁，川上高士嬉。今日相對樂，延年萬歲期。五解」。

雙白鵠

《古今樂録》：王僧虔《技録》云：「《豔歌何嘗行》，歌文帝《何嘗》、《古白鵠》二篇。」《樂府解題》：古辭云：「飛來雙白鵠，乃從西北來。」言雌病雄不能負之而去。「五里一反顧，六里一徘徊。」雖遇新相知，終傷生别離也。又有古辭云：「何嘗快，獨無憂」，不復爲後人所擬。鵠，一作鶴。按：相和歌辭瑟調曲。《宋志》：大曲《白鵠》四解。《廣文選》作《飛鵠行》，茂倩《樂府》作《豔歌何嘗行》四解。「念與君離别」以下爲趨。又按：此首與《宋志》大有不同，必孝穆删定者。

飛來雙白鵠，乃從西北來。十十將五五，羅列行不齊。羅列，注見上文《古詩》。按：一作「十十五五，羅列成行」。一解。忽然卒疲病，不能飛相隨。《説文》：病，疾加也。按：一作「妻卒被病，行不能相隨」。五里一反顧，六里一徘徊。《史記·吕后紀》：吕産入未央宫，殿門弗得入，徘徊往來。

二解。**吾欲銜汝去，口噤不能開。**《説文》：噤，口閉也。《楚辭》：口噤閉而不言。《史記・日者傳》：悵然噤口不能言。**吾欲負汝去，羽毛日摧頽。**張衡《西京賦》：所好生羽毛。《戰國策》：秦王曰：「毛羽不豐滿者不可以高飛。」按：一作「毛羽何摧頽」。三解。**樂哉新相知，憂來生別離。**屈原《九歌》：悲莫悲兮生別離，樂莫樂兮新相知。**跱躇顧群侶，淚落縱横垂。**《史記》：秦王曰：「知一從一横其説何。」跱躇，注見上文。按：一作「淚下不自知」。四解。按：一本以下有「念與君離別，氣結不能言。各各重自愛，遠道歸還難。妾當守空房，閉門下重關。若生當相見，亡者會黄泉」八句。**今日樂相樂，延年萬歲期。**《漢・竇嬰傳》：千秋萬歲後傳王。

枚　乘

《漢書》：枚乘，字叔，淮陰人也。爲吴王濞郎中，漢既平七國，景帝召拜乘爲弘農都尉。去官，復遊梁。武帝即位，乘年老，迺以安車蒲輪徵乘，道死。

雜詩《文選》作《古詩》。九首

按：《文選・古詩十九首》，此取其九，而止得其八，次序亦異。

西北有高樓，上與浮雲齊。按：《選》注：此篇明高才之人，仕宦未達，知人者稀也。西北，乾位，君之居也。**交疏結綺窗，阿閣三重階。**善曰：薛綜《西京賦注》：「疏，刻穿之也。」《説文》：「綺，文繒也。」此刻鏤以象之。《尚書中侯》：「昔黄帝軒轅，鳳皇巢阿閣。」《周書》：「明堂咸有四阿，然則閣有四阿，謂之阿閣。」鄭玄《周禮注》：「四阿，若今四注者也。」薛綜《西京賦注》：「殿前三階。」左思《魏都賦》：「殿居綺窗。」蓋本此。**上有弦歌聲，音響一何悲！**善曰：劉向《説苑》：「應侯曰：『今日之琴，一何悲也。』」**誰能爲此曲？無乃杞梁妻！**善曰：《琴操》：「《杞梁妻歎》者，齊杞梁殖之妻所作也。殖死，妻歎曰：『上則無父，中則無夫，下則無子，將何以立吾節？亦死而已。』援琴而鼓之，曲終遂自投淄水而死。」**清商隨風發，中曲正徘徊。**善曰：宋玉《長笛賦》：「吟清商，追流徵。」徘徊，注見上文《古樂府》。**一彈再三歎，慷慨有餘哀。**善曰：《説文》：「歎，太息也。」又：「慷慨，壯士不得志于心也。」蔡邕《琴操》：「一彈三欷，悽有餘哀。」**不惜歌者苦，但傷知音稀。**善曰：賈逵《國語注》：「惜，痛也。」孔安國《論語注》：「稀，少也。」**願爲雙鴻鵠，**善作「鳴鶴」。**奮翅起高飛。**善曰：《楚辭》：「將奮翼兮高飛。」《廣雅》：「高，遠也。」按：《文選》十九首之第五首。

東城高且長，逶迤自相屬。善曰：王逸《楚辭注》：「逶迤，長貌也。」《説文》：「逶迤，衺去貌。」**回風動地起，秋草萋已緑。**《楚辭》：乘回風兮遠遊。**四時更變化，歲暮一何速！**善曰：《尸子》：「人生也亦少矣，而歲往之亦速矣。」**晨風懷苦心，蟋蟀傷局促。**善曰：晨風，見《詩》。《蒼頡篇》：「懷，抱也。」《詩序》：「蟋蟀，刺晉僖公儉不中禮。」《漢書》：「景帝曰：『局促效轅下駒。』」按：《詩疏》：蟋蟀似蝗而小，正黑，有光澤如漆，有角翅。一名蛩，一名蜻蛩。**蕩滌放情志，何爲自結束？**《東都賦》：因造化之盪滌。《雜事秘辛》：乞緩私小結束，瑩面發頮，抵攔，姁告瑩曰：「緩此結束，當加鞠翟耳。」**燕趙多佳人，美者顔如玉。**善曰：《楚辭》：「聞佳人兮召予。」《神女賦》：「苞温潤之玉顔。」**被服羅裳衣，當户理清曲。**善曰：如淳《漢書注》：「今樂家五日一習樂，爲理樂也。」《漢書》：河間王德被服儒術。**音響一何悲，絃急知柱促。**《蜀都賦》：起西音于促柱。蓋本此。**馳情整中**或作「巾」。按：善注：中帶，中衣帶，整帶將欲從之。九卷《盤中詩》同。**帶，沉吟聊躑躅。**善曰：毛萇《詩傳》：「丹朱中衣。」《説文》：「躑躅，住足也。」躑躅與蹢躅同。《後漢·隗囂傳》：牛邯沉吟十餘日，乃謝士衆。蓋本此。**思爲雙飛燕，銜泥巢君屋。**《左傳》：猶燕之巢于幕上。《史記》：臨江閔王營葬藍田，燕數萬銜土置冢上。　按：此係《十九首》之第十二首。或以「燕趙多佳人」下另作一首。

行行重行行，與君生别離。别離，注見上文《古樂府》。**相去萬餘里，各在天一**善作「一天」。**涯。道路阻且長，會面安可知？**善曰：《廣雅》：「涯，方也。」薛綜《西京賦注》：「安，焉也。」孔融《與張紘書》：但用離析，無緣會面。蓋本此。《孔叢子》：未知後會何期。**胡馬嘶**按：《選》作「依」。**北風，越鳥巢南枝。**善曰：《韓詩外傳》：「詩云：『代馬依北風，飛鳥棲故巢』，皆不忘本之謂也。」**相去日已遠**〔一〕，**衣帶日已緩。**善曰：古樂府歌：「離家日趨遠，衣帶日趨緩。」**浮雲蔽白日，遊子不顧反。**善曰：《文子》：「日月欲明，浮雲蓋之。」陸賈《新語》：「邪臣之蔽賢，猶浮雲之障日月。」《古楊柳行》：「讒邪害公正，浮雲蔽白日。」鄭玄《毛詩箋》：「顧，念也。」遊子，注見上文《古詩》。按：《選》注：言浮雲之蔽白日，以喻邪佞之毀忠良，故遊子之行，不顧返也。**思君令人老，歲月忽已晚。棄捐勿復道，努力加飡** 按：《選》作「餐」。**飯。** 東方朔六言：計策捐棄不收。李陵《答蘇子卿書》：努力自愛。 按：此係《十九首》之第一首。

〔一〕五雲溪館本從此句下另爲一首，與《滄浪詩話》所引合。

涉江採芙蓉，蘭澤多芳草。 善曰：《爾雅》：「荷，芙蕖也。」郭璞曰：「別名芙蓉也。」屈原《離騷》：「何所獨無芳草兮。」**采之欲遺誰？所思在遠道。** 善曰：《楚辭》：「折芳馨兮遺所思。」**還顧望舊鄉，長路漫浩浩。** 善曰：鄭玄《毛詩箋》：「迴首曰顧。」**同心而離居，憂傷以終老**〔二〕。 善曰：《楚辭》：「將以遺兮離居。」 按：此係《十九首》之第六首。

〔二〕「憂傷」，趙氏覆宋本作「傷憂」。

青青河畔草，鬱鬱園中柳。盈盈樓上女，皎皎當窗牖。 善曰：《廣雅》：「嬴，容也。」盈與嬴同，古字通。《說文》：牖，以木爲交窗也。 按：鬱鬱，茂盛也。《選》注：言草生河畔，柳茂園中，以喻美人當窗牖也。**娥娥紅粉妝，**善作「粧」。**纖纖出素手。** 善曰：《方言》：「秦晉之間，美貌謂之娥。」毛萇《詩傳》曰：「摻摻，猶纖纖也。」《說文》：粉，所以傅面者也。古傅面亦用米粉。又染之爲紅粉。**昔爲倡家**

女〔一〕，**今爲蕩子婦**〔二〕。善曰：《説文》：「倡，樂也。」謂作妓者。《列子》：「有人去鄉土，遊于四方而不歸者，世謂之爲狂蕩之人也。」**蕩子行不歸，空牀難獨守。**按：此係《十九首》之第二首。

〔一〕「昔爲」，《初學記》卷十九作「自云」。

〔二〕「今」，《初學記》作「嫁」。

蘭若生春陽，涉冬猶盛滋。司馬遷《報任少卿書》：涉旬月，迫季冬。按：銑曰：蘭若，皆香草。唐李白詩：爾能折芳桂，吾亦採蘭若。蓋本此。注見卷三陸機。**願言追昔愛，情款感四時。**《梁書·陸雲公傳》：張纘與雲公叔襄兄晏子書曰：「將離之際，彌見情款。」蓋本此。**美人在雲端，天路隔無期。**孔融《雜詩》：赫赫炎天路。蓋本此。**夜光照玄陰，長歎戀所思。**屈原《天問》：夜光何德？死則又育。魏曹攄《思友人》詩：情隨玄陰滯。蓋本此。**誰謂我無憂？積念發狂癡。**《韓子》：心不能審得失之地，謂之狂。《説文》：癡，不慧也。《漢·韋玄成傳》：爲狂癡。蔡琰《悲憤詩》：恍惚生狂癡。蓋本此。按：此首《文選》不録。陸士衡有《擬蘭若生朝陽》詩。

庭前按：《選》作「中」。**有奇樹，緑葉發華滋。**善曰：蔡質《漢宮典職》：「宮中種嘉禾奇樹。」**攀條折其榮，將以遺所思。**《爾雅》：木謂之華，草謂之榮。**馨香盈懷袖，路遠莫致之。**善曰：王逸《楚辭注》：「在衣曰懷。」《説文》：「致，送詣也。」又案《尚書》：至治馨香。《左傳》：所謂馨香，無讒慝也。**此物何足貴？**善作「貢」。**但感別經時。**善曰：賈逵《國語注》：「貢，獻也。」物，或爲榮。貢，或作貴。按：

此係《十九首》之第九首。

迢迢按：一作「沼沼」。**牽牛星，皎皎河漢女。** 善曰：毛萇《詩傳》曰：「河漢，天河也。」濟曰：迢迢，遠貌。皎皎，明貌。按：《爾雅》：星紀斗牽牛也。又河鼓謂之牽牛。《漢書·天文志》：牽牛爲犧牲，其北河鼓。**纖纖擢素手，札札弄機杼。** 銑曰：擢，舉也。札札，機杼聲。**終日不成章，泣涕零如雨。河漢清且淺，相去復幾許？盈盈一水間，脉脉**莫白切，五臣作「脈脈」。**不得語。**《爾雅》：脉，相視也。郭璞曰：脉脉，謂相視貌。按：此係《十九首》之第十首。

明月何皎皎，照我羅牀按：一作「裳」。**幃。** 按：神農作牀。《説文》：牀，身之安也。**憂愁不能寐，覽衣起徘徊。行客**按：一作「客行」。**雖云樂，不如早旋歸。出户獨彷徨，愁思當告誰。** 善曰：《詩序》：「彷徨不忍去。」**引領還入房，淚下**五臣作「下淚」。**霑裳衣。**《左傳》：晉侯懼而退入于房。《宜都山川記》：行者歌曰：「巴東三峽猿鳴悲，猿鳴三聲淚霑衣。」按：此係第十九首。

李延年

《漢書》：李延年，中山人。女弟得幸于上，號李夫人。延年輒承意爲之新聲曲，繇是貴，爲協律都尉，佩二千石印綬。

歌詩一首 并序 按：雜歌謡辭。

李延年知音，善歌舞，每爲漢武帝作新歌變曲，聞者莫不感動。延年侍坐上〔一〕，起舞，按：《漢書》：延年歌云云。上歎息曰：「世豈有此人乎？」平陽主因言延年有女弟，上召見之，妙麗善舞，由是得幸。歌曰：

北方有佳人，絶世而獨立〔二〕。一顧傾人城，再顧傾人國。傾城復傾國，佳人難再得！《漢書注》：師古曰：非不希惜城與國也，但以佳人難得，愛悦之深，不覺傾覆。按：《漢書》：「寧不知傾城復傾國」，多三字，今删三字，反不如舊。

〔一〕「坐上」，紀氏《考異》作「上坐」。

〔二〕「世」，趙氏覆宋本作「出」。

蘇武

《漢書》：蘇武，字子卿，京兆人。武帝時，以中郎將使匈奴，十九年不屈節。會昭帝與匈奴和親，得歸漢，拜典屬國。

留別妻一首〔一〕 按：《文選》有四首，此其第三章也。

結髮爲夫婦，按：《選》作「妻」。**恩愛兩不疑。**善曰：結髮，始成人也。謂男子二十、女子十五時，取笄冠爲義也。《漢書》：「李廣曰：『結髮而與匈奴戰也。』」**懽娛在今夕，嬿婉及良時。**向曰：嬿婉，歡好貌。**征夫懷遠**按：《選》作「往」。**路，起視夜何其。**善曰：毛萇《詩傳》曰：「其，辭也。」**參晨皆已没，去去從此辭。**按：舊作「夫避」。善曰：《尚書大傳》：「書之論事，離離若參辰之錯行。」《法言》：我不睹參晨之相比也。宋衷曰：辰，龍星也。參，虎星也。《漢書》：高祖曰：「吾亦從此逝矣。」**行役在戰場〔二〕，相見未有期。**善曰：《戰國策》：「綴甲厲兵，效勝于戰場。」**握手一長歎，淚爲別生滋〔三〕。**善曰：《史記》：「燕王私握臣手。」古詩：與君生別離。**努力愛春華，莫忘懽樂時。**善曰：春華，喻少時也。**生當復來歸，死當長相思。**銑曰：此言入于匈奴，死生未知。

按：前人所傳，如鍾嶸《詩品》，但云李都尉，不及蘇屬國。江淹《雜體》亦然。劉知幾疑李陵贈蘇武詩爲擬作，武詩蘇子瞻亦疑後人擬作。

〔一〕趙氏覆宋本作「蘇武詩一首」。
〔二〕「行」，趙氏覆宋本作「征」。
〔三〕「別生」，《文選》卷二十九作「生別」。

辛延年

羽林郎詩一首

《漢書》：武帝太初元年，初置建章營騎，後更名羽林騎，屬光禄勳。又取從軍死事之子孫，養羽林官，教以五兵，號羽林孤兒。顔師古曰：羽林，宿衛之官，言其如羽之疾，如林之多。一説：羽，所以爲主者羽翼也。《後漢書・百官志》：羽林郎，掌宿衛侍從，常選漢陽、隴西、安定、北地、上郡、西河六郡良家補之。《地理志》：「漢興，六郡良家子選給羽林」是也。亦有「胡姬年十五」，亦出于此。

按：東漢雜曲歌辭。

昔有霍家奴，一作「姝」，非。按：《樂府》作「趙家姝」。**姓馮名子都。**《漢書・霍光傳》：百官以下，但事馮子都、王子方等。服虔曰：皆光奴。**依倚將軍勢，調笑酒家胡。**《漢・宣元六王傳》：上少依倚許氏。《後漢・廉范傳》：依倚大將軍竇憲，以此爲譏。《説文》：依，倚也。謝靈運詩：調笑輒酬答。蓋本此。《霍光傳》：後元二年，上以光爲大司馬大將軍，受遺詔輔少主。**胡姬年十五，春日獨當壚。**一作「鑪」。《漢・司馬相如傳》：相如盡賣車騎，置酒舍，迺令文君當盧。師古曰：賣酒之處，累土爲盧，以居酒甕，四邊隆起，其一面高，形如煅盧，故名盧耳。**長裾連理帶，廣袖合歡襦。**謝氏《詩源》：李夫人著繡襦，作合歡。廣袖，見《嫏嬛記》。按：《說文》：帶，紳也。《荀子》：逢衣淺帶。《說文》：襦，短衣也。又《釋名》：耎也，言温耎也。**頭上藍田玉，耳後大秦珠。**《長安志》：藍田山，在長安縣東南三十里，其山産玉，亦名玉山。《南越志》：木難，金翅鳥沫所成碧色珠也，大秦國珍之。**兩鬟何窈窕，一世良所無。**《說文》：鬟，總髮也。《韻會》：屈爲髻。《方言》：秦晉之間，美貌謂之娥，美狀爲窕，美色爲豔，美心爲窈。**一鬟五百萬，兩鬟千萬餘。不意金吾子，娉婷過我廬。**杜氏《通典》：秦有中尉，掌徼循京師。漢武帝太初元年，更名執金吾，緹騎二百人，持戟五百二十人，輿服導從，光生滿路，群寮之中，斯最壯矣。《東觀漢記》：光武初適新野，聞陰后美，心悦之。後至長安，見執金吾車騎甚盛，因歎曰：仕宦當作執金吾，娶妻當得陰麗華。《山堂肆考》：婉容曰娉，和色曰婷。**銀鞍何昱爚**[一]**，翠蓋空峙𡾊。**《永昌記》：文帝秦王金銀鞍，加翠毛之飾。《說文》：煜，耀也。爚，火飛也。一曰爇也。《後漢·輿服志》注：羽蓋華蚤。薛綜曰：樹翠羽爲蓋，如雲龍矣。金作華形，莖皆低曲。**就我求清酒，絲繩提玉壺。**桓子《新論》：神農始繩絲爲絃，秦子玉壺必求其以盛。又按：《小爾雅》：綯，索也。大者謂之索，小者謂之繩。**就我求珍肴，金盤膾鯉魚。**晉潘岳《橘賦》：照耀千金盤。《洛陽伽藍記》：京師語曰：「伊洛鯉魴，貴于牛羊。」意義並同。《白帖》：顧彦先曰：「銅盤之凍，知萬里之寒。」**貽我青銅鏡，結我紅羅裾。**《洞冥記》：望蟾閣上有青銅鏡，廣四尺。元光中，波祇國獻此青金鏡，照見魑魅，百鬼不敢影形。班婕妤《自傷賦》：感帷裳兮發紅羅，紛綷縩兮紈素聲。**不惜紅羅裂，何論輕賤軀！**

男兒愛後婦，女子重前夫。《漢書·張耳傳》注：師古曰：「請決絶于前夫而嫁于耳。」人生有新故，貴賤不相踰。多謝金吾子，私愛徒區區。

〔一〕「昱」，《樂府詩集》卷六十三作「煜」。

班婕妤

向曰：《漢書》：「孝成帝班婕妤，帝初即位，選入後宫。始爲少使，俄而大幸，爲婕妤。」後趙飛燕寵盛，婕妤失寵，故有是篇也。婕妤，后妃之位名也。婕妤，左曹越騎校尉況之女，彪之姑，少有才學。按：婕妤居增成舍，失寵後，希復進見，成帝崩，充園陵，薨。

怨詩一首　并序

按：相和歌辭楚調曲。《文選》作《怨歌行》。一作古辭。

《歌録》曰：《怨歌行》，古辭。然言古者有此曲，而婕妤擬之。曹植、梁簡文、江淹、沈約、周庾信、隋虞世南各一首，又傅玄有《怨歌行朝時篇》，即本此。

昔漢成帝班婕妤失寵，供養于長信宫，乃作賦自傷，并爲怨詩一首。《水經注》：高祖長樂宫，本秦之長樂宫也。周二十里，殿西有長信、長秋、永壽、永昌諸殿。

新裂齊紈素，鮮按：《選》作「皎」。潔如霜雪。善曰：《漢書》：「罷齊三服官。」李斐曰：「紈素爲冬服。」《范子》：「紈素出齊。」荀悦曰：「齊國獻紈素絹，天子爲三官服也。」裁爲合歡扇，團團按：一作「圓」。似明月。出入君懷袖，動摇微風發。善曰：《蒼頡篇》：「懷，抱也。」按：《選》注：此謂蒙幸恩之時也。常恐秋節至，涼風一作「飈」。奪炎熱。善曰：古《長歌行》：「常恐秋節至，焜黄華葉衰。」炎，熱氣也。棄捐篋笥中，恩情中道絶。向曰：果見遺擲矣。篋笥，盛扇之箱。蘇武詩：恩情日以新。

宋子侯

董嬌嬈一作「饒」。詩一首

按：東漢雜曲歌辭。《集韻》：嬌嬈，妍媚貌。杜詩：佳人屢出董嬌饒。蓋本此。

洛陽城東路，桃李生路傍。按：《一統志》：洛陽，成周之地，漢爲郡。花花自相對，葉葉自相當。春風東北起，花葉正低昂。《吕氏春秋》：東北曰融風。蔡邕《琴賦》：感激兹歌，一低一昂。不知誰家子，提籠行采桑。《正字通》：女子亦稱子。《喪服小記》注：女子在室，亦童子也。纖手折其枝，花落何飄颻。按：《説文》：纖，細也。《爾雅》：回風爲飄。《説文》：颻，風所飛揚。請謝彼姝子：「何爲見損傷？」「高秋八九月，白露變爲霜。終年會飄墮，安得久馨香？」《廣韻》：墮，徒果切，落也。「秋時自零落，春月復芬芳。《淮南子》：一葉落而知天下之秋。《莊子》：春氣發而百草生。崔瑗《座右銘》：久久自芬芳。按：司馬相如《美人賦》：芳香芬烈。何時盛年去〔一〕，懽愛永相忘。」蘇武《答李陵詩》：盛年行已衰。《莊子》：魚相忘于江湖。吾欲竟此曲，此曲愁人腸。歸來酌美酒，挾瑟上高堂。《吴地記》：若下出美酒。

〔一〕「時」，《藝文類聚》卷八十八作「如」。

漢時童謡歌一首

按：雜歌謡辭。茂倩《樂府》作《城中謡》。

《後漢書》曰：前世長安《城中謡》，言改政移風，必有其本，上之所好，下必甚焉。

城中好高髻，四方高一尺。按：《陸賈傳》「尉佗魋結」注：結，讀曰髻。又按：婦人束髮爲髻，自燧人氏始。城中好大《後漢書》作「廣」。眉，四方眉按：一作「皆」，《後漢書》作「且」。半額。城中好廣《後漢書》作「大」。袖，四方用《後漢書》作「全」。匹帛。按：《東觀漢記》：明德皇后美髮，爲四起大髻，尚有餘，繞髻三匝。又《後漢・五行志》：建安中，女子好爲長裾，而上甚短，時益州從事莫嗣以爲服妖。

張衡

《後漢書》：張衡，字平子，南陽西鄂人，少善屬文。安帝徵拜郎中，出爲河間相。乞骸骨，徵拜尚書，卒。

同聲歌一首

《樂府解題》：《同聲歌》，漢張衡所作也。言婦人自謂幸得充閨房，願勉供婦職，不離君子。思爲莞簟，在下以蔽匡牀；衾裯，在上以護霜露。繾綣枕席，没齒不忘焉。以喻臣子之事君也。晉傅玄《何當行》曰：「同聲自相應，同心自相知。外合不由中，雖固終必離。管鮑不出世，結交安可爲！」言結交相合，其義亦同也。按：雜曲歌辭。

邂逅承際會，一作「遇」。**得充君後房**〔一〕。《東觀漢記》：太史官曰：「粟駿蓬轉，因遇際會。」《漢·田蚡傳》：後房婦女以百數。**情好新交**按：一作「相」。**接，恐慄若探湯**〔二〕。宋玉《神女賦》：精交接以來往兮。**不才勉自竭，賤妾職**按：一作「織」。**所當。**《左傳》：不才吾唯子之怨。**綢繆主中饋，奉禮助蒸嘗。**《漢·張敞傳》：內則結綢繆。文穎曰：謂衣裹結束綢繆也。中饋，見《易》。魏邯鄲淳《上受命述》：奉禮不越。義同。鄭玄《詩箋》：冬祭曰蒸，秋祭曰嘗。**思爲苑蒻席**〔三〕**，在下蔽匡牀。**

《莊子》：與王同匡牀，食芻豢。《淮南子》：匡牀蒻席，非不寧也。按：《周禮》：諸侯祭祀，席蒲筵繢純，加莞席。《尚書》：底席豐席。注：底，蒻華也。豐，莞也。又按：《説文》：蒻，蒲子也，可爲薦。《拾遺記》：穆王時，西王母來，敷黄莞之薦。**願爲羅衾幬，在上衛風霜。**鄭玄《毛詩箋》：幬，牀帳也。《北堂書鈔》：《楚辭》云：「蒻阿拂壁羅幬張。」注：「曲隅復施羅幬，輕且涼也。」《墨子》：聖王作，爲宫室，邊足以御風寒，上足以待霜露。《説文》：衛，宿衛也。按：齊云：《閑情賦》之根。**洒掃清枕席，鞮芬**按：一作「芳」。**以狄**一作「秋」，非。**香。**《正字通》引《説文》云：鞮，革履也。張衡《同聲歌》：鞮芬以狄香。注：狄香，外國之香，以香薰履也。俗「狄」譌作「秋」。「張衡」以下，説見《楊升菴集》。又：胡人履連脛，謂之絡緹。又：緹鞻，四夷樂人草履也。**重户結金扃，高下華鐙光。**《説文》：扃，外閉之關也。《左傳》：諺曰：「高下在心。」**衣解巾粉御，列圖陳枕張。**《史記》：淳于髡曰：「羅襦襟解，微聞薌澤。」《左傳》：寡君之使婢子侍執巾櫛。《博物志》：燒鉛成粉，今傅面者用之。《廣韻》：御，理也，侍也，進也，使也。《漢書》：元帝宫人既多，乃令畫工圖之，欲有呼者，輒披圖召焉。宋玉《諷賦》：横自陳兮君之旁。《釋名》：枕，檢也，所以檢項也。《廣韻》：張，施也。**素女爲我師，儀態盈萬方。**張華《博物志》：《白雪》，是天帝使素女鼓五弦琴曲名，以其辭高，人和遂寡。**衆夫所希見，天老教軒皇。**《聖賢群輔録》引《論語摘輔象》云：黄帝七輔，其一曰天老帝王。《世説》：黄帝以風后配上台，天老配中台，五聖配下台。**樂莫斯夜樂，没齒焉可忘。**

〔一〕「得充君」，趙氏覆宋本作「遇得充」。

〔二〕「嘌」，字書不載。五雲溪館本、《樂府詩集》卷七十六作「慄」，是。

〔三〕「苑」，五雲溪館本、《古樂府》卷十作「莞」。

秦嘉

贈婦詩三首 并序

秦嘉，字士會，隴西人也，爲郡上掾〔一〕。其妻徐淑，寢疾還家，不獲面別，贈詩云爾。

人生譬朝露，居世多屯蹇。《漢書》：李陵謂蘇武曰：「人生如朝露，何久自苦如此。」憂艱常早至，歡會常苦晚。念當奉時役，去爾日遥遠。《琴操》：古者，君子在位，役不違時。遣車迎子還，按：一作「歸」。空往復空返。《廣韻》：人臣賜車馬曰遣車。鄭玄《禮記注》：人臣賜車者，乃得有遣車。省書情悽愴，臨食不能飯。悽愴，見《禮記》。蔡琰詩：饑當食兮不能餐。獨坐空房中，誰與相勸勉？李陵《答蘇子卿書》：來相勸勉。長夜不能眠，伏枕獨展轉。憂來如尋環，匪席不可卷。《尚書大傳》：三五之統，若循連環。匪席，見《詩》。

〔一〕「掾」，《西溪叢語》卷下引此文，注：「一作計。」按鍾嶸《詩品》卷中直題「漢上計秦嘉」。

皇靈無私親，爲善荷天禄。傷我與爾身，少小罹煢獨。魏文帝《豔歌何嘗行》：少小相觸抵。**既得結大義，歡樂若**一作「苦」。**不足。念當遠離别，思念叙款曲。**《廣韻》：曲，委曲。**河廣無舟梁，道近隔邱陸。**河廣、舟梁，見《毛詩》。**臨路懷惆悵，中駕正躑躅。**宋玉《九辨》：惆悵兮而私自憐。**浮雲起高山，悲風激深谷。**古詩曰：浮雲蔽白日，遊子不顧返。李陵《答蘇子卿書》曰：但聞悲風蕭條之聲。**良馬不回鞍，輕車不轉轂。**《説文》：鞍，馬鞁具也。《考工記》：車人爲車，轂長半柯，其圍一柯有半。魏收《後園宴樂》詩：朝車轉夜轂。**針藥可屢進，愁思難爲數。**枚乘《七發》：今太子之病，可無藥石針刺灸療而已。《楚辭》：天問者，屈原之所作也。以洩憤懣，書寫愁思。**貞士篤終始，恩義不可屬**〔一〕。一作「促」。

〔一〕「恩」，趙氏覆宋本作「思」。

肅肅僕夫征，鏘鏘揚和鈴。《左傳》：錫鸞和鈴，昭其度也。**清晨當引邁，束帶待**一作「俟」。**雞鳴。**《廣韻》：邁，行也。《漢·燕刺王傳》：寡人束帶聽朝。《史記》：雞三號平明。**顧看空室中，髣髴想姿形。**《楚辭》：時髣髴以遥見。**一别懷萬恨，起坐爲不寧。**應璩《與許子俊書》：前别倉卒，情意不悉，追懷萬恨。與此意同。**何用叙我心？遺思致款誠**〔一〕。《廣韻》：款，誠也，叩也，至也，重也，愛也。**寶釵可耀首，**一作「好」。**明鏡可鑒形。**《北堂書鈔》：秦嘉《與婦徐淑書》曰：「今致寶釵一雙，價值千金，可以耀首。」淑答曰：「未奉光儀，則寶釵不設。」又：「頃得此鏡，既明且好，世所希有，意甚愛之，故以相與。」淑答書曰：「今君征未旋，鏡將何施？明鏡鑑形，當待君至。」**芳香去垢穢，素琴有清聲。**《藝文類聚・嘉重報妻書》：好香四種，素琴一張。《妻報嘉書》：芳香既珍，素琴益好，素琴之作，當須君歸。未侍帳帷，則芳香不發也。芳香可以馥身，素琴可以娛耳。**詩人感木瓜，乃欲答瑤瓊。愧彼贈我厚**〔二〕**，慚此往物輕。雖知未足報，貴用叙我情。**

〔一〕「遺」，《西溪叢語》作「遣」，是。
〔二〕「贈我」，《西溪叢語》作「持贈」。

秦嘉妻徐淑

答一有「夫」字。詩一首

妾身兮不令，嬰疾兮來歸。《左傳》：蘧越使告于宋曰：「寡君聞君有不令之臣，爲君憂。」劉楨詩：余嬰沉痼疾。蓋本此。**沉滯兮家門，歷時兮不差。**《呂氏春秋》：觔骨沉滯。《後漢・蔡邕傳》：毋常滯病三年。孔安國《書傳》：瘳，差也。**曠廢兮侍覲，情敬兮有違。**《廣韻》：侍，近也，從也。又：覲，見也。**君今兮奉命，遠適兮京師。**《左傳》：子叔嬰齊奉君命無私。《春秋》：紀季姜歸于京師。**悠悠兮離别，無因兮叙懷。瞻望兮踴躍，佇立兮徘徊。思君兮感結，夢想兮容輝。**古詩：夢想見容輝。**君發兮引邁，去我兮日乖。恨無兮羽翼，高飛兮相追。**《漢・張良傳》：歌曰：「鴻鵠高飛，一舉千里。羽翼已就，横絶四海。」**長吟兮永歎，淚下兮霑衣。**杜篤《連珠》：能離光明之顯，長吟永嘯。

按：齊云：夫妻事既可傷，文心悽絶。爲五言者，不過數家，而婦人居二。如徐淑之作，亞于「團扇」矣。

蔡　邕

《後漢書》：蔡邕，字伯喈，陳留圉人也。性篤孝，辟司徒橋玄府，遷議郎。董卓辟之，遷尚書。王允收付廷尉，死獄中。

飲馬長城窟行一首

善曰：酈善長《水經》：「余至長城，其下往往有泉窟，可飲馬。古詩《飲馬長城窟行》，信不虚也。」然長城蒙恬所築也，言征戍之客，至于長城而飲其馬，婦思之，故爲《長城窟行》。《音義》曰：行，曲也。《左傳》：楚子將飲馬于河而歸。郭茂倩曰：一作《飲馬行》。長城，秦所築以備胡者。其下有泉窟，可以飲馬。古辭云：「青青河畔草，綿綿思遠道」，言征戍之客，至于長城而飲其馬，婦人思念其勤勞，故作是曲也。酈善長《水經注》：「始皇二十四年，使太子扶蘇與蒙恬築長城，起自臨洮，至于碣石。東暨遼海，西並陰山，凡萬餘里。民怨勞苦，故楊泉《物理論》曰：『秦築長城，死者相屬。』民歌曰：『生男慎勿舉，生女哺用脯。不見長城下，尸骸相支拄。』其冤痛如此。今白道南谷口有長城，自城北出有高坂，旁有土穴出泉，挹之不窮。《歌録》云『飲馬長城窟』，信非虚言也。」《樂府解題》：「古辭，傷良人遊蕩不歸。或云蔡邕之辭。若魏陳琳辭云：『飲馬長城窟，水寒傷馬骨。』則言秦人苦長城之役也。」《廣題》：「長城南有溪坂，上有土窟，窟中泉流。漢時將士征塞北，皆飲馬此水也。又趙武靈王既襲胡服，自代並陰山下至高闕爲塞，山下有長城，武靈王之所築也。其山中斷望之若雙闕，所謂高闕者焉。」《古今樂録》：「王僧虔《技録》云：『《飲馬行》，今不歌。』」按：相和歌辭瑟調曲。邕本集亦載。《樂府》作古辭。《文選》亦作古辭。注言古詩，不知作者姓名也。擬之者，《樂府》載魏文帝、陳琳、晉傅玄、陸機以下諸人，共十六首。又王融、沈約諸人《青青河畔草》篇題，蓋本此。

青青河邊五臣作「畔」。**草，綿綿思遠道。**善曰：王逸《楚辭注》云：「綿綿，細微之思也。」**遠道不可思，宿**善作「夙」。**昔夢見之。**善曰：《廣雅》：「昔，夜也。」又《左傳》：爲一昔之期。注：夜結期。**夢見在我旁，忽覺在他鄉。他鄉各異縣，展轉不相**善作「可」。**見。**古歌：男兒在他鄉，焉得不憔悴。善曰：《字書》：「展，亦輾字也。」《説文》：展，轉也。**枯桑知天風，海水知天寒。**翰曰：知，謂豈知也。枯桑無枝葉，則不知天風，海水不凝凍，則不知天寒。又按：《文選注》：枯桑無枝，尚知天風，海水廣大，尚知天寒，君子行役，豈不離風寒之患乎？**入門各自媚，誰肯相爲言！**按：《文選》注：但人入門，咸各自媚，誰肯爲言乎？皆不能爲言也。**客從遠方來，遺我雙鯉魚。呼兒烹鯉魚，中有尺素書。**善曰：鄭玄《禮記注》：「素，生帛也。」向曰：尺素，絹也。古人爲書，多書之于絹。又《漢・陳涉傳》：迺丹書帛曰「陳勝王」，置人所罾魚腹中。卒買魚烹食，得書。此詩蓋暗用此事。**長跪讀素書，書中竟何如**〔一〕？善曰：跪，拜也。**上有加飧食**〔二〕，一作「餐飯」。**下有長相憶**〔三〕。

〔一〕「中」，趙氏覆宋本作「上」。

〔二〕「有」，《樂府詩集》卷三十八作「言」。

〔三〕「有」，《樂府詩集》作「言」。「憶」，《藝文類聚》卷四一作「思」。

陳琳

《魏志》：琳，字孔璋，廣陵人。避亂冀州，袁紹使典文章。紹敗，曹公辟爲軍謀祭酒，典記室，徙門下督。

飲馬長城窟行一首

飲馬長城窟，水寒傷馬骨。往謂長城吏：「慎莫稽留太原卒！」王充《論衡》：凡人仕宦，有稽留不進。《漢·地理志》「太原郡」注：秦置。有鹽官，在晉陽。屬并州。**「官作自有程，舉築諧汝聲！」**《説文》：程，式也，限也，期也，量也，銓也，課也。《通鑑》：字有六義，六曰諧聲。**「男兒寧當格鬭死，何能怫鬱築長城！」**《正字通》：格，抵敵不服也。《荀子·議兵篇》：服者不禽，格者不赦。《漢·景十三王傳》：去作歌曰：「愁莫愁，居無聊。心重結，意不舒。内茀鬱，憂哀積。」古辭《西門行》：何能坐愁茀鬱。**長城何連連，連連三千里。**按：《莊子》：則仁義又奚連連如膠漆纆索，而遊乎道德之間爲哉！東方朔《非有先生論》：綿綿連連，殆哉世之不絶也。**邊城多健少，**按：一作「兒」。**内舍多寡婦。**揚雄《長楊賦》：永無邊城之災。《蜀志·張飛傳》：先主常戒之曰：「鞭撻健兒，而令在左右，此取禍之道也。」《史記》：扶蘇泣入内舍。《漢·景十三王傳》：請閉諸姬舍門。《淮南子》：寡婦不孀。高誘曰：寡婦曰孀。**作書與内舍：「便嫁莫留住！善事新姑章，**一作「嫜」。**時時念我故夫子！」**《爾雅》：婦稱夫之父曰舅，稱夫之母曰姑。《釋名》：俗或謂舅曰章。章，與「嫜」同。《漢·景十三王傳》：去爲望鄉作歌曰：「背尊章，嫖以忽。」師古曰：尊章，猶言舅姑也。今關中俗，婦呼舅姑爲鍾。鍾者，章聲之轉也。《禮記》：陳子車死，其妻與其家大夫謀以殉葬，定而后陳子亢至，以告曰：「夫子疾，莫養于下，請以殉葬。」案：此則妻稱夫曰夫子，其來久矣。**報書往**案：一作「與」。**邊地：「君今出語一何鄙！」「身在禍難中，何爲稽留他家子？生男慎莫舉，生女哺用**案：一作「其」。**脯。**《左傳》：子同生，以太子生之禮舉之。《史記·孟嘗君傳》：文以五月五日生。嬰告其母曰：「勿舉也。」其母竊舉生之。《廣韻》：哺，食在口也。《周禮》「腊人」注：薄切曰脯。**君獨不見長城下，死人骸骨相撑拄。」**《漢書》：願乞骸骨。《字林》：撑，拄也。真廣切。四句古歌辭。**「結髮行事君，慊慊心意關。邊地苦**〔一〕**，賤妾何能久自全？」**鄭玄《禮記注》：慊慊，不滿之貌也。口簟切。

案：謝靈運《擬魏太子鄴中集詩》云：陳琳，袁本初書記之士，故述喪亂事多。徐幹，少無宦情，有箕潁之心事，故任世多素辭。而陳、徐詩，《文選》皆未採入。

〔一〕五雲溪館本「邊地苦」上有「明知」二字。

徐幹

《魏志》：徐幹，字偉長，北海人。爲司空軍謀祭酒。案：《文學先賢行狀》謂幹操翰成章，輕官忽禄，不耽世榮。建安中，太祖特加旌命，以疾休息。

室思一首〔一〕

一前五首作《雜詩》，末一首作《室思》。案：後六章宋本統作《室思》一首。郭茂倩《樂府詩集》云：徐幹有《室思》詩五章。據此，則後一章不知何題。諸本多作《雜詩》五首，《室思》詩一首。然據《樂府》云：徐幹《室思》詩第三章曰：「自君之出矣，明鏡暗不治。」知諸本誤，當以宋本爲正。

沉陰結愁憂，愁憂爲誰興？念與君相一作「生」。別，各在天一方。良會未有期，中心摧且傷。古詩：今日良宴會。不聊憂飡食，慊慊常饑空。《漢·陳餘傳》：使天下父子不相聊。高彪《清戒》：神明聊賴。端坐而無爲，髣髴君容光。其一。魏文帝《折楊柳行》：端坐苦無悰。《韓非子》：衛靈公將之晉，至濮水之上而宿，夜分而聞有新聲者，悦之。召師涓而告之曰：「有鼓新聲者，其狀似鬼神，子爲我聽而寫之。」師涓曰：「諾。」因端坐撫琴而寫之。師涓明日報曰：「臣得之矣。」峩峩高山首，悠悠萬里道。君去日已遠〔二〕，鬱結令人老。魏文帝《出婦詩》：心鬱結其不平。人生一世間，忽若暮春草。張載《咏老詩》：昔爲春月華，今爲秋日草。意同。時不可再得，何爲自愁惱？屈原《九歌》：時不可兮驟得。《漢書》：蒯通曰：「時乎時乎不再來。」每誦昔鴻恩，賤軀焉足保！其二。曹植《封二子爲公謝恩章》：鴻恩罔極。李陵《與蘇武詩》：送子以賤軀。浮雲何洋洋，願因通吾辭。飄颻一作「飄」。不可寄，徙倚徒相思〔三〕。人離皆復會，君獨無返期。自君之出矣，明鏡暗不治。思君如流水，何有窮已時。其三。古辭《長歌行》：百川東到海，何日復西歸？詞異意同。慘慘時節盡，蘭華凋復零。按：慘慘，見《詩》。音黲，痛也。又《史記・酷吏傳贊》：雖慘酷，斯稱其位矣。喟然長歎息，君期慰我情。《漢書》：賈誼疏曰：「可爲長太息者六。」展轉不能寐，長夜何綿綿。躡履起出户，仰觀三星連。《廣雅》：躡，履也。《漢書》：暴勝之素聞雋不疑賢，望見容貌尊嚴，躡履起迎。自恨志不遂，泣涕如涌泉。其四。《後漢書》：趙岐爲遺令曰：「有志無時，命也，奈何？」《漢書》：主父偃身不得遂。思君見巾櫛〔四〕，以益我勞勤〔五〕。安得鴻鸞羽？覯此心中人。魏文帝《喜霽賦》：思寄身於鴻鸞兮，舉六翮而輕飛。誠心亮不遂，搔首立悁悁。何言一不見，復會無因緣。《褚先生集・田叔傳》：任安爲人將車之長安，留求事，爲小吏，未有因緣也。李密《賜餞東堂詔令賦詩》：人亦有言，有因有緣。故如比目魚，今隔如參辰。其五。《爾雅》：東方有比目魚焉，不比不行。人靡不有初，想君能終之。別來歷年歲，舊恩一作「思」。何可期。李尤《九曲歌》：年歲晚暮時已斜，安得力士翻日車。《漢書》：張賀思念舊恩。重新而忘故，君子所尤譏。寄身雖在遠，豈忘君須臾！鄭玄《禮記注》：斯須，須臾也。《楚辭》：何須臾而忘返。既厚不爲薄，想君時見思。其六。《古詩》：斗酒相娛樂，聊厚不爲薄。

〔一〕本書目録作「室思六首」。

〔二〕「日已」，趙氏覆宋本作「已日」。

〔三〕以上二句《藝文類聚》卷三十二作「一逝不可歸，嘯歌久踟躕」。

〔四〕「君見」，《太平御覽》卷七一四作「見君」。

〔五〕「益」，《太平御覽》作「弭」。

情詩一首

高殿鬱崇崇，廣厦凄泠泠。宋玉《高唐賦》：宜高殿以廣意兮。《列子》：北宮子庇其蓬室，若廣厦之蔭。**微風起閨闥，落日照階庭。**古樂府《傷歌行》：微風吹閨闥。**峙⿰山屠雲屋下，嘯歌倚華楹。**謝朓《臨海公主墓銘》云：降情雲屋。蓋本此。漢龐德公《于忽操》：居者坐而嘯歌。《廣韻》：楹，柱也。**君行殊不返，我飾爲誰榮？鑪薰闔不用，鏡匣上塵生。**劉峻《金華山棲志》：至于薰鑪夜爇。蓋本此。周庾信《鏡賦》：不能片時藏匣裏。又《鏡詩》云：玉匣聊開鏡。梁簡文帝《鏡詩》：全開玳瑁匣。何遜《詠照鏡詩》：玉匣開鑒形。蓋鏡之有匣，以護塵也。**綺羅失常色，金翠暗無精。**江淹《恨賦》：綺羅畢兮池館盡。蓋本此。曹植《洛神賦》：戴金翠之首飾。**嘉肴既忘御，旨酒亦常停。顧瞻空寂寂，惟聞燕雀聲。**《漢・陳涉傳》：涉太息曰：「燕雀安知鴻鵠之志哉！」**憂思連相囑，**一作「屬」。**中心如宿酲。**毛萇《詩傳》：酒病曰酲。

案：陳琳、徐幹詩，嘉靖徐學謨刻本列在二卷中明帝詩後。

繁欽

《魏志》：繁欽，字休伯，潁川人。累遷至丞相主簿。案：《典略》：欽以文才機辨少得名于汝潁，既長于書記，又善爲詩賦，其所與太子書，記喉轉意，率皆巧麗。爲丞相主簿，建安二十三年卒。

定情詩一首〔一〕

《樂府解題》：「《定情詩》，漢繁欽所作也。言婦人不能以禮從人，而自相悦媚。乃解衣服玩好致之，以結綢繆之志。若臂環致拳拳，指環致慇懃，耳珠致區區，香囊致扣扣，跳脱致契闊，珮玉結恩情，自以爲志而期于山隅山陽、山西山北，終而不答，乃自傷悔焉。」案：魏雜曲歌辭。唐喬知之《定情篇》，施肩吾《定情樂》，皆本此。

我出東門遊，邂逅承清塵。《楚辭》：聞赤松之清塵。司馬相如《諫獵書》：犯屬車之清塵。**思君即幽房，**曹植《仲雍哀詞》：幽房閑宇。《帝王世紀》：顓頊母女樞，瑶光之星，感女樞于幽房之宫。**侍寢執衣巾。**《左傳》：使往視寢。**時無桑中契，迫此路側人。**桑中，見《詩》。《列女傳》：魯秋胡子見路旁有美婦人方採桑，秋胡子悦之，下車以金予之。注詳見卷四顔延之。**我即**案：一作「既」。**媚君**

姿〔二〕**，君亦悦我顔。何以致拳拳？綰臂雙金環。**《五經要義》：生子月辰則以金環退之，當御者著于左手，既御者著于右手。王粲《閑居賦》：願爲環以約腕。《續搜神記》：襄陽徐陽病死，忽崛然而起，將婦臂上金環脱去，行貨，便放令還。**何以致殷勤？約指一雙銀。**司馬遷《報任安書》：未嘗銜杯酒，接殷勤之餘懽。《漢舊儀》：宫人御幸，賜銀指環，令數環記月也。**何以致區區？耳中雙明珠。**劉楨《魯都賦》：珥明月之璫。**何以致叩叩？香囊繫肘後。**《晉書》：謝玄少好佩紫羅香囊。考此詩則漢魏時已有之。《周顗傳》：顧左右曰：「今年殺諸賊奴，取金印如斗大，繫肘後。」案：《廣韻》：叩，與「扣」同，擊也。又《論語疏》：叩，發動也。《爾雅》：婦人之褘謂之縭。縭，緌也。注：即今之香纓也。**何以致契闊？繞腕雙跳脱。**《真誥》：萼緑華以晉升平二年十一月十日夜降羊權家，贈權以詩一篇，並致火澣布手巾一條，金玉跳脱各一枚。又：安妃有斲粟金跳脱。殷芸《小説》：金跳脱爲臂飾，即今釧也。**何以結恩情？佩玉綴羅纓。**案：《釋名》：佩，倍也，言其非一物，有倍貳也。有珠有玉。漢樂府：佇立望西河，泣下沾羅纓。**何以結中心？素縷連雙針。**謝氏《詩源》：昔有姜氏，與鄰人文胄通殷勤。文胄以百鍊水晶針一函遺姜氏，姜氏取履箱，取連理線貫雙針，結同心花以答之。故《定情詩》云云。見《嫏嬛記》。**何以結相於？**一作「投」。**金薄畫搔頭**〔三〕。孔融《與韋甫休書》：足下岸幘廣坐，舉杯相於。《鄴中記》：金薄，薄打純金如蟬翼。《西京雜記》：武帝過李夫人，就取玉簪搔頭，自此後宫搔頭皆用玉。**何以慰别離**〔四〕**？耳後瑇瑁釵。**《後漢·輿服志》：簪以瑇瑁爲擿，長一尺，端爲華勝，上爲鳳凰爵，以翡翠爲毛羽，下有白珠，垂黄金鑷。左右一簪横之，以安蔮結。

《史記》：趙平原君使人于楚，欲誇楚，爲玳瑁簪。案：玳瑁生嶺南山水間，人取以作器皿，大如扇，似龜甲，有文。《西域傳贊》：明珠文甲。如淳注：文甲，即玳瑁也。何以答歡悦？紈素三條裙〔五〕。案：宋作「裾」。《晉東宫舊事》：皇太子納妃，有丹紗碧紋雙裙。蓋魏晉俗尚如此。束皙《近遊賦》：裙爲素條之殺。案：揚雄《方言》：陳魏之間謂裙爲帔，繞衿謂之裙。何以結愁悲？白絹雙中衣。《漢·萬石君傳》：取親中帬廁牏，身自澣洒。師古曰：中帬，若今言中衣也。司馬相如《美人賦》：女乃弛其上服，表其中衣。與我期何所？乃期東山隅。《廣韻》：期，信也，限也，會也，要也。又：隅，角也，陬也。日旰兮不至，一作「來」。谷風吹我襦。《左傳》：趙鞅呼司馬寅曰：「日旰矣。」遠望無所見，涕泣起踟躇。與我期何所？乃期山南陽。《爾雅》：山東曰朝陽，山西曰夕陽。日中兮不來，凱案：一作「飄」。風吹我裳。案：《爾雅》：南風謂之凱風。迴風爲飄。逍遥莫誰覩，望君愁我腸。與我期何所？乃期西山側。《廣韻》：側，旁側也。日夕兮不來，躑躅長歎息。遠望涼風至，俯仰正衣服。《莊子》：其疾也，俯仰之間。案：《爾雅》：北風謂之涼風。與我期何所？乃期山北岑。《爾雅》：岑，小山而高。日暮兮不來，淒風吹我衿。《尚書中候》：齊桓公封禪，謂管仲曰：「寡人日暮，仲父年艾。」《吕氏春秋》：西南曰淒風。孫愐《廣韻》：衿，小帶也。望君不能坐，悲苦愁我心。愛身以何爲，惜我華色時。《詩序》：花落色衰，復相棄背。中情既款款，然後剋密期。《後漢·隗囂傳》：帝報以手書曰：「將軍操執款款，扶傾救危。」《後漢·鐘意傳》：解徒桎梏，與剋期俱至。《爾雅》：密，靜也。褰衣案：一作「裳」。躡茂一作「花」。草，謂君不我欺。《廣韻》：褰，褰衣也。厠此醜陋質，徙倚無所之。《釋名》：厠，雜也，言人雜厠其上也。自傷失所欲，淚下如連絲。張叔及論：煩冤俯仰，淚如絲兮。

〔一〕《文選·洛神賦》李善注引繁欽《定情詩》：「何以消滯憂？足下雙遠遊。」此二句本書闕，不知當在何句下。

〔二〕「即」，五雲溪館本、紀氏《考異》作「既」，當據改。

〔三〕「搔」，《太平御覽》卷六九六作「幧」。

〔四〕「慰」，《太平御覽》作「表」。

〔五〕以上二句《太平御覽》作「何以合歡忻？紈素爲衫裙」。

無名人 一作「氏」。

古詩爲焦仲卿妻作 并序

案：雜曲歌辭。《樂府》題曰：《焦仲卿妻》，古辭。謂《焦仲卿妻》，不知誰氏之所作也。

漢末建安中，廬江府小吏焦仲卿妻劉氏，爲仲卿母所遣，自誓不嫁。其家逼之，乃没水

而死。仲卿聞之，亦自縊于庭樹。時一作「人」。**傷之，爲詩云爾**〔一〕。

孔雀東南飛，五里一徘徊。《古豔歌》：孔雀東飛，苦寒無衣。《漢書》：尉佗獻文帝孔雀二雙。楊孝元《交州異物志》：孔雀，人拍其尾則舞。**「十三能織素，十四學裁衣。**王充《論衡》：裁衣有書，書有吉凶，凶日裁衣則有禍，吉日則有福。**十五彈箜篌，十六誦詩書。**《釋名》：箜篌，師延所作，靡靡之樂後出桑間濮上之地，蓋空國之侯所存也。師涓爲晉平公鼓焉。《風俗通》：箜篌，一名坎篌。武帝祀太山太乙后土，令樂人侯調依琴作坎侯，言其坎坎應節也，侯以姓冠章也。或曰「箜侯」，取其空中。**十七爲君婦，心中常苦悲。**《古豔歌》：爲君作妻，中心惻悲。**君既爲府吏，守節情不移。**《左傳》：子臧曰：「聖達節，次守節，下不失節。」**賤妾留空房，相見常日稀。**秦嘉詩：獨在空房中。《廣韻》：稀，疏也。案：郭、左二《樂府》無此二句。活本、楊本有之。**雞鳴入機織，夜夜不得息。**《古豔歌》：夜夜織作，不得下機。古歌詞：《白帝子歌》曰：「璇宫夜靜當軒織。」《吕氏春秋》：孫叔敖日夜不息。**三日斷五疋，大人故嫌遲。**《古豔歌》：三日載疋，尚言吾遲。《漢·淮陽王欽傳》：王遇大人益解。師古曰：大人，博自稱其母也。《東軒筆録》謂范滂白母大人云云。大人之名，蓋父母通稱，不獨父也。如疏受曰：「從大人議」。是稱叔也。此詩則婦亦以稱舅姑。蓋大人云者，極尊稱耳。凡尊敬者，俱可稱也。**非爲織作遲，君家婦難爲。妾不堪驅使，徒留無所施。便可白公姥，及時相遣歸。」**《爾雅》：婦謂舅曰公。賈誼策：與公併倨。《廣韻》：姥，莫補切，老母也。又《琅琊王歌辭》：公死姥更嫁。

蓋古語相同。府吏得聞之，堂上啟阿母：李陵詩：慈母去中堂。《史記》：故濟北王阿母，自言足熱而懣。蔡琰《悲憤詩》：阿母常仁惻，今何更不慈？《雲麓漫抄》：古人多言「阿」字，如秦皇阿房宮，漢武阿嬌金屋。晉尤甚，阿戎、阿連等語極多。唐人號武后爲阿武婆，婦人無名第，以姓加「阿」字。「兒已一作「以」。薄禄相，幸復得此婦。王符《潛夫論》：骨法爲禄相表，氣色爲吉凶候，部位爲年時。焦氏《易林》：禄命苦薄。結髮同枕席，黄泉共爲友。宋玉《高唐賦》：願薦枕席。《左傳》：不及黄泉，無相見也。共事二三一作「三二」。年，始爾未爲久。女行無偏斜，何意致不厚？」孔安國《洪範傳》：正直，不偏斜也。阿母謂府吏：「何乃太區區！此婦無禮節，舉動自專由。《史記・藺相如傳》：禮節甚倨。《列女傳》：魯之母師者，魯九子之寡母也。召諸婦曰：「婦人有三從之義，無專制之行。」吾意久懷忿，汝豈得自由！東家有賢女，自名秦羅敷。漢《鞞舞歌》五曲，一曰《關中有賢女》，曹植《精微篇》：關東有賢女。義同。宋玉《登徒子好色賦》：臣里之美者，莫若臣東家之子。可憐體無比，《漢・石奮傳》：恭謹，舉無與比。阿母爲汝求。便可速遣之，遣之一作「去」。慎莫留！」府吏長跪答，一作「告」。伏惟啟阿母：「今若遣此婦，終老不復取！」枚乘詩：憂傷以終老。阿母得聞之，搥牀便大怒：《南史・恩倖傳》：王洪軌與趙越常、徐僧亮、萬靈會共語，皆攘袂搥牀。《通俗文》：床三尺五爲榻板，獨坐曰枰，八尺曰牀。「小子無所畏，何敢助婦語！吾已失恩義，《漢・蘇武傳》：武罵律曰：「女爲人臣子，不顧恩義。」會不相從許！」府吏默無聲，再拜還入

户。舉言謂一作「爲」。**新婦，哽咽不能語：**《戰國策》：衛人迎新婦。《論衡》：哽咽不能下。蔡邕《爲陳留縣上孝子狀》：舅偃誘勸，哽咽益甚。**「我自不驅卿，逼迫有阿母。**晉束晳《近游賦》：婦皆卿夫，子呼父字。此詩則漢末稱謂，夫亦互卿其婦。《廣韻》：迫，逼也，近也，急也，附也。陸機《謝平原内史表》：慮有逼迫。蓋本此。**卿但暫還家，吾今且報府。不久當歸還，還必相迎取。以此下心意，**景差《大招》：逞志究欲，心意安只。《淮南子》：心意之論，不足以定是非。古詩：極宴娱心意。後漢李尤《鞠城銘》：端心平意。**慎勿違吾語。」新婦謂府吏：「勿復重紛紜！**張衡《思玄賦》：美紛紜以從風。**往昔初陽歲，謝家來貴門。**《詩》：歲亦陽止。箋：十月爲陽，時坤用事，嫌于無陽，故以名此月爲陽。《樂苑・讀曲歌》曰：初陽正二月。《鸚鵡賦》：女辭家而適人。《吴都賦》：高門鼎貴。《文選注》：朱門，貴門也。《荀氏家傳》：王公歎曰：「最以後榮寵莫二，爲天下貴門矣。」**奉事循公姥，進止敢自專？**《洛神賦》曰：進止難期。**晝夜勤作息，伶俜縈苦辛。**《莊子》：善卷曰：「余日出而作，日入而息。」《尸子》：晝勤而夜息，天之道也。李陵《贈蘇武詩》：遠處天一隅，苦困獨伶丁。《讀書通》：伶俜，通作「零丁」。李密《陳情表》云：零丁孤苦。**謂言無罪過，供養卒大恩。**楊惲《報孫會宗書》：自惟罪過已重。《漢・外戚傳》：孝成班婕妤，恐久見危，求供養太后于長信宫。**仍更被驅遣，何言復來還？妾有繡腰襦，葳蕤自生光**〔二〕。《史記・封禪書》：紛綸葳蕤。案：東方朔《七諫》：上葳蕤而防露兮。注：盛貌。又：《述異記》：葳蕤草，一名麗草，又呼爲女草。**紅羅複斗帳，四角垂香囊。**

《西都賦》：紅羅颯纚。《釋名》：小帳曰斗，形如覆斗。箱簾六七十，緑碧青絲繩〔三〕。《廣韻》：箱，籠也。《釋名》：簾，廉也，自障蔽爲廉耻也。物物各自異，種種案：宋本作「穜穜」。在其中〔四〕。人賤物亦鄙，不足迎後人〔五〕。留待作遺施〔六〕，於今無會因。時時爲安慰，久久莫相忘。」雞鳴外欲曙，新婦起嚴妝。《説文》：曙，曉也。宋玉《神女賦》：惆悵垂涕，求之至曙。《魏志・武帝紀》：主簿楊修便自嚴裝。著我繡裌裙，事事四五通。《幽州馬客吟歌辭》：女著綵裌裙。《飛燕外傳》：合德衣故短繡裙。《漢書・王莽傳》：事事謙退。足下躡絲履，頭上瑇瑁光。《西京雜記》：家君作彈碁以獻成帝，帝大悦，賜青羔裘、紫絲履，服以朝覲。《神仙傳》：胡母班爲泰山府君，賫書詣河伯，河伯貽其青絲履，甚精巧。腰若一作「著」。流紈素，耳著明月璫。《釋名》：穿耳施珠曰璫。指如削葱根，口如含朱丹。《雜事秘辛》：瑩指去掌四寸，肖十竹萌削也。與此義同。唐白居易詩：十指削春葱。蓋本此。宋玉《神女賦》：朱脣的其若丹。纖纖作細步，精妙世無雙。《雜事秘辛》：故大將軍乘氏侯商女瑩，瑩從中閤細步到寢。張衡《定情賦》：冠朋匹而無雙。上堂拜案：一作「謝」。阿母，母聽去一作「阿母怒」。不止。「昔作女兒時，生小出野里，《廣韻》：野，田野也。曹植《白馬篇》：少小去鄉邑。義同。本自無教訓，兼媿案：一作「愧」，古通。貴家子。《左傳》：不能教訓。受母錢帛多，不堪母驅使。今日還家去，念母勞家裏。」卻與小姑別，淚落連珠子。《正字通》引《六書故》云：外婦人之尊者皆曰姑。又婦謂夫之女妹曰小姑。《論衡》引《道經》云：合口誦經聲璅璅，眼中淚出珠子碟。吳質《思慕詩》：淚下如連珠。「新婦初來時，小姑始扶牀。今日被驅遣，一本無此二句。案：《樂府》亦無。小姑如我長。勤心養公姥，好自相扶將。《漢·外戚傳》：女逃匿，扶將出拜。《樂府》：相將踏百草。初七及下九，嬉戲莫相忘。」《西京雜記》：戚夫人侍兒賈佩蘭，後出爲扶風人殷儒妻，説在宮内時，見戚夫人至七月七日臨百子池作于闐樂，樂畢，以五色縷相羈，謂爲相連愛。《採蘭雜誌》：九爲陽數。古人以二十九日爲上九，初九日爲中九，十九日爲下九。每月下九，置酒爲婦女之歡，名曰陽會。蓋女子陰也，待陽以成。故女子于是夜爲藏鈎諸戲，以待月明，有忘寢而達曙者。見《嫏嬛記》。出門登車去，涕落百餘行。府吏馬在前，新婦車在後，隱隱何甸甸，俱會大道口。崔駰《東巡頌》：隱隱轔轔。《倉頡篇》：輷輷，衆車聲。輷、甸通。下馬入車中，低頭共耳語。焦氏《易林》：低頭北去。《褚先生集》：尹夫人于是乃低頭俛而泣。《漢·灌嬰傳》：灌賢方與程不識耳語。師古曰：附耳小語也。「誓不相隔卿，且暫還一作「歸」。家去，吾今且赴府。不久當還歸，誓天不相負。」《左傳》：晏子仰天歎曰：嬰不唯忠于君利社稷者是與，有如上帝。新婦謂府吏：「感君區區懷。君既若見録，不久望君來。孔安國《尚書注》：三年之後，乃齒録之。《漢·馮奉世傳》：上以先帝時事，不復録。《吳志》：陸瑁與暨豔書曰：此乃漢高棄瑕録用之時也。《廣韻》：録，采録也。君當作盤石，妾當作蒲葦。蒲葦紉案：一作「綛」。如絲，盤石無轉移。《漢·景十三王傳》：爲盤石宗。《古詩》：良無盤石固。曹植有《盤石篇》。《易·説卦》：震，爲萑葦。疏：萑葦，竹之類也。

《說文》：蒲，水草。葦，大葭也。屈原《離騷》：紉秋蘭以爲佩。王逸曰：紉，索也。《歲時記》：正旦懸索葦。宋玉《風賦》：離散轉移。**我有親父兄，性行暴如雷。恐不任我意，逆以煎我懷。」**《莊子》：山木自寇也，膏火自煎也。《淮南子》：膏以明自煎。王逸《九思》：我心煎熬。**舉手長勞勞，二情同依依。**《水經注》：緱氏原，《開山圖》謂之緱氏山也。王子晉控鶴斯阜，靈王望而不得近，舉手謝而去。《說文》：擡，拜，舉手下手也。蘇武詩：思心常依依。《西平樂》：我情與歡情，二情感蒼天。**入門上家堂，進退無顏儀。**《白虎通》：堂之爲言明也，所以明禮義也。**阿母大拊掌：「不圖子自歸！**《說文》：拊，循也。又擊也，拍也。《尚書注》：重擊曰擊，輕擊曰拊。**十三教汝織，十四能裁衣，十五彈箜篌，十六知禮儀，十七遣汝嫁，謂言無誓違**〔七〕。**汝今無**一作「何」。**罪過，不迎而自歸？」「蘭芝慚阿母，兒實無罪過。」阿母大悲摧。**疑作「慛」。《廣韻》：摧，折也，阻也。又：慛，傷也，憂也。**還家十餘日，縣令遣媒來。**杜氏《通典》：縣邑之長曰宰，曰尹，曰令，曰大夫，其職一也。《戰國策》：蘇代對燕王曰：「周俗賤媒，爲其兩譽也，之男家曰女美，之女家曰男美。案：《說文》：謀也，謀合二姓以成昏覯也。《周禮·地官》：媒氏掌萬民之判。**云有第三郎，窈窕世無雙。**《漢·韓信傳》：至如信，國士無雙。**年始十八九，便言多令才。阿母謂阿女：「汝可去應之。」阿女含案：**一作「銜」。**淚答：「蘭芝初還時，府吏見丁甯，結誓不別離。**《漢·谷永傳》：以丁甯陛下。師古曰：丁甯，謂再三告示也。《異苑》：吴興桑乞妻死，更娶，白日見其死婦語云：「君先結誓，云何負言？」

《漢・循吏傳》：胸臆約結，固亡奇也。王逸《九思》：秉玉英兮結誓。今日違情義，晉皇甫謐《答辛曠書》：情義款篤。恐此事非奇〔八〕。自可斷來信，徐徐更謂之。」阿母白媒人：「貧賤有此女，始適還家門，不堪吏人婦，豈合令郎君？應璩《與滿公琰書》：外嘉郎君謙下之德。幸可廣問訊，不得一作「可」。便相許。」張晏《漢書》：訊者，三日復問，知之與前詞同不也。杜預《左傳注》：訊，問也。媒人去數日，尋遣丞請還。杜氏《通典》：郡丞，秦置之以佐守。漢因而不改。說「有蘭家女，承籍有宦官。」序云：劉氏此云蘭家未詳，或字之譌也。《史記・蒙恬傳》：除其宦籍。《漢紀注》：籍者，爲二尺竹牒，記其年及名字物色，懸之宮門，相應乃得入也。《晉・武十三王傳》：桓玄承籍門資，素有豪氣。云「有第五郎，嬌逸未有婚，《漢・張延壽傳》：驕逸悖理。桓譚《新論》：昔楚靈王驕逸輕下。遣丞爲媒人，主簿通語言。」謝承《後漢書》：劉祐仕郡爲主簿。直說「太守家，有此令郎君，杜氏《通典》：漢景帝中元二年，更名郡守爲太守。既欲結大義，故遣來貴門。」阿母謝媒人：「女子先有誓，老姥豈敢言？」阿兄得聞之，悵然心中煩，趙岐《孟子注》：憮然，猶悵然也。《廣韻》：煩，勞也。舉言謂阿妹：「作計何不量！晉左思《贈妹九嬪悼離詩》云：峩峩令妹。案：此詩可證漢晉稱謂之不同。桓譚《新論》：不自量年少新進。晉羊祜《與從弟書》：是以不量所能。即此意。《廣韻》：量，度也。先嫁得府吏，後嫁得郎君，否泰如天地，足以榮汝身。不嫁義即體〔九〕，其住欲何云〔一〇〕？」《列女傳》：梁寡高行者，梁之寡婦，早寡，不嫁。梁王使相聘之，高行曰：「妾聞婦人之義，一往不改，以全貞信之節。棄義而從利，無以爲人。」乃援鏡操刀以割其鼻。王高其節，號曰「高行」。案：《列子·黄帝篇》：漚鳥之至者百，住而不止。住，止也，立也，居也。蘭芝仰頭答：「理實如兄言，《説文》：仰，舉也。《戰國策》注：有望于上則仰。謝家事夫壻，中道還兄門，處分適兄意，那得自任專？後漢李尤《平城門銘》：平門督師，午位處中。《漢·匡衡傳》：上有自專之士。雖與府吏要，渠會永無緣。要，約也。《正字通》：俗語謂他人爲渠儂。登即相許和，便可作婚姻。」媒人下牀去，諾諾復爾爾。《廣雅》：諾，應也。鄭玄《禮記注》：爾，語助也。還部白府君：「下官奉使命，言談大有緣。」《漢書》：王陽爲益州刺史行部。《廣韻》：部，部伍、部曲也。沈約《宋書》：郡縣爲封國者，内史並于國主稱臣，去任便止。世祖孝建中，始改此制爲下官，此蓋漢末同列稱謂也。《韓非子》：上之無度量，言談之士，皆棘刺之説也。府君得聞之，心中大歡喜。《續漢書》：李燮拜京兆吏，民謡曰：「我府君，道教舉。」後漢馬融《與竇伯向書》：賜書見手跡，歡喜何量，次于面也。應璩《與從弟苗君胄書》：間者北游，喜歡無量。《戰國策》：秦人歡喜。視曆復開書，便利此月内，《吕氏春秋》：容成作曆。蔡邕《曆數議》：案曆法、黄帝、顓頊、夏、殷、周、魯，凡六家。六合正相應。「良吉三十日，《蠡海集》：陰陽皆地支。六合者，日月會于子，則斗建丑，日月會于丑，則斗建子，故子丑合也。日月會于寅，則斗建亥，日月會于亥，則斗建寅，故寅與亥合也。日月會于卯，則斗建戌，日月會于戌，則斗建卯，故卯與戌合也。日月會于辰，則斗建酉，日月會于酉，則斗建辰，故辰與酉合也。日月會于巳，則斗建申，日月會于申，則斗建巳，故巳與申合也。日月會于午，則斗建未，日月會于未，則斗建午，故午未合也。屈原《九歌》：吉日兮辰良。王逸曰：日謂甲乙，辰謂寅卯。今已二十七，卿可去成婚。」交語速裝束，駱驛如浮雲。《蜀志·龐統傳》：並使裝束。《張衡賦》：駱驛繽紛。注：駱驛繽紛，往來衆多貌。青雀白鵠舫，四角龍子幡。《穆天子傳》：天子乘鳥舟、龍舟浮于大沼。注：舟以龍鳥爲形，猶今吴之青雀舫。《西京雜記》：太液池中有鳴鶴、容與、清廣、採菱等舟。《襄陽樂》：四角龍子幡，環環當江柱。《宋書·臧質傳》：六平乘並施龍子幡。考此詩，其制蓋起于漢也。案：《莊子》：鵠不浴而白，自然也。《説文》：舫，方舟也。婀娜隨風轉，金車玉作輪。《廣韻》：婀娜，美貌。婀，亦作婀。金車，見《易》。《周禮》：輪人爲輪。案：《拾遺記》：周穆王巡行天下，馭黄金碧玉之車。又《孝經援神契》：金車，王者行仁德則出。舜時金車見帝庭。與此異。躑躅青驄馬，流蘇金鏤鞍。《説文》：驄，馬青白雜色也。晉摯虞《决疑要注》：天子帳，流蘇爲飾。案：《西京雜記》：武帝時，身毒國獻白光琉璃鞍。自是長安始盛飾鞍馬，或加以鈴鑷，飾以流蘇。左思《吴都賦》：張組帳，設流蘇。注：流蘇者，五色羽飾帷而垂之也。據此，則《丹鉛録》載《周禮》金鐲節鼓。鄭注云：後世合宫懸用之，而有流蘇之飾，樂器而用以爲幃帳之懸，自晉以後始。殊不知漢時已用以爲飾矣。賫錢三百萬，皆用青絲穿，雜綵三百疋，交廣市鮭珍。《廣韻》：綵，絞綵也。廣，亦作「用」。《説文》：市，買賣之所也。《讀書通》：鮭，通作膎，《説文》：膎，脯也。徐曰：古謂脯之屬爲膎，因通謂儲蓄食味爲膎。《南史》：孔靖飲宋高祖酒，無膎，取伏鷄卵爲肴。又：王儉云：庾郎食膎有二十七種。鄭康成《周禮》「膳夫」注：今時美物曰珍。注：指三韭，猶俗言三九二十七。案：《山海經》：敦薨之山，其中多赤鮭。注：今名鯸鮐爲鮭魚，音圭，魚名。從人四五百，鬱鬱登郡門。《後漢書》：氣佳哉！鬱鬱葱葱然。阿母謂阿女：「適得府君書，明日來迎汝。何不作衣裳？莫令事不舉！」《廣韻》：舉，擎也。又立也。阿女默無聲，手巾掩口啼，淚落便如瀉。《漢名臣奏》：王莽斥出，太后憐之，伏泣失色，太后親自以手巾拭淚。《考工記》：以溝瀉水。瀉，又訓傾。移我琉璃塌〔二〕，一作「榻」。出置前窗下。《南州異物志》：琉璃本質是石，欲作器，以自然灰治之。《同文備考》：塌，牀著地而安也。古辭《子夜歌》：約眉出前窗。案：《漢書》：武帝時，使人入海市琉璃。師古注：今俗所用，皆消冶石汁加以衆藥灌而爲之。《説文》：塌，牀也。《玉篇》：牀狹而長謂之塌。左手持刀尺，右手執綾羅。張衡《髑髏賦》：飛鋒耀景，秉持刀尺。木華《海賦》：綾羅被光于螺蚌之節。注：螺蚌之節，光若綾羅也。朝成繡裌裙，晚成單羅衫。王叡《炙轂子》：漢王與項羽戰，汗透中單，改名汗衫。《六書故》：今以單衣爲衫。晻晻日欲暝，愁思出門啼。《楚辭》：日晻晻而下頹。《説文》：晻，不明也。王逸《楚辭注》：悲歌，言愁思也。府吏聞此變，因求假暫歸。《初學記》：休假亦曰休沐。漢律吏五日得一下沐，言休息以洗沐也。未至二三里，摧藏馬悲哀。《琴操》：王昭君歌曰：「離宮絶曠，身體摧藏。」新婦識馬聲，躡履相逢迎。《戰國策》：田光造燕太子，跪而逢迎，卻行爲道。悵然遥相望，知是故人來。王粲《登樓賦》：憑軒檻以遥望兮。舉手拍馬鞍，嗟歎使心傷。《説文》：拍，拊也。「自君别我後，人事不可量。果不如先願，又非君所詳。我有親父母，逼迫兼弟兄，以我應他人，君還何所望！」府吏謂新婦：「賀卿得高遷！史游《急就章》：綸組縌笈以高遷。注：秩命不同，則綵質各異，故云以高遷。盤石方可厚〔一二〕，可以卒千年。蒲葦一時紉，便作旦夕間。卿當日勝貴，吾獨向黄泉。」《晉·郗超傳》：風流勝貴，莫不崇敬。新婦謂府吏：「何意案：一作「以」。出此言！同是被逼迫，君爾妾亦然。黄泉不相見〔一三〕，勿違今日言！」執手分道去，各各還家門。《魏氏春秋故事》：御史中丞與洛陽令相遇，則分路而行。生人一作「人生」。作死别，恨恨那可論！念與世間辭，千萬不復全。府吏還家去，上堂拜阿母：「今日大風寒，寒風摧樹木，嚴霜結庭蘭。曹植《閒居賦》：遡寒風而開衿。宋玉《九辨》：冬又申之以嚴霜。兒今日冥冥，令母在後單。張奂《遺令》：地底冥冥，長無曉期。《正字通》：單，複之對也，孤也。故作不良計，勿復怨鬼神！《廣韻》：良，賢也，善也。命如南山石，四體康且直。」陶潛《挽歌》：死去何所道？託體同山阿。與此義同。阿母得聞之，零淚應聲落：《鶡冠子》：影之隨形，響之應聲。「汝是大家子，仕宦於臺閣。宋何光遠《鑑戒録》：漢魏以來，宮中之尊美之呼曰大家子。《論衡》：仕宦無常遇，又使至臺閣之下。季歷《哀慕歌》：臺閣既除。慎勿爲婦死，貴賤情何薄？東家有賢女，窈窕豔城郭。《説文》：城，以盛民也。城者，成也，一成而不可毁也。鯀造之。内曰城，外曰郭。阿母爲汝求，便復在旦夕。」府吏再拜還，長歎空房中，作計乃爾立，轉頭向户裏，漸見愁煎迫。《世説》：魏文帝令陳思王七步成詩，曰：「萁在釜底然，豆在釜中泣，本是同根生，相煎何太急！」其日馬牛嘶，新婦入青廬。《正字通》：嘶，聲長而殺也。凡馬鳴、蟬鳴，聲多嘶。又悲者聲亦嘶。《酉陽雜俎》：北朝婚禮，用青布幔爲屋，在門内外，謂之青廬。于此交拜迎新婦。《北史·齊幼主紀》：御馬將合牝牡，則設青廬，具牢饌，而親觀之。**菴菴黄昏後，寂寂人定初。**《淮南子》：至于虞淵，是謂黄昏。應劭曰：虞泉，日所入也。《後漢·來歙傳》：歙自書表曰：「臣夜人定後，爲何人所賊。」案：屈原《九章》：昔君與我成言兮，曰黄昏以爲期。**「我命絶今日，魂去尸長留。」**《漢·息夫躬傳》：自恐遭害，著絶命辭。**攬裙脱絲**案：一作「素」。**履，舉身赴清池。**司馬相如《子虚賦》：游于清池。**府吏聞此事，心知長别離。徘徊庭**一作「顧」。**樹下，自掛東南枝。**《史記》：燕入齊，令王蠋爲將，蠋遂經其頸于樹枝，自奮，絶脰而死。**兩家求合葬，合葬華山傍。**《爾雅》：華山爲西岳。《古今樂録》：宋少帝時，南徐一士子，從華山畿往雲陽。見客舍有女子，年十八、九，悦之，無因，遂感心疾。女聞感之，因脱蔽膝，令母密置其席下卧之，少日見蔽膝，遂吞食而死。葬時車載從華山度。至女門，女出歌曰：「華山畿，君既爲儂死，獨活爲誰施？歡若見憐時，棺木爲儂開。」棺應聲開，女透入棺，乃合葬，呼曰神女冢」。考西岳華山相去廬江甚遠，合葬事當從《古今樂録》南徐華山畿爲是。**東西植松栢，左右種梧桐。**古歌：平陵東，松柏桐，不知何人刧義公？**枝枝相覆蓋，葉葉相交通。**宋玉《高唐賦》葩葉覆蓋。《白虎通》：天地交通。**中有雙飛鳥，自名爲鴛鴦，仰頭相向鳴，夜夜達五更。**《論衡》：或問，一夜何故五更？更何所訓？答曰：漢魏以來，謂爲甲夜、乙夜、丙夜、丁夜、戊夜。又云鼓，一鼓、二鼓、三鼓、四鼓、五鼓。又云一更、二更、三更、四更、五更，皆以五爲節。《西都賦》云：「衛以嚴更之署。」所以爾者，假令正月建寅，斗柄夕則指寅，曉則指午矣。自寅至午，凡歷五辰。冬夏之日，雖復長短參差，然辰間遼闊，盈不至六，縮不至四，進退常在五者之間。更，歷也，經也。故曰五更爾。**行人駐足聽，寡婦起**一作「赴」。**彷徨。**《漢書》：門卒謂韓延壽曰：「明府久駐未出。」《廣韻》：駐，止馬也。《南都賦》：寡婦悲吟。《列女傳》：魯陶嬰妻歌曰：「寡婦念此，泣下數行。」《文選·寡婦賦》注：少而無夫曰寡。**多謝後世人，戒之慎勿忘！**

齊云：其事其人其詩，亦自千古獨絕，可泣可歌。案：古今第一首長詩，凡千七百四十五字。宋刻一卷四十五首，《室思》詩仍作六首也，今仍之。

〔一〕《樂府詩集》卷七十三作「時人傷之而爲此辭也」。

〔二〕「自生」，《藝文類聚》卷三十二作「金縷」。

〔三〕《藝文類聚》作「交文象牙簟，宛轉素絲繩」。《太平御覽》卷七〇五作「交文象牙簾，宛轉青絲繩」。

〔四〕以上二句《藝文類聚》無。

〔五〕《藝文類聚》作「鄙賤雖可薄，猶中迎故人」。

〔六〕「遺」，五雲溪館本、孟本作「遺」。

〔七〕紀氏《考異》：「『誓違』二字不可通，疑是『諐違』之訛。諐，古愆字。」

〔八〕紀氏《考異》：「『奇』字義不可通，疑爲『宜』字之訛。」

〔九〕「即」，《樂府詩集》作「郎」，是。

〔一〇〕「住」，《古樂府》作「往」，是。

〔一一〕「塌」，《樂府詩集》作「榻」，是。

〔一二〕「可」，五雲溪館本、《樂府詩集》作「且」，是。

〔一三〕「不」，五雲溪館本、《樂府詩集》作「下」，是。

玉臺新詠箋注卷二

魏文帝

《魏志》：文帝姓曹氏，諱丕，字子桓，武帝長子。嗣位爲魏王，受漢禪，即帝位。

於一無「於」。清河見輓船士新婚與妻别一首案：《藝文》作徐幹詩。

與君結新婚，宿昔當别離。《古詩》：千里遠結婚。涼風動秋草，蟋蟀鳴相隨。冽冽寒蟬吟，蟬吟抱枯枝。蔡邕《月令章句》：寒蟬應陰而鳴，鳴則天涼。《後漢·黨錮傳》：杜密答王昱曰：「劉勝隱情惜己，自同寒蟬。」曹攄《感舊》詩：棲鳥去枯枝。枯枝時飛揚，身體忽遷移。不悲身遷移，但惜歲月馳。歲月無窮極，會合安可知？願爲雙黄鵠，比翼戲清池。枚乘《雜詩》：願爲雙黄鵠。曹植《釋思賦》：羡比翼之共林。

又清河作一首

方舟戲長水，湛澹案：《藝文》作「澹澹」。自浮沉。《吴都賦》：方舟結駟。注：方舟，並舟也。又：湛淡羽儀。《爾雅》：祭川曰浮沉。注：投祭水中，或浮或沉也。《六書故》：重則沉，輕則浮。**絃歌發中流，悲響有餘音。**漢武帝《秋風辭》：横中流兮揚素波，簫鼓鳴兮發棹歌。**音聲入君懷，悽愴傷人心。心傷安所念？但願恩情深。願爲鶗風鳥，雙飛翔北林。**

甄皇后

《鄴中故事》：魏文帝甄皇后，中山無極人。袁紹據鄴，與中子熙娶后爲妻。後太祖破紹，文帝時爲太子，遂以后爲夫人。后爲郭皇后所譖，文帝賜死後宮。臨終爲詩曰：「蒲生我池中，緑葉何離離。豈無蒹葭艾，與君生别離。莫以賢豪故，棄捐素所愛。莫以麻枲賤，棄捐菅與蒯。莫以魚肉賤，棄捐葱與薤。」案：《魏志》：后爲漢太保甄邯後，生明帝及東鄉公主，黄初時賜死，葬于鄴。

樂府塘上行一首 一作魏武帝辭。

《歌録》：《塘上行》，古辭。或云甄皇后造。《樂府解題》前志云：「晉樂奏魏武帝《蒲生篇》，而諸集録皆言其辭文帝甄后所作，歎以讒訴見棄，猶幸得新好，不遺故惡焉。若晉陸機『江蘺生幽渚』，言婦人衰老失寵，行于塘上而爲此歌，與古辭同意。」案：相和歌辭清調曲。宋刻作文帝詩，叙在《清河作》詩後，楊本作魏武帝詩，叙在文帝詩前，係二卷第一首。又案：茂倩《樂府》《塘上行》魏武帝二首，一曲本辭，即此詩；一曲晉樂所奏，五解，與此首互有異同，今附注于下。又案：《塘上行》陸機一首，今選入三卷中。宋謝惠連一首，梁劉孝威《塘上行苦辛篇》、魏曹植《蒲生行浮萍篇》、齊謝朓《蒲生行》、梁沈約《江蘺生幽渚》諸題，皆本于此。

蒲生我池中，一此下重一句。**其葉何離離。傍能行仁義，**一作「人儀。」**莫若妾**一作「能縷」。**自知。衆口鑠黄金，使君生別離。**一作「離別」。一解。《史記·張儀傳》：衆口鑠金，積毁消骨。**念君去我時，**一此下重一句。**獨愁常苦悲。想見君顔色，感結傷心脾。**繁欽《與魏文帝箋》：悽入肝脾，哀感頑豔。**念君常苦悲，夜夜不能寐。**念君至此，一作「今悉夜夜愁不寐」。二解。**莫以**一作「用」。**賢豪故**〔一〕，一此下重一句。**棄捐素所愛。莫以**一作「用」。**魚肉賤，**一作「貴」**棄捐葱與薤。**案：《禮·内則》：膾春用葱。《清異録》：名之爲和事草。《爾雅》：䪥，鴻薈。郭注：即薤菜。邢疏：《本草》謂之菜芝是也。**莫以**一作「用」。**麻枲賤，棄捐菅與蒯。**一作「三解」。《左傳》：君子曰：「雖有絲麻，無棄菅蒯。雖有姬姜，無棄蕉萃。」案：注：菅似茅，滑澤無毛，筋宜爲索，漚與曝尤善。又：《左傳·昭二十七年》：或取一編菅。注：苫也。《毛詩疏》：菅與蒯連，亦菅之類。《西京賦》：草則葴莎菅蒯。注：蒯草中爲索。一作「倍恩者苦枯，倍恩者苦枯，蹶船常苦没。教君安息定，慎莫致倉卒。念與君一共離別，亦當何時，共坐復相對。」四解。**出亦復苦愁，**一此下重一句。**入亦復苦愁。邊地多悲風，樹木何脩脩。**一作「翛翛」。一作「蕭蕭」。案：《荀子》：炤炤兮其用知之明也，脩脩兮其用統類之行也。注：脩脩，整齊之貌。**從君致獨**一作「今日樂相」**樂**〔二〕**，延年壽千秋。**一作「五解」。

〔一〕「賢豪」，趙氏覆宋本、《樂府詩集》卷三十五作「豪賢」，《藝文類聚》卷四十一作「豪髮」。

〔二〕「君」，趙氏覆宋本、《樂府詩集》作「軍」，當據改。

劉勳妻王宋 一作「氏」。

魏文帝《典論》：帝與平虜將軍劉勳、奮威鄧展等飲宴。杜氏《新書》：杜畿爲河東太守。平虜將軍劉勳爲太祖所親，貴震朝廷。常從畿求大棗，畿拒以他故。後勳伏法，太祖得其書，歎曰：「杜畿可謂不媚竈也。」

雜詩二首 并序　第一章，《藝文類聚》作魏文帝《代劉勳出妻王氏》。案：雜曲歌辭。

王宋者，平虜將軍劉勳妻也。入門二十餘年。後勳悦山陽司馬氏女，以宋無子出之。還於道中，作詩二首。

翩翩牀前帳，張以蔽光輝。昔將爾同去，今將爾共一作「同」。歸。緘藏篋笥裏，《説文》：筐，篋笥也。當復何時披？《説文》：旁持曰披。

誰言去婦薄，去婦情更重。《漢·王吉傳》：里中爲之語曰：「東家有樹，王楊婦去。東家棗完，去婦復還。」千里不唾井，況乃昔所奉。李濟翁《資暇録》：諺云：「千里井，不反唾。」蓋由南朝宋之計吏，瀉剉殘草于公館井中，且自言相去千里，豈當重來。及其復至，熱湯汲水遽飲，不憶前所棄草也。結於喉而斃。俗因相戒曰：「千里井，不反剉。」後訛爲唾爾。遠望未爲遥，峙崵不得往〔一〕。一作「並」。

案：徐刻本此二詩列在明帝詩後。

〔一〕「往」，紀氏《考異》作「共」。

曹　植

《魏志》：曹植，字子建，武帝第三子。初封東阿王，改封雍邱王，謚曰思。

雜詩五首 首篇本集及《文選》俱作《七哀詩》。

案：《韻語陽秋》云：《七哀詩》起曹子建，其次則王仲宣、張孟陽。釋詩者謂病而哀，義而哀，感而哀，悲而哀，耳聞目見而哀，口歎而哀，鼻酸而哀，謂一事而七者具也。子建之《七哀》，在于獨棲之思婦。仲宣之《七哀》，在于棄子之婦人。孟陽之《七哀》，在于已毁之園寢。唐陶雍亦有《七哀詩》，所謂：「君若無定雲，妾作不動山。雲行出山易，山逐雲去難。」是皆以一哀而七者具也。案：

相和歌辭楚調曲。《宋志》：楚調七解。又按：《古今樂録》曰：《怨詩行》歌東阿王「明月照高樓」一篇。茂倩《樂府》作《怨詩行》二首，一首本辭，即此詩；一首晉樂所奏，七解。與此詩互有異，即本集所載《怨歌行》詩是也。又有擬班婕妤《怨歌行》一首，《樂府》所載「爲君既不易，爲臣良獨難」詩是也。

明月照高樓，流光正徘徊。上有愁思婦，悲歎有餘哀。善曰：古詩：「慷慨有餘哀。」**借問歎者誰，言是客**案：本集作「宕」。**子妻**〔一〕。《史記·范睢傳》：穰侯又謂王稽曰：「謁君將無與諸侯客子俱來乎？」**君行踰十年**〔二〕，**孤妾常獨棲。君若清路塵，妾若濁水泥。**善曰：《漢書》：「民歌曰：『涇水一石，其泥五斗。』」子建《九愁賦》云：寧作清水之沉泥，不爲濁路之飛塵。詞義各別。**浮沉各異勢，會合何時諧？**案：《爾雅》曰：諧，和也。**願爲西南風，長逝入君懷。**善曰：古詩：「從風入君懷，四坐莫不歎。」**君懷時**案：本集、《文選》作「良」。**不開，妾心**案：本集、《文選》作「賤妾」。**當何依？**善曰：《史記》：「驪姬曰：『以賤妾之故，廢嫡立庶。』」案舊注：漢末多征役別離，婦人感歎。故子建賦此，起句謂皎月流輝，輪無輟照，以其餘光未没，似若徘徊。前覺以爲文外傍情，斯言當矣。

〔一〕「言是」，《樂府詩集》卷四十一作「自云」。

〔二〕「君行踰十年」，《樂府詩集》作「夫行踰十載」。

西北有織婦，綺縞何繽紛！善曰：《小雅》曰：「繒之精者曰縞。古老切。」**明晨秉機杼，日昃不成**

文〔一〕。善曰：言憂甚而志亂。**太息終長夜，悲嘯入青雲。**濟曰：悲愁聲哀，故入青雲。**妾身守空房，**案：《文選》、本集作「閨」。**良人行從軍。**善曰：良人，謂夫也。**自期三年歸，今已歷九春。**善曰：一歲三春，故以三年爲九春，言已過期也。《纂要》：九十日，故九春。**孤**案：《文選》、本集作「飛」。**鳥繞樹**一作「林」。**翔，嗷嗷**案：一作「嗷嗷」。**鳴索群。**善曰：《楚辭》：「聲嗷嗷以寂寥。」**願爲南流景，馳光見我君。**銑曰：南流景，日也。案：本集、《文選》此首與後一首爲《雜詩》。舊注謂：別京以後，在郢城思故鄉而作。又案：此係《雜詩》之第三首。

〔一〕「昃」，《藝文類聚》作「晏」。

微陰翳陽景，清風飄我衣。遊魚潛緑案：一作「淥」。**水，翔鳥薄天飛。眇眇客行士，遥役不得歸。**案：《選》注：上二句言得所也，此二句言不如魚鳥也。《大戴禮》曰：魚遊于水，鳥飛于雲。《楚辭》：安眇眇兮無所歸薄。**始出嚴霜結，今來白露晞。遊子**案：本集作「者」。**歎《黍離》，處者歌《式微》。**《詩序》：《黍離》，閔宗周也。周大夫行役，至于宗周，過故宗廟宮室，盡爲禾黍，閔周室之顛覆，徬徨不忍去，而作是詩也。又：《式微》，黎侯寓于衛，其臣勸以歸也。**慷慨對嘉賓，悽愴内傷悲。**案：本集、《文選》俱作《情詩》。

攬衣出中閨，逍遥步兩楹。《廣韻》：擥，手擥取也。攬同。杜預《左傳注》：禮授玉兩楹之間。**閑房何寂寞，緑草被階庭。**司馬相如《美人賦》：閑房寂謐，不聞人聲。魏文帝《答繁欽書》：謹卜良日，納之閑房。枚乘詩：秋草淒已緑。空室案：本集作「穴」。自生風，百鳥翔一作「翩」。南征。春思安可忘，憂慼與我并。宋鮑照《採菱歌》：春思亂如麻。蓋本此。《廣韻》：并，府尹切，合也。佳人在遠道，妾身獨單一作「單且」。煢。《廣韻》：煢，獨也。懽會難再遇，案：本集作「逢」。蘭芝不重榮。《廣韻》：榮，榮華。人皆棄舊愛，君豈若平生？寄松爲女蘿，依水案：宋本作「生」。如浮萍。《淮南子》：夫萍樹根于水，木樹根于土，天地性也。束案：本集作「齎」。身奉衿帶，朝夕不墮傾。晉孫楚《顔回贊》：束身勵行。與此意同。《廣韻》：墮，徒果切，落也。《説文》：傾，仄也。儻願案：一作「能」。終顧盼〔一〕，案：本集作「儻終顧盼恩」。永副我中情。《孝經鉤命決》：天有顧盼之意，授圖于黎元也。《風俗通》：顔色厚所顧盼，若以親密。《離騷》：孰云察余之中情。案：本集作《閨情》二首之一。

〔一〕「顧盼」，趙氏覆宋本作「盼眄」。

南國有佳人，榮華若桃李。善曰：《楚辭》：「受命不遷，生南國。」謂江南也。朝遊江北岸，夕宿湘川沚。善作「日夕宿湘沚」。五臣作「夕宿瀟湘沚」。善曰：毛萇《詩傳》：「沚，渚也。」《爾雅》：望厓洒而高岸。郭璞曰：厓，水邊。洒，謂深也。視厓峻而水深者曰岸。《地理志》：湘水在長沙。時俗薄朱顔，誰爲發皓齒？善曰：《楚辭》：「容則秀雅，穉朱顔。」又：「美人皓齒，嫮以姱。」俛仰歲將暮，榮耀難久案：一作「永」。恃。善曰：邊讓《章華臺賦》：「體迅輕鴻，榮耀春華。」《莊子》：俛仰之間。《漢書・鼂錯傳》注：師古曰：俛即俯。案：此係《雜詩》之第四首。齊云：《文選・雜詩》六首，而又有不同。

美一作「姜」。女篇

善曰：《歌録》：「《美女篇》，《齊瑟行》也。」郭茂倩曰：美女者，以喻君子。言君子有美行，願得明君而事之。若不遇時，雖見徵求，終不屈也。案：魏雜曲歌辭。傅玄、梁簡文、蕭子顯、盧思道有擬詩，北齊魏收有《美女篇》二首，皆本諸此。此首《文選》載。

美一作「姜」。**女妖且閑，**五臣作「西」字，音先，協韻。**采桑岐路間。**善曰：閑，雅也。《上林賦》：妖冶閑都。**長**案：本集作「柔」。**條紛冉冉，落葉何翩翩！**張協《七命》：柔條夕勁。《淮南子》：使葉落者，風搖之也。《語林》：漢武帝追思李夫人之儔，不可復得，悽然賦落葉哀蟬之曲。**攘袖見素手，皓腕約金環。**善曰：攘袖，卷袂也。環，釧也。《釋名》：腕，宛也。鍾會《菊花賦》：雪皓腕而露形。案：環臂謂之釧。後漢孫程十九人立順帝有功，各賜金釧指環，則釧起于後漢矣。**頭上金**一作「二」。**爵釵**〔一〕**，腰珮翠琅玕。**善曰：爵釵，釵頭上施爵。琅玕，見《禹貢》。《爾雅》：西北之美者，有崑崙之璆琳琅玕。《山海經》：崑崙山有琅玕樹。**明珠交玉體，珊瑚間木難。**案：一作「朱顏」。善曰：《南方草木狀》：「珊瑚出大秦國，有洲在漲海中。」《廣雅》：「珊瑚，珠也。」枚乘《七發》：伏聞太子玉體不安。

司馬相如《美人賦》：花容自獻，玉體横陳。**羅衣何飄飄**，五臣作「飄颻」。**輕裾隨風還。**《王孫子》：隨珠耀日，羅衣從風。《爾雅》：衣眥謂襟，衱謂之裾。**顧眄遺光彩，長嘯氣若蘭。**善曰：《神女賦》：「吐芬芳其若蘭。」**行徒用息駕，休者以忘餐。**善曰：《慎子》：「毛廧、西施衣以玄錫，則行者止。」杜篤《禊祝》曰：「懷秀女使不餐。」**借問女安**案：本集作「何」。**居，乃在城南端。**善曰：安，止也。南端，城之正南門也。**青樓臨大路，高門結重關。**善曰：《漢書》：「枚叔上書曰：『遊曲臺，臨大路。』」《列子》：虞氏，梁之富人，高樓臨大路。案：《南史》：齊武帝興光樓上施青漆，世人謂之青樓。考此詩，魏時已有此名矣。**容華曄**案：本集作「耀」。**朝日，誰不希令顏？**善曰：《神女賦》：「耀乎若白日初出照屋梁。」《詩·東方之日》章。薛君曰：詩人言所悦者，顏色盛也。言美如東方之日出也。向曰：希，慕；令，善也。**媒氏何所營？玉帛不時安。**善曰：《周禮》：「有媒氏之職。」《爾雅》：「安，定也。」《儀禮·士婚禮》：納徵元纁束帛儷皮如納吉禮。賈公彦疏：士大夫乃以元纁束帛，天子加以穀圭，諸侯加以大璋。《周禮·玉人》：穀圭，天子以聘女。大璋，諸侯以聘女。**佳人慕高義，求賢良獨難。**《後漢·逸民傳》：梁鴻妻孟氏，始以裝飾入門，七日而鴻不答。妻乃跪牀下，請曰：「竊聞夫子高義，簡斥數婦。」《漢·張耳傳》：外黄富人女甚美，庸奴其夫。亡邸父客，父客謂曰：「必欲求賢夫，從張耳。」女聽，爲請決，嫁之。**衆人徒**善作「何」。**嗷嗷，安知彼所歡？**案：本集一作「觀」。**盛年處房**一作「幽」。**室，中夜起長歎。**善曰：蘇武《答李少卿詩》：「低頭還自憐，盛年行已衰。」蔡邕《霖雨賦》：「中宵夜而歎息。」案：舊注：此以美女喻君子，看「佳人」二語是用意處。

〔一〕「爵」，《太平御覽》卷三八一作「雀」。

種一作「穜」。葛篇案：魏雜曲歌辭。

種一作「穜」。葛南山下，葛蔓案：本集作「虆」。自成陰。葛藟，見《詩》。案：《左傳》：葛藟猶能庇其本根。《説文》：絺，綌草也。與君初婚時，一作「定婚」。結髮恩義案：本集作「意」。深。歡愛在枕席，宿昔同衣衾。徐幹《中論》：苟失其心，同衾猶遠。竊慕《棠棣》篇，好樂和案：本集作「如」。瑟琴。常棣，見《詩》。案：《爾雅》：唐棣，栘。郭注：今江東呼夫栘。陸璣云：奥，李也。華或白或赤。行年將晚暮，佳人懷異心。《左傳》：季孫伏而對曰：「敢有異心。」又：史佚之志有之曰：「非我族類，其心必異。」恩絶一作「紀」。案：本集作「義」。曠不接，我情遂抑沉。出門當何顧？徘徊步北林。下有交頸獸，仰見雙棲禽。漢司馬相如《琴歌》曰：何緣交頸爲鴛鴦。攀枝長歎息，淚下霑一作「沾」。羅衿。一作「襟」。良鳥案：本集作「馬」。知我悲，一作「愁」。延頸對一作「代」。我吟。《莊子》：列子入，泣涕沾襟。《尸子》：曾子每讀喪禮，泣下霑襟。昔爲同池魚，今若本集作「爲」。商與參。《水經注》：濮水北，稱成陂。陂方五里，號曰同池陂。子建《釋思賦》云：樂鴛鴦之同池，羡比翼之共林。與此義同。《左傳》：子産曰：「昔高辛氏有子，伯曰閼伯，季曰實沉，居曠林，不相能，日尋干戈，以相征討。后帝不臧，遷閼伯于商邱，主辰，商人是因，故辰爲商星。遷實沉于大夏，主參，唐人是因，以服事夏商。其季世曰唐叔，故參爲晉星。」《法言》：吾不覩參辰之相比也。往古皆歡遇，我獨困於今。棄置委天命，愁愁案《樂府詩集》，應作「悠悠」。又：一本作「悲愁」。安可任。《莊子》：聖人知窮之有命，知通之有時。《鶡冠子》：縱軀安命。

浮萍篇

案：相和歌辭清調曲。《樂府》作《蒲生行浮萍篇》。

浮萍寄清水〔一〕，隨風東西流。古詩逸句：滔滔江漢萍，飄蕩永無根。結髮辭嚴親，來爲君子仇。《左傳》：師服曰：「嘉耦曰妃，怨耦曰仇，古之制也。」恪勤在朝夕，無端獲罪尤〔二〕。馮衍《自陳疏》：惶恐自陳，以救罪尤。在昔蒙恩惠，和樂如瑟琴。何意今摧頹，曠若商與參。古樂府：羽毛日摧頹。《廣雅》：曠，久也。茱萸自有芳，不若桂與蘭。《說文》：榝，似茱萸，出淮南。《風土記》：茱萸，榝也。九月九日熟，色赤可採時也。《禮・斗威儀》：君乘金而王，其政訟平，芳桂常生。《說文》：蘭，香草也。《家語》：芳蘭生于深林，不以無人而不芳。新人雖可愛〔三〕，無若故人一作「所」。歡〔四〕。行雲有返期，君恩儻中還？慊慊仰天歎，愁愁案：本集作「心」。將何愬〔五〕？日月不常案：本集作「恒」。處，人生忽若寓。一作「遇」。魏文帝《善哉行》：人生如寄，多憂何爲？《尸子》：老萊子曰：「人生天地之間，寄也。」悲風來入懷，案：本集作「帷」。淚下一作「落」。如垂

露。古辭《豔歌》：垂露成帷幄。**發篋造裳**案：本集作「新」。**衣，裁縫紈與素。**

〔一〕「清」，《樂府詩集》卷三十五作「緑」。

〔二〕「無端獲罪尤」，《樂府詩集》作「中年獲愆尤」。

〔三〕「新人雖可愛」，《樂府詩集》作「佳人雖成列」。

〔四〕「無」，《樂府詩集》作「不」。

〔五〕「愁愁」，《樂府詩集》作「愁心」。

棄婦詩一首〔一〕

案：魏雜曲歌辭。此首本集不載。

石榴植前庭，緑葉摇縹青。丹華灼烈烈，帷彩有光榮〔二〕。《廣雅》：若榴，石榴也。陸機《與弟雲書》：張騫爲漢使外國十八年，得塗林安石榴。晉庾儵《石榴賦》：緑葉翠條，紛乎葱青；丹華照爛，暐暐熒熒。傅玄《安石榴賦》：龍辰升而丹華發。又：《李賦》：房陵縹青。蓋俱本此。**光好**一作「榮」。**暐流離，可以戲**一作「處」。**淑靈。**晉習嘏《長鳴鷄賦》：五色流離。宋傅亮《故安成太守傅君銘》：蕩二象之淑靈。蓋本此。**有鳥飛來集，**一作「來集樹」。**樹**一作「飛」。**翼以悲鳴**〔三〕。**悲鳴復**案：一作「夫」。**何爲？**一作「夫何爲丹華」。**丹華實不成。**《漢書》：成帝童謠曰：「桂樹華不實。」**拊心長**

歎息，無子當歸寧。《吕氏春秋》：列子入，其妻望而拊心。**有子月經天，無子若流星。**《後漢書・田邑與馮衍書》：日月之經天，河海之帶地。《文子》：百星之明，不如一月之光。《賈子》：主之與臣，若日月之與星也。魏文帝《永思賦》：信無子而應出。**天月相終始，流星没無精。棲遲失所宜，下與瓦石并。憂懷從中來，歎息通鷄鳴。**魏武帝《短歌行》：憂從中來，不可斷絶。**反側不能寐，逍遥於前庭。跱躇還入房，肅肅帷幕聲。**《左傳》：晉侯懼而退入于房。晉孫綽《司空庾冰碑》：高揖帷幕。蓋本此。**搴帷更攝帶，撫節彈素箏。**晉湛方生《七歎》：鍾期中曲而撫節。蓋本此。又子建詩云：彈琴撫節。《風俗通》：箏，五弦筑身也。今并、涼二州箏形如瑟，不知誰改也。案：《釋名》：箏，施弦高急，箏箏然也。《風俗通》謂蒙恬所造。《集韻》謂秦俗薄惡，有父子爭瑟者，各入其半，遂名爲箏。**慷慨有餘音，要妙悲且清。**《漢・景十三王傳》：中山靖王勝對曰：「每聞幼眇之聲，不知涕泣之横集也。」師古曰：幼，音一笑反。眇音妙。幼妙，精微也。**收淚長歎息，何以負神靈。**王延壽《魯靈光殿賦》曰：神靈扶其棟宇。**招摇待霜露，何必春夏成？**《孝經緯》：白露後十五日，斗指西爲秋分。《禮記》：招摇在上。鄭玄曰：招摇星在北斗杓端主指者。《淮南子》：斗指西南維爲立秋。**晚穫爲良實，願君且安寧。**《説文》：穫，刈禾也。

〔一〕「婦」，《太平御覽》卷九七〇作「妻」。

〔二〕「帷」，紀氏《考異》作「瓘」。

〔三〕「樹」，《太平御覽》作「拊」。

魏明帝

《魏志》：明帝，諱叡，文帝子。案：帝，字元仲，封武德侯。黄初二年爲齊公，又爲平原王，以其母甄后誅，故未建爲嗣。七年，帝病篤，乃立爲太子，即帝位。

樂府詩二首

案：雜曲歌辭。首篇《文選》、郭茂倩《樂府》俱作《傷歌行》，古辭。謂《傷歌行》，側調曲也。古辭傷日月代謝，年命遒盡，絶離知友，傷而作歌也。次篇一作《種瓜篇》，一作《春遊曲》。茂倩《樂府》作《樂府》十首，其一古辭，其二即魏明帝「種瓜東井上」詩。

昭昭素明月〔一〕，案：《文選》作「月明」。輝光燭我牀。《説文》：昭，日明也。又光也，著也。《禮·斗威儀》：政升平，則月清而明。憂人不能寐，耿耿夜何長。微風衝案：《文選》作「吹」。閨闥，羅幃自飄颻。善曰：毛萇《詩傳》：「闥，内門也。」應璩《與侍郎曹長思書》：「悲風起于閨闥。」攬衣曳長帶，縱案：《文選》作「屣」。履下高堂。善曰：《長門賦》：屣履起而彷徨。東西安所之，徘徊以彷徨，春鳥向案：《文選》作「翩」。南飛，翩翩獨翱翔。悲聲命儔匹，哀鳴傷我腸。《楚辭》：孰可與兮匹儔。王逸曰：二人曰匹，四人曰儔。**感物懷所思，泣涕忽霑裳。**枚乘《雜詩》：淚下霑裳衣。**佇立吐高吟，舒憤訴穹蒼。**善曰：谷永《與王譚書》：「抑于家不得舒憤。」《爾雅》：「穹，蒼天也。」案：仰視天形，穹隆而高，其色蒼蒼，故曰穹蒼。宋刻無此二句，今依《文選》補入。案：此首《文選》載。

〔一〕「素」，《藝文類聚》卷四十二作「清」。

種一作「穜」。**瓜東井上，冉冉自踰垣。**《國語》：有短垣君不踰。案：《大戴禮》：五月乃瓜。《說文》：瓜，象形也。瓣，瓜實也。**與君新爲婚，瓜葛相結連。**《晉・王導傳》：導常與其子悅弈棋爭道。導笑曰：「相與有瓜葛，乃得爲爾邪！」蓋本此。**寄託不肖軀，有如倚太山。**孔融《雜詩》：幸託不肖軀。魏伯陽《參同契》：委時去害，依託太山。**菟絲無根株，蔓延自登緣。**《戰國策》：張儀説秦王曰：「削株掘根，無與禍鄰，禍乃不存。」《左傳》：無使滋蔓，蔓難圖也。**萍藻託清流，常恐身不全。**《周禮・萍氏注》：萍無根不沉溺，因以名官。案：《毛詩注》：沈曰蘋，浮曰藻。《詩疏》：藻，水草也，生水底。**被蒙邱山惠，賤妾執拳拳。**《葛龔集》：龔以毛羽之身戴邱山之施。**天日照知之，想君亦俱然。**

阮籍

《晉書》：阮籍，字嗣宗，陳留尉氏人。容貌瑰傑，志氣宏放。蔣濟辟爲掾，謝病去。後爲尚書郎，遷步兵校尉。又案：《魏書・王粲傳》：瑀子籍，才藻豔逸，而倜儻放宕，行己寡欲，以莊周爲模則，官至步兵校尉。

詠懷詩二首

案：《詠懷詩》，此選二首。昭明刪去重複，獨存十七首。善于剪裁。舊注謂阮公在晉文朝嘗慮禍患，故發茲詠。雖志在刺譏，而文多隱避，後世難臆測也。

二妃遊江濱，逍遥從案：《文選》作「順」。風翔。交甫解六臣作「懷」。環珮，婉孌力轉反。有芬芳。猗於綺反。靡情歡愛，千載不相忘。善曰：《列仙傳》：「江妃二女出遊江濱，交甫遇之。」張平子《南都賦》：遊女弄珠于漢皋之曲。《韓詩外傳》：鄭交甫將南適楚，遵彼漢皋臺下，乃遇二女，珮兩珠大如荆鷄之卵。毛萇《詩傳》：「婉孌，少好貌。」《子虚賦》：「扶輿猗靡。」傾城迷下蔡，容案：一作「客」。好結中腸。善曰：《登徒子好色賦》：「臣東家之子，嫣然一笑，惑陽城，迷下蔡。」張衡《怨詩》：同心離居，絶我中腸。感激生憂思，萱草樹蘭房。善曰：趙岐《孟子章旨》云：「千載聞之，猶有感激。」《楚辭》：心鬱鬱之憂思兮。宋玉《諷賦》：臣嘗行，至主人，獨有一女，置臣蘭房之中。案：萱草，見《詩》。《説文》：萱，忘憂草也。《述異記》：萱草，一名紫萱，吴中呼爲療愁花。膏沐爲誰施？其雨怨朝陽。鄭玄《詩注》曰：人言其雨其雨，而杲杲然日復出。猶吾言伯且來伯且來，則不復來。如何金石一作罄。**交，一旦更離傷？**善曰：《漢書》：「楚王使武涉説韓信曰：『足下雖自以爲與漢王爲金石交，然今爲漢王所禽矣。』」《廣韻》：近曰離，遠曰別。《漢·霍去病傳》：戰士不離傷。師古曰：離，遭也。案：沈約曰：婉孌則千載不忘，金石之交，一旦輕絶，未見好德如好色也。又案：《文選》此篇叙在第二首。

昔日繁華子，安陵與龍陽。善曰：《史記》：「不以繁華時樹本。」《説苑》：「安陵君纏，得寵于楚恭王。江乙謂纏曰：『吾聞以財事人者，財盡則交絶；以色事人者，華落則愛衰。子安得長被幸乎？』會王出獵，江渚有火若雲蜺。兕從南方來，正觸王驂，善射者射之，兕死於車下。王謂纏曰：『萬歲後，子將誰與樂？』纏泣下沾衣，曰：『大王萬歲後，臣將殉。』恭王乃封纏車下三百户。故江乙善謀，安陵善知時。」「龍陽君釣十餘魚而棄，泣下。王曰：『有所不安乎？』對曰：『無。』王曰：『然則何爲涕出？』對曰：『臣始得魚，甚喜，後得益多，而又欲棄前之所得也。今以臣兇惡而得拂枕席，今爵至人君，走人于庭，辟人于塗，四海之内其美人甚多矣，聞臣之得幸于王，畢褰裳而趨王，臣亦曩之所得魚也，將棄矣，安得無涕出乎。』王乃布令：敢言美人者族。」**夭夭桃李花，灼灼有輝光。悦**案：一作「恍」。**懌若九春**〔一〕，**磬**案：一作「聲」。**折似秋霜。**善曰：《尚書大傳》：「諸侯來受命周公，莫不磬折。」傅玄《鷹兒賦》：秋霜一下，蘭艾俱落。**流眄發媚姿，言笑吐芬芳。**宋玉《登徒子好色賦》：竊視流眄。繁欽《定情詩》：我既媚君姿。**攜手等歡愛，宿昔同衾裳。**善曰：楊修《出征賦》：「企歡愛之偏處兮。」《廣雅》：「宿，夜也。」**願爲雙飛鳥，比翼共翱翔。**《爾雅》：南方有比翼鳥，不比不飛，其名曰鶼鶼。**丹青著明誓，**

永世五臣作「千載」。不相忘！善曰：《東觀漢記》：「光武詔曰：『明設丹青之信，廣開束手之路。』」案：舊注：言以財助人者，財盡則交絶；以色事人者，色盡則愛弛。是以嬖女不弊席，嬖男不弊輿，安陵君所以悲魚也。亦豈能丹青著誓，永代不忘者哉！蓋以俗衰教薄，方直道喪，攜手笑言，代之所重者，乃足傳之永代，非止際會一時，故托二子以見其意，不在分桃斷袖愛嬖之歡，丹青不渝，故以方誓。又案：《文選》此篇叙在第四首。

〔一〕「懌」，《藝文類聚》卷三十三作「澤」。

傅　玄

《晉書》：傅玄，字休奕，北地泥陽人。博學，善屬文，舉秀才，累遷至司隸校尉。案：《詩品》云：長虞父子，繁富可嘉。

青青河邊草篇注見卷一蔡邕。案：相和歌辭瑟調曲。《樂府》作《飲馬長城窟行》。

青青河邊草，悠悠萬里道。草生在春時，遠道還有期。春至草不生，期盡歎無聲〔一〕。感物懷思心，夢想發中情。夢君如鴛鴦，比翼雲間翔。既覺寂無見，曠如參與商。夢君結同心，比翼遊北林。既覺寂無見，曠如商與參。一本無此四句。案：茂倩《樂府》亦無。河洛自用固，不如中岳安。《山海經》：崑崙山，河水出焉。《淮南子》：河水九折注海而流不絶者，有崑崙之輸也。《山海經》：洛水出洛西山，東北注河，入成臯之西。《劉根別傳》：根棄世學道，入中岳嵩山石室中。回流不及反，浮雲往自還。悲風動思心，悠悠誰知者。古辭《長歌行》：百川東到海，何日復西歸？與此詞異意同。陸雲《南征賦》：若渠海之引迴流。王僧孺《侍宴詩》：回流影遥臯。蓋本此。懸景無停居，忽如馳駟馬。《淮南子》：爰息其烏，是謂懸車。《説文》：日西落，光反照于東，謂之反景。在上曰反景，在下曰倒景。《莊子》：人死者有時，操有時之具而託于無窮之間，忽然無異騏驥之馳過隙也。宋玉《高唐賦》：偈兮若駕駟馬。傾耳懷音響，轉目淚雙墮。班婕妤《自傷賦》：雙淚下兮横流。生存無會期，要君黄泉下。

〔一〕「期」，《詩紀》卷二二注：「一作泣。」

苦相篇　豫章行一作《豫章行苦相篇》。

《樂府解題》：曹植擬《豫章》爲「窮達」。案：相和歌辭清調曲。《古今樂録》：《豫章行》，王僧虔云：「《荀録》所載《古白楊》一篇，今不傳。」《樂府解題》：陸機「汎舟清川渚」，謝靈運「出宿告密親」，皆傷離別，言壽短景馳，容華不久。傅玄《苦相篇》云「苦相身爲女」，言盡力於人，終以華落見棄。亦題曰《豫章行》也。豫章，漢郡邑地名。又案：傅玄以《苦相篇》當古之《豫章行》，故以舊題注於下方耳。後同。

苦相身爲女，卑陋難再陳。男兒一作「兒男」。當門户，墮地自生神。伯樂《相馬經》：馬生下墮地無毛，行千里。雄心志四海，萬里望風塵。《後漢書·孔融傳論》：文舉高志直情，其足以動義概而忤雄心。《漢·終軍傳》：邊境時有風塵之警。女育無欣愛，不爲家所珍。《爾雅》：珍，美也。長大避一作「逃」。深室，藏頭羞見人。《左傳》：寘諸深室。垂一作「無」。淚適他鄉，忽如雨絶雲。張載《述懷詩》：雲乖雨絶，心乎愴而。低頭和顔色，素齒一作「頰」。結朱唇。宋玉《神女賦》：朱唇的其若丹。跪拜無復數，婢妾如嚴賓。焦氏《易林》：跪拜請免。《説文》：婢，女之卑者。《廣韻》：妾，不聘也。情合同一作「雙」。雲漢，葵藿仰陽春。《家語》：孔子曰：「鮑莊子不量主之明暗以受大刑，是智之不如葵，葵猶能衛其足。」注：葵傾葉隨日轉，故曰能衛足也。《爾雅》：春爲青陽。梁元帝《纂要》：春曰青陽，亦曰發生、芳春、青春、陽春、三春、九春。心乖甚水火，百惡集其身。玉顔隨年變，丈夫多好新。《飛燕外傳》：去故而就新。休奕《扇賦》：君背故而向新。與此意同。昔爲形與影，今爲胡與秦。蔡琰詩：煢煢對孤影。張翰詩：單形依孤影。蘇武詩：昔者常相近，邈若胡與秦。善曰：《淮南子》：「肝膽胡越。」許慎曰：胡在北方，越居南方。然胡秦之義，猶胡越也。胡秦時相見，一絶踰參辰。

有女篇　豔歌行一作《豔歌行有女篇》。

案：相和歌辭瑟調曲。注見卷一《豔歌行》下。案：傅玄又有《豔歌行》一首，係相和曲，擬《陌上桑》「日出東南隅」篇也。與此異。

有女懷芬芳，提提一作「媞媞」。步東箱。一作「廂」。《漢·周昌傳》：吕后側耳于東箱聽。案：《爾雅·釋訓》：媞媞，安也。一曰美好。東方朔《七諫》：西施媞媞而不得見。蛾眉分翠羽，明目一作「眸」。發清揚。《登徒子好色賦》：眉如翠羽。鄭玄《尚書大傳注》：翰，毛也。丹脣翳皓齒，秀色若珪璋。張衡《七辨》：淑性窈窕，秀色美豔。巧笑露一作「雲」。權一作「顴」。案：《詩紀》作「歡」。靨，衆媚不可詳。張衡《七辨》：靨輔巧笑，清眸流盼。曹植《洛神賦》：靨輔承權。善曰：權，兩頰。容一作「令」。儀希世出，無乃古毛嬙。王延壽《魯靈光殿賦》：邈世希而特出。《淮南子》：視毛嬙、西施，猶其醜也。頭安一作「首戴」。金步摇，耳繫明月璫。劉熙《釋名》：步摇上有垂珠，步則摇也。《後漢·輿服志》：長公主見會衣服，加步摇。步摇以黄金爲山題，貫白珠爲桂枝相糾。《釋名》：穿耳施珠曰璫。蠻夷婦女輕淫好走，故以琅璫錘之。今中國人効之。案：《西京雜記》：合德遺飛燕黄金步摇。又案：《二儀實録》：燧人氏，婦人始束髮爲髻，舜加以首飾，文王又加翠翹步摇也。珠環約素腕，翠爵垂鮮光〔一〕。曹植樂府：腕弱不勝珠環。陸雲詩：朱絃繞素腕。文袍綴藻黼，玉體映羅裳。曹植

《七啟》：被文袞。《説文》：袍，襺也。《禮記·玉藻注》謂衣有著之異名，純着新綿爲襺，雜用舊絮爲袍。案：《考工記》：白與黑謂之黼。《説文》：白與黑相次文。**容華既以艷**〔二〕**，志節擬秋霜。**魏劉楨《魯都賦》：整飾容華。徽案：《樂府》作「徵」。**音貫青雲，聲響流四方。**《列子》：秦青拊節悲歌，聲震林木，響遏行雲。**妙哉英媛德，宜配侯與王。**王粲《公讌詩》：管弦發徽音。《説文》：媛，美女也。人所欲援也。孫楚《胡母夫人誄》：載育英媛。《漢書》有諸侯王表。**靈應萬世合，日月時相望。**謝朓詩：何時接靈應？蓋本此。《漢書》：聖王必正曆以探知五星日月之會。**媒氏陳束帛**〔三〕**，羔雁鳴前堂。**杜預《左傳注》：禮卿執羔，大夫執雁，魯則同之。今始知執羔之尊也。**百兩盈中路，起若鸞鳳翔。**百兩，見《詩》，嵇康《琴賦》：遠而望之，若鸞鳳和鳴戲雲中。**凡夫徒踴躍，望絕殊參商**〔四〕。

〔一〕「爵」，《樂府詩集》卷三十九作「羽」。
〔二〕「以」，《樂府詩集》作「已」。
〔三〕「氏」，趙氏覆宋本作「人」。
〔四〕「殊」，紀氏《考異》作「如」。

朝時篇　怨歌行 一作《怨歌行朝時篇》。

《樂府解題》：古辭云：「爲君既不易，爲臣良獨難。」言周公推心輔政，二叔流言，致有雷雨拔木之變。梁簡文「十五頗有餘。」自言姝艷，以讒見毀。又曰：「持此傾城貌，翻爲不肖軀。」與古文意同而體異。若傅休奕《怨歌行》云「昭昭朝時日，皎皎最明月」，蓋傷「十五入君門，一別終華髮。」不及偕老，猶望死而同穴也。案：相和歌辭楚調曲。注見卷一班婕妤、卷二曹植。

昭昭朝時日，皎皎晨一作「最」。**明月。十五入君門，一別終華髮。**曹植《行女哀辭》：或華髮以終年。**同心忽異離，曠如**案：一作「若」。**胡與越。胡越有會時，參辰遼且闊。形影無**一作「雖」。**髣髴，音聲寂無達。纖絃感促柱，觸之哀聲發。**左思《蜀都賦》：起西音于促柱。《燕丹子》：荆卿歌，高漸離擊筑和之。爲壯聲，則士髮衝冠；爲哀聲，則士皆流涕。**情思如循環，憂來不可遏。塗山有餘恨，詩人詠採葛。**案：用《尚書》禹娶塗山事。《詩序》：採葛，懼讒也。**蜻蛚吟牀下，囘風起幽闥。**《論衡》：夏末寒，蜻蛚鳴，將感陰氣也。張衡《西京賦》：重閨幽闥。**春榮隨露**一作「路」。**落，芙蓉生木末。**曹植《與吴質書》：曄若春榮。潘岳《金谷集詩》：春榮誰不慕？屈原《九歌》：搴芙蓉兮木末。**自傷命不遇，良辰永乖別。**《司馬遷集》有《悲不遇賦》。《董仲舒集》有《士不遇賦》。《東征賦》：撰良辰而將行。**已尔可奈何，譬如紈素裂。**《説文》：已，止也，此也，甚也，訖也。《廣韻》：尒，義與尔同，辭之必然也。《字書》：爾，辭也。《楚辭》：愁人兮奈何。《漢書》：東方朔曰：「奈何乎陛下。」班婕妤《怨詩》：新裂齊紈素。**孤雌翔故巢，星流光景絶。**王褒《洞簫賦》：孤雌寡鶴，娛優于其下兮。《廣韻》：景，大也，明也，像也，光也，炤也。陸機《贈弟詩》：生如朝風，死猶絶景。

魂神馳萬里，甘心要同穴。《漢・賈捐之傳》：想魂乎萬里之外。

明月篇

案：晉雜曲歌辭。《藝文》作《怨詩》，一作《朗月篇》。

皎皎明月光，灼灼朝日暉。昔爲春繭一作「蠶」。**絲，今爲秋女衣。**梁元帝《全德志論》：三春捧繭，乍酬蠶妾。意同。《淮南子》：春女悲，秋士哀，而知物化矣。**丹脣列素齒，翠彩發蛾眉。嬌子多好言，歡合易爲姿。玉顔盛有時，秀色隨年衰。常恐新間舊，變故興**一作「與」。**細微。**《左傳》：賤妨貴，少陵長，遠間親，新間舊，小加大，淫破義，所謂六逆也。《漢・高祖紀》：群臣曰：「帝起細微。」揚雄《徐州箴》：事猶細微，不慮不圖。應璩詩：細微可不慎，堤潰自蟻隙。**浮萍無根本，**一作「本無根」。**非水將何依？**《楚辭》：竊哀兮浮萍，汎汎兮無根。王逸曰：自比萍，隨水浮汎，乍東乍西。**憂喜更相接，樂極還自**一作「自還」。**悲。**

秋蘭篇

郭茂倩曰：秋蘭，本于《楚辭》。《九歌》云：「秋蘭兮蘼蕪，羅生兮堂下，緑葉兮素枝，芳菲菲兮襲予。」蘭，香草。言芳香菲菲，上及于我也。傅玄《秋蘭篇》云：「秋蘭蔭玉池，池水且芳香。」其旨言婦人之託君子，猶秋蘭之蔭玉池，與《楚辭》同意。案：晉雜曲歌辭。

秋蘭蔭玉池〔一〕，池水清且芳。一作「且芳香」。《衡山記》：空青崗有天津玉池。《南都賦》：于陂澤則有紺盧玉池。注：舊説曰：玉池在宛也。芙蓉隨風發，中有雙鴛鴦。雙魚自踴躍，案：《樂府》作「湧濯」。兩鳥時迴翔。君期歷九秋〔二〕，與妾同衣裳。古樂府有《歷九秋妾薄相行》。

〔一〕「蔭」，紀氏《考異》作「映」。

〔二〕「期」，《樂府詩集》卷六十四作「其」。

西長安行

《樂府解題》：《西長安行》，晉傅休奕云：「所思兮何在？乃在西長安。」其下因叙別離之意也。《三輔舊事》：長安城似北斗。《周地圖記》：長安城南爲南斗形，北爲北斗形。《通典》：漢高帝自櫟陽徙都長安，至惠帝，方發人徒築城，即長安西北古城是也。案：晉雜曲歌辭。

所思兮何在？乃在西長安。何用存問妾？香𧝓案：一作「橙」。雙珠環。《史記·孟嘗君傳》：孟嘗君已使使存問。《漢·嚴助傳》：使重臣臨存。師古曰：存，謂省問之。《正字通》：𧝓，都騰切，毛帶也。《爾雅》：肉好若一謂之環。注詳卷一繁欽。何用重存問？羽爵翠琅玕。今我兮聞一作「問」。君，更有兮異心。香亦不可燒，環亦不可沉，香燒日有歇，環沉日自深。

和班氏詩一首 一作《和秋胡行》。

案：《樂府》作《秋胡行》。相和歌辭清調曲。又案：傅玄有二首，此其第二篇也。舊説謂作《秋胡行》者謬，傅休奕別有《秋胡詩》。此題《和班氏詩》，則詠史類也。

秋胡納令室，三日宦他鄉。秋胡，注見卷四顏延之。皎皎潔婦姿，泠泠守空房。燕婉不終夕，別如參與商。憂來猶四海，易感難可防。人言生日短，愁者苦夜長。百草揚春華，攘腕採柔桑。素手尋繁枝，落葉不盈筐。枚乘《雜詩》：纖纖出素手。羅衣翳玉體，回目流彩章。一作「來車」。君子倦仕歸，車馬如龍驤。班固《漢書》：韓信述曰：「雲起龍驤，化爲侯王。」精誠馳萬里，既至案：一作「去」。兩相忘。班固《幽通賦》：精誠發于宵寐。行人悦令顏，一作「色」。請一作「借」。息此樹一作「路」。傍。誘以逢郎喻〔一〕，遂下黄金裝。《列女傳》：婦人採桑不輟，秋胡子謂曰：力田不如逢少年，力桑不如見公卿，今吾有金，願與夫人。烈烈貞女忿，言辭厲秋霜。《史記·田單傳》：王蠋曰：「貞女不更二夫。」高誘《淮南子注》：貞女專一，亦無二心。長驅及居室，奉金升北堂。《戰國策》：樂毅輕卒鋭兵，長驅至齊。母立呼婦來，歡情樂未央。秋胡見此婦，惕然懷探湯。負心豈不慚，永誓非所望。嵇康《幽憤詩》：内負宿心。清濁必一作「自」。異源，梟疑作「梟」。鳳不並翔〔二〕。毛萇《詩傳》：涇渭相入而清濁異。孫盛《晉陽秋》：夫芝蘭之不與茨棘俱植，鸞鳳之不與梟鴞同棲，天理固然，易在曉悟也。引身赴長流，果哉潔婦腸。彼夫既不淑，此婦亦太剛。《漢・雋不疑傳》：凡爲吏太剛則折。

〔一〕「郎」，《樂府詩集》卷三十六作「卿」。

〔二〕紀氏《考異》：「吴氏注本據《晉陽秋》『鸞鳳不與梟鴞同棲』語，謂梟當作『梟』，然梟鳳已自相懸，不必梟也。」

張華

《晉書》：張華，字茂先，范陽人。少博覽文典，爲太常博士，轉兼中書侍郎。後詔加光禄大夫，封壯武郡公，遷司空。爲趙王倫孫秀害，誅死。案：《詩品》云：司空源出于王粲，其體華豔，務爲妍冶，疏亮之士猶恨其兒女情多，風雲氣少。

情詩五首

北方有佳人，端坐鼓鳴琴。終晨撫管弦，日夕不成音。憂來結不解，我思存所欽。陸機《文賦》：固聖賢之所欽。君子尋時役，幽妾懷苦心。案：一作「辛」。初爲三載别，於今久滯淫。案：一作「音」。《國語》：底著滯淫。賈逵曰：淫，久也。王粲《七哀詩》：何爲久滯淫？昔邪生户牖，庭内自成林。一作「陰」。《酉陽雜俎》：張揖《博雅》云：「在屋曰昔邪，在牆曰垣衣。」《廣志》謂之蘭香，生于久屋之瓦。翔鳥鳴翠隅，草蟲相和吟。心悲易感激，俛仰淚流衿。願託晨風翼，束帶侍一作「視」。衣衾。

明月曜清景，曨光照玄墀。《説文》：墀，涂地也。幽人守靜夜，迴身入空帷。束帶俟案：一作「侍」。將朝，廓落晨星稀。《典略》：魏文帝常賜劉楨廓落帶。寐案：一作「寢」。假交精案：一作「情」。爽，覿我佳人姿。《左傳》：趙宣子盛服將朝，尚蚤，坐而假寐。又：樂祁子曰：「心之精爽，是謂魂魄。」巧笑媚權案：一作「歡」。靨，聯媚一作「娟」。眸與眉。曹植《洛神賦》：雲髻峨峨，修眉聯娟。寐言增長歎，悽然心獨悲。

清風動帷簾，晨月燭善作「照」。幽房。佳人處遐遠，蘭室無容光。善曰：曹植《離別詩》：「人遠精魂近，寤寐夢容光。」《家語》：與善人居，如入芝蘭之室，久而不聞其香，與之俱化。善注則引《河中之水歌》「盧家蘭室桂爲梁」。此歌宋刻作古辭，他本作梁武帝詩，觀善注其爲古辭無疑也。衿一作「襟」。懷擁虛善作「靈」。景，輕衾覆空牀。居歡惜善作「愒」。夜促，在慼五臣作「戚」。怨宵長。撫善作「拊」。枕獨吟六臣作「嘯」。歎，綿綿案：《文選》作「感慨」。心内傷。案：此首《文選》載。

君居北海陽，妾在南江一作「江南」。陰。《漢書》：匈奴乃徙蘇武北海上無人處。王逸《離騷經章句》：襄王遷屈原于江南。懸邈脩途遠，山川阻且深。曹植《懷親賦》：赴修塗以尋遠。《穆天子傳》：

王母謠曰：「道里悠遠，山川間之。」**承歡注隆愛，結分投所欽。**《説文》承，奉也，受也。晉劉柔妻王氏《懷思賦》：憶昔之懽侍，奉膝下而怡裕。鄭玄《禮記注》：隆，盛也。阮瑀《爲魏武與劉備書》：披懷解帶，投分寄意。**銜恩**一作「思」。**守篤**一作「篤守」。**義，萬里託微心。**江淹《雜體》：銜恩至海濱。蓋本此。

游目案：一作「自」。**四野外，逍遥獨延竚。**善曰：《楚辭》：「忽反顧以遊目。」又：結幽蘭而延佇。《漢・息夫躬傳》：四野風起。陸機《挽歌詩》：迴遲悲野外。**蘭蕙緣清渠，繁華蔭緑渚。**曹植《節遊賦》：臨漳淦之清渠。案：《楚辭》：既滋蘭之九畹兮，又樹蕙之百畝。《埤雅》：蕙，即今零陵香，一名薰。**佳人不在兹，取此欲誰與？巢居覺**一作「知」。**風飄**〔一〕，一作「寒」。**穴處識陰雨。**善曰：《春秋漢含孳》：「穴藏先知雨，陰曀未集，魚已噞喁。巢居之鳥先知風，樹木摇，鳥已翔。」《韓詩》：「鸛鳴于垤，婦歎于室。」薛君曰：「鸛，水鳥，巢居知風，穴處知雨。天將雨而蟻出擁土，鸛鳥見之，長鳴而喜。」**未**一作「不」。**曾遠别離，安知慕儔侣。**《洛神賦》：命儔嘯侣。案：此首《文選》載。

〔一〕「飄」，唐寫本作「飃」。

雜詩二首

案：《文選》亦載張茂先《雜詩》一首。

逍遥遊春宫，一作「空」。容與緑池阿〔一〕。《離騷》：溘我遊此春宫兮。《九歌》：聊逍遥兮容與。《初學記》：魏在鄴有緑水池。白蘋開案：一作「齊」。素葉，朱草茂丹花。屈原《九歌》：登白蘋兮騁望。王逸曰：蘋草，秋生，今南方湖澤皆有之。羅願《爾雅翼》：萍其大者曰蘋，五月有花，白色，謂之白蘋。《帝王世紀》：帝堯時，朱草生于郊。《抱朴子》：朱草長三尺，枝葉皆赤，莖似珊瑚也。微風摇茝若，層一作「增」。波動芰荷。《廣韻》：茝，香草。《字林》云蘼蕪别名。劉安《招隱士》：谿谷嶄巖兮水層波。謝靈運詩：芰荷迭映蔚。榮彩曜中林，流馨入綺羅。毛萇《詩傳》：中林，林中也。晉潘尼《安石榴賦》：馨香流溢。王孫遊不歸，修路邈以遐。《楚辭》：王孫遊兮不歸，春草生兮萋萋。誰與翫遺芳，佇立獨咨嗟。《抱朴子》：嵇君道云：「郭有道没，則遺芳永播。」

〔一〕「緑」，唐寫本作「緣」。

荏苒日月運，寒暑忽流易。茂先《勵志詩》云：「日與月與，荏苒代謝。」與此義同。《列子》：寒暑易節。同好遊不存〔二〕，苕苕一作「迢迢」。遠離析〔三〕。《周書》：太公曰：「同惡相助，同好相趨。」《西京賦》：狀亭亭以苕苕。房櫳自來風，户庭無行跡。《説文》：櫳，房室之疏也。班婕妤《自傷賦》：房櫳虚兮風泠泠。張景陽詩：房櫳無行跡。蒹葭生牀下，蛛蝥網四壁。《説文》：鼅鼄，蝥也。《漢書》：司馬相如家徒四壁立。案：《爾雅》：蒹葭，蘆葦也。《埤雅》：幼曰蒹葭，長曰萑葦。葦，即今之蘆，一名葭。萑，即今之荻，一名蒹。懷思豈不隆，感物重鬱積。游雁比翼翔，歸鴻知接翮。案：一作「翼」。《西都賦》：接翼側足。案：《周書》：白露之日鴻雁來。《淮南子》：雁從風而飛，以愛氣力。來哉彼一作「比」。君子，無愁徒自隔〔三〕。

〔一〕「遊」，唐寫本作「逝」。

〔二〕「遠」，唐寫本作「久」。

〔三〕「愁」，唐寫本作「然」。

潘岳

《晉書》：潘岳，字安仁，滎陽中牟人。弱冠，辟司空太尉府秀才，高步一時。

内顧詩二首〔一〕

張衡《西京賦》：嗟内顧之所觀。《三略》：將内顧則士卒慕之也。《内顧詩》，蓋本此。

靜居懷所歡，登城望四澤。春草鬱青青，桑柘何奕奕。《方言》：自關而西，凡美容謂之奕奕。芳林振朱榮〔二〕，緑水激素石。《東京賦》：濯龍芳林。司馬相如《上林賦》：發紅華，垂朱榮。初征冰未泮，忽焉袗絺綌〔三〕。漫漫三千里，苕苕一作「迢迢」。遠行客。馳情戀朱顏，寸陰過盈尺。《楚辭》：美人既醉朱顏酡。《淮南子》：聖人不貴尺之璧，而重寸之陰，時難得而易失也。夜愁極清晨，朝悲終日夕。曹植《名都篇》：清晨復來還。山川信悠永，願言良弗獲。引領訊歸雲〔四〕，案：一作「期」。沉思不可釋。張衡《思玄賦》：望歸雲而遐逝。

〔一〕紀氏《考異》作「顧內詩二首」。
〔二〕「朱」，《藝文類聚》卷三十二作「丹」。
〔三〕「袗」，趙氏覆宋本作「振」，唐寫本作「搙」。
〔四〕「訊」，唐寫本作「訴」。

獨悲安所慕？人生若朝露。綿邈寄絶域，眷戀想平素〔一〕。陸機《遂志賦》：仰前蹤之綿邈。李陵《答蘇武書》：到身絶域之表。孫楚《屈建論》：奪平素欲，建何忍焉。爾情既來追，我心亦還顧。形體隔不達，精爽交中路。不見山上一作「下」。松，隆冬不易故。不見陵澗一作「澗邊」。柏〔二〕，歲寒守一度。《莊子》：仲尼曰：「受命于地，惟松柏獨也，在冬夏常青青。」《孫卿子》：松柏經隆冬而不彫。無謂希是疏〔三〕，在遠分彌固。

〔一〕「想」，唐寫本作「相」。
〔二〕「澗」，唐寫本作「閒」。
〔三〕「是」，唐寫本、紀氏《考異》均作「見」。

悼亡詩二首

善曰：《風俗通》：「慎終悼亡。」鄭玄《詩箋》：「悼，傷也。」銑曰：悼，痛也。安仁痛妻亡，故賦詩以自寬。案：《文選》載三首，此選首及次二篇。

荏苒冬春謝，寒暑忽流易。善曰：荏苒，猶漸也。王逸《楚辭注》曰：「謝，去也。」《列子》：「寒暑易節。」**之子歸窮泉，重壤永幽隔。**善曰：之子，謂妻也。《琴賦》：「披重壤以誕載。」向曰：人死曰歸。窮，深也。**私懷誰克**五臣作「尅」。**從？淹留亦何益。**善曰：《神女賦》：「情獨私懷，誰者可語。」《說文》：「懷，念思也。」《楚辭》：「倚踟蹰以淹留。」《爾雅》：淹留，久也。**僶仰恭朝命**〔一〕**，迴心反初役。**善曰：役謂所任也。梁任昉《爲百辟勸進梁王牋》：近以朝命藴崇，冒奏丹誠。蓋本此。王充《論衡》：充罷州役。《左傳》：孟氏之臣秦堇父輦重如役。**望廬思其人，入室想所歷。**善曰：《家語》：「孔子曰：『思其人，愛其樹。』」**幃屏無髣髴，翰墨有餘迹。**善曰：《廣雅》：「帷，帳也。」《說文》：「髣髴，相似，見不諦也。」《歸田賦》：「揮翰墨以奮藻。」銑曰：其妻善屬文。**流芳未及歇，遺掛猶在壁。**善曰：《洛神賦》：「步蘅薄而流芳。」《廣雅》：「掛，懸也。」濟曰：芳，謂衣餘香，今猶未歇。遺掛，謂平生翫用之物尚在于壁。**帳幔如或存**〔二〕**，**良曰：悵怳，失志也。**回遑**五臣作「惶」。**忡**直中切。**驚惕**〔三〕**。如彼翰林鳥，雙棲**五臣作「飛」。**一朝隻。如彼游川魚，比目中路析**〔四〕。先歷切。善曰：曹植《善哉行》：「如彼翰鳥，或飛戾天。」王弼《周易注》：「翰，鳥飛也。」曹植《種葛篇》：「下有交頸禽」，即雙棲禽也。**春風緣隙**善作隟。**來，晨霤**力救反。**依**一作「承」。**簷**善作「檐」。**滴。**善曰：《説文》：「霤，屋承水也。濟曰：隙，門隙也。**寢息何時忘？沉**五臣作「沈」。**憂日盈積。**善曰：宋玉《笛賦》：「武毅發，沈憂結。」**庶幾有時衰，莊缶**方有反。**猶可擊。**善曰：郭璞《爾雅注》：「庶幾，徼幸也。」《莊子》：「莊子妻死，惠子弔之，方箕踞鼓盆而歌。惠子曰：『與人居，長子老身，死不哭，亦足矣，又鼓而歌，不已甚乎！』莊子曰：『不然。是其始死也，我獨何能無慨，察其始，而本無生。非徒無生，而本無形。非徒無形，而本無氣。人見偃然寢于巨室，而我噭噭隨而哭之，自以爲不通乎命，故止。』」

〔一〕「仰」，《文選》卷二三作「俛」。

〔二〕「帳幔」，誤。唐寫本作「悵怳」。

〔三〕「回遑」，唐寫本作「周皇」。

〔四〕「析」，唐寫本作「隔」。

皎皎窗中月，照我室南端。善曰：室南端，室之南正門。**清商應秋至，溽暑隨節闌。**善曰：王逸《楚辭注》：「商風，西風也。秋氣起，則西風急疾。」文穎《漢書注》：「闌，希也。」《説文》：「溽暑，濕暑也。」向曰：清商，涼風也。**凜凜涼風升，始覺夏衾單。**善曰：毛萇《詩傳》：「衾，被也。」**豈曰無重纊，誰**

與同歲寒。善曰：孔安國《尚書傳》：「纊，細綿也。」翰曰：言豈無重綿，人已亡矣，誰同歲寒？案：《説文》：絮也。或從光作絖。《玉篇》：綿也。**歲寒無與同，朗月何朧朧。**善曰：《埤蒼》：「朧朧，欲明也。」展五臣作「輾」。**轉眄枕席，長簟竟牀空。**良曰：簟，亦席也。案：《説文》：竹席也。《方言》：宋魏間謂之笙，或謂之籧曲。自關之東謂之簟。又案：周公始作簟。**牀空委清塵，室虚來悲風。**善曰：《莊子》：「空穴來風。」司馬彪曰：「門户孔空，風善從之。」《古詩》：「白楊多悲風。」**獨無李氏靈，彷彿覩爾容。**善曰：桓子《新論》：「武帝所幸李夫人死，方士李少君言能致其神，乃夜設燭張幄，令帝居他帳，遥見好女，似夫人之狀，還帳坐也。」**撫衿長歎息，不覺涕霑胸。霑胸安能已，悲懷**一作「歎」。**從中起。**善曰：《漢書》：「公孫玃曰：『累撫衿。』」魏武帝《苦寒行》：「延頸長歎息。」魏文帝《燕歌行》：「不覺淚下霑衣裳。」《史記》：「文帝意慘悽悲懷。」魏武帝《短歌行》：「憂從中來。」**寢興目存形，遺音猶在耳。**善曰：楊脩《傷夭賦》：「悲體貌之潛翳兮，目常存乎遺形。」《左傳》：「晉穆嬴曰：『今君雖終，言猶在耳。』」孔子《蟪蛄歌》：違山十里，蟪蛄之聲，猶尚在耳。**上慚東門吴，下愧蒙莊子。**善曰：《列子》：「魏有東門吴者，死子而不憂。」莊子，蒙縣人，故云蒙莊子。妻死不哭。濟曰：安仁有哀，故上慚下愧，不如古人。**賦詩欲言志，零落**六臣作「此志」。**難具**案：一作「具難」。**紀。**善曰：賈逵《國語注》：「紀，猶録也。」**命也可**一作「詩」。**奈何**〔一〕？**長戚自令鄙**〔二〕。善曰：魚豢《典略》：「趙岐卒，歌曰：『有志無時，命也奈何？』」馬融《長笛賦》云：「長戚之士能閑居。」

〔一〕「命也」，唐寫本作「今世」。
〔二〕「自令」，唐寫本作「令自」。

石崇

善曰：臧榮緒《晉書》：「石崇，字季倫，渤海南皮人。早有智慧，稍遷至衛尉卿。初，崇與賈謐善，謐既誅，趙王倫專任孫秀。崇有妓曰緑珠，秀使人求之，崇不許，秀乃勸倫殺崇，遂遇害。」

王昭君辭一首 并序

案：相和歌辭吟嘆曲。《古今樂録》：《明君》歌舞者，晉太康中季倫所作也。有妓緑珠善舞，以《明君曲》教之，而自製新歌。又案：琴曲有《昭君怨》，王嬙本辭，「秋木萋萋」篇是也。

王明君者，本爲王一作「本名」。**昭君**〔一〕。**以觸文帝諱，故改。**五臣作「改之」。善作「改焉」。善曰：《琴操》：「王昭君者，齊國王襄女也。年十七獻元帝。」臧榮緒《晉書》：「文帝諱昭。」**匈奴盛，請婚於漢。元帝詔**六臣無「詔」。**以後宮良家女**一無「女」字。**子明**善作「昭」。**君配焉**〔二〕。善曰：《琴操》：「單于遣使求一女子，帝以昭君賜單于。」《漢書》：「詔采良家女也。」**昔公主嫁烏孫，**

令琵琶馬上作樂，以慰其一無「其」字。**道路之思，**善曰：《漢書》：「烏孫使使獻馬，願得尚公主。乃遣江都王建女爲公主，以妻烏孫焉。」《釋名》：琵琶，本于胡中，馬上所作也。推手前曰琵，引卻曰琶。**其送明君亦必**五臣無「必」。**爾也**〔三〕。**其新造之**善無「之」。**曲**〔四〕**，多哀**六臣有「怨之」。**聲，故叙之於紙云爾。**

我本漢家子，將適單于庭。善曰：《漢書》：「匈奴歲正月，諸長小會單于庭祠。」向曰：我，爲明君稱也。單于，匈奴之君號也。**辭決**一作「訣」。**未及終，前驅已抗旌。**善曰：曹子建《應詔》：「前驅舉旞，後乘抗旌。」銑曰：決，別也。抗，舉也。《漢・劉屈氂傳》：與廣利辭決。《風俗通》：飲食飽滿，辭訣而去。《漢・終軍傳》：票騎抗旌。**僕御涕流離，轅馬爲悲**一作「悲且」。**鳴。**善曰：魏文帝《柳賦》：「左右僕御已多亡。」《長門賦》：「涕流離而縱橫。」李陵詩：「轅馬顧悲鳴。」良曰：轅，車轅也。**哀鬱傷五内，泣淚**一作「涕」。**霑**善作「濕」。**珠**一作「朱」。**纓。**一作「瓔」。善曰：李陵詩：「行行且自割，無令五内傷。」《淮南子》：雍門子以哭見孟嘗君，流涕霑纓。**行行日已遠，乃造匈奴城**〔五〕。善曰：魏文帝《苦哉行》：「行行日已遠，人馬同時飢。」翰曰：造，至也。**延我於穹廬，加我閼**於延反。**氏**支**名。**善曰：《漢書》：「烏孫公主作歌曰：『我家嫁我兮天一方，遠託異國兮烏孫王，穹廬爲室兮旃爲牆。』」《音義》：旃，帳也。蘇林曰：閼氏，音焉支，如漢皇后。向曰：穹廬，旃帳也。**殊類非所安，雖貴非所榮。**善曰：殊類，異類。李陵《答蘇武書》：但見異類。**父子見凌辱，對之慚且驚。**善曰：《漢書》：「呼韓邪死，子彫陶莫皐立，爲復系若鞮單于，復妻王昭君，生二女也。」殺身良未易〔六〕，默默以苟生。善曰：曹子建《三良詩》：「殺身誠獨難。」賈誼《弔屈原文》：「吁嗟默默。」《墨子》：「哀公迎孔子，席不端不坐，割不正不食。子路曰：『何與陳蔡異？』孔子曰：『曩與汝爲苟生，今與汝爲苟義也。』」苟生亦何聊，積思常憤盈。善曰：《楚辭》：「蓄怨乎積思。」王逸曰：「結恨在心慮憤鬱。」蔡琰詩：「心吐思兮胸憤盈。」翰曰：盈，滿也。《漢·吴王濞傳》：計乃無聊。願假飛鴻翼，棄一作「乘」。之以遐征。善曰：魏文帝《喜霽賦》：「思寄身于鴻鸞，舉六翮而輕飛。」高誘《吕氏春秋注》：「征，飛也。」飛鴻不我顧，佇立以屏營。善曰：《國語》：「申胥曰：『昔楚靈王獨行屏營。』」昔爲匣中玉，今爲糞土英。劉良曰：玉、英，皆喻明君。匣中，喻漢。糞土，喻匈奴也。英，花也。朝華不足歡〔七〕，案：《樂府》作「嘉」。甘爲秋草并〔八〕。善曰：《説文》：「木槿，朝華暮落也。」傳語後世人，遠嫁難爲情。善曰：《漢書》：「張禹曰：『有愛女，遠嫁爲張掖太守蕭咸妻。』」案：此首《文選》載。

〔一〕「爲」，《文選》卷二七作「是」。

〔二〕唐寫本無「詔」字。

〔三〕唐寫本無「必」字。

〔四〕「新造」，《文選》作「造新」。

〔五〕「乃造」，唐寫本作「遂入」。

〔六〕「未」，唐寫本作「不」。

〔七〕「朝」，唐寫本作「英」。

〔八〕「爲」，誤。唐寫本、《文選》作「與」。

左思

《晉書》：左思，字太冲，齊國人。徵秘書郎。齊王冏請爲記室參軍，不就。案：《文苑傳》：思貌寢口訥，而詞藻壯麗。不好交遊，惟以閑居爲事。作《三都賦》，自以所見不博，求爲秘書郎。賦成，張華見而嘆賞。

嬌女詩一首

案：晉雜曲歌辭。又《樂府》清商曲辭吴聲歌曲有《嬌女詩》二首。

吾家有嬌女，皎皎頗白皙。案：屈原《遠遊》：精皎皎以往來。小字爲紈一作「織」。素，口齒自清歷。鬢髮覆廣額，雙耳似連璧。晉孫楚《反金人銘》：時悦廣額，下作細眉。《晉書》：夏侯湛與潘岳行止同輿接茵，京都謂之連璧。明朝弄梳臺，黛眉類掃跡。《正字通》：鬧掃，髻名，猶盤雅、墮馬之類。唐人詩云：還梳鬧掃學宫妝。又：淡掃蛾眉謁至尊。義並同此。濃朱衍丹脣，黄吻瀾漫赤。

《酉陽雜俎》：近代妝尚靨，如射月，曰黄星靨。靨，鈿之名。蓋自孫吴鄧夫人也。曹植《魏德論》：黄吻之亂。《蒼頡篇》：吻，脣兩邊也。《上林賦》：瀾漫遠遷。《正字通》：瀾，音爛。瀾漫，淋漓貌。案：《周禮・考工記・梓人》：鋭喙，决吻。注：吻，口腃也。《漢・東方朔傳》：吐脣吻。**嬌語若連瑣，忿速乃明懂。**《南史・齊東昏侯紀》：今除金銀連瑣。嵇康《琴賦》：明嫿瞭惠。《説文》：嫿，靜好也。一作懂。《廣韻》：懂，不慧。又：懂懂，辯快出音譜。**握筆利彤管，篆刻未期益。**揚子《法言》：雕蟲篆刻，壯夫不爲也。案：彤管，見《詩》。又：《中華古今注》：牛亨問：「彤管何也？」答曰：「彤，赤染。史官載事用赤管。」**執書愛綈素，誦習矜所獲。**《説文》：綈，厚繒也。《後漢・楊厚傳》：厚祖父春，誡子統曰：「吾綈袠中，有先祖所傳秘記。」《纂文》：書縑曰素。揚雄書曰：齎細素數尺。**其姊字惠芳，面**案：一作「兩」。**目瞭**一作「燦」。**如畫。**《後漢・馬援傳》：眉目如畫。**輕妝**一作「莊」。**喜樓**一作「縷」。**邊，臨鏡忘紡績。**《國語》：公父文伯之母，紡績不懈。《漢・張安世傳》：夫人自紡績。**舉觶**疑作「觚」。**擬京兆，立的成復易。**《正字通》引《文選》云：操觚進牘。或以觚爲筆。《漢・張敞傳》：爲婦畫眉。長安中傳張京兆眉憮。孟康曰：憮，音詡。北方人謂眉好爲詡。蘇林曰：憮，音嫵。《釋名》：天子諸侯妾以次進御，值月事者不口説，以丹注面的爲識，令女史見之。王粲《神女賦》：施面的。案：《禮器》：尊者舉觶。凡觴一升曰爵，二升曰觚，三升曰觶。此案：上下文應作觚，從《正字通》解。**玩弄眉頰間，劇兼機杼役。**《廣韻》：劇，增也。一曰艱也。又：弄，玩也。又：頰，面也。《説文》：劇，甚也。枚乘

《雜詩》：札札弄機杼。**從容好趙舞，延袖像飛翮。**《北堂書鈔》：張華曰：「妙舞起齊趙。」《韓非子》：長袖善舞。《楚辭》：翾飛兮翠曾。注：曾，舞也。言舞工之巧，似翠鳥之舉。**上下弦柱際，文史輒卷襞。**桓譚《新論》：削桐爲琴，絲繩爲弦。《傅子》：箏者，弦柱十二，擬十二月。《漢書》：東方朔曰：「臣朔年十二學書，三冬文史足用。」梁簡文帝《答湘東王書》：紙札無情，任其搖襞。與此義同。**顧眄屏風畫，如見已指摘。**《東觀記》：宋弘嘗燕見，御坐新施屏風，畫列女傳，帝數顧視之。《楚辭》：意恣睢以指摘。**丹青日塵闇，明義爲隱賾。**《揚子》：炳若丹青。**馳鶩翔園林，菓下皆生摘。**《說文》：鶩，亂馳也。直騁曰馳，亂騁曰鶩。司馬相如《上林賦》：馳鶩往來。陶潛詩：林園無世情。《魏志》：穢國出果下馬，漢時恒獻之。《說文》：摘，拓果樹實也。謝靈運《永嘉記》：百卉正發時，聊以小摘供日。《廣韻》：摘，陟革切，手取。**紅葩掇紫蔕**[一]**，萍實驟抵擲。**《家語》：楚昭王渡江，中有一物，大如斗，圓而赤，直觸王舟，舟人取之。王使使問于孔子。孔子曰：「此萍實也。惟伯者爲能獲焉。」《廣韻》：抵，擠也，擲也。又：擲，投也，搔也，振也。案：《西京賦》：披紅葩之狎獵。《說文》：葩，華也。又：蔕倒茄于藻井。《說文》：蔕，瓜當也。**貪華風雨中，倏忽**一作「眒」。**數百適。**《廣韻》：適，樂也，善也，悟也，往也。郭璞《江賦》：倏忽數百。**務躡霜雪戲，重綦常累積。**《晏子春秋》：景公爲履，黃金之綦，飾以銀，連以珠。良玉之鉤，其長尺許。案：《儀禮·士喪禮》：綦繫于踵。注：屨，繫也。所以拘止屨也。**并心注肴饌，端坐理盤槅。**曹植《七啟》：此肴饌之妙也。《左傳》：乃饋盤飧。《廣韻》：槅，梔也。

出《儀禮》。**翰墨戢閑**一作「函」。**案，相與數離逖。**《魏志》：曹公作欹案卧視書。《左傳》：戎子駒支曰：「猶殽志也，豈敢離逖。」**動爲鑪鉦屈，屣履任之適。**《考工記》：鳧氏爲鐘鼓，上謂之鉦。注：鐘腰之上，居鐘體之正處曰鉦。**止爲荼菽據**〔二〕**，吹噓對鼎鑩。**案：採荼菽，見《詩》。又：《爾雅》：荼，苦菜。疏：味苦，可食之菜也。一名荼草。又：菽者，衆豆之總名。《管子》：威公北伐山戎，以戎菽遍布天下。《後漢·鄭太傳》：太對董卓曰：「孔公緒清言高論，噓枯吹生。」《説文》：鼎三足兩耳，和五味之彝器也。孫愐《廣韻》曰：鬲，鎗也。鑩、鬲通。案：《吴越春秋》：見爾鑩蒸而不炊。又：《抱朴子·黄白卷》：于鑩中加微火。**脂膩漫白袖，烟熏**一作「勳」。**染阿**一作「坷」。**錫。**《六書故》：膩，脂凝著也。《玉篇》：膩，垢膩也。《廣韻》：袖，衣袂也。《韓非子》：百尺之室，以突隙之烟焚。《漢·景十三王傳》：屋鼠不熏。司馬相如《子虛賦》：被阿緆。張揖曰：阿，細繒也。緆，細布也。《列子》：鄭衛之處子衣阿緆。緆與錫，古字通。**衣被**案：一作「破」。**皆重地，**宋本作「池」，又一作「施」。**難與沉**一作「次」。**水碧。**《山海經》：耿山多水碧。郭璞曰：亦水玉類也。**任其孺子意，羞受長者責。**《韓非子》：重厚自尊謂之長者。**瞥聞當與杖，掩淚**一作「淚眼」。**俱向壁。**張衡《舞賦》：瞥若電滅。《説文》：瞥，見也。《妬記》：有人姓荀，婦庾氏，大妬忌。兄稱父命，與杖數百，亦無改悔。《漢舊儀》：侍中左右近臣見婕好，行則對壁，坐則伏茵也。《漢書》：李夫人遂轉面向壁歔欷。

案：齊云：以上二卷，詞皆古意，即有爲《文選》所不取，取之，亦妙于存古。案：阮籍至左思諸詩，徐刻本列在第三卷中。宋刻二卷三十九首，今同。

〔一〕「掇」，紀氏《考異》作「綴」。

〔二〕「止爲茶菽據」，《太平御覽》卷八六七作「心爲茶荈劇」。

玉臺新詠箋注卷三

陸機

《晉書》：陸機，字士衡，吴人。年二十，閉門勤學，流譽京邑，爲吴牙門將軍。吴平，楊駿辟太子洗馬，後爲成都王穎司馬，被害。案：《文選》載士衡《擬古詩》十二首。此選七首，俱擬枚乘《雜詩》，而次序亦異。前輩言，擬古自士衡始，句倣字傚，如臨帖然。

擬古七首

擬西北有高樓

高樓一何峻，苕苕峻而安。綺窗出塵冥，飛階案：《文選》作「陛」。躡雲端。鮑照《登新亭詩》：附驥絶塵冥。佳人撫琴瑟〔一〕，纖手清且閑。芳草案：《文選》作「氣」。隨風結，哀響馥若蘭。玉容誰能案：《文選》作「得」。顧？傾城在一彈。曹植《罷朝表》：覲玉容而慶蕙。佇立望日昃，躑躅再三歎。不怨佇立久，但願歌者歡。思駕歸鴻羽，比翼雙飛翰。案：《文選》叙係第十首。

〔一〕「琴」，《藝文類聚》卷六十二作「瑶」。

擬東城一何高

翰曰：言高城常存而人易老，不如早爲行樂。案：一本作《擬東城高且長》。

西山何其峻，層曲鬱崔嵬。善曰：《尚書·五行傳》：「雲起于山，彌于天。」屈原《離騷》：朝飲木蘭之墜露兮。夏侯湛《釋抵疑》：燎原之煙，彌天之雲。蓋本此。**零露彌天墜，蕙葉憑林衰。寒暑相因襲，時逝忽如遺**〔一〕。**三閭結飛轡，大**一作「太」。**耋**大結反。**悲**一作「嗟」。**落暉。**善曰：《離騷》：「飲余馬乎咸池，總余轡于扶桑。」《史記·屈原傳》：漁父見而問之曰：「子非三閭大夫與？何故而至此？」大耋，見《易》。**曷爲牽世務，中心悵**一作「若」。**有違。**善曰：《漢書》：「嚴安徐樂上書言世務。」**京洛多妖麗，玉顔侔瓊蕤。**銑曰：瓊蕤，玉花也。言妖麗之顔，齊于玉華。曹植《名都篇》：京洛出少年。**閑夜撫鳴琴，惠音**案：一作「專言」。**清且悲。長歌赴促節，哀響逐高徽。**相如《上林賦》：然後侵淫促節。《正字通》：琴節曰徽，徽十三，象十二月，其一象閏，用螺蚌爲之。近代用金玉水晶。**一唱萬夫歎**〔二〕，**再唱梁塵飛。**善曰：《七略》：漢興，魯人虞公善雅歌，發聲盡動梁上塵。相如《上林賦》：奏陶唐氏之舞，聽葛天氏之歌，千人唱，萬人和。案：《宋書·武帝紀》：順聲一唱。**思爲河曲鳥，雙遊豐**五臣作「澧」。**水湄。**良曰：河曲鳥爲鴛鴦，此鳥常雙遊。案：《前漢·地理志》：武陵郡充縣歷山，澧水所出。又《山海經》：雅山，澧水出焉。案：《文選》敘係第九首。

〔一〕「遺」，《文選》卷三十作「頹」。

〔二〕「歡」，《文選》作「嘆」。

擬蘭若生春陽

銑曰：蘭、若，皆香草。古詩取興閨中守芳香之氣以待遠人。機以松栢堅貞取之爲比。案：一本作「朝陽」，《文選》同。

嘉樹生朝陽，凝霜封其條。執心守時信，歲寒不敢彫。一作「終不凋」。《左傳》：韓宣子來聘，公享之。韓子賦《角弓》。既享，宴于季氏，有嘉樹焉，宣子譽之。武子曰：「宿敢不封殖此樹以無忘《角弓》。」遂賦《甘棠》。毛萇《詩傳》：梧桐，柔木也。山東曰朝陽。梧桐不生山岡，太平而後生朝陽。《楚辭》：激凝霜之紛紛。《文選注》：曾子曰：「陰氣騰則凝爲霜。」**美人何其曠，灼灼在雲霄。**《廣韻》：灼灼，明也。**隆想彌年時**〔一〕**，長嘯入風飈。**案：《文選》作「飛飈」。飈，音勳，風貌。或作飆。潘岳《河陽縣作》：長嘯歸東山。**引領望天末，譬彼向陽翹。**善曰：《東京賦》：「眇天末以遠期。」士衡《歎逝賦》云：翫春翹而有思。注：春翹，草木方春發英也。案：《文選》敘係第七首。

〔一〕「時」，《文選》卷三十作「月」。

擬迢迢牽牛星

濟曰：此述思婦之情，託牽牛以明之也。案：一本作「迢迢」，《文選》同。

昭昭一作「炤炤」。**天**一作「清」。**漢暉，粲粲光天步。**善曰：《晏子春秋》：「星之昭昭，不如月之曖曖」。毛萇《詩傳》：「粲粲，鮮盛也。」《蜀志·秦宓傳》：吴遣使張温來聘，温問曰：「天有足乎？」宓曰：「有。詩云：『天步艱難，之子不猶。』若其無足，何以步之？」毛萇傳：步，行。猶，可也。**牽牛西北回，織女東南顧。**善曰：《大戴禮》：「夏小正曰：『七月初昏，織女正東而向。』」**華容一何冶，**一作「綺」。案：《文選注》：冶，或爲綺，非也。**揮手如振素。**向曰：冶，媚也。素，練也。華態既多姿媚，奮舉其手，如練之白。**怨彼河無梁，悲此年歲暮。跂彼無良緣，睆**户板反，一作「睨」。**焉不得度。**《淮南子》：烏鵲七月七日填河成橋而渡織女。跂彼睆焉，見《毛詩》。**引領望大川，雙涕如霑露。**翰曰：大川，天河也。案：《文選》敘係第三首。

擬青青河畔草

「青青河畔草」，注見卷一蔡邕。案：此擬枚乘《雜詩》「青青河畔草」篇，非擬蔡邕詩也。陸機另有擬邕詩，題曰《飲馬長城窟行》，即「驅馬陟陰山，山高馬不前」詩是也。

靡靡江蘺五臣作「離」。草，熠燿生河側。善曰：郭璞曰：「江蘺似水薺。」皎皎彼姝女，阿上聲。那當軒織。粲粲妖容姿，灼灼華美案：《文選》作「美顔」。色。良人遊不歸，偏棲獨案：一作「常」。隻翼。空房案：一作「室」。來悲風，中夜起歎息。案：《文選》叙係第五首。

擬庭中有奇樹

銑曰：此言友朋離索相思之情。

歡友蘭時往，迢迢善作「苕苕」。匿音徽。虞淵引絶景，四節遊若飛〔一〕。善曰：應劭曰：「虞泉，日所入也。」《淮南子》：至于虞淵，是謂黄昏。芳草久已茂，佳人竟不歸。躑躅遵林渚，惠風入我懷。崔駰《扇銘》：惠風時披。感物戀所歡，采此欲貽誰？案：《文選》叙係十一首。

〔一〕「遊」，五雲溪館本、《文選》卷三十作「逝」。

擬涉江采芙蓉

良曰：芙蓉，水草，其華美。此言思婦盛年，其夫遠遊，采此以自傷也。

上山采瓊蘂，穹一作「窮」。谷饒芳蘭。《楚辭》：屑瓊蘂以爲糧。魏文帝《典論》：飢飡瓊蘂，渴飲飛泉。案：《西都賦》：其陽則崇山隱天，幽林穹谷。又：《左傳》：深山窮谷，固陰沍寒。**采采不盈掬，悠悠懷所歡。故鄉一何曠，山川阻且難。沉思鍾**一作「鐘」。**萬里，躑躅獨吟歎。**案：《漢志》：黄鐘，《周禮》作鍾。古二字通用。《漢書》：揚雄默而好深湛之思。湛音同沉。枚乘《雜詩》：相去萬餘里。案：《文選》敘係第四首。

案：徐刻本載《擬古詩》八首，第一首《擬行行重行行》，第二首《擬迢迢牽牛星》，第三首《擬明月何皎皎》，第四首《擬蘭若生春陽》，第五首《擬東城一何高》，第六首《擬庭中有奇樹》，第七首《擬青青河畔草》，第八首《擬涉江采芙蓉》，不載《西北有高樓》一篇，與宋刻異。

爲顧彦先贈婦二首

善曰：集云「爲全彦先作」，今云「顧彦先」，誤也。且此上篇贈婦，下篇答，而俱云贈婦，又誤也。案：《晉書》：顧榮，字彦先，吴人也，爲尚書郎。又案：二首《文選》俱載。

辭家遠行遊，按：一作「役」。**悠悠三千里。**善曰：《鸚鵡賦》：「女辭家而適人。」蔡琰詩：「悠悠三千里，何時復來會？」**京洛多風塵，素衣化爲緇。**善曰：毛萇《詩傳》：「緇，黑色。」士衡《答張士然詩》：飄飆冒風塵。**修**案：一作「循」。**身悼憂苦，感念同懷子。**善曰：《列子》：「卑辱則憂苦。」《説文》：懷，思念也。**隆思亂心曲，沉歡滯不起。**善曰：薛君《韓詩章句》：「時風又且暴，使己思益隆。」《廣韻》：沈，直深切，没也。歡沉難克興，心亂誰爲理？願假歸鴻翼，翻飛浙一作「游」。江汜。善曰：晉牵秀《王喬赤松頌》：「翻飛而征。」案：《爾雅·釋水》：水決復入爲汜。《説文》：一曰汜，窮瀆也。見《毛詩》。

東南有思婦，長歎充幽闥。善曰：曹子建《七哀詩》：「上有愁思婦，悲歎有餘哀。」借問歎何爲？佳人眇天末。遊宦久不歸，山川修且濶。善曰：《淮南王書》：「游宦事人。」《褚先生集》：深惟士之游宦。形影參商乖，音息曠不達。善曰：《廣雅》：「曠，久也。」《月令》「消息」注：陽生爲消，陰死爲息。俗謂音信爲消息。離合非有常，譬彼弦與筈。音括。善曰：《吕氏春秋》：「夫萬物成則毁，合則離，離則復合，合則復離。」劉熙《釋名》：矢末曰筈，括會也。與弦會同。案：《廣韻》：箭筈，受弦處。又與括同。願保金石志，一作「軀」。慰妾長飢渴。善曰：李陵《答蘇武詩》：「思得瓊樹枝，以解長飢渴。」

爲一無「爲」字。周夫人贈車騎一首

碎碎織細練，爲君作褠襦。一作「當爲君作襦」。《漢書·王莽傳》：太后旦日衣繒練。師古曰：繒練，謂帛無文者。案：《釋名》：褠，襌衣之無袖者。《後漢·馬皇后紀》：倉頭衣緑褠。注：臂衣。君行豈有顧，一作「故」。憶君是妾夫。昔者得君書，聞君在高平。《魏·地形志》：原州領郡一：高平、長城。今時得君書，聞君在京城。《春秋》：紀季姜歸于京師。《公羊傳》：師，衆也。天子之居，必以衆大言之。《左傳》：公叔段請京，使居之，謂之京城大叔。京城華麗所，一作「鄉」。璀璨一作「粲」。多異端。按：一作「人」。魏曹植《槐樹賦》：羨良於之華麗。《廣雅》：璨，美玉。又：璀璨。曹植《洛神賦》：披羅衣之璀璨兮。男兒多遠志，豈知妾念君。《世説》：郝隆答桓公曰：「處則爲遠志，出則爲小草。」《楚辭》：眇遠志之所及兮。昔者與君別，歲聿一作「律」。薄將暮。日月一何速，素秋墜湛露。古詩：日月一何速。劉楨《與臨淄侯書》：肅以素秋則落也。湛露何冉冉，思君隨歲晚。對食不能飡，臨觴不能飯。士衡《贈弟士龍詩》：臨觴歡不足。

樂府三首

豔歌行六臣作《日出東南隅行》。或曰《羅敷豔歌》。

案：相和歌辭相和曲。注見卷一《日出東南隅行》。此首《文選》載。

扶一作「榑」。桑升一作「生」。朝暉，照此一作「我」。高臺端。善曰：《山海經》：「湯谷上有扶木。扶木者，扶桑也，十日所浴。」宋顏延之《歸鴻詩》：霑露踐朝暉。蓋本此。《新語》：高臺百仞。《呂氏春秋》：禹東至榑木之地。高誘曰：榑木，大木之津崖也。高臺一作「臺端」。多妖一作「豔」。麗，洞一作「濬」。**房出清顏。淑貌曜皎日，惠心清且閑。**善曰：《吕氏春秋》：「列精子高謂侍者曰：『我奚若？』侍者曰：『公妖且麗。』」王逸《楚辭注》：「妖，好也。」《琴道》：「雍門周曰：『廣厦邃房。』」齊謝脁《酧德賦》：苦清顏之倏忽。蓋本此。薛君《詩傳》曰：顏色盛美，如東方之日。惠心，見《易》。《廣雅》：閑，正也。士衡《七徵》：名倡陳于璿房。**美目揚玉澤，蛾眉象翠翰。**善曰：《楚辭》：「蛾眉曼睩目騰光。」王逸曰：曼，澤也。睩，視貌也。**鮮膚一何潤，彩**一作「秀」。**色若可餐。窈窕多容儀，婉媚**案：一作「美」。**巧笑言。**善曰：《子夜夏歌》：「郎君未可前，待我整容儀。」**暮春春服成，粲粲綺與紈。金雀垂藻翹，瓊珮結瑶璠。**善曰：《楚辭》：「砥室翠翹。」王逸曰：「翹，羽名也。」杜預《左傳注》：「璵璠，美玉也。」案：《西都賦》：上觚稜而棲金雀。**方駕揚清塵，濯足洛水瀾。**善曰：《西京賦》：「方駕受綏。」鄭玄《儀禮注》：「方，併也。」揚雄《太玄賦》：「蹈弱水而濯足。」**藹藹風雲會，佳人一何繁。**善曰：風雲，言多也。《過秦論》：天下雲會響應。**南崖充羅幕，北渚盈軿**蒲田反。**軒。**善曰：《倉頡篇》：「軿，衣車也。」《楚辭》：帝子降兮北渚。《南都賦》：亂北渚兮揭南崖。**清川含藻景，高岸**善作「崖」。**被華丹。**《水經注》：共北山，其水三川南合謂之清川。又：南逕凡城東。向曰：藻景，日光有文也。華丹，月華也。士衡樂府：汎舟清川渚。**馥馥芳袖揮，泠泠纖指彈。**善曰：蘇武詩：「馥馥我蘭芳。」又：「誰爲游子吟，泠泠一何悲。」**悲歌吐清音，**六臣作「響」。**雅舞**一作「韻」。**播幽蘭。**善曰：《列子》：「秦青撫節悲歌。」《韓詩》：「舞則莫兮。」薛君曰：「言其舞則應雅樂也。」杜預《左傳注》：

「播，揚也。」宋玉《諷賦》：「臣援琴而鼓之，爲《幽蘭》、《白雪》之曲。」左思《招隱詩》：非必絲與竹，山水有清音。**丹唇含九秋，妍迹淩七盤。**善曰：《神女賦》：「丹唇外朗。」《廣雅》：「陵，乘也。」《南都賦》：「結《九秋》之增傷，怨西荆之折盤。」張衡《舞賦》：「歷《七盤》而屣躡。」銑曰：九秋，曲名。七盤，楚舞。《説文》曰：迹，步處也。**赴曲迅驚鴻，蹈節如集鸞。**善曰：卞蘭《七牧》：「翻放袂而赴節，若遊鴻之翔天。」邊讓《章華臺賦》：「忽飄然以輕逝，似鸞飛于天漢。」《淮南子》：「龍興鸞集。」**綺態隨顔變，澄姿無定**善作「乏」。**源**〔一〕。**俯仰紛阿那，顧步咸可歡。**善曰：張衡《七辨》：「蝤蠐之領，阿那宜顧。」《倉頡篇》：「顧，視也。」王逸《楚辭注》：步，徐行也。」**遺芳結飛飇，**一作「猋」。**浮景映清湍。**《楚辭》：誰可與玩斯遺芳兮。善曰：《爾雅》：「扶揺謂之飇。」《説文》：「湍，水疾也。」**冶容不足詠，春游良可歎！**

〔一〕「澄」，趙氏覆宋本作「沉」。

前緩聲歌

案：漢雜曲歌辭。古辭「水中之馬」一首，陸機擬之。郭茂倩《樂府》曰：晉陸機《前緩聲歌》：「游仙聚靈族，高會層城阿。」言將前慕仙游，冀命長緩，故流聲于歌曲也。宋謝惠連又有《後緩聲歌》，大略戒居高位而爲讒諂所蔽，與前歌之意異矣。又案：緩聲，本謂歌聲之緩，非言命也。又有《緩歌行》，亦出于此。又案：此首《文選》載。

遊仙聚靈族，高會層城一作「曾山」。**阿**。善曰：《淮南子》：「掘崑崙墟以下地，下有層城九重，其高萬一千里一十四步二尺六寸。」郭璞有《游仙詩》。梁張纘《南征賦》：慕游仙之靈族。《漢書》：漢干置酒高會。**長風萬里舉，慶雲鬱嵯峨**。善曰：《史記》：「若煙非煙，若雲非雲，郁郁紛紛，蕭索輪囷，是謂慶雲。」夏侯湛《觀飛鳥賦》：弄長風以抑揚。**宓妃興洛浦，王韓起泰華**。善曰：《楚辭》：「迎宓妃于伊洛。」魏文帝詩：「王韓獨何人，翺翔隨天塗。」《神仙傳》：「衛叔卿歸華山，漢武帝令叔卿子度求之，見其父與數人博，度曰：『與博者爲誰？』叔卿曰：『是洪崖先生、王子晉、薛容也。』」又：「劉根初學道，到華陰，見一人乘白鹿，從十餘玉女。根頓首乞一言，神人乃住曰：『爾聞有韓衆不？』答曰：『實聞有之。』神人曰：『即我是也。』」**北徵瑶臺女，南要湘川娥**。善曰：《爾雅》：「徵，召也。」《楚辭》：「望瑶臺之偃蹇兮，見有娀之佚女。」《西京賦》：「懷湘娥。」王逸《楚辭注》：「堯二女娥皇、女英墮湘水中，爲湘夫人也。」**肅肅霄**善作「宵」。**駕動，翩翩翠蓋羅**。善曰：曹植《飛龍篇》：「芝蓋翩翩。」《甘泉賦》：「咸翠蓋而鸞旗。」**羽旗棲**五臣作「栖」。**瑣**一作「瓊」。**鸞，玉衡吐鳴和**。善曰：《琴道》：「雍門周曰：『水嬉則建羽旗。』」《楚辭》：「鳴玉鸞之啾啾。」又：「杠玉衡于炎火。」王逸曰：「衡，車衡也。」鄭玄《周禮注》：「鸞、和，皆以金爲鈴也。」應劭《漢書注》：「鸞在軾，和在衡。」**太容揮高絃，洪崖發清歌**。善曰：《思玄賦》：「太容吟兮念哉。」注：「太容，黄帝樂師。」《廣雅》：「揮，動也。」《西京賦》：「洪崖立而指麾。」薛綜曰：「三皇時伎人也。」《纂要》云：有清歌、商歌、變歌、緩歌、長歌、短歌、雅歌、酣歌、怨歌、勞歌。**獻酬既已**

周，輕軒垂一作「舉乘」。**紫霞。**善曰：《漢書》：「谷永曰：『遥興輕舉，登霞倒景。』」良曰：衆仙會畢，乘霞而去。**總轡扶**一作「榑」。**桑枝，**五臣作「底」。**濯足暘**善作「湯」。**谷波。**善曰：《楚辭》：「朝濯髮乎湯谷。」濟曰：扶桑、暘谷，皆日出處。孔安國《書傳》：暘，明也。日出于谷而天下明，故稱暘谷。**清暉溢天門，垂慶惠皇家。**善曰：《淮南子》：「馮夷，大禹之御也。乘雲車，排閶闔，淪天門。」高誘曰：「天門，上帝所居紫宫門也。」蔡邕《述征賦》：「皇家赫而天居，萬方徂而星集。」翰曰：群仙飛舉，溢滿天門，垂降慶福，惠賜吾皇家。漢王褒《九懷》云：天門兮地户。

塘上行

案：相和歌辭清調曲。注詳見卷二《塘上行》。案：此首《文選》載。

江蘺生幽渚，微芳不足宣。善曰：《釋名》：「小洲曰渚。」張楫《漢書注》：「江蘺，香草也。」注：詳上文。**被蒙風雨**一作「雲」。**會，移君**一作「居」。**華池邊。**善曰：《楚辭》：「黿鼉游乎華池。」**發藻玉臺下，垂影滄浪**平聲。**淵。**案：一作「泉」。善曰：《西京賦》：「西有玉臺，連以昆德。」班固《答賓戲》：「董生下帷，發藻儒林。」屈原《漁父歌》曰：「滄浪之水清兮，可以濯吾纓。滄浪之水濁兮，可以濯吾足。」**沾潤既已渥，結根奥且堅。**善曰：毛萇《詩傳》曰：「渥，厚也。」**四節遊不處**〔一〕**，繁華**善作「華繁」。**難久鮮。**劉楨詩：四節相推斥。**淑氣與時殞，**五臣作「隕」。**餘芳隨風捐。**《悲哉行》：蕙草饒淑氣。**天道有遷易，人理無常全。**善曰：司馬遷《悲士不遇賦》：「天道悠昧，人理促兮。」**男懽智傾愚，女愛衰避妍。**善曰：《莊子》：「喜怒相疑，愚智相欺。」仲長子《昌言》：「彊者勝弱，智者欺愚也。」向曰：妍，美也。《詩序》：「華落色衰，復相棄背。」《後漢書》趙壹《刺世嫉邪》曰：「孰知其妍媸。」《廣雅》：妍，好也。《説文》：妍，慧也。按：男，舊本作「南」。《家語》：鄭伯男，南也。王肅注云：左輔作「南」，古字。**不惜微軀退，但懼蒼蠅前。**善曰：鄭玄曰：「蠅之爲蟲，污白使黑，污黑使白，喻佞人變亂善惡也。」**願君廣末光，照妾薄暮年。**善曰：《封禪書》：「使獲燿日月之末光。」魏文帝《善哉行》：「上山采薇，薄暮苦飢。」善曰：《楚辭》：「薄暮雷電歸何處。」

〔一〕「遊」，《文選》卷二八作「逝」。

陸雲

《晉書》：陸雲，字士龍，少與兄機齊名，號「二陸」。爲吴郎中令，出宰浚儀，有惠政，爲潁所害。

爲顧彦先贈婦往返案：《文選》無「往返」二字。四首

顧彦先，注見上文。按：《文選》注：本集亦云「爲彦先」，然此二篇並是婦答，而云「贈婦」，誤也。

考《文選》只取二首，故云。

我在三川陽，子居五湖陰。《周語》：西周三川皆震。韋昭曰：三川，涇、渭、汭，出于岐山也。《戰國策》：張儀曰：「今三川，周室之朝市。」韋昭曰：有河、洛、伊，故曰三川。《藝文類聚》：《説文》曰：「湖，大陂也。」揚州浸有五湖。張勃《吴録》：五湖者，太湖之別名，以其周行五百里，故以五湖名。**山海一何曠，譬彼飛與沈。**荀爽《與季膺書》：任其飛沉，與時抑揚。**目想清惠姿，耳存淑媚音。**夏侯湛《玄鳥賦》：吐清惠之泠音。**獨寐多遠念，寤言撫空衿。彼美同懷子，非爾誰爲心？**

悠悠君行邁，煢煢妾獨止。行邁、煢煢，俱見《詩》。**山河安可踰？永隔路**一作「路隔」。**萬里。**《左傳》：子犯曰：「表裏山河，必無害也。」**京室多妖冶，粲粲都人子。**善曰：《上林賦》：「妖冶閑都。」鄭玄《儀禮注》：「女子。子者，女子也，别于男也。」**雅步嫋**一作「擢」。**纖腰，巧笑發皓齒。**陸機《百年歌》：高談雅步何盈盈。《墨子》：楚靈王好細腰，國多餓死人。張衡《舞賦》：搦纖腰而互折。**佳麗良可羨，**案：《文選》作「美」。**衰賤**一作「顔」。**焉足紀。**善曰：《戰國策》：「司馬喜曰：『趙，佳麗之所出。』」高誘曰：「佳，大也。麗，美也。」**遠蒙眷顧言，銜恩非望始。**善曰：鄭玄《詩注》曰：「顧，念也。」《左傳》：「鄭伯曰：『非所敢望。』」魏文帝《哀己賦》：「蒙君子之博愛，垂過望之渥恩。」案：此首與末一首《文選》載。

翩翩飛蓬征，郁郁寒木榮。陸機《演連珠》：勁陰殺節，不凋寒木之心。案：《淮南子》：見飛蓬轉而知爲車。《詩經注》：蓬華如柳絮，聚而飛如亂髮。**遊止固殊性，浮沉豈一情。**宋謝靈運《武帝誄》：頗預游止。蓋本此。案：《關尹子》：故能制一情者，可以成德。**隆愛結在昔，信誓貫三靈。**《春秋元命苞》：造起天地，鑄演人君，通三靈之貺。**秉心金石固，豈從時俗傾。**《楚辭》：世從俗而變化，隨風靡而成行。**美目逝不顧，纖腰徒盈盈。何用結中款，仰指北辰星。**繁欽《定情詩》：中情既款款。

浮海難爲水，游林難爲觀。容色貴及時，朝華忌日晏。皎皎彼姝子，灼灼懷春粲。毛萇《詩傳》曰：懷，思也。《國語》：女三爲粲。**西城善雅舞，總章饒清彈。**善曰：陸機《洛陽記》：「金墉城在宮之西北角，魏故宮人皆在其中。」崔豹《古今注》：「魏文帝宮人尚衣，能歌舞，一時冠絶。」孫盛《晉陽秋》：「傅隆議曰：『其總章技，即古女樂。』」**鳴簧發丹脣，朱絃繞素腕。**善曰：《洛神賦》：「攘皓腕。」晉張駿《薤露》：義士扼素腕。案：《漢武内傳》：許飛瓊鼓震靈之簧。又：邢疏：簧者，笙中金薄葉也。笙必有簧，故或謂笙爲簧。《樂記》鄭注：朱絃，練朱絃也。不練則體勁而聲清，練則絲熟而聲濁。**輕裾猶電揮，雙袂如霞散。**案：《文選》作「霧」。傅毅《舞賦》：霆駭電滅。《漢・匈奴傳》：瓦解雲散。張衡《舞賦》：裾若飛燕，袖如迴雪，徘徊相佯，瞥若電伐。韓康伯《周易注》：揮，散也。**華容溢藻幄，哀響**五臣作「音」。**入雲漢。**《洛神賦》：華容阿那。杜預《左傳注》：幄，帳也。《列子》：薛談學謳于秦青，辭歸。青餞于郊衢，撫節悲歌，聲振林木，響遏行雲。張湛曰：二人薛秦之善歌者。按：《漢舊儀》：

祭天有紺幄帳。《釋名》：幄，屋也。以帛依板施之，形如屋也。**知音世所希，非君誰能讚？** 善曰：《釋名》：「稱人之美，曰讚也。」**棄置北辰星，問此玄龍焕。** 善曰：《石氏星讚》：「軒轅，龍體，主后妃。」向曰：北辰星不移動，喻己也。玄龍，喻美色。按：《河圖》：玄金千歲生玄龍，餘亦然。張衡賦：玄龍迎夏則陵雲而奮鱗，樂時也。**時暮勿復**一作「復何」。**言，華落理必賤。**

張協

《晉書》：張協，字景陽。少辟公府，後爲黄門侍郎。按：協，載之弟，兄弟並守道不競，以屬詠自娱。

雜詩一首

按：《文選》雜詩十首，此其首篇也。

秋夜涼風起，清氣蕩暄濁。 梁劉緩《奉和納涼詩》：清氣流暄濁。劉孝威《望雨詩》：清陰蕩暄濁。蓋俱本此。《漢·天文志》：其國大蕩。注：蕩，滌也。**蜻蛚吟階下，飛蛾拂明燭。** 善曰：《易通卦驗》：「立秋蜻蛚鳴。」崔豹《古今注》：「飛蛾，善拂燈火。」按：《拾遺記》：燕昭王取緑桂之膏，然以照夜。忽有飛蛾銜火，狀如丹雀。**君子從遠役，佳人守煢獨。離居幾何時？鑽燧忽改木。** 善曰：《禮含文嘉》：「燧人始鑽木取火，炮生爲熟。」鄒子曰：「春取榆柳之火，夏取棗杏之火，季夏取桑柘之火，秋取柞楢之火，冬取槐檀之火。」屈原《九歌》：折疏麻兮瑶華，將以遺兮離居。**房櫳無行迹，庭草萋已**善作「以」。**緑。**善曰：《古詩》：「秋草萋以緑。」**青菭**一作「苔」。**依空牆，蜘蛛網四屋。**善曰：《淮南子》：「窮谷之洿，生以蒼苔。」魏文帝詩：「蜘蛛遶户牖，野草當堦生。」《論衡》：「蜘蛛結絲以網飛蟲，人之用計安能過之。」**感物多所懷，沉憂結心曲。**善曰：古詩：「感物懷所思。」子建《雜詩》：「沉憂令人老。」

楊方

《晉書》：楊方，字公回。有異才，爲高梁太守。案：賀循稱方于京師，王導辟爲掾，轉東安太守。後補高梁，以年老棄郡歸。

合歡詩五首

後三首一作《雜詩》。末一章《藝文類聚》作《合歡樹詩》。注見卷九湘東王。《樂府解題》：《合歡詩》，晉楊方所作也。言婦人謂虎嘯風起，龍躍雲浮，磁石引針，陽燧取火，皆以同聲相應，同氣相求。我與君情，亦猶形影宫商之不離也。常願食共並根穗，飲共連理杯，衣共雙絲絹，寢共無縫裯，坐必接席，行必携手。如鳥同翼，如魚比目，利斷金石，密踰膠漆也。按：晉雜曲歌辭。茂倩

《樂府》俱作《合歡詩》五首。

虎嘯谷風起，龍躍景雲浮。同聲好相應，同氣自相求。《春秋元命苞》：猛虎嘯，谷風起。《淮南子》：龍舉而景雲屬。《孝經援神契》：天子孝則景雲出游。我情與子親，譬如影一作「形」。追軀。食共並一作「同」。根穗，飲共連理杯。《東觀漢記》：濟陽縣嘉禾生一莖九穗。案：《淮南子》：孔子見禾之三變。注：三變，始于粟，粟生苗，苗成于穗。《孝經援神契》：德至草木則木連理。又：《方言》：盌、閜、盪、盧，皆杯也。杯其通語也。衣用一作「共」。雙絲絹，寢共按：一作「用」。無縫裯。一作「綯」。梁元帝《答齊餉雙馬詩》：色麗雙絲。《子夜四時歌》：俱作雙絲引，共奏同心曲。《說文》：縫，以鍼紩衣也。《廣韻》：裯，襌被。居願接膝坐，行願攜手趨。一作「遊」。《妬記》：有人姓荀，婦庾氏大妬忌，鄰近有年少，徑突首詣荀，接膝共坐，庾聞大罵。王僧孺《與何炯書》：豈復得與二三士友抱接膝之歡。蓋本此。子靜我不一作「求」。動，子遊我無一作「不」。留。齊彼同心鳥，譬此一作「彼」。比目魚。《宋書》：同心鳥，王者德及遐方則至。梁元帝《鴛鴦賦》：勝林鳥之同心。即指此。情至斷金石，膠漆未爲牢。但願長無別，合形作一軀。生爲併身物，死爲同棺一作「槨」。灰。《廣韻》：併，合和也。《淮南子》：彼并身而立節，我誕謾而悠忽。《說文》：棺，關也，所以掩屍。黄帝始造棺槨。秦氏自言至，我情不可儔。

磁石招一作「引」。長鍼，陽燧下炎煙。《三輔黄圖》：阿房宮以磁石爲門，懷刃者，止之。《南州異物志》：漲海崎頭水淺而多磁石，外徼人乘舟，皆以鐵鍱鍱之，至此關以磁石不得過。《蜀本草》：吸鐵虛運十數針，乃至一二斤刀器，迴轉不落。《周禮》。司烜氏掌以夫遂，取明火于日。注：夫遂，陽遂也。疏釋曰：云「夫遂，陽遂也」者，以其日者，太陽之精，取火于日，故名陽遂。**宫商聲相和，心同自相親。**鄭玄《樂記注》：宫商角徵羽，雜比曰聲，單出曰音。魏徐幹《中論》：苟得其心，萬里猶近。**我情與子合，亦如影追身。寢共織成被，絮用**一作「共」。**同功綿。**魏武帝《與太尉楊文先書》曰：并遺足下貴室錯綵羅穀裘一領，織成韡一量也。《正字通》引《説文》：絮，敝綿也。一曰繰餘爲絮，不繰爲綿。徐曰：精者曰綿，繭内衣護蛹者，與其外膜緒雜爲之曰絮。晉嵇含《伉儷詩》：裁彼雙絲絹，著于同功綿。與此義同。《通雅》高誘注引《海陽異名記》云：八蠶共爲一大繭，同功綿當即此。按：戲瑕《古樂府》有「終用同功綿」。今吴興養蠶家，以兩蠶共作繭者，謂之同功綿，價倍于常。其絲以三繭抽者爲合羅絲，歲以充造御服，山龍華蟲粉米藻火，並出于此，士庶家不得濫用也。謝肇淛著《西吴枝乘》載之。**暑搖比翼扇，寒坐併肩氈**〔一〕。《北堂書鈔》載陸機《芙蓉詩》曰：夏搖比翼扇。今集無。《史記·田儋傳》：與其弟併肩而事其主。《周禮》：秋歛皮，冬歛草，供其毳皮爲氈。《集韻》曰：氈，細罽也。**子笑我必哂，子慼我無懽。來與子共迹，去與子同塵。**晉陸機《吴貞獻處士陸君誄》：行焉比跡，誦必共響。《老子》：和其光，同其塵。**齊彼蛩蛩獸，舉動不相捐。**《孔叢子》：北方有獸名蟨，食得甘草，必齧以遺蛩蛩、駏驉，二獸見人來，必負蟨以走，二獸非愛蟨也，爲其得甘草以遺之也。蟨非愛二獸，爲假足也。司馬相如《子虛賦》：蹵蛩蛩，轔距虛。注：蛩蛩，獸狀如野人。《爾雅·釋地》：西方有比肩獸，與蛩蛩、距虚比，爲蛩蛩、距虚齧甘草，即有難，蛩蛩、距虚負而走，其名謂之蟨。郭璞曰：今雁門廣武縣夏屋山中有獸，形如兔而大，負共行，土俗名之爲蟨鼠。**惟願長無別，合形作一身。生有同室好，死成併棺民。徐氏自言至，我情不可陳。**篇末言「秦氏自言至」，「徐氏自言至」，似借秦嘉夫婦爲喻也。注見卷一。

〔一〕「併」，紀氏《考異》作「並」。

獨坐空室中，愁有數千端。《史記》：魏公子賓客辨士説王萬端。魏文帝《折楊柳行》：憒憒千萬端。**悲響答愁歎，哀涕應苦言。**一作「心」。**彷徨四顧望，白日入西山。**《楚辭》：日杳杳以西頹。**不覩佳人來，但見飛鳥還。**晉陶潛《歸去來辭》：鳥倦飛而知還。**飛鳥亦何樂？夕宿自作群。**《禽經》：陸鳥曰栖，水鳥曰宿，獨鳥曰止，衆鳥曰集。**飛黄銜長轡，翼翼回輕輪。**《淮南子》：黄帝治天下，于是飛黄服皂。高誘曰：飛黄，狐背上有角，乘之壽三千歲也。《正字通》：轡，御馬索也。俗曰馬韁。陸佃曰：御者駕馬以鞭爲主，騁馬以轡爲主。《説文》：有輻曰輪，無輻曰輇。《考功記》：察車自輪始。**俯涉緑水澗，仰過九層山。**《吴都賦》：亘以緑水。《漢書》：王陽爲益州刺史，至邛崍九折坂。**脩途曲且險，秋草生兩邊。黄華如沓金，白花如散銀。**張翰《雜詩》：黄華如散金。**青敷羅翠彩，絳葩象赤雲。**《廣韻》：敷，施也。《説文》：葩，古花字，本僞作蘤，音爲譌切。按：《周禮·保章氏注》：雲色赤爲兵荒。又：《左傳》：有雲如衆赤鳥，夾日以飛三日。爰有承露枝，紫榮合素芬。扶疎垂清藻，布翹芳且鮮。《上林賦》：垂條扶疎。《說文》：扶疎，四布也。目爲豔彩迴，心爲奇色旋。晉蔡洪《鬬鳬賦》：備艷彩之翠英。陳江總《雲堂賦》：吐觸石之奇色。撫心悼孤客，俯仰還自憐。曹植《九詠》：何孤客之可悲。《列子》：師襄撫心高蹈。峙𡾊向壁歎，攬筆作此文。《後漢書》：黄祖長子射爲章陵太守，有獻鸚鵡者，射舉札于禰衡前，衡攬筆而作，辭彩甚麗。

南鄰按：一作「林」。有奇樹，承春挺素華。張衡《思玄賦》：存重華乎南鄰。束晳《補亡詩》：亦挺其秀。屈原《九歌》：緑葉兮素華。豐翹被長條，緑葉蔽朱柯。《西京賦》：擢靈芝于朱柯。因風吐微一作「徽」。音，芳氣入紫霞。我心羨此木，願徙著余按：《樂府》作「予」，下「余」字亦作「予」。家。夕得遊其下，朝得弄其葩。爾根深且堅，按：《藝文》作「固」。余宅淺且洿。移植良無一作「無良」。期，歎息將如何？一作「何如」。

王鑒

《晉書》：王鑒，字茂高，堂邑人。少以文筆著稱。初爲琅琊侍郎，後拜駙馬都尉，出補永興令。

七夕觀織女一首

牽牛悲殊館，織女悼按：一作「怨」。**離家。**曹植《九詠》注：織女牽牛之星，各處河之旁。**一稔期一霄，此期良可嘉。**《左傳》：叔向曰：「所謂不及五稔者。」杜預曰：稔，年也。**赫奕玄門開，飛閣鬱嵯峨。**魏陳琳《武軍賦》：光赫奕以燭花。高允《鹿苑賦》：涉玄門之幽奥。蓋本此。《西都賦》：脩塗飛閣。秦嘉詩：盤石鬱嵯峨。**隱隱驅千乘，闐闐越星河。**闐闐，見《詩》。**六龍奮瑶轡，文螭負瓊車。**《説文》：螭，若龍而黄，北方謂之地螻。或曰：龍無角曰螭。郭璞《游仙詩》：雲螭非我駕。**火丹秉瑰燭，素女執瓊華。**晉傅咸《燭賦》：揚丹煇之煒燁。《説文》：瑰，玫瑰也。一曰圜好。徐曰：火齊象珠，赤色起之，層層各異。瓊華，見《詩》。按：火丹，仙女名。**絳旗若吐電，朱蓋如振霞。**班固《封燕然山銘》：朱旗絳天。軍令：聞九鼓音舉絳旗。按：《周禮・冬官》：輪人爲蓋。**雲韶何嘈嗷，靈鼓鳴相和。**晉王珣《孝武帝哀策文》：雲韶候奏。陸雲詩：鸞栖高崗，耳想雲韶。雲，爲《雲門》，黄帝樂也。韶，九《韶》，舜樂也。潘岳《金谷集詩》：揚桴撫靈鼓。**亭軒紆**一作「佇」。**高盼**〔一〕**，眷余在岌峩。澤因芳露霑，恩附蘭風加。**《晉康帝哀策文》：蘭風載芳。**明發相從遊，翩翩鸞鷟羅。**《決疑注》：凡象鳳者有五，多赤色者鳳，多青色者鸞，多黄色者鵷鶵，多紫色者鸑鷟，多白色者鵠。**同遊不同觀，念子憂怨多。敬因三祝末，以爾屬皇娥。**《莊子》：堯觀乎華。華封人曰：「嘻！聖人，請祝聖人，使聖人壽。」堯曰：「辭。」「使聖人富。」堯曰：「辭。」「使聖人多男子。」堯曰：「辭。」

〔一〕「亭」，紀氏《考異》作「停」。

李充

《晉書》：李充，字弘度，江夏鄍人。辟丞相王導掾，轉記室參軍。以貧求剡縣。遷大著作中書郎。

嘲友人一首

同好齊歡愛，纏綿一何深。成公綏《嘯賦》：奮久結之纏綿。子既識我情，我亦知子心。嬿婉歷年歲，和樂如瑟琴。《韓詩》：歲聿其暮。薛君曰：言年歲已晚也。良辰不我俱，中闊似商參。爾隔北山陽，我分南川陰。《説文》：陰，闇也。水之南，山之北也。嘉會罔克從，積思安可任。目想妍麗姿，耳存清媚音。晉楊泉《織機賦》：麗姿妍雅。「耳存」、「目想」句，本上文陸雲。修晝興永念，遥夜獨悲吟。《楚辭》：覿杪秋之遥夜。逝將尋行役，言别涕霑襟。按：一作「衿」。願爾降玉趾，一顧重千金。《左傳》：展喜從齊侯曰：「聞君親舉玉趾。」曹植詩：一顧千金重，何必珠玉賤。

曹　毗

《晉書》：曹毗，字輔佐，譙國人。少好文籍，善屬辭賦。除郎中，累遷至光禄勳。案：毗有《續神女杜蘭香歌》十首，甚有文彩。

夜聽擣衣一首

按：《樂府》有無名氏《擣衣曲》一首。注：言擣素裁衣緘封寄遠也。

寒興御紈素，佳人理衣衾。一作「衾」。冬夜清且永，皓月照堂陰〔一〕。纖手疊輕素，朗杵叩鳴砧。《廣韻》：碪，擣衣石也。砧同。《子夜歌》：佳人理寒服，萬結杵砧勞。清風流繁節，迴飈灑微吟。《易通卦驗》：立夏清風至而鶴鳴。嗟此往一作「嘉」。運速，悼彼幽滯心。二物感余懷，豈但聲與音。晉魯褒《錢神論》：孤弱幽滯，非錢不拔。

〔一〕「皓」，紀氏《考異》作「皎」。

陶潛

《晉書》：陶潛，字元亮，一字淵明，入宋名潛，潯陽柴桑人。少有高趣。隆安中，爲鎮軍參軍，遷建威參軍。未幾，求爲彭澤令。解綬歸，終其身不仕。宋顔延年誄之，謚曰靖節先生。

擬古詩一首

良曰：此言榮樂不常。按：此首《文選》載。

日暮天無雲，春風扇微和。佳人美清夜，達曙酣且歌。歌竟長歎息，持此感人多。明明雲間月，灼灼葉中華。按：本集作「皎皎」。豈無一時好，不久當如何？

荀昶

《南史·荀伯子傳》：伯子，潁川潁陰人。族弟昶字茂組，與伯子絶服。元嘉初，以文義至中書侍郎。《隋書·藝文志》：宋中書郎荀昶集十四卷。

擬相逢狹路間

按：相和歌辭清調曲。茂倩《樂府》作《長安有狹邪行》。注見卷一古樂府。

朝發邯鄲邑，暮宿井陘間。《漢・地理志》：趙國領邯鄲縣。張晏曰：邯鄲山在東城下。單，盡也。城郭從邑，故加邑云。師古曰：邯，音寒。邯鄲，今屬廣平府。又：常山郡領井陘縣。應劭曰：井陘山在南。音刑。**井陘一何狹，車馬不得旋。**《漢・韓信傳》：廣武君李左車説安成君曰：「今井陘之道，車不得方軌，騎不得成列。」**邂逅相逢值，崎嶇交一言。**《南都賦》：下蒙蘢而崎嶇。《廣雅》：崎嶇，傾側也。按：《史記・陳杞世家》：楚莊王輕千乘之國而重一言。**一言不容多，伏軾問君家。**《莊子》：宣尼伏軾而歎。**君家誠難知，難知復易博**〔一〕。**南面平原居，北趣相如閣。飛樓臨名都，通門枕華郭。**《史記・平原君傳》：平原君家樓臨民家。又：廉頗至相如門謝罪。《吳越春秋》：范蠡爲句踐立飛翼樓，以象天門。又：公仲謂韓王曰：「一如和秦，賂以一名都。」《西都賦》：立十二之通門。《吳都賦》：通門二八。晉庾闡《閑居賦》：宇接華郭。**入門無所見，但見雙棲鶴。**《禽經》：鶴以怨望以潔唳。又：鶴以聲交而孕。**棲鶴數十雙，鴛鴦群相追。**一作「逐」。**大兄珥金璫，**按：一作「鐺」。**中兄振纓緌**〔二〕。董巴《輿服志》：侍中冠弁大冠，加金璫，附蟬爲文。束皙《玄居釋》：背纓緌而長逸。**伏臘一**一作「二」。**來歸，鄰里生光輝。**楊惲《報孫會宗書》：歲時伏臘，烹羊炰羔。《周禮・遂人》：五家爲鄰，五鄰爲里。**小弟無所作**〔三〕，**鬭雞東陌逵。**《漢書》：眭弘少好鬭雞走馬。《風俗通》：里語云：「越陌度阡，更爲客主。」大婦織紈綺，中婦縫羅衣，陸機《羅敷歌》：粲粲綺與紈。小婦無所作，挾瑟弄音徽。陸機樂府：音徽日夜離。丈人且卻坐，一作「步」。梁塵將欲飛。

〔一〕二「難」字《樂府詩集》卷三十五均作「易」，可從。紀氏《考異》：「博者，尋覓之意。釋寶月《估客樂》曰：『五兩如竹林，何處相尋博』，蓋六朝有此方言。或疑爲誤字，非也。」

〔二〕「振纓緌」，《樂府詩集》作「纓珠緌」，注：「一作『纓玉蕤』。」

〔三〕「作」，《樂府詩集》作「爲」。

擬青青河邊草

注見卷一蔡邕。按：相和歌辭瑟調曲。此與卷二傅玄作，俱擬《飲馬長城窟行》，與卷中陸機詩異。

熒熒山上火，苕苕隔隴左。《說文》：天水大坂，亦州，漢汧縣。後魏置東秦州，又改爲隴州，因山名之。隴左不可至，精爽通寤寐。寤寐衾幬按：一作「幃」。同，忽覺在他邦。曹植《贈白馬王彪詩》：何必同衾幬，然後展殷勤？《說文》：衾，大被。《六書故》：衾，寢所覆也。他邦各異邑，相逐不相及。迷墟在望煙，木落知冰堅。《說文》：墟，大邱也。《淮南子》：木葉落，長年悲。升朝各自進，誰肯相攀牽？謝靈運詩：質弱易扳纏。注：扳纏，猶牽引也。客從北方來，遺我端弋綈。

《漢·文帝紀》：贊曰：「身衣弋綈。」師古曰：弋，黑色也。綈，厚繒。綈，音大奚反。**命僕開弋綈，中有隱起珪。**陶弘景《刀劍録》：董卓少時耕野得一刀，無文字，四面隱起作山雲文。《説文》：圭，瑞玉也。上圓下方。圭，與「珪」同。**長跪讀隱珪，辭苦聲亦悽。**上言各努力，下言長相懷。

王微 一作「徽」。

沈約《宋書》：王微，字景玄，少好學，無不通覽。年十六，舉秀才。除南平王鑠右軍咨議。微素無宦情，並稱疾不就。江湛舉爲吏部郎中。按：《宋書》無王徽字景玄者，作「徽」誤。又按：江淹擬古詩《王徵君微養疾》，亦作「微」。

雜詩二首

桑妾獨何懷？傾筐未盈把。《左傳》：晉公子將行，謀于桑下，蠶妾在其上。**自言悲苦多，排卻不肯捨。**《莊子》：造適不及笑，獻笑不及排，安排而去化。《廣韻》：卻，節也，又去。**妾悲叵陳訴，填憂不銷冶。**《字書》：叵，不可也。鄭玄《禮記注》：填，滿也。江淹《恨賦》：悲來填膺。**寒雁歸所從，半途失憑假。**《廣韻》：憑，託也。又：假，且也，借也，非真也。**壯情抃驅馳，猛氣捍朝社。**陸機《弔魏武帝文》：雄心摧于弱情，壯圖終于哀志。《漢書》：吏士曰：「軍中不得驅馳，于是天子乃案轡徐行。」《廣韻》：驅，馳也。應璩《與許子俊書》：猛氣畜勇，其毒如何？按：《書・盤庚》：乃正厥位。疏：禮郊在國外，左祖右社，面朝後市，正厥位謂正。此郊廟朝社之位也。**常懷雪**一作「雲」。**漢慙，常欲復周雅。**《詩序》：《雲漢》，仍叔美宣王也。宣王承厲王之烈，内有撥亂之志，遇災而懼，側身修行，欲銷去之。天下喜于王化復行，百姓見憂，故作是詩也。**重名好銘勒，輕軀願圖寫。**馮衍《奏記》：鄧禹曰：「銘勒金石。」梁沈約《内典序》：圖容寫狀。義同。范曄《後漢書》：顯宗追感前世功臣，乃圖畫二十八將于南宫雲臺。**萬里度沙漠，懸師蹈朔野。**《説文》：漠，北方流沙。《漢書》：李陵歌曰：「徑萬里兮度沙漠。」《史記・齊世家》：桓公西伐大夏，涉流沙，束馬懸車。登太行，至卑耳山。《後漢・皇甫規傳》：成功懸師之賞。晉袁宏《丞相桓温碑文》：懸軍輕進。《晉書・載記》姚德方言于碩德曰：「今懸師三千，後無繼援。」陸機《辨亡論》：衝棚息于朔野。鍾嶸《詩品》：或骨横朔野。**傳聞兵失利，不見來歸者。**魏武帝《嚴敗軍令》：其令諸將出征，敗軍者抵罪，失利者免官爵。**奚處埋旍麾？何處喪車馬？**魏明帝《善哉行》：旄旍指麾。**拊心悼恭人，零淚覆面下。**按：恭人，見《詩》。《吕氏春秋》：夫差以冒面死。高誘注曰：冒，覆面也。《後漢書》：臧洪《報袁紹書》曰：「不覺涕流之覆面也。」**徒謂久別離，不見長孤寡。**宋玉《高唐賦》：孤子寡婦，寒心酸鼻。**寂寂擠高門，寥寥空廣廈。**左思《詠史詩》：寂寂楊子宅，門無卿相輿。李顒《離思篇》：寥寥天宇闊。**待君竟不歸，收顔今就櫝。**《左傳》：則就木焉。又：子胥曰：「樹吾墓檟，檟可材也。」

思婦臨高臺，長想憑華軒。善曰：《舞賦》：「遠思長想。」《登樓賦》：「憑軒檻以遥望。」潘岳《爲賈謐贈陸機詩》：「珥筆華軒。」韋昭《漢書注》：「軒，檻上板也。」**弄弦不成曲，哀歌若送言**〔一〕。善曰：左太沖《詠史詩》：「哀歌和漸離。」《張平子書》：「酸者不能不苦于言也。」**箕帚留江介，良人處雁門。**善曰：箕帚，婦人所執也。《國語》：吴王夫差伐越。越王句踐乃命諸稽郢行成于吴，曰：「句踐請盟，一介適女，執箕帚以備姓于王宫。」《説文》：「箕，簸也。帚，糞也。」《楚辭》：「哀江介之悲風。」《漢・地理志》：雁門郡，秦置。**詎憶無衣苦，但知狐白温。**善曰：曹植《贈丁儀詩》：「狐白足禦冬，焉念無衣客？」《晏子春秋》：景公被白狐之裘，坐于堂側。**日暗牛羊下，野雀滿空園。**善曰：古《猛虎行》：「日暮不從野雀棲。」**孟冬寒風起，東壁正中昏。**善曰：東壁，星名。十月則日昏時見于南。故《禮》云：「仲冬之月中昏，傷歲暮也。」古詩：孟冬寒氣發，北風何慘慄。**朱火獨照人，抱景自愁怨**〔二〕。平聲。善曰：《楚辭》：「廓抱景而獨倚。」**誰知心曲亂？所思不可論。**按：此首《文選》載。

〔一〕「若送」，《文選》卷三十作「送苦」，可從。

〔二〕「朱火獨照人，抱景自愁怨」，《文選》作「抱影自愁怨，朱火獨照人」。

謝惠連

《宋書》：謝惠連，陳郡陽夏人。謝方明子。幼聰敏，十歲能屬文，族兄靈運深嘉之。本州辟主簿，不就。後爲彭城王法曹參軍。

七月七日詠牛女

善曰：《齊諧記》：「桂陽成武丁有仙道，常在人間。忽謂其弟曰：『七月七日織女渡河，諸仙悉還宮，吾向已被召，不得停，與爾别矣。』弟問：『織女何事渡河？兄何當還？』答曰：『織女暫詣牽牛。吾去後三千年當還耳。』明旦，失武丁所在，世人至今猶云：七月七日織女嫁牽牛。」按：《文選》「詠」字上有「夜」字。此首《文選》載。

落日隱櫚一作「簷」。**楹，升月照房**六臣作「簾」。**櫳。團團滿葉露，析析**先歷反。一作「淅淅」。**振條風。**善曰：《楚辭》：「秋風兮蕭蕭，舒芳兮振條。」**蹀**牒。**足循廣塗**〔一〕**，瞬**舜。**目曬**力帝反。**層穹。**善曰：《吕氏春秋》：「惠盎見宋康王，康王蹀足謦欬。」《聲類》：「蹀，躡也。」《登樓賦》：「循階除而下降。」《説文》：「除，殿階也。」又：「瞬，開合目也。」《蒼頡篇》：「曬，索視之貌也。」「穹，天也。」又按：《蜀都賦》：晝方軌之廣塗。**雲漢有靈匹，彌年闕相從**〔二〕。善曰：曹植《九詠》注：「牛女爲夫婦，七月七日得一會同也。」毛萇《詩傳》：「彌，終也。」**遐川阻暱**善作「昵」。**愛，脩渚曠清容。**善曰：曹植《九詠》注：「織女牽牛之星，各處河之旁。」《爾雅》：「昵，近也。」孫炎曰：「親之，近也。」《蒼頡篇》：「曠，疏曠也。」**弄杼不成彩，**一作「藻」。**聳轡鶩**按：一作「騖」。**前蹤。**善曰：王逸《楚辭注》：「蹤，軌也。」

枚乘《雜詩》：「札札弄機杼。」**昔離秋已兩，今聚夕無雙。**按：《文選注》：言昔離迄今會而秋已兩，今聚便別，故夕無雙也。**傾河易迴斡，款顔**五臣作「情」。**難久悰**〔三〕。音琮。善曰：傾河，天漢也。陸機《擬古詩》：「天漢東南傾。」邊讓《章華臺賦》：「天河既迴，歡樂未終。」如淳《漢書注》：「斡，轉也。」《字林》：「款，誠也，意有所欲。」《廣雅》：「悰，樂也。」**沃若靈駕旋，寂寥雲幄空**〔四〕。善曰：沃若，見《毛詩》。陸機《雲賦》：「藻帟高舒，長帷虹繞。」謝朓《七夕賦》：雲幄靜兮香風浮。《路史·禪通紀》：女媧氏乃設雲幄而致神明。**留情顧華寢，遥心逐奔龍。**善曰：龍，仙者所駕，故遥心以逐之。《莊子》：「神人乘雲氣，御飛龍也。」**沉吟爲爾感，情深意彌重。**善曰：《廣雅》：「感，傷也。」鄭玄《儀禮注》：「彌，盡也。」

〔一〕「塗」，《文選》卷三十作「除」，可從。

〔二〕「彌」，《太平御覽》作「終」。

〔三〕「款顔」，《太平御覽》作「凝情」。

〔四〕「寥」，《太平御覽》作「寂」。

擣衣

良曰：婦人擣帛裁衣，將以寄遠也。按：此首《文選》載。

衡紀無淹度，晷運倏如催。善曰：《漢書》：「用昏建者杓，夜半建者衡。」晉灼曰：「衡，斗之中央也。」《爾雅》：「星紀，斗牽牛也。」《漢書音義》：「二十八舍列在四方，日月行焉，起于星紀也。」《説文》：「晷，日影也。」白露滋園菊，秋風落庭槐。魏王粲《大暑賦》：仰庭槐而嘯風。按：《爾雅》：菊，治蘠也。《山海經》：女几之山，其草多菊。《管子》：五沃之土，其木宜槐。曹植《魏德論》：武帝執政日，白雀立于庭槐。肅肅莎按：一作「沙」。雞羽，烈烈寒螿啼〔一〕。善曰：莎雞，見《毛詩》。一名促織，一名絡緯，一名蟋蟀。《論衡》：「夏末寒，蜻蛚鳴，將感陰氣也。」許慎《淮南子注》：「寒螿，蟬屬也。」夕陰結空幕，霄五臣作「宵」。月皓中閨。美人戒裳一作「常」。服，端飾相招攜〔二〕。善曰：《左傳》：「招攜以禮。」何休《公羊傳注》：攜，持將也。簪玉出北房，鳴金步南階。善曰：《魏臺訪議》：「以玉爲笄也。古曰笄，今曰簪。繁欽《定情詩》：「何以致拳拳？綰臂雙金環。」櫩一作「欄」。高砧響發，楹長杵聲哀。善曰：郭璞曰：「砧，木質也。」然此砧爲擣帛之質也。《文字集略》：「砧，杵之質也。猪金切。」《爾雅》：「砧，謂之虔。」微芳起兩袖〔三〕，輕汗染雙題。善曰：《説文》：「題，額也。」陸機《塘上行》：微芳不足宣。紈素既已成，君子行不按：一作「未」。歸。裁用笥四。中刀，縫爲萬里衣。善曰：《説文》：「篋，笥也。」又：「緘，束篋也。古咸切。」《古詩》：相去萬餘里。盈篋按：一作「筐」。自予手，幽緘俟善作「候」。君開。腰帶準疇昔，不知今是非。善曰：《左傳》：羊斟曰：『疇昔之羊子爲政。』」按：《古今注》：漢中興，每以端午賜百僚烏犀腰帶。

按：齊云：情致纏綿，已爲齊梁豔體之先聲矣。

〔一〕「烈烈」，《藝文類聚》卷六十七作「冽冽」，可從。

〔二〕「飭」，《文選》卷三十作「飾」，可從。

〔三〕「起」，《藝文類聚》作「發」。

代古

按：樂府《客從遠方來》，相和歌辭瑟調曲。鮑照、鮑令暉各有一首。令暉詩，見第四卷。

客從遠方來，贈我鵠文綾。《晉·盧志傳》：帝賜志鶴綾袍一領。鵠、鶴通用。按：《説文》：東齊謂布帛之細者爲綾。《西京雜記》：霍光妻遺淳于衍散花綾。據此，則漢時已有綾矣。世傳唐褚遂良九世孫造綾之始，誤。《事物原始》謂褚公所造，疑今之花綾耳。亦誤。**貯以相思篋，緘以同心繩。裁爲親身服，著以俱寢興。別來經年歲，歡心不可淩。瀉**按：一作「寫」。**酒置井中，誰能辨斗升？**劉向《政理篇》：合升斗者寔倉廩。**合如杯中水，誰能判淄澠？**《列子》：孔子曰：「淄澠之合，易牙嘗而知之。」

劉鑠

善曰：沈約《宋書》：南平穆王鑠，字休玄，文帝第四子也。少好學，有文才。元兇弒立，以爲中軍將軍。世祖入討，歸世祖。進侍中、司空。後以藥納食中毒殺之，時年二十三。

代一作「擬」。下同。行行重行行

銑曰：此篇叙閨人思遠之意。按：三首俱擬枚乘詩。「孟冬寒氣至」爲古詩。

眇眇凌羨道[一]，**遥遥行遠之。**一作「岐」。善曰：《楚辭》：「路眇眇之默默。」《廣雅》：「眇眇，遠也。」向曰：摇摇，心不安貌。**迴車背京里，**一作「邑」。**揮手於**一作「從」。**此辭。**善曰：古詩：「迴車駕言邁。」劉越石《扶風歌》：「揮手長相謝。」《説文》：「揮，奮也。」謝朓詩：徘徊戀京邑。**堂上流塵生，庭中緑草滋。**善曰：曹植《曹仲雍誄》：「流塵飄蕩魂安歸。」**寒螿翔水曲，秋兔依山基。**善曰：《淮南子》：「兔走歸窟，寒螿翔水，各哀其所生。」高誘曰：「寒螿，水鳥。哀，猶愛也。」《風土記》：七月而螻蛄鳴于朝，寒螿鳴於夕。**芳年有華月，佳人無還期。日夕涼風起，對酒長相思。**善曰：魏文帝《秋胡行》：「朝與佳人期，日夕殊不來。」李陵《答蘇武書》：「遠望悲風至，對酒不能酬。」**悲發江南調，憂委《子衿》詩。**善曰：梁昭明太子《芙蓉賦》：「結江南之流調。」蓋本此。古樂府《江南》辭：「江南可採蓮。」《子衿》，見《毛詩》。向曰：江南調，採蓮曲也。《子衿》詩，歎無音信也。**卧看**按：《文選》作「覺」。**明鐙晦，坐見輕紈緇。**銑曰：晦，暗也。夜久則鐙暗。紈緇，帛之黑色。言晝夜坐卧，惟見此而已。劉楨《贈五官中郎將詩》：明鐙耀閨中。**淚容曠不飭，**一作「不可飾」。**幽鏡難復治。**善曰：曹植《七哀詩》：「膏沐誰爲容，明鏡闇不治。」**願垂薄暮景，照妾桑榆時。**《後漢·馮異傳》注引《前書》谷子雲曰：「太白出西方，六十日法當參天，今已過期，尚在桑榆間。」桑榆，謂晚也。按：《淮南子》：日入崦嵫，經于細柳，入虞淵之池，曙于蒙谷之浦。日西垂，景在于樹端，謂之桑榆。又按：此首《文選》載。

〔一〕「羡」，《文選》卷三一作「長」，可從。

代明月何皎皎

良曰：此篇爲遠人未還，中閨見月而歎。

落宿半遥城，浮雲藹層一作「曾」。**闕。玉宇來清風，羅帳延秋月。**善曰：鄭玄《詩箋》：「層，重也。」曹植《芙蓉賦》：「退潤玉宇，進文帝庭。」羅帳，羅幃也。桓子《新論》：「雍門周説孟嘗君曰：『今君下羅帳來清風。』」**結思想伊人，沉憂懷明發。**伊人，見《毛詩》。**誰謂**一作「爲」。**行客遊，**一作「客行久」。**屢見流芳歇。河廣川無梁，山高路難越。**善曰：《楚辭》：「江河廣而無梁。」秦嘉妻徐氏《答嘉書》：「高山嵓嵓，而君是越，斯亦難矣。」按：此首《文選》載。

代孟冬寒氣至

白露秋風始，秋風明月初。明月照高樓，白露皎玄除。《漢·蘇武傳》：扶輦下除。師古曰：除，謂門屏之間。迨及涼雲一作「風」。起，行見寒林踈。陸機《歎逝賦》：步寒林以悽惻。客從遠方至，贈我千里書。先叙懷舊愛，末陳久離居。一章意不盡，三復情有餘。願遂平生眷，一作「志」。無使甘言虛。《史記·商君傳》：商君曰：「苦言，藥也。甘言，疾也。」

代青青河畔草

按：此擬枚乘《雜詩》，與陸機詩同。

淒淒含露臺，肅肅迎風館。潘岳《關中記》：桂宮，一名甘泉。又作迎風館、寒露臺以避暑。曹植詩：迎風高中天。《地理書》：迎風館在鄴。思女御櫺軒，哀心徹雲漢。李尤《高安館銘》：櫺檻相承。曹植《雜詩》：臨牖御櫺軒。端撫悲弦泣，獨對明鐙歎。嵇康《琴賦》：拊弦安歌。良人久徭按：一作「遥」。役，耿介終昏旦。馮衍《顯志賦》：獨耿介而慕古兮。謝靈運詩：昏旦變氣候。楚楚秋疑作「狄」。水歌，依依採菱彈。《續博物志》：孔子臨狄水而歌曰：「狄水衍兮風揚波。」《襄陽耆舊傳》：宋玉對楚王曰：「中而曰《陽阿》、《采菱》，國中和而知之數百人。」《淮南子》：歌《采菱》，發《陽阿》，鄙人聽之，不若《延露》、《陽局》。非歌拙也，聽各異也。按：楚楚，見《詩》。又：《晉書・孫綽傳》：綽所居齋前種一株松，人謂之曰：「樹子非不楚楚可憐，但恐永無棟梁日耳。」

詠牛女

秋動清氛扇〔一〕，火移炎氣歇。《爾雅》：大火謂之大辰。郭璞曰：大火，心也。在中最明，故時候主焉。廣欄含夜陰，高軒通夕月。《蜀都賦》：開高軒以臨山。安步巡一作「尋」。芳林，傾望極雲闕。《戰國策》：顔蠋曰：「安步以當車。」劉歆《甘泉賦》：雲闕鬱之巖巖。組幕縈漢陳，龍駕凌霄發。《正字通》引《内則》：組，紃。注：組，亦織也。又曰：組、紃皆爲絛。闊溥者爲組，似繩者爲紃。《左傳》：子産相鄭伯以會，以幄幕九張行。杜預曰：幄幕，軍旅之帳。屈原《九歌》：龍駕兮帝服。郭璞《泰華山圖讚》：其誰遊之，龍駕雲裳。《淮南子》：大丈夫乘雲凌霄，與造化逍遥。《晉書・載記》：慕容垂請至鄴拜墓，苻堅許之。翼權諫曰：「垂，猶鷹也，若遇風雲之會，必有凌霄之志。」酈炎詩：舒我凌霄羽。誰云長河遥，頗覺促筵越〔二〕。魏文帝《永思賦》：痛長河之無梁。晉潘岳《笙賦》：爾乃促中筵。沉情未申寫，飛光已飄忽。沈約《宿東園詩》：飛光忽我遒。蓋本此。來按：一作「未」。對眇難期，今歡自兹没。

按：荀昶至劉鑠諸詩，徐刻列在第四卷中。

〔一〕「氛」，《藝文類聚》卷四作「風」，可從。
〔二〕「覺」，趙氏覆宋本作「劇」。「越」，《詩紀》作「悅」。

陸機 宋刻不收，今附于後。

擬行行重行行

濟曰：此明閨婦之思。按：二首俱擬枚乘《雜詩》，《文選》叙係第一首。

悠悠行邁遠，戚戚憂思深。行邁，見《毛詩》。《楚辭》：君戚戚而不可解。**此思亦何思？思君徽與音。音徽日夜離，緬邈若飛沉。**《悲哉行》：寤寐多遠念，緬然若飛沉。善曰：飛沉，言殊隔也。**王鮪懷河岫，晨風悲**按：一作「思」。**北林。**善曰：《周禮》：「春獻鮪。」鄭玄曰：「王鮪，魚之大者。」綜曰：山有穴曰岫也。王鮪，魚名也，居山穴中。長老言：王岫之魚，由南方來，出此穴中，入河水，見日目眩，浮水上，流行七八十里，釣人見之，取之以獻天子用祭。其穴在河南小平山。**遊子眇天末，還期不可尋。驚飇褰反信，歸雲難寄音。**善曰：《楚辭》：「願寄音于浮雲兮，遇豐隆而不將。」張衡《南都賦》：「足逸驚飇。」王粲《思親詩》：「仰瞻歸雲。」**佇立想萬里，沉憂萃我心。攬衣有餘帶，循形不盈襟。**六臣作「衿」。曹植詩：攬衣出中閨。**去去遺情累，安處撫清琴。**蘇武《留別》：去去從此辭。魏文帝《善哉行》：爲我彈清琴。晉湛方生《秋夜賦》：情累豁而都忘。士衡《凌霄賦》云：凱情累以遂濟。

擬明月何皎皎

李周翰曰：此謂閨人對月思行人之意。按：《文選》叙係第六首。

安寢北堂上，明月入我牖。毛萇《詩傳》：背，北堂也。**照之有餘輝，攬之不盈手。**善曰：《淮南子》：「天地之間，巧歷不能舉其數，手微惚恍，不能攬其光也。」高誘曰：「天道廣大，手雖能微，其惚恍無形者，不能攬得日月之光也。」**涼風繞曲房，寒蟬鳴高柳。**枚乘《七發》：縱恣于曲房隱閑之中。**踟蹰感節物，我行永已久。遊宦會無成，離思難獨**按：一作「常」。**守。**

按：齊云：此卷詩豔體，猶與古調相間。宋刻三卷三十九首，今增後二首，共四十一首。

玉臺新詠箋注卷四

王僧達

《宋書》：王僧達，瑯琊人。初爲始興王參軍，稍遷至中書令。屢犯上顔，以狂逆下獄，賜死。

七夕月下一首

遠山斂雰祲〔一〕，**廣庭揚月波。**《晉·范隆傳》：知并州有氛祲之祥。北齊邢子才《文宣帝哀策文》：氛祲日下。《説文》：雰，亦氛字也。祲，精氣感祥。顔師古《漢書注》：祲，謂陰陽氣相浸，漸以成災祥也。《東京賦》：儲乎廣庭。《漢·郊祀志》：月穆穆以金波。**氣往風集隙，秋還露泫柯。**桓譚《新論》：春葩含日似笑，秋葉泫露如泣。**節期**一作「氣」。**既已孱，中宵**一作「終宵」。**振綺羅。來歡詎終夕，收淚泣分河。**晉傅玄《秦女休行》：觀者收淚並慷慨。宋謝靈運《武帝誄》：收淚即路。

〔一〕「雰」，《藝文類聚》卷四、《初學記》卷四作「氛」。

顔延之

《宋書》：顔延之，字延年，瑯琊臨沂人。補太子舍人，出爲始安太守。元嘉中，徵爲中書侍郎，復出守永嘉。後爲金紫光禄大夫。按：延之好讀書，無所不覽，文章之美，冠絶當時。

爲織女贈牽牛

婺女儷經星，嫦一作「姮」。**娥棲飛月。**《史記·天官書》：牽牛爲犧牲。其北河鼓。河鼓大星，上將；左右，左右將。婺女。《竹書紀年》：周景王十三年，有星出婺女，二十八宿爲經，七曜爲緯。《周禮·馮相氏》疏：二十八星，若指星體言，謂之星，日月會于其星，即名宿，亦名辰，亦名次。《淮南子》：羿請不死之藥于西王母，嫦娥竊而奔月。注：嫦娥，羿妻也。**慚無二媛靈，託身侍天闕。**崔駰《反都賦》：徘徊天闕。山謙之《丹陽記》：王茂弘出宣陽門，望牛頭山兩峰，曰：「天闕也。」**閶闔殊未**一作「朱」。**暉，咸池豈沐髮。**屈原《離騷》：倚閶闔而望予。王逸曰：閶闔，天門也。《九歌》：與女沐兮咸池，晞女髮兮陽之阿。王逸曰：咸池，星名，蓋天池也。晞，乾也。**漢陰不久張**〔一〕**，長河爲誰越？雖有促讌期，方須涼風發。**宋賀道慶《離合詩》：促席宴閑夜。**虚計雙曜周，空遲三星没。**《廣雅》：日月謂之雙曜。**非怨杼軸勞，但念芳菲歇。**杼軸，見《毛詩》。《楚辭》：芳菲菲兮襲予。謝朓詩：含景望芳菲。

〔一〕「漢」，趙氏覆宋本作「隆」。「久」，《藝文類聚》卷四作「夕」，可從。

秋胡詩一首

善曰：《列女傳》：「魯秋胡潔婦者，魯秋胡子之妻。秋胡子既納之，五日，去而宦于陳，五年乃歸。未至其家，見路旁有美婦人方採桑。秋胡子悦之，下車謂曰：『今吾有金，願以與夫人。』婦人曰：『嘻！妾採桑奉二親，不願人之金。』秋胡子遂去。歸至家，奉金遺其母。其母使人呼其婦，婦至，乃向採桑者也。秋胡子見之而慚，婦曰：『束髮修身，辭親往仕，五年乃得還，當見親戚，今也乃悦路旁婦人，而下子之裝，以金予之，是忘母不孝也。妾不忍見不孝之人！』遂去而走，自投河而死。」良曰：延年詠此，以刺爲君之義不固也。按：相和歌辭清調曲。《樂府解題》曰：後人哀而賦之爲《秋胡行》。若魏文帝辭云「堯任舜禹，當復何爲」，亦題曰《秋胡行》。《廣題》曰：曹植《秋胡行》，但歌魏德而不取秋胡事，與文帝之辭同，與顔作異。按：此首《文選》載。

椅梧傾高鳳，寒谷待鳴律。善曰：鳳皇椅桐，見《毛詩》。司馬紹統《贈山濤詩》：「昔也植朝陽，傾枝俟鸞鷟。」劉向《别録》：「鄒衍在燕，有谷寒不生五穀。鄒子吹律而温至生黍也。」按：舊注：「言椅梧佇鳳皇之來儀，寒谷資吹律而成煦，類乎影響，豈不相思，故夫婦之儀，自遠相匹。」**影響豈不懷，自遠每相**

匹。善曰：影響，見《尚書》。《鶡冠子》：「影則隨形，響即應聲。」婉彼幽閑女，作嬪君子室。善曰：毛萇《詩傳》：「婉然，美貌。」又：「窈窕，幽閑也。」《爾雅》：「嬪，婦也。」峻節貫秋霜，明豔侔朝日。善曰：貫，猶連也。鄭玄《周禮注》：「侔，等也。」嘉運既我從，欣願自此畢。其一。善曰：陸機《從梁陳詩》：「在昔蒙嘉運。」燕居未及好〔一〕，良人顧有違。善曰：鄭玄《毛詩箋》：「顧，念也。」脱巾千里外，結綬登王畿。善曰：巾，處士所服。綬，仕者所佩。今欲宦于陳，故脱巾而結綬也。《東觀漢記》：「江革養母，幅巾屐履。」《漢書》：「蕭育與朱博爲友，長安諺曰：『蕭朱結綬。』言其相薦達也。」秋胡仕陳，而曰王畿。《詩緯》：「陳，王者所起也。」戒徒一作「途」。在昧旦，左右來相依。善曰：戒徒，見《易》。《左傳》：「讒鼎之銘曰：『昧旦丕顯。』」李陵《答蘇武書》：左右之人，見陵如此，以爲不入耳之歡來相勸勉。驅車出郊郭，行路正威遲。善曰：古詩：「驅車策駑馬。」毛萇《詩傳》曰：「倭遲，歷遠貌。」《韓詩》：「周道威夷」，其義同。存爲久離别，没爲長不歸。其二。嗟余怨行役，三按：一作「盡」。陟窮晨暮。三陟，《詩》「陟彼崔嵬」，「陟彼高岡」，「陟彼砠矣」是也。嚴駕越風寒，解鞍犯霜露。善曰：《楚辭》：「嚴車駕兮遊戲。」鄭玄《禮記注》：「越，蹶也。」《漢書》：「李廣令曰：『下馬解鞍。』」《左傳》：「太叔曰：『跋涉山川，蒙犯霜露。』」《蜀志》：羽檄交馳，嚴駕已訖。原隰多悲涼，迴飈卷高樹。善曰：宋均《春秋緯注》：「涼，愁也。」原隰，見《詩》。《公羊傳》：上平曰原，下濕曰隰。謝靈運詩：運開申悲涼。離獸起荒蹊，驚鳥縱一作「從」。横去。善曰：阮籍《詠懷詩》：離獸東南下。悲哉遊宦子〔二〕，勞此山川路。其三。迢遥行人遠〔三〕，婉轉年運徂。良時五臣作「人」。爲此別，日月方向除。善曰：《楚辭》：「超逍遥兮今焉薄。」又：「愁秋夜而宛轉。」《莊子》：「老聃曰：『予年運而往矣，將何以戒我哉！』」李陵詩：「良時不再至，離別在須臾。」毛萇《詩傳》曰：「除陳生新曰除。」鄭玄曰：「四月爲除。」《廣雅》：「方，始也。」孰知寒暑積，僶俛見榮枯。善曰：僶俛，猶俯仰也。程曉《女典》：「春榮冬枯，自然之理。」歲暮臨空房，涼風起座隅。寢興日已寒，白露生庭蕪。其四。善曰：《鵩鳥賦》：「止于坐隅。」宋玉《諷賦》：「主人女歌曰：『歲已暮兮日已寒。』」《爾雅》：「蕪，草也。」勤役從歸顧〔四〕，反路遵山河。昔辭善作「醉」。秋未素，今也歲載華。《楚辭》：歲既晏兮孰華。陸機《上留田行》：歲華冉冉方除。蠶月觀時暇〔五〕，桑野多經過。善曰：蠶月，見《詩》。阮籍《詠懷詩》：「趙李相經過。」佳人從所善作「此」。務，窈窕援高柯。善曰：薛君《韓詩章句》：「窈窕，貞專貌。」《說文》：「援，引也。」傾城誰不顧？弭節停中阿。其五。善曰：《楚辭》：「吾令羲和弭節兮。」鄭玄《毛詩箋》：「中阿，阿中也。大陵曰阿。」王逸曰：「弭，安也。」年往誠思勞，事一作「路」。遠闊音形。雖爲五載別，相與昧平生。善曰：《楚辭》：「年洋洋而日往。」曹子建《答楊德祖書》：「思子爲勞。」陸機《贈顧彦先詩》：「形影曠不接，所說聲與音。音聲日夜闊，何以慰吾心？」《廣雅》：「昧，闇也。」孔安國《論語注》：「平生，猶少年也。」按：舊注言五載之別雖久，論情無容不識，直爲先昧平生，所以致謬。捨車遵往路，鳧藻馳目成。善曰：舍車，見《易》。李陵詩：「行人懷往路。」班彪《冀州賦》：「感鳧藻以進樂兮。」《楚辭》：「滿堂兮美人，忽獨與予兮目成。」王逸曰：「獨與我睨而相視，成爲親親也。」南金豈不重，聊自意所輕。善曰：南金，見《毛詩》。鄭玄《毛詩箋》：「聊，且略之辭也。」義心多苦調，密此金玉聲〔六〕。其六。善曰：潘岳《從姊誄》：「義心清尚，莫之與鄰。」高節難久淹，朅綺列反。來空復辭。遲遲前途盡，依依造門基。善曰：劉向《七言》：「朅來歸耕永自疎。」王逸《楚辭注》：「朅，去也。」上堂拜嘉慶，入室問何按：一作「所」。之。善曰：《閑居賦》：「太夫人在堂。」蘇亥《織女詩》：「時來嘉慶集，室妻之所居。」《女史箴》：「正位居室。」《楚辭》：「浮雲兮容與，導予兮何之。」日暮行采一作「來」。歸，物色桑榆時。善曰：物色桑榆，言日晚也。《東觀漢記》：「光武曰：『失之東隅，收之桑榆。』」《後漢・逸民傳》：嚴光隱身不見，帝思其賢，乃令以物色訪之。美人望昏至，慚一作「暫」。歎前相持。其七。有懷誰能已？聊用申苦難。鄭玄《毛詩箋》：已，止也。離居殊年載，按：一作「歲」。一別阻河關。春來無時豫，秋至應一作「恒」。早寒。善曰：《史記》：「魏王豹至國，即絶河關。」《爾雅》：「豫，樂也。」明發動愁心，閨中起長歎〔七〕。慘悽歲方晏，日落遊子顔。其八。善曰：鄭玄《毛詩箋》：「方，向也。」按：舊注：言情之慘悽，在歲之方晏。日之將落，愈思遊子之顔。高張生絶弦，聲急由調起。善曰：揚雄《解難》：「弦者，高張急徽。」《物理論》：「琴欲高張，瑟欲下聲。」《演連珠》：「繁會之音，生乎絶絃。」《説苑》：「應侯與賈子坐，聞有琴聲，應侯曰：『今日琴一何悲！』賈子曰：『夫張急調下，故使悲矣。』」調，猶韻也，爲音聲之和。《漢・禮樂志》：高張四縣。按：高張生于絶弦，以喻立節期于效命。聲急由乎調起，以喻辭切興于恨深。**自昔枉光塵，結言固終始。如何久爲別，百行愆**善作「僁」。**諸己。**善曰：繁欽《與魏文帝牋》：「冀事速訖，旋待光塵。」《公羊傳》：「結言而退。」《楚辭》：「解佩纕以結言。」按：孔臧《與從弟書》：夫學者，所以飾百行也。晉杜預《左傳注》：僁，失也。**君子失明**一作「時」。**義，誰與偕没齒？**善曰：《家語》：「孔子曰：『淫亂者，生于男女。男女無別，則夫婦失義。昏禮聘享者，所以別男女明夫婦之義也。』」**愧彼《行露》詩，甘之長川汜。**其九。善曰：《行露》，見《詩》。鄭玄曰：「豈不知當早夜成昏禮，謂道中之露太多，故不行耳。」按：舊注：言貞女不犯霜露而違禮，而我貪生以棄義，比之爲劣哉，有愧焉。

〔一〕「好」，五雲溪館本作「歡」。

〔二〕「遊宦」，紀氏《考異》作「宦遊」。

〔三〕「迢」，《文選》卷二一作「超」。

〔四〕「顧」，五雲溪館本、《文選》作「願」，可從。

〔五〕「觀」，五雲溪館本作「歡」，可從。

〔六〕「此」，《文選》作「比」。

〔七〕「起」，《樂府詩集》卷三十六「夜」。

鮑照

《宋書》：鮑照，字明遠，上黨人。世祖時，爲中書舍人。上好爲文章，自謂莫及。照悟其旨，爲文多鄙言累句。後爲臨海王前軍參軍。王敗，爲亂兵所殺。

翫月城西門

按：《文選》作《翫月城西門廨中》。翰曰：廨，公府也。時照爲秣陵令。又按：《文選》此首載。

始見西南樓，纖纖如玉鈎。善曰：《西京雜記》：「公孫乘《月賦》曰：『值圓巖而似鈎，蔽脩堞如分鏡。』」王逸《楚辭注》：「曲瓊，玉鈎也。」**末映東北墀，娟娟似蛾眉。**善曰：《說文》：「墀，塗地也。」《禮》：「天子赤墀。」《上林賦》：「長眉連娟。」**蛾眉蔽珠櫳**〔一〕，一作「朱櫳」。**玉鈎隔綺窗。**按：一作「瑣」。善曰：珠櫳，以珠飾疏也。瑣窗，窗爲瑣文也。范曄《後漢書》：「梁冀第舍，窗牖皆有綺疏青鎖也。」**三五二八時，千里與君同。**善曰：二八十六日也。」《釋名》：「望，滿之名。月大十六日，月小十五日。」《淮南子》：「道德之論，譬如日月，馳騖千里，不能改其處。」**夜移衡漢落，徘徊帷幌**一作「櫎」。又一作「户」。**中。**善曰：《漢書》：「用昏建者杓，夜半見者衡。」《文字集略》：「幌以帛，明窗也。」**歸華先委露，別葉早辭風。**善曰：言歸華先委，爲露所墮。別葉早辭，爲風所隕。華落向木，故曰歸華。葉下離枝，故云別葉。王逸《楚辭注》：「委，棄也。」《翼氏風角》：「木落歸本，水流歸末。」**客遊厭辛苦，**按：一作「苦辛」。**仕子倦飄塵**〔二〕。古詩：轗軻長辛苦。**休澣自公日，**晏按：一作「宴」。**慰及私晨。**一作「辰」。善曰：《字林》：「醧，私宴飲也。」《方言》：「慰，居也。」《初學記》：急、告、寧，皆休假名也。書記所稱曰督休，亦曰吉休、休澣、取急、請急，又有長假、併假。**蜀琴抽**一作「搯」。**《白雪》，郢曲繞**善作「發」。**《陽春》。**善曰：相如工琴而處蜀，故曰蜀琴。客歌郢中，故稱郢曲也。宋玉《笛賦》：「師曠將爲《白雪》之曲也。」又：《對問》：「客有歌于郢中者，其爲《陽春》、《白雪》，國中屬而和者，不過數人。」**肴乾酒未缺，**五臣作「闋」。**金壺**善作「臺」。**啟夕輪**〔三〕。一作「淪」。善曰：《左傳注》：「肴乾而不食。」《爾雅》：「小波爲淪。」**迴軒駐輕蓋，留酌待情人。**良曰：軒，車也。情人，友人之別離者。

〔一〕「籠」，《文選》卷三〇作「櫳」。

〔二〕「飄」，《文選》作「風」。

〔三〕紀氏《考異》：「宋刻作『夕輪』，不可解。《文選》作『夕淪』，李善注謂：『肴雖乾而酒未止，金壺之漏，已起夕波。』義尚可通。」

代京洛篇 一作《煌煌京洛行》。

《古今樂録》：王僧虔《技録》云：「《煌煌京洛行》，歌文帝『園桃』一篇。」《樂府解題》曰：晉樂奏文帝

「夭夭園桃，無子空長」，言虛美者多敗。又有韓信高鳥盡，良弓藏，子房保身全名，蘇秦傾側賣主，陳軫忠而有謀，楚懷不納，郭生古之雅人，燕昭臣之，吴起知小謀大，及魯連高士，不受千金等語。若宋鮑照「鳳樓十二重」，梁戴暠「欲知佳麗地」，始則稱京洛之美，終言君恩歇薄，有怨曠沉淪之歎。按：相和歌辭瑟調曲，五解。照有二首，此其首篇也。

鳳樓十二重〔一〕，**四户八綺窗。**《太平御覽》：晉宮闕名。洛陽有鳳凰樓。張璠《漢記》：山陽都督張儉奏中常侍侯覽起第十六區，皆高樓，四周連閣，洞門之井蓮華壁柱綵畫，魚池臺苑，擬諸宮闕。《大戴禮》：明堂者凡九室，一室而有四户八牖。《吴越春秋》：子胥爲吴造大城，水門八，法地八窗。**繡桷金蓮華，桂柱玉盤龍。**江淹《倡婦自悲賦》：出桂柱而歛眉。蓋本此。按：《爾雅》：桷謂之榱。疏：桷，屋椽也。《國語》：丹桓公之楹，而刻其桷。《三輔黄圖》：甘泉宮、靈波殿，皆以桂爲柱，風來自香。**珠簾無隔露，羅幌**一作「櫎」。**不勝風。**《拾遺記》：石虎殿前，結珠爲簾，垂五色玉佩。**寶帳三千萬，**一作「所」。**爲爾一朝容。**《西京雜記》：帝爲寶帳，設于後宮。《戰國策》：女爲悦己者容。**揚芬紫煙上，垂綵緑雲中。**《古白鴻頌》：兹亦耿介，矯翮紫煙。**春吹迴白日，霜歌落塞鴻。但懼秋塵起，盛愛逐衰蓬。坐視青苔滿，卧對錦筵空。**《古今注》：苔，或紫或青，一名員蘚，一名緑錢，一名緑蘚。梁簡文帝《燭賦》：茱萸帳裏鋪錦筵。蓋本此。**琴筑**一作「瑟」。**縱横散，舞衣不復縫。**《採蘭雜志》：越嶲國有吸華絲，凡華著之，不即墮落，用以織錦。漢時國人奉貢，武帝賜麗娟二兩，命作舞衣。春暮宴于花下，舞時故以袖拂落花，滿身都著，舞態愈媚，謂之百花之舞。按：《釋名》：筑，以竹鼓之也，如箏細項。《史記》：高漸離擊筑。《西京雜記》：戚夫人善擊筑。**古來皆**一作「共」。**歇薄，君意豈獨濃？惟見雙黄鵠，千里一相從。**枚乘《雜詩》：願爲雙黄鵠，奮翅起高飛。

〔一〕「樓」，《藝文類聚》卷四二作「臺」。

擬樂府白頭吟

沈約《宋書》：古辭《白頭吟》曰：「淒淒重淒淒，嫁娶不須啼。願得一心人，白頭不相離。」詳見卷一「皚如山上雪」。按：相和歌辭楚調曲。《文選》亦載。

直如朱絲繩，清如玉壺冰。善曰：朱絲，朱弦也。桓子《新論》：「神農始削桐爲琴，繩絲爲弦。」《秦子》：「玉壺必求以盛，干將必求以斷。」應劭《風俗通》曰：「言人清高，如冰之潔。」**何慚宿昔意，猜恨坐相仍。**善曰：馮衍《答任武達書》：「敢不露陳宿昔之意。」《東觀漢記》：「段熲曰：『張奂事勢相反，遂懷猜恨。』」《方言》：「猜，疑也。」《爾雅》：「仍，因也。」**人情賤恩舊，世義逐衰興**〔一〕。善曰：《詩序》：「朋友道絶。」鄭玄曰：「道絶者，棄恩舊也。」**毫髮一爲瑕，丘山不可勝。**善曰：李尤《戟銘》：「山陵之禍，起于毫芒。」仲長子《昌言》：「事求絲髮之釁。」孫盛曰：「劉琨、王浚，睚眦起于絲髮，釁敗成乎丘海。」《文子》：「禍福之至，雖丘山，無由識之矣。」**食苗實碩鼠，點**按：一作「玷」。**白信蒼蠅。**碩鼠、蒼蠅，見《毛詩》。**鳧鵠遠成美，薪芻前見凌。**善曰：《韓詩外傳》：「田饒事魯哀公而不見察，謂哀公曰：

『夫雞頭戴冠，文也。足有距，武也。見敵敢鬬，勇也。有食相呼，仁也。夜不失時，信也。雞有五德，君猶日瀹而食之者，以其所從來近也。夫黄鵠一舉千里，出君園池，食君魚鼈，啄君稻粱，無此五者而貴之，以其所從來遠也。故臣將去君黄鵠舉矣。』公曰：『吾書子之言。』」《爾雅》：鷁，沉鳧。注：狀似鴨而小。《莊子》：鵠不日浴而白。《文子》：虚無因循，常後而不先，譬若積薪，後者處上也。《倉頡篇》：陵，侵也。《史記》：汲黯謂武帝曰：「陛下用群臣如積薪，後來者居上。」**申黜褒女進，班去趙姬升。周王日淪惑，漢帝益嗟稱。**善曰：《詩序》：「幽王娶申女以爲后，得褒姒而黜申后。」孔安國《尚書傳》：「淪，没也。」《史記》：褒姒不好笑，幽王欲其笑，萬方，故不笑。幽王爲烽燧大鼓，有寇至則舉烽火。諸侯悉至，至而無寇，褒姒乃大笑。故曰「周王日淪惑」。《飛燕外傳》：帝嘗私語樊嫕曰：「后雖有異香，不若婕好體自香也。」故曰「漢帝益嗟稱」。**心賞猶難恃，貌恭豈易憑？**善曰：《吕氏春秋》：「所恃者心也，而猶不足恃。」**古來共如此，非君獨撫膺。**善曰：《列子》：「昔人有知不死之道者，齊子欲學其道，聞言者已死，乃撫膺而歎。」

按：前輩言：明遠樂府俊爽絶倫。少陵云「俊逸鮑參軍」，真知言也。士衡樂府豐贍自佳，而去古益遠。明遠意自疏落，而反近建安。此骨勝與肉勝之别也。按：徐刻本有《朗月行》、《東門行》二首，列在《採桑詩》前，今附後。

〔一〕「義」，《文選》卷二八作「議」，可從。

採桑詩

郭茂倩曰：《樂苑》：「《採桑》，羽調曲。又有《楊下採桑》。」考《採桑》，本清商西曲也。詳見卷一古樂府。按：相和歌辭相和曲。樂府又有《採桑度》，亦曰《採桑》，與此異。

季春梅始落，女工事蠶作。《漢書》：宣帝曰：「辭賦譬如女工有綺縠也。」揚雄《元后誄》：分繭理絲，女工是勤。按：《風俗通》：五月有落梅花。**採桑淇洧間，還戲上宮閣。早蒲時結陰，晚篁初解籜。**《續述征記》：烏常沉湖中，有九十臺，皆生結蒲。云秦始皇遊此臺，結蒲繫馬，自此蒲生則結。毛萇《詩傳》：籜，槁也。鄭玄箋：槁，謂木葉也。木葉槁，待風乃落。疏：毛以爲落葉謂之籜。按：《戰國策》：薊邱之植，植于汶篁。注：竹田曰篁。半筍謂之初篁。謝靈運詩：初篁苞綠籜。**藹藹霧滿閨，融融景盈幕。**藹藹，見《毛詩》。《左傳》：其樂也融融。**乳燕逐草蟲，巢蜂拾花蕚。**一作「藥」。草蟲、華鄂，見《毛詩》。鄭玄箋：承華者曰鄂。**是**一作「景」。**節最暄妍，佳服又新爍。歛歎對回**一作「迴」。**塗，揚歌弄場藿。**場藿，見《毛詩》。**抽**一作「㨨」。**琴試佇**一作「抒」。**思**〔一〕**，薦珮果成託。承君郢中美，服義久心諾。**宋玉《招魂》：身服義而未沫。**衛風古愉豔，鄭俗舊浮薄。虛**按：一作「靈」。**願悲渡湘，空**一作「宓」。**賦笑灑洛。**宋顏延之《蜀葵贊》：渝艷衆葩。曹植《洛神賦序》：余朝京師，還濟洛川。古人有言，斯水之神，名曰宓妃。渡湘，疑即神女事也。注見卷五江淹。**盛**

明難重來，淵意爲誰涸？君其且調絃，桂酒妾行酌。屈原《九歌》：桂酒兮蘭漿。

〔一〕「佇」，趙氏覆宋本作「紵」。

夢還詩 按：一作《夢歸鄉》。

銜淚出郭門，撫劍無人逵。劉鑠《壽陽樂》：銜淚出傷門。古詩：出郭門直視。《左傳》：子朱怒，撫劍從之。按：《左傳》：宋人以諸侯伐鄭，焚渠門入，及大逵。《說文》：逵，九達道也。沙風闇塞起，離心眷鄉畿。夜分就孤枕，夢想暫言歸。《後漢·光武紀》：講論經理，夜分乃寐。孀婦當户笑〔二〕，繅一作「搔」。絲復鳴機。《春秋繁露》：繭待繅而爲絲。慊款論久別，相將還綺帷。一作「幃」。曹植《仲雍哀辭》：羅幬綺帳。《說文》：在房曰帷，在上曰幕。《廣雅》：帷，幕帳也。靡靡一作「歷歷」。簷下涼，朧朧窗裏煇。刈蘭爭芬芳，採菊競葳蕤。《左傳》：刈蘭而卒。陶潛《雜詩》：采菊東籬下。王粲《公讌詩》：百卉挺葳蕤。開奩集香蘇，探袖解纓徽。《方言》：蘇、芬、莽，草也。江淮南楚之間曰蘇，自關而西曰草。嵇康《琴賦》：新衣翠粲，纓徽流芳。束皙《玄居釋》：背纓綏而長逸。枚乘《七發》：秋黄之蘇。寐中長路近，覺後大江違。《楚辭》：横大江兮揚靈。王粲《贈蔡子篤詩》：舫舟翩翩，以泝大江。驚起空歎息，恍惚神魂飛。司馬相如《上林賦》：芒芒恍忽。傅玄《朝時篇》：魂神馳萬里。白水漫浩浩，高山壯巍巍。按：《左傳》：公子重耳曰：「所不與舅氏同心者，有如白水。」《楚辭》：朝吾將濟于白水兮。注：白水，出崑崙之山，飲之不死。**波潮**按：一作「瀾」。**異往復，風霜**一作「雲」。**改榮衰。**郭璞《江賦》：自然往復，或夕或朝。《抱朴子》：朝者，據朝來也。言夕者，據夕至也。《漢書》：韓安國曰：「夫盛之有衰，猶朝之必暮。」**此土非吾土，慷慨當訴誰？**按：王粲《登樓賦》：雖信美而非吾土兮。

〔一〕「笑」，五雲溪館本作「歎」。

擬古

河畔草未黄，胡雁已矯翼。揚雄《解嘲》：矯翼厲翮。**秋蛩扶户吟**〔一〕**，寒婦晨**一作「成」。**夜織。**按：《古今注》：蟋蟀，一名吟蛩。《詩疏》：幽州人謂之趣織。里語曰：「趨織鳴，懶婦驚。」**去歲征人還，流傳舊相識。聞君上隴時，東望久歎息。**《史記索隱》：薄太后陵曰南陵，在長安東滻水東原上，在灞陵西南。故曰「東望吾子，西望吾夫」。按：《説文》：隴，天水大坂也。《前漢・地理志》：天水郡，隴縣。**宿昔衣帶改，**一作「改衣帶」。**旦暮異容色。**《莊子》：旦暮遇之也。《史記・淮陰侯傳》：憂喜在于容色。郭璞《遊仙詩》：容色更相鮮。**念此憂如何？夜長憂向**按：一作「愁吏」。**多。明鏡塵匣中，寶瑟生網羅。**一作「絲」。《漢書》：莽何羅觸寶瑟僵。

〔一〕「扶」，五雲溪館本作「挾」，可從。

詠雙一無「雙」字。燕

雙燕戲雲崖，羽翮一作「翰」。始差池。左思《雜詩》：明月出雲崖。出入南閨裏，經過北堂陲。意欲巢君幕，層楹不可窺。沉吟芳歲晚，徘徊韶景移。梁元帝《纂要》：正月孟春，亦曰芳歲。又：景曰韶景。悲歌辭舊愛，銜泥覓新知〔一〕。

〔一〕「泥」，《藝文類聚》卷九十二作「淚」。

贈故人一有「馬子喬」三字。二首

寒灰滅更燃，夕華晨更鮮。《漢·韓安國傳》：獄吏田甲辱安國，安國曰：「死灰獨不復燃乎？」春冰雖暫解，冬冰復還按：一作「還復」。堅。春冰，見《尚書》。解凍、冰堅，見《禮記》。佳人捨我去，賞愛長絶緣。歡至不留時，一作「日」。每感按：一作「感物」。輒傷年。

雙劍將別離，一作「離別」。先在匣中鳴。煙雨交將夕，從此遂分形。雌沉吳江水，雄飛入楚城。吳江深無底，楚城有崇扃。《列子》：夏革曰：「渤海之東有大壑焉，實惟無底之谷。」《說文》：

扃，門之關也。**一爲天地別，豈直阻**一作「限」。**幽明。神物終不隔，千祀儻還并。**《晉・張華傳》：斗牛之間，常有紫氣，豫章人雷焕，妙達緯象，以爲寶劍之精，上徹于天。華即補焕爲豐城令。焕到縣，掘獄屋基，入地四丈餘，得一石函，中有雙劍，並刻題，一曰「龍泉」，一曰「太阿」。送一劍與華，一劍自珮。華報焕書曰：「詳觀劍文，乃干將也，莫邪何復不至？雖然天生神物，終當合耳。」華誅，失劍所在。焕卒，子華爲州從事。持劍行經延平津，劍忽于腰間躍出墮水，使人没水取之，不見劍，但見兩龍，各長數丈，蟠縈有文章。没者懼而反，于是失劍。

王　素

《宋書》：王素，字休業。瑯琊臨沂人，屢徵不仕。按：素少有志行。初爲廬陵侍郎，母憂去職，乃往東陽隱居不仕，聲譽甚高。山中有蚿蟲，聲清長，聽之使人不厭，而其形甚醜，乃爲《蚿賦》以自況，卒時年五十四。

學阮步兵體

沉情發遐慮，紆鬱懷所思。髣髴聞簫管，鳴鳳接嬴姬。《列仙傳》：簫史教弄玉吹簫作鳳聲，鳳凰來止其屋。秦穆公爲作鳳臺。一旦，皆隨鳳飛去。鍾會《菊花賦》：荆姬秦嬴。**連緜共雲翼，嬿婉**

相攜持。王褒《洞簫賦》：翩連綿以牢落。郭璞《江賦》：眇若雲翼絶嶺。《詩序》：百姓莫不相攜持而去焉。寄言芳華士，寵利不常期。宋玉《登徒子好色賦》：贈以芳華辭甚妙。寵利，見《尚書》。涇渭分清濁，視彼《谷風》詩。涇渭，見《詩·谷風》章。

吴邁遠

《南史·文學傳》：吴邁遠好爲篇章，每作詩得稱意語，輒擲地呼曰：「曹子建何足數哉！」《隋書·藝文志》：宋江州從事吴邁遠集一卷。按宋明帝聞而召之，及見，曰：「此人連絶之外，無所復有。」

擬樂府四首

飛來雙白鵠

注見卷一古樂府《雙白鵠》。按：相和歌辭瑟調曲。

可憐雙白鵠，雙雙絶塵氛。潘岳《笙賦》：雙鴻翔，白鶴飛。善曰：古樂府有《飛來雙白鶴》篇。景差《小言賦》：戴氛埃兮垂瀏塵。按：鵠，即是鶴音之轉。後人以鵠名頗著，謂鶴之外别有鵠。故《埤雅》既有鶴，又有鴿。連翩弄光景，交頸遊青雲。張衡《觀舞賦》：連翩駱驛，乍續乍絶。謝靈運《初發石首城詩》：日月垂光景。逢羅復逢繳，雌雄一旦分。《史記》：楚人以弱弓微繳加歸雁之上。哀聲流海曲，孤叫出一作「去」。又一作「絶」。江濆。孔安國《尚書傳》：海曲謂之島。陸雲《答吴王上將顧處微詩》：虎嘯江濆。豈不慕前侶？爲爾不及群。步步一零淚，千里猶待君。樂哉新相知，悲來生別離〔一〕。恃此百年命〔二〕，共逐一作「付」。寸陰移。古詩：人生不滿百，長懷千歲憂。鮑照詩：各事百年身。譬如空山草，零落心自知。《楚辭》：惟草木之零落。

〔一〕「來」，趙氏覆宋本作「矣」。

〔二〕「恃」，《樂府詩集》卷三十九作「持」，可從。

陽春曲

劉向《新序》：宋玉對楚威王問曰：「客有歌于郢中者，其始曰《下里》、《巴人》，國中屬而和者千人。其《陽阿》、《薤露》，國中屬而和者數百人。其爲《陽春》、《白雪》，國中屬而和者不過數十人。然則《陽春》所從來亦遠矣。」《樂府解題》：《陽春》，傷也。一作傷時也。按：清商曲辭江南弄。《樂府》作《陽春歌》。又：無名氏有《陽春曲》。

百里望咸陽，知是帝京域。一作「邑」。《史記》：孝公十二年，作爲咸陽，築冀闕，秦徙都之。緑樹

搖雲光，春城起風色。齊陸曉《遊仙詩》：神轉雲光移。晉袁宏《三國名臣贊》：崔生義形風色。**佳人愛景華，**一作「華景」。**流靡園塘側。**《説文》：樹果曰園，樹菜曰圃。《廣韻》：塘，陂塘也。**妍姿豔月映，羅衣飄蟬翼。**魏文帝《善哉行》：妍姿巧笑。《鍾會集·菊花賦》云：妍姿妖艷。《白帖》：鳳文、蟬翼，並羅名。《海物異名記》：泉女織紗，輕如蟬翼，名蟬紗。**宋玉歌《陽春》，巴人長歎息。雅鄭不同賞，那令君愴惻。**《文選注》：孫綽曰：「涇渭殊流，雅鄭異調。」潘岳《寡婦賦》：心摧傷以愴惻。**生平重愛惠，**按：一作「生重受惠輕」。**私自憐何極。**曹植《出婦賦》：哀愛惠之中零。宋玉《九辯》：私自憐兮何極。

長別離

郭茂倩曰：《楚辭》曰：「悲莫悲兮生別離。」古詩曰：「行行重行行，與君生別離。」後蘇武使匈奴，李陵與之詩曰：「良時不可再，離別在須臾。」故後人擬之爲《古別離》。梁簡文帝又有《生別離》，吴邁遠有《長別離》，唐李白有《遠別離》，亦皆類此。按：宋雜曲歌辭。後又有《古離別》、《久別離》、《新別離》、《今別離》、《暗別離》、《潛別離》、《別離曲》諸題，亦皆本此。

生離不可聞，況復長相思。如何與君別，當我盛一作「少」。**年時。蕙華每搖蕩，妾心空**一作「長」。**自持。**司馬相如《上林賦》：與波搖蕩。**榮乏草木歡，瘁極霜露悲。富貴身**一作「貌」。**難**

老，一作「變」。**貧賤年**一作「顏」。**易衰。持此斷君腸，君亦宜**按：一作「且」。**自疑。淮陰有逸將，折翮**一作「羽」。**謝翮**一作「不曾」。**飛。**《史記》：淮陰侯韓信者，淮陰人也。漢王以爲大將，定三秦，將兵會垓下。項羽已破，斬之長樂鐘室。**楚亦**一作「有」。**扛鼎士，出門不得歸。**《史記》：項籍長八尺餘，力能扛鼎。與漢王戰，敗死烏江。韋昭曰：扛，舉也。**正爲隆準公，仗劍入紫微。**《漢書》：高祖爲人隆準而龍顏。又：高祖曰：「吾以布衣，提三尺劍取天下，此非天命乎？」《七略》：王者師天地，體天而行，是以明堂之制，內有太室，象紫微宮。《春秋合誠圖》：北辰其星七，在紫微之中也。**君才定何如？白日下**一作「不」。**爭暉。**崔寔《政論》：使賢不肖，相去如日月與螢火。

長相思

郭茂倩曰：古詩曰：「客從遠方來，遺我一書札。上言長相思，下言久離別。」李陵詩曰：「行人難久留，各言長相思。」蘇武詩曰：「生當復來歸，死當長相思。」長者，久遠之辭，言行人久戍，寄書以遺所思也。古詩又曰：「客從遠方來，遺我一端綺。文綵雙鴛鴦，裁爲合歡被。著以長相思，緣以結不解。」謂被中著綿以致相思綿綿之意，故曰長相思也。又有《千里思》，與此相類。按：宋雜曲歌辭。

晨有行路客，依依造門端。《漢書》：班彪與從兄嗣共遊學，家有賜書，揚子雲以下莫不造門。**人馬風塵色，知從河塞還。**《東觀漢記》：祭肜爲遼東太守，野無風塵。《史記·項羽紀》：關中阻山河四塞，可都以霸。**時我有同棲，結宦遊邯鄲。**郭璞《山海經注》：山居爲棲。**將不異客子，分飢復共寒。**曹植《雜詩》：言是客子妻。《晏子春秋》：賢君飽知人飢，温知人寒。**煩君尺帛書，寸心從此殫。**一作「單」。《漢書》：常惠教漢使者謂單于，言天子射上林中，得雁，足有繫帛書，言蘇武等在某澤中。《列子》：文摯謂叔龍曰：「吾見子之心矣，方寸之地虚矣。」陸機《文賦》：吐滂沛乎寸心。《説文》：殫，同盡也。《增韻》：竭也。**遣**一作「道」。**妾長憔悴，豈復歌笑顔。簷隱千霜樹，庭枯十載蘭。**《樂苑》：古歌曰：「延年壽千霜。」梁沈約《高松賦》：經千霜而得拱。義同。梁江淹《王子喬贊》：山無一春草，谷有千年蘭。意蓋本此。**經春不舉袖，秋落寧復看。一見願道意，君門已九關。**宋玉《招魂》：君無上天些，虎豹九關，啄害下人些。又按：《九辯》：願一見兮道余意，君之心兮與余異。**虞卿棄相印，擔簦**一作「笠」。**爲同歡。**《史記》：虞卿躡蹻擔簦，説孝成王。再見爲趙上卿，故號爲虞卿。徐廣曰：笠有柄者謂之簦。又：虞卿既以魏齊之故，不重萬户卿相之印，與魏齊間行，卒去趙，困于梁。**閨陰欲早霜，何事空盤桓？**

鮑令暉

照之妹。《小名録》：鮑照，字明遠，妹字令暉，有才思，亞于明遠，著《香茗賦集》，行于世。《樂苑》：《詩品》曰：「齊鮑令暉歌詩，往往嶄絶清巧，擬古尤勝，唯百願淫矣。」照嘗答孝武云：『臣妹才自亞于左芬，臣才不及太沖爾。』」

擬青青河畔草

注見卷一蔡邕。按：此亦擬枚乘《雜詩》，非擬邕作也。注見卷三陸機、荀昶詩。

裊裊臨窗竹，藹藹垂門桐。謝靈運《擬古》：白楊信裊裊。善曰：裊裊，風摇木貌。**灼灼青軒女，泠泠高臺**按：一作「堂」。**中。**宋顔測《山石榴賦》：環青軒而燧列。何尚之《華林清暑殿賦》：青軒丹墀。宋玉《風賦》：清清泠泠。**明志逸秋霜，玉顔豔**按：一作「掩」。**春紅。**諸葛亮《誡子》：非澹泊無以明志。梁徐悱妻劉氏《祭夫文》：雹碎春紅，霜凋夏緑。蓋本此。**人生誰不别，恨君早從戎。**曹植《雜詩》：捐軀遠從戎。**鳴弦慚夜月，紺黛羞春風。**陶潛《閑情賦》：願在眉而爲黛。周蕭撝《孀婦吟》：悲生聚紺黛。義同。《釋名》：紺，含也。謂青而含丹色也。

擬客從遠方來按：相和歌辭瑟調曲。鮑照亦有一首。

客從遠方來，贈我漆鳴琴。木有相思文，弦有别離音。《吴都賦》：楠榴之木，相思之樹。注：相思，大木也。《述異記》：昔戰國時，魏國苦秦之難，有以民從征戍秦，久不返，妻思而卒。既葬，冢上生大木，枝葉皆向夫所在而傾，因謂之相思木。今秦趙間有相思草，如石竹而節節相續。一名斷腸草，一名愁婦草。**終身執此調，歲寒不改心。願作陽春曲，宮商長相尋。**《漢書》：音者，宮、商、角、徵、羽也。

題書後寄行人 一作《寄行人》。按：《樂府》作《自君之出矣》。雜曲歌辭。

自君之出矣，臨軒不解顏。《漢·史丹傳》：天子自臨軒檻上，隤銅丸以擿鼓，聲中嚴鼓之節。《列子》：列子師老商氏，五年之後，夫子始一解顏而笑也。**砧杵夜不發，高門晝常關**〔一〕。陶潛《歸去來辭》：門雖設而常關。**帳中流熠燿**〔二〕**，庭前華紫蘭。**毛萇《詩傳》曰：熠燿，燐也。燐，螢火也。《楚辭》：秋蘭兮青青，緑葉兮紫莖。**物**一作「楊」。**枯識**一作「謝」。**節異，鴻來知客寒。**按：《周書》：白露之日鴻雁來。**遊用暮冬盡**〔三〕**，除春待君還。**按：一作「遊暮冬盡月」。一作「遊取暮春盡，餘思待君還」。

〔一〕「晝常」，《文苑英華》卷二〇二作「恒晝」，注：「一作『晝恒』。」

〔二〕「帳」，《文苑英華》作「幃」，注：「一作『帷』。」

〔三〕「冬」，《文苑英華》作「秋」。

古意贈今人

寒鄉無異服，衣氈按：一作「氈褐」。代文練。劉琨《與丞相箋》：焦求雖出寒鄉，有文武膽幹。月月望君歸，年年不解綖。《左傳注》：綖，冠上前後垂覆。荆、揚春早和，幽、冀猶霜霰。北寒妾已知，南心君不見。荆、揚二州在南。幽、冀二州在北。誰爲道辛苦，寄情雙飛燕。形迫杼煎按：舊作「前」。絲，顔落風催電。北齊邢子才《景明寺碑文》：風電詎可爲言。容華一朝盡，一作「改」。惟餘心不變。陸機《擬古》：容華一何冶。

代葛沙門妻郭小玉詩二首按：「詩」，一本改作「字」。

明月何皎皎，垂幌一作「幌」。照羅茵。《説文》：幌，帷屏屬。幌與幌音義同。又：茵，車重席也。若共相思夜，知同憂怨晨。芳華豈矜貌，霜露不憐人。君非青雲逝，飄迹事咸秦。《琴操》：許由曰：「吾志在青雲，何乃劣劣爲九州伍長乎。」妾持一生淚，經秋復度春。按：《晉書·阮孚傳》：未知一生著幾量屐。

君子將遥一作「徭」。役，遺我雙題錦。蔡邕《京兆尹樊德雲銘》：徭役永息，道路孔夷。晉宋齊辭

《子夜歌》曰：緑攬迮題錦。**臨當欲去時，復留相思枕。**《洛神賦》注：魏東阿王，漢末求甄逸女，既不遂。太祖回與五官中郎將。植殊不平，晝思夜想，廢寢與食。黄初中入朝，帝示植甄后玉鏤金帶枕，植見之不覺泣，時已爲郭后讒死，帝意亦尋悟，因令太子留飲，仍以枕賚植。**題用常著心，枕以憶同寢。行行日已遠，轉覺心**按：一作「思」。**彌甚。**潘岳《寡婦賦》：情惻惻而彌甚。

丘巨源

《南齊書》：巨源，蘭陵人。少舉孝廉，爲宋孝武所知。明帝使參詔誥。桂陽事起，齊高帝使撰符檄。事平，以爲餘杭令。明帝爲吴興，巨源常作秋胡詩，有譏刺語，以事見殺。

詠七寶扇

妙縞貴東夏，巧媛出吴闉。一作「闌」。《爾雅》：繒之細者曰縞。《左傳》：聞君將靖東夏。《爾雅》：美女爲媛。毛萇《詩傳》：闉，城曲也。**裁狀**一作「如」。**白玉璧，縫似明月輪。**謝惠連《雪賦》：亦遇圓而成璧。班婕妤《怨詩》：裁爲合歡扇，團團似明月。**表裏鏤七寶，中銜駭雞珍。**何承天《又答宗居士書》：更生七寶之土。《戰國策》：楚王獻駭雞之犀、夜光之璧于秦王。《抱朴子》：通天犀角有白理如綫，置犀粟中，雞見輒驚，南人呼爲駭雞犀。**畫作景山樹，圖爲河洛神。**景山，見《商頌》。

來延揮握翫，入與鐶釧親。生風長袖際，晞華紅粉津。周達觀《成齋雜記》：吴故宫有香水溪，乃西施浴處，人呼爲脂粉塘。拂昞迎嬌意，隱映含歌人。時移務忘故，節改競存新。劉向《新序》：徐人歌曰：「延陵季子不忘故。」卷情隨象簟，舒心謝錦茵。《吴都賦》：桃笙象簟，韜于筒中。潘岳《寡婦賦》：易錦茵以苫席兮。《漢・南粤傳》：尉陀卧象牀錦茵。厭歇何足道，敬哉先後晨。

聽隣妓

披袵乏遊術，憑軾寡文才。《漢・蒯通傳》：酈生一士，伏軾掉三寸舌，下齊七十餘城。《左傳》：君憑軾而觀之。《後漢・應奉傳》：弟子瑒、璩，並以文才稱。按：《方言》：褸謂之衽。《釋名》：衽，襜也。在旁襜襜如也。通作袵。

蓬門長自寂，虛席視生埃。謝莊《懷園引》：宿草蹇蓬門。貴里臨妝一作「倡」。館，東鄰鼓吹臺。楊衒之《伽藍記》：清陽門内御道北，有永和里，里中太傅録尚書長孫稚等六宅，皆高門華屋，當世名爲「貴里」。《陳留風俗傳》：浚儀有師曠倉頡城，城上有列仙吹臺。雲間嬌響徹，風末豔聲來。飛華瑶翠幄，揚芬金碧杯。宋湯惠休《怨歌行》：悲風盪帷帳，瑶翠坐自傷。晉陸機《招隱詩》：密葉成翠幄。江淹《北思賦》：媿金碧之琳琅。張率樂府：金碧既簪珥。久絶中州美，從念尸一作「今户」。**鄉灰。**《楚辭》：蹇誰留兮中州。相如《大人賦》：世有大人兮，在乎中州。師古曰：中州，中國也。《漢·田儋傳》：至尸鄉廄置。師古曰：尸鄉，在偃師城西。**遺情悲近世，中山安在哉！**按：《史記》：趙中山鼓鳴瑟，趾躍躧。

王融

《南齊書》：王融，字元長，琅邪人。少而神明警慧，博涉有文才，舉秀才，歷中書郎。按：融以才辨兼主客，接虜使。後賜死于獄，年二十七卒。

古意二首〔一〕

遊禽暮知反，行人獨不歸。坐銷芳草氣，空度明月輝。《西京賦》：嘉木樹庭，芳草如積。**嚬容入朝鏡，思淚點春衣。**《莊子》：西施病心而矉，其里人見而效之。《山堂肆考》：愁容曰顰容。《廣韻》：顰，眉蹙也。**巫山彩**按：一作「綃」。**雲沒**〔二〕，**淇上綠條**按：一作「楊」。**稀。**《高唐賦》：妾巫山之女也，爲高唐之客。聞君遊高唐，願薦枕席。又：旦爲朝雲，暮爲行雨。盛弘之《荆州記》：緣城堤邊，悉植細柳，絲條散風，清陰交陌。**待君竟不至，秋雁雙雙飛。**《會稽典録》：虞國少有孝行，爲日南太守，常有雙雁，宿止廳上。

〔一〕《古文苑》卷九作《和王友德元古意二首》。

〔二〕「没」，《古文苑》作「合」。

霜氣下孟津，秋風度函谷。孟津，見《尚書》。《漢書》：弘農懸，故秦函谷關。《初學記》：關東有函谷關。《後漢·隗囂傳》：王元謂囂曰：「元請以一丸泥，爲大王東封函谷關。」**念君淒已寒，當軒卷羅縠。**相如《子虚賦》：雍纖羅，垂霧縠。**纖手廢裁縫，曲鬢罷膏沐。千里不相聞，寸心鬱氛氳**〔一〕。《蜀都賦》：鬱氛氳以翠微。**況復飛螢夜，木葉亂紛紛。**

〔一〕「氛氳」，《古文苑》作「紛藴」。

詠琵琶

按：亦見《謝脁集》。

抱月如可明，懷風殊復清。晉夏侯湛《禊賦》：夕霞抱月。成公綏《琵琶賦》：回窗華表，日月星也。北齊蕭放《詠竹詩》：懷風枝轉弱。**絲中傳意緒，花裏寄春情。掩抑有奇態，悽愴多好聲。**顧野王《箏賦》：如掩抑于紈扇。**芳袖幸時拂，龍門空自生。**枚乘《七發》：龍門之桐，高百尺而無枝，其根半死半生。冬則烈風漂霰飛雪之所激也，夏則雷霆霹靂之所感也。

詠幔

按：《古文苑》作謝朓詩。又按：《山堂肆考》：幔圍似城，故曰幔城。又：幔，漫也，漫相連綴也。周制。

幸得與珠綴，羃䍥君之楹。《楚辭》：網扇珠綴刻方連。《吴都賦》：羃䍥江漢之流。**月映不辭卷，風來輒自輕。每聚金鑪氣，時駐玉琴聲。**魏武《上雜物疏》：御物三十種，有純金香鑪一枚。相如《美人賦》：金鑪香薰。嵇康《琴賦》：徽以鍾山之玉。江淹《扇上綵畫賦》：玉琴兮珠徽。**俱願致尊酒〔一〕，蘭釭當夜明。**蘇武詩：我有一尊酒。《説文》：俗謂鐙爲釭。夏侯湛有《金釭鐙賦》。按：班固《西都賦》：金釭銜璧。又：銀釭、金釭、星釭、蘭釭，俱燈盞也。

按：諸詠已開唐律之先，不待徐、庾具體也。

〔一〕《古文苑》卷九「俱」作「但」，「致」作「置」，可從。

巫山高

《樂府解題》：古辭言江淮水深而無梁可度，臨水遠望，思歸而已。若齊王融「想象巫山高」，梁范雲「巫山高不極」，雜以陽臺神女之事，無復遠望思歸之意也。又有《演巫山高》，不詳所起。按：鼓吹曲辭漢鐃歌，古辭一首，融乃擬之。

想一作「響」。象巫山高，薄暮陽臺曲。煙霞按：一作「華」。乍舒卷〔一〕，蘅按：一作「行」。芳時一作「自」。斷續〔二〕。按：一作「烟雲乍卷舒，猿鳥時斷續」。《南史·沈炯傳》：表曰：「瞻仰烟霞，伏增悽戀。」《淮南子》：陰陽、盈縮、卷舒，淪于不測。《離騷》：雜杜蘅與芳芷。邢劭《三日華林園公宴》：歌聲斷以續，舞袖合還離。彼美如可期，寤言紛在屬。一作「矚」。酈道元《水經注》：梗柯參連，女宿相屬。憮然坐相思，按：一作「望」。秋風下庭綠。枚乘《雜詩》：秋草萋以綠。

按：徐刻以下有《芳樹》、《迴文詩》、《蕭諮議西上夜禁詩》三首，今附于後。

〔一〕「霞」，《樂府詩集》卷十七作「雲」。

〔二〕「蘅芳」，《樂府詩集》作「猿鳥」。

謝朓

《南齊書》：謝朓，字玄暉，陳郡人。少有美名。解褐豫章王行參軍，累遷至尚書吏部郎兼知衛尉事。下獄死。按：江祐等謀立始安王遥光，朓不肯，祐白遥光，收朓下獄。

贈王主簿二首 王主簿，注見下文。

日落窗中坐，紅妝好顏色。舞衣襞未縫，流黄覆不織。《説文》：襞，韏衣也。徐鉉曰：韏，革中辮也。衣襞積如辮也。《禮記注》：謂帬摺爲襞積。通辟。**蜻蛉草際飛，遊蜂花上食。**《爾雅》：虰蛵，負勞，即蜻蛉别名。翼薄輕如蟬，露目，短頸，長腰，身緑色。雄者腰間碧色。晝取蚊虻食，遇雨集水上，款款飛。俗呼爲紗芊。王僧孺詩：緑草閑遊蜂。**一遇長相思，願寄連翩翼。**

清吹要碧玉，調弦命緑珠。杜氏《通典》：碧玉歌者，晉汝南王妾名，寵好，故作歌之。《韓詩外傳》：孔子南遊適楚，至于阿谷之隧，有處女珮瑱而浣，孔子適琴去其軫，以授子貢，曰：「善爲之辭。」子貢曰：「於此有琴而無軫，願借子以調其音。」婦人對曰：「吾鄙野之人，五音不知，安能調琴？」《晉·石崇傳》：崇有妓曰緑珠，美而艶，善吹笛。**輕歌急綺帶，含笑解羅襦。**《子夜夏歌》：動儂含笑容。《史記·滑稽傳》：淳于髡曰：「羅襦襟解，微聞薌澤。」**餘曲詎幾許？高駕且峙躕。徘徊韶景暮，**一作「憐暮景」。**惟有洛城隅。**

同 一作「和」。王主簿怨情

翰曰：王主簿，名季哲。此詩言婦人怨曠，以自託也。

掖庭聘絶國，長門失歡讌。善曰：《漢・元帝紀》：「賜單于待詔掖庭，王嬙爲閼氏。」《琴道》：雍門周曰：「遠赴絶國。」掖庭，王昭君所居也。長門，陳皇后所居也。《南都賦》：接歡宴于日夜。《漢・武帝紀》：元封五年，詔察可爲將相及使絶國者。司馬相如有《長門賦》。**相逢詠蘼蕪，辭寵悲團扇。花叢亂數蝶，風簾入雙**五臣作「飛」。**燕。**《古今注》：蛺蝶翅多粉，以芳時飛集花間。**徒使春帶賒，坐惜紅顔**一作「妝」。**變。**善曰：賒，緩也。何承天《將進酒》篇云：緩春帶，命朋僚。**平生**善作「生平」。**一顧重，夙**六臣作「宿」。**昔千金賤。**善曰：鄭玄《詩箋》：「顧，回首也。」《列女傳》：「楚成鄭子瞀者，楚成王之夫人也。初，成王登臺，子瞀不顧，王曰：『顧我，與汝千金。』子瞀遂行不顧。」曹植詩：「一顧千金重，何必珠玉賤。」**故人心尚永，**一作「爾」。**故心人不見。**按：舊本作「故人心不見」，今從五臣本，較有致。古詩：相去萬餘里，故人心尚爾。按：此首《文選》載。比茂先《情詩》態更妍，語更麗，但漸趨纖巧，古意稍渝矣。

夜聽妓二首

瓊閨釧響聞，瑤席芳塵滿。晉陸機《浮雲賦》：搆瓊闥之離妻。梁王僧孺《中寺碑文》：模麗瓊閣。義並同。屈原《九歌》：瑤席兮玉瑱。謝莊《月賦》：芳塵凝榭。**要取洛陽人，共命江南管。**《漢・地理志》「河南郡」注：故秦三川郡，高祖更名雒陽。宋玉《招魂》：魂兮歸來哀江南。**情多舞態遲，意傾歌**

弄緩。邊讓《章華臺賦》：舞無常態。謝靈運詩：江南歌入緩。閔鴻《琴賦》：嗟雅弄之神妙。知君密見親，寸心傳玉腕。按：《釋名》：腕，宛也。言可宛屈也。上客光四座，佳麗直千金。相如《美人賦》：上客何國之公子。陸機《吴趨行》：四坐並清聽。掛釵報纓絶，墮珥答琴心。宋玉《諷賦》：主人之女，以翡翠之釵挂臣冠纓。《説苑》：楚莊王賜群臣酒。日暮燭滅，有引美人之衣者。美人援絶其冠纓，告王趣火來視絶纓者。王曰：「賜人酒，使醉失禮，奈何顯婦人之節而辱士乎？」乃命皆絶去其冠纓，然後舉火。《史記·滑稽傳》：淳于髡曰：「前者墮珥，後有遺簪。」《相如傳》：是時卓王孫有女文君新寡，好音，故相如繆與令相重，而以琴心挑之。《列仙傳》：涓子作《琴心》三篇。蛾眉已共笑，清香復入襟。一作「衿」。歡樂夜方静，翠帳垂沉沉。玄暉《擬風賦》：開翠帳之影藹。

按：徐刻下有《銅雀臺妓》一首，今附後。

詠一無「詠」。邯鄲故才人嫁爲厮養卒婦

《漢書》：有厮養卒。如淳曰：厮，賤也。按：雜曲歌辭。

生平宫閣裏，出入侍丹墀。《讀曲歌》：閨閣信使斷，的的兩相憶。班婕妤《自傷賦》：俯仰兮丹墀。開笥方羅縠，窺鏡比蛾眉。初别意未解，去久日生悲。顦顇不自識，嬌羞餘故姿。夢中忽

髣髴，猶言承讌私。

秋夜

秋夜促織鳴，南鄰擣衣急。思君隔九重，夜夜空佇立。宋玉《九辯》：君之門以九重。北窗輕幔垂，西户月光入。《晉·隱逸傳》：陶潛常言，夏月虚閒，高卧北窗之下，清風颯至，自謂羲皇上人。晉宋齊辭《子夜歌》曰：擥枕北窗卧。按：《東京賦》：西南其户，匪雕匪刻。《魏都賦》：西南其户，成之匪日。何知白露下，坐視前堦濕。誰能長分居，秋盡冬復及？江淹《倡婦自悲賦》：度九冬而廓處，遥十秋以分居。

按：徐刻以下有《贈故人》、《别江水曹》、《離夜詩》三首，今附後。

雜詠五首按：徐刻無此四字。

燈

發翠斜漢裏〔一〕，蓄寶宕山峰。抽一作「搯」。莖類一作「數」。仙掌，銜光似燭龍。張衡《西京賦》：立脩莖之仙掌。《漢書》：孝武作柏梁銅柱承露仙人掌之屬。謝惠連《雪賦》：爛兮若燭龍，銜耀照崑山。《山海經》：赤水之北，有章尾山，有神人面蛇身。其瞑乃晦，其視乃明，是燭九陰，是謂燭龍。《楚辭》：日安不到，燭龍何照？按：《列仙傳》：主柱與道士共上宕山，言此有丹砂，可得數萬斤。宕山長吏知而上山封之。砂流出，飛如火，乃聽柱取焉。**飛蛾再三繞，輕花四五重。**《西京雜記》：陸賈曰：「燈火花，得錢財。」**孤對相思夕，空照舞衣縫。**

〔一〕「漢」，《藝文類聚》卷八十、《初學記》卷二十五作「溪」。

燭

杏梁賓未散，桂宮明欲沉。相如《長門賦》：飾文杏以爲梁。《三秦記》：未央宮漸臺西有桂宮，中有明光殿，皆金玉珠璣爲簾箔，處處明月珠，金階玉陛，晝夜光明。**曖色輕幃裏，低光照寶琴。**《南史》：武帝賜齊江夏王寶裝琴。**徘徊雲髻影，灼爍綺疏金。**張衡《觀舞賦》：光灼爍以發揚。**恨君秋夜月，**按：一作「月夜」。**遺我洞房陰。**相如《長門賦》：懸明月以自照兮，徂清夜于洞房。

席

本生朝夕池，落景照參差。《漢書》：賈山奏事，吴王曰：「游曲臺，臨上路，不如朝夕之池。」蘇林曰：

以海水朝夕爲池。**汀洲蔽杜若，幽渚奪江蘺。**《爾雅》：杜，土鹵。注：杜衡也，似葵而香。《山海經》：天帝山有草狀如葵，其鼻如蘼蕪，名曰杜衡。可以走馬，食之已癭。郭璞曰：帶之令人便馬。屈原《九歌》：搴汀洲兮杜若。**遇君時採擷，玉座奉金巵。**采擷，見《毛詩》。《易》：是類謀曰：「假威出，座玉牀。」鄭玄曰：坐玉牀，處天之位也。邢劭詩：激水漾金巵。《夢華録》：御宴酒盃皆金屈巵，如菜碗而有手把子。**但願羅衣拂，無使素塵彌。**相如《美人賦》：玉釵挂臣冠，羅袖拂臣衣。宋孝武《擬漢武帝李夫人賦》：彤殿閉兮素塵積。《爾雅》：彌，終也。

鏡臺

按：魏武《雜物疏》：鏡臺，出魏宮中，有純銀參帶鏡臺一。《世説》：温嶠娶姑女，下玉鏡臺一枚。

又：鏡臺，始皇作。

玲瓏類丹檻，苕亭似玄闕〔一〕。揚雄《甘泉賦》：和氏玲瓏。左思《吴都賦》：珊瑚幽茂而玲瓏。晉灼曰：明貌。任昉《靜思堂秋竹賦》：緑條發丹檻。蓋本此。陸機《大暮賦》：訴玄闕而長辭。**對鳳懸清冰，垂龍掛明月。**龍輔《女紅餘志》：淑文所寶，有對鳳垂龍玉鏡臺。淑文，名婉，姓李氏。賈充妻孫承《鏡賦序》：余昔于吴市得鏡，見即異之。及晞日映水，清朗明瑩，異光采流，有殊衆鑑。王子年《拾遺記》：周穆王時，有如石之鏡。此石色白如月，照面如雪，謂之月鏡。**照粉拂紅妝，插花埋**一作「理」。

雲髮。枚乘《雜詩》：娥娥紅粉妝。雲髮，見《毛詩》。玉顔徒自見，常畏君情歇〔二〕。

按：徐刻以下有《竹火籠》一首，今附後。

〔一〕「苕亭」，《太平御覽》卷七一七作「孤高」。

〔二〕「常畏」，《太平御覽》作「畏見」。

落梅

新葉初一作「何」。冉冉，初蘂新霏霏。逢君後園讌，相隨巧笑歸。魏文帝《與吴質書》：同乘並載，以遊後園，輿輪徐動，參從無聲。《中華古今注》：段巧笑，魏文帝宫人，始作紫粉拂面。親勞君玉一作「王」。指，摘以贈南威。《戰國策》：晉文公得南威，三日不朝，遂推南威而遠之，曰：「後代必有以色亡國者。」用持插雲髻，翡翠比光輝。日暮長零落，君恩不可追。

按：齊云：小謝已爲宫體濫觴。

陸厥

《南齊書》：陸厥，字韓卿，吴郡吴人。官後軍行參軍。按：厥父被誅，坐繫尚方。尋有令赦，厥恨父不及，感慟而卒。

中山王孺子妾歌

善曰：如淳曰：「孺子，幼少稱也。」孺子，宮人也。翰曰：《漢書》：「詔賜中山靖王噲及孺子妾冰、未央才人歌四篇。厥作是詩，以刺人情變移也。」郭茂倩《樂府》：顏師古曰：「孺子，王妾之有品號者。妾，王之衆妾也。冰，其名。才人，天子内官。考此，謂以歌詩賜中山王及孺子妾、未央才人等爾，累言之，故云及也，而陸厥作歌，乃謂之中山王孺子妾，失之遠矣。」《藝文志》又曰：臨江王及愁思節士歌詩四篇，李夫人及幸貴人歌詩三篇，亦皆累辭也。按：雜曲歌辭。《樂府》載二首，此其第二篇也。又按：《樂府》本題無「王」字。

如姬寢卧一作「卧寢」。**内，班妾**按：《樂府》作「婕」。**坐同車。**善曰：《史記》：「侯嬴謂公子無忌曰：『嬴聞晉鄙之兵符在魏王卧内，而如姬出入王卧内，力能竊之。』」**洪波陪飲帳，林光宴秦餘。**善曰：《韓詩外傳》：「趙簡子與諸大夫飲于洪波之臺。」《西京賦》：視往者之遺館，獲林光于秦餘。然秦餘漢帝所幸，洪波非魏王所遊，疑陸誤也。**歲暮寒飈及，秋水落芙蕖。**《爾雅》：扶搖謂之猋。郭璞曰：暴風從上下者。猋，與飆同。**子瑕矯後駕，安陵泣前魚。**善曰：《韓子》：「昔者彌子瑕有寵于衛君。衛國之法，竊駕君車罪刖。彌子母病，人聞夜告彌子。彌子矯駕君車以出于門。君聞賢之，曰：『孝哉！爲母之故犯跀罪。』」跀，古刖字也。《說文》：矯，擅也。泣魚是龍陽君，非安陵，疑陸誤也。注見卷二阮籍。**賤妾終**一作「恩」。**已矣，**五臣作「畢」。**君子定焉如。**善曰：《楚辭》：「已矣哉。」王逸曰：「已矣，絶望之辭也。」《思玄賦》：繆天道其焉如。按：此首《文選》載。

按：徐刻以下有《邯鄲行》一首，今附後。

施榮泰

雜詩

趙女脩麗姿，燕姬正容飾。楊惲《報孫會宗書》：婦，趙女也。鮑照《舞鶴賦》：燕姬色沮，巴童心耻。《左傳》：齊侯北伐燕，燕人歸燕姬。巴童，巴渝之童也。魏楊修《神女賦》：盛容飾之本艷。**妝成桃毁紅，黛起草慚色。**《古今注》：紂以紅藍花汁凝作燕脂。以燕國所生，故曰燕脂，塗之作桃花妝。**羅帬數十重，猶輕一蟬翼。**江淹《別賦》：送愛子兮霑羅帬。**不言縠袖輕，專歎風多力。鏘珮玉池邊，弄笑銀臺側。**傅玄《秋蘭篇》：秋蘭映玉池。《思玄賦》：聘王母于銀臺兮。注：銀臺，王母所居。**折柳貽目成，插蒲贈心識**〔一〕。插，當作「拔」。折柳，見《毛詩》。古辭《拔蒲曲》：與君同拔蒲，竟日不盈把。**來時嬌未**按：一作「不」。**盡，還去媚何極。**

按：徐刻無施榮泰詩，有虞羲詩一首，虞詩今附後。

〔一〕「插」，五雲溪館本作「採」。

鮑　照

朗月行

已下諸詩，宋刻不收，今附于後。按：雜曲歌辭。又有《明月篇》、《明月子》諸題，意同。注見卷二傅玄。

朗月出東山，照我綺窗前。窗中多佳人，被服妖且妍。靚妝坐帷裏，一作「袖」。當户弄清弦。相如《上林賦》：靚妝刻飾。郭璞曰：靚妝，粉白黛黑也。刻飾，畫鬋鬢也。枚乘《雜詩》：當窗理清曲。鬢奮一作「奪」。衛女迅，體絶飛燕先。《太平御覽》：史記曰：「衛皇后，字子夫，與武帝侍衣得幸。頭解，上見其髮鬢，悦之，因立爲后。」今本《史記》無。又《漢武故事》：子夫遂得幸，頭解，上見其髮美，悦之，納于宮中。張衡《西京賦》所云「衛后興于鬒髮」是也。《漢·外戚傳》：孝成趙皇后學歌舞，號曰飛燕。師古曰：以其體輕也。《西京雜記》：趙后體輕腰弱，善行步進退。爲君歌一曲，當作一作「堂上」。朗月篇。酒至顔自解，聲和心亦宣。王讚《雜詩》：誰能宣我心。千金何足重，所存意氣間。古樂府：男兒重意氣。

東門行

善曰：《歌録》：「《日出東門行》，古辭也。」良曰：「東都門，長安城門名，别離之地，故叙去留之情焉。按：相和歌辭瑟調曲。《古今樂録》：王僧虔《技録》云：「《東門行》歌古東門一篇，今不歌。」《樂府解題》：古辭云：「出東門，不顧歸。」言士有貧不安其居者，拔劍將去，妻子牽衣留之，願共餔糜，不求富貴。且曰：「今時清，不可爲非也。」若宋鮑照「傷禽惡弦驚」，但傷離别而已。古辭《東門行》四解，二首。

傷禽惡弦驚，倦客惡離聲。 善曰：《戰國策》：「魏加對春申君曰：『臣少之時好射，願以射譬，可乎？』春申君曰：『可。』加曰：『異日者，更嬴與魏王處京臺之下，更嬴謂魏王曰：「臣能虚發而下鳥。」魏王曰：「然則射可至此乎？」更嬴曰：「可。」有鴻鵠從東方來，更嬴以虚弓發而下之。王曰：「射之精可至此乎？」更嬴曰：「此孽也。」王曰：「先生何以知之？」對曰：「其飛徐者，其創痛也。悲鳴久，失群也。故創未息而驚心未忘，聞弦音引而高飛，故創隕。」今臨武君常爲秦孽，不可爲拒秦之將也。』」**離聲斷客情，賓御皆涕零。** 明遠《咏史詩》：賓御紛颯沓。**涕零心斷絶，將去復還訣。一息不相知，何況異鄉别。** 善曰：《説文》：「息，喘也。」**遥遥征駕遠，杳杳白**按：一作「落」。**日晚。** 善曰：《左傳》：「童謡曰：『鸜鵒之巢，遠哉遥遥。』」《楚辭》：日杳杳以西頹。**居人掩閨卧，行子夜中**按：一作「中夜」。

飯。野風吹草木，行子心腸斷。蔡琰《胡笳》：不得相隨兮空斷腸。食梅常苦酸，衣葛常苦寒。善曰：《淮南子》：「百梅足以爲百人酸。」絲竹徒滿座，憂人不解顏。善曰：絲竹，樂之器也。長歌欲自慰，彌起長恨端。善曰：鄭玄《禮記注》：「彌，益也。」按：此首《文選》載。

王融

芳樹

《宋書·樂志》：鼓吹鐃歌十五篇。何承天晉義熙末私造。一曰《朱鷺》，二曰《思悲公》，三曰《雍離》，四曰《戰城南》，五曰《巫山高》，六曰《上陵者》，七曰《將進酒》，八曰《君馬黄》，九曰《芳樹》，十曰《有所思》，十一曰《雉子遊原澤》，十二曰《上邪》，十三曰《臨高臺》，十四曰《遠期》，十五曰《石流》。考此諸曲，皆承天私作，疑未嘗被于歌也。雖有漢曲舊名，大抵别增新意，故其辭與古辭考之，多不合云。悲公，一作「裴公」。《樂府解題》：古辭中有云：「妬人之子愁殺人，君有他心，樂不可禁。」若齊王融「相思早春日」，謝朓「早翫華池陰」，但言時暮，衆芳歇絶而已。又按：鼓吹曲辭漢鐃歌十八首其十一首曰《芳樹》，古辭一首，融乃擬之也。

相思一作「望」。早春日，煙華雜如霧。沈約《傷春賦》：煙華以層曲。蓋本此。鮑照《舞鶴賦》：頂凝紫而煙華。復此佳麗人，含情結芳樹。王粲《公讌詩》：今日不盡歡，含情欲待誰？綺羅已自憐，萱風多有趣〔一〕。王延壽《魯靈光殿賦》：縱横絡繹，各有所趣。去來徘徊者，佳人不可遇。

〔一〕「萱」，《全齊詩》卷二注：「一作『喧』。」

回文詩〔一〕

《樂府古題要解》：回文詩，回復讀之，皆歌而成文也。

枝大柳塞北〔二〕，葉闇榆關東。按：《史記·楚世家》：悼王十一年，三晉伐楚，敗我大梁、榆關。注：榆關，當在大梁之西。垂條逐絮轉，落蘂散花叢。池蓮照曉月，幔錦拔按：一作「拂」。朝風。低吹雜綸羽，薄粉豔粧紅。離情隔遠道，歎結深閨中。

〔一〕《全齊詩》卷二作《春遊回文詩》。

〔二〕「大」，《全齊詩》作「分」。

蕭諮議西上夜禁〔一〕

徘徊將所愛，惜别在河梁。李陵詩：攜手上河梁，遊子暮何之？衿袖三春隔，江山千里長。寸心無遠近，邊地有風霜。勉哉勤歲暮，敬矣慎容光〔二〕。鮑照《秋夜》：非直惜容光。山中殊未

懌，杜若空自芳。《楚辭》：山中人兮芳杜若。

〔一〕《古文苑》卷九作《别蕭諮議》。「禁」，《全齊詩》卷二作「集」。

〔二〕「慎」，《全齊詩》作「事」。

謝朓

銅雀臺妓

六臣：「銅雀」上有「同謝諮議」。善曰：集曰「謝諮議璟」。《魏志》：建安十五年冬，作銅雀臺。魏武遺令曰：「吾伎人皆著銅爵臺，于臺上施六尺牀，繐帳，朝晡，上脯糒之屬。月朝十五日，輒向帳作伎。汝等時時登銅爵臺，望吾西陵墓田。」按：相和歌辭平調曲。樂府《銅雀臺》，一曰《銅雀妓》。《樂府解題》：「後人悲武帝意，而爲之咏也。」又按：臺在鄴城，最高，上有屋一百二十間，連接榱棟，侵徹雲漢。鑄大銅雀置于樓顛，舒翼奮尾，勢若飛動，因名爲銅雀臺。

繐幃飄井幹，樽酒若平生。善曰：鄭玄《禮記注》：「凡布細而疏者謂之繐。今南陽有鄧繐。」《淮南子》：「大構架，興宮室，有雞棲井幹。」許慎曰：「皆屋構飾也。」司馬彪《莊子注》：「幹，井欄。然井幹，臺之通稱也。」**鬱鬱西陵樹，詎聞鼓吹聲**〔一〕。《漢·霍光傳》：擊鼓歌吹作俳倡。**芳襟染淚迹，嬋娟**

按：一作「媛」。空復情。善曰：《楚辭》：「心嬋娟而傷懷兮。」王逸曰：「嬋娟，牽引也。」玉座猶寂寞，況迺妾身輕。善曰：《寡婦賦》：「懼身輕而施重。」《漢·揚雄傳》：惟寂寞，自投閣。按：此首《文選》載。

〔一〕「鼓」，《全齊詩》卷三作「歌」。

贈故人〔一〕

芳洲有杜若，可以慰佳期。《楚辭》：采芳洲兮杜若。又：與佳期兮夕張。望望忽超遠，何由見所思？《楚辭》：平原忽兮路超遠。我行未千里〔二〕，山川已間之。離居方歲月，佳人不在兹〔三〕。清風動簾夜，孤月照窗時。安得同携手，酌酒賦新詩。蔡邕《瞽師賦》：咏新詩以悲歌。

〔一〕《全齊詩》卷三作《懷故人》。
〔二〕「我」，《全齊詩》作「行」。
〔三〕「佳」，《全齊詩》作「故」。

别江水曹〔一〕

山中上芳月，故人清樽賞。梁沈約《反舌賦》：對芳辰于此月。古歌：清尊發朱顔。《隋·五行志》：

武平末童謡云：「清尊但滿酌。」意義並同。**遠山翠百**一作「不」。**重，迴流映千丈。**《西京雜記》文君姣好，眉色若望遠山。《吕氏春秋》：若決積水于千仞之谿。**花枝聚如雪，垂籐散似網**〔二〕。按：《宋書·符瑞志》：大明五年正月元日，花雪降殿庭，于是公卿作花雪詩。又：杜芳藤，形不能自立，根本緣繞他木作房，藤連結如羅網相罥。本《南州異物志》。**別後能相思，何嗟異風**一作「封」。**壤。**《黄憲外史》：昔我先王建國，伯、子、男皆無封壤。

〔一〕《全齊詩》卷三作《與江水曹至于濱戲》。

〔二〕「垂籐散似網」，《全齊詩》作「蕪絲散猶網」。

離夜詩

玉繩隱高樹，斜漢映層臺〔一〕。《春秋元命苞》：玉衡北兩星爲玉繩。李尤《高安館銘》：層臺顯敞，禁室静幽。**離堂華燭盡，别幌清琴哀。**《西都賦》：精曜華燭。魏韋誕《景福殿賦》：若乃離殿别館。義同。**翻潮尚知恨，客思眇難裁。山川不可盡，況乃故人杯。**

〔一〕「映」，《全齊詩》卷三作「耿」。

詠竹火籠

按：《説文》云：薰衣竹籠也，一曰薰籠。《方言》謂之焙籠。《西京雜記》：漢制：天子以象牙爲火籠。

庭雪亂如花，井冰粲成玉。《韓詩外傳》：凡草木花多五出，雪花獨六出。**因炎入貂袖，懷温奉芳褥。**沈約《傷美人賦》：空合歡之芳褥。**體密用宜通，文斜性非曲。暫承君王旨**〔一〕**，請謝陽春旭。**《廣雅》：日初出爲旭。

〔一〕《全齊詩》卷三此句上有「本自江南墟，嬺娟修且緑」二句。

陸厥

邯鄲行

《通典》：邯鄲，戰國時趙國所都，自敬侯始都之，有叢臺、洪波臺在焉。邯，山名。鄲，盡也。《樂府廣題》：邯鄲，舞曲也。按：雜曲歌辭。梁武帝又有《邯鄲歌》。

趙女擫鳴琴，邯鄲紛躧步。《南都賦》：齊僮唱兮列趙女。又：張琴擫籥。《魏都賦》：邯鄲躧步。

《漢・班固傳》：有學步于邯鄲者，未得髣髴，失其故步。**長袖曳三街，兼金輕一顧。**《釋名》：道四通曰街。**有美獨臨風，佳人在遐路。**《楚辭》：臨風唱兮浩歌。魏王粲詩：從軍征遐路。**相思欲褰袵，叢臺日已暮。**《漢・地理志》叢臺，在邯鄲，趙武靈王築。

虞羲

《南史》：虞羲，字士光，會稽餘姚人。盛有才藝，卒于晉安王侍郎。見《王僧孺傳》。《隋書・藝文志》：齊前軍參軍虞羲集九卷。

自君之出矣

郭茂倩曰：漢徐幹有《室思詩》五章，其第三章曰：「自君之出矣，明鏡闇不治。」題蓋本此。齊虞羲亦謂之《思君去時行》。按：雜曲歌辭。

自君之出矣，楊柳正依依。君出按：一作「去」。**無消息，惟見黃鶴飛。**枚乘《七發》：消息陰陽。**關山多險阻，士馬少光輝。**《古樂府》相和歌有《度關山曲》。江淹《恨賦》：關山無極。《漢・胡建傳》：於是當選士馬日。**流年無止極，君去何時歸？**

按：宋刻四卷五十二首，《秋胡詩》作九首也。今增十二首，共六十四首。

玉臺新詠箋注卷五

江淹

《梁書》：江淹，字文通，濟陽考城人。少孤貧好學，起家南徐州從事，尋舉秀才。入齊，兼御史中丞。天監中，遷金紫光禄大夫，改封醴陵侯。

古體四首

古離別五臣作「別離」。按：雜曲歌辭。注見卷四吴邁遠。

遠與君別者，乃至雁門關。善曰：《漢書》：「雁門郡有樓煩縣邊塞，故曰關。」濟曰：雁門，山名。其上置關。**黄雲蔽千里，遊子何時還？**善曰：《淮南子》：「黄泉之埃，上爲黄雲。」古詩：「浮雲蔽白日，遊子不顧返。」**送君如昨日，簷**一作「檐」。**前露已團。**善曰：張景陽《雜詩》：「下車如昨日，望舒四五圓。」**不惜蕙草晚，所悲道里**一作「路」。**寒。**善曰：古詩：「香風難久居，空令蕙草殘。」**君子五**臣本作「行」。**在天涯，**一作「君在天一涯」。**妾心久**按：一作「身常」。**別離。願一見顔色，不異**

瓊樹枝。《莊子》：南方生樹名瓊枝。兔絲及水萍，五臣作「蓱」。所寄終不移。善曰：《爾雅》：「女蘿，兔絲也。」《淮南子》：「夫萍樹根于水，木樹根于土，天地性也。」

按：徐刻有《征怨》、《詠美人春遊》、《西洲曲》三首，在此詩前，今附後。

班婕妤 一有「詠扇」二字。

良曰：此擬「新裂齊紈素」。按：相和歌辭楚調曲。《樂府》作《怨歌行》。注見卷一班婕妤。樂府題又有《班婕妤》，一曰《婕妤怨》。

綾一作「紈」。扇如團一作「圓」。月，出自機中素。畫作秦王女，乘鸞向煙霧。善曰：《楚辭》：「駕鸞鳳而上遊。」陸機《列仙賦》：「騰煙霧之霏霏。」彩色世所重，雖新不代故。《説文》：彩，色也。竊悲按：一作「恐」。涼風至，吹我玉階樹。善曰：班婕妤《自傷賦》：「華殿塵兮玉階苔。」君子恩未畢，零落在中路〔一〕。末二句即《怨詩》「恩情中道絶」意。

〔一〕「在」，《藝文類聚》卷四十一作「委」。

張司空離情

按：張華《情詩》五首，見卷二。

秋月映善作「照」。簾櫳，懸光入丹墀。善曰：此擬華詩「清風」二句。佳人撫鳴琴，清夜守空帷。蘭徑少行迹，玉臺生網絲。善曰：陸機《擬古詩》：「佳人撫琴瑟。」又：「閑夜撫鳴琴。」曹子建《雜詩》：「妾身守空閨。」《楚辭》：「蘭皐被徑斯路漸。」張景陽《雜詩》：「房櫳無行迹。」《西京賦》：「西有玉臺。」夜樹發紅彩〔一〕，閨草含碧滋。善曰：張景陽《雜詩》：「寒花發黄彩，秋草含緑滋。」羅綺爲君整，六臣作「延佇整羅綺」。萬里贈所思。善曰：《楚辭》：「結幽蘭而延佇。」《東京賦》：「似不任乎羅綺。」願垂湛露惠，信我皎日期。湛露，皎日，俱見《毛詩》。

〔一〕「夜」，五雲溪館本作「庭」，可從。

休上人怨别

善曰：沈約《宋書》：「沙門惠休善屬文，徐湛之與之甚厚。世祖命使還俗。本姓湯，位至揚州從事。」向曰：上人，沙門之尊稱。按：上人存詩多七言，皆過于綺靡，惟《怨歌行》五言清俊有骨力。此作與之相似，而腴淨更過之。

西北秋風至，楚客心悠哉。銑曰：西北曰不周風。日暮碧雲合，佳人殊未來。露彩方泛豔，月華始徘徊。木華《海賦》：潎湙激艷。宋謝靈運《怨曉月賦》：浮雲褰兮收泛豔。善曰：曹子建《七哀》詩：「明月照高樓，流光正徘徊。」寶書爲君掩，瑶琴按：一作「瑟」。詎能開？善曰：《道學傳》：

「夏禹撰真靈之玄要，集天官之寶書，書以南和丹繒，封以金英之函，檢以玄都之印。」按：《琴苑》：鄒屠氏，帝嚳之妃，以碧瑶之梓爲琴。又鮑照詩：瑶琴生網羅。**相思巫山渚，悵望雲陽**一作「陽雲」。**臺。**善曰：蔡邕《詩序》：「暮宿河南悵望。」《子虚賦》：楚王乃登雲陽之臺。**金**按：一作「膏」。**鑪絶沉燎，綺席徧**按：一作「生」。**浮埃。**善曰：鑪，薰鑪也。取其芳香，故加之膏，烟而無焰，故謂之沉。《西京雜記》：「鄒陽《酒賦》曰：『綃綺爲席，犀璩爲鎮。』」**桂水日千里，因之平生懷。**善曰：《楚辭》：「桂水兮潺湲。」李陵詩：「浮雲日千里。」《洛神賦》：「託微波而通辭。」鍾會《懷士賦》：「託遠念于興波。」

按：江淹《雜體詩序》曰：關西鄴下，既已罕同，河外江南，頗爲異法。今作三十首詩，斅其文體，雖不足品藻淵流，庶亦無乖商榷。《文選》全載，此只選四首。徐刻作五首，《休上人》前有潘黄門「述哀」一首，今增于後。

丘遲

《梁書》：遲，字希範，吴興烏程人。州辟從事，高祖踐祚，拜中書郎，遷司徒從事中郎。

敬酬柳僕射征怨

按：雜曲歌辭。

清歌自言一作「信」。**妍，雅舞空僊僊。**陸機《七徵》：新妝起艷，麗舞僊僊。**耳中解明月，頭上落金鈿。**傅玄《有女篇》：耳繫明月璫。魏丁廙《蔡伯喈女賦》：戴金翠之華鈿。《説文》：鈿，金華也。《六書故》：金華爲飾，田田然。又：螺鈿，婦人首飾，作翡翠丹粉爲之。**雀飛且近遠**〔一〕**，暮入綺窗前。魚戲雖南北，終還荷葉邊。**古辭：江南可采蓮，蓮葉何田田。又：魚戲蓮葉東，魚戲蓮葉西，魚戲蓮葉南，魚戲蓮葉北。**惟見君行久，新年非故年。**

〔一〕「且」，紀氏《考異》作「旦」。

答徐侍中爲人贈婦

丈夫吐然諾，受命本遺家。《漢書》：廷尉以貫高辭聞，中大夫泄公曰：「臣素知之。此固趙國立名義不輕爲然諾者也。」《史記·司馬穰苴傳》：將受命之日，則忘其家。**糟糠且棄置，蓬首亂如麻。**《後漢書·宋弘傳》：弘曰：「臣聞貧賤之交不可忘，糟糠之妻不下堂。」《列女傳》：及文姬進，蓬首徒行，叩頭請罪。**側聞洛陽客，金蓋翼高車。**司馬遷《報任少卿書》：僕雖疲駑，亦常側聞長者之遺風矣。《列子》：吾側聞之。桓譚《新論》：乘輿鳳凰蓋，飾以金玉。宋謝莊《孝武宣貴妃誄》：曉蓋俄金。《漢·于定國傳》：少高大閭門，令容駟馬高蓋車。**謁帝時來下，光景不可奢。**曹植《贈白馬王彪》詩：謁帝承明廬。**幽房一洞啟，二八盡芳**一作「芬」。**華。**《楚辭》：二八齊容起鄭舞。**羅裾**一作「裙」。**有長**

短，翠鬟無低斜。齊王融《法壽樂》：翠鬟佩晨光。**長眉横玉臉，皓腕卷輕紗。**崔豹《古今注》：魏宫人好畫長眉，今多作翠眉警鶴髻。何遜《七召》：呈皓腕于輕紗。《拾遺記》：漢武帝作李夫人形，或置于輕紗幕裏，婉若生時。**俱看依井蝶，共取落簷花。**《雜五行書》：宋武帝女壽陽公主，人日卧于含章殿檐下，梅花落公主額上，自後遂有梅花妝。**何言征戍苦？抱膝空咨嗟。**顔延之詩：憔悴征戍勤。劉琨《扶風歌》：抱膝獨摧藏。

沈約

《梁書》：沈約，字休文，吴興武康人。少爲蔡興宗所知，引爲安西記室。入齊，累遷吏部郎。明帝徵爲五兵尚書。武帝受禪，以佐命功，歷尚書令、侍中，封建昌侯，加特進，謚曰隱。

登高望春

登高眺京洛，街巷紛漠漠。按：一作「何紛紛」。陸機《樂府》：街巷紛漠漠。**回首望長安，城闕鬱盤桓。**王粲《七哀》詩：南登灞陵岸，回首望長安。**日出照鈿黛，風過動羅紈。**《東觀漢記》：馬皇后眉施黛，左眉小缺，補之如粟。《淮南子》：齊俗有詭文繁繡、弱錫羅紈。《鹽鐵論》：婦女被羅紈。齊僮躡朱履，趙女揚翠翰。《南都賦》齊僮唱兮列趙女。陸機《艷歌行》：蛾眉象翠翰。按：江淹《無爲論》：有弈葉公子者，乃動朱履，而馳寶馬。春風摇雜樹，葳蕤緑且丹。曹植《七啟》：緑葉朱榮。寶瑟玫瑰柱，金羈瑇瑁鞍。《子虚賦》：其石則赤玉玫瑰。晉灼曰：玫瑰，火齊珠也。《説文》：羈，馬絡頭也。有銜曰勒，無銜曰羈。曹植《游俠篇》：白馬飾金羈。《嶺表録異》：蟕蠵，俗謂之兹夷，乃山龜之巨者。廣州有巧匠，取其甲黄明無日腳者，煮而拍之，陷黑瑇瑁花，以爲梳篦盃器之屬，狀甚明媚。應劭曰：雄曰瑇瑁，雌曰蟕蠵。《説文》：鞍，馬鞍具也。淹留宿下蔡，置酒過上蘭。《三輔黄圖》：上林苑有上蘭館。解眉還復斂，方知巧笑難。江淹《倡婦自悲賦》：出桂苑以斂眉。梁元帝《蕩婦秋思賦》：愁縈翠眉斂。佳期空靡靡，含睇未成懽。《説文》：睇，目小視也。嘉客不可見，因君寄長歎。

按：徐刻以下有《春思》、《初春》詩二首，今俱見後。《春思》作《春咏》。

昭君辭〔一〕

注見卷二石崇。按：相和歌辭吟歎曲。

朝發披香殿，夕濟汾陰河。《三輔黄圖》：武帝時，後宫八區中有披香殿。《漢・地理志》：河東郡領汾陰縣。於兹懷九逝，自此斂雙蛾。屈原《九章》：魂一夕而九逝。沾妝一作「莊」。疑湛露〔二〕，繞臆狀流波〔三〕。漢武帝《傷悼李夫人賦》：思若流波。何遜《爲衡山侯與婦書》：思等流波，終朝不息。**日見奔沙起，稍覺轉蓬多。**張協《七命》：越奔沙，轉流霜。曹植《吁嗟篇》：吁嗟此轉蓬，居世亦然之。**胡風犯肌骨，非直傷綺羅。**蔡琰《胡笳》：胡風夜夜吹邊月。**銜涕試南望，關山鬱嵯峨。**江淹《别賦》：造分手而銜涕。**始作陽春曲，終成苦寒歌。**《歌録》：《苦寒行》，古辭。魏武帝有《苦寒行》。**惟有三五夜，明月暫經過。**阮籍《詠懷詩》：趙李相經過。

按：徐刻以下有《塘上行》一首，今附後。又：以下諸詩，與徐刻前後次序互異。

〔一〕《文苑英華》卷二〇四作《昭君怨》。

〔二〕「疑」，《文苑英華》作「如」。

〔三〕「臆」，《文苑英華》作「瞼」。

少年新婚爲之詠

山陰柳家女，莫一作「薄」。**言出田墅。**施宿《會稽志》：柳姑廟，在山陰縣西一十里，湖桑埭之東，前臨鏡湖，蓋湖山勝絶處也。鄉人舊傳以爲羅江東隱嘗題詩，今不存。又：明初李助教昱宗表《草閣集》有《題徐原父畫梅歌》，中云：「尋常更有梅花船，繫在鑑湖柳姑之廟邊。」當即此女也。**丰容好姿顔，便辟工**一作「巧」。**言語。**謝靈運詩：升長皆丰容。注：丰容，悦懌貌。**腰肢既軟弱，衣服亦華楚。**劉琨《答盧諶詩》：咨余軟弱。《漢書》：王尊之子伯爲京兆，軟弱不勝任。**紅輪映早寒，畫扇

迎初暑。龍輔《女紅餘志》：燕昭王賜旋娟以金粱卻月之釵，玉角紅輪之帔。楊慎《韻藻》：齊國有吹綸絮。注：綸似絮而細，名吹者，言可吹噓也。或云美人衣飾，或云婦人所執紈扇。**錦履並花紋，繡帶同心苣。**謝氏《詩源》：輕雲鬒髮甚長，每梳頭，立于榻上，猶拂地。已綰髻，左右餘髮，各粗一指，結束作同心帶，垂于兩肩，以翡翠飾之，謂之流蘇髻。于是，富家女子各以青絲效其制。見《琅嬛記》。《炙轂子》：漢名同心髻爲芙蓉髻。按：《説文》：苣，束葦燒也。《後漢·皇甫規傳》：束苣乘城。又段成式詩：愁機嬾織同心苣。蓋本此。**羅襦金薄厠，雲鬢花釵舉。**張華《輕薄篇》：足下金薄履。《南史·宗室及諸子傳》：貴人以花釵厨子并剪刻錦繡中倒炬鳳凰蓮芰星月之屬賜鈞。樂府《讀曲歌》云：花釵芙蓉髻，雙鬢如浮雲。**我情已鬱紆，何用表崎嶇？**馮衍《顯志賦》：心拂鬱而迂結兮。**託意眉間黛，申心口上朱。莫爭三春價，坐喪千金軀。**《漢書》：鄙諺曰：「家累千金，坐不垂堂。」**盈尺青銅鏡，徑寸合浦珠。**蕭方等《十六國春秋》：慕容垂攻鄴，苻丕遣其從弟就請救，乃遺謝玄青銅鏡、黃金婉轉繩等，以之爲信。劉敬叔《異苑》：山陰劉琦每出門，見一女子貌極艷麗，琦便解銀鈴贈之。女曰：「感君佳貺。」以青銅鏡與琦，便結爲伉儷。《搜神記》：隨珠盈徑寸，夜有光明，可以燭室。《後漢·循吏傳》：孟嘗爲合浦太守，海出珠寶。先時守宰，並多貪穢，珠遂漸徙於交阯郡界。嘗到官，去珠復還。**無因達往意，欲寄雙飛鳬。**《風俗通》：王喬爲葉縣令，月朔常詣臺朝。臨至時，常有雙鳬從東南飛來。候伺，舉羅，得一雙舄。**裾開見玉趾，衫薄映凝膚。**膚凝，見《詩》。**羞言趙飛燕，笑殺秦羅敷。**

自顧雖悴薄，冠蓋曜城隅。《西都賦》：冠蓋如雲。高門列騶駕，廣路從驪駒。《淮南子》：季秋殺旌田獵以習五戎，命僕及七騶咸駕載旗。魏應瑒《撰征賦》：披廣路而北巡。《古詩》：松柏夾廣路。古樂府：白馬從驪駒。何慚鹿盧劍，詎減府中趨？還家問鄉里，詎堪持一作「特」。作夫。姚寬《西溪叢話》：鄉里，謂妻也。《南史·張彪傳》呼妻爲鄉里，云：我不忍令鄉里落他處。今會稽人言家里。

雜曲三首

攜手曲

郭茂倩曰：《攜手曲》，梁沈約所制也。《樂府解題》：《攜手曲》，言攜手行樂，恐芳時不留，君恩將歇也。按：雜曲歌辭。

捨轡下彫輅，更衣奉玉牀。陸雲《九思》：陪湘妃于彫輅。《漢書》：孝武衛皇后，字子夫。子夫爲平陽主謳者。帝過平陽主，既飲，謳者進，帝獨悦子夫。帝起更衣，子夫侍尚衣軒中，得幸，因送入宫。斜簪映秋水，開鏡比春妝。《通俗文》：幘道曰簪。《倉頡篇》：簪，笄也，所以持冠也。《莊子》：秋水時至，百川灌河，河伯欣然自喜。吴均《楚妃曲》：春妝約春黛。所畏紅顔促，君恩不可長。夏侯湛《雀釵賦》收紅顔而發色。鵁冠一作「雞冠」。且容裔，豈吝桂枝亡。《漢·佞幸傳》：孝惠時，郎、侍中皆冠鵕鸃，貝帶，傅脂粉。按：《漢書》注：以鵕鸃毛羽飾冠也。《楚辭》：儵忽兮容裔。《東京賦》：紛焱悠以容裔。《漢書》：李夫人卒，武帝作賦曰：「秋氣憯以淒淚兮，桂枝落而銷亡。」

有所思

《樂府解題》：古辭言：「有所思，乃在大海南。何用問遺君？雙珠瑇瑁簪。聞君有他心，燒之當風揚其灰。從今已往，勿復相思而與君絕也。」《古今樂録》：漢太樂食舉第七曲亦用之，不知與此同否。若齊王融「如何有所思」、梁劉繪「別離安可再」，但言離思而已。宋何承天《有所思篇》曰：「有所思，思昔人，曾、閔二子善養親。」則言生罹荼苦，哀慈親之不得見也。按：鼓吹曲辭漢《鐃歌》十八首，其第十二首題曰《有所思》。

西征登隴首，東望不見家。《晉書》：潘岳爲長安令，作《西征賦》，述所經人物、山水。《輿地志》：陝西隴城縣有大隴山，亦曰隴首。**關樹抽**一作「擢」。**紫葉，塞草發青芽。昆明當**一作「池」。**欲滿，葡萄應作花。**《三秦記》：昆明池中有神池，通白鹿原。《漢書》：李廣利爲貳師將軍，破大宛，得葡萄種歸漢。**流淚對漢使**〔一〕**，因書寄狹斜**〔二〕。張協《七命》：揮危弦則涕流。宋玉《高唐賦》：歎息垂淚。陸機樂府有《長安有狹邪行》。狹斜，秦中路名。

〔一〕「流」，《樂府詩集》卷十七作「垂」。

〔二〕「斜」，趙氏覆宋本作「邪」。

夜夜曲

郭茂倩曰：《夜夜曲》，梁沈約所作也。《樂府解題》曰：《夜夜曲》，傷獨處也。按：雜曲歌辭，約有二首，此其第二篇也。

河漢縱且按：《樂府》作「復」。橫，北斗橫復直。毛萇《詩傳》：河漢，天漢也。古樂府：北斗闌干。注：闌干，橫斜貌。星漢空如此，寧知心有憶〔一〕。潘岳《寡婦賦》：夜既分兮星漢迴。孤鐙曖不明，寒機曉猶織〔二〕。謝惠連《秋懷詩》：孤燈曖幽幔。零淚向誰道？雞鳴徒按：一作「長」。歎息。

〔一〕「有」，《藝文類聚》卷四十二作「所」。

〔二〕「曉猶」，《藝文類聚》作「猶更」。

雜詠五首

春詠按：徐刻作《春思》。

楊柳亂如絲，綺羅不自持。枚乘《柳賦》曰：吁嗟細柳，流亂輕絲。春草青一作「黄」。復綠，客心傷此時。左思《雜詩》：緑葉日夜黄。翠苔已結消，碧水復盈淇。按：昭明太子詩：桂櫂蘭橈浮碧水。日華照趙瑟，風色按：一作「心」。動燕姬。《漢書》：日華曜鮮明。謝朓詩：日華承露掌。晉盧諶《感蓮賦》：霜微微而日華。衿中一作「前」。萬行淚，故是一相思。

詠桃

風來吹葉動，風去畏花傷。紅英按：一作「映」。已照灼，況復含日光。鮑照《行藥至城東橋》詩：尊賢永照灼。按：約《郊居賦》：抽紅英于紫蔕。歌童暗理曲，游女夜縫裳。《漢書》：氾鄉侯何武爲童子，選在歌中。枚乘《雜詩》：當户理清曲。詎減當春淚，能斷思人腸。

詠月《文選》作《應王中丞思遠詠月》。

善曰：蕭子顯《齊書》：「王思遠爲御史中丞。」良曰：王思遠《咏月》之作，約和之。

月華臨靜夜，夜靜滅氛埃。善曰：魏明帝詩：「靜夜不能寐。」《楚辭》：「辟氛埃而清涼。」翰曰：氛，埃塵也。方暉竟户入，圓影隙中來。善曰：《淮南子》：「受光于隙，照一隅。受光于室，照室中無遺物。況受光于宇宙乎！」《説文》：「隙，空際也。」高樓切思婦，西園遊上才。善曰：曹子建《雜詩》：「明月照高樓，流光正徘徊。上有愁思婦，悲歎有餘哀。」魏文帝《芙蓉城詩》：「乘輦夜行遊，逍遥步西園。」《後漢・列女傳》：皇甫規妻立罵卓曰：「皇甫氏文武上才，爲漢忠臣。」**網軒映珠**一作「朱」。**綴，應門照緑苔。**善曰：《楚辭》：「網户朱綴刻方連。」下云「緑苔」，此當爲「朱綴」，今並爲「珠」，疑傳寫之誤。《漢書》：班婕妤《自傷賦》云：「潛玄宫兮幽以清，應門閉兮禁闥扃。華殿塵兮玉堦苔，中庭萋兮緑草生。」**洞房殊未曉，清光信悠哉。**善曰：毛萇《詩傳》：「悠，遠貌也。」按：齊云：已近陰、何一派，于靜細中見之。此首《文選》載。

詠柳

輕陰拂建章，夾道連未央。梁武帝詩：舒芳曜緑垂輕陰。《漢書・郊祀志》：作建章宫，爲千門萬户。鮑照樂府：夾道列王侯。《漢書》：蕭何作未央宫。**因風結復解，霑露柔且長。楚妃思欲絶，班女淚成行。**《歌録》：石崇《楚妃嘆》曰：「歌辭《楚妃歎》，莫知其所由，楚之賢妃，能立德著勳垂名于後，惟樊姬焉。故今嘆咏之聲，永世不絶。」《漢書》：班婕妤《自傷賦》云：仰視兮雲屋，雙涕兮横流。**遊**按：一作「流」。**人未應去，爲此歸故鄉。**

詠篪

按：《爾雅》：大篪謂之沂。郭注：篪以竹爲之，長尺四寸，圍三寸，一孔上出一寸三分，名翹。横吹之小者，尺二寸。又按：邢疏謂：蘇成公作篪。譙周《古史》云：古有塤篪，尚矣。周幽王時，暴公善塤，蘇公善篪，記者因以爲作，謬矣。

江南簫管地，妙響發孫枝。張衡《應間》：可剖其孫枝。按：《呂氏春秋》：黄帝命伶倫爲律，伶倫著十二簫。又《風俗通》：舜亦作簫。《周禮》：孤竹之管，孫竹之管，陰竹之管。鄭玄注：孤竹，竹特生者。孫竹，竹枝根之末生者也。《爾雅》：大管謂之簥，其中謂之篞，小者謂之篎。**慇懃寄玉指，含情舉復垂。**張蕭遠詩：玉指休勻八字眉。蓋本此。**彫梁再三繞，輕塵四五移。**後魏溫子昇《閶闔門上梁文》：彫梁乃架。梁任昉《靜思堂竹應詔》：翠葉映彫梁。劉孝綽《古意》：上下傍彫梁。杜氏《通典》：周衰，有韓娥東之齊，至雍門，匱糧，鬻歌假食，既而去，餘響繞梁，三日不絶。**曲中有深意，丹誠君詎知**〔一〕？曹植《表》：乃臣丹誠之至願。

按：齊云：休文詩已駸駸乎爲宫體先聲矣。

〔一〕「誠」，《古文苑》卷九作「心」。

六憶詩四首三言、五言。按：雜曲歌辭。

憶來時，的的一作「灼灼」。**上堦墀。**按：《淮南子》：的的者獲，提提者射。注：的的，明也。**勤勤聚離別**〔一〕，**慊慊道相思。**按：《漢書·王莽傳》：晨夜屑屑，寒暑勤勤。**相看常不足，相見乃忘飢。**

憶坐時，點點羅帳前。劉鑠《雜詩》：羅帳延秋月。或歌四五曲，或弄兩三弦。笑時應無比，嗔時更可憐。《韻會》：《説文》云：「嗔，恚也。」《妬記》：桓大司馬以李勢女爲妾。桓妻南郡主抱之曰：「阿姊，我見汝猶憐，何況老奴。」古辭《捉搦歌》：可憐女子能照影，不見其餘見斜領。憶食時，臨盤動容色。欲坐復羞坐，欲食復羞食。含哺按：一作「唯」。如不飢，擎甌似無力。《莊子》：赫胥氏之時，民含哺而熙，鼓腹而游。《方言》：甌、甂，陳、魏、宋、楚之間謂之題。自關而西謂之甂。其大者謂之甌。甌與塸通。《説文》：甌，小盆也。從瓦，區聲。憶眠時，人眠强未眠。解羅不待勸，就枕更須牽。復恐傍人見，嬌羞在燭前。謝朓詩：嬌羞餘故姿。

〔一〕「聚」，趙氏覆宋本作「叙」。

十詠二首

領邊繡

領邊繡，即方領繡也。《漢書》：廣川王去姬，爲去刺方領繡。晉灼曰：今之婦人直領也，繡爲方領，上刺作黼黻文。

纖手製新奇，刺作可憐儀。劉孝儀《謝晉安王賜銀裝絲帶啟》：雕縷新奇。按：《廣韻》：針，刺也。以針黹物曰刺。縈絲飛鳳子，結縷一作「伴」。坐花兒。崔豹《古今注》：蛺蝶有大似蝙蝠者，或黑色，或青斑，名曰鳳子。一名鳳車，一名鬼車，生江南橘樹間。鮑照《藥奩銘》：鳳子藏花。宋梅堯臣《領邊繡》詩云：「願作花工兒，長年承素頸。」則花兒是領上所繡歌童也。覩下「不聲」句可見。不聲如動吹，無風自移枝〔一〕。麗色儻未歇，聊承雲鬢垂。江淹著《麗色賦》。魏程曉《女典》：若夫麗色妖容。

〔一〕「移」，趙氏覆宋本作「裊」，可從。

腳下履

古辭《河中之水歌》曰：足下絲履五文章。義蓋本此。

丹墀上颯沓，玉殿下趨鏘〔一〕。曹植《當車以駕行》：歡坐玉殿。逆轉珠珮響，先表繡袿香。《釋名》：婦人上服謂之袿。《廣韻》：袿，長襦也。裾開臨舞席，袖拂一作「拂袖」。繞歌堂。齊謝朓《鼓吹曲》：綺席舞衣散。鮑照《蕪城賦》：歌堂舞閣之基。所歎忘懷妾，一作「切」。見委入羅牀。

〔一〕「鏘」，紀氏《考異》作「蹡」。

擬青青河邊草

注見卷一蔡邕。按：相和歌辭瑟調曲。此擬《飲馬長城窟行》。

漠漠牀上塵，中心按：《樂府》作「心中」。**憶故人。故人不可憶，中夜長歎息。**《南史》：褚彥回詣虞愿，不在，牀上積塵，有書數帙。彥回嘆曰：「虞君之清，一至于此。」拂塵而去。**歎息想容儀，不欲**一作「言」。**長別離。別離稍已久，空牀寄杯酒。**枚乘《雜詩》：空牀難獨守。

擬三婦〔一〕

郭茂倩曰：《三婦豔詩》，相和歌辭清調曲也。古辭云：「長安有狹邪，狹邪不容車。適逢兩少年，挾轂問君家。君家新市旁，易知復難忘。大子二千石，中子孝廉郎。小子無官職，衣冠仕洛陽。三子俱入室，室中自生光。大婦織綺羅，中婦織流黃，少婦無所爲，挾瑟上高堂。丈夫且徐徐，調絲未渠央。」按：《樂府》作《三婦豔》，無「擬」字。

大婦掃玉墀〔二〕**，中婦結羅**按：一作「珠」。**帷**〔三〕。《說文》：墀，涂地也。徐曰：階上地也。**小婦獨無事，對鏡畫蛾眉**〔四〕。**良人且安卧，夜長方自私。**《漢·黥布傳》：陛下安枕而卧矣。相如《美人賦》：敢託身兮長自私。

〔一〕紀氏《考異》：「宋刻無『艷』字，然諸本皆有之。諸家所擬亦皆作《三婦艷》，蓋宋刻誤脱。」
〔二〕「掃玉墀」，《樂府詩集》卷三十五作「拂玉匣」，可從。
〔三〕「帷」，五雲溪館本作「幃」。
〔四〕「畫」，《樂府詩集》作「理」。

古意

挾瑟叢臺下，徙倚愛容光。古樂府：挾瑟上高堂。佇立日已暮，戚戚苦人腸。露葵已堪摘，淇水未霑裳。宋玉《諷賦》：主人之女荅臣，炊彫胡之飯，烹露葵之羹。錦衾無獨暖，羅衣空自香。明月雖外照，寧知心内傷？《楚辭》：永懷内傷。

夢見美人

夜聞長歎息，知君心有憶。《楚辭》：長太息以掩涕。果自閶闔開，魂交覩容一作「顏」。色。《莊子》：子綦曰：「其寐也魂交，其覺也形開。」《説文》：交，會也。既薦巫山枕，又奉齊眉食。《後漢·逸民傳》：梁鴻妻孟光，鴻每歸，妻爲具食，不敢于鴻前仰視，舉案齊眉。立望復横陳，忽覺非在側。《漢書》：孝武李夫人卒，悲感作詩曰：「是邪？非耶？立而望之，偏何姍姍其來遲！」那知一作

「惡」。神傷者，潺湲淚霑臆。《魏志》：荀粲妻亡，不哭而神傷。屈原《九歌》：横流涕兮潺湲。北魏樂府《楊白花》：拾得楊花淚霑臆。

效古

可憐桂樹枝，單雄憶故雌。《説文》：雄雉之鳴爲雊。《列女傳》：魯陶隱妻歌曰：「夜半悲鳴，想其故雄。」歲暮異棲宿，春至猶別離。《吴都賦》：窮飛走之棲宿。山河隔長路，路遠絶容儀。《左傳》：子犯曰：「表裏山河，必無害也。」豈云無我匹，寸心終不移。

初春

扶一作「夾」。道覓陽春，佳人共攜手。佳人，按：《初學記》作「相將」。草色猶一作「獨」。自非，一作「非」。按：《藝文》作「腓」。林中都未有。無事逐梅花，空中信楊柳〔一〕。且復歸去一作「共歸」。來，含情寄杯酒。陶潛著《歸去來辭》。

〔一〕「中」，《初學記》作「教」，可從。

悼往按：一作《悼亡》。

去秋三五月，今秋還照房。今春蘭蕙草，來春一作「春來」。復吐芳。相如《子虛賦》：下靡蘭蕙。後漢崔琦《七蠲》：流曜吐芳。悲哉人道異，一謝永銷亡。屏筵空有設，按：一作「簾屏既毁撤」。帷席更施張。休文《齊太尉王儉碑文》云：風雲溢乎帷席。謝惠連《雪賦》：末縈盈于帷席。施張，見《禮記》。遊塵掩虚座，孤帳覆空牀。《洞冥記》：西王母駕玄鸞之輿至，壇所四面列軟條杜，風至自拂堦上遊塵。張衡《思玄賦》：遊塵外而瞥天兮。《吴志》：魏文帝常爲虞翻設虚座。萬事無不盡，徒令存者傷。任昉《哭范僕射詩》：一朝萬化盡。北齊邢子才《文宣帝哀策文》：萬事同盡。

按：徐刻此詩前有《秋夜》一首，今附後。

柳惲

《宋書》：柳惲，字文暢，河東解人。好學，善尺牘。齊竟陵王以爲法曹參軍，累遷太子洗馬。梁天監初除長史，累遷廣州刺史，復爲吴興太守。

擣衣詩一首 注見卷三曹毗、謝惠連。

孤衾引思緒，獨枕愴憂端。孫乃壽詩：心緒亂如絲。梁簡文《烏夜啼》：羞言獨眠枕下流。義同。深庭秋草緑，高門白露寒。思君起清夜，促柱奏幽蘭。魏曹植詩：清夜遊西園。不怨飛蓬苦，徒一作「持」。傷蕙草殘。其一。古詩：空令蕙草殘。行役滯風波，遊人淹不歸。《家語》：不觀巨海，何以知風波之患。李陵《與蘇武詩》：風波一失所。亭皋木葉下，隴首秋雲飛。相如《上林賦》：亭皋千里。屈原《九歌》：洞庭波兮木葉下。漢武帝《秋風辭》：秋風起兮白雲飛。按：《藝文》作「秋蓬」。《南史》本傳亦作「秋雲」。二句王融見而嗟賞，因書齋壁及白團扇。寒園夕鳥集，思囿草蟲悲。囿，一作「牖」。草蟲，見《詩》。《禽經》：獨鳥曰止，衆鳥曰集。嗟兮當春服，安見禦冬衣。其二。《楚辭》：無衣裳以禦冬，恐死不得見乎陽春。鶴疑作「鸛」。鳴勞永歎，採緑傷時暮。鸛鳴，見《毛詩》。《詩序》：採緑，刺怨曠也。幽王之時，多怨曠者也。念君方遠遥，望按：《藝文》作「賤」。妾理紈素。秋風吹緑潭，明月懸高樹。宋謝靈運《長谿賦》：潭結緑而澄清。佳人飾淨容，招攜從所務。其三。步櫚一作「欄」。杳不極，離家一作「堂」。肅已扃。相如《上林賦》：步櫚周流。注：步櫚，步廊也。櫚，古簷字。班婕妤《自傷賦》：應門閉兮禁門扃。軒高夕杵散，氣爽夜碪鳴。王洵《秋懷》：風遼氣爽。瑤華隨步響，幽蘭逐袂生。峙[山屠]理金翠，容與納宵清。其四。

泛豔迴煙彩，淵旋龜鶴文。淒淒合歡袖，冉冉一作「苒苒」。**蘭麝芬。**《説文》：麝如小麋，臍有香。干寶《晉紀》：石崇出妓妾數十人，皆蘊蘭麝而被羅縠。鮑照《中興歌》：緑墀散蘭麝。**不怨杼軸苦，所悲千里分。**杼軸，見《毛詩》。**垂泣送行李，傾首遲歸雲。**其五。《左傳》：燭之武曰：「行李之往來，供其乏困。」《漢書》：翟義曰：「天下傾首服從。」

鼓吹曲〔一〕

《荆州先賢傳》：羅獻以太始三年進位冠軍，假節，給大車，增鼓吹棨戟。按：鼓吹，一曰短簫鐃歌。劉瓛定軍禮云：鼓吹，未知其始也。漢世有黄門鼓吹。《東觀漢記》：班超拜長史，假鼓吹麾幢。崔豹《古今注》：漢樂黄門鼓吹，天子所以宴樂群臣也。亦以賜有功諸侯。魏晉之世，給鼓吹甚輕，牙門督將五校悉有鼓吹。宋齊以後，則甚重矣。

獨不見

《樂府解題》：獨不見，傷思而不得見也。按：雜曲歌辭。

別島望風按：一作「雲」。**臺，天淵臨水殿。**《西京賦》：長風激于別島。沈約《郊居賦》：風臺累翼，月榭重栭。《初學記》：漢上林有池十五所，一曰天泉池，上有連樓閣道，中有紫宮。《述異記》：漢武帝立豫樟宮于昆明池中，作豫樟水殿。唐避諱，淵改泉。**芳草生未積，春花落如霰。出從張公子，還過趙飛燕。奉帚長信宮，誰知獨不見。**《漢書》：童謡云：「燕燕尾涎涎。張公子，時相見。」

度關山

《樂府解題》：魏樂奏武帝辭。言人君當自勤苦，省方黜陟，省刑薄賦也。若梁戴暠云：「昔聽隴頭吟，平居已流涕」，但叙征人離别之思焉。按：相和歌辭相和曲。又有《關山曲》，蓋本此。注見下《江南曲》。

少長一作「信」，非。**倡家女**〔二〕，**出入燕南陲。**《西都賦》：漢之西都，在于雍州，實曰長安。《後漢·公孫瓚傳》：童謡云：「燕南垂，趙北際，中央不合大如礪，惟有此中可避世。」**惟**一作「與」。**持德自美，本以容見知。**《漢書》：李夫人曰：「我以容貌之故，得從微賤受幸于上。」**舊聞關山遠，**一作「道」。**何事總金羈。妾心日已亂，秋風鳴細枝。**

〔一〕趙氏覆宋本作「鼓吹曲二首」。

〔二〕「少長」，《樂府詩集》卷二十七作「長安」。

雜詩

雲輕色轉暖，一作「暮色轉」。**草緑晨芳歸。山墟罷**一作「薄」。**寒晦，園澤潤朝暉。**宋吴處厚《青箱雜記》：嶺南謂村市爲墟。謝混《逆皇后在領軍府集詩》：明窗通朝暉。**春心多感動，睹物情復悲。**枚乘《七發》：陶陽氣，蕩春心。晉石崇《答棗腆詩》：睹物傷情。**自君之出矣，蘭堂罷鳴機。**張衡《南都賦》：宴于蘭堂。《漢書》：祓蘭堂。謝朓《同王主簿有所思》：望望下鳴機。**徒知遊宦是，不念别離非。**

長門怨

《漢武故事》：武帝爲膠東王時，長公主嫖有女，欲與王婚，景帝未許。後長主還宫，膠東王數歲，長主抱置膝上，問曰：「兒欲得婦否？」長主指左右長御百餘人，皆云「不用」。指其女問曰：「阿嬌好否？」對曰：「好！若得阿嬌作婦，當作金屋貯之。」長主乃苦要帝，遂成昏焉。《漢書》：孝武陳皇后，長公主嫖女也。擅寵嬌貴，十餘年而無子，聞衛子夫得幸，幾死者數焉。元光五年，廢居長門宫。《樂府解題》：《長門怨》者，爲陳皇后作也。后退居長門宫，愁悶悲思，聞司馬相如工文章，奉黄金百斤，令爲解愁之辭。相如爲作《長門賦》，帝見而傷之，復得親幸。後人因其賦而爲之《長門怨》也。按：相和歌辭楚調曲。

玉壺一作「户」。夜愔愔，應門重且深。相如《長門賦》：擠玉户而撼金鋪兮。按：《左傳》：祈招之愔愔。注：安和貌。又《吴都賦》：翕習容裔，靡靡愔愔。秋風動桂樹，流月摇輕陰。謝莊《月賦》：素月流天。齊王儉《餞從兄豫章詩》：流月汎虚園。綺簷清露滴，一作「溽」。網户思蟲吟。梁簡文帝《玄圃納涼詩》：思蟲引秋涼。蓋本此。王褒《聖主賢臣頌》：蟋蟀候秋吟。歎息下蘭閣，含愁奏雅琴。曹植《白鶴賦》：聆雅琴之清韻。劉向有《雅琴賦》。何由鳴曉珮，復得抱宵衾。《列女傳》：后妃進退，必鳴玉珮環。抱衾，見《毛詩》。無復金屋念，豈照長門心。

江南曲

杜氏《通典》：梁有吴安泰善歌，後爲樂令，精解聲律。初改西曲，别江南《上雲樂》。内人王金珠善歌吴聲、西曲，又製江南歌，當時絶妙。今斯宣達選樂府少年好手，進内習學。吴弟安泰之子又善歌。次有韓法秀又能妙歌吴聲、《讀曲》等，古今獨絶。按：相和歌辭相和曲。《古今樂録》曰：張永《元嘉技録》：「相和有十五曲：一曰《氣出唱》，二曰《精列》，三曰《江南》，四曰《度關山》，五曰《東光》，六曰《十五》，七曰《薤露》，八曰《蒿里》，九曰《覲歌》，十曰《對酒》，十一曰《雞鳴》，十二曰《烏生》，十三曰《平陵東》，十四曰《東門》，十五曰《陌上桑》。《樂府解題》：江南古辭，蓋美芳辰麗景，嬉遊得時。若簡文「桂檝晚應旋」惟歌遊戲也。梁武帝作《江南弄》以代西曲，有《採菱》、《採蓮》，蓋出于此。唐陸龜蒙又廣古辭爲五解云。

汀洲採白蘋，日落一作「暖」。**江南春。洞庭有歸客，瀟湘逢故人。**《荆州記》：青草湖，一名洞庭湖。又：洞庭，亦謂之太湖，在巴陵縣。《楚地記》：巴陵，瀟湘之淵，在九江之間，今岳州巴陵縣，即楚之巴陵，漢之下雋也。《圖經》：湘水自陽海發源，至零陵北而縈水會之，二水合流謂之瀟湘。瀟者，水清深之名也。**故人何**《藝文》作「久」。**不返？春華復應**一作「將」。**晚。**邊讓《章華臺賦》：榮若春華。**不道新知樂，且**一作「祇」。**言行路遠**〔一〕。《家語》：子游見行路之人云：「魯司鐸人也。」

〔一〕「且」，《藝文類聚》卷四十二作「空」。

起夜來

《樂府解題》：起夜來，其詞意猶念疇昔思君之來也。唐聶夷中有《起夜半》。按：雜曲歌辭。

城南斷車按：一作「兵」。**騎，閣道覆清**一作「青」。**埃。**古樂府：采桑城南隅。《後漢·何進傳》：尚書盧植執戈于閣道窗下，仰數段珪。李尤《武功歌》：清埃飛，連日月。**露華光翠網，月影入蘭臺。**《西京賦》：外有蘭臺金馬。注：蘭臺，臺名。**洞房且暮掩，應門或復開。颯颯**一作「入」。**秋桂響，悲**一作「非」。**君起夜來。**

七夕穿針

《荆楚歲時記》：七夕，婦人結綵縷，穿七孔針，或以金銀鍮石爲針。

代一作「黛」。**馬秋不歸，緇紈無復緒。**《後漢·班超傳》疏曰：代馬依風。劉鑠詩：坐見輕紈緇。**迎寒理夜**一作「衣」。**縫，映月抽**一作「擂」。**纖縷。**《周禮·春官》：中秋夜，擊土鼓，吹豳詩，以迎寒。梁陶隱居《尋山誌》：庭虚月映。按：《考工記》：鞄人察其線，欲其藏也。注：謂縫革之縷也。**的皪愁睇光，連娟思眉聚。**相如《上林賦》：皓齒燦爛，宜笑的皪。**清露下羅衣，秋風吹玉柱。**袁淑《正情賦》：陳玉柱之鳴箏。**流陰稍已多，餘光欲難取**〔一〕。按：一作「誰與」。謝莊《懷園引》：流陰逝景不可追。宋辭《讀曲歌》：餘光照已藩。

〔一〕「欲」，《文苑英華》卷一五八作「亦」，可從。

詠席

照日汀洲際，摇風緑潭側。雖無獨繭輕，幸有青袍色。《上林賦》：曳獨繭之褕袘。《神異經》：東方有桑樹焉，高八十丈。其葉長一丈，廣六七尺。其上自有蠶作繭，長三尺，繰一繭，得絲一斤。古詩：青袍似春草。**羅袖少輕塵，象牀多麗飾。**《洞冥記》：上起神明臺，有金牀象席。劉楨《瓜賦》：布象牙之席，薰玳瑁之筵。《東都賦》：去後宫之麗飾。按：《戰國策》：孟嘗出行五國，至楚，獻象牙牀。**願君蘭夜**一作「夜闌」。**飲**〔一〕**，佳人時宴息。**宴息，見《周易》。

〔一〕「蘭夜」，紀氏《考異》作「闌夜」，可從。

江洪

《梁書》：江洪，濟陽人。《文學傳》：工屬文，爲建陽令，坐事死。按：《梁書·吴均傳》：先是有廣陵高爽、濟陽江洪、會稽虞騫，並工屬文。

詠歌姬

寶鑷間珠花，分明靚妝點。孔儒《七别》：紫鑷承鬟而駢輝。《南齊書》：文安皇后爲皇太子妃，無寵。太子爲宫人製新麗衣裳及首飾，而后妝惟陳古舊釵鑷數枚。《史記·始皇紀》：貴賤分明。《漢書》：董仲舒對策曰：「臣前所上對，辭不别白，指不分明。」**薄鬢約微黄，輕紅澹鉛臉。**梁簡文帝《詠梁塵詩》：帶日聚輕紅。《抱朴子》：民不信黄丹及胡粉是化鉛所作。**發言芳已馳，復加蘭蕙染。浮聲易傷**

歎，沈唱安而險。班婕妤《擣素賦》：柱由貞而響沉。孤轉忽徘徊，雙蛾乍舒斂。不持全示人，半用輕紗掩。

詠一無「詠」字。舞女

腰纖蔑楚媛，體輕非趙姬。映袿一作「襟」。闐寶粟，緣肘挂珠絲。龍輔《女紅餘志》：李聽姬紫雲，有金蟲寶粟之鈿，其製蓋自六朝始也。謝承《後漢書》：汝南李敬，少時遷趙相，奴于鼠穴中得繫珠及鐺珥。《列女傳》：珠崖令卒官，妻息送喪還。漢法內珠入關者死，妻棄其繫臂珠。前妻子年九歲，取而好之，置其母鏡奩中。關吏索得，劾問，子母爭當坐，吏乃棄珠遣之。發袖已成態，動足復含姿。楊惲《報孫會宗書》：頓足起舞。斜精若不眄〔一〕，當一作「嬌」。轉復遲疑。何慚雲鶴起，詎減鳳鸞一作「驚」。時？

〔一〕「精」，五雲溪館本作「晴」，可從。

詠紅箋

按：梁簡文帝啟：謹奉紅箋二十幅。又按：晉桓玄作桃花牋，有縹綠青赤等色，嗣後有浮碧、殷紅、鵶青、鵠白異名。

雜彩何足奇，惟紅偏作可。灼爍類蕖開，輕明似霞破。《魏都賦》：丹藕凌波而的爍。晉庾肅之《山贊》：輕霞下拂。方回《遊南岳贊》：珠塵圓潔輕且明。《三元經》：元始天王于明霞之觀大霄雲户，以上真玉檢，下授三天玉童。鏤質卷芳脂，裁花承百和。《鹽鐵論》：内無其質，而外學其文，若畫脂鏤冰，費日損功。漢王褒《責髯奴文》：潤之以芳脂。《漢武内傳》：帝七月七日掃除宫掖之内，設座火殿之上，以紫羅薦地，燔百和香，燃九微燈，以待王母。且傳别離心，復是相思裹。不值情幸一作「牽」。人，豈識風流座。

按：徐刻以下有《詠鶴》一首，今附後。

詠薔薇

《本草經》：薔薇，一名牛棘，一名牛勒，一名山棗，一名薔蘼。按：諸本俱作柳惲詩，徐刻亦作柳詩，叙在《詠席》詩後。

當户種一作「種」。薔薇，枝葉太葳蕤。不摇香已亂，無風花自飛。春閨不能靜，開匣對一作「理」。明妃。王筠《楚妃吟》：庭前日暖。春閨、明君，注見卷二石崇。曲池浮采采，斜岸列依依。宋玉《招魂》：坐堂伏檻臨曲池。嵇康《琴賦》：采采粲粲。王僧孺《侍宴詩》：落光漸斜岸。或聞好音度，時見銜泥歸。枚乘《雜詩》：思爲雙飛燕，銜泥巢君室。且對清觴湛，其餘任是非。《蜀都賦》：觴以清醥。

高爽

《梁書》：高爽，廣陵人。齊永明中，舉孝廉。天監中，歷官臨川王參軍，出爲晉陵令。按：《南史·文學傳》：廣陵高爽，博學多材。劉蒨爲晉陵令，爽經途詣之，了不相接。俄代蒨爲縣，蒨遣迎贈甚厚，爽受餉答書云：「高晉陵自答。」人問其所以，答云：「蒨餉晉陵令耳，何關爽事。」後坐事，被繫，作《鑊魚賦》以自况，其文甚工。後遇赦免，卒。

詠鏡

初上鳳皇墀，此鏡照蛾眉。《晉中興書》：荀勗徙中書監，爲尚書令。人賀之，乃發恚云：「奪我鳳皇池，卿諸人何賀我耶！」宋孝武《擬漢武帝李夫人賦》：思玉步於鳳墀。言照常相守，不照常相思〔一〕。虚心會不采，貞明空自欺〔二〕。晉傅咸《鏡賦》：不有心于好醜，而衆形其必詳。無言故此一作「此故」。物，更復對一作「照」。新期。

〔一〕以上二句兩「常」字，趙氏覆宋本均作「長」。

〔二〕紀氏《考異》：「『欺』字未詳，疑爲『持』字之訛。」

鮑子卿

詠畫扇一作高爽。

按：徐刻無鮑子卿名。又按：《南史》：齊主頗好畫扇。宋孝武賜何戢蟬雀扇，善畫者顧景秀所畫，獻之齊主。

細一作「新」。**絲本自輕，弱彩何足眄。直爲發紅顔，謬成握中扇。乍奉長門泣，時承柏梁宴。**《北堂書鈔》：漢武帝元封三年作柏梁臺，詔群臣能爲七言詩者，乃得上坐。《漢武故事》：柏梁臺，高二十丈，悉以柏，香聞數十里。**思妝**一作「莊」。**開已掩，歌容隱而見。**《漢書》：樂有歌舞之容。**但畫雙黄鶴，**一作「鵠」。**莫作孤飛燕。**按：《藝文》作「鴈」。蘇武詩：願爲雙黄鵠，送子俱遠飛。

詠玉堦按：一作何子朗詩，誤。

玉堦已誇麗，復得臨紫微。《西都賦》：玉堦彤庭。《吴都賦》：雖兹宅之誇麗。**北户接翠幄，南路**

低一作「抵」。**金扉。**《吴都賦》：開北户以向日。潘岳《河陽縣詩》：南路在伐柯。沈約《擬風賦》：若夫摇玉樹，響金扉。**重疊通日影，參差藏月輝。**宋玉《高唐賦》：交加累積，重疊增益。向秀《思舊賦序》：顧視日影。**輕苔染朱**按：一作「珠」。**履，微澱**一作「澂」。**拂羅衣。**阮籍《清思賦》：釋安朝之朱履兮。《爾雅》：澱謂之垽。《説文》：滓，澱也。**獨笑崑山曲，空見青鳧飛。**沈約《和劉中書仙詩》：崑山西北映。《漢武故事》：七月七日，上于承華殿齋，忽青鳥從西來，上問東方朔，朔曰：「西王母欲來。」有頃，王母至。

何子朗

《南史·文學傳》：何思澄，東海郯人。子子朗，字世明，早有才思，卒于國山令。初，何思澄與宗人遜及子朗俱擅文名，時人語曰：「東海三何，子朗最多。」思澄聞之曰：「此言誤耳。如其不然，故當歸遜。」思澄意謂宜在己也。按：周捨每與朗談，服其精理。嘗爲《敗冢賦》，擬莊周「馬棰」，其文甚工。世人語曰：「人中爽爽有子朗。」

學謝體

桂臺清露拂，銅陛落花沾。《漢·郊祀志》：公孫卿曰：「仙人好樓居。」于是，上令長安創作飛廉、桂館。師古曰：飛廉館及桂館二名也。劉楨《魯都賦》：丹陛玉砌。《漢書音義》：如淳曰：「刻殿基以爲陛，以有兩旁上下安也。」孟康曰：謂鑿殿基際爲陛，不使露也。美人紅粧罷，攀鉤捲細簾。《拾遺記》：越有美女夷光以貢于吳，吳處以椒華之房，貫細珠爲簾幌，朝下以蔽景，夕捲以待月。梁簡文帝《苦熱詩》：細簾時半捲。思君擊一作「暫」。促柱，玉指何纖纖。未應爲此別，無故坐相嫌。

和虞記室騫古意

《梁書·文學傳》：虞騫，會稽人。工爲五言詩，名與何遜相埒，官至王國侍郎。

美人弄白日，灼灼當春牖。曹植《雜詩》：臨牖御櫺軒。晉張協《玄武館賦》：春牖左開，秋窗右豁。按：《楚辭·招魂》：晉制犀比，費白日些。清鏡對蛾眉，新花映一作「弄」。玉手。曹植《妾薄命篇》：攜玉手，喜同車。燕下拾池泥，風來吹細柳。君子何時歸？與我酌尊酒。

和繆郎視月 按：《藝文》作虞騫詩，徐刻同。

清夜未云疲，細一作「珠」。簾聊可發。曹植《公讌詩》：公子敬愛客，終宴不知疲。清夜游西園，飛蓋相追隨。泠泠一作「玲玲」。玉潭水，映見蛾眉月。王褒《洞簫賦》：玉液浸潭而承其根。鮑照《翫月詩》：末映東北墀，娟娟似蛾眉。靡靡露方垂，輝輝光稍沒。《高唐賦》：薄草靡靡。佳人復千里，餘影徒揮忽。謝莊《月賦》：美人邁兮音塵闕，隔千里兮共明月。伏知道《爲王寬與婦義安主書》：雖見妖淫，終成揮忽。

范靖一作「靜」。婦

《隋·藝文志》：梁征西記室范靖妻沈滿願集三卷。按：沈約孫女也。

詠步摇花「步摇」，注見卷二傅玄。

珠華縈翡翠，寶葉間金瓊。《異物志》：赤而雄者曰翡，青而雌者曰翠。梁武帝《謝東宮賚花鈿啟》：田文之珥，慚于寶葉。龍輔《女紅餘志》：觀美女詩序云：「及桃李之芳年，輕金瓊之重體。」剪荷不似製，爲花如自生。低枝拂繡領，微步動瑶瑛。孔稚圭《北山移文》：乍低枝以掃迹。曹植《洛神賦》：凌波微步，羅襪生塵。張協《七命》：錯以瑶英。但令雲髻插，蛾眉本易成。按：一本作「諒非桃李節，彌令蜂蝶驚」。

戲蕭一作「繡」。娘

明珠翠羽帳，金薄緑綃帷。《爾雅》：翠，鷸。注：似燕，紺色。疏：鷸，一名爲翠。許氏《説文》：帳，張也。一曰幬謂之帳。《禮記》：綃，幕也。鄭玄曰：綃，縑也。**因風時暫舉，想像見芳姿。清晨插步搖，向晚解羅衣。託意風流子，佳情詎肯**一作「可」。**私。**阮瑀《爲魏武帝與劉備書》：披懷解帶，投分寄意。謝莊《懷園引》：試託意兮向芳蓀。《晉・王忱傳》：范寧謂忱曰：「卿風流雋望，真後來之秀。」

詠五彩竹火籠

按：《西京雜記》：漢制：天子以象牙爲火籠。又《說文》云：薰衣竹籠也。

可憐潤霜質，纖剖復毫分。鮑照《梅花落》：徒有霜花無霜質。《蕪城賦》：竟瓜剖而豆分。《吳都賦》：竹則冒霜停雪。**纖作迴風苣，**《藝文類聚》作「縷」。**製爲縈綺文。**《西京雜記》：趙飛燕爲皇后，其女弟上遺迴風席、七華扇。**含芳出珠被，曜彩接緗裙。**魏文帝《善哉行》曰：清氣含芳。宋玉《招魂》：翡翠珠被，爛齊光些。魏繁欽《柳賦》：耀華采之猗猗。**徒嗟今麗飾，豈念昔凌雲。**何晏《景福殿賦》：建凌雲之層盤。

詠燈

綺筵日已暮，羅幃月未歸〔一〕。**開花散鵲彩**〔二〕，**含光出九微。**王筠《燈檠詩》：鳴鶴映冰池。

《漢武内傳》：七月七日，乃掃除宮掖之内，張雲錦之帷，然九微之燈，夜二唱後，西王母駕五色之班龍上殿。**風軒動丹焰，冰宇澹清暉**〔三〕。謝莊《月賦》：周除冰淨。宋謝靈運《苦寒行》：浮陽減清暉。**不吝**一作「畏」。**輕蛾繞，惟恐曉蠅飛。**

〔一〕「幃」，《初學記》卷二十五作「帷」，《藝文類聚》作「帳」。

〔二〕「鵠」，《初學記》作「鶴」。

〔三〕「清」，《初學記》作「青」。

何遜

《梁書》：何遜，字仲言，東海郯人。天監中，尚書水部郎。按：《南史》：遜，何承天之曾孫，八歲能賦詩，弱冠州舉秀才。范雲見其對策，大相稱賞。南平王引爲賓客，掌記室事，後薦之武帝。初，遜文章與劉孝綽並見重，時謂之「何、劉」。

日夕望江贈魚司馬

按：魚司馬，襄陽魚宏也。累從征討，常爲軍鋒，歷南譙、盱眙、竟陵太守。

湓城帶湓水，湓水縈如帶。《南齊·州郡志》：庾亮表江州宜治尋陽，以州督豫州新蔡、西陽二郡，治湓城。《潯陽記》：湓水出清盆山，因以爲名。帶山雙流而右灌潯陽，東北流入江。《廬山記》：江州有青盆山，故其城曰湓城，浦曰湓浦。《一統志》：湓浦，在今九江府城西。《漢書》：封爵之誓曰：「使黄河如帶，泰山如礪。」**日夕望高城，耿耿**一作「眇眇」。**青雲外。城中多宴賞，絲竹常繁會。**屈原《九歌》：五音紛兮繁會。**管聲已流悦，弦聲復悽切。**《漢書音義》：絲曰弦，竹曰管。古歌辭《白帝子歌》曰：清歌流暢樂難極。嵇康《與山巨源絶交書》曰：意常凄切。**歌黛慘如愁，舞腰疑欲絶。**梁簡文帝《九日賦韻詩》：遠燭承歌黛。**仲秋黄葉下，長風正騷屑。**《高唐賦》：長風至而波起兮。謝靈運《折楊柳行》：騷屑出穴風。江淹《思北歸賦》：風摇木而騷屑。劉歆《九歎》：風騷屑而摇木兮。**早雁出雲歸，故燕辭檐別。**鴻雁來，玄鳥歸。見《禮記》。**晝悲在異縣，夜夢還洛汭。**蔡邕樂府：他鄉各異縣。洛汭，見《尚書》。**洛汭何悠悠，起望登西**一作「西南」。**樓。的的帆向浦，團團日隱州**〔一〕。《世説》：顧長康作殷荆州佐，請假還東，爾時例不給布帆，顧苦求之，發至嶓冢，便遭風大敗。作箋與殷云：行人安穩，布帆無恙。鮑照《櫂歌行》：遥曳高帆舉。《説文》：浦，水濱也。《風土記》：大水有小口別通曰浦。《説文》：洲，本作州，水中可居曰州。後人加水以別州縣字。**誰能一羽化，輕舉逐飛浮。**《訓解故事》：道士亡曰羽化。漢東方朔《與友人書》：相期拾瑶草，吞日月之光華，共輕舉耳。晉庾闡《遊仙詩》：輕舉觀滄海。

按：徐刻以下諸詩前後敘次互異。

〔一〕「日」，紀氏《考異》作「月」。

輕薄篇〔一〕

《樂府解題》：《輕薄篇》言乘肥馬，衣輕裘，馳逐經過爲樂。與《少年行》同意。何遜云「城東美少年」，張正見云「洛陽美少年」是也。按：雜曲歌辭。又有《輕薄行》、《灞上輕薄行》，題皆本此。

城東一作「長安」。**美少年，重身輕萬億。柘彈隨珠丸，白馬黃金勒。**一作「飾」。《古史考》：柘樹枝長而勁，烏集之。將飛，柘起彈烏，烏乃呼號，因名烏號弓。《呂氏春秋》：以隨侯之珠，彈千仞之雀，世必笑之。《述異記》：乾羅，慕容廆十世祖也，見神著金銀襦鎧，乘白馬，金銀鞍勒，自天而降。**長安九逵上，青槐蔭道植。**《爾雅》：九達謂之逵。《魏都賦》：槐以蔭道。**轂擊晨已喧，肩排暗**一作「暝」。**不息。**《史記·蘇秦傳》：臨淄之途，車轂擊，人肩摩，連衽成帷，舉袂成幕。**走狗通西**按：一作「東西」。**望，牽牛亘**一作「向」。**南直。**《三輔故事》：桂宮周匝十里，内有明光殿、走狗臺。《三輔黃圖》：秦始皇兼天下，都咸陽。渭水貫都以象天漢，横橋南渡以法牽牛。**相期百戲傍，去來三市側。**張衡《南都賦》：都盧尋橦。注：都盧，山名。其人善緣竿百戲。梁元帝《纂要》：百戲起于秦漢。按：《周禮》：大市日昃而市，朝市朝時而市，夕市日夕而市，此三市之謂也。**象牀沓繡被，玉盤傳綺食。**《説苑》：鄂君乘青翰之舟，張翠羽之蓋，越人擁楫而歌。於是鄂君揄袂而擁之，舉繡被而覆之。古詩：

委身玉盤中，歷年冀見食。**娼女**一作「大婦」。一作「大姊」。**掩扇歌，小婦**一作「妹」。**開簾織。**庾信《春賦》：月入歌扇。杜詩注：以扇自障而歌，謂之歌扇。**相看獨隱笑，見人還斂色。**《藝文類聚・荀采傳》：荀采，爽女。夫亡，爽逼嫁與太原郭奕，采斂色正坐，郭氏不敢逼。**黄鵠悲故群，山枝詠初**按：一作「新」。**識。**《列女傳》：魯陶嬰，陶明之女，少寡，養姑，紡績爲産。魯人欲求之，女乃歌曰：「黄鵠早寡，七年不雙。宛頸獨宿，不與衆同。夜半悲鳴，想其故雄。飛鳥尚然，況于貞良。」魯人聞之，遂不復求。《説苑》：越人歌曰：「山有木兮木有枝，心悦君兮君不知。」**鳥飛過客盡，雀聚行龍匿。**《韓詩外傳》：枯魚銜索，幾何不蠹。二親之壽，忽如過客。行龍匿，謂薄暮也。晉傅玄《日昇歌》：六龍並騰驤，逸景何晃晃。《後漢書》：馬援奏曰：「行天者莫如龍。」**酌羽前**一作「方」。**厭厭**〔二〕**，此時歡未極。**沈約《率爾成篇》：金瓶泛羽巵。善曰：羽巵，即羽觴也。厭厭，見《毛詩》。

〔一〕趙氏覆宋本作《擬輕薄篇》。

〔二〕「前」，五雲溪館本作「方」，可從。

詠照鏡

珠簾旦初捲，綺羅按：一作「機」。**朝未織。玉匣開鑒形，寶臺臨淨飾。**《廣雅》：鑒，謂之鏡。《文子》：夫鏡不説形，故能有形。庾信《鏡賦》：不能片時藏匣裏。又《詠鏡詩》曰：玉匣聊開鏡。〔三〕《三國典略》：胡太后使沙門靈昭造七寶鏡臺，合有三十六户。每户有一婦人執鎖，才下一關，三十六户一時自蔽，若抽此關，諸門皆啟，婦人各出户前。**對影獨含笑，看花空轉側。**宋玉《登徒子好色賦》：含喜微笑。繁欽《愁思賦》：時瞭眇以含笑。《子夜夏歌》：動儂含笑容。《地驅樂歌》：枕郎左臂，隨郎轉側。**聊爲出繭眉，試染夭桃色。**《大戴禮》：食桑者有絲而蛾。郭璞《爾雅注》：蠶，蛾也。**羽釵如可間，金鈿長相逼**〔一〕。江淹《麗色賦》：翠蕤羽釵。**蕩子行未歸，啼妝坐沾臆。**《後漢·梁冀傳》：冀妻孫壽作愁眉啼妝、墮馬髻、折腰舞、齲齒笑，以爲媚惑。

〔一〕「長」，五雲溪館本作「畏」，可從。

閨怨

按：雜曲歌辭。《樂府》作《離閨怨》。

曉河没高棟，斜月半空庭。窗中度落葉，簾外隔飛螢。《爾雅》：螢火，一名即炤。**含情下翠帳，掩涕閉金屏。**潘岳《笙賦》：獨向隅以掩淚。伏知道《爲王寬與婦義安主書》：廣攝金屏，莫令愁擁。**昔期今未反，春草寒復青。思君無轉易，何異北辰星。**

詠七夕

仙車駐七襄，一作「驤」。**鳳駕出天潢。**七襄，見《詩》。齊孔稚珪《玄館碑文》：關山駕鳳之英。又仲言《侍宴樂遊苑詩》云：鳳駕起千群。《史記・天官書》曰：西宫咸池曰天五潢。**月映**一作「照」。**九微火，風吹百和香。來歡暫巧笑，還淚已啼妝**〔一〕。**依稀猶洛汭，倏忽似高唐。**江淹《赤虹賦》：依稀不常。《楚辭》：倏而來兮忽而逝。**別離不得語**〔二〕，**河漢漸湯湯。**按：湯湯，水盛貌。《釋名》：湯，熱湯湯也。

〔一〕「啼」，《文苑英華》作「沾」。

〔二〕「語」，趙氏覆宋本作「見」。

詠舞一無「舞」字。妓

管清羅薦合，弦驚雪按：一作「雲」。**袖遲。**《漢武故事》：帝齋於尋真臺，設紫羅薦。夜二更後，西王母至。張衡《觀舞賦》：裾似飛鸞，袖如迴雪。**逐唱迴纖手，聽曲動**按：一作「轉」。**蛾眉。凝情眄墮珥**〔一〕，**微睇託含辭。**《廣雅》：凝，定也。宋玉《神女賦》：目略微眄。《說文》：睇，目小視也。《洛神賦》：含辭未吐，氣若幽蘭。**日暮留嘉客，相看愛此時。**

〔一〕「情」，紀氏《考異》作「晴」。「眄」，趙氏覆宋本作「盼」。

看新婦按：一作「婚」。

霧夕蓮出水，霞朝日照梁。《洛神賦》：遠而望之，皎若太陽升朝霞。迫而察之，灼若芙蕖出緑波。何如花燭夜，輕扇掩紅妝。《世説》：温嶠娶姑女，既婚交禮，女以手披紗扇，撫掌而言曰：「我嫌是。」嶠曰：「誠如所疑。」良人復灼灼，席上自生光。所悲高駕動，掩袖出長廊。《西京賦》：長廊廣廡。

詠倡家〔一〕

皎皎高樓暮〔二〕，華燭帳前明。古詩：盈盈樓上女，皓皎當窗牖。羅帷雀釵影，寶瑟鳳雛聲。夏侯湛《雀釵賦》：特精思于雀釵。杜氏《通典》：《鳳將雛》，漢代舊歌曲也。夜花枝上發，新月霧中生。誰念當窗牖，相望獨盈盈。

〔一〕「家」，《藝文類聚》卷三十二作「婦」。

〔二〕「皎皎」，《藝文類聚》作「曖曖」。

詠白鷗嘲別者〔一〕

可憐雙白鷗，朝夕水上遊。一作「浮」。《南越志》：江鷗，一名海鷗，漲海中隨潮上下。何言異棲息，雌往雄不留。古歌辭《白帝子歌》曰：滄湄海浦未棲息。相如《上林賦》：棲息乎其間。孤飛出嶼浦，獨宿下滄洲。《説文》：嶼，島也，海中洲上石山。謝脁詩：復協滄洲趣。揚雄《檄靈賦》：世有黄公者，起于滄州，精神養性，與道浮游。東西從此去，影響絶無由。

〔一〕《藝文類聚》卷九十二無「嘲别者」三字。

學青青河邊草

注見卷一蔡邕。按：相和歌辭瑟調曲。

春園日按：樂府作「蘭已」。應好，折花望遠道。庾信《咏園花詩》：暫往春園傍。秋夜苦復長，抱枕向空牀〔一〕。吹樓按：《樂府》作「臺」。下促節，不言於此别。《相冢書》：山有重疊，望之如鼓吹樓，葬之出連州二千石。《陳留風俗傳》：縣有蒼頡、師曠，城上有列仙之吹臺。梁王增築，以爲吹臺。《元和郡縣志》：吹臺，在開封縣東南六里。歌筵掩團扇，何時一相見。弦絶猶依軫，葉落裁下枝。《吕氏春秋》：鍾子期死，伯牙擗琴絶弦，終身不復鼓琴。《正字通》：琴下轉弦者，謂之軫。即此雖云别，方我未成離。

〔一〕「抱枕向空牀」，紀氏《考異》作「抱衾面空牀」。

嘲劉諮議一無「諮議」。　孝綽

房櫳滅夜火，窗户映朝光。鮑照《中興歌》：紫殿爭朝光。妖女褰帷出，蹀躞初下牀。魏劉劭《趙都賦》：襄國妖女。後漢張衡《定情賦》：夫何妖女之淋麗。魏應瑒《公讌詩》：促坐褰重帷。《後漢·賈琮傳》：舊典：傳車驂駕垂赤帷裳，琮爲冀州刺史，命褰之。古樂府：蹀躞御溝上。雀釵横曉鬢，蛾眉豔宿妝。劉緩《鏡賦》：訝宿妝之猶調。稍聞玉釧遠，猶憐翠被香。何偃與謝尚書珍玉名釧，因物寄情。《左傳》：王皮弁，秦復陶，翠被，豹舄。班固《漢書·贊》：孝武造甲乙之帳，襲翠被，憑玉几。寧知早朝客，差池已雁行。成公綏《天地賦》：三台差池而雁行。《白虎通》：雁飛則行成。

王　樞

古意應蕭信武教

《梁書》：蕭昌，字子建，高祖從父弟也。天監九年，分湘州置衡州，以昌爲信武將軍、衡州刺史，坐免。蔡邕《獨斷》：諸侯言曰教。

朝取飢蠶食，夜縫千里衣。枚乘《兔園賦》：桑萎蠶飢，中人望奈何。謝惠連《擣衣詩》：裁用笥中刀，縫爲萬里衣。**復聞南陌上，日暮采蓮歸。**古樂府：江南可采蓮。**青苔覆寒井，紅蘂間青薇。**一作「微」。謝朓《直中書省》詩：紅藥當階翻。**人生樂自極，良時徒見違。**楊惲《報孫會宗書》：人生行樂耳。李陵《與蘇武詩》：良時不再至。**何由及新燕，雙雙還共飛。**

至烏林村見采桑者聊以一作「因有」。贈之一無「之」字。

遥見提筐下，翩妍實端妙。《説文》：提，挈也。吕氏曰：挈，以一手也。吴均《行路難》：今日翩妍少年子。《漢·外戚傳》：安子容貌端正。**將去復迴身，欲語先爲笑。閨中初别離，不許覓新知。空結茱萸帶，敢報木蘭枝。**陸翽《鄴中記》：錦有大茱萸、小茱萸。陳張正見《豔歌行》：并卷茱萸帳。與此意同。《楚辭》：朝搴阰之木蘭。

徐尚書座賦得可一作「阿」。憐

紅蓮披早露，玉貌映朝霞。鮑照《蕪城賦》：玉貌絳脣。《史記》：新垣衍謂魯連曰：「觀先生之玉貌。」《雜事秘辛》：時日晷薄辰，穿照蜃窗，光送著瑩面如朝霞。**飛燕啼妝罷，顧插步摇花。**按：一作「顧步插餘花」。**溘帀**一作「匝」。**金鈿滿**〔一〕**，參差繡領斜。**漢羊勝《屛風賦》：屛風鞈匝，蔽我君王。江淹《江上之山賦》：黿鼉兮岹匝。**暮還垂瑶帳，香燈照九華。**《洞冥記》：帝起甘泉望風臺，臺上得白珠如花一枝，帝以飾九華之蓋，望之若照月。沈約《傷美人賦》：陳九枝之華燭。

按：徐刻江淹至王樞諸詩，列在第六卷。又：江淹前有范雲詩四首，今附後。

〔一〕「溘」，紀氏《考異》作「匳」。

庾　丹

《吟窗雜詠》：庾丹少有雋才，爲桂州刺史蕭望記室。

秋閨有望

耿耿按：一作「眇眇」。**横天漢，飄飄出岫雲。**陶潛《歸去來辭》：雲無心以出岫。**月斜樹倒影，風至水迴文。已泣機中婦，復悲堂上君。**劉滔《聖賢本紀》：子産治鄭二十年，卒。國人哭于巷，婦人哭于機。潘岳《閑居賦》：太夫人在堂。**羅襦曉長襞，翠被夜徒薰。**按：《漢·司馬相如傳》：襞績褰縐。又：揚雄《反離騷》注：襞，疊衣也。**空汲銀牀井，誰縫金縷裙。**《初學記》：古舞歌詩曰：「淮南王，自言尊，百尺高樓與天連，後園作井銀作牀，金瓶素綆汲寒漿。」《魏略》：大秦國有金縷雜色綾，其國利得中國絲素，解以爲胡綾。案：《方言》：陳魏之間謂裙爲帔，繞衿謂之裙。**所思竟不至，空持一**作「持酒」。**清夜分。**《韓非子》：衛靈公泊濮水，夜分而聞有鼓瑟者。

夜夢還家

歸飛夢所憶，共子汲寒漿。銅瓶素絲綆，綺井白銀牀。雀出丰茸樹，蟲飛瑇瑁梁。相如《長門賦》：羅丰茸之遊樹兮。**離人不相見，難**一作「爭」。**忍對春光。**

按：庾詩二首，徐刻列在卷七吴筠詩後。

范　雲

《宋書》：雲，字彦龍，南鄉舞陰人。起家郢州西曹書佐，累遷廣州刺史。至梁，爲散騎常侍、吏部尚書。

巫山高

注見卷四王融。按：鼓吹曲辭漢鐃歌。已下諸詩，宋刻不收，今附于後。

巫山高不極，白日隱光輝。靄靄朝雲去，冥冥暮雨歸〔一〕。巖懸獸無跡，林暗鳥疑飛〔二〕。枕席竟誰薦？相望徒依依〔三〕。

〔一〕「冥冥」，《樂府詩集》卷十七作「溟溟」。

〔二〕「疑」，《全梁詩》卷六注：「一作『驚』。」

〔三〕「徒」，《樂府詩集》作「空」。

望織女〔一〕

盈盈一水邊，夜夜空自憐。不辭精衛苦，河流未可填。《述異記》：昔炎帝女溺死東海中，化爲精衛，其名自呼。每銜西山木石填東海。一名鳥市，一名冤禽，一名志鳥，俗呼帝女雀。寸情百重結，一心萬處懸。《戰國策》：楚王曰：「寡人之心，摇摇然如懸旌，終無所薄。」願作雙青鳥，共舒明鏡前。范泰《鸞鳥詩序》：昔罽賓王結罝峻卯之山，獲一鸞鳥，王甚愛之。三年不鳴，其夫人曰：「常聞鳥見其類而後鳴，何不照鏡以映之？」鸞覩影悲鳴而絕。

〔一〕《文苑英華》卷一五八作梁武帝詩。

思歸按：徐刻作《閨思》。

春草醉春煙，春按：一作「深」。閨人獨眠。積恨顔將老，相思心欲然。幾回明月夜，飛夢到郎邊。

送别

東風柳線長，送郎上河梁。《三齊略紀》：劉悛之爲益州刺史，獻蜀柳數枝，條甚長，狀若絲縷。武帝植于太昌靈和殿前。未盡樽前酒，妾淚已千行。《吕氏春秋》：吴起至于岸門，止車而望西河，泣數行而下。不愁書難寄，但恐鬢將霜。《子夜四時歌》：霜鬢不可視。空懷白首約，江上早歸航。嵇康有《白首賦》。揚雄《法言》：舍舟航而濟乎瀆者，末也。

江淹

征怨

蕩子從征久，鳳樓簫管閑。獨枕凋雲鬢，孤燈損玉顔。何日邊塵静，庭前征馬還。《漢·終軍傳》云：邊境時有風塵之警。劉孝威《從軍行》：氣秋征馬肥。

詠美人春遊

江南二月春，東風轉綠蘋。《爾雅》：苹，萍也。無根，浮水而生，其大者曰蘋。**不知誰家子，看花桃李津。**《漢·李廣傳贊》引諺曰：桃李不言，下自成蹊。**白雪**一作「雲」。**凝瓊貌，問珠點絳脣。**《莊子》：藐姑射之山有神人焉，肌膚若冰雪，綽約若處子。《採蘭餘志》：黄帝鍊成金丹，鍊餘之藥，汞紅于赤霞，鉛白于素雪。宫人以汞點脣則脣朱，以鉛傅面則面白。見《鄉嬛記》。王褒《洞簫賦》：絳脣錯雜。**行人咸息駕，爭擬洛川神。**曹植《美女篇》：行徒用息駕。

西洲曲

按：雜曲歌辭。《樂府》作古辭，非江淹詩。

憶梅下西洲，折梅寄江北。范曄詩：折梅逢驛使，寄與隴頭人。江南無所有，聊贈一枝春。**單衫杏子紅，雙鬢鴉鶵色。**祖台之《志怪》：建康小吏曹著，爲廬山使君所迎，配以女婉。著形意不安，屢求去，婉潸然流涕，賦詩序别，并贈織成單衫也。梁簡文帝《答新渝侯和詩書》：雙鬢向光，風流已絶。《玉海》引「五入爲緅」注：緅，今《禮俗文》作爵，言如爵頭色也。鴉、鶵義同。按：《莊子·秋水篇》：南方有鳥，其名鵷雛。鶵鳥子初生能啄食。一作雛。**西洲在何處？兩槳橋頭渡。**樂府《莫愁樂》：莫愁在何處？莫愁石城西。艇子打兩槳，催送莫愁來。日暮伯勞飛，風吹烏桕樹。古辭：東飛伯勞西飛燕。《本草》：伯勞，《夏小正》注作百鷯。《詩》疏作博勞。《左傳》作伯趙。曹植《惡鳥論》：世傳尹吉甫信後妻之讒，殺子伯奇，後化爲此鳥。故所鳴之家以爲凶。又：烏臼，時珍曰：「烏臼，烏喜食其子，因以名之。」或云其木老則根下黑爛成臼，故得此名。南方平澤甚多，今江西人種植，采子蒸煮取脂，澆燭貨之。樹下即門前，門中一作「前」。露翠鈿。開門郎不至，出門採紅蓮。採蓮南塘秋，蓮花過人頭。《世説》：祖車騎過江時，衣服鮮麗，器皿備具。人問之，曰：「昨夜復南塘一出。」低頭弄蓮子，蓮子清如水。《子夜歌》：乘月采芙蓉，夜夜得蓮子。置蓮懷袖中，蓮心徹底紅。班婕妤《怨詩》：出入君懷袖。憶郎郎不至，仰首望飛鴻。《史記·孔子世家》：衛靈公與孔子語，見蜚鴻，仰視之，色不在孔子，孔子遂行。鴻飛滿西洲，望郎上青樓。曹植《美女篇》：青樓臨大路。樓高望不見，盡日欄杆頭。欄杆十二曲，垂手明如玉。卷簾天自高，海水摇空緑。張景陽《雜詩》：天高萬物肅。《淮南子》：海水大出。海水夢悠悠，君愁我亦愁。南風知我意，吹夢到西洲。

潘黄門六臣有「岳」。述哀〔一〕良曰：謂悼婦詩。

青春速天機，素秋馳白日。善曰：《悼亡詩》云：「曜靈運天機，四節代遷逝。」《楚辭》：青春爰謝復。《莊子》：其嗜欲深者，其天機淺也。美人歸重泉，悽愴無終畢。善曰：此擬岳詩「之子」二句。宋伍緝之《勞歌》：幽生重泉下。《漢・鮑鮮傳》「三泉」注：師古曰：「三重之泉言其深也。」**殯宮已肅清，松柏轉蕭瑟。**善曰：陸機《挽詩》：「殯宮何嘈嘈。」《寡婦賦》：「虛坐兮肅清。」仲長子《昌言》：「古之葬者，松柏梧桐以識其墳。」《楚辭》：「蕭瑟兮草木搖落而變衰。」**俯仰未能弭，尋念非但一。**善曰：《楚辭》：「聊抑志而自弭。」賈逵《國語注》：「弭，忘也。」魏文帝詩：「所憂非但一。」**拊衿悼寂寞，怳**一作「恍」。**然若有失。**善曰：此擬岳詩「撫襟」句。王逸《楚辭注》：「怳，失意也。」《後漢書》：「戴良見黃憲，及歸，罔然若有失。」《漢・揚雄傳》：惟寂寞，自投閣。**明月入綺窗，髣髴想蕙質。**善曰：此擬岳詩「歲寒」以下八句。古詩：「交疏結綺窗。」左九嬪《武帝納皇后頌》：「如蘭之茂。」蕙，蘭類，故變之耳。**銷憂非萱草，永懷寄夢寐。**善曰：毛萇《詩傳》曰：「諼草令人忘憂。」《寡婦賦》：「願假寐以通靈。」**夢寐復冥冥，何由覿爾形。**善曰：潘岳《哀永逝賦》：「既目遇兮無兆，曾寤寐兮不夢。」《文子》：「慮患于冥冥之外。」**我慚北海術，爾無帝女靈。**善曰：《列異傳》：「北海營陵有道人，能使人與死人相見。同郡人婦死已數年，聞而往見之，曰：『願令我一見死人，不恨。』遂教其見之。于是與婦人相見，言語悲喜，恩情如生。良久，乃聞鼓聲恨恨，不能出户，掩門乃走。其裾爲户所閉，掣絕而去。後歲餘，此人死，家葬之，開見婦棺，蓋下有衣裾。」《宋玉集》：「楚襄王與宋玉遊于雲夢之野，望朝雲之館，有氣焉，須臾之間，變化無窮。王問：『此是何氣也？』玉對曰：『昔先王遊于高唐，怠而晝寢，夢見一婦人，自云：「我帝之季女，名曰瑤姬，未行而亡，封于巫山之臺。」』」駕按：一作「願」。**言出遠山，徘徊泣松銘。雨絕無還**

雲，花落豈留英。善曰：《鸚鵡賦》：「何今日之雨絶。」《蜀都賦》：落英飄飖。日月方代序，寢興何時平？善曰：此擬岳詩「四節代遷逝，寢興自存形」兩句。按：此首《文選》載。

〔一〕「述哀」，《文選》卷三十一作「悼亡」。

沈　約

塘上行

按：相和歌辭清調曲。《樂府》作《江蘺生幽渚》，蓋以陸機《塘上行》首句爲題也。注詳見卷一《塘上行》。

澤蘭被荒徑，孤芳豈自通。陶潛《歸去來辭》云：三徑就荒。休文《謝齊竟陵王教撰高士傳啟》云：孤芳隨山壑共遠。**幸逢瑶池曠，得與金芝叢。**《穆天子傳》：天子觴西王母于瑶池之上。《抱朴子》：金芝生于金石之中，無蓋，青莖，味甘辛。以秋取，陰乾治食，令人身有光，壽萬歲。謝朓《杜若賦》：厠金芝于芳叢。**朝承紫臺露，夕潤渌池風。**江淹《恨賦》：紫臺稍遠。注：紫臺，猶紫宫也。謝莊《北宅秘園詩》：緑池翻素景。**既美修嫮女，復悦繁華童。**《楚辭》：美人皓齒嫮以姱。張衡《七辨》：西施之徒，姿容修嫮。阮籍《詠懷》詩：昔日繁華子，安陵與龍陽。**夙昔玉霜滿，旦暮翠條空。**梁簡文帝《與劉孝綽書》：玉霜夜下。齊謝朓《泛水曲》：玉露霑翠條。晉夏后湛《苦寒謠》：松隕葉于翠條。王冑詩：御柳長條翠。**葉飄儲胥右，芳歇露寒東。**《漢書》：武帝因秦林光宮，元狩二年，增通天、迎風、儲胥、露寒。**紀化尚盈昃，俗志信頹隆。**木華《海賦》：鬱沏迭而隆頽。**財殫交易絶，華落愛難終。**後漢張奐《誡兄子書》：財單藝盡。《戰國策》：樂毅報燕惠王書曰：「古之君子，交絶不出惡聲。」焦贛《易林》：秋風生哀，華落悲心。**所惜改歡眄，豈恨逐征蓬。**宋鮑照《秋日》詩：卷蓬息復征。**顧回朝**按：一作「照」。**陽景，持**按：一作「時」。**照長門宮。**《西京雜記》：趙飛燕女弟居朝陽殿，中庭彤朱而殿上丹漆。

秋夜

月落宵向分，紫煙鬱氛氳。曀曀螢入霧，離離雁度雲。曀曀，毛萇《詩傳》曰：如長陰曀然。**巴童暗理瑟，漢女夜縫裙。新知樂如是，久要詎相聞**〔一〕？

〔一〕「詎」，《全梁詩》卷四注：「或作『豈』。」

詠鶴 按：徐刻作江洪詩。

閑園有孤鶴，摧藏信可憐。晉湛方生《弔鶴文》：余以元冬修夜，忽聞階前有孤鶴鳴。鮑照《與妹書》：孤鶴寒肅。寧望春皋下，刷羽翫花鈿。休文《詠湖中雁》詩云：刷羽同摇漾。何時秋海上，照影弄長川。曉鳴動遥怨，夕唳感孀眠。謝朓詩：孤鶴方朝唳。謝莊《月賦》：臨濬壑而遥怨。孔稚珪《北山移文》：蕙帳空兮夜鶴怨。哀咽芳林右，憫默華池邊。《江表傳》：潘濬哀咽，不能自勝。曹植《蟬賦》：始遊豫乎芳林。張衡《靈憲》注：寂寞瞑默。梁宗夬詩：愍默瞻華池。劉勰《新論》：兩葉蔽目，則冥默無睹。猶冀凌霄志，萬里共翩翩。魏文帝《與吴質書》：元瑜書記翩翩。

齊云：此卷艷體已成矣。按：宋刻五卷七十四首，《擣衣詩》仍作五首，今少一首，後增十一首，共八十四首。

玉臺新詠箋注卷六

吴　均

《梁書》：吴均，字叔庠，吴興故鄣人。建安王偉爲揚州，引兼記室。王遷江州，補國侍郎。按：《南史·文學傳》：均好學，有俊才。梁天監初，柳惲爲吴興，召補主簿。後薦之臨川靖惠王，王稱之于武帝，待詔制作，累遷奉朝請，以私撰《齊春秋》坐免職。後奉敕撰通史，未就，卒。

和蕭洗馬子顯古意六首〔一〕蕭子顯，注見卷八。

賤妾思不堪，採桑渭城南。《漢·地理志》：右扶風，領渭城縣。注：故咸陽，武帝元鼎三年更名渭城，有蘭池宫。**帶減連枝繡，髮亂鳳凰簪。**龍輔《女紅餘志》：荀奉倩將别其妻，曹洪女割連枝帶以相贈。後人分釵，即此意。司馬彪《續漢書》：皇太后入廟，先爲花勝。上爲鳳凰，以翡翠爲毛。**花舞衣裳薄〔二〕，蛾飛愛緑潭。**按：一作「鵝」。**無由報君此〔三〕，流涕向春蠶。**其一。梁簡文帝《臨雍州革貪惰教》：春蠶不暖。按：徐刻以此首爲《採桑》，係第七卷第一首，下有《梅花落》一首。**妾本倡家**

女，出入魏王宫。《史記·外戚世家》：魏媪内其女于魏宫。既得承璫輦，亦在更衣中。《東京賦》：下璫輦于東廂。蓮花銜青雀，寶粟鈿金蟲。古樂府：何用通音信？蓮花瑇瑁簪。《益部方物略記》：金蟲，出利州山中，蜂體，緑色，光若金，里人取以佐婦釵鈿之飾。猶言不得意，流涕憶遼東。其二。《漢·地理志》「遼東郡」注：秦置，屬幽州。按：此首徐刻不載。春草攏可一作「可攬」。結，妾心正斷絶。《晉·五行志》：《懊儂歌》曰：「草生可攬結，女兒可攬擷。」古詩：枝葉可攬結。無名氏《懊儂歌》：攬裳未結帶。緑鬢愁中改，紅顔啼裏滅。《子夜冬歌》：感時爲歡歎，白髮緑鬢生。非獨淚成珠，一作「如絲」。亦見珠成血。無名氏古詩：淚落連珠子。《拾遺記》：薛靈芸，常山人也。谷習出守常山郡，得以獻文帝。靈芸别父母就道之時，以玉唾壺承淚，壺則紅色，及至京師，壺中凝淚如血。願爲飛鵲一作「雙鵠」。鏡〔四〕，翩翩照離别。其三。《神異傳》：昔有夫婦將别，破鏡，人執其半，以爲信。其妻忽與人通，鏡化鵲，飛至夫前，其夫乃知之。後人因鑄鏡爲鵲安背上也。按：此首徐刻作《閨怨》之第二首。何處報君書，隴右五岐路。《鹽鐵論》：秦右隴阸。《初學記》：隴右道者，禹貢雍州之域，自隴而西，盡其地也。《爾雅》：二達謂之岐旁。郭璞曰：岐，道旁出也。淚研兔枝疑作「皮」。墨，筆染鵝毛素。晁氏《墨經》：凡事治墨以水、以兔皮、以滑石、以萊州石、以錢、以鏵頭、以墨，以墨最不佳，餘錯用之皆良。《梁書·諸夷傳》：林邑國吉貝者，樹名也。其花成時如鵝毳，抽其緒，紡之以作布，潔白與紵布不殊。碧浮孟渚一作「諸」。水，香下洞庭路。《吕氏春秋》：宋之孟諸，在梁國睢南之東南。**應歸遂不歸，芳草空擲度**〔五〕。其四。按：此首徐刻不載。**妾家橫塘北，發豔小長干**。一作「安」。《金陵覽古》：自江口沿淮築堤，謂之橫塘。張協《七命》：浮彩豔發。《吴都賦》：長干連屬。注：江東謂山岡間爲干。建業之南有山，其間平地，吏民居之，號爲干。中有大長干、小長干，皆相屬。《圖經》：長干里，去上元縣五里。**花釵玉腕轉，珠繩金絡丸**〔六〕。《正字通》：瓔珞，頸飾也。《瑞應經》：天衣瓔珞。《廣韻》作瓔珞。晉棗腆《贈石季倫詩》：執手攜玉腕。無名氏《雙行纏》：朱絲繫腕繩，真如白雪凝。《揚叛兒》：七寶珠絡鼓，教郎拍復拍。**羃䍥懸青**一作「丹」。**鳳，逶迤摇白團**。《楚辭》：載雲旗之逶迤。《晉·樂志》：《團扇歌》者，中書令王珉與嫂婢有情，愛好甚篤，嫂捶過苦，婢數善歌，而珉好捉白團扇，故製此歌。**誰堪久**一作「能分」。**見此，含恨不相看**。一作「能言」。其五。**匈奴數欲盡，僕在玉門關**。《史記》：匈奴，其先祖，夏后氏之苗裔也，曰淳維。《漢·西域傳》：阸以玉門、陽關。孟康曰：二關俱在燉煌西界。**蓮花穿劍鍔，秋月掩刀環**。《吴越春秋》：越王允常聘區子作名劍五，秦客薛燭善相劍，王取純鉤示之薛燭曰：「沈沈如芙蓉，始生于湖。」《爾雅》：荷，芙蕖。其莖茄，其葉蕸，其本蔤，其華菡萏，其實蓮，其根藕，其中的，的中薏。《初學記·釋名》：刀，到也。以斬伐，到其所乃擊之也。其末曰鋒，言若鋒刺之毒利，其本曰環，形似環也。**春機鳴窈窕**〔七〕，**夏鳥思綿蠻**〔八〕。**中人坐相望，狂夫終未還**〔九〕。其六。按：徐刻作《古意》二首，「匈奴」爲其一，「妾家」爲其二。

按：齊云：吴朝請清才綺思，猶帶古音。然在當時，已稱「吴均體」矣。又按：舊本以「匈奴」爲第一，「賤妾」爲第二，《梅花落》爲第三，無「妾本」、「春草」、「何處」、「妾家」四首。今《梅花落》一首，附增于後。

〔一〕其一，五雲溪館本、《樂府詩集》卷二十八題爲《採桑》。

〔二〕「衣裳」，《藝文類聚》卷八十六作「依長」。

〔三〕「此」，《樂府詩集》作「信」，《文苑英華》卷二四〇作「德」。

〔四〕「飛鵲」，馮氏校本作「雙鵲」。

〔五〕「草」，趙氏覆宋本、紀氏《考異》、馮氏校本均作「芬」。

〔六〕「丸」，《藝文類聚》卷十八作「紈」。

〔七〕「鳴」，《藝文類聚》卷五十九作「思」。

〔八〕「夏鳥思綿蠻」，《藝文類聚》作「夏木鳴綿蠻」。

〔九〕「未」，《文苑英華》卷二〇五作「不」。

與柳惲相贈答六首柳惲注見卷五。

黄鸝飛上苑，緑芷按：一作「蕊」。出汀一作「河」。洲。《毛詩》注：倉庚，黄鸝也。《本草經》：白芷，一名虈。日映昆明水，春生鳷按：一作「乾」。鵲樓。《三輔黄圖》：漢昆明池，武帝元狩四年穿，在長安西南，周回十里。又：武帝起鳷鵲觀。謝朓詩：金波麗鳷鵲。張揖《漢書》注：鳷鵲觀，在雲陽甘泉宮外。**飄颺白花舞，瀾漫紫萍流。**何晏《景福殿賦》：從風飄揚。《詩序》：白華，孝子之潔白也。晉張協《七命》：瀾漫狼藉。《釋名》：瀾，連也。言波體轉流相連及也。《莊子》：澶漫爲樂。崔注云：淫，衍也。《白帖》：紫萍。**書織迴文錦，無因寄隴頭。**臧榮緒《晉書》：秦州刺史竇滔妻蘇氏，善屬文。苻堅時，滔被徙流沙，蘇氏思之，織錦爲迴文詩寄滔，辭甚悽切。**思君甚瓊樹，不見方離憂。**其一。屈原《九歌》：思公子兮徒離憂。**鳴鞭適大阿，聯翩渡漳河。**《初學記》：鞭、策、箠，皆馬撾之名。《漢·地理志》：魏郡武始縣。注：漳水東至邯鄲入漳。按：《山海經》：帝俊生晏龍，晏龍生司幽，司幽生思士，不妻；思女，不夫。食黍，食獸，是使四鳥。有大阿之山者。**燕姬及趙女，挾瑟夜經過。**宋子侯《董嬌嬈》詩：挾瑟上高堂。**纖腰曳廣袖，半額畫長蛾。客本倦遊者，箕帚在江沱。**《漢·司馬相如傳》：長卿故倦遊。文穎曰：倦，疲也。**故人不可棄，新知空復何？**其二。古詩：新人雖言好，未若故人姝。**離君**一作「居」。**苦無樂，向暮**一作「回慕」。**心悽悽。**《漢書·廣陵厲王傳》：王自歌曰：「出人無悰爲樂亟。」注：韋氏曰：悰，樂也。**要途訪趙使，聞君仕執珪。**盧諶《覽古詩》：趙使和璧前。《呂氏春秋》：荆有佽飛者，入江刺蛟，殺之。荆王聞之，仕以執珪。**杜蘅色已發，菖蒲葉未齊。**《吴氏本草》：菖蒲，一名堯韭，一名昌陽。**羃䍥蠶餌繭，差池燕吐泥。**《續漢書》：建武二年，野蠶成繭，野民收其絮。**願逐春**按：一作「東」。**風去，飄蕩至遼西。**其三。古詩逸句：泛泛江漢萍，飄蕩永無根。《漢·地理志》「遼西郡」注：秦置，有小水四十八，并行三千四十六里，屬幽州。**白**

日隱城樓，勁風掃寒木。劉琨詩：朱實隕勁風。離析隔東西〔一〕，執手異涼燠。謝朓詩：涼雨銷炎燠。相思咽不言，洞房清且肅。毛萇《詩傳》：咽，氣不能息也。《楚辭》：姱容修態亘洞房。歲去甚流煙，年按：一作「時」。來如轉軸。鮑照《登大雷岸與妹書》：輕煙不流。《水經注》：雲中塢，迢遰層峻，流煙半垂，纓帶山阜。晉張翰《周小史》詩：飛霧流煙。《渾天儀》：天轉如車轂之運。《淮南子》：通于學者，若車軸，轉轂之中，不運于已，與之致千里，終而復始。別鶴千里飛，孤雌夜未宿。其四。嵇康《琴賦》：千里別鶴。蔡邕《琴操》：商陵牧子娶妻五年，無子，父兄欲爲改娶，牧子援琴鼓之，歎別鶴以舒其憤懣。故曰《別鶴操》。鶴一舉千里，故云千里別鶴也。閨一作「閑」。房宿已靜〔二〕，落淚有餘輝〔三〕。古詩：照之有餘輝。寒蟲隱壁思，秋蛾遶燭飛。柳惲《長門怨》：當户思蟲吟。絶雲斷更合，離禽按：一作「鴻」。去復歸。江淹詩：雨絶無還雲。佳人今何在？迢遞江之沂。酈道元《水經注》：沂水，一出尼邱西北，徑魯之雩門。一出泰山武陽之冠石山，一曰沂過臨沂之東，承縣之西，下邳縣入泗。一爲別鶴弄，千里淚霑衣。其五。秋雲靜晚天，寒夜方綿綿。聞君吹急管，相思雜採蓮。謝靈運詩：慷慨命促管。注：促管，謂笛也。別離未幾日，高月三成弦。《釋名》：弦，月半之名也。其形一旁曲，一旁直，若張弓弛弦也。望，月滿之名也。月大十六日，月小十五日，日在東，月在西，遥相望也。蹀疊黃河浪〔四〕，嘶喝一作「唱」。隴頭蟬。一作「弦」。向秀《思舊賦》：濟黃河以汎舟兮。辛氏《三秦記》：俗歌曰：「隴頭流水，鳴聲幽噎。」梁褚雲《蟬詩》：天寒響屢嘶。寄君按：一作「書」。靡蕪葉，插著叢臺邊。其六。

〔一〕「東西」，趙氏覆宋本作「西東」。

〔二〕「靜」，紀氏《考異》作「清」。

〔三〕「淚」，趙氏覆宋本、五雲溪館本、紀氏《考異》均作「月」，是。

〔四〕「蹀疊」，《全梁詩》卷八作「蹀躞」。

擬古四首

陌上桑

注見卷一古樂府。按：相和歌辭相和曲。

嫋嫋陌上桑，蔭陌復垂塘。長條映白日，細葉隱鸝黄〔一〕。宋玉《高唐賦》：王睢鸝黄。蠶飢妾復思〔二〕，拭淚且提筐。故人寧知此，按：一作「故人去如此」。離恨煎人腸。無名氏樂府：逆以煎我懷。

〔一〕「隱」，《文苑英華》卷二〇八作「影」。

〔二〕「飢」，趙氏覆宋本作「飽」。

秦王卷衣

《晉·樂志》：成帝咸康七年，用顧臻表除《高絙》、《紫鹿》、《跂行》、《鼈食》及《秦王卷衣》、《笮兒》等樂。《樂府解題》：《秦王卷衣》，言咸陽春景及宫闕之美。秦王卷衣以贈所歡也。唐李白有《秦女卷衣》，本此。按：雜曲歌辭。

咸陽春草芳，秦帝按一作「女」。**卷衣裳。玉檢茱萸匣**〔一〕，**金泥蘇合香。**《論語比考讖》：五老曰：「河圖將浮，龍銜玉苞，刻版題命可卷，金泥玉檢封書成，知我者重瞳。」唐詩：惆悵金泥簇蝶裙。蓋本此。《梁書》：中天竺國出蘇合，蘇合是諸香汁煎之，非自然一物也。又：大秦人採蘇合來，煎其汁，以爲香膏，乃賣滓與諸人。是以展轉來達中國，不大香也。《本草》：蘇合香。注：《唐本草》云：「此香從西域及崑崙來，紫赤色，與紫真檀相似，堅實，極芳香，惟重如石，燒之灰白者好，云是獅子糞，此是胡人誑言。」**初芳薰複帳，餘輝曜玉牀**〔二〕。一作「堂」。齊謝朓《詠瀏瀏》詩：蕙草含初芳，瑶池暖晚色。《鄴中記》：石季龍冬月爲複帳，四角安純金銀鑿鏤香爐。**當須晏朝罷**〔三〕，**持此贈華**一作「龍」。**陽。**《史記·吕不韋傳》：安國君有所甚愛姬，立以爲正夫人，號曰華陽夫人。

〔一〕「匣」，《文苑英華》卷二二作「帶」。

〔二〕「玉」，《文苑英華》作「寶」。

〔三〕「晏」,《文苑英華》注:「又作早。」又注:「此句一作『須臾朝晏罷』。」

採蓮

《古今樂録》:梁天監十一年冬,武帝改西曲,製《江南上雲樂》十四曲,《江南弄》七曲:一曰《江南弄》,二曰《龍笛曲》,三曰《採蓮曲》,四曰《鳳笙曲》,五曰《採菱曲》,六曰《遊女曲》,七曰《朝雲曲》。又沈約作四曲:一曰《趙瑟曲》,二曰《秦箏曲》,三曰《陽春曲》,四曰《朝雲曲》,亦謂之《江南弄》云。按:清商曲辭江南弄。《古今樂録》:武帝《採蓮曲》和云:「採蓮渚,窈窕舞佳人。」後又有《採蓮女》、《湖邊採蓮婦》,題蓋本此。又按:均《采蓮》二首,此其第二篇也。

錦帶雜花鈿,羅衣垂緑川。沈約《麗人賦》:雜錯花鈿。梁王暕《詠舞詩》:映日轉花鈿。**問子今何去?出採江南蓮。遼西三千里,欲寄無因緣。願君早旋反,及此荷花**按:一作「葉」。**鮮。**

攜手

注見卷五沈約。按:雜曲歌辭。

豔裔陽之春,攜手清洛濱。鮑照《學劉公幹體》:當避豔陽年。善曰:《神農本草》:「春夏爲陽。」**雞鳴上林苑,薄暮小平津。**《三輔故事》:上林連綿四百餘里。《廣雅》:日將落曰薄暮。《後漢·董卓傳》:中常侍段珪等劫少帝及陳留王,夜走小平津。**長裾藻白日,廣袖帶芳塵。**鄒陽《酒賦》:曳長裾，飛廣袖。《拾遺記》：石虎春雜寶異香爲屑，使數百人于樓上吹散之，名曰芳塵臺。故交一如此，新知詎憶人？

贈杜容成一首 一作《詠雙燕》。

一燕海上來，一燕高堂一作「臺」。息。古詩：翩翩堂前燕。一朝所逢遇，依然舊所識〔一〕。《左傳》：吴公子札聘于鄭，見子產，如舊相識。問我來何遲？關山一作「山川」。幾迂直，答言海路長，風多飛無力〔二〕。昔别縫羅衣，春風初入帷。今來夏欲晚，桑按：一作「柔」。蛾薄樹飛。

按：徐刻以下諸詩，叙次互異。此首叙在《春詠》後，下叙《春怨》一首，《閨怨》二首，《去妾贈前夫》、《妾安所居》、《三婦豔》三首，《詠少年》一首。今本《春怨》作王僧孺，至《閨怨》詩其二見前，其第一首與《妾安所居》、《三婦豔》詩三首附後。

〔一〕以上二句中二「所」字，《藝文類聚》卷九十二均作「相」。

〔二〕「多」，《藝文類聚》作「駛」。

春詠 一作「怨」。按：一作「春日」。

春從何處來？拂衣復驚梅〔一〕。雲障青瑣闥，風吹承露臺。范雲《古意》：攝官青瑣闥。美人隔千里，羅幃閉不開。無由得共語，空對相思杯。

〔一〕「衣」，《藝文類聚》卷三作「水」，可從。

去妾贈前夫

棄妾在河橋，相思復相遼。《晉書》：杜預以孟津渡險，請建河橋于富平津。《説文》：遼，遠也。鳳凰簪落鬢，一作「髮」。蓮華帶緩腰。龍輔《女紅餘志》：吴絳仙有夜明珠，赤如丹砂，恒繫于蓮花帶上，著胸前。夜行，他人遠望，但見赤光如初出日輪，不辨人也。考此詩，則蓮花帶之製，已肇于隋前矣。宋辭《讀曲歌》：欲知相憶時，但看裙帶緩幾許？王逸《九思》：攝衣兮緩帶。腸從別處斷，貌在淚中銷。願君憶疇昔，片言時見饒。《説文》：饒，餘也。

詠少年按：雜曲歌辭。《樂府》作《少年子》。

董生惟按：一作「能」。巧笑，子都信美目。《拾遺記》：哀帝幸愛之臣，競以妝飾妖麗，巧言取容，董賢以霧綃單衣，飄若蟬翼。子都，見《詩》。百萬市一言，千金買相逐。崔駰《七依》：迴頭百萬，一笑千金。《史記》：田忌與王及諸公子逐射千金。不道參差菜，誰論窈窕淑？願君奉繡被，來就越人宿。

王僧孺

《梁書》：王僧孺，字僧孺，東海郯人。遷少府卿，累遷南康王諮議參軍，入直西省。按：《南史》：僧孺五歲便機警，七歲能讀十萬言，及長，篤愛墳籍，仕齊爲太學博士。梁天監初，除臨川王後軍記室，歷少府卿，尚書吏部郎。後以王典籤、湯道愍所糾，坐免官。按：舊本無王僧孺三字，活本亦無，作吴均三十四首。今按：增《梅花落》一首，去「妾本」、「春草」、「何處」、「妾家」四首，其數正合也。

春怨

按：雜曲歌辭。《樂府》作吴均。吴集亦載。

四時如湍水，飛奔一作「奔飛」。競回復。夜鳥嚶嚶，朝光按：一作「花」。照煜煜。《抱朴子》：項曼都言，到天上，先過紫府，金牀玉几，晃晃昱昱。厭見花成子，多看筍爲一作「成」。竹。萬里斷音書，十載異棲宿。《讀曲歌》：見花多憶子。《字書》：陸佃云：「筍，從勹，從日，包之日爲筍，解之日爲竹。」《讀曲歌》：音書了不通，故使風往爾。積愁按：一作「怨」。落芳鬢，長啼壞美目。樂毅《報燕惠王書》：先王命之曰：「我有積怨，深怒于齊。」君去在按：一作「住」。榆關，妾留住函谷。《漢書》：伍被曰：「廣長榆。」師古曰：長榆在朔方，即《衛青傳》所云「榆谿舊塞」是。帷對昔邪房，如見一作「愧」。蜘蛛屋。獨與一作「喚」。響相酬，還將影自逐。象牀易一作「異」。氊簟，羅衣變單複。《釋名》：簟者，布之簟然平也。《漢書》：衣襌複爲襲。楊泉《蠶賦》：作四時之單複。又：《蓋寬饒傳》：斷其襌衣。襌衣，無裏也。《魏志》：管寧族人管貢說：「寧著皂帽，布襦袴，布裙，隨時單複。」幾過度按：一作「度過」。風霜，猶能保煢獨。王隱《晉書》：應瞻爲太守，人歌之曰：「威若風霜，恩如父母。」

月夜詠陳南康新有所納

二八人如花，三五月如鏡。開簾一種一作「穜」。色，當户兩相映。重價出秦韓，高名入燕鄭。十城屢請易，千金幾爭聘。龍輔《女紅餘志》：秦韓出異姝，嬌姸委靡，消魂奪目。鄰國覿之千金，不許。《戰國策》：秦，大國也。韓，小國也。韓甚疏秦，而見親秦，韓計之，非金無以也，故賣美人。美人之賈貴，諸侯不能買，故秦買之三千金。韓因以其金事秦。君意自能專，妾心本無競。無競，見《毛詩》。

見貴者初迎盛姬聊爲之詠

久想專房麗，未見傾城者。《漢・外戚傳》：孝宣霍皇后，上亦寵之，顓房燕。師古曰：顓與專同。千金訪繁華，一朝遇容冶。宋玉《登徒子好色賦》：體貌容冶。家本薊門外，來戲叢臺下。鮑照《出自薊門行》。《漢書》：薊，故燕國也。長卿幸未匹，文君復新寡。

與司馬治書同聞鄰婦夜織

洞房風已激，長廊月復清。藹藹夜庭廣，飄飄曉帳輕。雜聞百蟲思，偏傷一息聲〔一〕。《水經注》：百稱山又有百蟲將軍顯靈碑，碑云：「將軍姓伊氏，諱益，字隤凱。帝高陽之第二子伯益者也。」鮑照《東門行》：一息不相知。《說文》：息，喘也。鳥聲長不息，妾心復何極？猶恐君無衣，夜夜當窗織。

按：徐刻以下諸詩，叙次互異。

〔一〕「息」，紀氏《考異》作「鳥」。

夜愁按：一本作《夜愁示諸賓》。

欄露滴爲珠，池冰一作「水」。合成璧。江淹《别賦》：秋露如珠。萬行朝淚瀉，千里夜愁極。一作「積」。孤帳閉不開，寒膏盡復益。《漢書》：膏以明自銷。誰知心眼亂，看朱忽成碧。

春閨有一無「有」字。怨按：雜曲歌辭。《樂府》作《春閨怨》。

愁來不理鬢，春至更攢眉。沈約《麗人賦》：理鬢清渠。《倉頡篇》曰：攢，聚之也。蔡琰《胡笳》：攢眉向月兮撫雅琴。《蓮社高賢傳》：遠法師與諸賢結蓮社，以書招淵明，遂造焉。忽攢眉而去。悲看蛺蝶粉，泣望蜘蛛絲。《道書》：蝶交則粉退。月映寒蛩褥，風吹翡翠帷。龍輔《女紅餘志》：翔風因季倫見棄，聽寒蛩心悲，因織寒蛩之褥以獻之。梁簡文帝《箏賦》：出翡翠之香帷。飛鱗難託意，駛翼不銜辭。一作「綴思」。曹植《七啟》：膾西海之飛鱗。《廣韻》：駛，疾也。潘岳《在懷縣作》：歎彼年往駛。

擣衣注見卷三謝惠連。

足傷金管處，一作「遽」。多愴緹光促。《玉泉記》：取宜陽金門竹爲管，河内葭草爲灰，吹之以候陽氣。劉楨《贈五官中郎將詩》：明月照緹幕。李善《文選》注：緹，丹色也。露團池上紫，風飄庭裏緑〔一〕。下機鶯西眺，鳴砧遽東旭。《漢書》：酈食其曰：「紅女下機。」芳汗似蘭湯，彫金辟龍燭。劉義慶《幽明録》：廟道廣四尺，夾樹蘭香，齋者因夷以沐浴，然後親祭，所謂浴蘭湯也。梁簡文帝《對燭賦》：施彫金之麗盤。《吴都賦》：尋木龍燭。注：龍燭，鍾山神也。庾信《象戲賦》：乃有龍燭銜花。散度廣陵音，摻一作「操」。寫漁陽曲。應璩《與劉劭書》：聽廣陵之清散。《後漢書》：禰衡，字正平，善擊鼓。曹操召爲鼓吏，著岑牟單絞之衣，爲漁陽摻撾。別鶴悲不已，離鸞斷更一作「還」。續。《西京雜記》：慶安世，年十五爲成帝侍中，善鼓琴，能爲《雙鳳離鸞曲》。尺素在魚腸，寸心憑雁足。蔡邕詩：呼兒烹鯉魚，中有尺素書。《漢書》：常惠教漢使者謂單于，言天子射上林中，得雁足繫帛書。

〔一〕以上二句趙氏覆宋本無。

爲人述夢

工知想成夢，未信夢如此。皎皎無片非，的的一皆是。以親芙蓉褥，方開合歡被。《楚辭》：集芙蓉以爲裳。古詩：文彩雙鴛鴦，裁爲合歡被。雅步極嫣妍，含辭恣委按：一作「柔」。靡。宋玉《登徒子好色賦》：嫣然一笑。《方言》：自關以西，秦晉之故郡，謂好曰妍。如言非倏忽，不意成俄爾。《公羊傳》注：俄者，須臾之間。及寤盡空無，方知悉虚詭。東方朔《十洲記序》：擯虚詭之迹。

按：此首徐刻不録。

爲人傷近而一無「而」。不見

嬴女鳳凰樓，漢姬柏梁殿。詎勝仙將死〔一〕，音容猶可見。謝靈運《酬從弟惠連》詩：歡愛隔音容。我有一心人〔二〕，同鄉不異縣。古樂府：願得一心人，白頭不相離。孔融《臨終詩》：人有兩三心，安能合爲一。蔡邕《飲馬長城窟行》：他鄉各異縣。異縣不成隔，同鄉更脉脉。脉脉如牛女，無妨年一作「何由得」。一語〔三〕。

〔一〕「勝」，《藝文類聚》卷三十二作「過」。

〔二〕「我有」，《藝文類聚》作「獨我」。

〔三〕「妨」，《藝文類聚》作「由」。

爲何庫部舊姬擬靡蕪之句

《梁書》：何炯，字主光，廬江灊人也。累遷王府行參軍，尚書兵庫部工曹郎。父卒，以毁卒。

出户望蘭薰，褰簾正逢君。劉謙《晉紀》：應詹表曰：「尋文謹案，目以蘭薰之器。」杜預《左傳注》：

薰，香草也。斂容纔一訪，新知詎可聞〔一〕？宋玉《神女賦》：整衣服，斂容顔。新人含笑近，故人含淚隱。無名氏樂府：阿女含淚答。妾意在寒松，君心逐朝槿。

〔一〕「知」，《藝文類聚》卷三十二作「人」。

在王晉安酒席數韻

《梁書》：王份，字季文，瑯邪人也。遷太子中舍人，太尉屬。出爲晉安内史。按：《藝文》作《咏姬人》。

窈窕宋容華，但歌有清曲。《晉·樂志》：但歌，四曲。自漢世，無弦節，作伎最先唱，一人唱，三人和。魏武帝尤好之。有宋容華者，清徹好聲，善唱此曲，當時之特妙。轉眄非無以，斜扇還一作「眉幸」。相矚。晉潘岳《悼亡賦》：目眷戀以相矚。詎一作「不」。減許飛瓊，多按：一作「絶」。勝劉碧玉。《漢武内傳》：因王母乘紫雲之輦，履元瓊之舄，下輦上殿。帝呼共坐，命侍女許飛瓊，鼓雲和之笙。何因送款款？伴飲杯中醁〔一〕。繁欽《定情詩》：中情既款款。《吴都賦》：飛輕軒而酌緑醽。注：緑醽，酒名。《南岳夫人傳》：夫人設王子喬璚蘇緑酒。

〔一〕「伴」，《藝文類聚》卷三十二作「半」。

爲人有贈

碧玉與緑珠，張盧復雙女。宋湯惠休《怨詩行》：願作張女引，流悲繞君堂。《博物志》：盧女，年七歲入漢宫。曼聲古難匹，長袂世無侣。杜氏《通典》：周衰，有韓娥過逆旅人，逆旅人辱之。韓娥因曼聲哀歌，一里老幼悲愁垂涕，相對三日不食。遽而追之，韓娥還，復爲曼聲長歌，衆皆喜躍抃舞，不能自禁。景差《大招》：長袖拂面，善留容只。似出鳳凰樓，言發瀟湘渚。幸有褰裳便，含情寄一語。

何生姬人有怨按：一本無「人」字。

寒樹棲羈雌，按：一作「此」。月映風復吹。枚乘《七發》：暮則羈雌迷鳥宿焉。逐臣與棄妾，零落心可知。《鸚鵡賦》：放臣爲之屢歎，棄妻爲之歔欷。注：放臣、棄妻，屈原、哀姜之徒。《楚辭》：惟草木之零落。謝靈運詩：萬事俱零落。寶琴徒七弦，蘭燈空百枝。《廣雅》：神農氏琴上有五弦，曰宫、商、角、徵、羽。文王增二弦，曰少宫、少商。釋智匠《樂録》：文王、武王各加一，以爲文弦、武弦，是爲七弦。《讀曲歌》：蘭燈傾壺盡。王朗《三秦故事》：百華燈樹，正月朔，朝賀殿下，設于玉階之間。傅玄《朝會賦》：華燈若乎火樹，熾百枝之煌煌。顰容不足效，啼妝拭復垂。同衾成楚越，異國非此離〔一〕。《莊子》：仲尼曰：「自其異者視之，肝膽楚越也。」李陵《答蘇武書》：遠託異國，昔人所悲。仳離，見《詩》。

〔一〕「此」，孟本作「仳」，可從。

鼓瑟曲　有所思按：鼓吹曲辭漢鐃歌。注見卷五沈約。

夜風吹熠燿，朝光照昔邪。幾銷蘼蕪葉，空落蒲萄花。不堪長織素，誰能獨浣紗。《會稽記》：成山邊有石云「西施浣紗石」。光陰復何極，望促反成賒。江淹《別賦》：明月白露，光陰往來。《正字通》：懸買未償直曰賒，又遠也。知君自蕩子，奈妾亦倡家。

爲人寵妾按：一作「姬」。有怨

可憐獨立樹，枝輕根易一作「亦」。搖。班固《達旨》：獨木不林。已爲露所浥，復爲風所飄。錦衾襞不卧，一作「開」。端坐夜及朝。是妾愁成瘦，非君重細腰。按：徐刻下有《咏寵姬》一首，今附後。

爲姬一無「姬」。人自傷〔一〕

自知心裏恨，還向影中羞。迴持昔慊慊，變作今悠悠。還君與妾珥，一作「扇」。歸妾奉君裘。龍輔《女紅餘志》：東陽嘗贈所歡二扇，一曰銀花，一曰寄情。後復歸之，有詩云：「還君與妾扇。」宋玉《諷賦》：主人之女，披翠雲之裘。弦斷猶可續，心去最難留。《博物志》：漢武時，西海國有獻膠五兩者，弓弦斷，以口濡香膠續之以射，終日不斷，因名曰續弦膠。

〔一〕《藝文類聚》卷三十二作《爲姬人怨詩》。

秋閨怨按：雜曲歌辭。

斜光隱西壁，暮雀上南枝。枚乘《雜詩》：越鳥巢南枝。風來秋扇屛，月出夜燈吹。深心起百際，遥淚非一垂。無名氏《懊儂歌》：內心百際起，外形空殷勤。徒勞妾辛苦，終言君不知。

張率

《梁書》：張率，字士簡，吴郡吴人。歷黄門侍郎，出爲新安太守。按：率嘗侍宴賦詩，高祖乃別賜率詩曰：「東南有才子，故能服官政。余雖慚古昔，得人今爲盛。」率奉詔往返數首。

相逢行 按：相和歌辭清調曲。注見卷一《相逢狹路間》。

相逢夕陰街，一作「階」。**獨趨尚冠里。**《三輔黃圖》：長安八街，有香室街、夕陰街、尚冠前街。《漢書·宣帝紀》：時會朝請，舍長安尚冠里。師古曰：舍，止也。尚冠者，長安中里名。《霍光傳》：光兄孫雲尚冠里宅中門亦壞。**高門既如一，甲第復相似。**《漢書》：張放取皇后弟平恩侯許嘉女，上爲放供帳，賜甲第。**憑軾日欲昏，何處訪公子？**《史記·韓信傳》「王孫」注：蘇林曰：「如言公子也。」《博物志》：王孫、公子，皆相推敬之辭。**公子之所在，所在良易知。青樓出上路，漸臺臨曲池。**《漢書》：成帝微行出，過曲陽侯第，見園中土山漸臺似類白虎殿，乃使尚書責問。**堂上撫流徽，雷**一作「罍」。**樽朝夕施。**鄭玄《禮記注》：撫，以手按之也。高誘《淮南子注》：鼓琴循弦謂之徽也。《漢·文三王傳》：梁孝王有罍尊，直千金。**橘柚芬華食**〔一〕，**朱火燎金枝。**古詩：橘柚垂華實，乃在深山側。《蜀都賦》：户有橘柚之園。《吴都賦》：簡其華實。**兄弟兩三人，裾珮紛陸離**〔二〕。《楚辭》：玉佩兮陸離。《廣雅》：陸離，參差也。**朝從禁中**一作「門」。**出，車騎並驅馳。**《東觀漢記》：杜詩曰：「伏湛出入禁門，補闕拾遺。」《子虛賦》：僕樂齊王之欲夸僕以車騎之衆。**金鞍瑪瑙勒，聚觀路傍兒。**《西京雜記》：武帝時，身毒國獻連環羈，皆以白玉作之，瑪瑙石爲勒，白光琉璃爲鞍。古樂府曰：觀者滿路旁。**入門一顧望，鳧鵠有雄雌。雄雌各數千，相鳴戲羽儀。並在東西立，群次何離離。**《廣韻》：次，次第也。**大婦刺方領，中婦抱嬰兒。**《説文》：人初生曰嬰兒。《戰國策》：王乃曰：「單單且嬰兒之計不爲此。」**小婦尚嬌稚，端坐吹參差。**《漢·外戚傳》：以其年稚母少。《楚辭》：吹參差兮誰思。按：注：參差，洞簫也。**丈人無遽起，神鳳且來儀。**《説文》：鳳，神鳥也。

〔一〕「食」，趙氏覆宋本作「實」。「芬華食」，五雲溪館本作「分實葉」。

〔二〕「裾」，五雲溪館本作「冠」，可從。

對酒

《樂府解題》：魏樂奏武帝所賦《對酒歌》，太平其旨，言王者德澤廣被，政理人和，萬物咸遂。若梁范雲「對酒心自足」，則言但當爲樂，勿徇名自欺也。按：相和歌辭相和曲。

對酒誠可樂，此酒復能一作「芳」。**醇。**《史記·曹參世家》：日夜飲醇酒。**如華良可貴，如**一作「非」。按：《樂府》作「似」。**乳更非**一作「甘」。**珍。**《北堂書鈔·樂夜歌》曰：春酒甘如乳，秋醴清如華。**何以**一作「當」。**留上客？爲寄掌中人。**《白帖》：趙飛燕體輕，能爲掌上舞。**金尊清復滿，玉椀亟來親。**江淹《望荊山》詩：金尊坐含霜。又《學梁王兔園賦》：碧玉作椀銀作盤。**誰能共遲**

暮？對酒及一作「惜」。芳辰。一作「晨」。《離騷》：恐美人之遲暮。梁元帝《纂要》：辰曰芳辰。君歌當來一作「尚未」。罷，卻坐避梁塵。

遠期

《宋書·樂志》有《晚芝曲》，沈約言詁不可解，疑是漢《遠期曲》也。《古今樂録》：漢太樂食舉曲有《遠期》，至魏省之。按：鼓吹曲辭漢鐃歌。一作《遠如期》。

遠期終不歸，節物坐將按：一作「遷」。變。《西京賦》：眇天末以遠期。陸機詩：踟躕感節物。白露愴一作「濕」。單棲〔一〕，一作「衣」。秋風息團扇。《易通卦驗》：伯勞性好單棲。誰能久離別？按：一作「別離」。他鄉且異縣。浮雲蔽重山，相望何時見〔二〕？蔡琰《胡笳》：雲山萬重兮歸路遐。劉繪詩：山没萬重山。寄言遠行者〔三〕，空閨淚如霰。沈約《遊沈道士館》詩：寄言賞心客。江淹《雜體》：握手淚如霰。

〔一〕「棲」，《樂府詩集》卷十八作「衫」。

〔二〕「何時」，《藝文類聚》卷四二作「不可」。

〔三〕「行」，《樂府詩集》作「期」。

徐悱

《梁書》：悱，字敬業，幼聰敏，能屬文。起家著作佐郎，轉太子舍人，掌書記之任。累遷洗馬中舍人，猶掌書記，出入宮坊者歷載，以足疾遷晉安内史。沈之元《梁典》：徐勉第三息悱，字敬業，晉安内史，有學業，最知名，卒于郡府。

贈内

日暮想青陽〔一〕，**躡履出椒房。**《西都賦》：後宮則有椒庭椒房后妃之室。**網蟲生錦薦，遊塵掩玉牀。不見可憐影，空餘**按：一作「聞」。**黼帳香。**司馬相如《美人賦》：芳香芬烈，黼帳高張。有女獨處，宛若在牀。**彼美情多樂，挾瑟坐高堂。**宋子侯《董嬌嬈》詩：挾瑟上高堂。**豈忘離憂者？向隅心獨傷。**《韓詩外傳》：衆或滿堂而飲酒，有人向隅悲泣，則一堂爲之不樂。**聊因一書札，以代九迴腸。**古詩：遺我一書札。司馬遷《報任安書》：是以腸一日而九迴。

〔一〕「青陽」，馮氏校本作「清揚」。

對房前桃樹詠佳期贈内

相思上北閣，徙倚望東家。梁簡文帝《晚春賦》：待餘香于北閣。忽有當軒一作「窗」。樹，兼含映日花。齊謝脁《牆北梔子樹》詩：映日以離離。方鮮類紅粉，比素若鉛華。張衡《定情賦》：思在面而爲鉛華兮。《博物志》：燒鉛成胡粉。更使按：一作「始」。增心意，按：一作「心增意」。彌令想狹邪。釋寶月《估客樂》：無信心相憶。無如一路阻，脉脉似雲霞。晉戴逵《閑遊贊》：巖嶺高則雲霞之氣鮮。嚴城不可越，言折代踈麻。謝脁詩：嚴城亂芸草。

費昶

《南史·文學傳》：費昶，江夏人，善爲樂府，常作鼓吹曲，武帝重之。勑曰：「才意新拔，有足嘉異，賜絹十疋。」《隋·經籍志》：梁新田令費昶集三卷。又按：《南史》：昶善爲樂府，與王子雲並爲閭里才子。

華觀《藝文類聚》作「光」。省中夜聞城外擣衣

《洛陽宫殿簿》有華光殿。齊謝脁有《爲皇太子侍華光殿曲水宴》詩，則六朝亦有此殿矣。

閶闔下重關，丹墀吐明月。秋氣城中冷〔一〕，秋砧城外發。浮聲遶雀臺。飄響度龍闕。魏文帝《校獵賦》：望雀臺而增舉，涉幽塹之花梁。《後漢·百官志》：北宮門蒼龍司馬，主東門。注：洛陽宮門名爲蒼龍闕門。婉轉何藏摧，當從上路來。蔡邕《琴賦》：抑案藏摧。藏摧意未已〔二〕，定自乘軒裏。《左傳》：晉侯入曹數之，以其不用僖負羈而乘軒者三百人也。乘軒盡世家，佳麗似朝霞。《史記》：太史公作世家三十。圓璫耳上照，方繡領間斜。衣薰百和屑，鬢搖按：一作「插」。九枝花。魏繆襲《神芝贊》：別爲三幹，分爲九芝。王筠《燈檠詩》：百花耀九枝。《丹陽孟珠歌》：龍頭銜九花，玉釵明月璫。昨暮庭槐落，今朝羅綺薄。拂席捲鴛鴦，開縵舒龜鶴〔三〕。古詩：文彩雙鴛鴦，裁爲合歡被。《説文》：縵，繒無文也。引漢律：賜衣者，縵表白裏。《養生要論》：龜鶴壽有千百之歲。金波正容與，玉步依砧杵。《國語》：改玉改步。紅袖往還縈，素腕參差舉。張華《晉白紵舞歌詩》：羅袿徐動紅袖揚。徒聞不得見，獨夜空愁佇〔四〕。其一。獨夜何窮極，懷之在心側。一作「惻」。階垂玉衡露，庭舞相一作「松」。風翼。《春秋元命篇》：玉衡北四星爲玉繩。又：玉衡北兩星爲玉繩。《述異記》：長安宮南有靈臺，有相風銅烏。或云：此「烏遇千里風乃動」。瀝滴流星輝，燦爛長河色。木華《海賦》：瀝滴渏淫。《説文》：滴瀝，水下滴瀝也。王延壽《魯靈光殿賦》：瀕視流星。《東京賦》：燦爛炳煥。三冬誠足用，五日無糧食。謝承《漢書》：沈景爲河間太守，拜爲二千石。妻子不歷官舍，五日一炊。楊雲已寂寥，今君復弦直。其二。左思《詠史》詩：寂寂揚子宅。

《後漢・五行志》：順帝末，京都童謡曰：「直如弦，死道邊。曲如鈎，反封侯。」

〔一〕「氣」，趙氏覆宋本作「夜」。

〔二〕「意」，《藝文類聚》卷六十七作「方」。

〔三〕「縵」，五雲溪館本作「幔」。

〔四〕紀氏《考異》：「吴氏本此句下注『其一』二字。按『獨夜』以下文意相屬，不得斷爲二章，今從宋刻削去。」

和蕭記室春旦有所思

《有所思》，注見卷五沈約。按：昶又有擬漢鐃歌《有所思》一首，與此異。《梁書》：蕭子範，字景則，天監初，除後軍記室參軍。子雲第二子特，字世遠，歷宫中記室。子暉，字景光，子雲弟也。遷南中郎記室，未詳孰是。

芳樹發春暉，蔡子望青衣。阮籍《詠懷》詩：芳樹垂緑葉。梁元帝《纂要》：木曰芳林芳樹。蔡邕《青衣賦》：皦皦青衣，我思遠逝，爾思來追。**水逐桃花去，春隨楊柳歸。**《韓詩章句》：三月則桃花水下。《大戴禮》：正月柳稊稊者，發葉也。《世説》：晉王恭，字孝伯，美姿容，或目之濯濯如春月之柳。**楊柳何時歸？裊裊復依依。已映章臺陌，復埽長門扉。**《漢・張敞傳》：時罷朝會，走馬章臺街。**獨知離心者，坐惜春光違。洛陽遠如日，何由見宓妃？**《世説》：晉明帝數歲，在元帝處坐。時有人從長安來，帝謂曰：「爾言長安遠？日遠？」明帝曰：「只聞人從長安來，不聞從日邊來，日固宜遠。」

春郊望按：一作「見」。美人

芳郊拾翠人，回袖掩一作「捲」。**芳春**〔一〕。《洛神賦》：或采明珠，或拾翠羽。**金輝起步摇，紅彩發吹綸。**一作「輪」。《漢郊祀歌》：汾之阿，揚金光。曹植《車渠椀賦》：采金光以定色。周蕭撝詩：金輝碧海桃。**湯湯**一作「揚揚」。**蓋頂**一作「項」。**日，飄飄馬足塵。**《西京賦》注：華蓋星覆北斗，王者法而作蓋。崔豹《古今注》：黄帝與蚩尤戰，常有五色雲氣、金枝玉葉止于帝上，有花葩之象，因而作華蓋。《東京賦》：馬足未極。**薄暮高樓下，當知妾姓秦。**古樂府：秦氏有好女。

〔一〕「掩」，《藝文類聚》卷十八作「探」，五雲溪館本作「捲」。

詠照鏡

晨暉照杏梁，飛燕起朝妝。宋謝混《秋夜長》：送晨暉于西嶺。庾信《七夕賦》：嫌朝妝之半故。《長門賦》：飾文杏以爲梁。**留心散廣黛，輕手約花黄。正釵時念影，拂絮且憐香。**庾信《鏡賦》：拭釵梁于粉絮。**方嫌翠色故，乍道玉無光。江淹《傷友人賦》：帶瑤玉而爭光。城中皆半額，非妾畫眉長。**《後漢書》：童謡云：「城中好廣眉，四方且半額。」

和蕭洗馬畫屏風二首即蕭子顯也。注見卷八。

陽春發和氣

日淨一作「靜」。**班姬門，風輕董賢館。**《漢·佞幸傳》：董賢，字聖卿，雲陽人也。哀帝悦其儀貌，常與上卧起。嘗晝寢，偏籍上袖，上欲起，賢未覺，不欲動賢，乃斷袖而起。**卷耳緣階**一作「家」。**出，反舌登牆唤。**卷耳，見《詩》。《易緯通卦》：百舌者，反舌鳥也，能反覆其舌，隨百鳥之音。**蠶女桂枝鉤，遊童蘇合彈。**古樂府：桂枝爲籠鉤。《西都賦》：采遊童之歌謡。古辭：烏生八九子，工用睢陽彊，蘇合彈。《莊子》：羌郎之智在于轉丸，而笑之者乃以蘇合爲貴。**拂袖當留客，相逢**一作「相遲」。**莫相難。**

秋夜涼風起

佳人在河内，征夫鎮馬邑。《漢書·地理志》「河内郡」注：高帝元年爲殷國，二年更名。又：漢使馬邑人聶翁壹陽爲賣馬邑城以誘單于，而漢伏兵三十餘萬馬邑旁。零露一朝團，中夜兩垂泣。氣爽牀帳冷，天寒針縷澀。《管子》：先鍼而後縷，可以成帷，先縷而後鍼，不可以成衣。《論衡》：施針縷之飾。紅顔本暫時，君還一作「隨」。詎相及！

采菱

按：清商曲辭江南弄。《古今樂録》曰《採菱曲》，和云：「菱歌女，解佩戲江陽。」又有《采菱歌》、《採菱行》，意同。詳見上文吴均《采蓮》。

妾家五湖口，采菱五湖側。玉面不關妝，雙眉本翠色。阮籍《清思賦》：厭白玉以爲面兮。《新序》：鄭伯迎楚莊王曰：「是以使寡人得見君之玉面也。」日斜天欲暮，風生浪未息。宛在水中央，空作兩相憶。

按：徐刻下有《芳樹》一首，今附後。

長門后怨按：相和歌辭楚調曲。《樂府》作《長門怨》。注見卷五柳惲。

向夕千愁起，自悔何嗟及。晉楊方《合歡詩》：愁有數千端。愁思且歸牀，羅襦方掩泣。《長門賦》：無面目之可顯兮，遂頹思而就牀。絳樹搖風軟，黄鳥弄聲急。金屋貯嬌時，不言君不入。

鼓吹曲二首鼓吹，注見卷五柳惲。

巫山高注見卷四王融。

巫山光欲晚，按，一作「曉」。陽臺色依依。彼美巖之曲，寧知心是非。《洛神賦》：覩一麗人于巖之畔。《孫卿子》：是是非非謂之智也。阮籍《止欲賦》：意謂是而復非。朝雲觸石起，暮雨潤羅衣。《公羊傳》：觸石而出，膚寸而合，崇朝而徧雨天下者，惟太山雲爾。願解千金珮，請逐大王歸。《洛神賦》：解玉珮以要之。宋玉《風賦》：王曰：「快哉！此風寡人所與庶人共者耶。」宋玉對曰：「此特大王之風耳。」

有所思注見卷五沈約。

上林烏欲棲，長安日行暮。所思鬱不見〔一〕，空想丹墀步。簾動憶君來，雷聲似車度。《長門賦》：雷隱隱而響起兮，聲象君之車音。北方佳麗子，窈窕能回顧。李延年歌：北方有佳人。夫君自迷惑，非爲妾妬娼〔二〕。屈原《九歌》：思府君兮太息。宋玉《九辯》：中瞀亂兮迷惑。《吕氏春秋》：使人大迷惑者，物之相似者也。《顔氏家訓》：五宗世家常山憲王后妬娼。王充《論衡》云：妬夫娼婦，生則忿怒鬭訟。益知娼是妬之別名。

〔一〕「見」，《文苑英華》卷二〇二作「已」。

〔二〕「妬娼」，趙氏覆宋本作「心妬」。

姚翻

同郭侍郎按：一無上四字。采桑一首按：相和歌辭相和曲。注見卷一古樂府。

雁還高柳北，春歸洛水南。《後漢・靈帝紀》：護烏丸校尉出高柳。日照茱萸領，風摇翡翠簪。

桑間視欲暮，閨按：一作「盆」。裏遽飢按：一作「浴新」。蠶。相思君助取，按：一作「耿耿」。相望妾那堪。《續漢書》：貴人助蠶，玳瑁釵，加簪珥。

孔翁歸

《梁書・文學傳》：孔翁歸，會稽人，工爲詩，爲南平王大司馬府記室。

奉和湘東王教按：一本無「教」字。班婕妤一首

按：相和歌辭楚調曲。注見卷一班婕妤，卷五江淹。又按：一作《班婕妤怨》，無「奉和」六字。

長門與長信，日暮九重空。雷聲聽隱隱，車響絶瓏瓏。恩光隨妙舞，團扇逐秋風。江淹《詣建平王上書》：大王惠以恩光。鉛華誰不慕？人意自難一作「艱」。終。

徐悱妻劉令嫺

《南史・劉孝綽傳》：其三妹，一適琅邪王叔英，一適吴郡張嵊，一適東海徐悱，並有才學。悱妻文尤清拔，所謂劉三娘者也。悱爲晉安郡，卒，喪還建業，妻爲祭文，辭甚悽愴。悱父勉，本欲爲哀辭，及見此文，乃閣筆。《隋書・藝文志》：梁太子洗馬徐悱妻劉令嫺集三卷。

答外詩二首第一首一作《春閨怨》，第二首一作《詠佳人》。

花庭麗景斜，蘭牖輕風度。蕭子範《家園三日賦》：庭散花蘂。梁簡文帝《玄圃園講頌》：麗景好晨。江淹《銅雀妓》：孤燭映蘭幕。宋范泰《鸞鳥詩》：軒翼颻輕風。**落日更新妝，開簾對春樹。鳴鸝葉中響，**一作「舞」。**戲蝶花間**一作「蜨枝邊」。**騖。調瑟**一作「琴」。**本要懽，心愁不成趣。**揚雄《甘泉賦》：若夔牙之調琴。陶潛《歸去來辭》：園日涉以成趣。**良會誠非遠，佳期今不遇。**《洛神賦》：悼良會之永絶兮。**欲知幽怨多，春閨深且暮。**

東家挺奇麗，南國擅容輝。《東都賦》：賤奇麗而不珍。古詩：美人出南國，灼灼芙蓉姿。又：夢想見容輝。**夜月方神女，朝霞喻洛妃。**宋玉《神女賦》：其少進也，皎若明月舒其光。**還看鏡中色，比豔自**一作「似」。**知非。摛辭徒妙好，連類頓乖違。**《世説》：魏武嘗過曹娥碑下，楊脩從碑背上見題作「黄絹幼婦外孫虀臼」八字。修曰：「黄絹，色絲也，於字爲絶。幼婦，少女也，於字爲妙。外孫，女子也，於字爲好。虀臼，受辛也，於字爲辭。所謂絶妙好辭也。」《韓非子》：多言繁棘，連類比物也。**智夫**疑作「瓊」。**雖已麗，傾城未敢希。**《搜神記》：魏濟北郡從事弦超，字義起，熹平中，夜夢神女從之，自稱天上玉女，東郡人，姓成公，字智瓊，蚤失母，天帝哀其孤苦，令得下嫁從夫。如此三四夕，顯然來遊，遂爲夫婦。

按：徐刻令嫻詩，叙在徐悱詩後，共五首。今連下《答唐孃詩》共三首，其《百舌詩》附後，《婕妤怨》見第八卷。

何思澄

《梁書》：何思澄，字元靜，東海郯人。爲安成王記室，累遷侍御史，除武陵王中録事參軍。按：《南史·文學傳》：思澄少勤學工文，爲《遊廬山》詩，沈約見之大相稱賞。自廷尉正遷書侍御史，後除安西湘東王録事參軍，卒于宣惠武陵王中録事參軍。文集十五卷。又按：思澄、子朗父子，朗列五卷中，思澄列六卷中，前後似倒置。

奉和湘東王教班婕妤注見上。

寂寂長信晚，雀聲哦按：一作「愁」，亦作「喧」。**洞房。**江淹《雜體》：雀聲愁北林。**蜘蛛網高閣，駁蘚被長廊。**張衡《思玄賦》：踰高閣之將將。《古今注》：苔，一名員蘚，一名緑蘚。梁裴子野《遊華林園賦》：草石苔蘚，駁犖叢攢。**虚殿簾帷靜，閑階花蕊香。**《廣韻》：花外曰蕚，花内曰蕊。詳見上文徐悱妻。**悠悠視日暮**〔一〕，**還復拂**按：一作「蔽」。**空牀**〔二〕。

〔一〕「悠悠」，《藝文類聚》卷三十作「愁愁」。

〔二〕「拂」，《藝文類聚》作「守」。

擬古

故交不可忘，猶如蘭桂芳。吴均《擬古》：故交一如此。嵇康《高士傳》：老子曰：「非爲不忘故邪。」摯虞《思遊賦》：蘭桂背時而獨榮。新知雖可悦，不異茱萸香。史游《急就章》：芸蒜薺芥茱萸香。注：茱萸，似榝而大，食者貴其馨烈，故曰茱萸香。妾有《鳳雛曲》，非爲一作「無」。《陌上桑》。薦君君不御，抱瑟自悲按：一作「淒」。涼。

南苑逢美人

《南史·宋明帝紀》：常以南苑借張永。據此，則自宋以後，遂爲都人遊集之所也。

洛浦疑迴雪，巫山似旦雲。《洛神賦》：飄飖兮若流風之迴雪。傾城今始見，傾國昔曾聞。媚眼一作「服」。隨嬌合〔一〕，丹脣逐笑分。風捲葡萄帶，日照石榴裙。陸劌《鄴中記》：錦有葡萄文錦。《樂苑·黄門倡歌》：縫裙學石榴。唐萬楚《五日觀妓詩》云：紅裙妬殺石榴花。與此義同。自有狂夫在，空持勞使君。

按：徐刻下有湯僧濟一首，徐楊詩二首，今附後。湯詩載在卷八。

〔一〕「嬌」，《藝文類聚》作「羞」，可從。

徐悱妻劉氏 一無「劉氏」，一作「徐悱」。

按：徐悱及妻令嫻詩，俱見前。此首疑後人所儳入，或「悱」字誤。第八卷又有徐悱妻《和婕妤怨》一首，下接王叔英妻《昭君怨》。考《樂府》俱作王叔英妻，疑皆英妻詩，《藝文》改之耳。

答唐孃七夕所穿針

倡人助漢女，靚妝臨月華。江淹《古體》：月華始徘徊。連針學並蔕，縈縷作開花。孀閨絶綺羅，攬贈自傷嗟。雖言未相識，聞道出良家。《漢書》：詔采良家女。曾停霍君騎，經過柳惠車。《漢·霍光傳》：每出入，下殿門，止進有常處。郎僕射竊識視之，不失尺寸，其資性端正如此。高誘《淮南子注》：展禽之家樹柳，行惠德，因號柳下惠。《家語》：魯人有獨處室者，鄰之嫠婦室壞，趨而託焉。魯人閉户而不納，婦人曰：「子何不如柳下惠然，嫗不建門之女。」魯人曰：「柳下惠則可，吾固不可，我將以吾之不可，學柳下惠之可。」考張華《輕薄篇》云：墨翟且停車，展季猶咨嗟。與此意同。無由一共語，暫看日升霞。

吴　均

梅花落

《樂府解題》：漢横吹曲，二十八解，李延年造。魏、晉以來惟傳十曲：一曰《黄鵠》，二曰《隴頭》，三曰《出關》，四曰《入關》，五曰《出塞》，六曰《入塞》，七曰《折楊柳》，八曰《黄覃子》，九曰《赤之揚》，十曰《望行人》。後又有《關山月》、《洛陽道》、《長安道》、《梅花落》、《紫騮馬》、《驄馬》、《雨雪》、《劉生》八曲，合十八曲。郭茂倩曰：《梅花落》本笛中曲也。唐大角曲亦有《大單于》、《小單于》、《大梅花》、《小梅花》等曲，今其聲猶有存者。以下諸詩，宋刻不收，今附于後。

隆一作「終」。**冬十二月，寒風西北吹。**《蜀都賦》：迎隆冬而不凋。《吕氏春秋》：西方風曰飂風，西北曰厲風，北方曰寒風。**獨有梅花落，飄蕩不依枝。**《樂記》：天地相蕩。注：蕩，猶動也。**流連逐霜彩，**按：一作「影」。**散漫下冰澌。**傅亮教：亦流連於隨會。梁吴均《周承未還重贈》詩：蓬姿浮霜采。晉王淑之《遂隱論》：平原既開，風流散漫。王僧孺《侍宴詩》：散漫輕煙轉。《風俗通》：冰流曰澌。宋佐緝之《勞歌》：窮年冰與澌。**何當與君**按：一作「春」。**日，共映芙蓉池。**《魏文帝集》有《芙蓉池作》一首。

閨怨

按：雜曲歌辭。徐刻作二首。此首爲第一，「春草可攬結」詩爲其二，已見前。

胡笳屢悽斷，征蓬未肯還。李陵《答蘇武書》：胡笳互動。《北堂書鈔》：笳者，胡人卷蘆葉吹之，以作樂也，故曰胡笳。《説苑》：春蓬惡于根本，茂于枝葉，秋風起，根直拔，故君子務本也。**妾坐江之介，君戍小長安。**《後漢·光武紀》：戰于小長安。《續漢書》：淯陽縣有小長安聚，故城在今鄧州南陽縣南。**相去三千里，參商書信難。**趙至《與嵇茂齊書》：悠悠三千，路難涉矣。《漢·外戚傳》：戚夫人歌曰：「子爲王，母爲虜。終日舂薄暮，常與死爲伍！相離三千里，當誰使告女？」**四時無人見，誰復重羅紈？**

妾安所居

按：雜曲歌辭。

賤妾先有寵，蛾眉進不遲。一從西北麗，無復城南期。枚乘詩：西北有高樓。古樂府：羅敷善蠶桑，采桑城南隅。**何因**按：一作「用」。**暫豔逸？豈爲乏妍姿？**王粲《閑邪賦》：夫何英媛之麗女，貌洵美而豔逸。**徒有黄昏望，寧遇青樓時。**《楚辭·九章》云：黄昏以爲期。**惟惜應門掩，方**

餘永巷悲。《史記·范雎傳》：佯爲不知永巷，而入其中。《正義》：永巷，宫中獄名也。宫中有長巷，故名焉。後改曰掖庭。按：《詩》毛傳：王之正門曰應門。鄭箋：朝門曰應門。又《陳情表》：内無應門五尺之童。匡牀終不共，何由横自私？按：一作「思」。

三婦豔注見卷五沈約。

大婦弦初切，中婦管方吹。少一作「小」。婦多姿態，含笑逼清巵。鄭緝之《東陽記》：歌山一女子浴汲，乃登此山，負水行歌，姿態甚妍。謝朓詩：清巵阻獻酬。佳人勿餘及，慇懃妾自知。

王僧孺

詠歌按：一作「寵」。姬

及君高堂還，值妾妍妝罷。《蜀都賦》：置酒高堂。曲房褰錦帳，迴廊步珠屣。《鄴中記》：春秋施錦帳，表以五色絲，爲裌帷。《説文》：廊，東西序也。《廣韻》：廡也。文穎曰：殿下外屋也。陸機《七徵》：長廊迴屬。簡文帝《善覺寺碑文》：迴廊逢迎。《西京賦》：振朱屣于盤樽。注：朱屣，赤絲履也。玉釵時可挂，羅襦詎難解？再顧傾城易，一笑千金買。崔駰《七依》：回眸百萬，一笑千金。賈氏《説林》：武帝與麗娟看花，而薔薇始開，態若含笑。帝曰：「此花絶勝佳人笑也。」麗娟戲曰：「笑可買乎？」帝曰：「可。」麗娟遂命侍者取黄金百斤，作買笑錢，奉帝爲一日之歡。

徐悱妻劉氏

聽百舌

庭樹旦新晴，臨鏡出雕楹。潘岳《閑居賦》：微雨新晴。《西京賦》：雕楹玉碣。《説文》：楹，柱也。風吹桃李氣，過傳春鳥聲〔一〕。静寫山陽笛〔二〕，全作洛濱笙。向秀《思舊賦序》：鄰人有吹笛者，發聲寥亮，追思曩昔遊宴之好，感音而歎，故作賦云。賦曰：濟黄河以汎舟兮，經山陽之舊居。《列仙傳》：王子喬，名晉，周靈王太子也。好吹笙作鳳鳴，遊伊洛間，隨浮邱公登嵩山而去。注意欟留聽，誤令妝不成。《史記・陸賈傳》：陸生曰：「天下安，注意相。天下危，注意將。」

〔一〕「過傳」，《全梁詩》卷十三注：「一作『傳過』。」

〔二〕「静」，《全梁詩》作「淨」。

費昶

芳樹按：鼓吹曲辭漢鐃歌。注見卷四王融。

幸被夕風吹，屢得朝光照。枝低按：一作「偃」。疑欲舞，花開似含笑。長夜踏悠悠，所思不可召。行人早旋返，賤妾猶年少。按：一作「年猶少」。

徐勉

《宋書》：徐勉，字修仁，東海郯人。齊領軍長史。入梁，累官吏部尚書，領太子中庶子，改授侍中、中衛將軍，謚簡肅。

採菱曲注見上文。

相攜及嘉月，採菱渡北渚。《楚辭》：陶嘉月兮總駕。謝惠連《獻康樂詩》：漾舟陶嘉月。微風吹櫂歌，日暮相容與。漢武帝《秋風辭》：發櫂歌。《方言》：楫，或謂之櫂。郭璞曰：今之櫂歌也。采采不能歸，望望方延佇。倘逢遺珮人，預以心相許。屈原《九歌》：遺余珮兮澧浦。枚乘《七發》：目挑心與。

楊　皦

《南史·張彪傳》：彪妻楊氏，天水人。散騎常侍皦之女也，有容色。

詠舞

紅顔自燕趙，妙伎邁陽阿。枚乘詩：燕趙多佳人，美者顔如玉。魏文帝《答繁欽書》：奇才妙伎，何其善也。就行齊逐唱，赴節闇相和。傅毅《舞賦》云：迴身還入，迫于急節。折腰送餘曲，斂袖待新歌。《西京雜記》：高帝戚夫人善爲翹袖折腰之舞，歌出塞入塞望歸之曲。顰容生翠羽，曼睇出横波。《正字通》：曼，與「嫵」通，媚也。傅毅《舞賦》：目流睇而横波。雖稱趙飛燕，比此詎成多？

按：徐刻吴均至楊皦詩爲卷七。

按：第六卷六十首，今增九首，共六十九首。宋刻止五十七首，去吴均「妾本」四首，增《梅花落》一首。數正合也。

中國古典文學基本叢書

玉臺新詠箋注

下册

〔陳〕徐陵編
〔清〕吴兆宜注
程琰删補
穆克宏點校

中華書局

玉臺新詠箋注卷七

梁武帝

《梁書》：帝姓蕭，諱衍，字叔達，謚曰武。按：帝少篤學，洞達儒玄，雖萬幾多務，猶卷不輟手，所著《周易講疏》及《六十四卦》、《二繫》、《文言》、《序卦》等義，《樂社義》、《毛詩答問》、《春秋答問》、《尚書大義》、《中庸講疏》、《孔子正言》、《老子講疏》，凡二百餘卷。韻語之外，湛深經術如此。按：此集撰于武帝朝，不應便有廟號，如簡文作皇太子，元帝作湘東王可證。太子既稱聖製，此爲後人加無疑矣。應作皇帝御製一十四首云。又按：此卷全帝王，于昭明不登一首，昭明詞皆古雅，即此可知。又別本目有昭明太子四首，在邵陵王前，此本無，今附于後。

擣衣注見卷三曹毘、謝惠連。

駕言易水北，送別河之陽。《史記·燕世家》：秦兵臨易水。徐廣曰：出涿郡故安也。石崇《思歸嘆序》：遂肥遁于河陽別業。沉思慘行鑣，結夢在空牀。《正字通》：鑣，音標，馬銜也。《釋名》：鑣，包也，在旁包斂其口也。既瘖丹緑謬，始知紈素傷。《西京賦》：文以朱緑，飾以碧丹。沈約《賽蔣山廟文》：草移丹緑之狀。中州木葉下，邊城應早霜。司馬相如《大人賦》：世有大人兮，在乎中州。屈原《九歌》：洞庭波兮木葉下。陰蟲日慘烈，庭草復云黄。顔延之詩：陰蟲先秋聞。金一作「泠」。風但一作「徂」。清夜，明月懸洞房。嫋嫋同宫女，助我理衣裳。參差夕杵引，哀怨秋砧揚。輕羅飛玉腕，弱翠低紅妝。朱顔色一作「日」。已興，眄一作「緜」。睇目一作「色」。增光。擣以一匪石，文成按：一作「武」。雙鴛鴦。匪石，見《詩》。古詩：文彩雙鴛鴦。制握斷金刀，薰用如蘭芳。《漢書·食貨志》：貨謂衣帛可衣及金刀龜貝。佳期久不歸，持此寄寒鄉。妾身誰爲按：一作「與」。容？思君苦人一作「入」。腸。《史記·刺客傳》：豫讓曰：「女爲悦己者容。」

擬長安有狹邪十韻〔一〕一無「十韻」。

按：相和歌辭清調曲。注見卷一古樂府、卷三荀昶。

洛陽有曲陌，陌按：《樂府》亦作「曲」。曲不通驛。陸機《答張士然》詩：回渠遶曲陌。《廣雅》：南北爲阡，東西爲陌。《後漢·輿服志》：驛馬三十里一置。忽逢二少童，扶轡問君宅。君一作「我」。宅邯鄲右，易憶復可知。大息組綑縕，中息珮陸離。《戰國策》：左師觸龍見趙太后曰：「賤息舒祺最少。」綑縕，見《易》。小息尚青綺，總丱一作「轡」。按：《樂府》作「角」。遊南皮。魏文帝《與吳質書》：每念昔日南皮之遊，誠不可忘。《漢書》：渤海郡有南皮縣。**三息俱入門，家臣拜門垂**。《左傳》：叔孫氏之司馬鬷戾曰：「我家臣也，不敢知國。」《漢・儒林傳》「家臣」注：師古曰：「家臣，若今諸公國官及府佐也。」**三息俱升堂，旨酒盈千巵**。《論衡》：文王飲酒千鍾，孔子百觚。按：《説文》：巵，飲酒圓器也。亦作觗、觶。古以角爲之，所以節飲食。**三息俱入户，户内有光儀**。《説文》：半門曰户。徐淑《答夫秦嘉書》：未奉光儀，則寶釵不設。**大婦理金翠，中婦事么鑴**〔二〕。《説文》：么，小也。於遥切。《通俗文》：不長曰么，細小曰麽。《禮記》：左佩小鑴。鄭玄曰：小鑴解小結也，鑴狀如錐，以象骨爲之。**小**一作「少」。**婦獨閑暇，調笙遊曲池。丈人**按一作「夫」。**少徘徊，鳳吹方參差**。邱遲《應詔》：馳道聞鳳吹。江淹《雜體》：爲我吹參差。

〔一〕紀氏《考異》：「此詩實十一韻，宋刻蓋誤脱『一』字。」

〔二〕「么」，五雲溪館本、孟本、《樂府詩集》卷三十五均作「玉」。

擬明月照高樓

郭茂倩曰：相和歌辭楚調曲。按：此擬曹植《怨詩行》也。注見卷二。

圓魄當虚闥，清光流思筵。《易乾鑿度》：月三日成魄，八日成光，蟾蜍體就穴鼻始明。江淹《望荆山詩》：秋日懸清光。**筵思照**一作「對」。**孤影**〔一〕，**悽怨還自憐**。晉潘岳《寡婦賦》：廓孤立兮顧影。

宋玉《九辯》：惆悵兮而私自憐。臺鏡早生塵，匣琴又無弦。魏武帝《上雜物疏》：鏡臺本出魏宮中，有純銀參帶鏡臺一。《晉書》：陶潛性不解音，而畜素琴一張，弦徽不具，每朋酒之會則撫而和之，曰：「但識琴中趣，何勞弦上聲。」悲慕屢傷節，離憂亟華年。宋謝靈運《武帝誄》：節速心傷。張載《贈虞顯度詩》：繾綣在華年。君如東榑一作「扶」。景，妾似西柳烟。《論衡》：儒者論日旦出扶桑，暮入細柳。扶桑，東方之地。細柳，西方之地。《山堂肆考》：東扶景，日初出也，喻人之芳年。西柳烟，暮景也，喻人之年老。相去既路迴，明晦亦殊懸。願爲銅鐵轡，以感長樂前。《正字通》：轡，御馬索也，俗曰馬韁。陸佃曰：御者駑馬以鞭爲主，悍者以轡爲主。《陳留風俗傳》：陵樹鄉，故平陸縣也，北有大澤，名曰長樂廄。

〔一〕以上二「筵」字孟本均作「延」。

擬青青河邊草

按：相和歌辭瑟調曲。注見卷一蔡邕，卷三陸機、荀昶詩下。

幕幕繡户絲，悠悠懷昔期。江淹《麗色賦》：於是雕臺繡户，當衢横術。昔期久不歸，鄉國曠音徽。一作「煇」。下同。音徽空結遲，半寢覺如至。既寤了無形，與君隔平一作「死」。生。月以雲掩光，葉似霜催老〔一〕。當途競自容，莫肯爲一作「與」。妾道。郭璞詩：長揖當途人。《漢書》：武帝制曰：「當塗之士。」

〔二〕「似」，孟本、紀氏《考異》作「以」。

代蘇屬國婦

《漢・蘇武傳》：武至京師，拜爲典屬國，秩中二千石。武留匈奴凡十九歲，始以彊壯出，及還，鬚髮盡白。

良人與一作「如」。我期，不謂當過時。古詩：過時而不採。秋風忽送節，白露凝前基。愴愴獨涼枕，搔搔一作「慅慅」。孤月帷。阮籍《詠懷詩》：薄帷鑒明月。或一作「忽」。聽西北雁，似從寒一作「北」。又作「東」。海湄。《管子》：桓公曰：「夫鴻鵠有時而南，有時而北。」《漢・蘇武傳》：徙武北海無人處，使牧羝，羝乳乃得歸。果銜萬里書，中有生離辭。《漢書》：陵謂武曰：「子卿婦年少，聞已更嫁。」李陵《答蘇武書》：生妻去帷。惟言長別矣，不復道相思。胡羊久瀏一作「劉」。奪，漢節故支持。《漢・蘇武傳》：武杖漢節牧羊，臥起操持，節旄盡落。單于弟於靬王賜武馬畜服匿穹廬。王死後，人衆徙去。其冬，丁令盜武牛羊，武復窮厄。帛上看未終，臉下淚如絲。鮑照樂府：絲淚毀金骨。空懷之死誓，遠勞同穴詩。

古意二首

飛鳥起離離，驚散忽差池。嗷嘈繞樹上，翩翾一作「翻」。集寒枝。《説文》：嗷，衆口愁也。潘岳《籍田賦》：簫管嘲哳以啾嘈兮。郭璞《鰼鰼魚圖讚》：鼓翮一揮，十翼翩翻。既悲征役久，偏傷壠上兒。唐蘇頲有《隴上記》。《靈鬼志》：《關西歌》曰：「壠上健兒字陳安，頭細面狹腸中寬，丈八大槊左右盤。」寄言閨中愛，一作「妾」。此心詎能知？不見松上蘿，一作「蘿上」。葉落根不移。

當春有一草，緑花復重一作「垂」。枝。云是忘憂物，生在北堂陲。《博物志》：《神農經》曰：「中藥養性，謂合歡蠲忿，萱草忘憂也。」毛萇《詩傳》：萱草令人忘憂。背，北堂也。飛飛雙蛺蝶，低低兩差池。干寶《變化論》：稻爲蛩，麥爲蛺蝶。差池低復起，此芳性不移。飛蝶一作「婕」。雙復隻，此心人莫知。

芳樹

按：鼓吹曲辭漢鐃歌。注見卷四王融。

緑樹始摇芳，芳生非一葉。一葉度春風，芳芳一作「華」。自相接。色雜亂參差，衆花紛重疊。重疊不可思，思此誰能愜？《説文》：愜，快也。應劭曰：志滿也。《漢·文帝紀》：天下人民未有愜志。

臨高臺

《樂府解題》：古辭言：「臨高臺，下見清水中有黄鵠飛翻，關弓射之，令吾主萬年。」若齊謝朓「千里常思歸」，但言臨望傷情而已。宋何承天《臨高臺》篇曰：「臨高臺，望天衢，飄然輕舉凌太虚。」則言超帝鄉而會瑶臺也。按：鼓吹曲辭漢鐃歌。古辭一首，此乃擬之。又按：《樂府集》作簡文帝詩。

高臺半行雲，望望高不極〔一〕。《淮南子》：雲臺之高，墮者折脊碎脛。高誘曰：臺高際于雲，故曰雲臺也。**草樹無參差，山河同一色。**《孫子兵法》：草樹蒙蘢。**髣髴洛陽道，路遠難别識。玉堦故情人，情來共相憶**〔二〕。

〔一〕「高不」，《文苑英華》卷二十一作「不可」。

〔二〕「共」，《文苑英華》作「苦」。

有所思

按：鼓吹曲辭漢鐃歌。注見卷五沈約。

誰言生離久？適意與君别〔一〕。古詩：盼睞以適意。《爾雅》：展，適也。郭璞曰：得自申展皆適意。**衣上芳猶在，握裏書未滅。**何遜《爲衡山侯與婦書》云：幄裏餘香，從風且歇。與此意同。古詩：置書懷袖中，三歲字不滅。腰中，一作「間」。雙綺帶，夢爲同心結。常恐所思露，瑤華未忍折。

〔一〕紀氏《考異》：「『意』，諸本并同。以文意推之，當作『憶』。『適憶與君別』，即文通《古離別》『送君如昨日』意。」

紫蘭始萌

按：《七啟》：紫蘭丹椒，施和必節。

種一作「穜」。蘭玉臺下，氣暖按：一作「暖」。蘭始萌。《西京賦》：西有玉臺，連以昆德。《廣韻》：曖，日不明。芬芳與時發，婉轉迎節生。獨使金翠嬌，偏動紅綺情。張協《七命》：紅肌綺散。又陶潛《飲酒詩》：且當從黄綺。疑「紅」作「黄」。二遊何足壞〔一〕，按：一作「瓌」。一顧非傾城。羞將苓芝侶，豈畏鶗鴂鳴？枚乘《七發》：蔓草芳苓。注：苓，古蓮字也。王充《論衡》：土氣吐，芝草生。屈原《離騷》：恐鶗鴂之先鳴兮，使夫百草爲之不芳。《説文》：鶗鴂春分鳴，則衆芳生；秋分鳴，則衆芳歇。

〔一〕「壞」，紀氏《考異》作「懷」，可從。

織婦

送別出南軒，離思沉幽室。魏楊修《許昌宮賦》：臨南軒而向春。元帝《芳樹》詩：灌木隱南軒。蓋本此。調梭輟寒夜，鳴機罷秋日。一作「月」。《正字通》：梭，桑柯切，音娑，織具，所以行緯。俗呼杼爲梭。《廣韻》：梭，織具。良人在萬里，誰與共成匹？《廣韻》：匹，配也，偶也，合也，二也。漢匡衡疏：匹妃之際。願得一回按：一作「迴」。光，照此憂與疾。君情倘未忘，妾心長自畢。

七夕

白露月下圓，一作「團」。秋風枝上鮮。瑶臺生碧霧〔一〕，瓊幕含一作「生」。紫烟〔二〕。妙按：一作「奇」。會非綺一作「妙」。節，佳期乃良年。玉壺承夜急，蘭膏依曉煎。《續漢書》：孔壺爲漏浮箭爲刻，下漏數刻，以考中星，昏明生焉。鄭玄《周禮注》：壺，盛水器也，挈壺水以爲漏也。宋玉《招魂》：蘭膏明燭，華容備。《文子》：蘭膏以明自煎。昔時悲一作「悲漢」。難越，今傷何一作「河」。易旋。怨咽雙念斷，悽草一作「叨」。兩情懸〔三〕。鮑照《紹古》辭：怨咽對風景。蔡琰《胡笳》：去住兩情兮難具陳。《樂苑·子夜夏歌》：還覺兩情諧。

〔一〕「生」，趙氏覆宋本作「函」。
〔二〕「瓊」，《藝文類聚》卷四作「羅」。
〔三〕「草」，《藝文類聚》作「悼」。

戲作

宓妃生洛浦，游女出漢陽。妖閑逾下蔡，神妙絶高唐。曹植《美女篇》：美女妖且閑。《吴都賦》：斯實神妙之響象。**緜駒且變俗，王豹復移鄉。況兹集靈異，豈得無方將。**謝朓《遊敬亭山》詩：靈異居然棲。方將，見《詩》。**長袂必留客，清哇咸繞梁。**張衡《舞賦》：含清哇而吟咏。楊子《法言》：多哇則鄭。注：淫，鄭之聲也。**燕趙羞容止，西妲**一作「施」。**慚芬芳。**古詩：燕趙多佳人。《南都賦》：容止可則。《晏子》：如臣者飾其容止以待命。**徒聞殊**當作「珠」。**可弄，定自乏明璫。**

皇太子簡文。　按：此二字疑後人所竄。

《梁書》：帝諱綱，字世讚，武帝第三子。六歲能屬文，讀書十行俱下。辭藻豔發，雅好賦詩。爲侯景所弑。按：帝嘗于玄圃述武帝所製《五經講疏》，聽者傾朝野。所著經義有《禮大義》二十卷、《易林》十七卷。又按：簡文詩序云：予七歲有詩癖，長而不倦，然傷于輕豔，當時號曰「宮體」。又按：齊云：宮體詩倡自簡文，佐以徐、庾，靡靡之聲，其細已甚，詞雖鮮豔，亡國忽焉。

聖製樂府三首

豔歌篇十八韻

按：相和歌辭瑟調曲。《樂府》作《豔歌行》。一本作《有女篇》。注見卷一。又按：簡文有二首，此其首篇，其二篇見後。

凌晨光景麗，倡女鳳樓中。前瞻削成小，傍望卷旌空。張衡《七辨》：形似削成，腰如束素。曹植《洛神賦》：肩若削成，腰如約素。夏侯湛《禊賦》：清風卷旌。**分妝間**一作「開」。**淺靨，繞臉傅斜紅。**江洪《詠歌姬詩》：輕紅澹鉛臉。唐張泌《妝樓記》：斜紅遶臉，蓋古妝也。**張琴**按：一作「瑟」。**未調軫，歌**按：一作「飲」。**吹不全終。自知心所愛，出入仕秦宮。**古辭《西門行》：請呼心所愛，可用解愁憂。鮑照《擬古》：弱冠參多士，飛步遊秦宮。**誰言連尹屈？更是莫敖通。**《左傳》：知莊子射連尹襄老。又：鬬伯比謂其御曰：「莫敖必敗。」**輕軺綴皂蓋，飛轡轢雲驄。**《說文》：軺，小車也。《後漢·輿服志》：中二千石、二千石，皆皁蓋朱兩轓。《妬記》：王公亦飛轡出門猶恐遲。梁柳惲賦體：

飛轡踈兮不停陰。魏陳琳《武軍賦》：馬則飛雲絶影。《説文》：驄，馬青白雜毛也。《六書故》：馬葱青色，一名茌鐵。《説文》：轢，車所踐也。**金鞍隨繫尾，銜璅映纏騣。**古樂府：青絲繫馬尾。《家語》：善御馬者正銜勒。晉劉恢詩：東臯有一駿，名曰千里駒。絡首纏驄尾，養以甘露芻。《琅琊王歌》：懀馬高纏鬃。晉惠帝元康中童謡：城東馬子莫嚨哅，比至年來纏汝鬉。**戈鏤荆山玉，劍飾丹陽銅。**曹植《七啟》：錯以荆山之玉。《韓非子》：卞和抱其璞，哭于荆山之下。《漢・地理志》「丹陽郡」注：故鄣郡，屬江都。武帝元封二年更名丹陽，屬揚州。《食貨志》：赤金爲下。孟康曰：赤金，丹陽銅也。《神異經》：西方日宫之外有山焉，有丹陽銅似金，可鍛以作塗錯之器。**左把蘇合彈，傍持大屈弓。**《左傳》：昭公七年，楚子享公于新臺，使長鬣者相，好以大屈。**控弦因鵲血，挽强**一作「彊」。**用牛螉。**《漢書・匈奴傳》：控弦之士三十餘萬。《説文》：匈奴名引弓曰控弦。宋梅堯臣《送王巡檢之定海》詩：休調鵲血弓。似鵲血弓名也，今無考。《周勃傳》：材官引强。孟康曰：如今挽强司馬也。《説文》：螉，蠑蟲在牛馬皮者。皇甫松《大隱賦》：書抽虎僕，射用牛螉。注：虎僕，九節狸也，毫可爲筆。螉，蟲也，見《淮南》。**弋獵多登隴，酣歌每入豐。**《戰國策》：范雎説王曰：「縱酒弋獵。」**暉暉隱落日，冉冉還房隴。鐙生陽燧火，塵散鯉魚風。**《提要録》：鯉魚風，九月風也。**流蘇時下帳，象簟復韜筒。**晉摯虞《決疑要注》：天子帳以流蘇爲飾。**霧暗窗前柳，寒踈井上桐。**元帝《詠陽雲樓簷柳詩》：楊柳非花樹，依樓自覺春。魏文帝詩：雙桐生空井。《南史・張劭傳》：薛伯宗善徙廱疽，公孫泰患背，伯宗爲氣封之，徙置齋前柳樹上。按：此則六朝風俗，以柳種窗前矣。**女蘿託松際，甘瓜蔓井**

東。魏明帝樂府：種瓜東井上。**拳拳特**一作「恃」。**君寵，**一作「愛」。**歲暮望無窮。**《子夜警歌》：恃愛如欲進，含羞出不前。

按：徐刻下有《美女篇》、《豔歌行》二首，今附後。

蜀國弦歌篇十韻

《古今樂録》：張永《元嘉技録》有四弦一曲，《蜀國四弦》是也，居相和之末，三調之首。古有四曲，其《張女四弦》、《李延年四弦》、《嚴卯四弦》三曲，闕《蜀國四弦》。節家舊有六解，宋歌有五解，今亦闕。按：相和歌辭四弦曲。

銅梁指斜谷，按：一作「望絶國」。**劍道望**按：一作「臨」。**中區。**《蜀都賦》：外負銅梁宕渠。《蜀志》：建興八年，魏使曹真由斜谷欲攻漢中。《梁州記》：萬石城，泝漢上七里有褒谷口，南口曰褒，北口曰斜。《華陽國志》：有劍閣道三十里最險。陸機《文賦》：佇中區以玄覽。**通星上分野，作固爲下都**[一]。《漢・地理志》：秦地于天官，東井輿鬼之分野也，南有巴蜀、廣漢、犍爲、武都。晉張載《劍閣銘》：惟蜀之門，作鎮作固。**雅歌因良守，妙舞自巴渝。**《後漢・祭遵傳》：遵爲將軍，取士皆用儒術，對酒設樂，必雅歌投壺。傅咸《贈建平太守李叔龍詩》：宏道興化，實在良守。杜氏《通典》：巴渝舞者，漢高帝自蜀漢將定三秦，閬中范且率賓人以從帝，爲前鋒，號板楯蠻，勇而善鬭。及定三秦，封且爲閬中侯，復賨人七姓。其俗喜舞，高帝樂其猛鋭，觀其舞後，使樂人習之。閬中有渝水，因以爲名，故曰巴渝舞。**陽城嬉樂所**，按：《樂府》作「盛」。**劍騎鬱相趨。五婦行難至，百兩好遊娱。**《蜀王本紀》：秦王獻美女與蜀王，蜀王遣五丁迎女，見一大蛇入山穴中，五丁并引蛇，山崩，五女皆上山化爲石，今梓童有五婦山。**牲祈望帝祀，酒酹蜀侯誅**〔二〕。《蜀記》：昔有人姓杜，名宇，王蜀，號曰望帝。宇死，俗説云宇化爲子規。子規，鳥名也。蜀人聞子規鳴，皆曰望帝也。《華陽國志》：秦滅開明氏，封子惲爲蜀侯。孝文王聽惲後母譖，賜劍自裁。後聞惲枉，使使葬之。喪車至城北門，忽陷入地中。蜀人因名北門曰咸陽門。爲蜀侯惲立祠，其神有靈，能興雲致雨，水旱禱之。**江妃納重聘，卓女受將雛**〔三〕。《蜀都賦》：聘江斐與神遊。崔駰《達旨》：或重聘而不來。《史記·司馬相如傳》：卓王孫有女文君新寡，好音，故相如繆與令相重，而以琴心挑之，文君夜亡奔相如。**停弦時繫爪，息吹更治**一作「理唇」。**朱**。《藝林伐山》：妓女以鹿角琢爲爪以彈箏，曰繫爪。繫爪，注詳見卷八徐孝穆。**春**一作「脱」。**衫湔錦浪，迴扇避陽烏。**《成都記》：濯錦江，丞相張儀所作，笮橋東下枕水，此水濯錦則鮮明，文有虹橋。《廣雅》：日名朱明，一名耀靈，一名東君，一名大明，亦名陽烏。**聞君握**一作「旌」。**節反**，按：一作「返」。**賤妾下城隅。**《左傳》：司馬握節以死，故書以官。《周禮》：道路用旌節。

〔一〕「爲下」，《文苑英華》卷二〇一作「下爲」。

〔二〕「誅」，五雲溪館本、孟本作「姝」。

〔三〕「受」，《文苑英華》作「愛」，可從。

妾薄命篇十韻

樂府佳麗四十七曲中，有《妾薄命》。魏《曹植集》有《妾薄命》篇，其事出于漢許后傳：「奈何妾薄命，端遇竟寧前。」《樂府解題》：《妾薄命》，曹植云：「日月既逝西藏」，蓋恨燕私之歡不久。梁簡文帝云：「名都多麗質」，傷良人不返，王嬙遠聘，羅姬嫁遲也。按：魏雜曲歌辭。

名都多麗質〔一〕**，本自恃容姿。**曹植《名都篇》：名都多妖女。晉左貴嬪《菊花頌》：英英麗質。《漢書》：王昭君姿容甚麗。**蕩子行未至**〔二〕**，秋胡無定期。玉貌歇紅臉，長顰串翠眉**〔三〕**。**《韻會》：臉，頰也。歛一作「奩」。**鏡迷朝色，縫針脆故絲。**《後漢·皇后紀》：帝視太后鏡奩中物。注：鏡奩，匣也，音廉。《廣韻》：匳，盛香器也，又鏡匳也，「歛」同。**本異搖舟咎，何關竊席疑**〔四〕**。**《左傳》：齊侯與姬乘舟于囿，蕩公，公懼色變，禁之不可，公怒，歸之，未絕之也。蔡人嫁之。《古文周書》：周穆王姜后晝寢而孕，越姬嬖，竊而育之。敝以玄鳥二七，塗以彘血，寘諸姜后，遽以告王。王恐，發書而占，王與令君册而藏之于櫝。居二月，越姬死。七日而復言其情曰：先君怒寧甚，曰爾蠻隸也，胡竊君之子，不歸母氏？將置而大戮及王子于治。葉夢得《避暑録話》：婦人疾莫大于産蓐。《公羊傳》：屬負茲舍。注：蓐，席也。**生離誰拊背，溘死詎成遲。**按：一作「來」。《漢·外戚傳》：衛皇后，字子夫，主因奏子夫，送入宫，子夫上車，主拊其背曰：「行矣，强飯，勉之。即貴，願無相忘。」《離騷》：寧溘死以流亡兮。王一作「毛」，非。**嫱貌本絶，踉蹌**一作「蹌踉」。**入氊帷。**晉陶融妻陳氏《箏賦》：鳳踉蹡而集庭。潘岳《射雉賦》：已踉蹡而徐來。善曰：踉蹡，欲行也。《廣雅》：蹡，走也。**盧姬嫁日晚，非復好年**又作「年少」。**時**〔五〕。《樂府解題》：盧女者，魏武帝時宫人也。故冠軍將軍陰叔之妹，年七歲入漢宫，學鼓琴，善爲新聲。至明帝崩後，出嫁爲尹更生妻。見《古今注》。**傳**一作「轉」。**山猶可遂，**一作「遂」。**烏白望難期。**按：一作「追」。《列子》：太行、王屋二山，方七百里，高萬仞。北山愚公，年且九十，面山而居。懲山北之塞，出入之迂也，遂率子孫，叩石墾壤，運于渤海之尾。河曲之叟，笑而止之。劉勰《新論》：猶轉石下山，決水赴壑。《藝文類聚·燕丹子》曰：秦止燕太子丹爲質，曰：「烏頭白，乃可歸。」丹仰天歎，烏即白頭。按：《山海經·中次六經》：又西一百四十里曰傳山，無草木，多瑶碧，厭染之水出于其陽，而南流注于洛。楊本作「轉」，疑非是。**妾心徒自苦，傍人會見嗤。**《説文》：嗤，笑也。

按：徐刻以下諸詩叙次互異。下有《美女篇》至《小垂手》十八首，徐刻本載，宋刻不録，今附後。唯《怨詩》及《咏舞》二首徐刻不載。

〔一〕「麗」，《文苑英華》卷二〇七作「雅」。

〔二〕「未」，《文苑英華》作「不」。

〔三〕「串」，《文苑英華》作「慣」。

〔四〕「席」，《文苑英華》作「虎」。

〔五〕「好」，《文苑英華》作「妙」，《樂府詩集》卷六十二作「少」。

代樂府三首

新成一作「城」。安樂宮

《古今樂録》：王僧虔《技録》有《新城安樂宮行》，今不歌。《樂府解題》：《新城安樂宮行》，備言雕飾刻斲之美也。按：相和歌辭瑟調曲。陰鏗有一首，唐李賀有《安樂宮》，題蓋本此。

遥看雲霧中，刻桷一作「耿耿」。**映丹紅**〔一〕。《西京賦》：雲霧杳冥。《春秋》：桓公二十有三年秋，丹桓公楹。二十有四年春，刻桓公桷。《公羊傳》云：非禮也。**珠簾通曉**一作「晚」。**日，金華拂夜風。欲知聲管處**〔二〕**，來過安樂宮。**

〔一〕「紅」，《文苑英華》卷一九二作「虹」。

〔二〕「聲」，《樂府詩集》卷三十八作「歌」。

雙桐生空井

古辭：飢不從猛虎食，暮不從野雀棲。野雀安無巢，遊子爲誰驕。明帝辭曰：雙桐生空枝，枝葉自相加。通泉溉其根，玄雨潤其柯。《古今樂録》：《猛虎行》，王僧虔《技録》：「荀録所載明帝《雙桐》一篇，今不傳。」《樂府解題》：晉陸機云「渴不飲盜泉水」，言從遠役，猶耿介，不以艱險改節也。又有《雙桐生空井》，亦出于此。按：相和歌辭平調曲。

季月雙按：《樂府》作「對」。**桐井，新枝雜舊株。晚葉藏棲鳳，朝花拂曙烏。**鄭玄《毛詩箋》：鳳凰之性，非梧桐不棲，非竹實不食。《藝文類聚》引《周書》曰：清明之日，桐始華，不華，歲大寒。《莊子》：桐乳致巢。顔西注：桐子似乳，著鳥之巢，自來棲之也。**還看西**一作「稚」。**子照，銀牀牽**按：《樂府》作「繫」。**轆轤。**《名義考》：銀牀非井欄，乃轆轤架也。《廣韻》：轆轤，圓轉木，用以汲水。

楚妃歎

吴兢《樂府古題要解》：《楚妃歎》，陸士衡《吴趨行》云：「楚妃且勿歎」，明非近題也。非關晉曲明矣。按：相和歌辭吟嘆曲。有《楚妃吟》、《楚妃曲》、《楚妃怨》，皆出于此。又謝希逸《琴論》有《楚妃嘆》七拍。又按：楚姬，楚莊王夫人樊姬也。見劉向《列女傳》。

閨閑漏永永，一作「幽情脉脉」。漏長宵寂寂。草螢飛夜户，絲蟲遶秋壁。按：一作「屋」。《禮記》：季夏之月，腐草爲螢。薄笑未爲欣，微歎還成戚。金簪鬢下垂，玉筯衣前滴。龍輔《女紅餘志》：魏文帝陳巧笑挽鬢，别無首飾，惟用圓頂金簪一隻插之。文帝目曰：「玄雲黯靄兮金星出。」《白帖》：王昭君之淚如玉箸。又甄后面白，淚雙垂如玉箸。唐馮贄《記事珠》：鮫人之淚，圓者成明珠，長者成玉筯。

和湘東王横吹曲三首

崔豹《古今注》：横吹，胡樂也。張騫入西域，傳其法，惟得《摩訶兜勒》一曲，李延年因造新聲二十八解。魏晉以來不存，見用《黄鵠》、《隴頭》、《折楊柳》等十曲。

洛陽道

注見卷六吴均。唐李白有《洛陽陌》，題亦出于此。

洛陽佳麗所，大道滿春光。游童初按：《樂府》作「時」。挾彈，蠶妾始提筐。班固《西都賦》：采游童之歌謡。《晉・潘岳傳》：岳，字安仁。出爲河陽令，美姿儀。少常挾彈出洛陽道，婦人遇之者，皆連手縈遶，投之以果，遂滿車而歸。《左傳》：謀于桑下，蠶妾在其上。金鞍照龍馬，羅袂拂春桑。

《周官》：凡馬八尺以上爲龍。**玉車爭晚**按：《樂府》作「曉」。**入，潘果溢高箱。**《國語》：叔向曰：「絳之富商而能金玉其車。」

折楊柳

《晉・樂志》：李延年因胡曲更造新聲二十八解，乘輿以爲武樂。後漢以給邊。晉以來不復具存，用者有《黄鵠》、《隴頭》、《出關》、《入關》、《出塞》、《入塞》、《折楊柳》、《黄覃子》、《赤之揚》、《望行人》十曲。按：《宋書・五行志》曰：晉太康末，京洛爲《折楊柳》之歌，其曲有兵革苦辛之辭。古樂府又有《小折楊柳》，相和大曲有《折楊柳行》，清商四曲有《月節折楊柳歌》十三曲，與此不同。又按：梁樂府有《胡吹歌》云：「上馬不捉鞭，反拗楊柳枝。下馬吹横笛，愁殺行客兒。」此歌詞元出北國，即鼓角横吹曲《折楊柳》是也。按：郭茂倩《樂府》此首作柳惲詩。

楊柳亂成絲，攀折上春時。江淹《别賦》：羅與綺兮嬌上春。**葉密鳥飛礙，風輕花落遲。城高短簫發，林空畫角悲。**蔡邕《月令章句》：簫長則濁，短則清。《晉中興書》：庾翼《與燕王書》云：「今致畫角一雙。」**曲中無别**按：《樂府》作「别無」。**意，并爲久**一作「是爲」。**相思。**

紫騮馬

《古今樂録》：《紫騮馬》古辭云：「十五從軍征，八十始得歸。道逢鄉里人，家中有阿誰？」又梁曲曰：「獨柯不成樹，獨樹不成林。念孃錦裲襠，恒長不忘心。」蓋從軍久戍，懷歸而作也。

賤妾朝下機，正值一作「遇」。**良人歸。青絲懸玉蹬，朱汗染香衣。**《東觀漢記》：景丹率衆全廣阿，光武出城外，馬坐鞍置氈毼，蹬上設酒肉。《漢書》：《天馬歌》：「太乙貺，天馬下，沾赤汗，沫流赭。」《魏志·朱建平傳》：帝將乘馬，馬惡衣香。《世説》：謝中郎在壽春敗，臨奔走，猶求玉貼鐙。又王褒啟：黄金作勒，足度西河，白玉爲鐙，方傳南國。**驟急珍珂**一作「珂彌」。**響，蹀**一作「跳」。**多塵亂飛。**《通俗文》：馬勒飾曰珂。《本草》：珂，貝類，皮黄黑而骨白，可爲馬飾，生南海。《廣韻》：蹀，馬屧跡也。《説文》：跳，躍也。《淮南子》：夫馬之爲草駒之時，跳躍揚蹄，翹尾而走。《莊子》：天下馬有成材，若卹若失，若喪其一。若是者，超軼絶塵，不知其所。**雕胡**按：《樂府》作「菰」。**幸可薦，故心君**一作「人心」。**莫違。**

雍州十曲抄三首是襄州。按：此三字應是後人所箋。又按：清商曲辭西曲歌。

茂倩《樂府》作《雍州曲》。

南湖

《南湖》、《北渚》、《大堤》，《雍州曲》也。《通典》：雍州，襄陽也。《禹貢》：荊河州之南境，春秋時楚地，魏武始置襄陽郡。晉兼置荊河州。宋文帝割荊州，置雍州，號南雍。魏晉以來，常爲重鎮，齊、梁因之。

南湖荇葉浮，復有佳期遊。《爾雅》：莕，接余，其葉苻。郭璞曰：叢生水中，葉圓，在莖端，長短隨水深淺。江東食之，取莖以苦酒浸之，脆美可食。莕、荇同。銀綸一作「編」。翡翠鉤，一作「釣」。玉軸一作「管」。芙蓉舟。《詩》：言綸之繩。注：理絲曰綸。《鬫子》：或有以桂爲餌，鍛黄金之鈎，錯以銀碧，垂翡翠之綸。《釋名》：軸，抽也，入轂中可抽出也。蕭方等《三十國春秋》：盧循寇京邑，芙蓉艦千餘艘。荷香亂衣麝，橈一作「櫂」。聲隨一作「送」。急流。

北渚

《楚辭》：帝子降兮北渚，目眇眇兮愁予。題義蓋出于此。

岸陰垂柳葉，平江含粉堞。一作「蝶」。好值城旁人，多逢蕩舟妾。緑水濺長袖，浮苔染輕檝。韋仲將《景福殿賦》：虞淵靈沼，渌水泱泱。

大堤

《古今樂録》：《襄陽樂》者，宋隨王誕之所作也。隨王誕始爲襄陽郡，元嘉二十六年仍爲雍州刺史，夜聞諸女歌謡，因而作之，所以歌和中有「襄陽來夜樂」之語也。舊舞十六人，梁八人。又有《大堤曲》，亦出于此。簡文帝雍州十曲有《大堤》、《南湖》、《北渚》等曲。《通典》：裴子野《宋略》稱晉安侯劉道産爲襄陽太守，有善政，百姓樂業，人户豐贍，蠻夷順服，悉緣沔而居。由此歌之，號《襄陽樂》。蓋非此也。

宜城斷中道，行旅亟一作「極」。流一作「留」。連。陳思王《酒賦》：酒有宜城濃醪。出妻工織素，妖姬慣數錢。《後漢書》：桓帝童謡曰：「河間妖女工數錢。」炊雕留上一作「吐」。客，貰酒逐神仙。《漢・高帝紀》：常從王媼、武負貰酒。師古曰：貰，賒也。音式制反。古詩：服食求神仙。

同庾肩吾四詠二首一作昭明太子，今《昭明集》無。庾肩吾，注見卷八。按：徐刻亦作昭明詩，叙在武帝詩後。

蓮舟買荷度

採蓮前岸隈，舟子屢徘徊。《廣韻》：隈，水曲也。舟子，見《毛詩》。披衣可識風〔一〕，風疎一作「踈荷」。香不來。晉陶潛詩：相思則披衣。欲知船一作「當」。度處，當看荷葉開。

〔一〕「披衣可識風」，趙氏覆宋本作「荷披衣可識」。

照流看落釵

相隨照緑按：一作「淥」。水，意欲重涼風〔一〕。流一作「梳」。摇妝影壞，釵落鬢華空。佳期在何許？徒傷心不同。

〔一〕「欲」，《藝文類聚》卷十八作「是」。

和湘東王三韻二首

春宵

花樹含春叢，羅帷夜長空〔一〕。《廣韻》：叢，草叢生貌。風聲隨篠韻，月色與池同。《正字通》：篠，小竹也。《禹貢》：筱簜既敷。筱、篠同。齊謝朓《冬宿覊懷》詩：冰池共如月。彩牋徒自襞，無信往雲中。《桓玄僞事》：玄詔令平準作桃花牋，有縹緑青赤等色。考《南史·陳後主紀》：令八婦人襞采箋，製五言詩。大抵六朝皆用此箋也。《漢·地理志》「雲中郡」注：秦置。莽曰：受降，屬并州。

〔一〕「帷」，《藝文類聚》卷三十二作「帳」。

冬曉

冬朝日照梁，含怨下前牀。《神女賦》：其始來也，耀乎若白日初出照屋梁。《楚妃吟》：含怒復含嬌。帳裏竹葉帶，鏡轉菱花光。龍輔《女紅餘志》：桓豁女，字女幼，製緑錦衣帶作竹葉樣，遠視之無二，故無瑕詩云：「帶葉新裁竹，簪花巧製蘭。」女幼，庾宣婦也。《飛燕外傳》：飛燕始加大號婕妤，奏上三十六物以賀，有七尺菱花鏡一奩。會是無人見，何用早紅妝。

戲作謝惠連體十三韻

雜蕊映南庭，庭中光影按：一作「景」。媚。按：班固《南巡頌》：既禘祖于西都，又將祫于南庭。可憐枝上花，早得春風意。劉淵林《蜀都賦》注：蘂，一曰花頭點也。春風復有情，拂幔且開楹。開楹一作「盈盈」。開碧煙，拂幔拂一作「復」。垂蓮。偏使紅花散，飄颺落眼前。孫楚《蓮花賦》：紅花電發。鮑照樂府：沙礫自飄揚。《晉書》：張翰曰：「使我有身後名，不如眼前一杯酒。」眼亦多無況〔一〕，參差鬱可一作「相」。望。珠繩翡翠帷，綺幕芙蓉帳。鮑照詩：七彩芙蓉之羽障。香煙出窗裏，落日一作「月」。斜階上。日一作「月」。影去遲遲，節華咸在茲。梁元帝《纂要》：

節曰華節。桃花一作「枝」。紅若點，柳葉亂如絲。江淹《四時賦》：園桃紅點。絲條轉暮光，影落暮陰一作「光」。長。春燕雙雙舞，春心處處場〔二〕。酒滿心聊足，萱枝愁不忘。

〔一〕「亦」，孟本作「前」，可從。

〔二〕「場」，五雲溪館本、孟本作「揚」。紀氏《考異》：「作『揚』亦爲未愜，以文義推之，當作『傷』。」

倡婦怨情十二韻 按：一作《倡樓怨節》。

綺窗臨畫閣，飛閣遶長廊。崔駰《七依》：飛閣層樓。風散同心草，月送可憐光。徐悱妻有《摘同心梔子贈謝孃詩》。《樂苑・來羅曲》：鬱金黄花標，下有同心草。髣髴簾中出，妖麗特非常。恥學秦羅髻，羞爲樓上妝。散誕披紅帔，生情新約黄。葛仙公歌：散誕遊山水。庾信《鏡賦》：競學生情。斜燈入錦帳，微煙出玉牀。一作「房」。《漢・郊祀歌》：神之出，排玉房。六安雙玳瑁，八幅兩鴛鴦。《山堂肆考》：六安，言六面皆安也。崔駰《六安枕銘》曰：枕有規矩，恭一其德。承元寧躬，終始不忒。梁元帝《謝東宮賚寶枕啟》：況復重安玳瑁，獨勝瑰材。猶是別時許，留致一作「值」。解心傷。含涕一作「情」。坐度日，俄頃變炎涼。劉向《九歎》：年忽忽而日度。謝朓《同羈夜集》詩：積念隔炎涼。玉關驅夜雪，金氣落嚴霜。鮑照《和王護軍秋夕》詩：金氣方勁殺。飛狐驛使斷，交河川路長。《漢書》：酈食其曰：「距飛狐之口。」臣瓚曰：飛狐在代郡西南，塞名。又車師前王治交河城，有交河水，分流遶城下。謝莊《月賦》：川路長兮不可越。**蕩子無消息，朱脣徒自香。**

按：一作「傷」。

和徐録事見内人作卧具

《梁書・徐摛傳》：摛，字士秀。東海郯人也。晉安王移鎮京口，復隨府轉爲安北中録事參軍、帶剡令。按：《南史・梁廬陵王續傳》：元帝之臨荆州，有宫人李桃兒者，以才慧得進。及還，以李氏行。續具狀以聞。元帝懼，送李氏還荆州，世所謂西歸内人者。

密房寒日晚，落照度窗邊。劉孝綽《和太子落日望水》詩：落照滿川漲。**紅簾遥不隔，輕帷半捲懸。方知纖手製，詎減縫裳妍。龍刀横膝上，畫尺墮衣前。**《東宫舊事》：太子納妃，有龍頭金鏤交刀四。龍輔《女紅餘志》：潘炕姬解愁，有雙龍奪珠之剪。郭泰機《答傅咸》詩曰：衣工秉刀尺。《玉海》：梁武帝《鍾律緯》稱，主衣相承，有周時銅尺一枚，古玉律八枚。**熨斗金塗色，簪**當作「箴」。**管白牙纏。**《漢書》：王莽視之南郊，鑄作威斗。威斗者，以五石銅爲之，若北斗，長二尺五寸，欲以厭勝衆兵。晉《杜預集》奏事云：藥杵臼、澡盤、熨斗、釜、甕、銚槃、鴝鋗，皆民間之急用也。《隋書》：李穆奉熨斗于高祖曰：「願以此熨安天下。」唐李商隱《贈更衣》云：「輕寒衣省夜，金斗熨沉香。」斗以熨衣，由來久矣。《漢書》：昭陽舍中庭彤朱而殿上髹漆，砌皆銅沓黄金塗。《禮記》：婦事舅姑，右佩箴管。《西京雜記》：趙飛燕女弟居昭陽殿中，設白象牙簟。衣裁合歡襵，一作「攝」。文作鴛鴦連。《儀禮》：襚者以褶。禮衣有襞折曰褶，通作「襵」。《禮記》：帛爲褶。注：有表裏而無著，今夾衣。古詩：文彩雙鴛鴦，裁爲合歡被。縫一作「針」。用雙針一作「縫」。縷，絮是按：一作「用」。八蠶緜。《吴都賦》：鄉貢八蠶之緜。劉欣期《交州記》：一歲八蠶，繭出日南也。香和麗邱蜜，麝吐中臺烟。《南方草木狀》：交阯有蜜香樹。龍輔《女紅餘志》：麗丘出嘉蜂，釀蜜如雪，和諸香爲丸，薰衣數年不散。《本草》引《別録》曰：麝生中臺山谷及益州、雍州山中，春分取香，生者益良。魏收《庭柏詩》：將使中臺麝，違山能見從。已入琉璃帳，兼雜太華氊。《漢武故事》：上以琉璃、珠玉、明月、夜光，雜錯天下珍寶爲甲帳，其次爲乙帳，甲以居神，乙以自居。龍輔《女紅餘志》：漢光武后陰麗華，步處皆鋪太華精細之氊，故足底纖滑，與手掌同。具共一作「且向」。雕鑪煖，非同團扇捐。晉辭《子夜警歌》：雕鑪薰紫烟。更恐從軍別，空牀徒自憐。王粲詩：從軍有苦樂，但問所從誰。

戲贈麗人

麗姐一作「姬」。與妖嬙，共拂可憐妝。《莊子》：毛嬙，麗姬，人之所美也。同安鬟裏撥，異作額間黄。唐宇文氏《妝臺記》：梁簡文帝詩：「同安鬟裏撥」云云。撥者，捩開也。婦女理鬟用撥，以木爲之，形如棗核，兩頭尖尖，可二寸長，以漆，光澤，用以鬆鬢，名曰鬢棗，競作薄妥，如古之蟬翼鬢也。羅裙宜細簡，畫屧重高牆。班婕妤《擣素賦》：曳羅裙之綺靡。《説文》：屧，履中薦也，又屐也。《南史》：齊江泌晝則斫屧爲業，夜則隨月讀書。《顏氏家訓》：梁世士大夫皆尚褒衣博帶，大冠高履。龍輔《女紅餘志》：無瑕屧牆之內，皆襯沉香，謂之生香屧。含羞未一作「來」。上砌，微笑出長廊。沈約《麗人賦》：含羞隱媚。漢班婕妤《擣素賦》：弱態含羞。宋玉《登徒子好色賦》：含喜微笑，竊視流盼。取花爭間鑷，一作「問色」。攀枝念蕊香。《隴頭流水歌》：手攀弱枝，足踐弱泥。曹植《種葛篇》：攀枝長歎息。但歌聊一曲，鳴弦未息一作「肯」。張。自矜心所愛，三十侍中郎。

秋閨夜思按：梁雜曲歌辭。

非關長信別，詎是良人征？九重忽不見，萬恨滿心生。應璩《與許子俊書》：情意不悉，追懷萬恨。夕門掩魚鑰，宵牀悲畫屏。《芝田録》：門鑰必以魚，取其不瞑目守夜之義。《樂苑·鷄鳴歌》：千門萬户遞魚鑰。《西京雜記》：昭陽殿木畫屏風，如蜘蛛絲縷。迴一作「迥」。月臨窗度〔一〕，吟蟲遶砌鳴。初霜隕細葉，秋風驅亂螢〔二〕。故妝猶累日，新衣襞未成〔三〕。竇玄妻《古怨歌》：衣不如新，人不如故。欲知妾不寐，城外擣衣聲〔四〕。

〔一〕「窗」，《藝文類聚》卷三十二作「階」。
〔二〕「驅」，《藝文類聚》作「吹」。

〔三〕「襞」，《藝文類聚》作「裂」。

〔四〕「衣」，《藝文類聚》作「砧」。

和湘東王名士悅傾城

一作昭明太子。按：徐刻亦作昭明詩，叙在武帝詩後。今《昭明集》無。按：梁雜曲歌辭又有劉緩一首，見卷八。齊云：兄弟間可以此等題相倡和乎？

美人稱絶世，麗色譬花叢〔一〕。李延年歌：絶世而獨立。謝朓詩：花叢亂數蝶。**雖居李城北**〔二〕，**住在**按：一作「來往」。**宋家東**。**教歌公主第，學舞漢成宫**。《漢書》：孝武衛皇后，字子夫，爲平陽主謳者。**多遊淇水上**〔三〕，**好在鳳樓中**。**履高疑上砌，裾開持**一作「特」。**畏風**。《飛燕外傳》：帝於太液池，后歌舞歸風送遠之曲。令后所愛侍郎馮無方吹笙以倚后歌。中流歌酣，風大起，后順風揚音，無方長嘯細嫋，與相屬。后撫髀曰：「顧我！顧我！」后揚袖曰：「仙乎？仙乎？去故而就新，寧忘懷乎？」帝曰：「無方爲我持后。」無方捨吹持后裾，久之風霽。他日宫姝幸者，或襞裾爲縐，號留仙裾。**衫輕見跳脱，珠概雜青蟲**。《釋名》：衫，芟也，衣無袖端也。《禮記》「正權概」注：概，平斗斛者。宋玉《風賦》：概新荑。**垂絲遶帷幔，落日度房櫳**。何遜《銅雀妓》：飄颻帷幔輕。沈約《三月三日詩》：遊絲映空轉。《廣韻》：帷，單帳也。幃、帷通。**妝窗隔柳色，井水照桃紅**。古詩：桃生露井

上。非憐江浦按：一作「交甫」。**珮，羞使春閨空。**

〔一〕「譬」，紀氏《考異》作「比」。

〔二〕「雖」，《藝文類聚》卷十八作「經」。

〔三〕「上」，《藝文類聚》作「曲」。

從頓蹔還一作「還南」。**城**

《後漢書·郡國志》：汝南郡領南頓，本頓國。《宋書·州郡志》：南頓太守故屬汝南，晉惠帝分立。

漢渚水初緑，江南草復黃。江淹《別賦》：春水緑波。**日照**一作「曖」。**蒲心暖，**一作「發」。**風吹梅蕊香**〔一〕。《正字通》引《説文》云：一説蒲中心大，有匕柄者可生茹。**征艫艤湯塹，歸騎息金隍。**《説文》：舳，艫也。一説船頭。李斐曰：舳，船後持舵處；艫，船頭刺櫂處。《蜀都賦》：艤輕舟。應劭曰：艤，止也。一曰南方俗謂止船迴濟處爲艤。《漢書·項羽傳》：烏江亭長艤船待羽。《蒯通傳》：金城湯池，不可攻也。《廣韻》：塹，遶城水也。《漢·高帝紀》：漢王使高壘澤塹勿與戰。《易》：城復于隍。《子夏傳》：隍，城下池也。**舞觀衣常襞**〔二〕，**歌臺弦未張。持此横行去，誰念守空牀？**《漢書》：樊噲曰：「臣願以十萬衆，横行匈奴中。」

〔一〕「蕊」,《藝文類聚》卷六十三作「枝」。

〔二〕「常」,《藝文類聚》、《初學記》卷二十四作「恒」。

詠人棄一作「去」。妾

昔時嬌玉步,含羞花燭邊。豈言心愛斷,銜啼私自憐。常見歡成怨〔一〕,非關醜易妍。《列子》:賢愚好醜,無不消滅。《説文》:妍,慧也。獨鵠罷中路,孤鸞死鏡前。

〔一〕「常見歡成怨」,《藝文類聚》卷三十二作「但覺歡成愁」。

執筆戲書

舞女及燕姬,倡樓復蕩婦。《左傳》:晏子對曰:「撞鍾舞女。」參差大戾發,搖曳小垂手。《廣韻》:捩,琵琶撥也。戾、捩通。《樂府解題》:大垂手、小垂手,皆言舞而垂手也。陳江總《婦病行》曰:「夫婿府中趨,誰能大垂手」,是也。又獨搖手,亦與此同。《釣竿》蜀國彈,新城折楊柳。崔豹《古今注》:《釣竿》,伯常子妻所作也。伯常子避仇河濱爲漁父,其妻思之,每至河側作《釣竿》之歌,後司馬相如作《釣竿》之詩,今傳爲古曲也。《水經注》:長安,故咸陽也。漢高祖更名新城。武帝元鼎三年,別爲渭城,在長安西北、渭水之陽。《三輔黄圖》:文帝灞陵,在長安城東七十里。灞橋,跨水作橋,漢人送客至此橋，折柳贈別，名曰銷魂橋。或曰：城，當作「聲」。**玉案西王桃，蠡杯石榴酒。**《楚漢春秋》：淮陰侯曰：「臣去項歸漢，漢王賜臣玉案之食。」《西王母傳》：王母七夕降武帝宮中，命侍女取桃，玉盤盛七枚，四以與帝，三以自食。陸倕《蠡杯銘》：珍踰璖椀。《南史·夷貊傳》：南海有頓遜國，在海崎上，有酒樹似安石榴，採其花汁停甕中，數日成酒。**甲乙羅帳異，辛壬房户暉。**何晏《景福殿賦》：辛壬癸甲，爲之名秩，房室齊均，堂庭如一。注：辛、壬、癸、甲，十干之名，今取以題坊署，以別先後也。**夜夜有明月，時時憐更衣。**

豔歌曲按：相和歌辭瑟調曲。《樂府》作《豔歌行》，此其第二篇也。注見前。

雲楣桂成户，飛棟杏爲梁。《西京賦》：繡栭雲楣。注：楣，梁也。簡文《納涼詩》云：桂户向池開。《六書故》：棟，屋正中上衡也。魏卞蘭《許昌宮賦》：飛棟列以山峙。**斜窗通蘂氣，細隙引塵光。裁衣魏后尺，汲水淮南牀。**古樂府：十四學裁衣。《玉海》引《晉·律志》：後漢至魏，尺長于古四分有餘。《魏志》：永平中，公孫崇更造新尺，以一黍之長，累爲寸法。《太平御覽》：魏武《上雜物疏》曰：「中宮用雜畫象牙尺一枚，貴人公主有象牙尺十二枚，宮人有象牙尺百五十枚，骨尺五十枚。」**青驪暮當返，預使羅裾**一作「裙」。**香。**《楚辭》：青驪結駟齊千乘。

怨詩

按：相和歌辭楚調曲。《樂府》又有《怨歌行》詩，附後。

秋風與白團，本自不相安。新人及故愛，意氣豈能寬。古樂府：男兒重意氣。黃金肘後鈴，一作「印」。白玉案前盤。《晉武十三王傳》：初覃爲清河世子，所珮金鈴，欻然隱起如麻粟。古樂府：委身玉盤中，歷年冀見食。《漢書·石奮傳》：對案不食。誰堪空對此，還成無歲寒。潘岳詩：誰與同歲寒。

擬沈隱侯夜夜曲

按：雜曲歌辭。注見卷五沈約。

藹藹一作「靄靄」。夜中霜，何《樂府》作「河」。關一作「開」。向曉光。枕啼常帶粉，身眠不着牀。蘭膏盡一作「斷」。更益，薰鑪滅復香。《初學記》：漢劉向有《薰鑪銘》。但問愁多少，便知夜短長。古詩：愁多知夜長。張華《情詩》：居懽惜夜促，在慼怨宵長。

七夕

秋期此時浹，長夜徙一作「從」。河靈。紫煙淩鳳羽，奔一作「紅」。光隨玉軿。《白帖》：劉歆等新定婚禮，親迎立軺軿馬。注：軺，立乘小車也。軿，馬儷駕也。《倉頡篇》：軿，衣車也。**洛陽疑劍氣，成都怪客星。**張華《博物志》：有人乘槎至一處，宫中多織婦。見一丈夫牽牛渚次飲之，并問：「此是何處？」答曰：「君還至蜀郡，問嚴君平則知。」後至蜀，問君平，曰：「某年月日，有客星犯牽牛宿。」計年月，正是此人到天河時也。**天梭織來久，方逢今夜停。**宋鮑照《堂上歌行》：紛紛織女梭。義同。《誠齋雜録》：蔡州丁氏女，精于女紅。七夕禱以酒果，忽見流星墜筵中，明日瓜上有金梭，自是巧思益進。

同劉諮議詠春雪 一作「詠雪」。

劉諮議，孝綽也。附孝綽《校書秘書省對雪詠懷詩》：「桂花殊皎皎，柳絮亦霏霏。詎比咸池曲，飄飄千里飛。耻均班女扇，羞儷曹人衣。浮光亂粉壁，積照朗彤闈。鶺鴒摇羽至，鴨鶋拂翅歸。相彼猶自得，嗟余獨有違。終朝守玉署，方夜勞石扉。未能奏緗綺，何由辨國圍。坐銷風露質，遊聯珠璧暉。偶懷筌車是，良知高益非。既言謝端木，無爲陳巧機。」

晚霰飛銀礫，浮雲暗未開。《蜀都賦》：金砂銀礫。范堅《安石榴詩》：赬如丹砂，粲若銀礫。**入池消不積，因風墮復來。思婦流黄素，温姬玉鏡臺。**劉義慶《世説》：劉聰爲玉鏡臺，温嶠爲劉越石長史，北征得之，後取姑女下焉。**看花言可插，**一作「折」。**定自非春梅。**

晚景出行

細樹含殘影，春閨散晚香。輕花鬢邊墮，微汗粉中光。飛鳧初罷曲，啼烏一作「鳥」。忽度行。《阿子歌》：念我雙飛鳧。《樂録》：《烏夜啼》者，清商曲也。羞令白日暮，車馬按：一作「騎」。鬱相望。

賦樂府得大垂手注見上文。按：雜曲歌辭。茂倩《樂府》作吴均詩。

垂手忽苕苕，一作「迢迢」。飛燕掌中嬌。羅衣一作「衫」。恣風引，輕帶任情摇。《王孫子》：昔衛公坐重華之臺，侍御數百，隨珠照日，羅衣從風。詎似長沙地，促舞不迴腰。《漢書·景十三王傳》注：應劭曰：「景帝後二年，諸王來朝，有詔更前稱壽歌舞，定王但張袖小舉手，左右笑其拙，上怪，問之，對曰：『臣國小地狹，不足迴旋。』帝乃以武陵、零陵、桂陽益焉。」

賦樂器一無「器」。名得箜篌注見卷一無名氏。

捩遲初挑吹，弄急時催舞。《藝文類聚》：後漢蔡邕好琴道，每一曲製一弄。《琴歷》：琴曲有蔡氏五弄。**釧響逐弦鳴，私迴半障柱**〔一〕。**欲知心不平，君看黛眉聚。**宋玉《九辯》：坎廩兮貧士失職而志不平。《梁書》：天監中，詔宮中作白妝青黛眉。

〔一〕「私」，《藝文類聚》卷四十四作「袗」。

詠舞

可憐初二八，逐節似飛鴻。懸勝河陽妓，闇與淮南同。石崇《思歸引序》：肥遁于河陽別業。《西京賦》：奏淮南，度陽阿。《漢書》：有淮南鼓員四人。又《舞賦》：昔客有觀舞於淮南者，美而賦之。**入行看履進，轉面望鬟空。腕動苕華玉，袖隨如意風**〔一〕。《紀年》：桀伐珉山，珉山莊王女于桀二女曰琬，曰琰。桀愛二女，無子，斲其名于苕華之玉，苕是琬，華是琰也。《語林》：王戎與諸人談，以如意指林公曰：「阿柱，汝憶摇櫓時否？」阿柱，林公小字。庾信《對酒歌》曰：王戎如意舞。**上客何須起，啼烏曲未終。**《樂録》：《烏夜啼》者，清商曲也。注詳見卷十《烏夜啼》注。

〔一〕「袖」，《初學記》卷十五、《文苑英華》卷二百十三均作「袗」。

春閨情

楊柳葉纖纖，佳人懶織縑。正衣還向鏡，迎春試舉一作「捲」。**簾。**《晉東宮舊事》：皇太子納妃，有著衣大鏡。龍輔《女紅餘志》：李月素大鏡名正衣，小鏡名約黃，中鏡名圓冰。揚雄《蜀都賦》：其俗迎春送冬，百金之家，千金之公。摘梅多繞樹，覓燕好窺簷。只言逐花草，計校應非嫌。《說文》：嫌，不平于心也，一曰疑也。

詠晚閨〔一〕

珠簾向暮下，妖姿不可追。蕭子範《傷往賦》：痛妖姿之不留。花風暗裏覺，蘭燭帳中飛。何時玉窗裏，夜夜更縫衣。王延壽《魯靈光殿賦》：玉女窺窗而下視。

〔一〕趙氏覆宋本、五雲溪館本並作《又三韻》。

率爾成按：一作「爲」。詠

借問仙將畫，詎有此佳人？傾城且傾國，如雨復如神。《戰國策》：張儀謂楚王曰：「彼鄭國之女，粉白黛黑，立于衢閭，非知而見之者以爲神。」漢后憐名按：一作「飛」。燕，周王重姓申。挾瑟曾遊趙，吹簫屢入秦。玉階偏望樹，長廊每逐春。江淹《雜體》：吹我玉階樹。約黃出意巧，纏弦用法新。迎風時引袖，避日暫披巾。庾信《吹臺山銘》：青槐避日。《釋名》：巾，謹也。二十成人，士冠，庶人巾，當自謹修四教也。考《後漢·列女傳》云：文姬詣曹操時，旦寒，賜以頭巾履襪。巾蓋男女通用。**疎花映鬢**一作「髻」。**插，細珮繞衫身。**一作「伸」。**誰知日欲暮，**一作「薄」。**含羞不自陳。**

美人晨妝

按：《藝文》誤作昭明詩，今載《昭明集》。徐刻亦作昭明詩，叙在武帝詩後。

北窗向朝鏡〔一〕，**錦帳復斜縈。嬌羞不肯出，猶言妝未成。散黛隨眉廣，燕脂逐臉生。試將持出衆，定得可憐名。**《白帖》：新野功曹鄧衍以外戚小子候預朝，容姿趨步，有出于衆。

〔一〕「向朝」，《藝文類聚》卷十八作「朝向」。

賦得當壚

《漢書》：司馬相如與卓文君俱之臨邛，盡賣車騎買酒舍，乃令文君當壚，相如身自著犢鼻褌，與庸保雜作滌器于市中。郭璞曰：盧，酒壚也。顔師古曰：賣酒之處，累土爲盧，以居酒甕，四邊隆起，其一面高，形如鍛盧，故名盧。《當盧曲》，蓋取此。按：雜曲歌辭。《樂府》作《當壚曲》。

十五正團團，一作「圓」。**流光滿上蘭。**十五，即三五也。注見卷一古詩。**當壚設夜酒，宿客解**

金鞍。迎來挾瑟易，送别但歌難〔一〕。詎一作「欲」。知心恨急，翻令衣帶寬。

〔一〕「但」，《樂府詩集》卷六十三作「唱」。

林下妓按：《初學記》亦作昭明詩。

炎光向夕斂，促宴臨前池〔一〕。劉楨《贈五官中郎將詩》云：明鐙熹炎光。泉深影一作「同聲」。相得〔二〕，花與面相宜。劉琨詩：花將面自許，人共影相憐。篪一作「管」。聲如一作「引」。鳥哢，舞袂一作「狀」。寫風枝〔三〕。《廣韻》：哢，音弄，鳥吟聲。左思《蜀都賦》：哢吭清渠。帝《慈覺寺碑序》云：風枝弗靜。歡樂不知醉，千秋長若斯。曹植《公讌詩》：飄飄放意志，千秋長若斯。

〔一〕「促」，《初學記》卷十五作「徙」。

〔二〕「深」，《初學記》作「將」。

〔三〕「袂」，《初學記》作「袖」。

擬落日窗中坐

杏梁斜日照，餘暉映美人。開函脱寶釧，向鏡理紈巾。《廣韻》：函，容也。《周禮》「杖咸」注：咸讀爲函，以函藏之。**游魚動池葉，舞鶴散階塵。**鮑照《舞鶴賦》：逸翮後塵。**空嗟**一作「歎」。**千歲久，願得及陽春。**

詠一無「詠」字。美人觀畫

殿上圖神女，宮裏出佳人。《宋玉集》有《神女賦》。**可憐俱是畫，誰能辨僞真？分明淨眉**一作「眼」。眼，一作「目」。**一種**一作「穜」。**細腰身。所可持**一作「有特」。**爲異，長有好精神。**東方朔《七諫》：悲精神之不通。

孌童

《詩》：婉兮孌兮，總角丱兮。毛萇傳：婉孌，少好貌。《北史・齊廢帝紀》：許散愁曰：「自小以來，不登孌童之牀，不入季女之室。」

孌童嬌麗質，踐董復超瑕。按：謂董賢、彌子瑕也。**羽帳晨香滿，珠簾夕漏賖。翠被含**按：一作「合」。**鴛色，雕牀鏤象牙。妙年同小史，姝貌比**一作「似」。**朝霞。**曹植《求自試表》：終軍以妙年使越。魏阮瑀《止欲賦》：執妙年之方盛。晉張翰《周小史詩》：轉側綺靡。又：翩翩周生，婉孌幼童。年十有五，如日在東。**袖裁連璧錦，牋織細橦花。**魏文帝《與群臣論蜀錦書》：自吾所織如意虎頭連璧錦，亦有金薄蜀薄，來至洛邑，皆下惡。劉孝威《謝賚錦被啟》：采踰連璧。《説文》：箋，表識書也。㦸、箋通。又：禾從重者，爲重穋之重；從童者，爲穜種之穜。按：《蜀都賦》：布有橦花。注：橦花，樹名。其花柔毳，可績爲布也，出永昌。**攬袴輕紅出，回頭雙鬢斜。**《漢外戚傳》：宫人使令皆爲窮絝，多其帶。師古曰：窮絝，即今之緄襠絝也。《樂府》：愛惜加窮袴，防閑託守宫。**嬾**一作「媚」。**眼時含笑，玉手乍攀花。懷猜非後鈞，密愛似前車。**《史記・韓非傳》：彌子瑕見愛於衛君。衛國之法，竊駕君車者罪至刖。既而彌子之母病，人聞往夜告之，彌子矯駕君車而出。君聞之而賢之，曰：「孝哉！爲母之過而犯刖罪。」**足**一作「定」。**使燕姬妬，彌令鄭女嗟。**傅毅《舞賦》：于是鄭女出進，二八徐持。

邵陵王綸

《梁書》：綸，武帝第六子，聰穎博學，尤長尺牘，爲潁州刺史，加征討大都督。

代秋胡婦閨怨

秋胡婦，注見卷四顔延之。按：雜曲歌辭。《藝文》作元帝詩，題曰《閨怨》。

蕩子從遊宦，思妾守房櫳。塵鏡朝朝掩，寒牀一作「衾」。**夜夜空。**鮑照《擬古》：明鏡塵匣中。

劉孝威詩：重衾猶覺寒。若非新有悦，何事久西東。知人相憶否？淚盡夢啼中。

車中見美人

關情出眉眼，軟媚著腰肢。《爾雅》：目上爲名。郭璞曰：眉眼之間。《廣韻》：輭，柔也。語笑能嬌媄，行步絶逶迤。《廣韻》：媄，《字樣》云：「顔色姝好也。」古詩：逶迤自相屬。空中自迷惑，渠傍會不知。懸念猶如此，得時應若爲。謝靈運詩：但問情若爲。

按：綸詩，徐刻本叙在元帝詩後。又有《見姬人詩》一首，今附後。

代舊姬有怨 一作元帝詩，徐刻本同。

寧爲萬里别，乍此一作「作」。死生離。那堪眼前見，故愛逐新移。未展春光落〔一〕，遽被秋風吹〔二〕。蘇武詩：努力愛春華。《楚辭》：秋風瀏以蕭蕭兮。怨黛舒還斂，啼妝拭更垂〔三〕。誰能巧爲賦？黄金妾自貲〔四〕。《漢書》：王生謂蓋寬饒曰：「用不訾之軀。」師古曰：訾，與貲同。謝朓《思歸賦》：受靈恩而不貲。

〔一〕「光」，《藝文類聚》卷三十二作「花」，可從。

〔二〕「秋」，《藝文類聚》作「涼」。
〔三〕「更」，《藝文類聚》作「復」。
〔四〕「自」，《藝文類聚》作「不」。

湘東王繹

《梁書》：元帝繹，字世誠。嘗爲湘東王，武帝第七子，平侯景，遂即位江陵。按：帝性愛書籍，既患目，多不自執卷，置讀書左右，番次上直，晝夜爲常，略無休已，雖倦，卷猶不釋。其自序《洞林》文曰：余幼學星文，多歷歲稔。海中之書，略加尋究。巫咸之説，徧得研求。其自許如此。

登顏園故閣

《梁書・顔協傳》：協，字子和，琅琊臨沂人也。父見遠，齊和帝之鎮荆州也，以見遠爲録事參軍。及即位於江陵，以爲治書侍御史儀兼中丞。及高祖受禪，見遠乃不食，發憤數日而卒。協釋褐湘東王國常侍，又兼府記室。世祖出鎮荆州，轉王記室，感家門事義，不求顯達，恒辭徵辟，遊于藩府而已。此登顔園故閣，殆其是邪？

高樓三五一作「月」。夜，流影入丹墀。先時留上客，夫壻美容一作「芙蓉」。姿。妝成理蟬鬢，笑罷斂蛾眉。崔豹《古今注》：魏文帝宮人絶所愛者，有莫瓊樹、薛夜來、陳尚衣、陳巧笑，皆日夜在側。瓊樹始製爲蟬鬢，望之縹緲如蟬翼，故號曰蟬鬢。衣香知步近，釧動覺行遲。如何舞館樂，翻見歌梁悲。謝朓詩：舞館識餘基，歌梁想遺轉。猶懸北窗櫎，一作「幌」。未捲南軒帷。寂寂空郊暮，非復少年時。

戲作豔詩

入堂值小婦，出門逢故夫。含辭未及吐，絞袖且躊躇。《廣韻》：絞，古巧切，縛也。摇茲扇似月，掩此淚如珠。今懷固無已，故情今有餘。《漢·陳勝傳》：客出入愈益發舒，言勝故情。

夜游一作「宿」。柏齋

《南史·齊宗室傳》：建武中，荆州大風雨，龍入柏齋中，柱壁上有爪足處。刺史蕭遥欣恐畏，不敢居之，至是以爲嘉福殿。

燭暗行人靜，簾開雲影入。風細雨聲遲，夜短更籌急。《廣韻》：籌，算也。能下班姬淚，復使倡樓泣。湘東王《蕩婦秋思賦》云：況乃倡樓怨婦，對此傷情。況此客遊人，中宵空佇立。

和劉上黄〔一〕

新鶯隱葉囀，新燕向窗飛。柳絮時依酒，梅花乍入衣〔二〕。《本草經》：柳花，一名絮。玉珂逐一作「輕」。風度〔三〕，金鞍映日暉。無令春色晚，獨望行人歸。

〔一〕《全梁詩》卷三作《和劉上黄春日》。

〔二〕「乍」，《全梁詩》卷三注：「一作『任』。」

〔三〕「逐」，《全梁詩》卷三注：「或作『隨』。」

詠晚棲烏按：雜曲歌辭。

日暮連翩翼，俱向上林棲。風多前烏一作「鳥」。駛〔一〕，雲暗後群迷。路遠聲難徹，飛斜行未齊。應從故鄉返，幾過入蘭閨。《後漢・皇后紀贊》：班政蘭閨。借問倡樓妾，何如蕩子妻？

〔一〕「烏」，趙氏覆宋本作「歸」。

寒宵三韻按：一作《寒閨》，後八卷劉緩和詩亦作「閨」。

烏鵲夜南飛，良人行未歸。魏武帝《短歌行》：月明星稀，烏鵲南飛。池水浮明月，寒風送擣衣。願織迴文錦，因君寄武威。《漢·地理志》「武威郡」注：故匈奴休屠王地，武帝太初四年開。

詠一無「詠」字。秋夜

秋夜九重空，蕩子怨房櫳。燈光入綺帷，簾影進一作「穿」。屏風。《西京雜記》：漢陵寢皆以竹爲簾，簾皆水文，爲龍鳳之象。金徽調玉軫，兹夜撫離鴻。伏知道《爲王寛與婦義安主書》：愁隨玉軫，琴鶴恒驚。晉劉妙容《宛轉歌》：金徽玉軫爲誰鏘。潘岳《秋興賦》：聽離鴻之晨吟兮。按：元帝詩，徐刻列在簡文詩後，次序亦異。下有《傷别離》至《春日詩》九首，徐刻亦載，宋刻不録，今附後。

武陵王紀

《梁書》：紀，字世詢，一字大智，武帝第八子。勤學有文才，屬辭不好輕華，甚有骨氣，爲揚州刺史。侯景亂，僭號于蜀，改元天正。明年，爲元帝將樊猛所殺。

同蕭長史看妓

《梁書·蕭介傳》：介，字茂鏡，蘭陵人也。大同二年，武陵王爲揚州刺史，以介爲府長史，在職清白，爲朝廷所稱。按：《初學記》作劉孝綽。

燕姬奏妙舞，鄭女發清歌。迴羞出慢臉，送態入嚬蛾〔一〕。按：一作「娥」。《漢·司馬相如傳》：鄭國出美女，色理曼澤。《後漢·杜篤傳》：曼麗之色。《樂苑》：劉邈《清歌發》云：「扇中通曼臉。」**寧殊值行雨，詎減見凌波。想君愁日暮**〔二〕，**應羨魯陽戈。**《淮南子》：魯陽公與韓構難，戰酣日暮，援戈而撝之，日反三舍。

〔一〕「入」，《初學記》卷十五作「表」。

〔二〕「暮」，《初學記》作「落」。

和湘東王夜夢應令〔一〕

昨夜夢君歸，賤妾下鳴機。懸知君意薄〔二〕，**不著去時衣。故言如夢裏，賴得雁書飛。**

〔一〕《藝文類聚》卷三十二作《蕭妃夜夢》。

〔二〕「懸」，《藝文類聚》作「極」。

曉思 一作「色」。按：《藝文》作簡文帝詩。

晨禽爭學囀，朝花亂欲開。梁蕭和《螢火賦》：見晨禽之曉征。《正字通》：囀，音轉，鳥聲轉也。黄鶯聲三十二轉，百舌聲十二轉。爐烟入斗帳，屏風隱鏡臺。紅妝隨淚盡，蕩子何時回？

閨妾寄征人

按：此集凡二韻俱在第十卷。今宋本目録作三首，此疑混入，徐刻本亦不載。

斂色金星聚，縈悲玉筯流。願君看海氣，憶妾上高樓。《史記·天官書》：海旁蜃氣象樓臺。晉伏琛《三齊略記》：海上蜃氣，時結樓臺，名海市。枚乘《雜詩》：西北有高樓。

昭明太子

《梁書》：太子，諱統，字德施，武帝長子。生而聰睿，讀書數行並下，喜文章，聚書至三萬餘卷，因覆舟病薨。

長相思

按：雜曲歌辭，注見卷四吴邁遠。已下諸詩，宋刻不收，今附于後。

相思無終極，長夜起一作「豈」。歎息。徒見貌嬋一作「嬗」。娟，寧知心有憶。寸心無以因〔一〕，願附歸飛翼。

按：徐刻列在武帝詩後。又一本有昭明詩四首，在邵陵王前，與徐刻異，今集中不載。

〔一〕「以」，《全梁詩》卷一作「所」。

簡文帝

美女篇按：雜曲歌辭，注見卷二曹植。

佳麗盡關情，風流最有名。約黄能效月，裁金巧作星。粉光勝玉靚，衫薄擬蟬輕。密態隨羞按：一作「流」。臉，嬌歌逐軟聲〔一〕。朱顔半已醉，微笑隱香屏。《黄憲外史》：韓王玉壺、紫英二姬，隱于雕屏。龍輔《女紅餘志》：《觀美女詩序》：「賣眼香屏之中，弄姿緑水之側。」

〔一〕「嬌歌逐軟聲」，《文苑英華》卷一九三作「餘嬌逐語聲」。

怨歌行

按：相和歌辭楚調曲。注見卷一班婕妤、卷二傅玄。

十五頗有餘，日照杏梁初。蛾眉本多嫉，掩鼻特成虚。《離騷》：衆女嫉余之蛾眉兮。《亢倉子》：同藝者相嫉。《楚辭》注：害賢曰嫉，害色曰妬。《正字通》：妬，與嫉字别義同。《戰國策》：魏王遺楚王美人，鄭袖因謂新人曰：「王惡子之鼻，子爲見王則必掩子鼻。」新人見王因掩其鼻。王謂鄭袖：「何也？」鄭袖曰：「其似惡聞王之臭也。」王令劓之。持此傾城貌，翻爲不肖軀。秋風吹海水，寒霜依玉除。梁裴子野《劉虬碑文》：皜乎若寒霜之潔。《吴都賦》：玉除彤庭。《説文》：除，殿階也。月光臨户駛〔二〕，荷花依浪舒。《廣韻》：浪，波浪也。望簷悲雙翼，窺沼泣王餘〔三〕。陸機《擬古》：偏棲常隻翼。《吴都賦》：雙則比目，片則王餘。注：與並行爲並目。王餘，俗云越王膾魚未盡，因以其半棄之爲餘，遂無其面，因曰王餘。苔生履處没，草合行人疎。崔豹《古今注》：空室無人行則生苔蘚。班婕妤《自傷賦》：思君兮履綦。晉灼曰：綦，履跡也。裂紈傷不盡，歸骨恨難祛。《左傳》：知罃對楚子曰：「以君之靈，纍臣得歸骨于晉。」潘岳《寡婦賦》：終歸骨兮山足。早知長信别，不避後園輿。後園輿，用同輦事也。

〔二〕「駛」，《文苑英華》卷二一一作「映」。

〔二〕「王餘」，《全梁詩》卷一作「前餘」。

獨處怨

郭茂倩曰：《美人賦》：「芳香郁烈，黼帳高張。有女獨處，婉然在牀。乃歌曰：獨處室兮廓無依，思佳人兮情傷悲。」《獨處愁》，蓋取諸此。按：雜曲歌辭。《樂府》作《獨處愁》。

獨處恒多怨，開幕試臨風。彈棊鏡奩上，傅粉高樓中。《西京雜記》：成帝好蹵踘，群臣以爲勞，家君作彈棋以獻。《後漢·梁冀傳》注：《藝經》：「彈棋，兩人對局，白黑棋各六枚，先列棋相當，更先彈也，其局以石爲之。」《博物志》：燒鉛成胡粉，今傅面者用之。自君按：一作「從」。征馬去，音信不曾通。只恐金屏掩，明年已復空。

傷美人

昔聞倡女別，蕩子無歸期。今似陳王歎，流風難重思。曹植《美女篇》：中夜起長歎。張衡《南都賦》：流風徘徊。翠帶留餘結，苔階没故基。圖形更非是，夢見反成疑。晉左貴嬪《班婕妤贊》：形圖丹青，名侔樊虞。蔡邕樂府：宿昔夢見之。薰爐含好氣，庭樹吐華滋。漢劉向、李尤俱有《薰爐銘》。古詩：緑葉發華滋。香燒日有歇，花落無還時。

雞鳴高樹顛

《樂府解題》：古辭云：「雞鳴高樹顛，狗吠深宫中。」初言「天下方太平，蕩子何所之」，次言「黄金爲門，白玉爲堂，置酒作倡樂爲樂」，終言「桃傷而李仆」，喻兄弟當相爲表裏。兄弟三人近侍，榮耀道路，與《相逢狹路間行》同。若梁劉孝威《雞鳴篇》，但咏雞而已。又有《雞鳴高樹顛》、《晨雞高樹鳴》，皆出于此。按：相和歌辭相和曲。

碧玉好名倡，夫壻侍中郎。高誘《淮南子注》：陽阿，古之名倡也。桃花全覆井，金門半隱堂。時欣一來下，復比雙鴛鴦。雞鳴天尚一作「上」。早，東烏定未光。《述異記》：東南有桃都山，上有大樹，名曰桃都，枝相去三千里，上有天雞。日初出，照此木，天雞則鳴，天下雞皆從之鳴。

春日

年還樂應滿，春歸思復生。桃含可憐紫，柳發斷腸青。落花隨燕入，遊絲帶蝶驚。邯鄲歌管地，見許欲留情。宋孔欣樂府：邯鄲有名倡，乘間奏新聲。《吴都賦》：歡情留。

秋夜

高秋度幽谷，墜露下芳枝。梁宗夬詩：悠悠結芳枝。**緑潭倒雲氣，青山銜月眉。**宋玉《高唐賦》：其上獨有雲氣。鮑照《翫月詩》：娟娟似蛾眉。**花心風上轉，葉影樹中移。**梁吴均《詣周承不值》詩：蘭心逐風卷。帝《詠籠燈》詩：花心生復落。又《苦熱》詩云：雲斜花影没，日落荷心香。意亦同。**外遊獨千里，夕歎**一作「歡」。**誰共知？**

和湘東王陽雲臺簷柳

曖曖陽雲臺，春柳發新梅。《晏子春秋》：星之昭昭，不如月之曖曖。王逸《楚辭注》：曖曖，昏昧貌。**柳枝無極軟，春風隨意來。潭沲青帷閉，玲瓏朱扇開。**郭璞《江賦》：與波潭沲。善曰：潭沲，隨波之貌。曹植《娱賓賦》：舟帷曄以四張。《月令》：乃修闔扇。《方言》：以竹編門曰扇，木曰闔。魏劉楨《魯都賦》：朱扇含光。**佳人有所望，車聲非是雷。**

聽夜妓

合歡蠲忿葉，萱草忘憂條。何如明月夜，流風拂舞腰。朱脣隨吹動〔一〕，玉釧逐弦搖。留賓惜殘弄〔二〕，負態動餘嬌。

〔一〕「動」，《全梁詩》卷二作「盡」。

〔二〕「殘」，《全梁詩》卷二注：「一作『別』。」

詠内人晝眠

北窗聊就枕，南簷日未斜。沈約《六憶詩》：就枕更須牽。攀鉤落綺障，插捩舉琵琶。夢笑開嬌靨，眠鬟壓落花。伏知道《爲王寛與義安主書》：欣看笑靨。無名氏《歎疆場》：笑靨自然開。簟文一作「紋」。生玉腕，香汗浸紅紗。《東宮舊事》：太子納妃，有鳥韜赤花雙文簟。《子夜秋歌》：香汗光玉色。夫壻恒相伴，莫誤是倡家。

詠《樂府》無「詠」字。中婦織流黄按：相和歌辭清調曲。注見卷五沈約《擬三婦》。翻花滿階砌，愁人獨上機。浮雲西北起，孔雀東南飛。魏文帝《雜詩》：西北有浮雲，亭亭似車蓋。無名氏樂府：孔雀東南飛，五里一徘徊。調絲時遶腕，易鑷乍牽衣。《語林》：劉道真見一老嫗採旅，劉調之曰：「女子何不調機利杼而採旅？」《周禮》：慌氏漚絲以涚水，漚其絲七日，去地尺暴之，晝暴諸日，夜宿諸井，七日七夜，是謂水湅。《西京雜記》：霍光妻遺淳于衍蒲萄錦二十四匹，散花綾二十五匹。綾出鉅鹿陳寶光家，寶光妻傳其法。霍顯，召入其第，使作之。機用一百二十鑷，六十日成一匹，匹直萬錢。古辭《東門行》：兒女牽衣啼。魏文帝詩：妻子牽衣袂。鳴梭逐動釧，紅妝映落暉。

櫂歌行

《古今樂録》：王僧虔《技録》云：《櫂歌行》歌明帝「王者布大化」一篇。或云左延年作，今不歌。梁簡文帝在宫中更製歌，少異此也。《樂府解題》：晉奏明帝辭云「王者布大化」，備言平吴之勳。若晉陸機「遲遲春欲暮」，梁簡文帝「妾住在湘川」，但言乘舟歌櫂而已。按：相和歌辭瑟調曲。五解。

妾家住湘川，菱歌本自便。《湘中記》：湘川清照五六丈，下見底石如樗蒲，五色鮮明。風生解刺浪〔一〕，水深能捉船。葉亂由牽荇，絲飄爲折蓮。謝朓《在郡卧病》詩：秋藕折輕絲。濺妝疑薄汗，霑衣似故湔。浣紗流暫濁，汰錦色還鮮。參同趙飛燕，借問李延年。從來入弦管，誰在櫂歌前〔二〕？

〔一〕「刺浪」，《藝文類聚》卷四十二作「榜浪」。

〔二〕「誰」，《全梁詩》卷一作「詎」。

和人以妾換馬

《樂府解題》：《愛妾換馬》，舊説淮南王所作。疑淮南王，即劉安也。古辭今不傳。李亢《獨異志》：魏曹璋性倜儻，偶逢駿馬，愛之，其主所惜也。璋曰：「予有美妾可換，惟君所選。」馬主因指一妓，璋遂換之。馬號曰白鶻。後因獵獻於文帝。按：雜曲歌辭。《樂府》題作《愛妾換馬》。

功名幸多種，何事苦生離？誰言似白玉，定是媿青驪。枚乘《雜詩》：美者顏如玉。《雜事秘辛》：商女女瑩，築脂刻玉。晉江偉《襄邑令傅渾頌》：乃冰其清，乃玉其白。《爾雅》：青驪驎，驒。注：音陀，今連錢驄。**必取匣中釧，迴作飾金羈。**《説文》：釧，臂環也。古謂之跳脱。**真成恨不已，願得路旁兒。**《藝文類聚》引《風俗通》曰：殺君馬者，路旁兒也。

詠舞

戚里多妖麗，重聘蔑燕一作「秦」。餘。《漢·萬石君傳》：高祖召石奮姊爲美人，徙其家長安中戚里。師古曰：于上有姻戚者，則皆居之，故名其里爲戚里。張衡《七辯》：燕餘材舞。簡文帝《箏賦》云：乃有燕餘麗妾，方桃譬李。逐節工新舞，嬌態似凌虛。何晏《景福殿賦》：赴險凌虛。納花承襵概，垂翠逐璫舒。扇開衫影亂，巾度履行疎。沈約《宋書》：晉初有公莫舞，今之巾舞也。相傳云項莊劍舞，項伯以袖隔之。今之用巾，蓋像項伯衣袖之遺式。徒勞交甫憶，自有專城居。古樂府：四十專城居。

採蓮按：清商曲辭。注見卷六吴均。

晚日照空磯，採蓮承晚暉。《廣韻》：磯，大水激石也。《正字通》：磧也。風起湖難渡，蓮多摘未稀。櫂動芙蓉落，船移白鷺飛。枚乘《七發》：若白鷺之下翔。《爾雅》：鷺，舂鉏。郭璞曰：白鷺也，頭翅背上皆有長翰毛，江東人緝爲接羅，名曰白鷺縗。荷絲傍遶腕，菱角遠牽衣。《埤雅》：菱，白花，紫角，有刺。《武陵記》：兩角曰菱，三角四角曰芰。常聞蕖可愛，採擷欲爲裙。葉滑不留綖，心忙無假薰。屈原《離騷》：製芰荷以爲衣兮，集芙蓉以爲裳。《左傳》：衡紞紘綖。杜預曰：綖，冠上覆者。《博物志》：東方君子國，薰草朝朝華。《漢書》：薰，以香自燒。千春誰與樂，惟有妾隨君。丘遲《芳樹詩》：千春長不移。考「常聞」以下六句，簡文帝《採蓮賦》也，不知何故入此。按：《樂府》作二首，「常聞」以下，爲第二首。

採桑

注見卷四鮑照。按：相和歌辭相和曲。

春色映空來，先發院邊梅〔一〕。細萍重疊長，新花歷亂開。宋辭《華山畿》曰：歷亂傷殺汝。《讀曲歌》曰：莫案石榴花，歷亂聽儂摘。連珂往淇上〔二〕，接幰至叢臺。潘岳《籍田賦》：微風生于輕幰兮。叢臺可憐妾，當窗望飛蝶。忌趺行衫領，熨斗成褫襵〔三〕。《方言》：趺，蹶也。師古曰：足失據也。《説文》：褫，奪衣也。下牀著珠珮，捉鏡安花鑷。孔儒《七别》：紫鑷承鬢而騁暉。《釋名》：鑷，攝也，攝髮也。薄晚畏蠶飢，競採春桑葉。按：《樂府》無上四句。寄語採桑伴，訝今春日短。枝高攀不及，葉細籠難滿。按：「年年」以下十二句，《樂府》不載。年年將使君，歷亂遣相聞。古樂府：使君遣吏往，問此誰家姝？欲知琴裏意，還贈錦中文。何當照梁日，還作入山雲。《漢·五行志》：雲起於山中。重門皆已閉，方知客留袂。可憐黃金絡，復以青絲繫。必也爲人時，誰令畏夫壻？

〔一〕「院」，《文苑英華》卷二一〇八作「水」。

〔二〕「連珂往淇上」，《文苑英華》作「連理傍淇水」。

〔三〕「褫」，《文苑英華》作「裙」。

半路溪

《樂府解題》：《半渡溪》，言戰而半涉溪水見迫，所言皆嶺南地里，與《武溪深》相類。梁元帝又有《半路溪》，則言相逢隔溪，已識行步。辭旨與此全殊。按：雜曲歌辭。《樂府》作元帝詩。

相逢半路溪，隔溪猶不渡。望望判知是，翩翩識行步。摘贈蘭澤芳，欲表同心句。曹植《七啟》：收亂髮兮拂蘭澤。**先持**一作「將」。**動舊情，恐君疑妾妬。**

小垂手

注見上文。按：雜曲歌辭。茂倩《樂府》作吴均詩。

舞女出西秦，躡影舞陽春。嵇康《琴賦》：發西音。善曰：《漢書》有秦倡員。曹植《七啟》：忽躡景而輕騖。**且復小垂手，廣袖拂紅塵。**《西都賦》：紅塵四合。**折腰應兩笛，頓足轉雙巾。**《北堂書鈔》：晉荀勖問列和曰：「若不知律吕之義作樂者，均高下清濁之調，當以何名之？」和曰：「每合樂時，隨歌者清濁聲，假聲濁者，用三尺二笛，因名曰此三尺二調，聲清者用二尺九笛，因名曰此二尺九調，漢魏相傳施行，皆然也。」《晉書》：笛有一定之調，故諸弦歌，皆從爲主。楊惲《報孫會宗書》：頓足起舞。**蛾眉與慢臉**〔一〕，**見此空愁人。**

按：自《美女篇》至《小垂手》十八首，徐刻叙在前。

〔一〕「慢」，《全梁詩》卷一作「曼」，可從。

傷別離

朝望青波道，夜上白登臺。《史記·陳涉世家》：黥布擊秦左右校，破之青波，復以陳爲楚。《漢書音義》：青波，地名也。《匈奴傳》：冒頓縱精兵三十餘萬騎，圍高帝於白登七日。師古曰：白登在平城東南，去平城十餘里。**月中含桂樹，流影自徘徊。**《西京賦》：流景内照。曹植詩：流光正徘徊。**寒沙逐風起，春花犯雪開。**夜長無與悟，衣單爲誰裁？《漢·高帝紀》：大風從西北起，折木，發屋，揚砂石。謝朓《别江水曹詩》：花濃聚如雪。古辭《孤兒行》：夏無單衣。寧戚《飯牛歌》：短布單衣裁至骭。

春夜看妓

蛾眉漸成光，燕姬戲小堂。蛾眉，謂月也。朝舞開春閣，鈴盤出步廊。《雲笈七籤》：左珮玉璫，右腰金鈴。《上林賦》：高廊四注，重坐曲閣。起龍調節奏，卻鳳點笙簧。馬融《長笛賦》：龍鳴水中不見已，截竹吹之聲相似。《樂記》：節奏合以成文。《說文》：笙十三簧，象鳳之身，列管以象鳳翼。樹交臨舞席，荷生夾妓航。竹密無分影，花疎有異香。晉張駿《東門行》：香花揚芬馨。舉杯聊轉笑，歡茲樂未央。

詠風〔一〕

樓上起朝妝，風花下砌傍。庾信《七夕賦》：嫌朝妝之半故。張華《晉白紵舞歌詩》：陽春白日風花香。入鏡先一作「未」。飄粉，翻衫一作「袖」。好染香。度舞飛長袖，傳歌共繞梁。欲因吹少女，還將拂大王。《三國・管輅傳》：輅曰：「今夕當大雨，樹上已有少女微風，若少女反風，其應至矣。」宋玉《風賦》：此所謂大王之雄風也。

〔一〕《全梁詩》卷三注：「《文苑英華》作沈約，今從《藝文類聚》、《初學記》作元帝。」

看摘薔薇

倡女倦春閨，迎風戲玉除。近叢看影密，隔樹望釵疏。横枝斜綰袖，嫩葉下牽裾。牆高舉不及，花新摘未舒。莫疑插鬢少，分人猶有餘。《風土記》：九月九日，折茱萸房以插頭。

洛陽道注見卷六吴均。按：横吹曲辭。《樂府》作元帝詩。

洛陽開大道，城北達城西。青槐隨幔拂，緑柳逐風低。《魏都賦》：羅青槐以蔭塗。謝靈運《應詔》：原隰荑緑柳。玉珂鳴戰馬，金爪鬭塲雞。《左傳》：季、郈之雞鬭，季氏介其雞，郈氏爲之金距，平子怒。桑萎日行暮，多逢秦氏妻。

折楊柳注見上文。按：横吹曲辭。《樂府》作元帝詩。

山高巫峽長〔一〕，垂柳復垂楊。《峽程記》：三峽，即明月峽、巫山峽、廣谿峽。其瞿唐、灩澦、燕子、屏風之類，皆不與三峽之數。同心且同折，故人懷故鄉。山似蓮花豔，流如明月光。《華山記》：

山顛有池，生千葉蓮花，服之羽化，因名華山。寒夜猿聲按：一作「鳴」。徹，遊子淚霑裳。

〔一〕「山高」，《詩紀》卷七〇作「巫山」，可從。

金樂歌

《左傳》：魏絳於是乎始有金石之樂。題義蓋取此。

啼烏怨別偶，曙烏憶離一作「誰」。家。《說文》：曙，旦明也。石闕一作「厥」。題書字，金燈飄落花。《水經注》：華山有漢、魏文帝二廟，廟有石闕數碑，一碑是建安中立，漢鎮遠將軍段煨更修祠堂碑文，漢給事黃門郎張昶造，昶自書之。宋樂府《讀曲歌》：三更書石闕，憶子夜啼碑。東方曉星沒，西山晚一作「落」。日斜。謝朓《京洛夜發》詩：曉星正寥落。曹植《洛神賦》：日既西傾。魏王粲詩：白日半西山。縠衫迴廣袖，團扇掩輕紗。按：古歌：縠衫兩袖裂，花鈿鬢邊低。暫借青驄馬，來送黃牛車。《漢·外戚傳》：史皇孫王夫人，宣帝母也，地節二年，求得外祖母王媼，媼男無故，無故弟武，皆隨使者詣闕，時乘黃牛車，故百姓謂之黃牛媼。晉綠珠《懊儂歌》：黃牛細犢車，遊戲出孟津。

古意

妾在成都縣，願作高唐雲。《漢・地理志》：蜀郡，領成都縣，屬益州。樽中石榴酒，機上葡萄裙。停梭還斂色，何時勸使君？

春日

春還春節美，春日春風過。張協《雜詩》：太昊啟東節，春郊禮青祇。《説苑》：管子曰：「吾不能以春風風人。」春心日日異〔一〕，春情處處多。蕭子範《春望古意》：春情寄楊柳。處處春芳動，日日春禽變。漢王褒《洞簫賦》：春禽群嘻。春意春已繁，春人春不見。不見懷春人，徒望春光新。費昶詩：坐惜春光遲。春愁春自結，春結誰能申。欲道春園趣，復憶春時人。春人竟何在〔二〕？空爽上春期。獨念春花落，還似昔春時〔三〕。

按：自《傷別離》以下九首，徐刻俱作元帝詩，敘在前。

〔一〕「心」，《全梁詩》卷三作「色」。

〔二〕「竟」，《全梁詩》注：「一作『意』。」

〔三〕「似」，《全梁詩》作「以」。

邵陵王

見姬人

春來不復賒，入苑駐行車。比來妝點異，今世撥鬟斜。魏繁欽《弭愁賦》：點圜的之熒熒。卻扇承枝影，舒衫受落花。庾信《爲上黄侯世子與婦書》：分杯帳裏，卻扇妝前。沈約《麗人賦》：落花入領。狂夫不妬妾，隨意晚還家。

按：此卷徐刻作第五卷。又按：宋刻七卷七十五首，此止七十一首，闕昭明太子四首故也。今增二十九首，共一百首。

玉臺新詠箋注卷八

蕭子顯

《梁書》：蕭子顯，字景陽，齊高帝孫。七歲封寧都縣侯。入梁，除黄門郎、兼侍中、國子祭酒。

樂府二首

日出東南隅行注見卷一。按：相和歌辭相和曲。

大明上苕苕，一作「迢迢」。陽城射凌霄。光照窗中婦，絶世同阿嬌。枚乘《雜詩》：盈盈樓上女，皎皎當窗織。李延年歌：北方有佳人，絶世而獨立。明鏡盤龍刻，簪羽鳳凰雕。《晉東宫舊事》：銀華金薄鏡三，銀龍頭受福蓮華鈕鏁自副。逶迤梁家髻，冉弱楚宫腰。成公綏《嘯賦》：或冉弱而柔撓。輕紈雜按：一作「拂」。重錦，薄縠間飛綃。《左傳》：重錦三十兩。注：重錦，錦之細熟者，以二丈雙行，故曰兩，蓋二十匹。司馬相如《子虚賦》：雜纖羅，垂霧縠。張揖曰：縠細如霧，垂以爲裳也。**三六前年暮，四五今年朝。**宋謝靈運《怨曉月賦》：昨三五兮既滿，今二八兮將缺。與此同意。**蠶園拾芳繭，桑陌采柔條。**古樂府：青絲爲籠繩，桂枝爲籠鉤。又：采桑城南隅。魏文帝《柳賦》：柔條婀娜而蛇伸。**出入東城里，上下洛西橋。**《初學記》：洛陽晉魏以前，跨洛有浮橋，洛北富平津，跨河有浮橋，即杜預所建。又有車馬橋。鍾會《懷土賦》：望東城之紆餘。《南齊書》：泰始中，童謡曰：「東城出天子。」**忽逢車馬客**〔一〕，**飛蓋動襜軺。**陸機樂府有《門有車馬客行》。《説文》：襜，衣蔽前。《傅暢故事》：尚書令，軺車、黑耳、後户。**單衣鼠毛織，寶劍羊頭銷。**一作「鞘」。晉束皙《發冢記》：西域有火鼠布。《淮南子》：苗山之鋋，羊頭之銷。許慎曰：銷，生鐵也。高誘曰：羊頭之銷，白羊子刀也。揚雄《方言》：凡箭三鐮，謂之羊頭三鐮。《魏文帝集》：《大牆上蒿行》曰：「苗山之鋋，羊頭之鋼，知名前代。」**丈夫疲應對**〔二〕，**御者輟銜鑣**〔三〕。**柱間徒脉脉，垣上幾翹翹。**枚乘《雜詩》：盈盈一水間，脉脉不得語。《新序》：趙良謂商君曰：「君亡可翹足而待也。」《易通卦驗》：萬人聞雞鳴皆翹首。杜預《左傳》注：翹翹，遠也。**女本西家宿，君自上宫要。**《風俗通》：兩袒：俗説齊人有女，二人求之，東家子醜而富，西家子好而貧。父母疑不能決，問其女，定所欲適，難指斥言者，偏袒令我知之。女便兩袒，怪問其故，云：「欲東家食，西家宿。」此爲兩袒者也。**漢馬三萬匹，夫壻仕嫖姚。**《漢書·地理志》「太原郡」注：有家馬官。臣瓚曰：漢有家馬廄，一廄萬匹，時以邊表有事，故分來在此。家馬，後改曰挏馬。《漢舊儀》：太僕以郎爲范監官，奴婢三萬人，分養馬三十萬頭。《霍去病傳》：去病爲嫖姚校尉。**鞶囊虎頭綬，左珥鳧盧貂。**班固《與竇憲牋》：固於張掖縣，受賜虎頭繡鞶囊一雙。《北堂書鈔》：《曹瞞傳》云：「操佻易，自珮小鞶囊，盛手巾細物。」王隱《晉書》：鄧攸爲淮南太守，夢行水邊，見一女子，猛獸自後斷其鞶帶。占者以爲水邊有女，汝字也。果遷汝陰太守，斷鞶囊者，新獸頭代故獸頭也。不作汝陰，當作汝南也。《南史・何戢傳》：上欲加戢散騎常侍、尚書令。褚彦回曰：「臣與王儉既已左珥，若復加戢，則八座便有三貂。」《説文》：貂，鼠屬，大而黄黑，出胡丁零國。一曰：出東北夷。徐曰：《古今注》：「侍中冠以貂爲飾。」**横吹龍鐘管，奏鼓象牙簫。**劉熙《釋名》：横吹、麾幢，皆大將所有。《晉・樂志》：横吹，有鼓角，又有胡角。《廣韻》：龍鐘，竹名。《廣志》曰：可爲笛。馬融《長笛賦》：惟鐘籠之奇生兮。《尚書》：鼛奏鼓。王褒《洞簫賦》：帶以象牙，掍其會合。注：帶，猶飾也。言以象牙飾其會合之際，言功密也。**十五張内侍，十八賈登朝。**《史記・呂后紀》：留侯子辟彊，爲侍中，年十五。《漢書》：霍光結髮内侍。沈約碑文：辟彊内侍之年。《漢書・賈誼傳》：誼，洛陽人也。年十八，以能誦詩書屬文稱於郡中。文帝以爲博士，是時誼年二十餘，最爲少。班固述曰：「矯矯賈生，弱冠登朝。」**皆笑顔郎老，盡訝董公**按：一作「生」。**超。**《白帖》：漢武帝過郎署，見顔駟厖眉皓髮，問曰：「叟何時爲郎，何其老也？」答曰：「臣文帝時爲郎。文帝好文而臣好武，景帝好美，而臣貌醜，陛下好少而臣已老，是以至老不遇。」《漢・董仲舒傳》：進退容止，非禮不行，學者皆師尊之。馮衍《自陳疏》：乏董生之才。《方言》：超，遠也。

〔一〕「忽」，《藝文類聚》卷四十一、《文苑英華》卷一三九均作「路」。

〔二〕「丈」，《藝文類聚》、《文苑英華》均作「大」。

〔三〕「御」，《藝文類聚》作「從」。

代美女篇 按：雜曲歌辭。注見卷二曹植。

邯鄲蹔輟舞〔一〕，**巴姬請罷弦。** 劉劭《趙都賦》：邯鄲才舞。左思《蜀都賦》：巴姬彈弦，漢女擊節。**佳人淇**按：一作「溱」。**洧上**〔二〕，**豔趙復傾燕。** 枚乘《雜詩》：燕趙多佳人。**繁穠既爲李，照水亦成蓮。**《酉陽雜俎》：南海有睡蓮，夜則花底入水。**朝沽**一作「酤」。**成都酒，暝數河間錢。** 魏文帝《校獵賦》：飛酌清酤。成都酒，用相如事也。**餘光幸未借，蘭膏空自煎。**《戰國策》：甘茂亡秦且之齊，出關遇蘇子，曰：「夫江上之處女，有家貧而無燭者，處女相與語，欲去之。無燭者曰：『妾以無燭，故常先全，掃室布席，何愛于餘明之照四壁者，幸以賜妾。』」《列女傳》：齊女徐吾者，東海上貧婦人。其鄰婦李吾之屬合燭夜績，徐最貧而燭不屬，李吾請無與夜績，徐吾曰：「今一室之中，益一人，燭不爲益明，去一人，燭不爲益闇，何愛東壁餘光。」遂復與夜績。

按：徐刻有蕭子雲、子輝、子範、愨詩四首，今附後。

〔一〕「邯鄲」，《樂府詩集》卷六十三作「章丹」。

〔二〕「淇洧」，《文苑英華》卷一九三作「淇浦」，注曰：「一作『洧上』。」「上」，《樂府詩集》作「出」。

王筠

《梁書》：王筠，字元禮，一字德柔，琅琊臨沂人。太宗即位，爲太子詹事。按：《南史》：筠年十六，爲《芍藥賦》，其辭甚美。沈約見筠，以爲似外祖袁粲。昭明太子愛文學士，嘗與筠及劉孝綽、陸倕、到洽、殷鈞等遊宴玄圃，太子獨執筠袖，撫孝綽肩，曰：「所謂『左挹浮邱袖，右拍洪崖肩。』」其見重如此。

和吴主簿六首

春月一作「日」。二首

日照鴛鴦殿，萍生雁鶩池。《飛燕外傳》：帝居鴛鴦殿。《西京雜記》：梁孝王築兔園，園中有雁池，池間有鶴洲鳧渚。沈約《三月三日詩》：西臨雁鶩陂。**遊塵隨影入，弱柳帶風垂。**晉傅玄《柳賦》：紛猗靡以從風兮，若將往而復旋。**青骹**一作「鶻」。**逐黄口，獨**一作「別」。**鶴慘羈雌。**《西京賦》：青骹摯于韝下。注：青骹，鷹青脛者。古辭《東門行》：下爲黄口小兒。《説苑》：孔子見羅者，其所得者皆黄口也。孔子曰：「黄口盡得，大爵獨不得，何也？」《淮南子》：鷙鳥不搏黄口。枚乘《七發》：獨鵠晨號乎其上。鵠、鶴通用。同衾遠遊説，結愛久生一作「相」。離。《漢書》：上以遷誣罔，欲沮貳師，而爲陵遊説。後漢蔡邕《檢逸賦》：愛獨結而未并。《法苑珠林》：結愛等，亦名染也。於今方溘死，寧須萱草枝？

萶蓅心未發，蘼蕪葉欲齊。《爾雅》：萶蓅草，拔心不死。春蠶方曳緒，新燕正銜泥。《南都賦》：白鶴飛兮繭曳緒。野雉呼雌雊，庭禽挾子棲。魏文帝《短歌行》：翩翩飛鳥，挾子巢棲。從君客梁後，方晝掩春閨。《漢書》：景帝拜枚乘爲弘農尉，乘久爲大國上賓，與英俊並遊，得其所好，不樂郡吏，以病去官，復遊梁。陸機《東門行》：居人掩閨卧。山川隔道里，芳草徒萋萋。

秋夜二首

九重依夜館，四壁慘無暉。《漢·司馬相如傳》：家徒四壁立。招摇顧西落，烏鵲向東飛。流螢漸收火，絡緯欲催機。《白帖》：螢帶火而寒。爾時思錦字，持製行人衣。所望丹心達，嘉客倘能歸。諸葛亮《與李平教》：詳思斯戒，明我丹心。

露華初泥泥，桂枝行一作「方」。棟棟。《詩》：零露泥泥。毛萇曰：泥泥，沾濡也。《埤雅》：棟，謂之綾，言木文如綾也。晉夏侯湛《苦寒謡》：草槭槭以疎葉。殺氣下重軒，輕陰滿按：一作「拂」。四屋。《禮記·月令》：涼風至，殺氣動。别寵增修夜，遠征悲獨宿。嚴忌《哀時命》：愁修夜而宛轉兮。晉夏侯湛《江上泛歌》：悠悠兮遠征。愁縈一作「牽」。翠羽眉，淚滿横波目。長門絶往來，含情空杼軸。

遊望二首

落日照紅妝，挾瑟當窗牖。寧復歌蘼蕪，惟聞歎楊柳。結好在同心，離别由衆口。《左傳》：臧宣叔令修賦繕完，具守備，曰：「齊楚結好。」《莊子》：是以高言不止于衆人之口。鄒陽上書：豈惑于衆口哉！徒設露葵羹，誰酌蘭英酒。枚乘《七發》：蘭英之酒，酌以滌口。會日杳無期，蕣華安得久？枚乘《雜詩》：道路阻且長，會面安可知？蔡琰詩：念别無會期。謝承《後漢書》：汜丹與王奂親善，奂後爲漢陽太守。丹曰：「今子遠適千里，會面無期。」潘岳《朝菌賦序》：朝菌者，時人以爲蕣華，莊生以爲朝菌，其物向晨而結，絶日而隕。

相思不安席，聊至狹邪東。《史記·司馬穰苴傳》：穰苴曰：「君寢不安席，食不甘味。」愁眉做戚里，高髻學城中。漢童謡歌：城中好高髻。雙眉當作「椙」。偏照日，獨蕊好縈風。一作「胸」。《釋名》：椙，眉也。近前若面之有眉也。自陳一作「知」。心所想，按：一作「愛」。獻賦甘泉宫。《西京雜記》：相如將獻賦，未知所爲。夢一黄衣翁謂之曰：「可爲《大人賦》。」遂作《大人賦》，言神仙之事，以獻之，賜錦四匹。傳聞方鼎食，詎憶春閨中？一作「容」。《漢·食貨志》：質氏以洗削而鼎食。

按：徐刻下有《閨情》至《燈檠》詩五首，今附後。

劉孝綽

《梁書》：劉孝綽，字孝綽，彭城人。本名冉。幼聰敏，七歲能屬文，除安西湘東王諮議參軍。按：《南史》：孝綽舅王融每曰：「天下文章，若無我，當歸阿士。」阿士，綽小字也。梁天監初，起家著作佐郎，後爲秘書監。初孝綽居母憂，冬月飲冷水，因得冷癖，以大同五年卒官。

遥見鄰舟主人投一物衆姬爭之有客請余爲詠

河流既浼浼，河鳥復關關。徐陵《報尹義尚書》：白溝浼浼，春流已清。按：浼，音免，水貌。一曰：水流平貌。**落花浮浦出，飛雉渡洲還**〔一〕。**此日倡家女**〔二〕，**競嬌桃李顔。**曹植《雜詩》：南國有佳人，容華若桃李。**良人惜美珥，欲以代芳萱。新縑疑故素，盛趙蔑衰班。**《戰國策》：齊王夫人死，有七孺子者皆近薛公，欲知王所欲立，乃獻七珥，美其一，明日視美珥所在，勸王立以爲夫人。按：趙，謂趙飛燕。班，謂班婕妤。注已見。**曳綃事掩縠**〔三〕，**摇珮奪鳴環**〔四〕。**客心空振蕩，高**

按：一作「喬」。**枝不可攀。**宋玉《九辯》：心怵惕而震盪兮。曹植《洛神賦》：心振蕩而不怡。

〔一〕「渡洲」，趙氏覆宋本作「度州」。

〔二〕「此」，《藝文類聚》卷十八作「是」。

〔三〕「事」，《藝文類聚》作「爭」。

〔四〕「奪」，《藝文類聚》作「奮」。

淇上一有「人」字。戲蕩子婦示行事一首一無「示行事」。

桑中始奕奕，淇上未湯湯。美人要雜珮，上客誘按：一作「繡」。**明璫。**雜珮，見《詩》。《洛神賦》：獻江南之明璫。**日闇人聲靜，微步出蘭房。**《禮記》：夏后氏祭其闇。又：歌者在上，匏竹在下，貴人聲也。**露葵不待勸，鳴琴無暇張。**相如《美人賦》：遂設旨酒，薦鳴琴。**翠釵挂已落，羅衣拂更香。如何嫁蕩子，春夜守空牀？不見青絲騎**〔一〕**，徒勞紅粉妝。**

〔一〕「不」，《藝文類聚》卷十八作「未」。

賦詠得照棋燭刻五分成〔一〕

《白帖》：後魏甄琛弈棋，令蒼頭執燭，睡加杖，奴曰：「郎君若爲讀書，不敢辭。」又：蕭文琰、邱令楷、江拱，並以文稱，竟陵王夜集賦詩，約四韻，刻燭一寸。

南皮弦吹一作「初」。罷，終弈且留賓。魏文帝《與吴質書》：每念昔日南皮之遊，誠不可忘，既妙思六經，逍遥百氏，彈棋間設，終以六博。日下房櫳閣，一作「閉」。華燭命佳人。側光全照局，一作「扃」。迴花半隱身。《説文》：棋局爲枰。《藝文類聚》：王中郎以圍棋是坐隱，支公以爲手談。不辭纖手卷〔二〕，羞令夜向晨。夜向晨，見《毛詩》。

〔一〕《初學記》卷二十五作《賦照棋燭詩》。

〔二〕「卷」，《初學記》作「倦」。

夜聽妓賦得烏夜啼

注見卷七皇太子《詠舞》。按：清商曲辭西曲歌。

鵾弦一作「雞」。且輟弄，鶴操暫停徽。按：一作「揮」。《古調和歌》：有鵾雞之曲。嵇康《琴賦》：鵾雞游弦。吕延濟曰：並曲名。繁欽《與魏文帝牋》：餘弄未盡。詳見卷七皇太子。別有啼烏曲，東西相背按：一作「各自」。飛。倡人怨獨守，蕩子遊一作「殊」。未歸〔一〕。若逢一作「忽聞」。生離曲，一作「唱」。長夜泣羅衣〔二〕。《洛神賦》：抗羅袂以掩涕兮，淚流襟之浪浪。

〔一〕「遊」，《藝文類聚》卷四十二作「猶」。

〔二〕「長」，《藝文類聚》作「中」。

賦得遺所思

《楚辭》：折芳馨兮遺所思。按：梁雜曲歌辭。

遺簪雕瑇瑁，贈綺織鴛鴦。未一作「木」。若華滋樹，交枝蕩子房。别前秋已落，别後春更芳。宋玉《九辯》：枝煩挐而交横。又：悲哉秋之爲氣也，蕭瑟兮草木摇落而變衰。所思不可寄，惟憐盈袖香。

按：徐刻下有《贈美人》至《三婦豔》詩五首，劉孝儀《閨怨》一首，今附後。

劉遵

《梁書》：劉遵，字孝陵，清雅有學行，遷晉安王宣惠雲麾二府記室。王立爲皇太子，仍除中庶子，王後爲雍州，復引爲安北諮議參軍，帶郯縣令。按：遵與孝綽爲從兄。

繁華應令

凡應皇帝曰應詔，皇太子曰應令，諸王公曰應教。

可憐周小童，微笑摘蘭叢。周小童，即周小史也。**鮮膚勝**按：一作「如」。**粉白，慢臉若桃紅。挾彈雕陵下，垂釣**一作「鉤」。**蓮葉東。**《莊子》：莊周遊雕陵之樊，睹一異鵲自南來，翼廣七尺，目大運寸，感周之顙而集于栗林，周執彈而留之。**腕動飄香麝，衣輕任好風。幸承拂枕**一作「枕席」。**選，得奉畫堂中。**《漢·成帝紀》：元帝在太子宮生甲觀畫堂。**金屏障翠被，**一作「翡翠」。**藍帊覆薰籠。**《通俗文》：帛三幅曰帊。《北堂書鈔》：皇太子納妃，有絳綾裹帊五。《神仙傳》：王遥，字伯遼，能治病，但以八尺布帊，敷坐放地下，不飲不食，須臾病愈便起。《藝文類聚》：《方言》曰：「南楚江沔之間籠謂之篣，或謂之筊。陳楚宋魏之間謂之庸君，今薰籠是也。」劉向《别録》：淮南王有《薰籠賦》。本欲一作「知」。**傷輕薄，含辭羞自通。**張華樂府有《輕薄篇》。**剪袖恩雖重，殘桃愛未終。**《韓子·説難》云：與君遊果園，彌子食桃而甘，不盡而奉君。君曰：「愛我。」曰：「忘其口而啗我。」及彌子色衰而愛弛，君曰：「是常食我以其餘桃。」**蛾眉詎須嫉，新妝遞**一作「迎」。**入宮**〔一〕。鄒陽上書：女無賢不肖，入宮見妬。

〔一〕「妝遞」，《藝文類聚》卷三十三作「姬近」。

從頓還一作「還頓」。城應令

漢水深難渡，深潭見底清。《郡縣志》：漢水經南鄭縣，去縣一百步。《水經注》：大江出岷山東南，在蜀郡氏道縣。《抱朴子》：扶南金鋼生于百丈水底。陶弘景《答謝中書書》：清流見底。**錦笮繫鳧舸，珠竿懸翠旍。**《漢・武帝紀》注：西南夷尋笮以渡水，因號邛笮。今益州橋以竹索爲之，曰繩橋。李膺《笮橋贊》：飛絙杙閣，其名曰笮。人懸半空，度彼絶壑。庾闡《揚都賦》：晨鳧之舸。《方言》：南楚江湘，凡船大者謂之舸。揚雄《羽獵賦》：靡日月之朱竿。《楚辭》：孔蓋兮翠旍。**鳴笳芳樹曲，流唱采蓮聲。**魏文帝《與吴質書》：從者鳴笳以啟路。《水經注》：梁王廣，睢陽城七十里，大治宫觀、臺苑、屏榭，役夫流唱必曰「睢陽」，創傳由此始也。**神遊不停駕，日暮反連營。**馮衍《説鄧禹書》：誠少遊神乎經書之林。晉康帝《哀策文》：神遊精爽。《魏志》：備與權戰，樹栅連營七百餘里。**寧顧空房裏，階上**一作「下」。**緑苔生。**

按：徐刻下有《詠舞》一首，今附後。

王訓

《梁書》：王訓，字懷範，幼聰警有識量，文章爲後進領袖，官至侍中。

奉和率爾有詠

殿内多仙女，從來難比方。《十洲記》：青丘山上有紫宫，天真仙女多遊于此。張伯英《與朱賜書》：

上比崔杜不足，下方羅趙有餘。別有當窗豔，復是可憐妝。學舞勝一作「腰」。飛燕，染粉薄南陽。《荆州記》：范陽縣有粉水，取其水以爲粉，今謂之粉口。江淹《扇上綵畫賦》：粉則南陽鉛澤，墨則上黨松心。散黄分黛色，薰衣雜棗香。《宋書》：范曄《和香方序》：棗膏昏鈍。簡釵新輾翠，試履逆填一作「送垣」。牆。《西京賦》：當足見輾。注：足所蹈爲輾。輾，與碾同。一朝恃容色，非復守空房。君恩若可恃，願作雙鴛鴦。

按：徐刻下有《詠舞》一首，今附後。

庾肩吾

《梁書》：肩吾，字子慎，南陽新野人。歷度支尚書，散騎常侍，中書令。按：《南史》：肩吾八歲能賦詩，爲兄於陵所友愛。初爲晉安王國常侍，與劉孝威、江伯摇等十人，號爲高齋學士。

詠得有所思

按：鼓吹曲辭。一作《有所思行》。注見卷五沈約。

佳期竟按：《樂府》作「杳」。不歸，春物按：《樂府》作「日」。坐芳菲。拂匣看離扇，開箱見別衣。井桐按：《樂府》作「梧」。生未合，宫槐卷復稀。《爾雅》：守宫槐葉晝聶宵炕。郭璞曰：「槐葉晝日聶合而夜炕布者，名爲守宫槐。」不及銜泥燕，從來相逐飛。

按：徐刻諸詩叙次互異。又有《有所思行》至《七夕》詩六首，今附後。

詠美人自一作「日」。看畫應令〔一〕一無「應令」。

欲知畫能巧，喚取真來映。並一作「花」。**出似分身，相看如照**一作「對」。**鏡。**梁陸倕《誌法師墓誌銘》：一時之中，分身數處。**安釵等疏密，著領俱周正。**子慎《賦得池萍》云：浪起時疎密。**不解平城圍，誰與丹青競？**《藝文類聚》引《漢書》曰：上至平城，爲匈奴所圍，七日乏食。陳平使畫工圖美女，間遣人遺閼氏，云：「漢有美女，姿質若是，將欲獻單于。」閼氏以爲然，從容言于單于，乃始得出。《揚子》：炳若丹青。《漢書贊》曰：丹青所畫。

〔一〕「自」，衍字。

賦得橫吹曲長安道注見卷六吴均。

桂宮連按：一作「橫」，又《樂府》作「延」。**複**一作「復」。**道，黄山開廣路。**《西京雜記》：武帝爲七寶牀、雜寶案、厠寶屏風、列寶帳，設于桂宮，時人謂之四寶宮。《漢書・高帝紀》：從複道上，望見諸將。《地理志》：右扶風槐里。注：有黄山宫，孝惠二年起。劉楨詩：廣路揚清塵。**遠聽平陵鐘，遙識新豐**

樹。古歌：平陵東，松栢桐，不知何人刼義公。《漢・地理志》：右扶風，領平陵縣。注：昭帝置。《漢舊儀》：高祖廟鐘十枚，各受十石，撞之聲聞百里。《西京雜記》：太上皇平生所好，皆屠販少年，沽酒、賣餅、鬬雞、蹴踘。高祖乃作新豐，移諸故人居之。**合殿生光彩，**一作「未光」。**離宫起煙霧。**《南史・宋文帝紀》：帝崩于合殿。《宋書・元凶劭傳》：張超聞兵入，逆走至合殿故基。《西都賦》：離宫別館，三十六所。**日落歌吹還，塵飛車馬度。**

南苑還看人

按：一作「看人還」。

《宋・明帝紀》：常以南苑借張永。按此，則自宋以後，遂爲都人遊集之所矣。

春花競玉顔，俱折復俱攀。細腰宜窄衣，長釵巧挾鬟〔一〕。《廣韻》：窄，狹窄也。**洛橋初度燭，青門欲上關。**《三輔黄圖》：長安城東出南頭第一門，曰霸城門。民見門色青，名曰青城門。或曰青門。按：肩吾有《謝賜宅啟》云：卻瞻鍾阜，前枕洛橋。**中人應有望，上客莫前還。**

〔一〕「挾」，《藝文類聚》卷十八作「扶」。

送別於建興苑相逢

建興苑，注見下文紀少瑜。

相逢小苑北，停車問苑中。《漢・蕭望之傳》：署小苑東門候。**梅新雜柳故，粉白映綸**一作「輪」。

紅。去影背斜日，香衣臨上風。按：潘岳《射雉賦》：忌上風之餮切。雲流階漸黑，冰開池半通。《漢書》：凡望雲氣，渤碣海岱之間氣皆黑。去馬一作「鳥」。船難駐，一作「歸」。啼烏曲未終。眷然從此别，車西馬復東。《莊子》：雲者風起北方，一西一東，孰居無事而披拂是。

和湘東王二首

應令春宵

征人别未一作「來」。久，年芳復臨牖。沈約《卒爾成篇》：年芳具在斯。燭下夜縫衣，春寒偏著手。《晉書》：杜預曰：「無復著手處也。」願及歸飛雁，因書寄高柳。

應令一無「應令」。冬曉按：屠本無此首。

鄰雞聲已傳，愁人竟不眠。月光侵曙後，霜明落曉前。縈鬟起照鏡，誰忍插一作「整」。花鈿〔一〕？

按：徐刻下有庾成師詩一首，今附後。

〔一〕「插」，《藝文類聚》卷三十二作「槧」。

劉孝威

《梁書》：劉潛第六弟孝威，初爲晉安王主簿，累遷中庶子，兼通事舍人。按：孝威詩，徐刻叙在孝綽詩後。

侍宴賦得龍沙宵月明

按：《後漢・班超傳贊》：坦步葱雪，咫尺龍沙。注：葱嶺、雪山、龍堆、沙漠也。

鵲飛空繞樹，月一作「丹」。輪殊未圓。按：一作「團」。嫦娥望不出，桂枝猶隱殘。落照移樓影，浮光動塹瀾。《廣韻》：塹，遶城水也。櫪馬悲羌一作「笳」。吹，城烏啼塞寒。《漢・梅福傳》：伏櫪千駟。《續漢書》：桓帝時，童謠云：「城上烏，尾畢逋，一年生雛。」傳聞機杼妾，愁余衣服單。當秋一作「愁」。終已脆，銜啼織復難。「終」作「絲」是。皇太子《妾薄命篇》：縫針脆故絲。可證。斂眉雖不樂，舞劍强爲歡。《漢・樊噲傳》：亞父令項莊拔劍舞坐中。《老子》：吾强爲之名。請謝函關吏，行當泥一作「封」。一丸。

奉和一無「和」字。湘東王應令冬曉

妾家邊洛城，慣識曉鐘聲。崔元始《政論》：永寧詔曰：「鐘鳴漏盡，洛陽中不得有行者。」**鐘聲猶未盡，**一作「絶」。**漢使報應行。**《漢・西域傳》：令其兵遮漢使。**天寒硯水**一作「冰」。**凍，心悲書不成。**崔寔《四民月令》：十一月硯凍，童讀《孝經》、《論語》。

按：徐刻下有《奉和逐涼詩》一首，今附後。

鄀一作「郄」。縣遇見人織率爾寄婦一作「成詠」。

按：《左傳》僖二十五年，秦晉伐鄀。注：秦楚界上小國，其後遷于南郡鄀縣，遂爲楚邑。《史記・吴世家》：楚恐而去郢遷鄀。音若，國名。

妖姬含怨情，織素起秋聲。王融《極大慚媿篇頌》：酌酒弄妖姬。**度梭環玉動，踏躡珮珠鳴。**一作「明」。《西京雜記》：五絲爲躡，倍躡爲升，倍升爲絨，倍絨爲紀，倍紀爲緵，倍緵爲襚。**經稀**一作「移」。**疑杼澀，緯斷恨絲輕。**《正字通》：凡織縱曰經，横曰緯。**蒲萄始欲罷，鴛鴦猶未成。雲棟共徘徊，紗窗相向開。**郭璞《遊仙詩》：雲生梁棟間。庾信《蕩子賦》：紗窗獨掩，羅帳長垂。**窗疏眉語度，紗輕眼笑來。**龍輔《女紅餘志》：寵姐每嬌眼一轉，憲則知其意，宮中謂之眼語。又能作眉言。憲，寧王也。蓋本此。眉語，眼笑意。《山堂肆考》：婦人以眉嫵媚人曰眉語，目轉含語而不言曰眼語。曨曨一作「籠籠」。隔淺紗，的的見妝按：一作「莊」。華。鏤玉同心藕，一作「帶」。列寶連枝花〔一〕。《獨曲歌》：思歡久，不愛獨枝蓮，只惜同心藕。《北堂書鈔》：憑虛子《贈婦書》：「合服同心釵。」《西京雜記》：樂遊苑自生玫瑰樹，樹下有苜蓿，一名懷風。時人或謂之光風，風在其間，常蕭蕭然，日照其花，有光彩，故名。苜蓿爲懷風，茂陵人謂之連枝草。紅衫向後結〔二〕，金簪臨鬢斜。機頂掛流蘇，機旁垂結珠。青絲引伏兔，黄金繞鹿盧。一作「轆轤」。王逸《機賦》：兔耳跧伏，若安若危。又：鹿盧並起，纖繳俱垂。鄭玄《周禮注》：當兔即伏兔，謂輿下之貫軸者也。似人屐，伏兔在輔上似之。黶彩裾邊出，芳脂口上渝。王褒《責髯奴文》：潤之以芳脂。百城交問道〔三〕，五馬共峙𡾰。曹植《贈王粲詩》：壯哉帝王居，佳麗殊百城。古辭《有所思》：何用問遺君，雙珠玳瑁簪，用玉紹繚之。直爲閨中人，守故不要新。夢啼漬花枕，覺淚濕羅巾。張敞《東宮舊事》：皇太子納妃，有大漆枕、銀花鐶鈕百副。又《魏略》：大秦國出五花枕。獨眠真自難，重衾猶覺寒。《讀曲歌》：獨眠度三陽。張華《雜詩》：重衾無暖氣。愈憶凝脂暖，一作「緩」。彌想橫陳懽。行驅金絡騎，歸就城南一作「南城」。端。古樂府：黄金絡馬頭。城南稍有期，想子亦勞思。曹植《與楊德祖書》：數日不見，思子爲勞。羅襦一作「衣」。久應罷，花釵堪更治。新妝莫點黛，余還自畫眉。《樂苑》：《黄門倡歌》：「點黛方初月。」

按：徐刻下有《苦辛篇》、《怨詩》二首，今附後。

〔一〕「列」，《藝文類聚》卷六十五作「雜」。

〔二〕「衫」，《藝文類聚》作「巾」。

〔三〕「道」，《藝文類聚》作「遺」，可從。

徐君倩〔一〕

君倩，字懷簡，東海郯人。爲湘東王諮議參軍。按：《南史》：君倩，孝嗣孫。幼聰朗好學，尤長丁部書，問無不對。善弦歌，頗好聲色。時襄陽魚宏亦以豪侈稱，丁是府中謠曰：「北路魚，南路徐。」文冠一府，特有輕豔之才，新聲巧變，人多諷習，竟卒于官。

共内人夜坐守歲 一作劉孝威。

歡多情未極，賞至莫停杯。酒中挑喜一作「喜桃」。子，粽裏覓楊梅。曹植令：惡禽鳥得蟢者，莫不馴而放之，爲利人也。《樂苑》：《月節折楊柳歌》：「作得九子糉，相思勞攡手。」《臨海異物志》：楊梅，其子大如彈丸，正赤，五月中熟，熟時似梅，其味甜酸。簾開風入帳，燭盡炭成灰。勿疑鬢釵重，爲待曉光來。一作「催」。《拾遺記》：魏文帝納薛靈芸，有獻火珠龍鸞釵，帝曰：「珠翠尚不能勝，況龍鸞之重乎！」

〔二〕「倩」，《南史》、趙氏覆宋本、《玉臺新詠考異》均作「蒨」。

初春携内人行戲

梳飾多今世，衣著一時新。《子夜秋歌》：蘭房競妝飾。草短猶通屧，梅香漸著人。樹斜牽錦帔，風横入紅綸。一作「輪」。《廣韻》：衣帔。《玉篇》：在肩背也。滿酌蘭英酒，對此得娱神。潘岳《西征賦》：縱聲樂以娱神。

鮑泉

《梁書》：鮑泉，字潤岳，東海人。郢州平，元帝以長子方諸爲刺史，泉爲長史，行州府事。按：徐刻泉有《和春日》、《詠薔薇》、《寒閨詩》三首，今附後。

南苑看遊者

洛陽小苑地，車馬盛經過。緣溝駐行幰，傍柳轉鳴珂。《爾雅》：水注谷曰溝。《儀制》：令諸車，一品，青油纁通幰朱裏，朱絲絡網。三品以上，青通幰朱裏。五品以上，青偏幰碧裏。六品以下，皆不得用幰。**履高含**一作「全」。**響珮**〔一〕，**襪輕半隱羅。浮雲無處所，何用轉横波。**《廣雅》：八月浮雲不歸。宋玉《高唐賦》：雲無處所。

〔一〕「含」，五雲溪館本作「令」。

落日看還

妖姬競早春，上苑逐名辰。一作「晨」。《漢·地理志》「鄠」注：酆水、潏水皆北過上林苑入渭。庾肩吾《九日侍宴詩》：迴鑾上苑中。**苔輕變水色，霞濃掩日輪。**《列子》：日初出大如車輪。**雕甍斜落影，畫扇拂遊塵。**杜預《左傳》注：甍，屋棟也。曹毘《扇讚序》：會稽王仲祖畫扇，爲郭文舉見，命爲讚。**衣香遥已度，衫紅遠更新。誰家蕩舟妾？何處織縑人？**

劉緩

《南史·文學傳》：劉緩，字含度，爲湘東王中録事。緩清虚遠有氣調，風流迭宕，名高一時。按：緩，劉昭子。嘗云：「不須名位，所須衣食。不用身後之譽，惟重目前知見。」

敬酬劉長史詠名士悦傾城

《梁書》：劉之遴，字思貞，南陽涅陽人也。轉爲西中郎，湘東王長史，南郡太守如故。又：之亨，字嘉會，之遴弟也。代兄之遴爲安西湘東王長史，南郡太守，卒于官。未詳孰是。按：梁雜曲歌辭。

注見卷七。

不信巫山女，不信洛川神。何關别有物，還是傾城人。經共陳王戲，曾與宋家鄰。 魏陳思王植《遠遊篇》：玉女戲其阿。**未嫁先名玉，來時本姓秦。** 干寶《搜神記》：吴王夫差小女名玉，悦童子韓重，欲嫁之，不得，乃結氣而死。重遊學歸，往弔之，玉形見于墓側，顧重，延頸而歌云云。**粉光猶似**一作「自」。**面，朱色不勝脣。** 左思《嬌女詩》：濃朱點絳脣。**遥見疑花發，聞香知異春。釵長逐鬟髮，**一作「鬢」。**袜小稱腰身。**《升菴詩話》：袜，女人脇衣也。隋煬帝詩：錦袖淮南舞，寶袜楚宫腰。盧照鄰詩「倡家寶袜蛟龍被」是也。或謂起自楊妃，出于小説，僞書不可信也。崔豹《古今注》謂之腰綵，注引《左傳》「袓服，謂日日近身衣也」，是春秋之世已有之，豈始于唐乎？沈約詩：領上蒲桃繡，腰中合歡綺。謝偃詩：細風吹寶袜，輕露濕紅紗。袜爲女人脇衣。崔豹《古今注》謂之腰綵，今吴人謂之袜胸。鮑照《學古》：閑麗美腰身。按：《儀禮》：少牢，饋食禮，主婦被裼。注：被裼，讀爲髲鬄，古者或剔賤者、刑者之髮，以被婦人之紒爲飾，因名髲鬄焉。又：《博雅》：髲謂之髮。夜夜言嬌盡，日日一作「朝朝」。態還新。工一作「巳」。傾荀奉倩，能迷石季倫。《魏志·荀彧傳》注：何劭爲粲傳曰：「粲，字奉倩，粲常以婦人者才智不足論，自宜以色爲主。驃騎將軍曹洪女有美色，粲于是聘焉。容服帷帳甚麗，專房懽宴。」上客徒留目，不見正橫陳。《南史·柳惔傳》：惔因得留目。

雜詠和湘東王三首

寒閨一作「冬宵」。

別後春池異，荷盡欲生冰。箱中剪刀冷，臺上面脂凝。龍輔《女紅餘志》：潘炕姬解愁，有雙龍奪珠之剪。《南史·范雲傳》：江祐求雲女婚姻，酒酣，取巾箱中剪刀與雲，曰：「且以爲聘。」蔡邕《女誡》：傅脂則思其心之和。纖腰轉無力，寒衣恐不勝。

秋夜

樓上起秋風，絶望秋閨中。燭溜花行滿，香燃一作「燈」。奩一作「奩」。欲空。《廣韻》：溜，力救切，水溜也。《子夜歌》：自從別歡來，奩器了不開。按：《列女傳》：置鏡奩中。《急就篇》注：奩，盛鏡之器，若今鏡匣也。《廣韻》：與匳同，盛香器。徒交一作「教」。兩行淚，俱浮妝上紅。

冬宵一作「寒閨」。

不堪寒夜久，夜夜守空牀。衣裾逐坐襵，釵影近燈長。無憐四幅錦，何須辟惡香？《東宮舊事》：太子納妃，有絳羅四、幅被四。

鄧鏗

《梁書·鄧元起傳》：元起，南郡當陽人。天監初，封當陽縣侯，於獄自縊，有司追劾，削爵土，詔減邑之半，乃更封松滋縣侯，子鏗嗣。按：徐刻又有《閨中月夜》詩，今附後。

和陰梁州雜怨一作劉緩。

《梁書》：陰子春，字幼文，武威姑臧人也。父智興與高祖隣居，少相友善，及高祖踐阼，官至梁秦二州刺史。子春普泰中遷梁秦二州刺史，太建二年卒。按：雜曲歌辭。《藝文》、《樂府》俱作《閨怨》。

別離雖未久，遂如長別離。按：一作「暫別猶添恨，何忍別經時」。**叢桂頻銷葉，庭樹幾攀枝。**晉庾闡《揚都賦》：林鬱八桂之叢。劉緩《奉和納涼詩》：神飈起桂叢。劉安《招隱士》：桂樹叢生兮山之幽。枚乘《雜詩》：庭中有奇樹。**君言妾貌改，**《漢・杜欽傳》：婦人四十，容貌改前。**妾畏君心移。終須一相見，併得兩相知**〔一〕。

〔一〕「相」，《藝文類聚》卷三十二作「心」。

奉和夜聽妓聲

燭華似明月，鬟影勝飛橋。梁元帝《對燭賦》：燭燼落，燭花明。按：《水經注》：義熙中，乞佛于河上，作飛橋五十丈。又：徐陵詩：架嶺承金闕，飛橋對石梁。**妓兒齊鄭舞，**一作「樂」。**爭妍學楚腰。**《說文》：妓，婦人小物也。徐曰：物，猶言人物也。陸機《弔魏武帝文》又曰：吾婕妤妓人，皆著銅爵臺。張衡《南都賦》：坐南歌兮齊鄭舞。《洛陽伽藍記》：尚書右丞甄琛曰：「吳人浮水自云工，妓兒擲繩在虛空。」**新歌自作曲，舊瑟不須調。衆中俱不笑，座上莫相撩。**《通俗文》：理亂謂之撩理。又：撩罟攏取物爲撩。又：挑弄。

按：徐刻下有陰鏗詩五首，今附後。

甄固

奉和世子春情一首按：簡文有《春情曲》一首。

昨晚褰簾望，初逢雙燕歸。今朝見桃李，不啻數花飛。已愁春欲度〔一〕，無復寄芳菲。

〔一〕「已」，孟本作「含」。

庾信

《周書》：庾信，字子山，南陽新野人，領建康令。元帝承制，除御史中丞。及即位，加散騎常侍。聘西魏，遂留長安。孝閔帝踐祚，歷官開府儀同三司。按：信父肩吾，時爲梁太子中庶子，掌管記。東海徐摛爲左衛率，摛子陵及信，並爲抄撰學士，世號爲「徐庾」。又按：徐刻信詩，列在陸罩詩後。又有《昭君詞》以下六首，今附後。

奉一無「奉」字。和詠舞

原注：梁簡文帝有《詠舞詩》二首。今並見卷七。

洞房花燭明，燕餘雙舞輕。頓履隨疎節，低鬟逐上聲。顧野王《舞賦》：頓珠履於瓊筵。傅毅《舞賦》：兀動赴節，指顧應聲。徐陵《詠舞詩》：低鬟向綺席。《古今樂録》有《上聲歌》。半本集作「步」。**轉行初進，衫飄曲未成**〔一〕。**鸞迴鏡欲滿**〔二〕，**鵠**本集作「鶴」。一作「雀」。**顧市應傾。**《吴越春秋》：吴王闔閭葬女于閶門外，舞白鶴于吴市，萬人隨觀，遂使男女與鶴俱入墓門。**已曾天上學，詎似**本集作「是」。**世中生？**《晉・賈后傳》：小吏云：「忽見樓闕好屋，問此是何處？云是天上。」

〔一〕「衫飄」，趙氏覆宋本作「飄衫」。

〔二〕「鸞迴」，趙氏覆宋本作「回鸞」。

七夕 此詩本集無，徐刻亦不載。

牽牛遥映水，織女正登車。星橋通漢使，機石逐仙槎。《荊楚歲時記》：漢武帝令張騫使大夏，尋河源，乘槎經月，而至一處，見一女織，一丈夫牽牛飲河渚。織女取楮機石與騫而還，後爲東方朔所識。又按：《續齊諧記》：桂陽成武丁有仙道，謂其弟曰：「七月七日，織女當渡河，暫詣牽牛。」**隔河相望近，經秋離別賒。愁將今夕恨，復著明年花。**

仰和何僕射還宅懷故

紫一作「內」。閣旦一作「早」。朝罷，中臺文按：本集作「夕」。奏稀。晉陸雲《喜霽賦》：曜六龍于紫閣。無復千金笑，徒勞五日歸。步檐朝未掃，蘭房晝掩扉。苔生理曲處，網積迴文機。漢枚乘《雜詩》：被服羅裳衣，當户理清曲。故瑟餘弦斷，歌梁秋燕飛。朝雲雖可望，夜帳定難依。願憑甘露入，方假慧燈輝。《智度論》：一切衆生，甘露門開，如何不出。《華嚴經》：爲燃智慧燈，善目于此深觀察。又：放光明，名慧燈。按：《國語》：火無炎曰輝。寧知洛城晚，還淚獨霑衣。謝朓《贈王主簿詩》：徘徊憐日暮，惟有洛城隅。按：子山詩，只取三首。

劉邈

劉邈，彭城人。曾爲侯景所得，攻臺城不克，邈勸景乞和全師，景然之。

萬山見采桑人〔一〕

倡妾不勝愁，結束下青樓。枚乘《雜詩》：昔爲倡家女。又：何爲自結束。逐伴西蠶一作「城」。路，相攜東一作「南」。陌頭。《長箋》：伴侣當從扶。屈原《九章》：又何以爲此伴也。《隋・禮志》：

吴韋昭製《西蠶頌》，則孫氏亦有其禮。晉元康儀皇后採桑壇，在蠶宮西。《宋・孝武帝紀》：立皇后蠶宫于西郊。古辭：莫愁十三能織錦，十四採桑南陌頭。**葉盡時移樹，枝高乍**一作「下」。**易鈎。絲繩挂且脱**〔二〕，**金籠寫復收。**古樂府：青絲爲籠繩。龍輔《女紅餘志》：青琴採桑，攜金籠玉鉤。**蠶飢日已暮**〔三〕，**詎爲使君留**〔四〕？古樂府：使君一何愚！使君自有婦，羅敷自有夫。

〔一〕「采桑」，《樂府詩集》卷二十八作《採桑》。
〔二〕「挂」，《樂府詩集》作「提」。
〔三〕「已」，《樂府詩集》作「欲」。
〔四〕「詎」，《樂府詩集》作「誰」。

見人織聊爲之詠〔一〕

纖纖運玉指，脉脉正蛾眉。振躡開交縷，停梭續斷絲。簷花照初月〔二〕，**洞户未垂**一作「垂朱」。**帷。**虞茂《白紵歌》：雕軒洞户青蘋吹。蓋本此。**弄機行掩淚，翻令織素遲**〔三〕。

〔一〕《藝文類聚》卷六十五作徐陵詩，題爲《咏織婦》。
〔二〕「簷花照初月」，《藝文類聚》作「檐前初月照」。
〔三〕「翻」，《藝文類聚》作「彌」。

秋閨

螢飛綺窗外，妾思霍將軍。《琴操》：《霍將軍渡河操》，去病所作也。燈前量獸錦，簷下織花紋。唐避諱，改虎作獸。《正字通》：凡錦綺黼繡之文皆曰紋。《廣韻》：紋，綾也。墜露如輕雨，長河似薄雲。秋還百種一作「種」。事，衣成未暇薰。張衡《南都賦》：百種千名。

鼓吹曲　折楊柳按：橫吹曲辭。注見卷七皇太子。

高樓十載別，楊柳擢絲枝。摘葉驚開駛，攀條按：一作「枝」。恨久按：一作「別」。離。年年阻音信，按：《樂府》作「息」。月月減容儀。春來誰不望，按：一作「思」。相思君自知。

紀少瑜

《南史》：紀少瑜，字幼瑒，秣陵人，爲晉安國中尉。大同七年，升爲東宫學士，復除武陵王記室參軍，卒。按：少瑜早孤，幼有志節，嘗慕王安期之爲人。年十三能屬文，初爲《京華樂》，王僧孺見而賞之，曰：「此子才藻新拔，方有高名。」

建興苑

《梁書・蕭景傳》：出爲郢州刺史，將發，高祖幸建興苑餞別。《武帝紀》：天監四年，立建興苑於秣陵建興里。按：梁雜曲歌辭。

丹陵抱天邑，紫淵一作「苑」。**更上林。**《帝王世紀》：堯母慶都孕十四月而生堯于丹陵。晉劉琨《勸進表》：陵虐天邑。司馬《上林賦》：紫淵徑其北。注：河南穀羅縣有紫澤。**銀臺懸百仞，玉樹起千尋。**孔安國《尚書傳》：八尺曰仞。《漢武故事》：上起神屋，前庭植玉樹，以珊瑚爲枝，碧玉爲葉，花子青色，以珠玉爲之，空其中，如小鈴鎗鎗有聲。《吴都賦》：櫂本千尋。**水流冠蓋影，風揚歌吹音。峙㟪憐拾翠，顧步惜遺簪。**陸機樂府：顧步咸可歡。**日落庭花**一作「光」。**轉，方幰**一作「幔」。**屢移陰。終**一作「願」。**言樂未極，不道愛黄金。**《燕丹子》：荆軻之燕太子東宮，臨池而觀。軻拾瓦投鼃，太子令人捧盤金，軻用抵，抵盡復進。軻曰：「非爲太子愛金，但臂痛耳。」

擬吴均體應教

《梁書・文學傳》：天監初，柳惲爲吴興，召補主簿。日引與賦詩，均文體清拔，有古氣，好事者或斆之，謂爲吴均體。

庭樹發春暉，遊人競下機。却匣擎歌扇，開箱擇舞衣。桑萎不復惜，看光一作「花」。遽將夕。自有專城居，空持迷上客。古樂府：四十專城居。

春日一作聞人倩。徐刻同。

愁人試出牖，春色定無窮。參差依網日，澹蕩入簾風。《禮記》：天地相蕩。注：蕩，猶動也。王勃《春思賦》：澹蕩春色。蓋本此。落花還繞樹，輕飛去隱空。徒令玉筯迹，雙垂明鏡中。

聞人倩〔一〕

《藝文類聚》有吴均《酬聞人侍郎詩》，倩，蓋梁人也。

春日

高臺動春色，清池照日華。緑葵向光轉，翠柳逐風斜。《南史·周顒傳》：王儉謂顒曰：「卿山中何所食？」顒曰：「赤米，白鹽，緑葵，紫蓼。」魏文帝《柳賦》：揚翠葉之青純。林有驚心鳥，園多奪目花。晉摯虞《觀魚賦》：眩目驚心。梁王同詩：野花奪人目。晉傅玄《紫華賦》：焕焕昱昱而奪人目精。

相與咸知節，歎子獨離家。行人一作「人行」。今不返，何勞空折麻？

〔一〕「倩」，趙氏覆宋本、紀氏《考異》均作「蒨」，又紀氏《考異》：「按《元和姓纂》曰：『梁有聞人倩，詩載《玉臺集》。』所言與此本合。」

徐孝穆

《陳書》：陵，字孝穆，祖超之，齊鬱林太守，梁員外散騎常侍。父摛，梁戎照將軍、太子左衛率。陵初爲梁晉安王參軍，遷散騎常侍，歷侍中、光禄大夫、太子少傅、建昌縣開國侯。氣局深遠，清簡寡欲，爲一代文宗。自陳創業，文檄詔策，皆陵所撰。按：徐刻列在卷末。

走筆戲書應令

此日乍殷勤，相嫌不如春。今宵花燭淚，非是夜迎人。舞席秋來卷，歌筵無數塵。曾經新代故，那惡故迎新。片月窺花簟，輕寒入帔一作「錦」。巾。《南史·王摛傳》：尚書王儉常集才學之士，總校虛實，類物隸之，謂之隸事。惟廬江何憲爲勝，乃賞以五花簟、白團扇。徐樹敏曰：《魏志·武帝紀》注：「《傅子》曰：『漢末王公，多委王服，以幅巾爲雅，是以袁紹、崔豹之徒，雖爲將相，皆著縑巾。魏太祖以天下凶荒，資財乏匱，擬古皮弁，裁縑帛以爲帢，合于易簡隨時之義，以色別其貴賤，于今施行，可謂軍容，非國容也』。」謝朓《奉和隨王殿下詩》：輕寒霽廣殿。秋來應瘦盡，偏自著腰身。

奉和詠舞注見上文庾信。

十五屬平陽，因來入建章。主家能教舞，城中巧旦一作「畫」。妝。《飛燕外傳》：飛燕妹弟事陽阿主家爲舍直，常竊傚歌舞。低鬟向綺席，舉袖拂花黃。《漢・郊祀志》注：師古曰：「《漢舊儀》：『祭天用六綵綺席六重，玉几玉飾器凡七十。』」女樂，即《禮樂志》所云「使童男童女俱歌」也。燭送窗邊集作「空迴」。影，衫傳鈴裹香〔一〕。當關集作「繇」。好留客，故作舞衣長。嵇康《與山巨源絕交書》：卧喜晚起，而當關呼之不置，三不堪也。

〔一〕「鈴」，《藝文類聚》卷四十三作「篋」。

和王舍人送客未還閨中有望

《梁書・王規傳》：規子褒，字子漢，除秘書郎、太子舍人。大同二年，規卒，褒以父憂去職，孝穆于太清二年使魏，此詩爲未入北之作無疑。

倡人歌吹罷，對鏡覽紅顔。拭粉留花稱，除釵作小鬟。《北堂書鈔》：《釋名》云：「花勝，言人形容正等，一人著之則勝也。」《太平御覽》：《晉中興書》云：「金勝，一名金稱。」綺燈停不滅，高飛掩未關。齊謝朓《酬德賦》：誠望昏而掩扉。良人在何處？惟見月光一作「光惟見月」。還。

爲羊兗州家人答餉鏡

吴兆騫曰：《南史·羊侃傳》：「侃，字忻祖，泰山梁父人也。魏正光中，爲征東大將軍，東道行臺，領泰山太守。初，其父祉恒使侃南歸，侃至是將舉濟、河以成先志。魏帝聞之，使授侃驃騎大將軍，司徒，泰山郡公，長爲兗州刺史。侃斬其使。大通三年，至建鄴，授徐州刺史，累遷侍中、都官尚書。侃性豪侈，姬妾列侍，窮極奢靡，有彈箏人陸太喜著鹿角爪，長七寸。儛人張靜婉腰圍一尺六寸，時人咸推能掌上舞。又有孫荆玉，能反腰貼地，銜得席上玉簪。敕賚歌人王娥兒，東宫亦賚歌者屈偶之，並妙盡奇曲，一時無對。」

信來贈寶鏡，亭亭似圓一作「團」。月。鏡久自逾明，人久情逾一作「愈」。歇。取鏡掛空臺，於今莫復開。不見孤鸞鳥，亡一作「香」。魂何處來？按：孝穆自取亦只四首。

吴孜

春閨怨按：雜曲歌辭。

玉關信使斷，借問不相諳。《説文》：諳，悉也。《六書故》：熟聞也。春光太無意，窺窗來見參。費昶詩：坐惜春光遲。久一作「分」。與光音一作「陰」。絶，忽值日東南。柳枝皆嬲燕，桑葉復催蠶。嵇康《與山巨源絶交書》：足下嬲之不置。注：嬲，擿嬈也，音義與「嬈」同，奴了切。《漢舊儀》：春桑生，皇后親桑于苑中，蠶室養蠶千薄以上。祠以中牢羊豕，祭蠶神曰菀窳婦人、寓氏公主，凡二神。物色頓如此，孀居自一作「似」。不堪。

湯僧濟一作「齊」。

詠渫井得金釵按：徐刻列在卷七中。

昔日倡家女，摘花露井邊。古詩：桃生露井上。摘花還自插〔一〕，照井還自憐〔二〕。窺窺終不罷〔三〕，笑笑自成妍。寶釵於此落，從來不憶一作「一」。年〔四〕。翠羽成泥去，金色尚如先。

一作「鮮」。此人今不一作「何」。在，此物今按：一作「令」。空傳。

〔一〕「插」，《太平御覽》卷七一八作「比」。

〔二〕「照井」，《太平御覽》作「插映」。

〔三〕「罷」，《太平御覽》作「已」。

〔四〕「不憶」，《初學記》卷七、《太平御覽》均作「非一」。

徐悱妻劉氏

和婕妤怨

按：相和歌辭楚調曲。注見卷一。茂倩《樂府》作王叔英妻詩，注詳卷六徐悱妻詩下。又徐刻列在七卷中。

日落應門閉，愁思百端生。宋玉《高唐賦》：愁思無已。況復昭陽近，風傳歌吹聲。寵移終一作「真」。不恨，讒枉太無情。曹植《九愁賦》：受姦枉之虛辭。只言爭分理，非妬舞腰輕。《淮南子》：聖人之同死生，通于分理。

王叔英妻劉氏

《樂苑》：王叔英，琅琊人。妻劉氏，劉繒女，孝綽之妹。孝綽三妹，並有才學，一適張悰，一適徐悱。

和昭君怨 按：琴曲歌辭。注見卷二石崇。

一生竟何定，萬事良難保。《黄石公記》：王聘舊齒，萬事乃理。丹青失舊圖，按：《樂府》作「儀」。玉匣成秋草〔一〕。《西京雜記》：元帝後宮既多，不得常見，乃使畫工圖形，案圖召幸之。諸宮人皆賂畫工，獨王嬙不肯，遂不得見。匈奴入朝求美人爲閼氏，於是上案圖，以昭君行，及去，召見，貌爲後宮第一。畫工杜陵毛延壽、安陸陳敞、新豐劉白龔、寬下杜陽望，同日棄市。張載《失題詩》：昔爲春月華，今爲秋日草。相接一作「想妾」。辭關淚，至今猶未燥。《説文》：燥，乾也。漢使汝南還，一作「來」。殷勤爲人道。《漢·地理志》「汝南郡」注：屬豫州。《漢·元帝紀》：待詔掖庭王嬙。注：應劭曰：「郡國獻女，未御見，須命於掖庭，故曰待詔。」按：《方輿勝覽》：歸州東北四十里，有昭君村。唐杜甫詩：「群山萬壑赴荆門，生長明妃尚有村」是也。蔡邕《琴操》又云：王昭君，齊國人也。其説不一，閱此，則又似汝南人。今無考。

按：徐刻下有朱超道四人詩四首，今俱附後。

〔一〕「玉匣」，《藝文類聚》卷三十作「匣玉」。

蕭子雲

《梁書》：蕭子雲，字景喬，齊封新浦縣侯。入梁，除散騎常侍，出爲東陽太守。

春思已下諸詩，宋刻不收，今附于後。

春風蕩羅帳，餘花落鏡奩。池荷正捲葉，庭柳復垂簷〔一〕。竹柏君自改，團扇妾方嫌。東方朔《七諫》：若竹柏之異心。誰能憐故素，終爲泣新縑。

〔一〕「簷」，《全梁詩》卷十注：「一作『簾』。」

蕭子暉

《梁書》：蕭子暉，字景光，起家員外散騎侍郎，累遷中騎長史。

春宵

夜夜妾偏棲，百花含露低。魏收《喜雨詩》：仙草百花榮。傅玄《夏賦》：麥含露而飛芒。蟲聲繞春岸，月色思空閨。謝靈運詩：海鷗戲春岸。傳語長安驛，辛苦寄遼西。《漢・鄭當時傳》：常置驛馬長安諸郊。

蕭子範

《梁書》：蕭子範，字景則，齊高帝孫，封岐陽縣侯。入梁，爲司徒主簿，累遷光禄大夫。

春望古意

光景斜漢宮，橫橋按：一作「梁」。照彩虹。《西京賦》：亘雄虹之長梁。注：虹，蝃蝀也。蝃蝀有雌雄，雄者色鮮好也。春情寄柳色，鳥語出梅中。氛氳閨裏思，逶迤水上風。落花徒入户，何解妾牀空？

蕭　慤

《北齊書》：蕭慤，字仁祖，梁上黄侯曄之子。天保中入國，武平太子洗馬。

秋思

清波收潦日，華林鳴籟初。陸機《行思賦》：揮清波以濯羽。宋玉《九辯》：寂嵺兮收潦而水清。王逸曰：溝無溢潦，百川靜也。《魏志》：鄴有芳林園，避少帝諱，改曰華林。《莊子》：人籟則比竹是已，地籟則衆竅是已，天籟則人心自動者是已。芙蓉露下落，楊柳月中疎。燕幃湘綺被〔一〕，趙帶流黃裾。沈約《八詠》：開燕裾，吹趙帶。相思阻音信〔二〕，結夢感離居。

〔一〕「湘」，《全北齊詩》作「緗」。

〔二〕「信」，《全北齊詩》作「息」。

王筠

閨情二首〔一〕

北斗行欲一作「欲行」。沒，東方稍已晞。晨雞初振羽〔二〕，曉露方霑衣〔三〕。《尸子》：使雞伺晨。《吳越春秋》：子胥曰：「吾言宮中生草棘，霧露霑我衣。」錦衾徒有設〔四〕，蘭約果相違〔五〕。誰忽開朝鏡〔六〕，羞恨掩空扉。

月出宵將半，星流曉未央。空閨易成響，虛室自生光。《莊子》：虛室生白。嬌羞悅人夢，猶言君在傍。相如《長門賦》：忽寢寐而夢想兮，魄若君之在旁。

〔一〕第一首《全梁詩》卷十題作《向曉閨情》。

〔二〕「振羽」，《全梁詩》作「下棲」。

〔三〕「方」，《全梁詩》作「尚」。

〔四〕「錦衾」，《全梁詩》作「衾裯」。

〔五〕「蘭約」，《全梁詩》作「信誓」。

〔六〕「誰」，《全梁詩》作「詎」。

有所思

按：鼓吹曲辭。注見卷五沈約。

丹墀生細草，紫殿納輕陰。寧戚《飯牛歌》：牛兮努力食細草。曖曖巫山遠，悠悠湘水深。盛宏之《荆州記》：湘水北流二千里，入於洞庭。徒歌鹿盧劍，空貽瑇瑁簪。望君終不見，屑淚且長按：《樂府》作「微」。吟。《楚辭》：涕漸漸其如屑。王僧達《祭顔光禄文》：屑涕松嶠。禰衡《鸚鵡賦》：

長吟遠慕。嵇康《幽憤詩》：永嘯長吟。

三婦豔按：相和歌辭清調曲。注見卷五沈約。

大婦留芳褥，中婦對華燭。小婦獨無事，當軒理清曲。丈人且安卧，豔歌方斷續。陸機樂府有《豔歌行》。

詠燈擎一作「檠」。

百華耀九枝，鳴鶴映冰池。漢劉歆《燈賦》：惟兹蒼鶴脩麗以奇。《洞冥記》：帝起甘泉望風臺，臺上得白珠如花一枝，帝以飾九華之蓋，望之若照月。《西京雜記》：漢高祖入咸陽，有青玉五枝燈。庾信《燈賦》：㷊光芒于鳴鶴。末光本内照〔一〕，丹花復外垂。流輝悦嘉客，翻影泣生離。自銷良不悔，明白願君知。《鶡冠子》：有道之君，任用俊雄，動則明白。

〔一〕「末」，《全梁詩》卷十作「朱」。

劉孝綽

贈美人〔一〕

巫山薦枕日，洛浦獻珠時。一遇便如此，寧關先有期。幸非使君問，莫作秦羅辭。夜長眠復坐，誰知闇斂眉？欲寄同花燭，爲照遥相思。

〔一〕《全梁詩》卷十作《爲人贈美人》。

古意

燕趙多佳麗，白日照紅妝。蕩子十年別，羅衣雙一作「舞」。帶長。梁元帝《蕩婦秋思賦》：蕩子之別十年。春樓怨難守，玉階空自傷。枚乘《雜詩》：盈盈樓上女。又：空牀難獨守。對此歸飛燕〔一〕，銜泥遶曲房。差池入綺幕，上下傍雕梁。故居尤可念，故人安可忘？相思昏望絶，宿昔夢容光。《長門賦》：日黄昏而望絶兮，悵獨託于空堂。魂交忽在御，轉側定他鄉。徒然居枕席，誰與同衣裳？空使蘭膏夜，炯炯對繁霜。

〔一〕「對」，《全梁詩》卷十作「復」。

春宵

按：此題與《冬曉》詩，湘東王有二首，王訓和之，此殆和作也。

春宵猶自長，春心非一傷。宋玉《招魂》：目極千里兮傷春心。月帶園樓影〔一〕，風飄花樹香。誰能對雙燕，暝暝守空牀？

〔一〕「園」，《全梁詩》卷十作「圓」。

冬曉

冬曉風正寒，偏念客衣單。臨妝罷鉛黛，含淚剪綾紈。《山堂肆考》：謂以鉛畫眉也。無名氏樂府：右手執綾羅。寄語龍城下，詎知書信難？《漢書》「龍城」注：應劭曰：「匈奴單于祭天，大會諸國，名其處爲龍城。」《讀曲歌》：千書信不歸。

三婦豔

大婦縫羅裙，中婦料繡文。《史記·貨殖傳》：刺繡文，不如倚市門。惟餘最小婦，窈窕舞昭君。丈人慎勿去，聽我駐浮雲。梁簡文帝《答新渝侯和詩書》：始睹駐雲之曲。

劉孝儀

《梁書》：劉潛，字孝儀，爲人寬厚，内行尤篤。舉秀才，累遷都官、尚書，出爲豫章内史。按：《南史》：孝綽弟潛，字孝儀，工屬文。孝綽嘗言，三筆六詩，三即潛，六謂孝威也。後侯景寇建鄴，宫城不守，爲前歷陽太守莊鐵所逼，失郡，卒。

閨怨

本無金屋寵，長作玉階悲。一乖西北麗，寧復城南期。永巷愁無盡[一]，應門閉有時。空勞織素巧，徒爲團扇辭。匡牀終不共，何由横自私。

〔一〕「盡」，《全梁詩》卷十作「歇」。

劉孝威

奉和逐涼詩

鐘鳴夜未央，避暑起徬徨。《西京賦》：此焉清暑。注：帝或避暑于甘泉宫，故云清暑。長河似曳

素，明星若散瑠。《宋書》：孫休永安二年，將守質子群聚嬉戲，有異小兒忽來曰：「我非人，熒惑星也。」言訖，飛上升，仰而觀之，若曳一匹練。《甘氏星經》：大皇公妻曰：「女湔居南斗，食厲，天下祭之，曰明星。」**倚巖欣石冷，臨池愛水涼。月纖張敞畫，荷妖韓壽香。**鮑照《翫月詩》：娟娟似蛾眉。《世説》：韓壽美姿容，賈充辟以爲掾。充女于青瑣中見壽，悦之，與之通。充見女盛自拂拭，又聞壽有異香之氣，是外國所貢，一著人衣，歷月不歇。充疑壽與女通，取左右婢考問之，婢以狀言，充秘之，以女妻壽。**對此遊清夜，何勞娛洞房。**

塘上行 一無「塘上行」字。 苦辛篇 按：相和歌辭清調曲。注見卷二甄皇后。

蒲生伊何一作「阿」。**陳，曲中多苦辛。**古辭：蒲生我池中。**黃金坐銷鑠，白玉遂淄磷。**枚乘《七發》：猶將銷鑠而挺解也。謝靈運《過始寧墅詩》：淄磷謝清曠。**裂衣工毁嫡，掩袖切讒新。**《説苑》：王國君前母子伯奇，後母子伯封，兄弟相愛。後母欲其子爲太子，言王曰：「伯奇好妾，王上臺觀之。」後母取蜂，除其毒而置衣領之中，往過伯奇，奇往視，袖中殺蜂。王見，讓伯奇，奇出。使者就，袖中有死蜂，使者白王，王見蜂，追之，已自投河中。**嫌成跡易已，愛去理難申。秦雲猶變色，魯日尚迴輪。**《兵書》：秦雲如行人。《燕丹子》：荆軻異武陽入秦，秦王陛戟而見燕使，鼓鐘並發，群臣皆呼萬歲，武陽大恐，面如死灰色。《戰國策》：武陽色變。**妾歌已腸**一作「唱」。**斷，君心終未親。**

怨按：相和歌辭楚調曲。《樂府》作《怨詩》。

退寵辭金屋，見譴斥甘泉。《漢書》：孝武鉤弋趙婕妤，昭帝母也，從幸甘泉，有過見譴，以憂死。**枕席秋風起，房櫳明月懸。燭避窗中影，香迴爐上煙。丹庭斜草徑，素壁點苔錢。**卞蘭《武昌宮賦》：蜲蛇丹庭。**歌起蒲生曲，樂奏下山弦。**宋謝靈運《傷己賦》：奏蒲生之足調。古詩：下山逢故夫。**新聲昔**一作「惜」。**廣宴，餘杯今自傳。**古詩：新聲妙入神。顏延之《釋奠詩》：即宮廣讌。謝靈運《擬古》：傳卮弄清聲。《神仙傳》：葛玄爲客設酒，無人傳之，杯自至前，如或不盡，杯不去也。**王嬙向絶漠，宗女入祁連。**《漢書》：元朔六年，衛青將六將軍絶幕。應劭曰：「幕，匈奴之南界。」顏師古《漢書》注：祁連山，即天山，匈奴呼天爲祁連。宗女，謂烏孫公主也。注見卷九。**雁書猶未返，角馬無歸年。**《漢・蘇武傳》注：師古曰：「羝，牡羊也。羝不當産乳，故設言此示絶其事。若燕太子丹『烏頭白，馬生角』之比也。」《博物志》：燕太子丹質于秦，欲歸，請於秦王。王謬言曰：「令烏頭白，馬生角，乃可。」丹仰天而歎，烏即頭白，俯而嗟，馬生角。秦王不得已而遣之。**昭臺省媵御**〔一〕**，曾坂無棄捐。**《三輔黃圖》：長安有昭臺宮。《漢書・外戚傳》：許后坐廢，處昭臺宮。師古曰：在上林苑中。《平帝紀》：其出媵妾，皆歸得嫁，如孝文時故事。注：媵妾，爲從皇后俱來者。《禮記》：妾御莫敢當夕。《戰國策》：汗明見春申君曰：「夫驥之齒至矣，服鹽車而上太行，漉汁灑地，白汗交流，中坂遷延，負轅不能上。伯樂遭之，下車攀而哭之，解紵衣以冪之，驥于是俯而噴，仰而鳴，聲造于天，仰見伯樂之知己也。」後薪隨復積，前魚誰復憐？

〔一〕「省」，《全梁詩》卷十一作「有」。

劉遵

應令詠舞

倡女多豔色，入選盡華年。晉閔鴻《親蠶賦》：採朱紫之豔色。舉腕嫌衫重，迴腰覺態妍。情繞陽春吹，影逐相思弦。履度開裾襵〔一〕，鬟轉匝花鈿。所愁餘曲罷，爲欲在君前。

〔一〕「裾」，《全梁詩》卷十一作「裙」。

王訓

應令詠舞

新妝本絶世，妙舞亦如仙。傾腰逐韻管，斂袵一作「衽」。聽張弦〔一〕。《漢書》：酈食其曰：「誠復立六國後，楚必斂衽而朝。」潘岳《秋興賦》：且斂衽以歸來兮。《説苑》：應侯與賈子坐，聞有鼓琴之聲。應侯曰：「今琴一何怨也。」賈子曰：「張急調下，使之怨也。」袖輕風易入，釵重步難前。笑態千金重〔二〕，衣香十里傳。《述異記》：香州，在珠崖郡。洲中出諸異香，千年松香，聞于十里，亦謂之十里香。時持比飛燕，定當誰可憐。

〔一〕「衽」，《全梁詩》卷十作「色」。
〔二〕「重」，《全梁詩》作「動」。

庚肩吾

有所思行

一無「行」字。按：鼓吹曲辭。《樂府》作昭明詩，今《昭明集》載，庚詩見前。

佳人按：《樂府》作「公子」。遠于隔〔一〕，乃在天一方。江淹古體：乃在天一涯。望望江山阻，悠悠道路長。別前秋葉落，別後春花芳。雷歎一聲響〔二〕，雨淚忽成行。馬融《長笛賦》：雷歎頹息。嵇康《思親賦》：淚如雨兮歎青雲。悵望情無極，傾心還自傷〔三〕。《子夜冬歌》：傾心不蒙照。

〔一〕「遠于」，《文苑英華》卷二〇二作「路遠」。
〔二〕「聲」，《文苑英華》作「流」。

〔三〕「傾心還」，《文苑英華》作「引領心」。

隴西行按：相和歌辭瑟調曲。注見卷一。

借問隴西行，何當驅馬征？草合前迷路，雲濃後闇城。魏武帝《苦寒行》：迷惑失故路。《韓非子》：六國時，張敏與高惠二人爲友，每相思不能得見，敏便于夢中往尋。但行至半道，即迷不知路，遂回，如此者三。寄語幽閨妾，羅袖勿空縈。宋謝靈運《傷己賦》：眺幽閨之清陰。江淹《别賦》：慚幽閨之琴瑟。

和徐主簿望月

樓上徘徊月，窗中愁思人。照雪光偏冷，臨花色轉春。星流時入暈，桂長欲侵輪。《廣韻》：暈，日月旁氣也。月暈則多風。《淮南子》：畫隨灰而月暈缺。願以重光曲，承君歌扇塵。崔豹《古今注》：漢明帝爲太子，樂人作歌詩四章，贊太子之盛德，曰：「日重光，月重輪，星重輝，海重潤。」

愛妾换馬〔一〕按：雜曲歌辭。注見卷七皇太子。

渥水出騰駒，湘川實應圖。《漢書》：武帝元鼎四年，馬出渥洼水中，作天馬之歌。李尤《七歎》：神奔

電驅，星流矢驚，則莫若益野騰駒也。《後漢・馬援傳》：援善别名馬，于交阯得駱越銅鼓，乃鑄爲馬式。還，上之。馬高三尺五寸，圍四尺四寸。**來從西北道，去逐東南隅。**《史記》：初，天子發書曰：「神馬當從西北來。」得烏孫馬好，名天馬。及得大宛汗血馬益壯，更名烏孫馬曰西極馬，宛馬曰天馬。**琴聲悲玉匣，山路泣蘼蕪。**梁簡文帝《箏賦》：動玉匣之餘怨。**似鹿將含笑，千金會不俱。**《韓非子》：衛嗣君曰：「夫馬似鹿者千金，有千金之馬，而無一金之鹿者，何也？馬爲人用，而鹿不爲人用。」

〔一〕「愛」，《全梁詩》卷七作「以」。

詠美人

絳樹及西施，俱是好容儀。魏文帝《答繁欽書》：今之妙舞，莫巧于絳樹。唐馮贄《記事珠》：絳樹一聲能歌兩曲，二人相聽，各聞一曲，一字不亂，人疑其一聲在鼻。**非關能結束，本自細腰肢。鏡前難並照，相將映緑池。**《水經注》：含春門北有退門，城上西南列觀，高歡常以避暑，爲緑水池。張載《濛汜池賦》：造緑池，鏡清流。**看妝畏水動，斂袖避風吹。轉手齊裾亂，横簪歷鬢垂。曲中人未取，誰堪白日移？**班婕妤《自傷賦》：白日忽其移光兮。《荆州先賢傳》：龐士元師事司馬德操，因與共談，移日忘飡。**不分他相識，惟聽使君知。**

七夕

玉匣卷懸衣，高樓開夜扉。古樂府《東門行》：還視架上無懸衣。《竹林七賢論》：阮咸好酒而貧，舊俗七月七日曬衣，諸阮庭中爛然，莫非綈錦。咸乃將一長竿，以大布犢鼻褌曝於庭中，曰：「未能免俗，聊復爾爾。」按：《西京雜記》：漢時送葬者，皆珠襦玉匣。嫦娥隨月落〔一〕，織女逐星移。離前忿促夜，别後對空機。倩語雕陵鵲，填河未可飛。

〔一〕「嫦」，《全梁詩》卷七作「姮」。

庾成師

遠期篇

一曰《遠期》。注見卷六張率。按：鼓吹曲辭。

憶别春花飛，已見秋葉稀。淚粉羞明鏡，愁帶減寬衣。得書言未反〔一〕，夢見道應歸。坐使紅顔歇，獨掩青樓扉。

〔一〕「反」，《藝文類聚》卷四十二作「及」。

鮑泉

和湘東王春日〔一〕

新燕始新歸〔二〕，新蝶復新飛。新花滿新樹，新月麗新暉。新光新氣早，新望新盈抱。新水新綠浮，新禽新音好。新景自新還，新葉復新攀。新枝雖可結，新愁誰解顏？新思獨氛氳，新知不可聞。新扇如新月，新蓋學新雲。班婕妤《怨詩》：裁爲合歡扇，團團似明月。班固《西都賦》：冠蓋如雲。新落連珠淚，新點石榴裙。

〔一〕《全梁詩》卷十二「和」上有「奉」字。

〔二〕「燕」，《全梁詩》作「鶯」。

詠薔薇

經植宜春館，霍靡上蘭宮。《漢宮闕名》：長安有宜春宮。劉安《招隱士》：青莎雜樹兮薠草霍靡，鮑照《觀漏賦》：惟生經之霍靡。片舒猶帶紫，半卷未全紅。謝朓《詠薔薇詩》：發萼初攢紫，餘采尚霏紅。與此意同。葉疎難蔽日，花密易傷風。相如《子虛賦》：日月蔽虧。《楚辭》：山峻高以蔽日兮。佳麗新妝罷，含笑折芳叢。楊師道《聽歌管賦》：長袖曳于芳叢。

寒閨詩〔一〕

行人消息斷，空閨靜復寒。按：一作「雕欄」。風急按：一作「杍冽」。朝機燥，鏡闇晚妝難。從來腰自小，衣帶就中按：一作「近猶」。寬。

〔一〕《全梁詩》卷十二作《寒閨》。

鄧鏗

閨中月夜〔一〕

閨中日已暮，樓上月初華。樹陰緣砌上，窗影向牀斜。開帷傷隻鳳，吹燈惜落花。司馬相如《琴歌》：鳳兮鳳兮歸故鄉，遨遊四海求其凰。《藝文類聚》作「開屏爲密書，卷帳照垂花」。誰能當此夕，獨處類倡家。《禮記》：妻不在，妾御莫敢當夕。

〔一〕《全梁詩》卷十三作《月夜閨中》。

陰鏗

《南史》：陰鏗，字子堅，武威姑臧人。博涉史傳，尤善五言詩，爲梁湘東王法曹行參軍。入陳，累遷晉陵太守、員外散騎常侍。

侯司空宅詠妓

侯司空，陳南徐州刺史侯安都也，進位司空。此詩蓋入陳作。

佳人偏綺席，妙曲動鵾弦。曹植《七啟》：紹陽阿之妙曲。高誘《淮南子》注：陽阿，古之名倡也。樓似陽臺上，池如洛浦邊〔一〕。鶯啼歌扇後，花落舞衫前。翠柳將斜日，偏照一作「是」。晚妝鮮〔二〕。

〔一〕「浦」，《全陳詩》卷一作「水」。

〔二〕「偏」，《全陳詩》作「俱」。

侍宴賦得竹〔一〕

夾池一叢竹，青翠不驚寒〔二〕。沈約《詠簷前竹詩》：不願夾華池。謝靈運《晚出西射堂詩》：青翠杳深沈。**葉醖宜城酒，皮裁薛縣冠**〔三〕。張華《輕薄篇》：蒼梧竹葉清，宜城九醖酒。《漢·高帝紀》：高祖爲亭長，乃以竹皮爲冠，令求盗之薛治，時時冠之。及貴常冠，所謂「劉氏冠」也。**湘川染別淚，衡嶺拂仙壇**。《博物志》：舜二妃曰湘夫人。舜崩，二妃啼，以淚揮竹，竹盡斑。《湘中記》：邵陵高平縣有文竹，山上有石牀，四面緑竹扶疎，常隨風委拂此牀。**欲見葳蕤色，當來兔苑看**〔四〕。東方朔《七諫》：便娟之脩竹兮，寄生乎江潭上。葳蕤而防露兮，下泠泠而來風。枚乘《兔園賦》：修竹檀欒夾池水。《圖經》：梁王有修竹園。

〔一〕「竹」，《全陳詩》卷一作「夾池竹」。

〔二〕「青」，《全陳詩》作「垂」。

〔三〕「裁」，《全陳詩》注：「一作『治』。」

〔四〕《全陳詩》注：「《藝文類聚》作『欲見凌冬質，當爲雪中看』。『中』，一作『後』。」

和樊晉侯傷妾

畫梁朝日盡，芳樹落花辭。忽以千金笑，長作九原悲。趙文子與叔譽觀乎九原。見《禮記》。鏡前塵素粉〔一〕，機上網紅絲〔二〕。《晉·傅玄傳》：素粉隨手凝。《藝文類聚》「素」作「劇」，「紅」作「多」。户餘雙燕入〔三〕，牀有一空帷。名香不可得，何見反魂時？《述異記》：聚窟洲有返魂樹，伐其根心，于玉釜中煮，取汁，又熬之，令可丸，名曰驚精香，或名震靈丸，或名返生香，或名卻死香。死尸在地，聞氣即活。

〔一〕「素」，《全陳詩》卷一作「劇」。

〔二〕「紅」，《全陳詩》作「多」。

〔三〕「燕入」，《全陳詩》作「入燕」。

南征閨怨

湘水舊言深，征客理難一作「南」。尋。獨愁無處道，長悲不自禁。逢人憎解珮〔一〕，幽居懶聽音〔二〕。惟當有夜鵲，南飛似妾心。

〔一〕「逢」，《全陳詩》卷一注：「《藝文類聚》作『作』。」
〔二〕「幽居」，《全陳詩》作「從來」。

班婕妤怨

按：相和歌辭楚調曲。注見卷一。《樂府》無「怨」字。

柏梁新寵盛，長信昔恩傾。誰謂詩書巧〔一〕？翻爲歌扇當作「舞」。輕。《漢書》：孝成班婕妤，誦詩及「窈窕」、「德象」、「女師」之篇，每進見上疏，依則古禮。又：孝成趙皇后，壯屬陽阿主家，學歌舞，號曰飛燕。花月分窗進，苔草共階生。妾淚衫前滿〔二〕，單眠夢裏驚。可惜逢秋扇，何用合歡名？

〔一〕「謂」，《樂府詩集》卷四十三作「爲」。
〔二〕「妾」，《藝文類聚》卷三十作「憶」。

朱超道

《樂苑》：朱超、朱超道、朱越，各詩集所載，名多互見，疑是一人之作。《隋書·藝文志》：

梁中書舍人朱超集一卷。

賦得蕩子行未歸

坐樓愁回望，息意不思春。江總《爲陳六宮謝表》：息意臨窗。無奈園中柳，寒時已報人。捉梳羞理鬢，挑朱懶向脣。揚雄《長楊賦》：頭蓬不暇梳。何當上路晚，風吹還騎塵。

裴子野

《梁書》：裴子野，字幾原，聞喜人。梁武帝以爲著作郎，累轉鴻臚卿，領步兵校尉。

詠雪

飄飖千里雪，倏忽度龍沙。鮑照《學劉公幹體》：胡風吹朔雪，千里度龍山。從雲合且散，因風卷復斜。拂草如連蝶，落樹似飛花。若贈離居者，折以代瑶華。

房篆

金石樂

按：雜曲歌辭。注見卷七簡文。《樂府》題作《金樂歌》。

前溪流碧水，後渚映清天。 杜氏《通典》：《前溪歌》者，晉車騎將軍沈玩所製也。樂史《寰宇記》：前溪，烏程縣南，東流入太湖，謂之風渚，夾溪悉生箭箬。後溪在市北餘不亭，晉車騎將軍沈充家于前溪。《樂府》有《前溪曲》，則充之所製也。《子夜歌》：朝思出前門，暮思還後渚。《黄鵠曲》：黄鵠參天飛，半道還後渚。**登臺臨寶鏡，開窗對綺錢。**《東宮舊事》：窗有四面，綾綺連錢。謝朓《直中書省詩》：玲瓏結綺錢。**玉顔光粉色**〔一〕**，羅袖拂金鈿。春風散輕蝶，明月映新蓮。摘花競時侣，催指及芳年**〔二〕**。** 宋臧質《石城樂》：捥指蹋忘愁，相與及盛年。劉鑠《雜詩》：芳年有華月。

〔一〕「光粉色」，《文苑英華》卷一九三作「耀光彩」。

〔二〕「指」，《文苑英華》作「柏」。

陸罩

《南史》：陸罩，字洞元，吴郡人。仕梁爲太子中庶子，掌管記。大同十年，以母老求去，母殁後，位終光禄卿。

閨怨

自憐斷帶日，偏恨分釵時。釋寶月《估客樂》：拔奴頭上釵，與郎作路用。留步惜餘影，含意結離眉。古詩：含意俱未申。離，《藝文類聚》作「愁」。徒知今異昔，空使怨成思。欲以别離意，獨向蘼蕪悲。

庾信

昭君辭〔一〕

按：相和歌辭吟嘆曲。《樂府》與本集俱作《王昭君》。注見卷二石崇。

拭淚辭戚里，回顧望昭陽。魏文帝《出婦賦》：馬躊躇而迴顧。鏡失菱花影，釵除卻日梁。集作「月」。龍輔《女紅餘志》：燕昭王賜旋娟以金梁卻月之釵，玉角紅綸之帔。圍腰無一尺，垂淚有千行。緑衫承馬汗，紅袖拂秋霜。《漢書》：《天馬歌》：「天馬下，沾赤汗。」别曲真多恨，哀弦須更張。《漢書》：董仲舒對策曰：「琴瑟不調甚者，必解而更張之，乃可鼓也。」《上聲歌》：促柱使弦哀。

〔一〕《文苑英華》卷二〇四作《昭君怨》。

明君辭集作《昭君辭應詔》。按：《樂府》載信詩二首，第二首與此異。

斂眉光禄塞，遥望夫人城。《漢書》：武帝使光禄徐自爲出五原，築城障列亭至盧朐爲塞，因名光禄。《匈奴傳》：至范夫人城。**片片紅顔落，雙雙淚眼生。冰河牽馬渡，雪路把**按：本集作「抱」。**鞍行。**《後漢書》：光武至滹沱河，王霸詭曰：冰堅可渡。《汝南先賢傳》：大雪積地，洛陽令自出案行，至袁安門，無有行路。**胡風入骨冷，漢月照心明。**梁簡文帝《明君辭》：秋簷照漢月。**方調琴**集作「馬」。**上曲，變入胡笳聲。**《蔡琰别傳》：琰，字文姬，先適河東衛仲道，夫亡無子，歸寧于家。漢末大亂，爲胡騎所獲，在左賢王部伍中。春月登胡殿，感笳之音，作詩言志。《唐韻》：蔡琰製《胡笳十八拍》。

結客少年場行

曹植《結客篇》曰：結客少年場，報怨洛北芒。范曄《後漢書》：祭遵嘗爲部吏所侵，結客殺之。按：雜曲歌辭。《樂府解題》曰：《結客少年場行》，言輕生重義，慷慨以立功名也。《廣題》曰：漢長安少年殺吏，受財報仇，相與探丸爲彈，探得赤丸斫武吏，探得黑丸殺文吏。尹賞爲長安令，盡捕之。長安中爲之歌曰：「何處求子死，桓東少年場。生時諒不謹，枯骨復何葬。」言少年時結任俠之客，爲遊樂之場，終而無成，故作此曲也。

結客少年場，春風滿路香〔一〕。《漢・酷吏傳》：長安城中，薄暮塵起，剽掠行者，死傷横道，桴鼓不絶。尹賞遷長安令，捕得數百人，見十置一，以次内虎穴中。晉張舉《俠曲》：死聞俠骨香。歌撩李都尉〔二〕，果擲潘河陽。折一作「隔」。花遥勸酒，就水更移牀〔三〕。《晉書・武帝紀》：帝曰：「長星勸汝一杯酒。」《宋・張敷傳》：先設二牀，去壁三、四尺，二客就席，敷呼左右曰：「移我遠客。」《南史・江斆傳》：紀僧真承旨詣斆，登榻坐定，斆便命左右曰：「移吾牀讓客。」僧真喪氣而退。今年喜夫壻，新拜羽林郎。定知劉碧玉，偷嫁汝南王。

〔一〕「滿路」，《文苑英華》卷一九五作「路滿」。

〔二〕「撩」，《文苑英華》注：「一作『嫌』。」

〔三〕「更」，《文苑英華》注：「一作『便』。」

對酒集「酒」下有「歌」。《文苑英華》作范雲。按：相和歌辭相和曲。注見卷六張率。

春水望桃花，春洲藉芳杜。琴從緑珠借，酒就文君取。牽馬向渭橋，日落山頭晡。《三輔決録》：安陵有項仲山，每飲馬渭水，常投一錢。宋玉《神女賦》：晡夕之後。注：晡，日落時也。山簡接䍦倒，王戎如意舞。《晉・山簡傳》：童兒歌曰：「山公出何許？往至高陽池。日夕倒載歸，酩酊無所知。時時能騎馬，倒著白接羅。舉鞭向葛彊，何如并州兒。」按：《爾雅》注：鷺、鷗翅背上皆有長翰毛，江東取爲接羅，名曰白接羅。**箏鳴金谷園，笛韻平陽塢。**馬融《長笛賦序》：融性好吹笛，爲督郵，無留事。獨卧郿平陽塢中，有洛客舍逆旅，吹笛。**人生一百年，歡笑惟三五。**宋鮑照歌：三五容色滿，四五妙容歇。已輸春日觀，分隨秋光没。按：《莊子》：人上壽百歲。《吕氏春秋》：人之命久不過百。**何處覓錢刀？求爲洛陽賈。**《史記·蘇秦傳》：周人之俗，治産業，力工商，逐十二以爲務。

看妓集作《和趙王看妓》。

緑珠歌扇薄，飛燕舞衫長。琴曲隨流水，簫聲逐鳳凰。《漢·司馬遷傳》注：伯牙、鍾子期，皆楚人也。伯牙鼓琴，子期聽之。伯牙志在泰山，子期曰：「善哉！巍巍乎若泰山。」少選之間，志在流水。子期曰：「善乎！湯湯乎若流水。」子期死，伯牙于是破琴絶絃，終身不復鼓琴。**膺風蟬鬢亂，映日鳳釵光。**集作「細鏤纏鐘格，圓花釘鼓牀」。《拾遺記》：石崇愛婢翾風縈金爲鳳冠之釵。**懸知曲不誤，無事顧**一作「畏」。**周郎。**《吴志》：周瑜少精音樂，雖三爵之後，其有闕誤，瑜必知之，知之必顧。故諺曰：「曲有誤，周郎顧。」

春日題屏風集作《詠畫屏風詩二十五首》，此其第四首也。

昨夜鳥聲春，驚鳴動四鄰。今朝花按：集作「梅」。樹下，定有詠花人。流星浮酒泛，粟瑱逐按：集作「繞」。杯脣。晉張協《七命》：浮蟻星沸。注：酒上有浮者如蟻，故云浮蟻。星沸，言多也。何勞一片雨，喚作陽臺神。

按：三、四卷是宫體間見，五、六卷是宫體漸成，七卷是君倡宫體于上，諸王同聲。此卷是臣倣宫體于下，婦人同調。轉盼之間，《玉樹後庭花》競歌，而《哀江南》之賦又作矣。又按：宋刻五十五首，此多庾肩吾《冬曉》一首，并後增四十六首，共一百零二首。

玉臺新詠箋注卷九

歌辭二首

按：雜曲歌辭。茂倩《樂府》作《東飛伯勞歌》古辭一首，又作梁武帝。其第二首《樂府》作雜歌謠辭梁武帝《河中之水歌》，又一作晉辭。

東飛伯勞西飛燕，黄姑織女時相見。《歲時記》：河鼓、黄姑，牽牛也。皆語之轉。《潘子真詩話》：古樂府「東飛伯勞西飛燕，黄姑織女時相見」，予初不曉黄姑爲何等語，因讀杜公瞻所注宗懔撰《歲時記》，乃知黄姑即河鼓也。亦猶桑落之語，轉呼爲索郎也。案：諸家引用，多云黄姑阿母。**誰家女兒**一作「兒女」。**對門居，開華**一作「顔」。**發色**一作「豔」。**照里閭。**《南都賦》：蘭茝發色。《説文》：閭，里門也。《爾雅》：巷門謂之閭。**南窗北牖挂明**一作「桂月」。**光，羅幃綺帳脂粉香。**《續漢書》：陳蕃諫桓帝云：「宫女數千，脂粉之耗，不可勝數。」**女兒年歲十五六，窈窕無雙顔如玉。**無名氏古詩：窈窕世無雙。**三春已暮花從風**〔一〕**，空留可憐與誰**一作「誰與」。**同。**

〔一〕「從」，《藝文類聚》卷四十三作「隨」。

河中之水向東流，洛陽女兒名莫愁。《容齋隨筆》：莫愁，郢州石城人。《莫愁樂》所云「莫愁石城西」是也。梁武《河中之水歌》「洛陽女兒名莫愁」者，洛陽人也。**莫愁十三能織綺，十四採桑南陌頭**〔一〕。**十五嫁爲盧家**一作「郎」。**婦，十六生兒字**案：一作「似」。**阿侯。**龍輔《女紅餘志》：語曰：「欲知菡萏色，但請看芙蓉。欲知莫愁美，但看阿侯容。」阿侯，莫愁子也。**盧家蘭室桂爲梁，中有鬱金蘇合香。**《本草·木部·中品》：鬱金香，生大秦國，二月、三月有花，狀如紅藍，其花即香也。《南史·夷貊傳》：鬱金出罽賓國，花色正黃而細，與芙蓉花裹被蓮者相似，國人先取以上佛寺，積日槁乃糞去之，賈人以轉賣於他國也。**頭上金釵十二行，足下絲履五文章。**宋章淵《摘簡贅筆》：古樂府「河中」之曲詠莫愁云：「頭上金釵十二行」，後人多誤使爲金釵者十二行，不知一人獨插十二行金釵，古婦人髻非今比。《禮記》：國家靡敝，君子不履絲履。桓寬《鹽鐵論》：古者庶人粗扉草履。今富者常沓絲履，又表以文綦，綴以珠蠙。《北堂書鈔》：魏武《内誡令》云：「前於江陵，得雜綵絲履以與家，約當著盡此履，不得效作也。」**珊瑚掛鏡爛生**一作「生煇」。**光，平頭奴子提**一作「擎」。**履箱。**龍輔《女紅餘志》：宋偉侍女數百，挂鏡皆用珊瑚枝。《説文》：奴婢，古罪人。引《周禮》：入於舂藁，凡有爵者，與七十者，與未齓者，皆不爲奴。**人生富貴何所望，恨不嫁與**一作「早嫁」。**東家王。**《襄陽耆舊傳》：王昌，字公伯，爲東平相，散騎常侍。早卒。婦任城王曹子文女。案：徐刻作梁武帝詩，叙在後。

〔一〕「南」，《藝文類聚》卷四十三作「東」。

越人歌一首 并序

劉向《説苑》：鄂君子晳泛舟於新波之中，乘青翰之舟，張翠蓋，會鐘鼓之音畢，榜枻越人擁楫而歌。於是鄂君乃揄脩袂，行而擁之，舉繡被而覆之。鄂君，楚王母弟也。案：雜歌謡辭。

楚鄂君子脩者〔一〕，乘青翰之舟，張翠羽之蓋。榜枻越人悦之，櫂檝而越歌，以感鄂君，歡然舉繡被而覆之。其辭曰：

今夕一作「日」。何夕一作「日」。兮，搴舟中流。今日一作「夕」。何日一作「夕」。兮，一無二「兮」字。得按：一無「得」字。與王子同舟！蒙羞被好兮，不訾詬耻。心幾頑按：一作「煩」。而不絶兮，得知王子。一無「蒙羞」至「王子」四句。按：《左傳》：經德義，除詬耻。《楚辭》：蓄怨兮積思，心煩憺兮忘食事。山有木兮木有枝，心悦君兮君不知！

〔一〕「子脩」，《説苑·善説》作「子晳」。

司馬相如

《史記》：司馬相如者，蜀郡成都人也，字長卿，其親名之曰犬子。相如既學，慕藺相如之爲人，更名相如。以貲爲郎，事孝景帝爲武騎常侍。孝武帝時爲郎，拜中郎將，建節往使西夷，終孝文園令。案：《漢書》：相如飲卓氏，弄琴，文君竊從户窺，心悦而好之。乃夜亡奔相如，相如與馳歸成都。

琴歌二首　并序　案：琴曲歌辭。

司馬一無「司馬」。相如遊臨邛，富人卓王孫有女文君新寡，竊於壁間窺之，相如鼓琴，歌以挑之，曰：

鳳兮鳳兮歸故鄉，遨遊四海求其凰〔一〕。《爾雅》：鶠，鳳。其雌凰。時未通遇按：一作「遇兮」。無所將，何悟今夕一有「兮」字。升斯堂。有豔淑女一有「兮」字。在此方，一作「閨房」。室邇人遐獨我腸〔二〕。一作「傷」。何緣交頸爲鴛鴦？按：近本此句下有「胡頡頏兮共翺翔」句。皇一作「鳳」。兮皇一作「鳳」。兮從我棲，得託字一作「孳」。尾永爲妃。《説文》：妃，匹也。《爾雅》：媲也，對也。按：《尚書》注：乳化曰孳，交接曰尾。交情通體一作「意」。心和諧，中夜相從知者誰。雙興一作「翼」。俱起翻高飛，無感我心一作「思」。使予悲。

〔一〕「求其」，《太平御覽》卷五七三作「索我」。

〔二〕「獨」，《樂府詩集》卷六十作「毒」。

烏孫公主

《漢·西域傳》：烏孫使使獻馬，願得尚漢公主，以馬千匹聘。漢元封中，遣江都王建女細君爲公主以妻焉。烏孫昆莫以爲右夫人。昆莫年老，欲使其孫岑陬尚公主，公主不聽，上書言狀，天子報曰：「從其國俗。」岑陬遂妻公主。

歌詩一首 并序　案：雜歌謡辭。又《樂府》作《悲愁歌》。

漢武一有「帝」字。**元封中，以江都王女細君爲公主，嫁與烏孫昆彌。**《漢書》：昆莫，王號也，名獵驕靡，後書「昆彌」云。師古曰：昆莫，本是王號，而其人名獵驕靡，故書云「昆彌」。昆取昆莫，彌取驕靡，彌、靡音有輕重耳，蓋本一也。遂以昆彌爲其王號也。**至國，而自治室宮**〔一〕，一無「室」字。**歲時一再會，言語不通，公主悲愁，自作歌曰：**

吾家之一無「之」。**嫁我兮天一方，遠託異國兮**案：一無「兮」字。**烏孫王。**李陵《答蘇武書》：遠託異國，昔人所悲。**穹廬爲室兮**案：一無「兮」字。**氈**一作「旃」。**爲牆，**案：一有「以」字。**肉爲食兮酪爲漿。**師古曰：食謂飯，音飤。《左傳》：肉食者鄙。《釋名》：酪，澤也。乳汁所作，使人肥澤也。《六書故》：酒類也。北方以馬乳爲酪，故因謂湩酪，而酥與醍醐皆因之。**常思漢土**《漢書》作「居常土思」。兮心内傷，願爲飛按：一無「飛」字。黄鵠兮還一作「歸」。故鄉。《漢書》注：師古曰：「土思，謂憂思而懷本土。鵠，音下督反。」《西域傳》：天子聞而憐之，間歲，遣使者持帷帳錦繡給遺焉。蘇武詩：俯仰内心傷。

〔一〕「室宫」，《漢書・西域傳》作「宫室」。

漢成帝時童謠歌二首 并序

漢成帝趙皇一無「皇」。后名飛燕，寵幸一無「幸」。冠於一無「於」。後宫，常從帝出入。一作「遊」。時富平侯張放亦稱倖幸，爲期門之遊。故歌云一作「曰」。「張公子時相見」也。飛燕嬌妬，成帝無子，故云「啄王孫」，華而不實。王莽自云代漢者德一作「德者」。土，色尚黄，故云「黄雀」。飛燕竟以廢死，故「爲人所憐」者一無「者」字。也。

燕燕尾殿殿。案：《漢書》作「涎涎」。張公子，時相見。木門倉琅一作「狼」。根，燕飛來，啄一作「琢」。皇孫。按：《漢書》此句下尚有「皇孫死，燕啄矢」兩句，疑爲孝穆所删。《漢書・五行志》：帝爲微行出遊，常與富平侯張放俱稱富平侯家人，過陽阿主作樂，見舞者趙飛燕而幸之，故曰「燕燕尾涎涎」，美好貌也。「張公子」，謂富平侯也。「木門倉琅根」，謂宫門銅鍰，言將尊貴也。後遂立爲皇后，弟昭儀賊害後宫皇子，卒皆伏辜，所謂「燕飛來，啄皇孫。皇孫死，燕啄矢」者也。

桂樹華不實，黃雀巢其顛。昔爲人所羨，一作「愛」。今爲人所憐。《漢書・五行志》：桂，赤色，漢家象。華不實，無繼嗣也。王莽自謂黃象，黃雀巢其顛也。案：《漢書》「桂樹」句上有「邪徑敗良田，讒口亂善人」二句。

漢桓帝時童謠歌二首

大一作「小」。麥青青小一作「大」。麥枯，誰當穫者婦與姑，《周禮》：三農生九穀。鄭玄曰：九穀：稷，黍，秫，稻，麻，大、小豆，大、小麥也。《說文》：穫，刈禾也。丈夫何在西擊胡。吏買馬，君具車。請爲諸君鼓嚨一作「隴」。胡。《後漢書・五行志》：案元嘉中，涼州諸羌一時俱反，南入蜀、漢，東抄三輔，延及并、冀，大爲民害。命將出衆，每戰常負。中國益發甲卒，麥多委棄，但有婦女穫刈之也。「吏買馬，君具車」者，言調發重及有秩者也。「請爲諸君鼓嚨胡」者，不敢公言，私咽語。《說文》：嚨，喉也。《爾雅》：亢，鳥嚨。注：謂鳥喉所以通食也。又謂之胡。

城上烏，尾畢逋。《廣韻》：逋，懸也。公爲吏，兒《後漢書》作「子」。爲徒。一徒死，百乘車。車班班，至《後漢書》作「入」。河間。《漢・地理志》「河間國」注：應劭曰：「在兩河之間。」按：《後漢書・趙壹傳》：不敢班班顯言，竊爲《窮鳥賦》一篇。至一無「至」字。河間，姹《後漢書》一作「妖」。女能《後漢書》作「工」。數錢。《後漢書》有「以」字。錢爲室，金爲堂，户上舂嘸粱。宋玉《招魂》：挐黃粱些」。**𪅾粱之下有懸鼓**，按：此二句，《後漢書》作「石上慊慊舂黄粱，粱下有懸鼓」。《藝文》本作「𪅾舂黄粱，下有懸鼓」。**我欲擊之丞相**《後漢書》作「卿」。**怒。**《後漢書·五行志》：按此皆謂爲政貪也。「城上烏，尾畢逋」者，處高利獨食，不與下共，謂人主多聚斂也。「公爲吏，子爲徒」者，言蠻夷將畔逆，父既爲軍吏，其子又爲卒徒往擊之也。「一徒死，百乘車」者，言前一人往討胡既死矣，後又遣百乘車往。「車班班，入河間」者，言上將崩，乘輿班班入河間迎靈帝也。「河間姹女工數錢，以錢爲室金爲堂」者，靈帝既立，其母永樂太后好聚金以爲堂也。「石上慊慊舂黄粱」者，言永樂雖積金錢，慊慊常苦不足，使人舂黄粱而食之也。「粱下有懸鼓，我欲擊之丞相怒」者，言永樂主教靈帝使賣官受錢，所禄非其人。天下忠篤之士怨望，欲擊懸鼓以求見丞卿，主鼓者亦復諂順，怒而止我也。注：臣昭曰：志家此釋，豈未盡乎。往徒一死，何用百乘？其後驗，竟爲靈帝作。此言「一徒」，似斥桓帝，帝貴任群閹，參主機政，左右前後莫非刑人，有同囚徒之長，故言寄一徒也。且又弟則廢黜，身無嗣，魁然單獨，非一而何？百乘車者，乃國之君，解犢後徵，正膺斯數，繼以班班，尤得以類焉。

張衡

四愁詩四首序文原本不載，今采《文選》補入。

張衡不樂久處機密，陽嘉中，出爲河間相。翰曰：時爲太史令，上天文玄象，故稱機密。向曰：

陽嘉元年，出爲河間王相。河間王，和帝子。**時國王驕奢，不遵法度，**善曰：《後漢書·順帝紀》云：「改元嘉七年爲陽嘉元年，改陽嘉五年爲永和元年。」又：「順帝初，衡復爲太史令。陽嘉元年，造風候地動儀。永和初，出爲河間相。」而此云陽嘉中，誤也。《後漢書》：「和帝中貴人生河間孝王開，立四十二年，順帝永建六年薨。子惠王政嗣，傲狠不奉法憲。」然考其年月，此是惠王也。案：《文選》序載陽嘉中出爲河間相，《後漢書》載永和初，當以《漢書》爲正。**又多豪右并兼之家。**善曰：《漢書》：「魏郡豪右李竟。」文類曰：「有權勢豪右大家也。」《漢書》：「禁兼并之塗。」李奇曰：「謂大家役小民，富者兼役貧民也。」濟曰：富者取利於貧人曰兼并。**衡下車，治威嚴，能内察屬縣，**善曰：《漢書》：「班伯爲定襄太守，其下車作威，吏民竦息。」**姦**五臣作「奸」。**猾行巧刼，皆密知名。下史收捕，盡服擒，諸豪俠游客，悉惶懼逃出境。**銑曰：猾，亂也。行巧詐之人，皆自知其名。向曰：下命於獄吏，使收取之，盡服其罪，皆爲擒繫。銑曰：出河間境也。**郡中大治，爭訟息，獄無繫囚。時天下漸弊，鬱鬱不得志，**良曰：謂政教衰，禮義薄，小人在位，君子在野。善曰：《楚辭》：「心鬱鬱之憂思，獨永歎而增傷。」鄭玄《考工記》注：鬱，不舒散也。**爲《四愁詩》。**五臣有「依」。**屈原以美人爲君子，以珍寶爲仁義，以水深雪氛爲小人。**濟曰：雰，氣也。**思以道術相報，貽於時君，而懼讒邪不得以通。**良曰：貽，遺也。銑曰：懼不得通此意也。**其辭曰：**

一思曰：我所思兮在太山，欲往從之梁甫六臣作「父」。**艱，**翰曰：愁言思者，愁出於思故也。善曰：《漢書》有太山郡。又：「武帝登封太山之梁父。」《音義》曰：「梁父，太山下小山也。」案：《選》注：言王者有德，功成則東封太山，故思之。太山以喻時君，梁父以喻小人也。**側身東望涕霑翰。**平聲。善曰：《楚辭》：「願側身而無所。」韋昭《漢書》注：「翰，筆也。」**美人贈我金錯刀，何以報之英瓊瑤。**班固《與弟超書》：竇侍中遺仲叔金錯半垂刀一枚。善曰：《漢書》：「王莽鑄大錢，又造錯刀，以金錯其文。」謝承《後漢書》：「詔賜應奉金錯把刀。」**路遠莫致倚逍遥，何爲懷憂心煩勞！**善曰：古詩：「路遠莫致之。」

二思曰：我所思兮在桂林，欲往從之湘水深，善曰：《漢書》：「鬱林郡，故秦桂林郡。」《海南經》：「桂林八樹在番禺東。」又：「湘水出零陵，舜死蒼梧，葬九疑。」故思明君。按：《水經》：湘水出零陵始安縣陽朔山東北，過酃縣西，又北至巴江山，入于江。**側身南望涕霑襟。**一作「袷」。善曰：《楚辭》：「泣歔欷而沾襟。」**美人贈我琴**一作「金」。**琅玕，何以報之雙玉盤。**善曰：古詩：「委身玉盤中，歷年冀見食。」應劭《漢官儀》：「封禪壇有白玉盤。」**路遠莫致倚惆悵，**平聲。**何爲懷憂心煩怏！**一作「傷」。

三思曰：我所思兮在漢陽，欲往從之隴阪長，善曰：《漢書》：「天水郡，明帝改曰漢陽。」應劭曰：「天水有大阪，名曰隴阪。」《秦州記》：「隴阪九曲，不知高幾里。」**側身西望涕霑裳。**善曰：古《長歌行》：「涕泣忽霑裳。」**美人贈我貂襜褕，何以報之明月珠。**善曰：蔡邕《獨斷》：「侍中、中常侍加貂蟬。」《説文》：「直裾謂之襜褕。」《淮南子》：「隨侯之珠。」高誘曰：「明月珠也。」路遠莫致倚峙躕，何爲懷憂心煩紆！善曰：《楚辭》：「志紆鬱其難釋。」王逸曰：「紆，屈也。」

四思曰：我所思兮在雁門，欲往從之雪紛紛，善曰：《漢書》有雁門郡。《楚辭》：「雪紛紛而薄木。」側身北望涕霑巾。善曰：《説文》：「佩巾也。」美人贈我錦繡段，何以報之青玉案。善曰：錦繡，有五采成文章。玉案，君所憑倚，喻大臣，亦爲天子所恃。《禮記》：春服青玉。《楚漢春秋》：淮陰侯曰：「臣去項歸漢，漢王賜臣玉案之食。」路遠莫致倚增歎，何爲懷憂心煩惋？善曰：《楚辭》：「吒增嘆兮如雷。」銑曰：惋，怨也。案：四首《文選》載。

案：徐刻下有《定情歌》一首，今附後。

秦嘉

贈婦詩一首 四言

曖曖白日，引曜西傾。啾啾雞雀，群飛赴楹。《廣韻》：啾唧，小聲也。《楚辭》：鳴玉鸞之啾啾。又：楹，柱也。皎皎明月，煌煌列星。宋玉《高唐賦》：爛兮若列星。按：《法言》：明哲煌煌，旁燭無疆。嚴霜悽愴，飛雪覆庭。宋玉《招魂》：增冰峨峨，飛雪千里。寂寂獨居，寥寥空室。《説文》：

寥，寂寥也。飄飄帷帳，熒熒華燭。王逸《楚辭注》：以纂組結束玉璜爲帷帳也。《説文》：熒，屋下燈燭光也。爾不是居，帷帳焉按：一作「何」。施。爾不是照，華燭何爲？

魏文帝

樂府燕歌行二首

善曰：《歌録》：「燕，地名，猶楚苑之類。此不言古辭，起自此也。他皆類此。」濟曰：此婦人思夫之意。案：相和歌辭平調曲。七解。《樂府解題》曰：晉樂奏魏文帝「秋風」、「别日」二曲，言時序遷换，行役不歸，婦人怨曠，無所訴也。《廣題》曰：燕，地名也。言良人從役于燕，而爲此曲。第二首六解，一曲本辭，一曲晉樂所奏，與本辭異，今附後：别日何易會日難，山川悠遠路漫漫。（一解）鬱陶思君未敢言，寄書浮雲往不還。（二解）涕零雨面毁形顔，誰能懷憂獨不歎。（三解）耿耿伏枕不能眠，披衣出户步東西。（四解）展詩清歌聊自寬，樂往哀來摧心肝。悲風清厲秋氣寒，羅帷徐動經秦軒。（五解）仰戴星月觀雲間，飛鳥晨鳴聲可憐，留連顧懷不自存。（六解）

秋風蕭瑟天氣涼，草木摇落露爲霜。案：一解。群燕辭歸雁案：《宋書》作「鵠」。南翔〔一〕，念君按：一作「吾」。客遊多思善作「思斷」。腸。按：二解。善曰：鄭玄《禮記注》：「玄鳥，燕也。」《楚辭》：「燕翩翩其辭歸。」又：「雁雍雍而南遊。」慊慊思歸戀故鄉，君爲一作「何」。淹留寄他方〔二〕。

按：三解。賤妾煢煢守空房，憂來思君不可一作「敢」。忘。案：四解。不覺淚下霑衣裳，援琴鳴弦發清商〔三〕，按：五解。善曰：煢，單也。古詩：「淚下霑衣裳。」案：《左傳·哀十六年》：煢煢余在疚。《玉篇》：煢，單也。無所依也。《廣韻》：獨也，同煢。《楚辭·九章》：魂識路之煢煢。注：憂也。短歌微吟不能長。善曰：宋玉《風賦》：「臣援琴而鼓之。」《笛賦》：「吟清商，追流徵。」梁沈炯《歸魂賦》：悲微吟而帶風。蓋本此。明月皎皎照我牀，按：六解。星漢西流夜未央。楊泉《物理論》：星者，元氣之英。漢者，水之精。氣發而升，精華浮上，宛轉隨流，名曰天漢。牽牛織女遥相望，爾獨何幸一作「辜」。限河梁！按：七解。善曰：《史記》：「牽牛爲犧牲，其北織女。織女，天女孫也。」曹植《九詠》注：牽牛爲夫，織女爲婦。織女、牽牛之星各處一旁，七月七日得一會同。案：此首《文選》載。

〔一〕「辭」，《藝文類聚》卷四十二作「爭」。

〔二〕「君爲」，《文選》卷二十七作「何爲」。

〔三〕「琴」，《樂府詩集》卷三十二作「瑟」。

別日何易會日難，山川悠遠路漫漫。《漢書》：揚雄《甘泉賦》：「指東西之漫漫。」文帝《寡婦賦》云：涉秋夜兮漫漫。鬱陶思君未敢言，寄聲浮雲往不還。涕零雨面毀容顏，誰能懷憂獨不歎。展詩清歌聊自寬，樂往哀來摧肺肝。張衡《思賦》：懼樂往而哀來。耿耿伏枕不能眠，張華《雜詩》：伏枕終遥昔。披衣出户步東西〔一〕，按：一作「偏」。仰看一作「西」。星月觀雲間。《左傳》：

鄭伯使許大夫伯里奉許叔以居許東偏。飛鵠晨鳴聲可憐，留連顧懷不能存。《爾雅》：鵠，麋鴰也。《列子》：蒲且子連雙鶬於青雲之上。《南都賦》：仰落雙鶬。陸雲誄：泣留連。蓋本此。

案：七言古，前罕有，自此始暢，比《四愁》風度更長，然每句押韻，卻是柏梁體，而格調仍是樂府，與唐人歌行固自不同。此魏文興到之筆也。

〔一〕左克明《古樂府》卷四十二此句下有「悲風清厲秋氣寒，羅幃徐動經秦軒」二句。

曹植

樂府妾薄命行一首　六言

按：雜曲歌辭。注見卷七皇太子。又按：茂倩《樂府》有二首，此其第二篇也。

日月既是按：一作「逝」。《藝文》作「逝矣」。西藏，更會蘭室洞房。花燈步障舒光，按：一作「華燭步帳輝煌」。皎若日出扶桑，促樽按：一作「酒」。合坐按：一作「座」。行觴。《晉書》：石崇與王愷相尚，愷以紫絲步障四十里，崇以錦步障五十里敵之。觀此詩，其製不起於晉世矣。漢王褒《九懷》：浮弱水兮舒光。《史記·滑稽傳》：合樽促坐，男女同席。吳質《答東阿王書》：臨曲池而行觴。主人起舞娑盤，能者冗案：一作「穴」。觸別端。騰觚飛爵闌干，同量等色齊顏。任意交屬所歡，朱顔發外形蘭。《後漢書》：蔡邕還，五原太守王智餞之，酒酣，智起舞，屬邕，邕不爲報。《爾雅》「婆娑舞」注：舞之容也。《左傳》：范文子欲反，曰：「以遺能者。」傅毅《舞賦》：騰觚爵之斟酌兮。應璩《與滿公琰書》：羽爵飛騰。古樂府：北斗闌干。注：闌干，横斜貌。魏程曉《女典》：此乃蘭形棘心。子建《七啟》云：同量天地。袖隨禮容極情，妙按：一作「屢」。舞仙仙體輕。裳解按：一作「解裳」。履遺絶纓，俛仰笑喧無呈。《漢書》：龔遂曰：「立則習禮容。」《史記》：俛杳眇而無見。《廣韻》：俯、頫同。《漢書》又作「俛」，今作「免」。覽持佳人玉顔，齊接按：一作「舉」。金爵翠盤。手形羅袖良難，腕弱不勝珠環，一作「鬟」。坐者歎息舒顔。御巾裒粉君傍，中有霍納都梁。雞舌五味雜香，進者何人齊姜，恩重愛深難忘。《魏略》：大秦國出兜納香。《廣志》：都梁香出交廣，形如霍香。《荆州記》：都梁香殺蟲，除不祥。案：都梁，縣名。《水經注》：俗謂蘭爲都梁。《本草唐本注》云：雞香樹葉及皮並似粟，花如梅花，子似棗核，此雌樹也，不入香用。其雄樹，雖花不實，採花釀之以成香，出崑崙及交廣以南。揚雄《蜀都賦》：乃使有伊之徒調夫五味。《太平御覽》：古辭樂府：「氍毹毾㲪五味香。」蘇武詩：結髮爲夫妻，恩愛兩不疑。案：《漢官儀》：尚書郎含雞舌香奏事。召延親好宴私，但歌杯來何遲。客賦既醉言歸，主人稱露未晞。王粲《公讌詩》：合坐同所樂，但愬杯行遲。毛萇《詩傳》：晞，乾也。

案：徐刻下敘晉童謠、張載詩五首，今見後。

傅玄

擬北樂府三首

歷九秋篇　董逃行

崔豹《古今注》：《董逃歌》，後漢游童所作也。終有董卓作亂，卒以逃亡。後人習之爲歌章，樂府奏之，以爲儆誡焉。《後漢書·五行志》：靈帝中平中京都歌曰：「承樂世，董逃，遊四郭，董逃。蒙天恩，董逃，帶金紫，董逃。行謝恩，董逃，整車騎，董逃。垂欲發，董逃，與中辭，董逃。出西門，董逃，瞻宫殿，董逃。望京城，董逃，日夜絶，董逃。心摧傷，董逃。」董，謂董卓也。言雖跋扈，縱其殘暴，終歸逃竄，至于滅族也。《風俗通》：卓以「董逃」之歌，主爲己發，大禁絶之。楊孚《董卓傳》：卓改董逃爲董安。《樂府解題》：古辭云：「吾欲上謁從高山，山頭危險大難言。」言五岳之上，皆以黄金爲宫闕，而多靈獸仙草，可以求長生不死之術，令天神擁護君上以壽考也。若陸機「和風習習薄林」，謝靈運「春虹散彩銀河」，但言節物芳華，可及時行樂，無使徂齡坐徙而已。晉傅玄有《歷九秋篇》十二章，具叙夫婦别離之思，亦題云《董逃行》，未詳。案：相和歌辭清調曲。一作漢古辭。一本以前十首作簡文帝詩，後二首仍作傅詩，徐刻本同。

歷九秋兮三春，遺貴一作「分遺」。客兮遠賓〔一〕。顧多君心所親，乃命妙妓才人，炳若日月星晨。其一。《漢・司馬相如傳》：令有貴客爲具召之。曹植《七啟》：將有才人妙妓。序金罍兮玉觴，賓主遞起雁行。杯若飛電絶光，交觴接卮結裳，慷慨歡笑萬方。其二。班固《東都賦》：列金罍，班玉觴。《釋名》：電，殄也。乍見則殄滅也。陸佃曰：陰陽激耀，與雷同氣，發而爲光者也。晉夏侯惇《彈棊賦》：閃若流電之光。又蔡洪《圍棊賦》：散象乘虚之飛雷。古樂府：市肉取肥，酤酒取醇，交觴接杯，以致殷勤。謝朓《爲諸娣祭阮夫人文》：疇日交觴。蓋本此。成公綏《嘯賦》：中矯厲而慷慨。王朗《與魏太子書》：奉讀歡笑，以籍飢渴。奏新詩兮夫君，爛然虎變龍文。渾如天地未分，齊謳楚舞紛紛，歌聲上激青雲。其三。班固《寶鼎詩》：焕其炳兮被龍文。曹植《七啟》：太極之初，混沌未分。曹植《贈丁廙》詩：齊瑟揚東謳。陸機《吴趨行》：齊娥且勿謳。《漢・張良傳》：戚夫人泣涕。上曰：「爲我楚舞，吾爲若楚歌。」曹植《七啟》：悲歌入雲。窮八音兮異倫，奇聲靡靡每新。微笑素齒丹脣〔二〕，逸響飛一作「飄」。薄梁塵，精爽眇眇入神。其四。《史記》：紂使師涓作新淫之聲，北里之舞，靡靡之樂。《傅子》：郝素善彈箏，雖伯牙妙手，吴姬奇聲，何以加之。晉陶融妻陳氏《箏賦》：逸響發揮。坐咸醉兮沾歡，引樽促席臨軒。進爵獻壽翻一作「翩」。翻，千秋要君一言，願愛不移若山。其五。左思《蜀都賦》：合樽促席。曹植《箜篌引》：主稱千金壽，客奉萬年酬。《戰國策》：犀首跪行，爲儀千秋之祝。曹植《豔歌行》：長者賜顏色，泰山可動移。按：《毛詩傳》：翻翻，猶翩翩也。又

《九章》：漂翻翻其上下兮，翼遥遥其左右。君恩愛兮不竭，譬若朝日夕月。此景萬里不絶，長保初醮結髮，何憂坐生胡越。其六。《國語》：天子大采朝日，少采夕月。注：禮，天子以春分朝日，示有尊也。夕月以秋分。《漢·武帝紀》：元鼎五年，天子新郊，見朝日夕月。《儀禮·士昏禮》：父醮子。賈公彦疏：女父禮女用醴，又在廟。父醮子用酒，又在寢。鄭玄曰：酒不酬酢曰醮。攜弱手兮金環，上遊飛閣雲間。穆若鴛鳳雙鸞，按：一作「燕」。還幸蘭房自安，娱心極樂按：一作「樂意」。難原。其七。班固《西都賦》：修塗飛閣。李斯《上秦始皇書》：娱心意。樂既極兮多懷，盛時忽逝若頹。寒暑革御景迴，春榮隨風飄摧，感物動心增哀。其八。《楚辭》：歲忽忽其若頹。妾受命兮孤虚，男兒墮案：一作「隨」。地稱姝。女弱難存若無〔三〕，骨肉至親更疏，奉事他人託軀。其九。《史記·龜策傳》注：《六甲孤虚法》：「甲子旬中無戌亥，戌亥爲孤，辰巳即爲虚。甲戌旬中無申酉，申酉爲孤，寅卯即爲虚。甲申旬中無午未，午未爲孤，子丑即爲虚。甲午旬中無辰巳，辰巳爲孤，戌亥即爲虚。甲辰旬中無寅卯，寅卯爲孤，申酉即爲虚。甲寅旬中無子丑，子丑爲孤，午未即爲虚。」劉歆《七略》有《風后孤虚》二十卷。《後漢書·列女傳》：扶風曹世叔妻者，同郡班彪之女也。作《女誡》云：「卑弱第一，女生三日，卧之牀下，以其卑弱，主下人也。」《吕氏春秋》：此之謂骨肉之親。君如影兮隨形，賤妾如水浮萍。明月不能常盈，誰能無根保榮，良時冉冉代征。其十。古《董逃行》：年命冉冉我遒。顧一作「緑」。繡領兮含輝，皎日迴光側一作「則」。微。朱華忽爾漸衰，影欲捨形高飛，誰言往恩一作「思」。可追。其十一。曹植《公讌詩》：朱華冒緑池。薺與麥兮夏零，蘭桂踐霜一作「履」。逾馨。禄命懸一作「縁」。天難明，委一作「妾」。心結意丹青，何憂君心中傾。其十二。桓寬《鹽鐵論》：金生於己，刑罰小加，故薺麥夏死。琨《答盧諶》詩：蘭桂移植。《選詩拾遺》：此篇惜不知何人之辭，非相如、枚乘，其誰能爲之。案：此辭本題曰：《董逃行·歷九秋篇》，《董逃行》起于漢末，不得謂相如、枚乘爲之也。觀其辭體，不類二京，當以《樂録》傅玄爲正。

〔一〕「遺」，紀氏《考異》：「疑爲『邀』字之訛。」

〔二〕「笑」，《樂府詩集》卷三十四作「披」。

〔三〕「難」，《全晉詩》卷二作「雖」。

車遥遥篇

按：雜曲歌辭。茂倩《樂府》作車歀詩。

車遥遥兮馬洋洋，追思君兮不可忘。君安遊兮西入秦，願爲影兮一作「將微影」。隨君身。君在陰兮影不見，君依光兮一作「仰日月」。妾所願。

燕人美篇

篇，一作「兮歌」。按：《樂府》作《吴楚歌》。

燕人美兮趙女佳，其室則邇按：一作「遠」。兮限層崖。《説文》：厓，山邊也。雲爲車兮風爲馬，玉在山兮蘭在野〔一〕。《史記·封禪書》：作畫雲氣車。《漢·郊祀歌》：靈之下若風馬。師古曰：言速疾也。《西陽雜俎》：王忠政死卻甦，一人曰：「天召汝行雨，雨隊在前，風車在後。」仲長統詩：春雲爲馬，秋風爲駟。案之不遲，勞之不疾。陸機《答賈長淵》詩：蔚彼高藻，如玉如蘭。左貴嬪《武帝納皇后頌》：如蘭之茂，如玉之瑩。**雲無期兮風有止，思心多端兮誰能理**〔二〕？

〔一〕「山」，《藝文類聚》卷四十三作「泥」。

〔二〕「思心多端」，《詩紀》卷二十二作「思多端」。

擬四愁詩四首　并序

昔一無「昔」。張平子作《四愁詩》，體小而俗，七言類也。聊擬而作之，名曰《擬四愁詩》。其辭曰：一無「其辭曰」。

我所思兮在瀛洲，願爲雙鵠戲中流。《漢·郊祀志》：自威、宣、燕昭使人入海求蓬萊、方丈、瀛洲。此三神山者，其傳在渤海中，去人不遠。蘇武詩：願爲雙黃鵠，送子俱遠飛。**牽牛織女期在秋，山高水深路無由，愍余不遘嬰殷憂。**晉劉琨《勸進表》：或殷憂以啟聖明。**佳人貽我明月珠，何以要之比目魚，海廣無舟悵勞劬，寄言飛龍天馬駒。風起雲披飛龍逝，驚**一無「驚」字。**波滔天**一有「兮」字。**馬不儷**〔一〕，**何爲多念心憂世。**枚乘《七發》：波湧而濤起。《左傳》：郤犨奪施氏婦，婦人曰：「鳥獸猶不失儷。」

〔一〕「儷」，趙氏覆宋本作「厲」。

我所思兮在珠崖，願爲比翼浮一作「游」。清池。《漢・賈捐之傳》：初武帝征南越，元封元年立儋耳、珠崖郡，皆在南方海中，洲居廣袤可千里。自初爲郡至昭帝始元元年，二十餘年間，凡六反叛。元帝初元元年，珠崖又反，上用捐之議，罷珠崖郡。剛柔合德配二儀，形影一絶長别離，愍余不遘情如携。佳人貽我蘭蕙草，何以要之同心鳥，火熱水深憂盈抱，申以琬琰夜光寶。《周禮》：掌守邦節。注：琬圭、琰圭。《上林賦》：鼂采琬琰，和氏出焉。卞和既没玉不察，存若流光忽電滅，何爲多念獨藴一作「鬱」。結。蔡邕《琴操》：卞和者，楚野民，得玉，獻懷王。懷王使樂正子占之，言石，王以爲欺謾，斬其一足。懷王死，子平王立。和復獻之，平王又以爲欺，斬其一足。平王死，子立，爲荆王。和復欲獻之，恐復見害，乃抱其玉而哭，晝夜不止，涕盡續之以血。荆王遣問之，於是和隨使獻玉，王使剖之，果有玉，乃封和爲陵陽侯。和辭不就而去。休弈《雜詩》云：一絶如流光。張衡《舞賦》：瞥若電滅。

我所思兮在崑山，願爲鹿麠一作「蛩」。窺虞淵。《淮南子》：日入於虞淵之汜。案：陸機《贈從兄書》：髣髴谷水陽，婉孌崑山陰。又案：麠字，查字書俱不載，今本作蛩。蛩，注見卷三楊方。日月迴曜照景天，參辰曠隔會無緣，愍余不遘罹百艱。毛萇《詩傳》：離，憂也。離，一作「罹」。盧諶《贈劉琨詩》：契闊百罹。佳人貽我蘇合香，何以要之翠鴛鴦。縣度弱水川無梁，申以錦衣文繡裳。《漢・西域傳》烏秅國西有縣度，去陽關五千八百八十八里。去都護治所五千二百里。縣度者，石山也。谿谷不通，以繩索相引而度云。《山海經》：崑崙之丘，下有弱水之川環之。郭璞曰：其水不勝鴻毛也。三光騁邁景不留，鮮矣一作「似」。民生忽如一作「若」。浮，何爲多念祇自愁。《淮南子》：夫道含吐陰陽而章三光。許慎曰：三光，日、月、星也。《莊子》：其生也若浮，其死也若休。我所思兮在朔方，願爲飛鴈一作「燕」。俱南翔。《漢・地理志》「朔方郡」注：武帝開。焕乎人道著三光，胡越殊心生異鄉，憖余不遘罹百殃。百殃，見《毛詩》。佳人貽我羽葆一作「葆羽」。纓，何以要之影與形。《漢書》：韓延壽建羽葆、鼓車、歌車。張晏曰：羽葆，幢也。增冰一作「永增」。憂結繁華零，申以日月指明星。《後漢・張綱傳》：綱約之以天地，誓之以日月。星辰有翳日月移，駑馬哀鳴慚不馳，何爲多念徒一作「心」。自虧。《説文》：翳，華蓋也。即羽葆舞者所持羽也。又：蔽也，障也。《禮記》：凶年乘駑馬。《廣雅》：駑，駘也。

蘇伯玉妻

原注失其姓氏，伯玉被使在蜀，久而不歸，其妻居長安，思念之，因作此詩。

盤中詩一首案：一本無「蘇伯玉妻」四字。又徐刻列在成帝童謡前。

山樹高，鳥鳴悲。一作「悲鳴」。泉水深，鯉魚肥。空倉雀，常苦飢。《南史・庾域傳》：魏軍攻圍南鄭，州有空倉數十，域手自封題。《古艷歌》：居貧衣單薄，腸中常苦飢。魏文帝《善哉行》：薄暮苦飢。吏人婦，會夫稀。無名氏古詩：不堪吏人婦。又：賤妾留空房，相見常日稀。出門望，見白衣。謂當是，而更非。《魏書・恩幸傳》：趙脩給事東宫，爲白衣左右，茹皓充高祖白衣左右。《南史・恩幸傳》：宋孝武選白衣左右百八十人。《梁・宗室傳》：在都朝謁，白服隨例。帝曰：「白衣者爲誰？」對曰：「前衡山侯恭。」考此詩，則自晉至六朝有秩者，服制皆不廢白。還入門，中心悲。北上堂，西入階。急機絞，杼聲催。長歎息，當語誰？《禮記》：絞衣以裼之。注：絞，蒼色。又案：《釋名》：已衣所以束之曰絞，絞，交也，交結之也。君有行，平聲。妾念之。出有日，還無期。結中一作「巾」。帶，長相思。君忘妾，天一作「未」。知之。妾忘君，罪當治。妾有行，去聲。宜知之。黄者金，白者玉。高者山，下者谷。姓爲一作「者」。蘇，字伯玉。作一無「作」字。人才多智謀足，家居長安身在蜀，何惜馬蹄歸不數。《山海經》：釘靈國，其民從膝以下有毛，馬蹄，善走。《莊子》：馬蹄可以踐霜雪。羊肉千斤酒百斛，令君馬肥麥與粟。《後漢・第五倫傳》：肉五千斤。《説文》：斛，十斗也。今時人，智不一作「四」。足。與其書，不能讀。當從中央周四角。

無名氏古詩：四角垂香囊。

張　載

《晉書》：張載，字孟陽，武邑人。有才華，累遷領著作、宏農太守。

擬四愁詩四首

我所思兮在南巢，欲往從之巫山高。按：《楚辭》：順凱風以從遊兮，至南巢而一息。登崖遠望涕泗交，我之懷矣心傷勞。《左傳》：宣子曰：「嗚呼！我之懷矣，自詒伊戚。」注：逸詩也。佳人遺我筒一作「筩」。中布，何以贈之流黄素。張衡《七辨》：筒中之紵。左思《蜀都賦》「黄潤」注：謂筒中細布也。揚雄《蜀都賦》：筒中黄潤，一端數金。司馬相如《凡將篇》：黄潤鮮美宜制禪。願因飄風超遠路，終然莫致增想一作「永」。慕。其一。《老子》：飄風不終朝。

我所思兮在朔湄，欲往從之白雪一作「雲」。霏。《廣韻》：朔，幽朔也。命和叔宅朔方，北方也。《説文》：水草交爲湄。屈原《九章》：雲霏霏而承宇。登崖永眺一作「遠望」。涕泗穨，一作「垂」。我之懷矣心傷悲。佳人遺我雲中翮，何以贈按：一作「報」。之連城璧。屈原《九歌》：猋遠舉兮雲中。《説文》：翮，羽莖也。《韓詩外傳》：夫鴻鵠一舉千里，所恃者六翮耳。魏文帝《與鍾大理書》：不損連城之價。顧因歸鴻起遐隔〔一〕，終然莫致增永積。其二。宋顔延之有《歸鴻詩》。

〔一〕「起」，五雲溪館本、孟本作「超」。

我所思兮在隴原，欲往從之隔太山〔二〕。《史記·封禪書》：岱宗，泰山也。登崖遠望涕泗連，一作「漣」。我之懷矣心傷煩。佳人遺我雙角端，何以贈之雕玉環。司馬相如《上林賦》：麒麟角端。郭璞曰：角端似貉，角在鼻上，中作弓。《爾雅》：治玉謂之琢，亦謂之雕。《左傳》：宣子有環，其一在鄭商，韓子買諸商人。《西京雜記》：趙皇后女弟上五色玉環。顧因行雲超重巒，終然莫致增永歎。其三。《楚辭》：登石巒以爲望兮。《説文》：巒，小山而高。《玉篇》：山峰也。

〔二〕「太山」，《藝文類聚》卷三十五作「秦山」。

我所思兮在營州，欲往從之路阻脩。向曰：分幽州爲營州。登崖遠望涕泗流，我之懷矣心傷憂。銑曰：崖，岸也。在目曰涕，在鼻曰泗。佳人遺我緑綺琴，何以贈之雙南金。善曰：傅玄《琴賦序》：「齊桓公有鳴琴曰號鍾，楚莊有鳴琴曰繞梁。中世，司馬相如有緑綺，蔡邕有焦尾，皆名器也。」毛萇《詩傳》：南金，南，謂荆揚也。鄭玄箋：荆揚之州，貢金三品。顧因流波超重深，終然莫致增永吟。其四。《齊諧記》：東晳對武帝曰：「昔周公卜洛邑，因流水以汎酒。故逸詩曰：『羽觴隨流波。』」

案：此首《文選》載。

晉惠帝時童謠歌一首

《晉書》：惠帝時洛陽童謠云云。明年而胡賊石勒、劉羽反。

鄴中女子莫千妖，前至三月抱胡腰。

陸機

樂府燕歌行一首

按：相和歌辭平調曲。注見前。

四時代序逝案：一作「遠」。不追，寒按：一作「秋」。風習習落葉飛。《戰國策》：蔡澤曰：「夫四時之序，成功者退。」蟋蟀在堂露盈階，一作「墀」。念君遠案：一作「客」。遊常苦悲〔一〕。無名氏古詩：心中常苦悲。君何緬然久不歸？賤妾悠悠心無違。白日既没明燈輝，寒禽赴林匹鳥按：一作「烏」。棲〔二〕。案：張華《朽柱賦序》：意有緬然，輒爲之賦。宋謝靈運《苦寒行》：寒禽叫悲壑。蓋本此。雙鳩關關宿河湄，憂來感物涕不晞〔三〕。非君之念思爲誰？別日案：一作「日別」。何早會何遲！

案：徐刻下有劉鑠詩一首，今附後。

〔一〕「常」，《樂府詩集》卷三十二作「恒」。
〔二〕「寒」，《樂府詩集》作「夜」。
〔三〕「涕」，《樂府詩集》作「淚」。

鮑照

代淮南王二首

崔豹《古今注》：《淮南王》，淮南小山之所作也。淮南王服食求仙，遍禮方士，遂與八公相攜俱去，莫知所往。小山之徒思戀不已，乃作《淮南王》曲焉。班固《漢武故事》：淮南王安好神仙，招方術之士，能爲雲雨。百姓傳云：「淮南王，得天子，壽無極。」帝心惡之，使覘王，云：「能致仙人，與共游處，變化無常。又能隱形飛行，服氣不食。」帝聞而喜，欲受其道，王不肯傳，帝怒將誅焉，王知之，出令與群臣，因不知所之。《樂府解題》：古辭云：「淮南王，自言尊。」實言安仙去。案：舞曲歌辭。晉拂舞歌古辭一首，齊拂舞歌《淮南王》辭一首。考《南齊書·樂志》曰：《淮南王》舞歌六解，齊樂所奏。前是第一解，後是第五解。鮑照詩係梁拂舞歌也。

淮南王，好長生，服食鍊氣讀仙經。《漢武内傳》：帝好長生之道。古詩：服食求神仙。《仙經》：人在氣中，如魚在水中，魚一刻無水即盡，人一刻無氣則亡。晉石崇《思歸引序》：又好服食咽氣。《葛仙公歌》：鍊氣同希夷。《呂氏春秋》：沈尹筮曰：「偶世接俗，子不如我；餐霞鍊氣，我不如子。」江淹《報袁叔明書》：朝飡松屑，夜誦仙經。**琉璃藥盌**一作「枕」。**牙作盤，金鼎玉匕合神丹。**秦嘉妻《與嘉書》：分奉琉璃椀一枚，可以服藥酒。《漢・西域傳》「流離」注：師古曰：「《魏略》云：『大秦國出赤、白、黑、黄、青、緑、縹、紺、紅、紫十種流離。』此蓋自然之物。」枕，《藝文類聚》作「椀」。明遠《荅休上人菊詩》云：金蓋覆牙盤。《南越書》：永城縣江前有神鼎，圓數里，耳高五六丈。葛稚川云：赤松子陶金丹鼎。《儀禮》：少牢饋食禮，左手執俎卻，右手執匕枋，縮于俎以受于羊鼎西。《廣韻》：匕，匙也。《漢武内傳》：李少君遇安期生，少君疾困，叩頭乞活。安期生以神樓散一匕與服之，即愈。《列仙傳》：八公乃詣王，授丹經。**合神丹，戲紫房，紫房綵女弄明璫，鸞歌鳳舞斷君腸。**《青虚真人歌》：紫房何蔚炳。《西王母傳》：青琳之宇，朱紫之房。《神仙傳》：采女乘輜軿，往問道於彭祖，采女具受諸要，以教王。王試爲之，有驗。《山海經》：軒轅之丘，鳳鳥自歌，鸞鳥自舞。

朱城一作「門」。**九門**一作「重」。**門九開，**一作「闉」。**願逐明月入君懷。**東方朔《十洲記序》：臣故捨韜隱而赴王庭，藏養生而侍朱門矣。**入君懷，結君珮，怨君恨君恃君愛。築城思堅劍思利，同盛同衰莫相棄。**《漢・韓信傳》：頓之燕堅城之下。《呂氏春秋》：劍折其鏹，焉得爲利劍。《采薪者歌》：死生同盛衰。

代白紵歌辭二首

《晉·樂志》：《白紵舞》，案：舞辭有巾袍之言，紵本吴地所出，疑是吴舞也。晉俳歌又云：「皎皎白緒，節節爲雙。」吴音呼緒爲紵，疑白紵即白緒也。《南齊書·樂志》：《白紵歌》，周處《風土記》云：「吴黄龍中童謡云：『行白者君，追汝句驪馬。』後孫權征公孫淵，浮海乘舶，舶，白也。今和歌聲猶云行白紵焉。」《樂府解題》：古辭盛稱舞者之美，宜及芳時爲樂。其譽白紵曰：「質如輕雲色如銀，製以爲袍餘作巾。袍以光軀巾拂塵。」《唐書·樂志》：梁武帝令沈約改其辭爲《四時白紵歌》。今中原有《白紵曲》，其旨與此全殊。案：舞曲歌辭。照有六首，係奉詔作。此其第五、第六首也。

朱脣動，素腕一作「袖」。**舉，洛陽少童**一作「年」。**邯鄲女。**王逸《荔枝賦》：宛洛少年，邯鄲遊士。魏王粲《七釋》：邯鄲才女。江淹《梁王兔園賦》：卒逢邯鄲之女，蕙色玉質，綺裳下見，錦衣上出。蓋本此。**古稱《緑水》今《白紵》**〔一〕，**催弦急管爲君舞。**《初學記》：古歌曲有《陽春》、《緑水》。《漢書音義》：絲曰弦，竹曰管。**窮秋九月荷葉黄，北風驅鴈天雨霜，夜長酒多樂未央。**虞羲《詠霍將軍北伐》詩：涼秋八九月。

〔一〕「緑」，《樂府詩集》卷五十五作「淥」。

春風澹蕩使一作「俠」。**思多，天色淨緑氣妍和。桃含紅萼蘭**一作「蓮」。**紫芽，朝日灼爍發園**

花。一作「葩」。謝靈運《酬從弟惠連》詩：山桃發紅萼。卷櫝結幃羅玉筵〔一〕，齊謳秦吹盧女弦，千金顧笑買芳年〔二〕。邢子才《公宴詩》：芳筵羅玉俎。無名氏《長相思》：誰知玉筵側。

〔一〕「櫝」，《樂府詩集》卷五十五作「幌」。

〔二〕「顧」，紀氏《考異》作「一」。

行路難四首

《樂府解題》：《行路難》，備言世路艱難及離別悲傷之意，多以「君不見」爲首。按：《陳武別傳》曰：武常牧羊，諸家牧豎有知歌謡者，武遂學《行路難》。則所起亦遠矣。案：雜曲歌辭。照有十九首，此選四首。又唐駱賓王有《從軍中行路難》，王昌齡又有《變行路難》，皆本此。

中庭五株桃，一株先作花。陽春妖冶案：一作「沃若」。二三月，從風簸蕩落西家。陸機《文賦》：務嘈囋而妖冶。西家思婦見之一作「悲」。惋，零淚霑衣撫心歎。初送我君出户時，何言一作「意」。淹留節迴換。牀席生塵明鏡垢，纖腰瘦削髮蓬亂。《莊子》：鑑明則塵垢不生。《詩》：首如飛蓬。毛萇傳：婦人夫不在，無容飾。人生不得恒稱意，惆悵徙倚至夜半。《廣韻》：稱，昌孕切，愜意。《春秋考異郵》：鶴知夜半，雞應旦明。明，與「鳴」同，古字通。案：此係第八首。

剉蘗染黄絲，黄絲歷亂不可治。一作「持」。《六書故》：剉，斬截也。古樂府：黄蘗向春生，苦心隨日長。案：《説文》：黄木也，或从薛。又與「薛」通。《吴越春秋》：越王允常使民男女入山採葛，作黄綠布獻之。昔我按：一作「我昔」。與君始相值，爾時自謂可君意。王建《白紵歌》：此時但願可君意。蓋本此。結帶與我言，死生好惡不相置。《左傳》：叔向曰：「帶有結。」《漢書注》：帶，紳帶之結也。一作「結帶與君同死生，好惡不擬相棄置」。今日見我顔色衰，意中錯漠一作「索寞」。與先異。漢王褒《甘泉宫頌》：徑落莫以差錯。還君玉案：一作「金」。釵瑇瑁簪，不忍見之一作「此」。益悲一作「愁」。思。案：此係第九首。

奉君金巵一作「匜」。之酒盌，一作「美酒」，一作「旨酒」。瑇瑁玉匣之雕琴，七彩芙蓉之羽帳，九華蒲萄之錦衾。《西京雜記》：高祖斬蛇劍，以七彩九華玉爲飾。庾信《燈賦》：掩芙蓉之行幃。蓋本此。陸翽《鄴中記》：錦有蒲萄文錦。紅顔零落歲將暮，寒花按：一作「光」。宛轉時欲沉。謝惠連《雪賦》：歲將暮，時既昏。願君裁悲且減案：一作「滅」。思，聽我抵節行路吟。《漢書·鄒陽傳》：濟北獨抵節，堅守不下。不見栢梁銅雀上，寧聞古時清吹音。梁簡文帝《鳷鵲賦》：乘清吹而微吟。蓋本此。案：此係第一首。

璿閨玉墀上椒閣，文窗繡户垂綺一作「羅」。幙。漢武帝《落葉哀蟬曲》：玉墀兮塵生。施榮泰《詠王昭君》：垂羅下椒閣。《三輔舊事》：秦時奢泰，縑帳綺帷。中有一人字金蘭，被服纖羅藴一作「採」。芳藿。春燕差池一作「參差」。風散梅，開帷對影弄禽一作「春」。爵。含歌一作「淚」。

攬淚案：一作「涕」。不能言，一作「恒抱愁」。人生幾時得爲樂。《楚辭》：美人兮攬涕而竚。寧作野中雙飛一作「之雙」。鳬，不願雲間別翅一作「之別」。鶴。一作「鵠」。屈原《卜居》：將氾氾若水中之鳬。案：此係第三首。

案：徐刻下有《北風行》一首，湯惠休詩四首，今附後。

釋寶月

《古今樂録》：釋寶月，齊武帝時人，善解音律。

行路難一首

注見前。案：《選詩外編》作柴廓。

君不見孤雁關外發，酸嘶度揚越。魏文帝《雜詩》：孤雁獨南翔。曹植《釋愁文》：煩冤毒於酸嘶。《漢・鼂錯傳》：南攻揚粵。空城客子心腸斷，幽閨思婦氣欲絶。鮑照《東門行》：行子心腸斷。又案：《空城雀》詩：雀乳四鷇，空城之阿。劉琨《勸進表》：莫不扣心絶氣。凝霜夜下拂羅衣，浮雲中斷開明月。《楚辭》：漱凝霜之紛紛。夜夜遥遥徒相思，年年望望情不歇。寄我匣中青銅鏡，倩按：一作「情」。人爲君除白髮。王筠《自序》：未常倩人假手。《魏志》：陳思王植善屬文，太祖視其文，謂曰：「汝倩人耶？」《魯連子》：心誠憐，白髮玄。情不怡，艷色媸。行路難，行路難，夜聞南城

漢使度，使我流淚憶長安。按：《史記・建元以來王子侯者表》：南城侯劉貞，城陽共王子。

陸厥

李夫人及貴人歌一首

按：雜歌謡辭。又案：《李夫人歌》，漢孝武思念李夫人，悲感作詩，令樂府諸音家弦歌之。

屬車挂席塵，豹尾香煙滅。《漢・揚雄傳》：每上甘泉，常法從在屬車間豹尾中。服虔曰：大駕八十一乘，最後一乘懸豹尾。案：謝靈運詩：挂席拾海月。**彤殿向蘼蕪，青蒲復萎**按：一作「委」。下同。**絶。**《漢書》：史丹直入卧内，伏青蒲上。屈原《九章》：遂萎絶而離異。**坐萎絶，對蘼蕪。臨丹**按，一作「玉」。**階，泣椒塗。**按：一作「長途」。《説文》：階，陛也。後漢張超《靈帝河間舊廬碑》：丹階紫房。《洛神賦》：踐椒塗之郁烈。**寡鶴羈雌飛且上，**案：一作「止」。**雕梁翠壁網蜘蛛。**晉庾闡《浮查賦》：賈於翠壁。**洞房明月夜，對此淚如珠。**

按：徐刻以下叙武帝、昭明、簡文、元帝詩，在沈約前。武帝詩七首，昭明三首，宋刻不載，今俱附後。

沈約

八詠二首六首在卷末。

登臺一無「登臺」。望秋月

《金華志》：《八詠》詩，南齊隆昌元年，太守沈約所作。題于玄暢樓，時號絶唱。後人因更玄暢樓爲八詠樓云。

望秋月，秋月光如練。謝朓詩：澄江淨如練。照耀三爵臺，徘徊九華殿。《法苑珠林》：捨邪歸正部：自謂神仙者，可上三爵臺，令其投身飛逝。晉陸雲《登臺賦序》：永寧中，巡幸鄴宫三臺，登高有感。洛陽宫殿簿有九華殿。《初學記》：魏在洛有天淵池，池中築九華臺。九華瑇瑁梁，華榱與壁一作「璧」。璫。司馬相如《上林賦》：華榱碧璫。韋昭曰：裁金爲碧，以當榱頭。以兹雕麗色，持一作「特」。照明月光。凝華入黼帳，清輝懸洞房。先過飛燕户，卻照班姬牀。宋張悦《瑇瑁麈尾銘》：凝華淡景，摇綵爭雲。桂宫裛裛落桂枝，露寒淒淒凝白露。上林晚葉颯颯鳴，雁門早鴻離離度。《山海經》：雁門山者，雁飛出于其間。湛秀質兮似規，委清光兮如素。荀況《雲賦》：圓者中規。《説文》：規，一曰正員之器。照愁軒之蓬影，映金墀之輕一作「微」。步。魏武帝《相和曲》：金墀玉爲堂。晉辭《七日夜女郎歌》：振玉下金墀。居人臨此笑以歌，別客對之傷且慕。按：一作「旦暮」。經衰圃，映寒叢。凝清夜，帶秋風。隨庭雪以偕一作「比」。素，與池荷而共紅。臨玉墀之皎皎，含霜一作「雪」。靄之濛濛。《説文》：靄，雲貌。轢天衢而徙步，一作「從度」。轢長漢而飛空。《説文》：轢，車所踐也。《廣韻》：轥轢，車踐也。王逸《九思》：躡天衢兮長驅。《漢書》：公孫弘徒步，數年至宰相，封侯。隱巖崖而半出，一作「至」。隔帷幌一作「廣」。而纔通。散朱庭之奕奕，入青瑣而玲瓏。閑堦悲寡鵠，沙洲怨別鴻。晉潘岳《笙賦》：若離鴻之鳴子也。昭《類苑》作「文」。姬泣胡殿，明君思漢宮。按：昭姬、明君一事再用，疑明君作「明光」。余亦何爲者，淹留此山東。

會圃一無「會圃」。臨春風

臨春風，春風起春樹。遊絲曖如網，落花雰似霧。先泛天淵池，還過細柳枝。《漢書注》：長安有細柳聚。蝶逢飛搖颺，燕值羽差池。《南史·羊玄保傳》：銅池搖颺。揚桂旆，動芝蓋。《楚辭》：辛夷車兮揭桂旗。陸機《喜霽賦》：託芝蓋之後乘兮。開燕裾，吹趙帶。趙帶飛參差，燕裾合且離。燕裾、趙帶，趙字恐「娟」字之誤，與上昭姬、明君同，後人所妄改也。《拾遺録》：漢武帝所幸宮人名曰麗娟，身輕弱，常以衣帶繫娟閉於重幕中，恐隨風起。《漢·外戚傳》：趙昭儀居昭陽舍，壁帶往往爲黄金釭。師古曰：壁帶，壁之横木露出如帶者也。於壁帶之中，往往以黄金爲釭，若車釭之形也。迴簪復轉黛，顧步惜容儀。容儀已炤灼，春風復迴薄。潘岳《滄海賦》：力勢之所迴薄。氛氲桃李花，青一作「枕」。柎一作「枝」。含素萼。既爲風所開，復爲風所落。摇緑帶，一作「蔕」。抗一作「枕」。紫莖。舞春雪，雜流鶯。郭璞《遊仙詩》：在世無千年，命如秋葉蔕。枚乘《七發》：素葉紫莖。休文《三月三日率爾成篇》云：流鶯服滿枝。曲房開兮金鋪響，金鋪響兮妾思驚。梧桐未陰，淇川如一作「始」。碧。桐，一作「臺」。《闞子》：宋之愚人得燕石於梧臺之東。迎行雨於高唐，送歸鴻於碣石。孔安國《書傳》：碣石，海畔山也。劉峻《廣絶交論》：送歸鴻于碣石。《淮南子》：王良之御，過歸鴻于碣石，軼鶤雞于姑餘。經洞房，響紈素。感幽閨，思幃㡩。按：一作「巒」。《周禮》：幕人掌帷幕幄㡩綬之事。《後漢書·皇后紀論》：莫不定策帷㡩。㡩，音鸞。想芳園兮可以遊，念蘭翹兮漸堪摘。拂明鏡之冬塵，解羅衣之秋襞。按：一作「褰」。張衡《思玄賦》注：襞積，衣縫也。既鏗鏘以動珮，又氤氲一作「絪緼」。而流麝。按：《漢書·藝文志》：漢興，制氏以雅樂聲律世在樂官，頗能紀其鏗鏘鼓舞，而不能言其義。始摇蕩以入閨，終徘徊而緣隙。《字林》：隙，壁際孔。嗚珠簾於繡户，散芳塵於綺席。是時悵思婦，安能久行役？佳人不在兹，春風爲一作「與」。誰惜？

案：徐刻以下六首並録，今附後。

春日白紵曲一首

《古今樂録》：沈約云：「《白紵》五章，勑臣約造，武帝造後兩句。」案：舞曲歌辭。《四時白紵歌》外，有《夏白紵》、《冬白紵》、《夜白紵》三首。注詳上文鮑照。

蘭葉參差桃半紅，飛芳舞縠戲春風。《説文》：縠，細絹也。《廣韻》：羅縠。《增韻》：縐紗曰縠，紡絲而織之。一有「如嬌如怨狀不同，含笑流盼滿庭中」。**翡翠群飛飛不息，願在雲間長比翼。**一有「珮服瑶草駐容色，舜日堯年懽無極」。案：茂倩《樂府》有上四句，疑孝穆所删。

秋日白紵曲一首

白露欲凝草已一作「色」。**黄，金瑲玉柱響洞房。**江淹《别賦》注：論曰：「鼓瑟者於弦設柱，然瑟有柱，以玉爲之。」**雙心一影**一作「意」。**俱迴翔，吐情寄君君莫忘。**一有「翡翠群飛飛不息，願在雲間長比翼。珮服瑶草駐容色，舜日堯年懽無極」。

案：徐刻又有《趙瑟曲》諸題三首，范靖婦詩一首，今附後。

吴　均

行路難二首案：《樂府》載四首，此選二首。

君不見上林苑中客，冰羅霧縠象牙席。劉峻《辨命論》：襲冰紈。盡是得意忘言者，探腸見膽無所惜。《莊子》：言者所以在意也，得意而忘言也。劉峻《廣絶交論》：皆願隳膽抽腸。白酒甜鹽甘如乳，緑觴皎鏡華如碧。沈約《渡新安江貽京邑遊好》詩：皎鏡無冬春。少年持名不肯嘗，安知白駒應過隙〔一〕。《漢・張良傳》：吕后德留侯，乃强食之，曰：「人生一世間，如白駒過隙，何至自苦如此乎？」博山鑪中百和香，鬱金蘇合及都梁。《西京雜記》：丁緩作九層博山香鑪，鏤以奇禽怪獸，自然能動。《晉東宫舊事》：皇太子服用則有銅博山香鑪。《考古圖》：博山鑪象海中博山，下盤貯湯潤氣蒸香，象海之四環。逶迤好氣佳容貌，經過青瑣歷紫房。已入中山陰陰，《樂苑》作「馮」，是。后帳，復上皇帝班姬牀。班姬失寵顔不開，奉帚供養長信臺。《戰國策》：中山陰姬與江姬爭爲后，司馬憙見趙王曰：「中山陰姬，其容貌顔色，固以過絶人矣。若其眉目佳頞權衡，犀角偃月，彼乃帝王之后，非諸侯之姬也。」趙王意移，大悦曰：「吾願請之，何如？」司馬憙歸報中山王，曰：「王立爲后，以絶趙王之意。世無請后者。」中山王遂立以爲后，趙王亦無請言也。《漢・外戚傳》：孝元馮昭儀生男，拜爲倢伃。男立爲信都王，尊倢伃爲昭儀。元帝崩，爲信都太后。後徙中山。哀帝即位，中郎謁者張由誣言中山太后呪詛上及太后，乃飲藥自殺。**日暮耿耿不能寐，秋風切切四面來。**馬融《笛賦》注：切，猶磨切也。謝朓詩：切切陰風暮。《拾遺記》：崑崙山有四面風，東南西北，一時俱作。古《咄唶歌》：人從四面來。《懊儂歌》：歡少四面風。**玉階行路生細草，金爐香炭變成灰。得意失意須臾頃**〔二〕**，非君方寸逆所裁。**梁簡文帝《鴛鴦賦》：復是蘭房得意人。

〔一〕「應」，《文苑英華》卷二〇〇作「如」。

〔二〕「頃」，《詩紀》卷八一注：「一作『間』。」

洞庭水上一株桐，經霜觸浪困嚴風。昔時撘心耀白日，今旦卧死黄沙中。枚乘《七發》：龍門之桐，其根半死半生，冬則烈風漂霰飛雪之所激也。詞意略同。**洛陽名工見咨嗟，一剪一刻作琵琶。白璧規心學明月，珊瑚映面作風花。**《史記·虞卿傳》：趙孝成王賜白璧一雙。班婕妤《怨詩》：團團似明月。《本草》：珊瑚似玉紅潤，生海底盤石上。一歲黄，三歲赤。海人先作鐵網沉水底，貫中而生，絞網出之，過時不取則腐。**帝王見賞不見忘，提攜把握登建章。掩抑摧藏張女彈，殷勤促柱楚明光。年年月月對君子，**一作「王」。**遥遥夜夜宿未央。**潘岳《笙賦》：輟張女之哀彈。李善注：閔鴻《琴賦》曰：「汝南鹿鳴，張女群彈。」然蓋古曲，未詳所起。蔡邕《琴操》：楚明光者，楚王大夫也。昭王得瑒氏璧，欲以貢于趙王，於是遣明光奉璧之趙。瑒，古和字。**未央綵**按：一作「彩」。**女**

棄按：一作「弄」。嗚篪，爭見按：一作「先」。拂拭生光儀。茱萸錦衣玉作匣，按：一作「匝」。安念昔日枯樹枝。《後漢・皇后紀論》：六宮稱號，惟皇后貴人金印紫綬，奉不過粟數十斛。又置美人、宮人、采女三等，並無爵秩，歲時賞賜，充給而已。《九歌》：矢交墜兮士爭先。《廣韻》：拂，去也，拭也，除也。《六書故》：拭，以巾拭垢濡也。不學衡山南嶺桂，至今千年一作「載」。猶未知。《廬山記》：山有三石梁，廣不盈尺，俯眄冥然無底。吳猛將弟子過此梁，見老翁坐桂樹下，以玉盃盛甘露與猛。按《周禮・夏官・職方氏》：正南曰荆州，其山鎮曰衡山。《漢書・地理志》：長沙國，湘南縣，禹貢衡山在東南。

張率

擬樂府長相思二首按：雜曲歌辭。注見卷四吳邁遠。

長相思，久離別。美人之遠如雨絶。郭璞《別詩》：一乖雨絶天。獨延佇，心中結。望雲去一作「雲」。去遠，望鳥飛一作「鳥」。飛滅。案：此二句一作「雲去遠，鳥飛滅」。空望終若斯，珠淚不能雪。

長相思，久別離。所思何在若天垂，鬱陶相望不得知。玉階月夕映羅帷〔一〕，《倉頡》：陽墟山丹甲青文石刻：「上天垂命，皇辟造王。」鬱陶，見《尚書》。一無「羅帷」。**羅帷風夜吹。長思不能寢，**一作「寐」。**坐望天河移。**楊泉《物理論》：水之精氣上浮，婉轉隨流水，名曰天氣。梁元帝《纂要》：天河謂之天漢。

〔一〕五雲溪館本、《藝文類聚》卷四十二均無「羅帷」二字，顯是衍文。

白紵歌辭二首

按：舞曲歌辭。《樂府》載率詩九首，宋刻止收此二首，徐刻並載五首，今附後。其四首俱不録。

歌兒流唱聲欲清，舞女趁節體自輕，歌舞並妙會人情。桓子《新論》：歌兒衛子夫因幸愛重。《史記·高祖紀》：高祖所教歌兒百二十人，皆令爲吹樂。桓寬《鹽鐵論》：今富者鐘鼓五樂，歌兒數曹。**依弦度曲婉盈盈**〔一〕。**揚蛾爲態誰目成。**《西京賦》：度曲未終，雲起雪飛。《漢·元帝紀》：帝自度曲。魏徐幹《七喻》：揚蛾眉而微睇。

〔一〕「依」，《詩紀》卷七九注：「一作『調』」。

妙聲屢唱輕體飛，流津染面散芳菲，俱一作「舉」。**動齊息不相違。**劉楨《贈五官中郎將》詩：清歌製妙聲。揚雄《蜀都賦》：凝水流津。左思《招隱》詩：飛榮流餘津。《莊子》：真人之息以踵，衆人之息以喉。令彼嘉客憺一作「澹」。忘歸，時久翫夜明星稀。屈原《九歌》：留靈脩兮憺忘歸。謝靈運《石壁精舍還湖中》詩：遊子憺忘歸。

費昶

行路難二首按：第一首《藝文》作吴均詩。

君不見，長安客舍門，倡家少女名桃根。貧窮夜紡無燈燭，何言一朝奉至尊。《史記》：商君出亡，欲止客舍。杜預《左傳注》：逆旅，客舍也。《水經注》：臨水亭，其水有客舍，故名客舍門。又曰洛門也。王獻之《情人桃葉歌》：桃葉連桃根。《禮記・喪服傳》：天子至尊。至尊離宮百餘處，千門萬户不知曙。唯聞啞啞城上烏，玉欄金井牽轆轤。丹梁翠柱飛屠一作「流」。蘇，香薪桂火炊雕胡。按：一作「彫菰」。當年翻覆無常定，薄命爲女何必麤。《續漢書》：桓帝時童謠云：「城上烏，尾畢逋，一年生雛。」《廣韻》：廜麻，草庵。《通俗文》：屋平曰屠蘇。《魏志・曹爽傳》注：廳事前屠蘇壞，令人更治之。《新婆娑論》：共取香薪。梁蕭子雲《歲暮直廬賦》：没屠蘇之高彩。《戰國策》：蘇秦對楚王曰：「楚國食貴於玉，薪貴於桂，謁者難見于鬼，王難見于天帝，今令食玉炊桂，因鬼見帝，其可得乎？」《史記・陳丞相世家》：平反覆亂臣也。《説文》：麤，行超遠也。又疏也，大也，物不精也。又略也。魏應璩詩：長老顏色麤。按：《魏都賦》：丹梁虹申以並亘。**君不見，人生百年如流電，心中坎**一作「埳」。**壈君不見。我昔初入椒房時，詎減班姬與飛燕。朝踰金梯上鳳樓**〔一〕，**暮下瓊鉤息鸞殿。**李康《遊山序》：蓋人生天地之問也，若流電之過户牖，輕塵之棲弱草。沈約詩：霓裳拂流電。鮑照樂府：埳壈懷百憂。郭璞《遊仙詩》：翹手攀金梯。宋玉《招魂》：砥室翠翹，絓曲瓊些。王逸曰：曲瓊，玉鉤也。《西京雜記》：漢掖庭有鳴鸞殿，不在簿籍。**栢臺晝夜香**〔二〕，**錦帳自飄颺。**一作「飛揚」。**笙歌膝上吹，**按：一作「棗下曲」。**琵琶陌上桑。**潘岳《笙賦》：詠桃園之夭夭，歌棗下之纂纂。古《咄唶歌》：棗下何攢攢，榮華若有時。棗欲初赤時，人從四面來。棗適今日賜，誰當仰視之。纂與攢，古字通。**過蒙恩所賜**〔三〕，**餘光曲霑被。既逢陰后不自專，復值**一作「遇」。**程**一作「班」。**姬有所避。黃河千年始一清，微軀再逢永無議。**李密《陳情表》：過蒙拔擢。沈約《傷美人賦》：望餘光而躑躅。北齊邢子才《應詔》：草木盡霑被。《後漢書》：光武光烈陰皇后諱麗華，南陽新野人。帝以后雅信寬仁，欲崇以尊位，后固辭，以郭氏有子，終不肯當。故遂立郭皇后。《漢·景十三王傳》：長沙定王發母唐姬，故程姬侍者，景帝召程姬，程姬有所避，不願進。師古曰：謂月事。《左傳》：俟河之清。杜預曰：黃河水濁，一千年而一清。曹植詩：歡會難再遇。王逸《九思》：惟天禄兮不再。《說文》：再，一舉而二也。又重也，仍也。**蛾眉偃月徒自妍，傅粉施朱欲誰爲。不如天淵水中鳥**〔四〕，**雙去雙歸長比翅。**《後漢·皇后紀》：順烈梁皇后，相工茅通見后曰：「此所謂日角偃月，相之極貴。」宋玉《登徒子好色賦》：著粉則太白，施朱則太赤。《廣韻》：翅，鳥翼。

〔一〕「踰」，《文苑英華》卷二〇〇作「踏」。
〔二〕「栢臺」，《詩紀》卷八一〇作「柏梁」。
〔三〕「蒙」，《文苑英華》作「叨」。
〔四〕「鳥」，《文苑英華》作「梟」。

皇太子聖製 簡文

烏棲曲四首

《樂録》：《烏棲曲》者，烏獸二十一曲之一也。案：清商曲辭西曲歌。

芙蓉作船絲作絚，北斗横天月將落。《方言》：關西謂之船，關東謂之舟。古辭《上陵》：青絲爲君笮，木蘭爲君櫂。**採蓮**一作「桑」。**渡頭礙**一作「擬」。**黄河，郎今欲渡畏風波。**《唐書·樂志》：《採桑》，因《三洲曲》而生此聲也。《採桑渡》，梁時作。《水經》曰：河水過屈縣西南爲採桑津。春秋僖公八年，晉里克敗狄于採桑是也。梁簡文帝《烏棲曲》：採桑渡頭礙黄河，郎今欲渡畏風波。《古今樂録》：《採桑渡》舊舞十六人，梁八人，即非梁時作矣。謝靈運《酬從弟惠連》詩：風波子行遲。

浮雲似帳月成一作「如」。鉤，那能一作「得」。夜夜南陌頭。魏文帝「浮雲」詩：西北有浮雲，亭亭如車蓋。沈約作《夜夜曲》，見卷五。宜城醖一作「醢」。酒今行熟[一]，停鞍繫馬暫棲宿[二]。劉琨《扶風歌》：繫馬長松下，發鞍高岳頭。案：張衡《南都賦》：酒則九醖甘醴，十旬兼清。《說文》：釀也。《玉篇》：釀酒也。

〔一〕「醖酒」，《藝文類聚》卷四十二作「投酒」。按：「投」，應作「酘」，《北堂書鈔》：「宜城九醖酒曰酘酒。」「行」，《文苑英華》卷二〇六作「夜」。

〔二〕「停鞍繫馬」，《文苑英華》作「莫惜停鞍」。

青牛丹轂七香車。可憐今夜宿倡家。《拾遺記》：魏文帝所愛美人薛靈芸，以文車十乘迎之。車皆鏤金爲輪輞，丹畫其轂，軛加青色之牛，日行三百里。揚雄《解嘲》：朱丹其轂。魏武帝《與楊彪書》：今贈足下畫輪四望通幰七香車一乘，青牸牛二頭。倡家高樹烏欲棲，羅幃翠帳按：一作「被」。向君低[一]。

〔一〕「向」，《樂府詩集》卷四十八作「任」。

織成屏風銀一作「金」。屈膝，朱脣玉面鐙前出。《晉書·載記》：石季龍作金鈿屈膝屏風。龍輔《女紅餘志》：陽文張瑇瑁屏風，黃金爲屈膝，長七尺，廣二尺，可以卷舒。相看氣息望君憐，誰能含

羞不自前。魏應瑒《西狩賦》：并氣息而傾竦。李密《陳情表》：但以劉日薄西山，氣息奄奄。

雜句從軍行一首

《古今樂録》：《從軍行》，王僧虔云：「荀録所載左延年『苦哉』一篇，今不傳。」《樂府解題》：《從軍行》，皆軍旅苦辛之辭。《廣題》左延年辭云：「苦哉邊地人，一歲三從軍。三子到燉煌，二子詣隴西。五子遠鬬去，五婦皆懷身。」陳伏知道又有《從軍五更轉》。案：相和歌辭平調曲。簡文有二首，此其第二篇也。

雲中亭障一作「嶂」。**羽檄驚，甘泉烽火通夜明。貳師將軍新築營，嫖姚校尉初出征。**《史記·秦始皇紀》：築亭障以逐戎人。《倉頡篇》：障，小城也。《漢書》：高祖曰：「吾以羽檄召天下。」又文帝時，匈奴十四萬騎入朝那蕭關，遂至彭城，使騎兵入燒回中宮，烽火及甘泉宮。《武帝紀》：貳師將軍廣利斬大宛王首，獲汗血馬。**復有山西將，絶世受雄名**[一]。**三門應遁甲，五壘學神兵。**《漢·趙充國傳贊》曰：秦漢以來，山東出相，山西出將。虞羲《詠霍將軍北伐》詩：千載有雄名。《太乙式》：凡舉事皆欲發三門，慎五將。發三門者，開門、休門、生門。五將者，天目、文昌等。《水經注》：紫微有鉤陳之宿，主鬬訟兵陣。故遁甲攻取之法，以所攻神與鉤陳并氣，下制所臨之辰，則秩禽敵。《隋志》：黄石公《五壘圖》一卷。張協《七命》：此蓋希世之神兵。《後漢書》：陳忠曰：「旬月之間，神兵電掃。」**白雲**

隨陣〔二〕一作「施」。**色，蒼山答鼓聲。邐**一作「逶」。**迤觀鵝翼**〔三〕**，參差覩雁行。**《國語》：吳素申白羽之矰，望之如荼。謝脁《鼓吹曲》：眇眇蒼山色。揚雄《蜀都賦》：蒼山隱天。蕭子範《直坊賦》：傍高墉之邐迤。《左傳》：與華氏戰于赭邱，鄭翩願爲鸛，其御願爲鵝。鮑照樂府：雁行緣石徑。注：雁行，陣勢也。《雜兵書》：八陣者，八曰雁行陣。**先平小**一作「少」。**月陣，卻滅大宛城。善馬還長樂，黃金付水衡。**《漢書·西域傳》：大月氏，本行國也。隨畜移徙，與匈奴同俗。老上單于殺月支乃遠去，都嬀水北爲王庭。其餘小衆不能去者，保南山羌，號小月氏。《李廣利傳》：期至貳師城取善馬，故號貳師將軍。《百官表》：水衡都尉，武帝元鼎二年初置，掌上林苑，有五丞。屬官有上林、均輸、御羞、禁圃、輯濯、鍾官、技巧、六廄、辨銅九官令丞。**小婦趙人能鼓瑟，侍婢初笄解鄭聲。庭前桃花**一作「柳絮」。**飛已**一作「欲」。**合，必應紅妝起見**一作「來起」。**迎。**《漢書·枚乘傳》：乘在梁時，取臯母爲小妻。《袁盎傳》：從史盜私盎侍兒。文穎曰：婢也。《白虎通》：女子幼嫁必笄。《蜀志》：劉琰爲車騎將軍，侍婢數十，能爲聲樂。鮑照《行路難》：中庭五株桃，一枝先作花。湯惠休《明妃曲》：微笑相迎。

〔一〕「受」，《樂府詩集》卷三十二作「愛」。

〔二〕「陣」，《樂府詩集》注：「一作『旆』。」

〔三〕「邐迤」，《樂府詩集》作「迤邐」。

和蕭侍中子顯春別四首

別觀葡萄帶實垂，江南荳蔻生連枝。《後涼録》：龜兹國胡人奢侈，家有至千斛葡萄，漢使取實來，離宫別館旁盡種。《本草》：荳蔻生南海。注：《蜀本圖經》云：苗似杜若，春花在穗端，如芙蓉，四房生于莖下，白色花開即黄，根似高良薑，實若龍眼，而無鱗甲，中如石榴子，莖、葉、子皆味辛而香，十月收，今苑中亦種之。按：左思《吴都賦》：草則藿蒳荳蔻。《南方草木狀》：荳莞花，其花作穗，嫩葉卷之而生，花微紅。又按：《集韻》或作「苿」。**無情無意猶如此，有心有恨徒別離。**一作「自知」。晉湛方生《風賦》：等至道于無情。江淹《江上之山賦》：樹無情而百色。

蜘蛛作絲滿帳中，芳草結葉當行路。紅臉脉脉一生啼，黄鳥飛飛有時度。屈原《離騷》：何昔日之芳草兮。**故人雖故昔經新，新人雖新復應故。**《藝文類聚》：後漢竇玄形貌絶異，天子以公主妻之。舊妻與玄書別曰：「衣不厭新，人不厭故。」詞旨各別。《南史·儒林傳》：何妥答顧良曰：「先生姓顧，是眷顧之顧，是新故之故？」《晉書》：桓冲怒送新衣，妻曰：「衣不經新，何緣得故。」按：此首《藝文》作江總《閨怨詩》。

可憐淮水去來潮，春堤楊柳覆河橋。《水經》：淮水出南陽平氏縣昭稽山東北，過桐柏山。枚乘《七發》：海水上潮番禺。《新語》：早潮下，晚潮上，而水相合曰沓潮。《海嶠志》：潮隨月盈虧。《爾雅》：築土遏水曰堤。《晉書》：杜預以孟津渡險，請建河橋于富平津，曰：「造舟爲梁，則河橋之謂也。」淚迹一作「痕」。未燥一作「㦗」。詎終朝，行聞玉珮已相要。一作「邀」。案：揚子《方言》注：㷒則乾㦗。據《集韻》燥俗作「㦗」，非是。㦗爲俗燥字也。

桃紅李白若朝妝，羞持顏領比新楊〔一〕。不惜暫住一作「往」。君前死，愁無西國更生香。

案：徐刻下有《歷九秋篇》十首，作簡文詩，今見前。

〔一〕「楊」，《藝文類聚》卷三十二作「芳」。

雜句春情一首按：雜曲歌辭。《樂府》作《春情曲》。

蝶黄花紫燕相追，楊低柳合路塵飛。已見垂鉤挂緑樹，誠知淇水霑羅衣。晉潘尼《鉤賦》：金釣厲鉅，甘餌垂芬。兩童夾車問不已，五馬城南猶未歸。鶯啼春欲駛，無爲空掩扉。《説文》：扉，户扇也。《爾雅》：闔謂之扉。

擬古一首按：亦見《昭明集》。

窺紅對鏡斂雙眉，含愁拭淚坐相思。念人一去許多時，眼語笑靨迎按：一作「近」。來情，心懷心想甚分明。憶人不忍語，銜恨一作「含情」。獨吞聲。《漢・李陵傳》：即目視陵。師古曰：今世俗所謂眼語是也。謝靈運《廬山慧遠法師誄》：始終銜恨。張奐《與崔元始書》：匈奴若非其罪，何肯吞聲。

倡樓怨節一首六言　雜曲歌辭。

朝日斜來照户，春鳥爭飛出林。片光片影皆一作「景」。麗，一聲一囀煎心。沈約《牽爾成章》：麗日屬元巳。上林紛紛花落，淇水漠漠苔浮。年馳節流易盡，何爲忍憶含羞〔一〕。孔融《論盛孝章書》：歲月不居，時節如流。石崇《思歸歎》：時光逝兮年易盡。

案：徐刻下有《東飛伯勞歌》二首，今附後。

〔一〕「憶」，《藝文類聚》卷三十二作「意」。

湘東王

春別應令四首

昆明夜月光如練，上林朝花色如霰。《説文》：霰，稷雪也。言雪初作未成華，圓如稷粒也。吴均《贈周興嗣》詩：朝花舞風中，夜月窺窗下。花朝月夜動春心，誰忍相思不相見〔一〕。

〔一〕「不相」,《藝文類聚》卷三十二作「今不」。

試看機上交一作「蛟」。龍錦,還瞻庭裏合歡枝。陸翽《鄴中記》:錦有大交龍、小交龍、斑文錦、鳳凰朱雀錦。《古今注》:合歡樹似梧桐,枝葉繁,互相交結,每一風來,輒自離,了不相牽綴,樹之堦庭,使人不忿也。《本草》:合歡,味甘平,令人歡樂無憂,久服輕身明目。生益州。映日通風影朱幔,飄花拂一作「搖」。葉度金池。《南都賦》:朱帷連。《正字通》:帷,幔屬。曹植《七啟》:金墀玉箱。簡文帝《與廣信侯書》:金池動月。又元帝《郢州晉安寺碑文》云:金池夕光。不聞離人當重合,惟悲合罷會成離。

門前楊柳亂如絲,直置佳人不自持。適言新作裂紈詩,誰悟今成織素辭。

日暮徙倚渭橋西,正見涼一作「流」。月與雲齊。潘岳《關中記》:秦作渭水橫橋。《雍州圖》:在長安北二里橫門外也。若使月光無近遠,應照離人今夜啼。

按:徐刻下有《燕歌行》、《烏棲曲》、《別詩》共七首,今附後。

蕭子顯

春別四首

翻鶯度燕雙比翼,楊柳千條共一色。但看陌上携手歸,誰能對此空中一作「相」。憶。

幽宮積草自芳菲，黄鳥芳樹情相依。爭風競日常聞響，重花疊葉不通飛。當知此時動妾思，慚使羅袂拂君衣。按：此首一本作蕭子雲詩。

江東大道日華春，垂楊挂柳掃輕塵。《史記》：項羽敗，自笑曰：「我與江東子弟八千人渡江而西。」淇水昨送淚沾巾，紅妝宿昔已應新。魏曹植《仲雍哀辭》：淚流射而沾巾。銜悲攬涕別心知，桃花李色一作「花」。任風吹。《隋・五行志》：梁天監三年，沙門誌公讖詩：「銜悲不見喜。」本知人心不似樹，何意人別似花離。

樂府烏棲曲應令二首按：清商曲辭西曲歌。注見前。茂倩《樂府》作梁元帝詩。

握中酒杯一作「清酒」。瑪瑙鍾〔一〕，裾邊雜珮琥珀龍。一作「紅」。《涼州記》：吕纂咸寧二年，盜發張駿陵，得瑪瑙鍾榼。史游《急就篇》：繫臂琅玕琥珀龍。師古曰：言以琥珀爲龍，并取琅玕繫著臂肘，取其媚好且珍貴也。欲持寄君心不惜，共指三星今何夕。

〔一〕「握」，《樂府詩集》卷四十八作「幄」。

淚一作「濃」。黛紅輕一作「輕紅」。點花色，還欲令人不相識。金壺夜水一作「永」。誰能多〔二〕，一作「過」。莫持賒用比懸河。鮑照詩：金壺起夕淪。《世説》：王太尉云：「郭子玄語議如懸河瀉水，注而不竭。」

按：徐刻有第三首，今附後。

〔一〕「誰」，《文苑英華》卷二〇六作「詎」，可從。

燕歌行 注見前。

風光遲舞出青蘋，蘭條一作「苕」。**翠鳥鳴發春。**宋玉《風賦》：夫風生于地，起于青蘋之末。郭璞《遊仙詩》：翡翠戲蘭苕。宋玉《招魂》：獻歲發春兮，汩吾南征。**洛陽梨花落如雪**〔一〕，**河邊細草細**一作「組」。**如茵**〔二〕。《曹瞞傳》：王自漢中至洛陽，起建始殿，使工蘇越徙美梨，掘之，根傷盡血出。謝朓《別江水曹》詩：花濃聚如雪。劉楨《贈徐幹》詩：細柳夾道生。謝萬《春遊賦》：草靡靡以如茵。**桐生井底葉交枝，**按：一作「加」。**今看無端雙燕離。五重**一作「車」。**飛樓入河**一作「雲」。**漢，九華閣道暗清池。**《幽明録》：鄴城鳳陽門五層樓，去地五十丈，長四十丈，廣二十丈。《吴越春秋》：范蠡爲勾踐立飛翼樓，以象天門。**遥看白馬津上吏，傳道黄龍征戍兒。**《漢書·項籍傳》：漢使盧綰、劉賈渡白馬津，入楚地。《魏志》：袁紹遣顔良攻東郡太守劉延于白馬。《魏氏土地記》：狼河，附黄龍城東北下。**明月金光**一作「波」。**徒照妾**〔三〕，**浮雲玉葉君不知。**崔豹《古今注》：黄帝與蚩尤戰，常有五色雲氣、金枝玉葉，止于帝上，有花葩之象，因而作華蓋。**思君昔**

去柳依依，至今八月避暑歸。魏文帝《戒盈賦序》：避暑東閣，延賓高會。明珠蠶繭勉登機，鬱金香藹特一作「持」。香衣[四]。張衡《思玄賦》：百卉含藹。洛陽城頭雞欲曙，丞相府中烏未飛。鮑照《放歌行》：雞鳴洛城裏，禁門平旦開。丞相，疑作「御史」。注見下文庾信。夜夢征人縫狐貉，私憐織婦裁錦緋。《說文》：緋，帛赤色也。吴刀鄭綿絡，寒閨夜被一作「披」。薄。《呂氏春秋》：副之以吴刀。張華《博陵王宫俠曲》：吴刀鳴手中。宋玉《招魂》：秦篝齊縷，鄭綿絡些。《漢·揚雄傳》：綿絡天地。注：謂包絡之也。庾信《思舊銘》曰：閨深夜靜，風高月寒。芳年海上水中鳧，日暮寒夜空城雀。《晉·張華傳》：惠帝中，人有得鳥毛三丈以示華，華見慘然曰：「此謂海鳧毛也，出則天下亂矣。」《漢·燕刺王傳》：王自歌曰：「歸空城兮。」宋鮑照《空城雀》詩：雀乳四鷇，空城之阿。

〔一〕「落」，《文苑英華》卷一九六作「白」。

〔二〕下「細」字《文苑英華》作「青」。

〔三〕「徒」，《文苑英華》注：「一作『從』。」

〔四〕下「香」字《文苑英華》作「春」。

王筠

行路難一首

千門皆閉夜何央，百憂俱集斷人腸。探揣按：一作「取」。箱中取刀尺，拂拭機上斷流黄。情人逐情按：一作「恨」。雖可恨，復畏按：一作「恨」。邊遠乏衣裳。晉孫綽有《情人碧玉歌》。已繰一作「繅」。一繭摧衣縷，復擣百和裛一作「薰」。衣香。猶憶去時腰大小，不知今日身短長。謝惠連詩：腰帶准疇昔，不知今是非。裲襠雙心共一抹，袓一作「袹」。複兩邊作八襊。《通雅》：襤襠，言裲襠之蓋其外也。《宋起居注》：泰始二年，御史中丞羊希奏之陰令謝沈，親憂未除，常著青絳納裲襠衫，請免沈前所居官也。《讀曲歌》：裲襠別去年，不忍見分題。又：竹簾裲襠題，知子心情薄。《爾雅》：裲襠謂之袓複。楊慎《韻藻》：袓腹，即今之裹肚。按：袓，舊作「袹」。《集韻》：音陌。又《説文》：袓，日日所常服也。十卷有袓複詩可證。又襊，七醉切，音萃，衣遊縫也。又曷韻，音撮，衣襞積也。與撮、繓並通。襻帶雖安不忍縫〔一〕，開孔裁穿猶未達。《正字通》：襻，衣下系也。音盼。《六書故》作襻。庾信《鏡賦》：衣長假襻。胸前卻月兩相連，本照君心不照天。劉孝儀《謝賜鵝鴨啟》：復有背如車蓋，胸垂卻月。願君分明得此意，勿復流蕩不如先。含悲含怨判不死，封情忍思待明年。毛萇《詩傳》：判，分也。

〔一〕「縫」，《文苑英華》卷二〇〇作「繫」。

劉孝綽

元廣州景仲座見故姬一首

一作《代人詠見故姬》。《梁書》：元景仲，法僧次子也，封枝江縣公。大通三年，出爲平越中郎將，廣州刺史。侯景作亂，以景仲元氏之族，許奉爲主，乃舉兵將下應景。會西江督護陳霸先起兵攻之，景仲自縊而死。

留故夫，不峙㠐。別待春山上，相看采按：一作「詠」。蘼蕪。

劉孝威

擬古應教一首按：雜曲歌辭。《樂府》作《東飛伯勞歌》。

雙棲翡翠兩鴛鴦，巫雲落月乍相望〔一〕。曹植《洛神賦》：髣髴兮若輕雲之蔽月。誰家妖冶折花枝，蛾眉曼睇使情移。按：《樂府》作「衫長釧動任風吹」。《説文》：睇，目小視也。青鋪緑一作「玉」。瑣一作「瓅」。琉璃扉，瓊筵玉笥金縷一作「花鈿寶鏡織成」。衣。晉張協《玄武館賦》：朱户青鋪。袁宏《夜酣賦》：開金扉，坐璚筵。謝眺詩：復酌璚筵醴。梁簡文帝《喜疾瘳》詩：丹經藴玉笥。《水經注》：《湘中記》云：「屈潭之左，有玉笥山，道士遺言：此福地也。」美人年幾可十餘，含羞轉一作「騁」。笑歛風裾。珠丸出彈不可追，空留可憐持與誰？

〔一〕「落」，《樂府詩集》卷六十八作「洛」。

徐君蒨

別義陽郡二首

翔鳳樓，遥望與雲浮。晉宫闕名有翔鳳樓。枚乘《雜詩》：西北有高樓，上與浮雲齊。歌聲臨樹出，舞影入江流。葉落看村近，天高應向秋。

飾面亭，妝成按：舊本重「妝成」二字。更點星。頰上紅疑淺，眉心黛不青。故留殘粉絮，挂看箔簾釘〔一〕。徐悱妻詩：還代粉中絮，擁淚不聽垂。庾信《鏡賦》：拭釵梁于粉絮。蓋俱指此。《廣韻》：箔，簾箔也。《正字通》：釘音丁，釘物具也。《魏略》：王凌試索灰釘。

〔二〕「看」，紀氏《考異》作「著」。

王叔英婦

贈答一首 一作「贈夫」。

妝鉛點黛拂輕紅，鳴環動珮出房櫳，看梅復看柳，淚滿春衫中。

沈約

古詩題六首

宋刻原注：《八詠》，孝穆止收前二首。此皆後人附録，故在卷末。按齊云：《八詠》亦隱侯生平得意之辭，爲後人開出生面。

歲暮愍衰草

愍衰草，衰草無容色。憔悴荒逕中，寒荄一作「萎」。不可識。潘岳《悼亡詩》：枯荄帶墳隅。《廣韻》：荄，草根也。昔時兮春日，昔日兮春風。含華兮珮實〔一〕，垂緑兮散紅。潘尼《石榴賦》：華實並麗。夏侯湛《石榴賦》：接翠萼於緑蔕兮，冒紅芽以丹鬚。氛氳鳷鵲右，照耀望仙東。休文《遊沈道士館》詩云：復立望仙宫。《廟記》：望仙宫在華陰，漢武帝所造。送歸顧暮一作「慕」。泣淇水，嘉客淹留懷上宫。宋玉《九辯》：憭慄兮若在遠行，登山臨水送將歸。嵇康《琴賦》：或徘徊顧慕。巖陬兮海岸，冰多兮霰積。一作「霧散」。爛漫兮客根，一作「巖根」。欑一作「攢」。幽兮寓一作「石」。隙。《説文》：陬，阪隅也。《史記・周勃世家》：吴奔壁東南隅。司馬相如《上林賦》：麗靡爛漫于前。又：攢戾莎。《説文》：攢，族聚也。布綿密於寒皋，吐纖疏於危石。《漢・賈山傳》：江皋河濱。李奇曰：皋，水淤地。《列子》：伯昏無人曰：「當與汝登高山，履危石，臨百仞之泉。」既惆悵於君子，倍傷心於行役。露高枝於初旦，霜紅一作「江」。天於始夕。彫芳卉之九衢，賓一作「寶」。靈茅之三脊。《山海經》：少室之山，其上有木焉，名曰帝休，葉狀如楊，其枝五衢，黄花黑實，服者不怒。郭璞曰：言樹枝交錯，相重五出，有象衢路也。故《天問》云：靡蓱九衢。《史記・封禪書》：古之封禪，江淮之間一茅三脊，所以爲藉也。胡伯始注《漢官儀》云：清廟蓋以茅。今蓋以瓦，下藉茅，以存古制。風急崤道一作「路」。難，秋至客衣單。《左傳》：晉人禦師必于殽。杜預曰：殽在弘農澠池縣西。既傷檐下菊，復悲池上蘭。飄落逐風盡，一作「轉」。方知歲早寒。流螢暗明燭，鴈聲斷纔續。萎絶長信宫，蕪穢丹墀曲。楊惲《報孫會宗書》：田彼南山，蕪穢不治。霜奪莖上紫，風銷葉中緑。山變兮青薇，水折兮平葦。按一作「山巒兮水圍，青薇兮黄葦」。《爾雅》：薇，垂水。邢疏：草生水濱，枝葉垂于水。鄭注：薇菜生水邊。然《詩》言「山有蕨薇」，「陟山采薇」，則是山菜，與《爾雅》垂水之薇分二種。《説文》：葦，大葭也。秋鴻按：一作「秋鴈嘹」。兮踈引，寒鳥按：一作「寒鳥聚」。兮聚一作「輕」。飛。逕荒寒草合，按：一作「草長荒徑微」。桐長舊巖圍。《廣韻》：嘹，病呼。夜漸蘼蕪没，按：一作「園庭漸蕪没」。霜露日霑衣。願逐晨征鳥，薄暮共西歸。

〔一〕「含」，《藝文類聚》卷八十一作「銜」。

霜來悲落桐

悲落桐，落桐早霜露。燕至葉未抽，鴻來枝活本作「波」。已素。《禮記》：仲春之月，玄鳥至。又：仲秋之月，鴻雁來，玄鳥歸。束晳《補亡詩》：草以春抽。本一作「末」。出龍門山，長枝仰刺天。上峰百丈絶，下趾萬尋懸。張衡《南都賦》：森蕁蕁而刺天。《漢·律曆志》：十尺爲丈。《正字通》：八尺曰尋。按：《長笛賦》：秋潦漱其下趾兮。又潘岳《相風賦》：踞神獸于下趾。幽根已盤結，孤枝復危絕。初不照光景，終年負霜雪。自顧無羽儀，不願生曲池。芬芳本自乏，華實無可施。匠者特一作「時」。留盼〔一〕，王孫少見之。一作「知」。《莊子》：惠子謂弟子曰：「吾大樹，人謂之樗，匠者不顧。」《楚辭》：王孫遊兮不歸。又：國無人莫我知兮。分取生孤按：一作「自分孤生」。枿，徙按：一作「從」。置北堂陲。陸機《懷土賦》：悼孤生之已宴。宿莖抽一作「擂」。晚幹，新葉生故枝。故枝雖遼遠，新葉頗離離。梁任昉《濟浙江》詩：緑樹懸宿根。義同。春風一朝至，榮户按：活本作「啟」，今本作「華」。坐如斯。宋玉《好色賦》：寤春風兮發鮮榮。《文子》：有榮華者必有愁悴。自惟良菲薄，君恩徒照灼。《正字通》：菲，薄也。顧已非嘉樹，空用憑阿閣。願作清廟琴，爲舞雙一作「君舞」。玄鶴。《尚書内傳》：奏百人之樂，致玄鶴之舞。薜荔可爲裳，文杏堪作梁。屈原《九歌》：被薜荔兮帶女蘿。勿言草木賤，徒照君末光。曹植《感節賦》：庶末光之常照。末光不徒照，爲君含噭眺。一作「咷」。陽柯一作「阿」。緑水弦，陰枝苦寒調。《漢・韓延壽傳》：噭咷楚歌。師古曰：噭，音叫號之叫。咷，音滌濯之滌。王逸《九思》：聲噭誂兮清和。《廣韻》：叫咷，楚聲也。張協《七命》：翦蕤賓之陽柯，剖大呂之陰莖。厚德非可一作「所」。任，敢不虛其心。若逢陽春至，吐緑照清潯。《字林》：潯，水涯也。

〔一〕「特」，五雲溪館本作「時」。「盼」，趙氏覆宋本作「眄」。

夕行聞夜鶴

聞夜鶴，夜鶴叫南池。對此孤明月，臨風振羽儀。伊吾人之菲薄，無賦命之天爵。抱蹻促之一作「而」。長懷，隨春冬而哀樂。魏丁儀《刑禮論》：天不以久遠更其冬春。宋謝莊《孝武帝哀策文》：冬暖春暄。愍海上之驚鳧，傷雲間之離鶴。木華《海賦》：鷗如驚鳧之失侶。張衡《歸田賦》：落雲間之逸禽。離鶴昔未離，近一作「迥」。發天北垂。忽值疾風起，暫下昆明池。司馬相如《長門賦》：天飄飄而疾風。復值冬冰合，水宿非所宜。《禽經》：陸鳥曰棲，水鳥曰宿，獨鳥曰止，衆鳥曰集。欲留不可住，欲去飛已疲。樂府《雙白鵠》：忽然卒疲病，不能飛相隨。勢逐疾風舉，求温向衡楚。復值南飛鴻，參差共成侶。《管子》：鴻雁秋南而不失時。《方輿勝覽》：回雁峰，在衡陽之南，雁至此不過去，遇春而回，故名。海上多雲霧，蒼茫失一作「先」。洲嶼。自此別故群，獨向瀟湘渚。晉潘岳《哀永逝文》：視天日兮蒼茫。朱異詩：值寒野之蒼茫。魏武帝《滄海賦》：覽島嶼之所有。故群不離散，相依滄海畔。夜止羽相切，晝飛影相亂。《神異經》：西海之外有鶴國，男女皆長七寸，爲人自然有禮，好經論，跪拜，壽三百歲，人行如飛，日千里，百物不敢犯之，惟畏海鵠，鵠過，吞之，亦壽三百歲，人在鵠腹中不死，而鵠一舉千里。刷羽共浮沉，湛澹泛清潯。按：《藝文》作「陰」。既不得一作「經」。離別，安知慕侶心？張華《情詩》：不曾遠別離，安知慕儔侶。九冬霜雪苦，按：一作「負霜雪」。六翮飛不任。且養凌雲翅，俛仰弄清音。所望浮邱子，旦夕來見尋。《列仙傳》：王子喬，名晉，周靈王太子也。好吹笙作鳳鳴，遊伊洛間，隨浮邱公登嵩山而去。一日遇桓良曰：「告我家，七月七日待吾緱氏山頭。」良至期往，則晉乘白鶴，揮手謝時人云。

晨征聽曉鴻

聽曉鴻，曉鴻度將旦。跨弱水之微瀾，發成山之遠岸。《山海經》：崑崙之邱，其下有弱水之川環之。郭璞曰：其水不勝鴻毛也。《漢・武帝紀》：太始三年，幸琅琊，禮日成山。師古曰：成山在東萊不夜縣，斗入海。按：別作戎山，非。怵春歸之未幾，驚此歲之云半。出海漲之蒼茫，入雲途之杳一作「瀰」。漫。謝承《後漢書》：陳茂常渡漲海。又：交阯七郡貢獻，皆從漲海出入。郭璞《江賦》：濟江津而起漲。注：漲，水大之貌。班彪《覽海賦》：登雲途之凌厲。張衡《西京賦》：途閣雲曼。木華《海賦》：渺瀰泼漫。潘岳《西征賦》：滉瀁瀰漫。無東西之可辨，孰遐邇之能算。微昔見於洲渚，赴秋期於江漢。左思《吴都賦》：島嶼緜邈，洲渚馮隆。集勁風於弱軀，負重雪於輕翰。北齊蕭瑴《野田黄雀行》：弱軀媿彩飾。《説文》：翰，天雞赤羽也。寒谿可以飲，荒皐可以竄。谿水徒自清，微容一作「形」。豈足翫。張華《鷦鷯賦》：形微處卑，物莫之害。秋蓬飛兮未極，一作「絶」。寒一作「塞」。草萎一作「衰」。兮無色。楚一作「吴」。山高兮杳難度，越水深兮不可測。江淹

《臨秋怨别》詩云：吴山饒離袂，楚水多别情。意亦同。《楚辭》：若縱火于秋蓬。齊高帝《塞客吟》：秋風起，塞草衰。謝脁詩云：雲端楚山見。美一作「羡」。明月之馳光，願征禽之騁翼〔一〕。伊余馬按：一作「鳥」。之屢懷，知吾一作「君」。行之未極。《秦子》：今欲馳光日下顯白雪中，不可得已。曹植《雜詩》：馳光見我君。王僧孺《與陳居士書》曰：征禽難使。《離騷》：步余馬于蘭皋。夜緜緜而難曉，愁參差而盈臆。望山川悉無似，一作「以」。惟星河猶可識。聞一作「孤」。雁夜南飛，客淚夜霑衣。春鴻思暮反，客子方未歸。歲去歡娱盡，年來容貌非。張協《詠史》詩：朝野多歡娱。攬袛形雖是，撫臆事多違。《説文》：袛，衣衿也。謝脁牋：撫臆論報。青蒲雖長復易解，白雲誠遠詎難依。《説文》：蒲，水草。孔稚珪《北山移文》：白雲誰侣。《南史·隱逸傳》：王僧達答曰：「褚先生從白雲遊舊矣。」《歸藏》：有白雲出自蒼梧，入於大梁。《漢武故事》：上禪肅然，白雲爲蓋。

〔一〕「願」，孟本作「顧」。

解珮去朝市

去朝市，朝市深歸暮。晉王康琚《反招隱詩》：大隱隱朝市。辭北纓而南徂，一作「征」。浮東川而西顧。逢天地之降祥，值日月之重光。伊當仁之菲薄，非余情之信芳。《離騷》：苟余情其信芳。**充待詔於金馬，奉高**一作「眷齊」。**宴於栢梁。**《漢書》：東方朔待詔金馬門。**觀鬬獸於虎圈，望窅窕於披香。**《列士傳》：秦召公子無忌，不行，使朱亥奉璧一雙。秦王大怒，將朱亥置虎圈中。亥瞋目視虎，眥裂血濺，虎終不敢動。**遊西園兮登銅雀，舉青瑣兮眺重陽。**《楚辭》：集重陽而入帝宮兮。張衡《西京賦》：集重陽之清澂。**講金華兮議宣室，晝武帷兮夕文昌。**《漢書》：上方向學，鄭寬中、張禹朝夕入説《尚書》、《論語》于金華殿中。《三輔黄圖》：宣室，殿中温室。殿，金華殿。《漢書・賈誼傳》：文帝思誼，徵之，及入見，上方受釐，坐宣室。《汲黯傳》：武帝常坐武帳中，黯前奏事。曹植《槐賦》：憑文昌之華殿。《水經注》：魏武帝封於鄴，爲北宮，宮有文昌殿。劉淵林《魏都賦》注：文昌，正殿名也。**珮甘泉兮履**一作「屣」。**五柞，贊**一作「替」。**枍詣**一作「楷」。**兮紱承**一作「冕」。**光。**《三輔黄圖》：長安有五柞宮。張晏《漢書注》：有五柞樹，因以名宮。班固《西都賦》：洞枍詣以與天梁。張衡《西京賦》：枍詣承光。注：枍詣、承光，並臺名。**託後車兮侍華幄，遊渤海兮泛清漳。**陸機《贈馮文羆詩》：居陪華幄。《漢書・地理志》：有渤海郡。《山海經》：少山清漳出焉，東流于濁漳。《地理志》：魏郡武始縣漳水至邯鄲，入漳山。**天道有盈缺，寒暑遞炎涼。**《左傳》：子胥曰：「盈必毀，天之道也。」《春秋元命苞》：月盈而闕者詘鄉尊。宋均曰：詘，還也。尊，君也。**一朝賣玉琬**〔一〕**，眷眷**按：一作「春暮」。**惜餘香。**《漢武故事》：鄴縣有一人于市貨玉杯，吏疑其御物，欲捕之，因忽不見。縣送其器，推問，乃茂陵中物也。霍光自呼吏問之，説市人形貌如先帝。陸機《弔魏武帝文》又云：餘香可分與諸夫人。**曲池無復處，桂枝亦銷亡。清廟徒肅肅，西陵久茫茫。薄暮余多幸，嘉運重來昌。**《左傳》：民之多幸，國之不幸也。陸雲《晉故散騎常侍陸府君誄》：雖躡嘉運。**忝稽郡之南尉，曲千里之光貴**〔二〕。司馬彪《續漢書》：任延拜會稽南部尉，時年十九。《東觀漢記》：馮勤曾祖楊，宣帝時爲弘農太守，生八男，皆典郡。晉孫楚《雁門太守牽府君碑》：剖符千里。**別北荒**一作「芒」。**於濁河，戀橫橋於清渭。**張載《七哀詩》：北芒何壘壘。郭緣生《述征記》：北芒城，北芒嶺也，去洛陽大夏門不盈一里。《戰國策》：蘇秦曰：「齊有清濟濁河。」**望前軒之早桐，對南階之初卉。**夏侯湛《秋可哀》：映前軒之疎幌。謝惠連《詠牛女》詩：鳴金步南階。**非余情之屢傷，寄兹焉兮**一作「之」。**能慰。**晉陸機《還思賦》：嗟余情之屢傷。**眷昔日兮懷哉，日將暮兮歸去來。**晉陶潛集有《歸去來辭》。

〔一〕「琬」，五雲溪館本作「椀」。

〔二〕「曲」，五雲溪館本作「典」。

披褐守山東

守山東，山東萬嶺一作「里」。**鬱青葱。**《爾雅》：青謂之葱。《三都賦序》：揚雄賦《甘泉》，而陳玉樹青葱。兩溪共一寫，一作「瀉」。水潔望如空。岸側青莎被，按：一作「披」。巖間丹桂叢。《本草》：青莎，一名水香稜，一名雀頭香。《吴都賦》：丹桂溝叢。上瞻既隱軫，按：一作「隱隱」。下睇亦溟濛。揚雄《羽獵賦》：隱隱軫軫，被陵緣坂。左思《吴都賦》：曠瞻迢遞，回眺溟濛，珍怪麗，奇隙充。遠林響咆獸，近樹聒鳴蟲。《説文》：咆，咆嘷也。潘岳《西征賦》：何猛氣之咆勃。注：怒貌。按：《左傳・襄二十六年》：聒而與之語。注：聒，讙也。《説文》：本作䛤，讙語也。路帶一作「出」。若谿右，澗按：一作「泉」。吐金華東。《續漢書》：山陰縣，去郡數十里，有若邪山。《神仙傳》：黄初平，丹溪人，年十五，家使牧羊，有道士見其良謹，將至金華山石室中四十餘年。劉峻著《東陽金華山棲志》。萬仞倒危石，百丈注懸叢。一作「淙」。毛萇《詩傳》：潨，水會也，與「灇」通。掣一作「瀑」。曳瀉流電，奔飛似白虹。《尚書・考靈耀》鄭玄注曰：日旁氣白者爲虹。邢子才表：可成奔飛之用。洞井一作「深洞」。含清氣，漏穴吐飛風。魏文帝《善哉行》：長笛吐清氣。梁簡文帝《長沙宣武王廟碑文》：反宇飛風。玉竇膏滴瀝，石乳室一作「室乳」。空籠。《十洲記》：瀛洲有玉膏如酒味，名曰玉酒，飲數升輒醉，乃令人長生。《水經注》：大洪山在隨郡之西南，竟陵之東北，入石門，又得鍾乳穴，穴中多鍾乳，凝膏下垂，望齊冰雪，微精細液，滴瀝不斷。峭崿塗彌險，崖岨步纔通。余捨按：一作「拾」。平生之所愛，欻暮年而逢此。一作「斯逢」。願一去而不還，恨鄒一作「邦」。衣之未褫。荆軻歌：壯士一去不復還。《韓非子》：鄒君好長纓，左右皆服，長纓甚貴，鄒君患之。問左右，左右對曰：「君好服之，百姓亦多服，是故貴。」鄒君因先斷其纓而出，國中皆不服長纓。**揖**一作「挹」。**林壑之清曠，事氓俗之紛詭。**少昊《皇母望娥歌》：天清地曠。謝靈運《田南詩》：清曠招遠風。《後漢書》：仲長統曰：「欲卜居清曠，以樂其志。」《玉篇》：詭，欺也，慢也，怪也。**幸帝德之方升，值天網**一作「綱」。**之未毁。**晉傅咸《桑樹賦》：猶帝道之將升。《老子》：天網恢恢，疎而不失。**既除舊而布新，故化民而俗徙。**《左傳》：申須曰：「彗所以除舊布新也。」**播趙俗以南徂，扇齊風以東靡。**《史記·趙世家》：武靈王胡服騎射，以教百姓。《左傳》：吴公子札來聘，爲之歌齊，曰：「美哉！泱泱乎大風也哉！表東海者，其太公乎。」《説苑》：泄冶曰：「東風則草靡而西，西風則草靡而東。」**乳雉方可馴，流蝗庶能弭。**《後漢·魯恭傳》：恭爲中牟令，蝗不入界。河南尹袁安使掾肥親覘之，恭與親坐桑下，有雉過，止其旁，旁有童兒，親曰：「何不捕之？」兒言雉方將雛。親嘆其三異。**清心矯世濁，儉政革**一作「救」。**民侈。**屈原《漁父》：世人皆濁我獨清。**秩滿撫**按：一作「歸」。**白雲，淹留事芝髓。**按：一作「體」。《孔稚珪集·酬張長史詩》：同貧清風館，共素白雲室。《神異經》：鍾山在北海之中地，仙家數十萬，耕田種芝草，課計頃畝。袁彦伯《竹林名士傳》：嵇康、王烈入山，烈常得石髓，柔滑如飴，即自服半，餘半取以與康，皆凝爲石。

張衡

定情歌

按：雜曲歌辭。注見卷一繁欽。以下諸詩，宋刻不收，今附于後。

大火流兮草蟲鳴，繁霜降兮草木零。秋爲期兮時已征，思美人兮愁屏營。

劉鑠

白紵曲

注見前。

遷遷按：《樂府》作「僊僊」。徐動何盈盈，玉腕俱凝若雲行。佳人舉袖耀清蛾，摻摻擢手映鮮羅。《説文》：方目紗綺借罔羅象形曰羅。狀似明月汎一作「沉」。雲河，體如輕風動流波。

鮑照

北風行〔一〕

郭茂倩曰：《北風》，本衛詩也。《北風》詩曰：「北風其涼，雨雪其雱。」傳云：「北風寒涼，病害萬物，以喻君政暴虐，百姓不親也。」若鮑照《北風涼》、李白「燭龍棲寒門」，皆傷北風雨雪，而行人不歸，與衛詩異矣。按：雜曲歌辭。

北風涼，雨雪雱，洛陽按：一作「京洛」。女兒多妍一作「嚴」。妝。無名氏古詩：新婦起嚴妝。遥豔帷中自悲傷，沉吟不語若爲一作「有」。忘。問君前行何當歸，苦使妾坐自傷悲。古絶句：何當大刀頭。慮年去，一作「至」。慮顔衰，情易復〔二〕，恨難追。

〔一〕《鮑參軍集》作《代北風涼行》。

〔二〕「復」，《鮑參軍集》作「遠」。

湯惠休

楚明妃曲按：琴曲歌辭。

瓊臺彩楹，桂寢雕甍。《歸藏》：夏后啟筮享神於晉之墟，爲作璿臺於水之陽。《三輔故事》：桂宫周匝十里。金閨流耀，玉牖含英。江淹《别賦》：金閨之諸彦。注：金閨，金馬門也。香芬幽藹，珠彩珍榮。文羅秋翠，紈綺春輕。晉左貴嬪《松柏賦》：馥幽靄而永馨。驂駕鸞鶴，往來仙靈。《集仙録》：群仙畢集，位高者乘鸞，次乘麒麟，次乘鶴。鸞鶴每翅各大丈餘。班固《終南山賦》：固仙靈之所遊集。《列子》：岱輿山上觀臺皆金玉，仙聖飛相往來。含姿綿視，微笑相迎。按：簡文《舞賦》：既相看而綿視。意同。結蘭枝，送目成，當年爲君榮。

白紵歌按：湯詩《樂府》載二首，此其第二篇也。

少年窈窕舞君前，容華豔豔將欲然。爲君嬌凝復遷延，流目送笑不敢言。宋玉《神女賦》：遷延引身，不可親附。張衡《思玄賦》：流目眺夫衡阿兮。長袖拂面心自煎，願君流光及盛年。

秋風歌按：琴曲歌辭。茂倩《樂府》作《秋風》。

秋風嫋嫋入曲房，羅帳含月思心傷。蟋蟀夜鳴斷人腸，夜長思君心飛揚。他人相思君相忘，錦衾瑶席爲誰芳。

歌思引一作《秋思引》。

秋寒依依風過河，白露蕭蕭洞庭波。思君末光光已滅，眇眇悲望如思何！

梁武帝

江南弄

按：清商曲辭。以下四曲同。注詳卷六吴均。又按：《古今樂録》曰：《江南弄》三洲韻。和云：「陽春路，娉婷出綺羅。」

衆花雜色滿上林，舒芳耀緑垂輕陰。連手躞蹀舞春心。舞春心，臨歲腴，中人望，獨踟躕。

《説文》：腴，肥也。

龍笛曲

《古今樂録》：《龍笛曲》，和云：「江南音，一唱直千金。」馬融《長笛賦》曰：「近世雙笛從羌起，羌人伐竹未及已。龍鳴水中不見已，截竹吹之聲相似。」然則《龍笛曲》蓋因聲如龍鳴而名曲。

美人綿眇在雲堂，雕金鏤竹眠玉牀。

晉曹昆《詠冬》詩：緜邈冬夕永。晉蘇彦《女貞賦》：或樹之於雲堂。《藝文類聚》：陳江總有《雲堂賦》。《傅子》：漢末一管之匣，雕以黄金，飾以和璧。《風俗通》：漢帝時，零陵文學奚景仲，於泠道舜祠下得玉管，後人易之以竹。

婉愛寥亮繞紅梁。

一作「虹梁」。劉

梁《七舉》：丹墀縹璧，紫柱紅梁。**繞紅梁，流月臺，駐狂風，鬱徘徊。**元帝《南嶽衡山九貞館碑文》：上月臺而遺愛。《語林》：褚公與孫綽遊曲阿後湖，狂風忽起。

採菱曲

《古今樂録》：《採菱》，和曲云：「菱歌女，解珮戲江南。」

江南稚女珠腕繩，金翠摇首紅顏興。桂櫂容與歌採菱。江淹《扇上綵畫賦》：臨淄之稚女。潘岳《閑居賦》：兒童稚齒。清商曲《雙行纏》云：朱絲繫腕繩。《史記》：太史公曰：「優孟摇頭而歌。」屈原《九歌》：桂棹兮蘭枻。注：棹，楫也。揚雄《方言》：楫謂之橈。**歌採菱，心未怡，翳羅袖，望所思。**

游女曲

《古今樂録》：《游女曲》，和云：「當年少，歌舞承歡笑。」

氛氲蘭麝體芳滑，容色玉耀眉如月，珠珮婐妮戲金闕。司馬相如《美人賦》：時來親臣，柔滑如脂。《廣韻》：婐妮，身弱好貌。按：《韓昌黎詩集》注中引樂府「珠珮婐妮戲金闕」句，婐妮，謂月妃。羅泌《路史》：鼬妃光妓，婐妮柔撓。蓋本此。《神異經》：西北荒中有二金闕，高百丈。**戲金闕，游紫庭，舞飛閣，歌長生。**《河圖讖》：上參南斗第一星，下立草屋爲紫庭。神龍之岡梧桐生，鳳鳥戢翼朔旦鳴。蔡邕《琴操》：周成王琴歌曰：「鳳凰翔兮紫庭，余何德兮感靈。」崔駰《七依》：飛閣重樓。鮑照樂府：淮南王，好長生。

朝雲曲

《古今樂録》：《朝雲曲》，和曲云：「徙倚折耀華。」酈道元《水經注》：巫山者，帝女居焉。宋玉謂帝之季女名曰瑶姬，未行而亡，封于巫山之臺。精魂爲草，實謂靈芝，所謂巫山之女，高唐之姬也。《朝雲曲》蓋取于此。朝雲，注見卷五江淹。

張樂陽臺歌上歇，一作「謁」。如寢如興芳一作「若」。晻曖。容光既豔復還没。《莊子》：北門成問于黄帝曰：「帝張咸池之樂，於洞庭之野。」王延壽《魯靈光殿賦》：宵靄靄而晻曖。復還没，望不來，巫山高，心徘徊。

白紵辭二首

按：《古今樂録》曰：梁三朝樂第二十，設《巾舞》，并《白紵》，蓋《巾舞》以《白紵》四解送也。

朱絲玉柱羅象筵，飛琯促節舞少年〔一〕。沈約詩：象筵鳴寶瑟。銑曰：象筵，簟也。短歌流目未肯前，含笑一轉私自憐〔二〕。

〔一〕「瑄」，《文苑英華》卷一九三作「管」。

〔二〕「私自」，《文苑英華》作「自知」。

纖腰嫋嫋不任衣，嬌態獨一作「特」。立特一作「獨」。爲誰。《埤蒼》：嫋嫋，美也。奴鳥切。《史記・律書》：孝文曰：「朕能任衣冠，念不到此。」赴曲君前未忍歸，上聲急調中心飛。《樂府》有《上聲歌》，注見卷十。

昭明太子〔一〕

江南曲

按：清商曲辭。《樂府》載《江南弄》三首，又《江南曲》，和云：「陽春路，時使佳人度。」

枝中水上春併歸，長楊掃地桃花飛。清風吹人光照衣。宋玉《風賦》：故其清涼雄風。光照衣，景將夕。擲黃金，留上客。

〔一〕據《藝文類聚》卷四二、《詩紀》卷六七，應作簡文帝。

龍笛曲

《古今樂録》：和云：「江南弄，真能下翔鳳。」注見上。

金門玉堂臨水居，一嚬一笑千萬餘。遊子去還願莫疎。《通鑑》：韓昭侯曰：「吾聞明主愛一嚬一笑。」願莫疎，意何極。雙鴛鴦，兩相憶。

採蓮曲

《古今樂録》：和云：「採蓮歸，渌水好沾衣。」注見卷六吴均。

桂楫蘭橈浮碧水，江花玉面兩相似。蓮疎藕折香風起。謝朓詩：香風蕊上發。香風起，白日低。採蓮曲，使君迷。

簡文帝

東飛伯勞歌二首〔一〕按：雜曲歌辭。

翻階蛺蝶戀花情，容華飛燕相逢迎。誰家總角歧路陰，裁紅點翠愁人心。天窗綺井曖徘徊，珠簾玉匣一作「篋」。明鏡臺。孔融《臨終詩》：天窗通冥室。《漢官儀》：泰山下，直上七十里，至天門，如從穴中窺天窗矣。《風俗通》：殿堂象東井，形刻作荷菱。荷菱，水物也，所以厭火。《漢武故事》：上起神屋，又以白珠爲簾，瑇瑁押之。可憐年幾十三四，工歌巧舞入人意。《西京賦》：何工巧之瑰瑋。白日西傾一作「落」。楊柳垂，含情弄態兩相知。

〔一〕《全梁詩》卷一注：「一云《紹古歌》。」

西飛迷雀東羈雉，倡樓秦女乍相值。謝靈運《晚出西射堂》詩：迷鳥懷故林。誰家妖麗鄰中止，輕妝薄粉光閭里。網户珠綴曲瓊鉤，芳茵翠被香氣流。鄭玄《毛詩箋》：茵，蓐也。少年年幾方三六，含嬌聚態傾人目。餘香落蕊坐相催，可憐絶世誰爲媒。

元帝

燕歌行注見前。

燕趙佳人本自多，遼東少婦學春歌。黄龍戍北花如錦，玄菟城前一作「南」。月似蛾。《武陵記》：後漢馬融勤學，夢見一林，花如錦繡，夢中摘此花食之，及寤，見天下文辭無所不知，時人號爲錦囊。《漢書》：武帝元封四年，以朝鮮地置樂浪、玄菟、真番、臨屯四郡。昭帝置真番，築遼東玄菟城。按：《宋書》：馮跋治黃龍城，故謂之黃龍戍。如何此時別夫婿，金羈翠眊往交河。龍輔《女紅餘志》：臨川王宏妾江無畏善騎馬，翠眊珠羈，玉珂金鐙。還聞入漢去燕營，怨妾心中按：一作「愁心」。百恨生。漫漫悠悠天未曉，遥遥夜夜聽寒更〔一〕。自從異縣同心別，偏恨同時成異節。横波滿臉萬行啼，翠眉漸斂千重結〔二〕。并海連天合不開，那堪春日上春臺〔三〕。《漢·地理志》：正北曰并州。《老子》：衆人熙熙，如登春臺。惟見遠舟如落葉〔四〕，復看遥舸似行杯。《白帖》：古者觀落葉，因以爲舟。《高僧傳》：杯渡和尚，不知其名，姓尚，乘木杯渡河，因名焉。沙汀野鶴嘯羈雌〔五〕，妾心無趣坐傷離〔六〕。翻嗟漢使音塵斷〔七〕，空傷賤妾燕南陲。陸機《思歸賦》：絶音塵于江介。

〔一〕「寒」，《全梁詩》卷三注：「一作『嚴』。」

〔二〕「漸」，《全梁詩》作「暫」。

〔三〕「堪」，《全梁詩》注：「一作『宜』。」

〔四〕「惟」，《全梁詩》作「乍」。

〔五〕「野」，《全梁詩》作「夜」。

〔六〕《全梁詩》注：「或作『妾心無怨生傷離』。」

〔七〕「斷」，《全梁詩》注：「一作『絶』。」

烏棲曲四首

注見前。按：帝詩茂倩《樂府》載六首。今前選二首，作蕭子顯詩。

沙棠作船桂爲楫，夜渡江南採蓮葉。《山海經》：崑崙之丘有木焉，名曰沙棠，可以禦水。注：沙棠爲木，不可得沉，銘曰：「安得沙棠，刻以爲舟，汎彼滄海，以遨以遊。」《拾遺記》：漢成帝常與趙飛燕戲太液池，沙棠爲舟，貴其不沉没也。**復值西施新浣紗，共泛江干瞻月華**〔一〕。毛萇《詩傳》：干，崖也。范雲《之零陵郡次新亭》詩：江干遠樹浮。

〔一〕《樂府詩集》卷四十八「泛」作「向」，「瞻」作「眺」。

月華似碧一作「璧」。**星如珮，流影燈**一作「澄」。**明玉堂内。**宋玉《風賦》：徜徉中庭，北上玉堂。**邯鄲九投**一作「枝」。**朝始成，金巵銀**一作「玉」。**椀共君傾。**《淮南子》：楚會諸侯，魯趙皆獻酒於楚王。主酒吏求酒于趙，趙不與，吏怒，乃以趙厚酒易魯薄者奏之。楚王以趙酒薄，遂圍邯鄲。《酒經》：空桑穢飯，醖以稷麥，以成醇醪，酒之始也。烏梅女䓀，甜醹九投，澄清百品，酒之終也。䓀，音皖；醹，音乳。《吴志》：甘寧乃以銀椀酌酒，自飲兩椀。

交龍成錦鬭鳳紋，芙蓉爲帶石榴裙。《拾遺記》：石虎爲浴室，列鳳文錦步障，縈蔽於浴所。**日下城南兩相忘，月没參横掩羅帳。**按：《晉書·陸雲傳》：雲與荀隱素未相識，常會張華坐。雲因抗手曰：「雲間陸士龍。」隱曰：「日下荀鳴鶴。」

七彩隨珠九華玉〔一〕，蛺蝶爲歌明星曲。蘭房椒閣夜方開，那知步步香風逐。

〔一〕「隨」，《全梁詩》卷三作「隋」。

别詩二首

别罷花枝不共攀，别後書信不相關。欲覓行人寄消息，衣帶潮水暝應還。《古辨異》：博遊曰：「河江四海如衣帶。」

三月桃花含面脂，五月新油好煎澤。《古今注》：後周宫人供奉者，帖勝花子作桃花妝。蔡邕《女誡》：脂則思其心之和。又：澤髮則思其心之潤。莫復臨時不寄人，漫道江中無估客。杜氏《通典》：齊武帝製《估客樂》。

沈　約

趙瑟曲

按：清商曲辭。《樂府》載《江南弄》四首，今選三首。《趙瑟》、《秦箏》二曲，注並見卷六吴均。

邯鄲奇弄出文梓，縈弦急調切一作「急」。流徵。玄鶴徘徊白雲起。嵇康《琴賦》：奇弄乃發。古歌辭：《白帝子》歌曰：「桐峰文梓千尋直。」《墨子》：荆有長松文梓。《漢·郊祀志》：封禪祠，其後若有光，晝有白雲出封中。白雲起，鬱披香。離復合，曲未央。

秦箏曲

羅袖飄纚拂雕桐，促柱高張散輕宫。迎歌度舞遏歸風。遏歸風，止流月。壽萬春，歡無歇。吴孫晧《爾汝歌》：昔與汝爲鄰，今與汝爲臣。上汝一杯酒，令汝壽萬春。鮑照《凌煙樓銘》：宜此萬春。

陽春曲注見卷四吴邁遠。

楊柳垂地燕差池，緘情忍思落容儀。弦傷曲怨心自知。心自知，人不見。動羅裙，拂珠殿。劉孝綽《栖霞寺碑文》：珠殿連雲。宋謝莊《應制》：珠殿光未沫。

范靖妻沈氏〔一〕

晨風行

《晨風》，本秦詩也。《晨風》詩曰：鴥彼晨風，鬱彼北林。傳曰：鴥，疾飛貌。晨風，鸇也。言穆公招賢人，賢人往之，疾如晨風之入北林也。又曰：如何如何，忘我實多。蓋刺康公忘穆公之業，而棄其賢臣焉。《益部耆舊傳》：後漢楊終，徙于北地望松縣，而母于蜀物故。終自傷被罪充邊，乃作《晨風》之詩，以舒其憤也。若王循「霧開九曲瀆」，沈氏「理楫令舟人」，但歌晨朝之風爾。按：雜曲歌辭。

理楫令舟人，停艫息旅薄河津。念君劬勞冒風塵，臨路揮袂淚沾巾。《說文》：艫，船頭也。《三秦記》：河津，一名龍門，兩旁有山，水陸不通。《漢·高帝紀》：絶河津。師古曰：直渡曰絶。曹植《七啟》：揮袂則九野生風。陸機《與弟士龍》詩：揮袂萬始亭。**飇流勁潤逝若飛，山高帆急絶音徽。留子句句獨言歸，中心煢煢將依誰。**《爾雅》：扶搖謂之猋。郭璞曰：暴風從下上。《楚辭·九歎》：長吟永慕涕煢煢兮。**風彌葉落永離索，神往形返情錯漠。循帶易緩愁難卻，心之憂矣頗銷鑠**〔二〕。《晉·涼武昭王傳》：《述志賦》云：「心往形留。」

〔一〕「靖」，《樂府詩集》卷六十八作「靜」。
〔二〕「頗」，《樂府詩集》作「叵」。

張　率

白紵歌辭三首

秋風蕭條露垂葉〔一〕，空閨光盡坐愁妾。獨向長夜一作「安」。淚承睫，《史記·扁鵲傳》：流涕常潸，忽忽承睫。桓子《新論》：雍門周以琴見孟嘗君曰：「臣竊悲千秋萬歲後，墳墓生荆棘，狐兔穴其中，樵兒牧豎躑躅而歌其上，行人之悽愴，孟嘗君之尊貴，如何成此乎。」孟嘗君喟然嘆息，淚下承睫。王僧孺《與何炯書》：淫淫承睫。山高水遠路難涉〔二〕，望君光景何時接。

〔一〕「蕭」，《樂府詩集》卷五十五注：「一作『嗚』。」
〔二〕「遠」，《全梁詩》卷七作「深」。

日暮搴門望所思，風吹庭樹月入帷。涼陰既滿草蟲悲，誰能離别長夜時。流歎不寢淚如絲，與君之别終何如。一作「知」。

愁來一作「多」。夜遲猶歎息，撫枕思君終反仄〔一〕。金翠釵鐶稍不飾，劉琨《重贈盧諶》詩：中夜撫枕歎。霧縠流黄不能織。但坐空閨思何極，欲以短書寄飛翼。古詩：袖中有短書，願寄雙飛鳧。《雲麓漫抄》：唐國子祭酒李涪《刊誤》云：「短書出晉宋兵革之際，時國禁書疏，非弔喪問疾不得行尺牘。故羲之書云『死罪』，蓋違制令故事也。啟事論兵皆短而緘之，貴易于隱藏。」

〔一〕「仄」，《全梁詩》卷七作「側」。

蕭子顯

烏棲曲一首

芳樹歸飛聚儔匹，猶有殘光半山日。莫憚褰裳不相求，漢皐遊女習風流。

庾信

燕歌行

考《周書·王褒傳》，褒曾作《燕歌》，妙盡塞北苦寒之言。元帝及諸文士並和之，競爲淒切之辭，及魏征江陵方驗。按：徐刻庾、徐詩亦載卷末。

代北雲氣晝夜按：一作「昏」。昏，千里飛蓬無復根。《兵書》：韓雲如布，趙雲如牛，魏雲如鼠。齊高帝《塞客吟》：平原千里顧，惟見轉蓬飛。寒雁嗈嗈一作「丁丁」。渡遼水〔一〕，桑葉紛紛落薊門。嗈嗈，見《毛詩》。《山海經》：遼水出白平東。曹植詩：出自薊北門，遥望胡地桑。晉陽山頭無箭竹，疏勒城中乏水源。《戰國策》：張孟談曰：「董安于之治晉陽也，公宮垣皆以荻蒿楛楚廧之，發而用之，有餘箭矣。」《後漢・耿恭傳》：恭以疏勒城旁有澗水可固，五月乃引兵據之，於城中穿井十五丈不得泉，乃整衣冠再拜，爲吏士禱，有頃，水泉奔出。屬國征戍久離居，陽關音信絶復疏。《漢・霍去病傳》：分處降者於邊五郡，故塞外因其故俗爲屬國。願得魯連飛一箭，持寄思歸燕將書。《史記・魯仲連傳》：田單攻聊城，歲餘不下，魯連乃爲書約之，箭以射城中，燕將自殺。渡遼本自有將軍，寒風蕭蕭生水紋〔二〕。《後漢・匈奴傳》：永平八年，始置渡遼營，以中郎將吴棠行度遼將軍事。《史記》：荆軻入秦，燕丹餞之易水，高漸離擊筑和之，歌曰：「風蕭蕭兮易水寒，壯士一去兮不復還。」妾驚甘泉足烽火〔三〕，君訝漁陽少陣雲〔四〕。《後漢書》：王郎起景丹，發漁陽上谷兵擊破之。世祖謂之曰：「吾聞突騎天下精兵，今乃見其戰，樂可言邪！」自從將軍出細柳，蕩子空牀難獨守〔五〕。《漢書》：周亞夫軍細柳，文帝勞軍，至其營，曰：「嗟乎！此真將軍矣。向者棘門霸上如兒戲耳。」注：長安有細柳聚。盤龍明鏡餉秦嘉，辟惡生香寄韓壽。秦嘉《與婦書》：今奉麝香一觔，可以辟惡氣。《本草》：麝香辟惡。春分燕來能幾日，二月蠶眠不能集作「復」。久。一作「食」。《左傳》：玄鳥氏司分者也。注：春分來，秋分去。《禮記疏》：三俯三起，二十七日而老，謂之紅蠶。**洛陽遊絲百丈連，黄河春冰千片穿。**沈約《三月三日詩》：遊絲映空轉。**桃花顔色好如馬〔六〕，榆莢新開巧似錢〔七〕。**《藝文類聚》：《詩》「有騅有駓」，今桃花馬也。《後漢書》：漢興，以爲秦錢重，難用，更令民鑄莢錢。注：如榆莢也。**葡萄一杯千日醉，無事九轉學神仙。**《漢・西域傳》：大宛左右以葡萄爲酒，富人藏酒至萬餘石，久者至數十歲不敗。《博物志》：劉玄石曾于中山酒家沽酒，酒家與千日酒飲之，至家大醉，其家不知，以爲死，葬之。後酒家計向千日，往視之，云已葬。於是開棺，醉始醒。《抱朴子》：《仙經》、《九轉丹經》、《液經》，皆在崑崙五城内，藏以玉函。**定取金丹作幾服，能令華表得千年。**《抱朴子》：金丹燒之愈久，變化愈妙，令人不老不死。《續搜神記》：遼東城門華表柱，忽有白鶴來集，鶴于空中歌曰：「有鳥有鳥丁令威，去家千年今來歸。城郭如故人民非，何不學仙冢纍纍。」

〔一〕「嗈嗈」，《藝文類聚》卷四十二作「一一」。

〔二〕「紋」，《藝文類聚》作「濱」。

〔三〕「足」，《藝文類聚》作「旦」。

〔四〕「少」，《藝文類聚》作「多」。

〔五〕「難獨守」，《藝文類聚》作「定難守」。

〔六〕「好如」，《藝文類聚》作「如好」。

〔七〕「巧似錢」，《藝文類聚》作「似細錢」。

烏夜啼

《烏夜啼》，注見卷七皇太子。按：清商曲辭。《樂府》載信二首，此其首篇也。

促柱繁弦非《子夜》，歌聲舞態異前谿。蔡邕《琴賦》：繁弦既和。《晉·樂志》：《子夜歌》者，女子名子夜，造此聲。孝武太元中，琅琊王軻之家有鬼歌《子夜》，則子夜是此時人也。**御史府中何處宿？洛陽城頭那得棲。**《漢書》：朱博爲御史大夫，府中列柏樹，常有野烏數千棲宿其上，晨去暮來，號曰朝夕烏。**彈琴蜀郡卓家女，織錦秦川竇氏妻。**《三秦記》：長安正南，秦嶺限水流爲秦川。**詎不自驚長淚落，到道**一作「頭」。**啼烏恒夜啼。**

怨詩

按：相和歌辭楚調曲。注詳見卷二曹植。集作《怨歌行》。公始仕梁，後乃入周，常有鄉關之思，此詩蓋借以自況也。

家住金陵縣前，嫁得長安少年〔一〕。王涓云：揚雄《潤州箴》：「江寧之邑，楚曰金陵。梁建都金陵。」《西都賦》：漢之西都，在于雍州，實曰長安。西魏、後周皆建都長安，故云。**回頭望鄉淚落，不知何處天邊。**劉琨詩：回頭堪百萬。**胡塵幾日應盡，漢月何時更圓？**孔稚珪《白馬篇》：胡塵千里驚。爲君能歌此曲，不覺心隨斷弦。

〔一〕「長安」，《樂府詩集》卷四十二作「長干」。

舞媚娘

葉庭珪《海録碎事》：《舞媚娘》，古樂府也。又有《五媚娘歌》。按：《樂苑》：《舞媚娘》、《大舞媚娘》，並羽調曲也。《唐書》曰：「高宗永徽末，天下歌《舞媚娘》，未幾，立武氏爲皇后。」案：陳後主已有此歌，則永徽所歌，蓋舊曲云。按：雜曲歌辭。

朝來户前照鏡，含笑盈盈自看。眉心濃黛直點，額角輕黄細安。祇疑落花謾去，復道春風不還。少年惟有歡樂，飲酒那得留錢。集作「殘」。陸機詩：甕餘殘酒，膝有鳴琴。

徐陵

烏棲曲按：《樂府》載二首，此其第二篇也。

繡帳羅帷隱燈燭，一夜千年猶不足。惟憎無賴汝南雞，天河未落猶爭啼。《後漢·百官志》注：蔡質《漢官儀》：「衛士甲乙徼相傳，甲夜畢，傳乙夜，相傳盡五更。衛士傳言五更，未明三刻後，雞鳴，衛士踵丞郎趨嚴上臺，不畜宮中雞，汝南出《雞鳴》，衛士候朱雀門外，專傳《雞鳴》于宮中。」應劭曰：「楚歌，今《雞鳴歌》也。」按：《漢書》：袁盎曰：「吴所誘皆無賴子弟。」

雜曲

徐樹聲曰：《陳・后妃傳》：「後主自居臨春閣，張貴妃居結綺閣，龔、孔二貴嬪居望仙閣，並複道交相往來。以宮人有文學者袁大捨等爲女學士，後主每引賓客對貴妃等遊宴，則使諸貴人及女學士與狎客共賦新詩，採其尤豔麗者以爲曲調，選宮女有容色者歌之，其曲有《玉樹後庭花》、《臨春樂》等，大抵皆美張貴妃、孔貴嬪之容色。」

傾城得意已無儔，洞房連閣未消愁。《後漢・梁冀傳》：堂寢皆有陰陽奧室，連房洞户。**宮中本造鴛鴦殿，爲誰新起鳳凰樓**〔一〕。《飛燕外傳》：飛燕女弟合德善音辭，輕緩可聽。帝居鴛鴦殿便房，省帝，簿嬺上，簿嬺因進言，飛燕有女弟合德，美容體，性醇粹可信，不與飛燕比。《三輔黄圖》：楊震《關輔古語》云：「長安民俗謂鳳凰闕爲貞女樓。」**緑黛紅顔兩相發，千嬌百念情無歇**〔二〕。《風俗通》：乃以百念爲憂。《梁書・文學傳》：卞彬謂太祖曰：「童謡云：『可憐可念尸著服，孝子不在日待哭，列管暫鳴死滅族。』」晉惠帝時童謡：鄴中女子莫千妖。古辭《淳于王歌》：思我百媚郎。又：百媚在城中，千媚在中央。**舞衫迴袖向**一作「勝」。**春風，歌扇當窗似秋月。碧玉宮妓自翩妍，絳樹新**

聲自一作「最」。可憐。張星舊在天河上，從來張姓本連天。「天」當作「三」。《史記·天官書》：柳星張周之分野，三河也。《諸臯記》：天翁，姓張名堅，字刺渴，漁陽人。《漢·張放傳》：放取皇后弟平恩侯許嘉女，上爲放供張，賜甲第，充以乘輿服飾，號爲天子取婦，皇后嫁女。大官私官並供其第，兩宫使者，冠蓋不絕。二八年時不憂度，旁邊得寵誰相按：一作「應」。妬。立春曆日自當新，正月春幡底須故。《晉·禮志》：太史每歲上年曆，立春，讀五時令，服各隨其方色，帝御座，尚書以下就席，讀訖，賜酒巵。《續漢書》：立春之日，夜漏未盡五刻，京都百官皆衣青，立春幡，施土牛耕人于門外。流蘇錦帳挂香囊，織成羅幌隱燈光。古詩：紅羅複斗帳，四角垂香囊。只應私將琥珀枕，暝暝來上珊瑚牀。吴兆騫曰：《宋·武帝紀》：寧州常獻琥珀枕，光色甚麗，價盈百金。《漢武内傳》：武帝受太乙靈符十二於西王母，盛以黄金几，封以白玉函，珊瑚爲牀。

〔一〕「爲誰新起」，《文苑英華》卷二一一注：「一作『爲起新妝』。」

〔二〕「百念」，《文苑英華》作「百態」。

按：卷九卷十是補遺，然多古趣。又此卷是七言，凡擬古歌行格調，半由此起。宋刻百首，并後增四十首，共百四十首。

玉臺新詠箋注卷十

古絶句四首

按：雜曲歌辭。又齊云：此卷甚佳，四首更古雅。

藁砧今何在？山上復有山。何當大刀頭？破鏡飛上天。嚴羽《滄浪詩話》：此僻辭隱語也。許顗《彦周詩話》：「藁砧何在」，言夫也。「山上復有山」，言出也。「何當大刀頭，破鏡飛上天」，言月半當還也。

日暮秋雲陰，江水清且深。何用通音信？蓮花瑇瑁簪。

菟絲從長風，根莖無斷絶。周處《風土記》：仲夏長風扇暑。注：此節東南常有風，俗名黄雀長風。

無情尚不離，有情安可别？

南山一桂樹〔一〕，上有雙鴛鴦。千年長交頸，歡愛一作「慶」。不相忘。

〔一〕「桂樹」，趙氏覆宋本作「樹桂」。

賈充

《晉書》：賈充，字公閭，平陽襄陵人。起家爲尚書郎，遷廷尉。晉受禪，封魯郡公。

與妻李夫人連一作「聯」。句詩三首一無「詩三首」。

吴兢《樂府古題要解》：連句起漢武帝柏梁宴作，人爲一句，連以成文，本七言詩。詩有七言，始于此也。按：充前妻李氏，淑美有才行。父豐誅後，李氏坐流徙。後娶城陽太守郭配女廣城君。李以赦得還，充母敕充迎李氏，以郭性妬，不果迎。疑此詩即流徙時作。

室中是阿誰？歎息聲正悲。賈公。《蜀志·龐統傳》：先主謂曰：「向者之論，阿誰爲失。」古辭《東平劉生歌》：屋裹無人看阿誰。歎息亦何爲？但恐大義虧。夫人。大義同膠漆，匪石心不移。賈公。人誰不慮終？日月有合離。夫人。我心子所達，子心我亦一作「所」。知。賈公。若能不食言，與君同所宜。夫人。《左傳》：公曰：「是食言多矣。」

孫綽

《晉書》：孫綽，字興公，太原人。爲章安令，遷散騎常侍，領著作郎，尋轉廷尉卿，於時才華之士，綽爲其冠。

情人碧玉歌二首

杜氏《通典》：《碧玉歌》者，晉汝南王妾名，寵好，故作歌之。《樂苑》：《碧玉歌》者，宋汝南王所作也。碧玉，汝南王妾名，以寵愛之甚，所以歌之。按：清商曲辭吴聲歌曲。茂倩《樂府》作古辭五首，今選二首。又一名《千金意》。

碧玉小家女，不敢攀貴德。感郎千金意，慚無傾城色。按：齊云：二首古音白在。

碧玉破瓜時，相一作「郎」。**爲情顛倒。**傅玄《瓜賦》：中割而破，若分若完。晉《歡好曲》：窈窕上頭歡，那得及破瓜。宋馮曾《比紅兒詩話》：孫綽《情人詩》云：「碧玉破瓜時。」吕洞賓詩云：功成當在破瓜年。楊文公謂俗以破瓜爲二八。無名氏《懊儂歌》：歡少四面風，趨使儂顛倒。**感郎**一作「君」。**不羞難，**一作「郎」，一作「赧」。**迴身就郎抱。**宋《讀曲歌》：雙眉畫未成，那能就郎抱。蓋本此。

王獻之

《晉書》：王獻之，字子敬，娶郄曇女，後離婚，尚新安公主。桃葉，其妾也。

情人桃葉歌二首

《古今樂録》：《桃葉歌》者，晉王子敬之所作也。桃葉，子敬妾名，緣于篤愛，所以歌之。《隋書·五行志》：陳時江南盛歌王獻之《桃葉》，辭云：「桃葉復桃葉，渡江不用檝。但渡無所苦，我自迎接汝。」後隋晉王廣伐陳，置將桃葉山下。及韓擒虎渡江，大將任蠻奴至新林，以導北軍之應。子敬，獻之字也。按：清商曲辭吴聲歌曲。茂倩《樂府》載四首，今選二首。

桃葉復桃葉，渡江不用楫。但渡無所苦，我自迎接汝〔一〕。一作「來迎接」。張敦頤《六朝事蹟》：不用楫者，謂横波急也。

桃葉復桃葉，桃葉一作「樹」。**連桃根。相憐兩樂事，獨使我殷勤。**按：《藝文》作「纏綿」。

〔一〕「迎接」，《藝文類聚》卷四十三作「楫迎」。

桃　葉

答王團扇歌三首

唐徐堅《初學記》第一首作王獻之《桃葉團扇歌》，《藝文類聚》與此同。樂府作《團扇歌》。考詩意，作《團扇歌》爲正。按：清商曲辭吴聲歌曲。《樂府》作《團扇郎》。古辭六首，今選前二首，其第三首《樂府》亦作無名氏古辭。此云桃葉答王，未詳。《團扇歌》注見下文梁武帝。

七寶畫團扇，粲爛明月光。與郎卻暄暑，相憶莫相忘。

青青林中竹，可作白團扇。動摇郎玉手，因風託方便。班婕妤《怨詩》：動摇微風發。按：《維摩經》：摩詰以無量方便饒益衆生。

團扇復團扇，《藝文類聚》作「向誰」。持許一作「許持」。自障一作「遮」。面。憔悴無復理，羞與郎相見。一作「見面」。

謝靈運

《宋書》：謝靈運，陳郡陽夏人，玄之後。博覽群書，文章之美，江左莫逮。按：《南史》：靈運文章之美，與顔延之爲江左第一。襲封康樂公，出爲永嘉太守。後爲臨川内史，在郡遊放，不異永嘉，爲有司所糾，詔于廣州棄市。

東陽谿中贈答一作「答贈」。二首

可憐誰家婦，緣一作「緑」。流洗素足。成公綏《洛禊賦》：或濯素足。明月在雲間，迢迢一作「苕苕」。不可得。

可憐誰家郎，緣一作「緑」。流乘素舸。但問情若爲，月就雲中墮。《地驅樂歌》：月明光光星欲墮。《括蒼志》：謝靈運入沐鶴鄉，有二女浣紗，嘲以詩曰：「我是謝康樂，一箭射雙鶴。試問浣紗娘，箭從何處落。」二女不顧。又嘲之曰：「浣紗誰氏女，香汗濕新雨。兩人默無言，何事甘辛苦。」既而二女答曰：「我是谿中鯽，暫出溪頭食。食罷又還潭，雲蹤何處覓。」忽不見。案：此事頗與東陽贈答相類，而詩似不出靈運筆，恐屬附會，聊載于此。

宋孝武帝

《宋書》：孝武帝，諱駿，字休龍，文帝第三子。按：小名道民。始立爲武陵王，後爲征南將軍。文帝崩，即皇帝位。

丁督護歌二首一曰《阿督護》。

《宋書·樂志》：《督護歌》者，彭城内史徐逵之爲魯軌所殺，宋高祖使府内直督護丁旿收斂殯埋之。逵之妻，高祖長女也，呼旿至閤下，自問殮送之事。每問輒歎息曰：「丁督護！」其聲哀切，後人因其聲廣其曲焉。《唐書·樂志》：《丁督護》，晉宋間曲也。今歌是宋武帝所製云。第二首，一作許瑶。按：清商曲辭吴聲歌曲。考《樂府》載孝武詩五首，今選第四首，後一首亦作王金珠詩。

督護上一作「初」。征去，一作「時」。儂亦思聞許〔一〕。願作石尤風，四面斷行旅。《容齋隨筆》：石尤，打頭逆風也。《江湖紀聞》：石尤風者，傳聞爲石氏女嫁爲尤郎婦，情好甚篤，爲商遠行，妻阻之，不從。尤出不歸，妻憶之，病亡。臨亡，長歎曰：「吾恨不能阻其行，以至于此。今凡有商旅遠行，吾當作大風，爲天下婦人阻之。」自後商旅發船，值打頭逆風，則曰石尤風也，遂止不行。婦人以夫姓爲名，故曰石尤。近有人密書「我爲石娘唤尤郎歸也須放我舟行」十四字沉水中，風果止。見《嫏嬛記》。

黄河流無極，洛陽數千里。坎軻戎途一作「旅」。間〔二〕，何由見歡子。古詩：轗軻長苦辛。《楚辭》：年既過大半，然轗軻不遇也。轗，與轗同，苦闇切。古樂府《常林歡》解辭云：江南人謂情人爲歡。

〔一〕「思」，《樂府詩集》卷四十五作「惡」。

〔二〕「戎途」，《樂府詩集》作「戎旅」。

擬徐幹詩一首〔一〕按：雜曲歌辭。《樂府》題作《自君之出矣》。一作許瑶詩。注見卷四虞羲。

自君之出矣，金按：一作「珠」。翠闇無精。思君如日月，迴還一作「環」。晝夜生。

〔一〕《詩紀》卷四五注：「一云《擬室思》。」

許瑶〔一〕

《樂苑》、《詩品》有齊朝許瑶之。又云：許長于短句詠物。或即此也。

詠柟榴枕

《吴都賦》：楠榴之木。注：楠榴，木之盤結者，材理堅邪可作器。

端木生河側，因病遂成妍。朝將雲鬢别，夜與娥眉連。一作「聯」。

〔一〕目録作「許瑶之」。

閨婦答鄰人

昔如影與形，今如胡與越。不知行遠近，忘去離年月〔一〕。

〔一〕「去」，紀氏《考異》作「却」。

鮑令暉

寄行人一首

桂吐兩三枝，蘭開一作「闇」。四五葉。是時君不歸，春風徒笑妾。江淹《扇上彩畫賦》：知蘭葉之行衰。

近代西曲歌五首

按：清商曲辭雜曲中之西曲也。

石城樂

杜氏《通典》：《石城樂》，宋臧質所作也。石城，城名，在竟陵。質嘗爲竟陵郡，于城上眺矚，見群少年歌謡通暢，因作此曲。《古今樂録》：《石城樂》，舊舞十六人。按：《樂府》載五首，今選第一首。

生長石城下，開門一作「窗」。對城樓。城中美年少，按：一作「諸少年」。出入見依投。

估客樂〔一〕

《古今樂録》：《估客樂》者，齊武帝之所製也。帝布衣時，嘗遊樊、鄧。登祚以後，追憶往事而作歌。使樂府令劉瑶管弦被之教習，卒遂無成。有人啟釋寶月善解音律，帝使奏之，旬日之中，便就諧合。敕歌者常重爲感憶之聲，猶行于世。寶月又上兩曲，帝數乘龍舟，遊五城江中放觀，以紅越布爲帆，緑絲爲帆綷，鍮石爲篙足，篙榜者悉著鬱林布，作淡黄袴，列開，使江中衣，出。五城，殿猶在。齊舞十六人，梁八人。《唐書·樂志》：梁改其名爲《商旅行》。

有客一作「信」。**數寄書，無信心相憶。莫作瓶落井，一去無消息。**揚雄《酒賦》：子猶瓶矣，觀瓶之居，居井之湄，處高臨深，動常近危。此章《樂府》作釋寶月，附齊武帝詩于後：昔經樊鄧役，阻潮梅根渚。感憶追往事，意滿辭不叙。

〔一〕《樂府詩集》卷四十八載此首作者爲釋寶月。

烏夜啼

郭茂倩曰：《唐書·樂志》：「《烏夜啼》者，宋臨川王義慶所作也。元嘉十七年，徙彭城王義康于豫章。義慶時爲江州，至鎮，相見而哭。文帝聞而怪之，徵還宅，大懼，妓妾夜聞烏夜啼聲，扣齋閤云：『明日應有赦。』其年更爲南兗州刺史，因此作歌。故其和云：『夜夜望郎來，籠窗窗不開。』今所傳歌辭，似非義慶本旨。」《教坊記》：「《烏夜啼》者，元嘉二十八年，彭城王義康有罪放逐，行次潯陽，江州刺史衡陽王義季，留連飲宴，歷旬不去。帝聞而怒，皆囚之。會稽公主，姊也，常與帝宴洽，中席起拜。帝未達其旨，躬止之。主流涕曰：『車子歲暮，恐不爲陛下所容！』車子，義康小字也。帝指蔣山曰：『必無此，不爾，便負初寧陵。』武帝葬於蔣山，故指先帝陵爲誓。因封餘酒寄義康，且曰：『昨與會稽姊飲，樂，憶弟，故附所飲酒往，遂宥之。』使未達潯陽，衡陽家人叩二王所因院曰：『昨夜烏夜啼，官當有赦。』少頃使至，二王得釋，故有此曲。」按史書稱臨川王義康爲江州，而云衡陽王義季，傳之誤也。《古今樂録》：「《烏夜啼》，舊舞十六人。」《樂府解題》亦有《烏棲曲》，不知與此同否。按：古辭八首，今選第一首。

歌舞諸年少，娉婷無穜一作「種」。**跡。菖蒲花可憐，聞名不曾識**〔一〕。《南史》：梁文獻張皇后次生武帝，方孕，忽見庭前菖蒲花光采非常，曰：「聞見菖蒲花者，當富貴。」因取吞之。蓋時俗相傳有此語。

〔一〕「曾」，《古樂府》卷七作「相」。

襄陽樂

《古今樂録》：「《襄陽樂》者，宋隨王誕之所作也。誕始爲襄陽郡，元嘉二十六年，仍爲雍州刺史。夜聞群女歌謠，因而作之，所以歌和中有『襄陽來夜樂』之語。按：舊舞十六人，梁八人。又有《大堤曲》，亦出于此。裴子野《宋略》稱：晉安侯劉道彦爲襄陽太守，有善政，百姓樂業，人户豐贍，蠻夷順服，悉緣沔而居。由此歌之，號《襄陽樂》。蓋非此也。又按：古辭九曲，今選第一首。

朝發襄陽城，莫至太堤宿。《漢·地理志》：南郡，領襄陽縣，屬荆州。**大堤諸女兒，花豔驚郎目。**《讀曲歌》：華豔空徘徊。

楊叛兒

杜氏《通典》：《楊叛兒》，本童謡也。齊隆昌時，女巫之子曰楊旻，隨母入内，及長，爲太后所寵愛。童謡云：「楊婆兒，共戲來所歡。」語訛，遂成《楊叛兒歌》云。《古今樂録》：《楊叛兒》送聲曰：「叛兒教儂不復相思。」按：古辭八首，今選第二首。

暫出白門前，楊柳可藏烏。《上聲歌》：三鼓染烏頭，聞鼓白門裏。《宋書·明帝紀》：宣陽門，民間謂之白門。又《淮南子》：西南方偏駒之山曰白門。注：金氣之始，故曰白門。**郎作沉水香**〔一〕，**儂作博山鑪。**《採蘭雜志》：西施舉體有異香，每沐浴竟，宫人爭取其水，積之罌瓮，用松枝灑于帷幄，滿室俱香。罌瓮中積久，下有濁澤，凝結如膏，宫人取以曬干，香踰于水，謂之沉水。製錦囊盛之，珮于寶袜。交阯蜜香樹水沉者曰沉水，亦因此借名。見《嫏嬛記》。

〔一〕「郎」，《樂府詩集》卷四十九作「歡」。

近代吴歌九首

《晉書・樂志》：吴歌、雜曲，並出江南。東晉以來，稍有增廣。其始皆徒歌，既而被之管弦。蓋自永嘉渡江之後，下及梁、陳，咸都建業，吴聲歌曲起于此也。《古今樂録》：吴聲歌舊器有篪、箜篌、琵琶，今有笙、箏。其曲有《命嘯》吴聲游曲半折、六變、八解，《命嘯》十解。存者有《烏噪林》、《浮雲驅》、《雁歸湖》、《馬讓》，餘皆不傳。吴聲十曲：一曰《子夜》，二曰《上柱》，三曰《鳳將雛》，四曰《上聲》，五曰《歡聞》，六曰《歡聞變》，七曰《前溪》，八曰《阿子》，九曰《丁督護》，十曰《團扇郎》，並梁所用曲。《鳳將雛》已上三曲，古有歌，自漢至梁不改，今不傳。《上聲》已下七曲，内人包明月製舞《前溪》一曲，餘並王金珠所製也。游曲六曲，《子夜四時歌》、《警歌》、《變歌》，並十曲中間游曲也。半折、六變、八解，漢世以來有之。八解者，古彈、上柱古彈、鄭十、新蔡、大治、小治、當男、盛當，梁太清中猶有存者，今不傳。又有《七日夜》、《女歌》、《長史變》、《黄鵠》、《碧玉》、《桃葉》、《長樂佳》、《歡好》、《懊惱》、《讀曲》，亦皆吴聲歌曲也。按：清商曲辭。

春歌

按：《樂府》作《子夜四時歌》。晉宋齊辭二十首，今選一首。

朝日一作「明月」。照北一作「桂」。林，初花錦繡色。誰能春不一作「不相」。思，獨在機中織。

夏歌按：古辭二十首，今選一首。

鬱蒸仲暑月，長嘯北一作「出」。湖邊。王粲《大暑賦》：或鬱術而燠蒸。芙蓉如一作「始」。結葉，一作「蕊」。抛一作「抱」，一作「花」。豔未成蓮。

秋歌按：古辭十八首，今選一首。

秋風一作「夜」，一作「威」。入窗裏，羅帳起飄颺。仰頭看明月，寄情千里光。

冬歌按：古辭十七首，今選一首。

淵冰厚三尺，素雪覆千里。《漢·鼂錯傳》：冰厚六尺。後漢張奂《與延篤書》：太陰之地，冰厚三尺。我心如松栢，君心一作「情」。復何似。

前谿

郗昂《樂府解題》：《前谿》，舞曲也。注見卷八房篆。按：古辭七首，今選一首。

黄蔦一作「葛」。**結蒙蘢，生在洛溪邊。**郭璞《遊仙詩》：蒙蘢蓋一山。按：《爾雅》：寓木宛童。注：寄生樹，一名蔦。**花落逐流**一作「隨水」。**去，何見逐**一作「當順」。**流還。**一有「還亦不復鮮」句。

上聲一有「歌」字。

杜氏《通典》：《上聲歌》者，此因上聲促柱得名，或用一調，或用無調名，如古歌辭。所謂哀思之音，不合中和。梁武因之改辭，無復雅句。《古今樂録》同。按：古辭八首，今選一首。

留一作「新」。**衫繡兩襠，**一作「端」。**迮置**一作「著」。**羅裳裏。微**一作「行」。**步動輕塵，羅衣隨**一作「裙從」。**風起。**

歡聞一有「歌」字。

《晉・樂志》：《阿子》及《歡聞歌》者，穆帝升平初，歌畢輒呼：「阿子，汝聞否？」後人衍其聲，以爲此二曲。《古今樂録》：《歡聞歌》者，晉穆帝升平初，歌畢輒呼：「歡聞不？」以爲送聲，後因此爲曲名。今世用莎持乙子代之，語稍訛異也。按：古辭一首。

遥遥天無柱，流漂萍無根。《吴越春秋》：越王曰：「崑崙乃天地之鎮柱也。」單身如螢火，持底報郎恩。《讀曲歌》：持底明儂緒。

長樂佳一無「佳」。注見上文。按：古辭八首，今選後一首。

紅羅複斗帳，四角垂朱襠。一作「珠璫」。玉枕龍鬚席，郎眠何處牀。《語林》：王平子從荆州來，王敦欲殺之。平子恒手持玉枕，以此未得發。《山海經》：賈超之山，其草多龍脩。郭璞曰：龍鬚也，生石穴中而倒垂，可以爲席。鄭緝之《東陽記》：山姥嵒下，不生蔓草，盡出龍鬚。《唐書》：秦州、丹州，俱土貢龍鬚席。

獨曲〔一〕

杜氏《通典》：《宋書·樂志》云：「《讀曲歌》者，人爲彭城王義康所製也。其歌云：『死罪劉領軍，誤殺劉第四。』是也。」《古今樂録》：《獨曲歌》者，元嘉十七年，袁后崩，百官不敢作聲歌，或因酒讌，止竊聲讀曲細吟而已，以此爲名。按：義康被徙，亦是十七年。南齊時，朱碩仙善歌吴聲《讀曲》。武帝出遊鍾山，幸何美人墓。碩仙歌曰：「一憶所歡時，緣山破荏苒。山神感儂意，盤石鋭峰動。」帝神色不悦，曰：「小人不遜，弄我。」時朱子尚亦善歌，復爲一曲云：「曖曖日欲暝，觀騎立蜘蹰。太陽猶尚可，且願停須臾。」於是俱蒙厚賚。按：古辭八十九首，今選一首。

柳樹得春風，一低復一昂。誰能空相憶，獨眠度三陽。宋均《保乾圖注》：三陽而陽備，備則宜改憲。晉宋齊辭《子夜秋歌》：別在三陽初。

〔一〕紀氏《考異》作《讀曲》。

近代雜歌三首

按：清商曲辭西曲歌。

潯陽樂

杜氏《通典》：《潯陽樂》者，南平穆王爲荆河州作也。《古今樂録》：《潯陽樂》，倚歌也。

稽一作「雞」。**亭故人**一作「儂」。**去，九里**一作「重」。**新人**一作「儂」。**還。**晉張僧鑒《潯陽記》：稽亭，北瞰大江，南望高邱，淹留遠客，因以爲名焉。《魏書·地形志》「彭城郡彭城縣」注：前漢屬楚國，後漢晉屬有九里山。又《地形志》「五城郡五城縣」注：世祖名京軍，太和二十一年，改有雞亭。恐非是。

送一便一作「卻」。迎兩，無有暫時閑。

青陽歌曲一作《青陽度》。

《古今樂録》：《青陽度》，倚歌。凡倚歌，悉用鈴鼓，無弦有吹。按：古辭三首，今選後一首。

青荷蓋緑水，芙蓉發一作「披」。紅鮮。潘岳《西征賦》：紅鮮紛其初載。下有並根藕，上生同心蓮。《初學記》：宋有華林池，池有雙蓮同幹，芙蓉異花並蔕。又按：古樂府：不愛獨枝蓮，只惜同心藕。意同。按：一作「有並目」。

蠶絲歌一作《作蠶絲》。

《古今樂録》：《作蠶絲》，倚歌也。按：古辭四首，今選一首。

春蠶不應老，晝夜常懷絲。一作「思」。《淮南子》：蠶吐絲而商弦絶。注：商，金也。春蠶絲則金死，故絶也。

何惜微軀盡，纏綿自有時。干寶《晉紀·總論》：如此之纏綿也。

近代雜詩一首

玉釧一作「釵」。色未分，衫輕似露腕。舉袖欲障羞，迴持理髮亂。

丹陽孟珠歌一首 一作《孟珠》。

《古今樂録》：孟珠十曲，二曲倚歌，八曲舊舞十六人，梁八人。按：清商曲辭西曲歌。此選八曲之第三首。

陽春二三月，草與水同色。道逢遊冶郎，恨不早相識。《子夜秋歌》：冶遊步明月。

錢唐一作塘。蘇小歌一首 一無「錢塘」。

《樂府廣題》：蘇小小，錢唐名倡也。蓋南齊時人。西陵，在錢唐江之西，歌云「西陵松柏下」是也。《吴地記》：嘉興縣前有晉妓蘇小小墓。按：雜歌謡辭。

妾乘油壁車，郎騎一作「乘」。青驄馬。《齊高帝諸子傳》：制局監謝粲説鄱陽王鏘及隨王子隆曰：陛下乘油壁車入宫，出天子置朝堂。何處結同心？西陵松柏下。晉張華《永懷賦》：又結我以同心。宋玉《風賦》：舞於松柏之下。

按：徐刻下有劉義恭諸人詩三首，今附後。

王　融

擬古〔一〕

花蔕今何在？示是林下生〔二〕。蔡邕《釋誨》：夫華離蔕而華，條去幹而枯。案：花蔕，跗也。與夫音近。段少卿云：少年花蔕多芳思。蓋用此。何當垂兩一作「雙」。髻，團扇雲間明。《漢·陸賈傳》「魋結」注：師古曰：結讀曰髻，椎髻者，一撮之髻，其形如椎。班婕妤《怨詩》：裁爲合歡扇，團團似明月。案：《世説》：王丞相拜司空，桓廷尉作兩髻葛帬，策杖路邊窺之。按：徐刻有《少年子》一首，今附後。

〔一〕《藝文類聚》卷五十六作《代藁砧詩》。

〔二〕「示」，《藝文類聚》卷五十六作「亦」。

代徐幹

按：雜曲歌辭。一作《自君之出矣》。注見前。融有二首，此其第二篇也。

自君之出矣，金鑪香不然。思君如明燭，中宵空自煎。

秋夜

秋夜長復長，夜長樂未央。舞袖拂明燭，歌聲繞鳳梁。晉張華《白紵歌》詩：清歌流響鳳梁。

詠火離合賦物爲詠。

冰容慚遠鑑，水質謝明輝。是照相思夕，早望行人歸。

謝朓

玉階怨案：相和歌辭楚調曲。

夕殿下珠簾，流螢飛復息。長夜縫羅衣，思君此何極！

金谷聚

道元《水經注》：金谷水出河南太白原，東南流，歷金谷，水東南流，經石崇故居。石崇《金谷詩序》：余以元康六年，從太僕卿出爲使，持節監青徐諸軍事。有別廬在河南縣界金谷澗。時征西大將軍祭酒王詡當還長安，余與衆賢共送澗中，賦詩以叙中懷。案：雜曲歌辭。此題與《王孫遊》，俱始自謝朓。

渠盌一作「琹椀」。送佳人，玉杯要上客。崔豹《古今注》：魏武帝以車琹爲酒椀。謝朓《奉和隨王殿下》詩：爲君停玉杯。車馬一東西，別後思今夕。

王孫遊

郭茂倩曰：《楚辭》：「王孫遊兮不歸，春草生兮萋萋。」《王孫遊》，蓋出於此。案：雜曲歌辭。

綠草蔓一作「曼」。如絲，雜樹紅英發。沈約《郊居賦》：抽紅英於紫蔕。蓋本此。無論君不歸，君歸芳已歇。

同王主簿有所思

案：漢鐃歌，鼓吹曲辭。注見卷五沈約。

佳期期未歸，望望下鳴機。徘徊東陌上，月出行人稀。

案：徐刻下有《春遊》一首，今附後。

虞炎

《南齊書》：虞炎，會稽人，官至驃騎將軍。《南史》：炎以文學，與沈約俱爲文惠太子所遇，意眄殊常。《高帝紀》：令散騎常侍虞炎等十二人巡行諸州郡，觀省風俗。

有所思一首

一作《玉階怨》。案：相和歌辭楚調曲。

紫藤拂花樹，黄鳥間青枝〔一〕。《草木狀》：莖如竹根，重重有皮，經時成紫藤，可以降神。思君一歎息，苦淚應言垂。

案：徐刻下叙邢劭、武帝、簡文詩，今見後。

〔一〕「間」，《樂府詩集》卷四十三作「度」。

沈約

襄陽白銅鞮

《隋書·樂志》：梁武帝之在雍鎮，有童謡云：「襄陽白銅蹄，反縛揚州兒。」識者言：「白銅蹄，謂金蹄，爲馬也。白，金色也。」及義師之興，實以鐵騎。揚州之士皆面縛，果如謠言。故即位之後，更造新聲，帝自爲之辭三曲。又令沈約爲三曲，以被管弦。《古今樂録》：《襄陽蹋銅蹄》者，梁武西下所製也。沈約又作，其和云：「襄陽白銅蹄，聖德應乾來。」天監初，舞十六人，後八人。《水經注》：銅鞮水，又東南，逕女諫水西北好松山，東南流。北則葦池水，與公主水合而右注之。南則揄交水，與皇后水合而左入焉，亂流東南注于銅鞮。案：清商曲辭西曲歌。一作《襄陽蹋銅蹄》，約有三曲，此其首章也。

分首《藝文類聚》作「手」。**桃林岸，送**一作「望」。**別峴山頭。**宋孝武帝《與廬陵王紹別》詩：遲遲分手念。《顔氏家訓》：岐路言離，歡笑分首。《尚書》：放牛桃林。《括地志》：桃林，在陝州桃林縣，西至潼關，皆爲桃林塞地。《晉・羊祜傳》：祜與鄒湛等登峴山。案：山在今襄陽府。**若欲寄音息**〔一〕，**漢水向東流。**《山海經》：嶓冢之山，漢水出焉，東南流注于沔。

〔一〕「音息」，《文苑英華》卷二〇一作「書信」。

早行逢故人車中爲贈 一無「車中爲贈」四字。

殘朱猶曖曖，餘粉上一作「尚」。**霏霏。**張衡《西京賦》：後遂霏霏。案：簡文詩：殘朱染歌扇。**昨宵何處宿？今晨拂露歸。**

爲鄰人有懷不至

影逐斜月來，香隨遠風入。言是定知非，欲笑翻成泣。

施榮泰

詠王昭君一首案：相和歌辭吟嘆曲。注見卷二石崇。

垂羅下椒閣，舉袖拂胡塵。江淹《麗色賦》：椒庭承月。唧唧撫心歎，蛾眉誤殺人。《廣韻》：唧，啾唧聲。古《促織詩》：唧唧復唧唧。

高爽

詠酌酒人一首

長筵廣未同，上客嬌難逼。按：潘尼《後園頌》：長筵遠布，廣幕四周。張協《洛禊賦》：羅尊列爵，周以長筵。還杯了不顧，迴身正顏色。

吴興妖神案：諸書引用多云「吴興神女」。一作妓童，非。

贈謝府君覽一首

《梁書》：王筠，與從兄泰齊名。陳郡謝覽，覽弟舉，亦有重譽。時人爲之語曰：「謝有覽、舉，王有養、炬。」炬是泰，養即筠，並小字也。

玉釵空中墮，金鈿色行案：一作「行已」。歇。獨泣謝春風，孤夜傷案：一作「長夜孤」。明月。

江洪

採菱二首

郭茂倩曰：齊明王歌辭七曲，王融應司徒教而作也。一曰《明王曲》，二曰《聖君曲》，三曰《淥水曲》，四曰《採菱曲》，五曰《清楚引》，六曰《長歌引》，七曰《散曲》。案：清商曲辭江南弄。注見卷六費昶。

風生緑葉聚，波動紫莖開。含花復含實，正待佳人來。

白日和清風，輕雲雜一作「擁」。高樹。忽然當此時，採菱復相遇。一作「憶」。

淥水曲二首

案：琴曲歌辭。《琴歷》曰：琴曲有蔡氏五弄。《琴集》曰：五弄：《遊春》、《淥水》、《幽居》、《坐愁》、《秋思》，並宮調，邕所作也。今近世作者，多因題命辭，無復本意云。張衡《東京賦》：淥水澹澹。《水經注》：醴泉縣漉水，亦名淥水。

潺湲復皎潔，輕鮮自可悦。横使有情禽，照影遂孤絶。《廣韻》：絶，斷也。

塵容不忍飾〔一〕，臨池思客案：一作「客未」。歸。孔稚珪《北山移文》：抗塵容而走俗狀。誰能取淥水〔二〕，無趣一作「全取」，又一作「處」。浣羅衣。

〔一〕「飾」，趙氏覆宋本作「飭」。

〔二〕「能」，《藝文類聚》卷四十二作「知」。

秋風二首

案：琴曲歌辭。《樂府》載洪詩三首，首篇未選。

孀居憎案：一作「婦悲」。四時，況在秋閨内。凄葉流晚暉〔一〕，虚庭吐寒菜。一作「采」。《易通卦驗》：苦菜生于寒秋，更冬歷春，得夏乃成。

北牖風摧樹，南籬寒蛬與「蛩」同。吟。庭中無限月，思婦夜鳴砧。《方言》：楚謂蜻蛚、蟋蟀，或謂之蛬，南楚或謂之王孫，即趣織也。案：《藝文》作江淹詩。又以上六首《和巴陵王四詠》。

〔一〕「暉」，《樂府詩集》卷六十作「蟬」。

詠美人治妝

上車畏不妍，顧眄更斜轉〔一〕。太一作「大」。恨畫眉長，猶言顔色淺。

〔一〕「眄」，趙氏覆宋本作「眄」。

范靖婦 一有「沈氏」。

王昭君歎二首

《琴操》：昭君在匈奴，恨帝始不見遇，作怨思之歌，後人名爲《昭君怨》。案：相和歌辭吟歎曲。注見前。

早信丹青巧，重貨洛陽師〔一〕。千金買蟬鬢〔二〕，百萬寫蛾眉。今朝猶漢地，明旦入胡關。高堂歌吹遠，一作「少」，又作「送」。遊子夢中還。一作「情寄南雲反，思逐北風還」。

〔一〕「貨」，《文苑英華》卷二〇四作「賂」。

〔二〕「買」，《文苑英華》作「畫」。

映水曲案：雜曲歌辭。

輕鬢學浮雲，雙蛾擬初月。沈約詩：雲鬢花釵舉。水澄正落釵，萍開理垂髮。

案：徐刻下有《登樓》、《越城》二曲，今附後。

何遜

南苑〔一〕注見卷六何思澄。

苑門闢千扇，苑户開萬扉。樓殿間一作「開」。珠履〔二〕，竹樹隔羅衣。

〔一〕《全梁詩》卷九作《苑中》。紀氏《考異》：「本集作《苑中絶句》。」

〔二〕「間」，五雲溪館本作「聞」。

閨怨案：雜曲歌辭。

閨閤行人斷，房櫳月影斜。誰能按：一作「知」。北窗下，一作「外」。獨對後園花。按：一作「猶對後庭花」。相如《子虛賦》：時從出游，游于後園。

爲人妾思案：一作「怨」。

燕子戲還簷，按：一作「燕戲還簷際」。花飛落枕前。寸心君不見，拭淚坐調弦。

詠春風〔一〕

可聞不可見，能重復能輕。鏡前飄落粉，琴上響餘聲。

〔一〕《文苑英華》卷一五六作《詠風》。

秋閨怨〔一〕按：雜曲歌辭。

竹葉響南窗，月光照東壁。《歸去來辭》：倚南窗以寄傲。古詩：促織鳴東壁。誰知夜獨覺，枕前雙淚滴。晉傅玄樂府：轉目淚雙墮。

〔一〕《全梁詩》卷九作《閨怨》。紀氏《考異》：「本集作《閨怨》絶句第二首。」

吴均

雜絶一無「絶」字。句四首

晝一作「晝」。蟬已傷念，夜露復霑衣。昔别昔何道〔一〕，今令按：一作「夕」。螢火一作「光」。飛。錦腰連枝滴，一作「理」。繡領合歡斜。夢中難言一作「誰不」。見，終成亂眼花。張華《輕薄篇》：耳熱眼中花。

蜘蛛簷下掛，絡緯井邊啼。何當得見子，照鏡窗東西。

泣聽離夕歌，悲銜別時酒。叔庠《别王謙》詩云：離歌玉弦絶，别酒金巵空。與此意同。自從今日去，當復相思否？

〔一〕下「昔」字，五雲溪館本作「曾」。

王僧孺

春思按：一作吴均，誤。

雪罷枝即青，冰開水便緑〔一〕。復聞黄鳥思〔二〕，一作「鳴」。令一作「今」。作相思曲〔三〕。

〔一〕「水」，《文苑英華》卷一五七作「春」。
〔二〕「思」，《文苑英華》作「聲」，五雲溪館本作「吟」。
〔三〕「令」，《藝文類聚》卷三作「全」。

爲徐僕射妓作

日晚應歸去，上客强盤桓。稍知玉釵重，漸見羅襦寒。

徐悱婦

光宅寺

《梁書·文學傳》：高祖以三橋舊宅爲光宅寺。

長廊欣目送，廣殿悦逢迎。《左傳》：宋華督見孔父之妻于路，目逆而送之，曰：「美而豔。」江淹古體：肅肅廣殿陰。**何當曲房裏，幽隱無人聲。**

題甘蕉葉示人

嵇含《南方草木狀》：甘蕉望之如樹，株大者一圍餘，葉長一丈，或六七尺，廣尺餘，發絳花人如酒杯，形色如芙蓉。

夕泣以一作「似」。**非疎**〔一〕**，夢啼真太**一作「太真」。**數。惟當夜枕知，過此無人覺。**

〔一〕「以」，《全梁詩》卷十三作「已」。

摘同心支一作「梔」。子贈謝孃因附此詩

兩葉雖爲贈，交情永未因。同心處何限，一作「何處恨」。支子最關人。

《本草》：梔子花六出，甚芬香，俗説即西域薝蔔花也。

姚　翻一作「徐悱妻」。

代陳慶之美人爲詠

《梁書》：陳慶之，字子雲，義興國山人也。除奉朝請，爲武威將軍。中大通二年，南北司二州刺史，謚曰武。

臨妝欲含涕，羞畏家人知。還持粉中絮，擁淚不聽垂。

夢見故人

覺罷方知恨，人心定不同。《左傳》：子産曰：「人心之不同，如其面焉。」誰能對角枕，長夜一邊空。

有期不至

黄昏信使斷，銜怨心悽悽。江淹古體：銜怨别西津。回燈向下榻，轉面暗中啼。

王　環

代西豐侯美人一首

《南史·梁宗室傳》：臨川靜惠王子正德，字公和，天監初，封西豐縣侯，侯景反，以正德爲天子，尋爲景所殺。

於今辭宴語，方念泣離違。《吴都賦》：海童於是宴語。毛萇《詩傳》：違，離也。無因從朔雁，一向黄河飛。

梁武帝

邊戍一作「戍」。詩

秋月出中天，遠近無偏異。共照一光輝，各懷離别思。

詠燭

堂中綺羅人，席上歌舞兒。待我光泛灩，爲君照參差。江淹古體：露華方泛灩。

詠筆〔一〕

昔聞蘭蕙月，獨是桃李年。齊王融《法壽樂》：薰風鏡蘭月。鮑照《幽蘭詩》：簾委蘭蕙露，帳含桃李風。春心儻未寫，爲君照情筵。

〔一〕紀氏《考異》：「題與詩不相應，『筆』字疑誤。」

詠笛

柯亭有奇竹，一作「材」。含情復抑揚。張騭《文士傳》：蔡邕告吴人曰：「吾昔常經會稽高遷亭，見屋椽竹，東間第十六，可以爲笛。」取用之，果有異聲。繁欽《與魏文帝牋》：此孺子遺聲抑揚。《漢書》：叔孫通述曰：「叔孫奉常，與時抑揚。」按：伏滔《長笛賦序》：蔡邕避難江南，宿于柯亭，柯亭之館，以竹爲椽。妙聲發玉案：一作「五」。指，龍音響鳳凰。《説文》：笙，十三簧，象鳳之身。

詠舞

腕弱復低舉，身輕由迴縱。成公綏《隸勢》：動纖指，舉弱腕。可謂寫自歡，方與心期共。任昉詩：中道遇心期。

連按：一作「聯」。句詩

傾城非人美，十載難里逢〔一〕。雖懷軒中意，媿無鬢髮容。

〔一〕「十」，趙氏覆宋本作「千」。「里」，五雲溪館本作「重」。

春歌三首按：清商曲辭吴聲歌曲。注見前。第一、第三章，《樂府》作王金珠。

階上歌入懷〔一〕，庭中花照眼。吴均《胡無人行》：恒持照眼光。春心一一作「鬱」。如此，情來不可限。

蘭葉始滿地，一作「池」。梅花已落枝。持此可憐意，摘以寄心知。

朱日光素冰〔二〕，黄花映白雪。折梅待一作「寄」。佳人，共迎一作「待」。陽春月。

案：徐刻又有《春歌》一首，今附後。

〔一〕「歌」，《樂府詩集》卷四十四作「香」。

〔二〕「冰」，《樂府詩集》作「水」。

夏歌四首《樂府》載三首，其第三章作王金珠。

江南蓮花開，紅光覆一作「花照」。碧水。色同心復同，藕異心無異。

閨中花如繡，簾上露如珠。欲知有所思，停織復踟躕。

玉盤著一作「貯」。朱李，金杯盛白酒。魏文帝《與吳質書》：沉朱李于寒水。庾信《春賦》：蓮子金杯。雖欲持自新〔一〕，一作「親元」。復恐不甘口。傅玄《桃賦》：既甘且脆，入口消流。

含桃落花日，黃鳥營飛時。《漢書音義》：櫻桃，含桃也。君住馬已一作「欲」。疲，妾去蠶欲一作「已」。飢。《風俗通》：疲馬不能度澠。鮑照樂府：疲馬戀君軒。

〔一〕《樂府詩集》卷四十四「雖」作「本」，「新」作「親」。

秋歌四首

按：《樂府》載二首，其第二章作王金珠《子夜變歌》，第三章作王金珠《子夜春歌》。

繡帶合歡炬〔一〕，錦衣連理文。懷情入夜月，含笑出朝雲。

七彩紫金柱，九華白玉梁。按：《晉書·石季龍載記》：起太武殿，漆瓦金鐺，銀楹金柱。《拾遺記》：玉山北有玉梁千丈，駕玄流之上。但歌雲一作「繞」。不去，含吐有餘香。

吹蒲一作「漏」。未一作「不」。可停〔二〕，弦斷當更一作「更當」。續。俱作雙絲一作「思」。引，共奏同心曲。

當信抱梁期，莫聽迴風音。《楚辭》：悲迴風之搖蕙。注：迴風，旋轉之風也。漢郭憲《洞冥記》：帝所幸宮人名麗娟，年十四，玉膚柔軟，吹氣勝蘭。每歌，李延年和之，於芝生殿唱迴風之曲，庭中花皆翻落。鏡上一作「中」。兩入鬢〔三〕，分明無兩心。孔融《臨終詩》：人有兩三心，安能合爲一。《易緯》引古語曰：一夫兩心，拔刺不深。

按：徐刻下有《冬歌》四首，今附後。

〔一〕「炬」，《樂府詩集》卷四十四作「結」。

〔二〕「蒲」，《全梁詩》卷一作「滿」。

〔三〕「入」，五雲溪館本作「人」。

子夜歌二首

《晉·樂志》：《子夜歌》者，女子名子夜，造此聲。晉孝武太元中，瑯琊王軻之家有鬼歌《子夜》，則子夜是此時人也。《宋書·樂志》：晉孝武太元中，瑯琊王軻之家有鬼歌《子夜》。殷允爲豫章，豫章僑人庾僧虔家亦有鬼歌《子夜》。殷允爲豫章，亦是太元中，則子夜是此詩以前人也。《古今樂録》：凡歌曲終，皆有送聲。《子夜》以持子送曲，《鳳將雛》以《澤雉》送曲。《樂府解題》：後人更爲四時行樂之詞，謂之《子夜四時歌》。又有《太子夜歌》、《子夜警歌》、《子夜變歌》，皆曲之變也。按：清商曲辭吴聲歌曲。《樂府》載四十二首，晉宋齊辭。今選二首。

恃愛如欲進，含羞未肯前〔一〕。**口朱發豔歌**〔二〕，**玉指弄嬌弦。**

朝日照綺錢，一作窗，或作「牋」。**光風動紈羅。**一作「素」。宋玉《招魂》：光風轉蕙，氾崇蘭些。左思《吴都賦》：弱於羅紈。**巧笑蒨**一作「奮」。**兩犀，美目揚雙蛾。**按：《詩》：齒如瓠犀。傳：瓠犀，瓠瓣也。又《韻會》：瓜中瓣曰犀。

〔一〕「未肯」，《古樂府》作「出不」。

〔二〕「口朱」，《詩紀》卷四十一作「朱口」。

上聲歌一首

注見上文。《樂府》作王金珠詩。

花色過桃杏，名稱重金瓊。名歌非《下里》，含笑作《上聲》。

歡聞歌二首注見上文。《樂府》作王金珠。第二首作《歡聞變歌》。

豔豔金樓女，心如玉池蓮。曹植《飛龍篇》：金樓復道。《神異經》：西北有金樓，上有銀盤，廣五十丈。王筠《開莫寺碑》：玉池動而揚文。張衡《南都賦》：於其陂澤，則有紺盧玉池。注：舊説曰：玉池在宛也。持底報郎恩，俱期遊梵一作「楚」。天。《廣韻》：梵，梵聲也。

南有相思木，含情復同心〔一〕。游女不可求，誰能息空陰。一作「識得音」。陸機樂府：熱不息惡木陰。

〔一〕「含情」，《樂府詩集》卷四十五作「合影」。

團扇歌一首

《古今樂録》：《團扇郎》歌者，晉中書令王珉捉團扇，與嫂婢謝芳姿有愛，情好甚篤。嫂捶撻婢過苦，王東亭聞而止之。芳姿素善歌，嫂令歌一曲當赦之。應聲歌曰：「白團扇，辛苦五留連。是郎眼所見。」珉聞，更問之：「汝歌何遺？」芳姿即改云：「白團扇，顦頓非昔容，羞與郎相見。」後人因而歌之。按：清商曲辭吴聲歌曲。《樂府》作王金珠詩。

手中白團扇，淨如秋團月〔一〕。清風任動生，嬌香承一作「聲任」。意發。

〔一〕「團」，《藝文類聚》卷四十三作「圓」。

碧玉歌一首 注見上文孫綽。《樂府》作古辭。

杏梁日始照，蕙席歡未極。曹植《九詠》：「菌薦兮茈席，蕙幬兮苓牀。」碧玉奉金杯，綠酒助花色〔一〕。《子夜警歌》：「鏤椀傳綠酒。」

〔一〕「綠」，《樂府詩集》卷四十五作「淥」。

襄陽白一作「蹋」。銅鞮歌三首〔一〕注見前。

陌頭征人去，閨中女下機。含情不能言，送別霑羅衣。草樹一作「木」。非一香，花葉一作「叢」。百種一作「種」。色。寄語一作「情」。故情人，知我心相憶。

龍馬一作「頭」，一作「門」。紫金鞍，翠毦白玉羈。照耀雙闕下，知是襄陽兒。《古詩》：「雙闕百餘尺。」附沈約和歌。其一已見上文。其二曰：「生長宛水上，從事襄陽城。一朝遇神武，奮翼起先鳴。」其三曰：「蹀鞚飛塵起，左右自生光。男兒得富貴，何必在歸鄉。」

〔一〕《文苑英華》卷二〇一作《白銅蹄歌》。

皇太子簡文。

雜題一作「詩」。二十一首

寒閨

被空眠數覺，寒重夜風吹。羅幃非海水，那得度前知。

行雨注見卷四王融。

本是巫山來，無人睹容色。惟有楚王臣，曾言夢相識。

梁塵注見卷三陸機。

依帷濛重翠，帶日聚輕紅。相如《子虛賦》：張翠帷。李陵詩：紅塵塞天地，白日何冥冥。定爲歌

聲起，非關團扇風。

華月按：以上作《雜咏》四首。

兔絲當作「腹」。**生雲夜**〔一〕，**蛾形**一作「影」。**出漢時。**屈原《天問》：夜光何德？死則又育。厥利維何？而顧兔在腹。《三輔黄圖》：影蛾池，武帝鑿池以翫月，其旁起望鵠臺，以眺月影入池中，使宫人乘舟弄月影，名影蛾池，亦曰眺蟾臺。**欲傳千里意，不照十年悲。**

按：徐刻下有《采菱歌》一首，今附後。

〔一〕「絲」，紀氏《考異》：「疑是『影』之誤。」

夜夜曲

按：雜曲歌辭。注見卷五沈約。《樂府》載簡文一首，選入七卷中，此作沈約詩。

北斗闌干去，夜夜心獨傷。月輝横射枕，燈光半隱牀。

案：徐刻有二首，今附後。

從頓還城南一作「南城」。

暫別兩成疑，開簾生舊一作「愁」。憶。都如一作「知」。未有情，更似新相識。

春江曲一作「行」。唐郭元振曰：春江巴女曲也。案：雜曲歌辭。

客行祇念路，相將一作「爭」。渡江一作「京」。口。誰知堤上人，拭淚空搖手。《漢書·食貨志》：民搖手觸禁。《外戚傳》：且使妾搖手不得。

新燕

新禽應節歸，俱向吹樓飛。入簾驚釧響，來窗礙舞衣。

彈箏

彈箏北窗下，夜響清音愁。張高弦易斷，心傷曲不遒。一作「成」。

夜遣内人還後舟

錦幔扶船烈，一作「列」。蘭橈拂浪浮。去燭猶文水〔一〕，餘香尚滿舟。

〔一〕「文」，紀氏《考異》：「『文』字未詳，疑當作『交』。」

詠武陵王左右伍暠傳杯 一無「伍暠傳杯」。

頂分如兩髻，簪長驗上頭。《南史·孝義傳》：華寶，父豪，戍長安，年八歲，臨別，謂寶曰：「須我還，當爲汝上頭。」長安陷，寶年至七十，不婚冠。捉一作「投」。杯如欲轉，疑殘已復留。《北史》：齊文宣帝于東山遊宴，以關隴未平，投杯震怒。

有所傷 一作「思」。三首

可歎不可思，可思不可見。餘弦斷瑟柱，殘朱染歌扇。

寂寂暮檐響，黯黯垂簾色。惟有瓴甋苔，如見蜘蛛織。《爾雅》：瓴甋謂之甓。蔡邕《弔屈原文》：琢碎琬琰，寶其瓴甋。《後漢·郡國志》「魯國」注：仲尼墓前有瓴甓，爲祠壇，方六尺，與地平。張協詩：瓴甋夸璵璠。

入林看碚礰〔一〕，春至定無賒。《左傳》：太叔曰：「部婁無松柏。」杜預注：部婁，小阜。何時一可見，更得似梅花。

〔一〕「碚礰」，紀氏《考異》：「疑當作『蓓蕾』。」

遊人

遊戲長楊苑，攜手雲臺間。古辭《善哉行》：參駕六龍，遊戲雲端。《三輔黄圖》：上林有長楊宫。《東觀漢記》：詔賈逵入講南宫雲臺。歡樂未窮已，白日下西山。

絶句一無「絶句」。賜一作「贈」。麗人

腰肢本獨一作「猶」。絶，眉眼特驚人。判自無相比，還來有洛神。

遥望

散誕垂紅帔，斜柯插玉簪。可憐無有比，恐一作「恣」。許直千金。

愁閨照鏡

別來顦顇久，他人怪容色。只有匣中鏡，還持自相識。

按：徐刻下有《金閨思》二首，今附後。

浮雲

可憐片雲生，暫重復還輕。欲使荆按：一作「襄」。王夢，應過白帝城。《元和郡縣志》：白帝，即夔州城，所據與赤平山相接。初，公孫述殿前井有白龍出，因號白帝山。

寒閨

緑葉朝朝黄，紅顔日日異。譬喻持相比，那堪按：一作「得」。不愁思。

和人渡水

婉娩新上頭，煎裙一作「湔裾」。出樂遊。《漢·佞幸傳》：但以婉媚貴幸。謝惠連《豫章行》：婉娩寡留晷。《北史》：竇泰母夢風雷有娠，期而不産，甚懼。有巫者曰：「度河湔裙，産子必易。」便向水所，忽見一人曰：「當生貴子，可徙而南。」母從之，俄而生泰。及長，爲御史中尉。《玉燭寶典》：元日至晦日並爲酺食，士女湔裙度厄。《山堂肆考》：金陵覆舟山之南，有樂遊苑，在晉爲藥園。元嘉中，以其地爲北苑，更造樓觀于覆舟山，後改名樂遊苑。**帶前結香草，鬢邊插石榴。**王逸《離騷序》：善鳥香草，以配忠貞。

按：徐刻下有武陵王、范雲詩三首，今附後。

蕭子顯

春閨思

按：雜曲歌辭。徐刻有《南征曲》以下五首，今附後。

金羈遊俠子，綺機離思妾。《漢書》有《遊俠傳》。**春度人不歸，望花盡成葉。**

詠苑中遊人

二月春心動，遊望桃花初。迴身隱日扇，按：一作「白日」。**卻步斂風裾。**

劉孝綽

遥見美人採荷

菱莖時遶釧，棹水或沾粧。不辭紅袖濕，惟憐緑葉香。

詠小兒採菱

採菱非採菉，日暮且盈舠。張揖《埤雅》：舠，吴船也。音凋。 畤𡾊未敢進，畏欲比殘桃。

庾肩吾

詠舞曲應令

歌聲臨畫閣，舞袖出芳林。石城定若遠，前谿應幾深。

詠主人少姬應教

故年齊總角，今春半上頭。那知夫壻好，能降使君留。

詠長信宫中草長信，注見卷一班婕妤。

委翠似知節，含芳如有情。沈炯《歸魂賦》：草極野而舒翠。曹攄詩：嚴霜凋翠草。全由履跡少，併欲上階生。

石崇金谷妓金谷，注見卷六王僧孺。按：雜曲歌辭。

蘭堂上客至，綺席清弦撫。劉峻《廣絶交論》：客所謂撫弦徽音。自作明君辭，還教緑珠舞。

王臺卿

同蕭治中十詠二首

《岑窗雜録》：王臺卿爲刑獄參軍。《樂苑》：梁南平王世子恪，除雍州刺史。賓客有江仲舉、蔡遠、王臺卿、庾仲雍四人，俱被接遇。臺卿詩，多與簡文唱和。《廣弘明集》曰：州民前臣刑獄參軍王臺卿。《南史》：南平王世子恪，賓客有江仲舉、蔡遠、王臺卿、庾仲雍四人，並有蓄積，人間歌曰：「江千萬，蔡五百，王新車，庾大宅。」遂達武帝，帝接之曰：「主人憒憒不如客。」

蕩婦高樓月

空度一作「庭」。高樓月，非復五三年。一作「三五圓」。何須照牀裏，終是一人眠。

南浦別佳人

歛容送君別，一歛無開時。只應待相見，還將笑解眉。

按：徐刻有《陌上桑》四首，今附後。

劉孝儀

詠織女按：此首《藝文》作孝威詩。

金鈿已照耀，白日未蹉跎。《説文》：蹉跎，失時也。欲待黄昏後，含嬌淺渡河。

詠石蓮

蓮名堪百萬，石姓重千金。不解無情物，那得似一作「解」。人心。

劉孝威

和定襄侯八絶一無「八絶。」初笄一首

《梁書·宗室傳》：南平元襄王偉子祗，字敬謨。天監中，封定襄縣侯。侯景亂，祗奔東魏。

合鬢仍昔髮，略鬢即前絲。從今一梳罷，無復更縈時。《子夜歌》：宿昔不梳頭。《漢書》：揚雄頭蓬不暇梳。《説文》：縈，收卷也。《廣韻》：繞也，繫也。

江伯瑶

和定襄侯八絶一無「八絶。」楚越衫一首

裁縫在篋笥，薰鬢帶餘香。相如《美人賦》：金鉔薰香。開看一作「著」。不忍著，一作「看」。一見淚按：一作「落」。千行。庾信詩：妾淚已千行。

劉　泓

詠繁華一首

繁華，注見卷二阮籍。按：此首徐刻無。

可憐宜出衆，的的最分明。秀媚開雙眼，風流著語聲。

何曼才

爲徐陵傷妾詩一首

遲遲衫掩淚，憫憫恨縈胸。《離騷》：長太息以掩涕兮。丁儀《寡婦賦》：氣憤薄而交縈。晉石崇《思歸歎》：極望無涯兮思塡胸。無復專房日，猶望下山逢。

蕭　驎

詠衵一作「袙」。複一首

《晉書》：著布謡云：「著布袙腹，爲齊持服。」按：《左傳·宣九年》：皆衷其衵服，以戲于朝。《丹鉛餘録》作《詠複裙》。

的的金弦淨，離離寶襵分。《抱朴子》：金弧玉弦，無激矢之能。纖腰非學楚，寬帶爲思君。

紀少瑜

詠殘燈一首

殘燈猶未滅，將盡更揚煇。惟餘一兩焰，纔得解羅衣。

王叔英婦

暮寒一首

梅花自爛漫，百舌早迎春。逾寒衣逾薄〔一〕，未肯懷一作「惜」。腰身。

〔一〕二「逾」字紀氏《考異》均作「愈」，可從。

戴暠

《升菴詩話》：戴暠《從軍行》云：「長安夜刺閨，胡騎犯銅鞮。」刺閨，夜有急報，投刺于宮門也。《南史》：陳文帝每夜刺閨，取外事分判者，前後相續，敕雞人司漏，傳籤于殿中，令投籤于階石上，𨇾然有聲。隋煬帝詩：投籤初報曉。隋時此制猶存也。按此，則暠疑是陳時人。

詠欲一作「歌」。眠詩一首

《世說》：陶徵士有酒輒設，若先醉便語客：「我醉欲眠卿可去。」

拂枕薰紅帊，迴燈復解衣。旁邊知夜久，一作「永袙」。不唤定應歸。

劉孝威 一無「劉孝威」字。

古體雜意按：此二首活本所無，與八卷徐悱同例。又徐刻與前一首同敘作三首。

朝日大風霜，寄事是交傷。葉落枝柯淨，常自起棋疑作「箕」。張。齊王僧虔《書賦》：約實箕張。

詠佳麗

可憐將可念，可念直千金。《梁書·文學傳》：童謡云：「可憐可念尸著服，孝子不在日待哭，死管暫鳴死滅族。」惟言有一恨，恨不逐人心〔一〕。

〔一〕「逐」，孟本作「遂」，可從。

劉義恭

《宋書》：江夏文獻王義恭，幼而明穎，高祖特所鍾愛，歷官南徐州刺史。世祖即祚，進位太傅，歷太宰領司徒。

自君之出矣注見前。以下諸詩，宋刻不收，今附於後。

自君之出矣，筍錦廢不開。思君如清風，曉夜常徘徊。

湯惠休

楊花曲案：雜曲歌辭。

深堤下生草，高城上入雲。春人心生思，思心常爲君〔一〕。「深堤下生草」之上，一有「葳蕤華結情，婉轉風含思。掩涕守春心，折蘭還自遺。江南相思引，多歎不成音。黄鶴西北去，銜我千里心。」案：茂倩《樂府》同。

〔一〕「常」，《樂府詩集》卷七十七作「長」。

張　融

《南齊書》：融，字思光，吴郡吴人。仕宋，爲儀曹郎。入齊，累遷司徒右長史。

別詩

白日一作「雲」。山上盡，清風松下歇。欲識離人愁〔一〕，孤臺見明月。《南史》：謝譓曰：「入吾室者，但有清風，對吾飲者，唯當明月。」

〔一〕「愁」，《全齊詩》卷四作「悲」。

王　融

少年子案：雜曲歌辭。

聞有東方騎，遥見上頭人。古樂府：東方千餘騎，夫壻居上頭。待君送客返，桂疑作「挂」。釵當自陳〔一〕。

〔一〕「桂」，《全齊詩》卷二注：「一作『挂』。」

陽翟新聲

《隋書・樂志》：西涼樂曲《陽翟新聲》、《神白馬》之類，皆生於胡戎歌，非漢、魏遺曲也。

懷春發下蔡，含笑發一作「向」。**陽城。恥爲飛雉曲，好作鶤雞聲。**按：一作「鳴」。崔豹《古今注》：《雉朝飛》者，牧犢子所作也。齊處士，湣宣時人，年五十，無妻。出薪于野，見雉雄雌相隨而飛，意動心悲，乃作「朝飛」之操，將以自傷焉。

謝　朓

春遊

置酒登廣殿，開襟望所思。陸機擬古：置酒宴所歡。又樂府：曷云開此衿。**春草行已歇，何事久佳期。**

邢劭

《北齊書》：邢劭，字子才，河間鄚人。累遷中書侍郎，尋除衛將軍、國子祭酒。

思公子

《楚辭·九歌》云：靁填填兮雨冥冥，猿啾啾兮狖夜鳴，風颯颯兮木蕭蕭，思公子兮徒離憂。《思公子》，蓋出於此。按：雜曲歌辭。

綺羅日減帶，桃李無顔色。思君君未歸，君一作「歸」。來豈相識。

梁武帝

春歌注見前。

花塢蝶雙飛，柳堤鳥百舌。張敦頤《六朝事蹟》：桃花塢在蔣山寶公塔之西北，舊有桃花甚盛，今不復存。不見佳人來，徒勞心斷絶。

冬歌四首第三章《樂府》作晉宋齊辭。

寒閨動數帳，密筵重錦席。晉潘尼《琉璃椀賦》：營密坐之曲宴。義同。賣眼拂長袖，含笑留上客。

別時鳥啼户，今晨雪滿墀。過此君不返，但恐緑鬢衰。

果欲結金蘭，但看松柏林。《子夜歌》：願得結金蘭。傅亮表：金蘭之分。又：深情感松柏。經霜不墮一作「墜」。地，歲寒無異心。

一年漏將盡，萬里人未歸。君志固有在，妾軀乃無依。

簡文帝

採菱歌注見前。

菱花落復含，桑女罷新蠶。桂棹浮星艇，徘徊蓮葉南。曹植《車渠椀賦》：影若星浮。《説文》：艇，小舟，形狹而長。《釋名》：其形徑挺，一二人所乘行也。

夜夜曲注見前。

愁人夜獨傷，滅燭卧蘭芳。按：一作「房。」宋玉《招魂》：蘭芳假些。祇恐多情月，旋來照妾房。

按：一作「牀」。

金閨思二首

遊子久不返，妾身當何依。日移孤影動，羞覩燕雙飛。《南史》：衞敬瑜妻所住有燕巢，常雙飛，後忽孤飛，女乃以縷繫腳爲識，後此燕來，仍帶前縷。女復爲詩曰：「昔年無偶去，今春猶獨歸。故人恩既重，不忍復雙飛。」

自君之出矣〔一〕，不復染膏脂。南風送歸燕，一作「雁」。聊以寄相思。

〔一〕「出」，《全梁詩》卷二作「別」。

武陵王

昭君辭注見卷二石崇。

塞外無春色，邊城有風霜。誰堪攬明鏡，持許照紅妝。

范雲

別詩

洛陽城東西，長作經時別。昔去雪如花，今來花如雪。

擬自君之出矣注見前。

自君之出矣，羅帳咽秋風。思君如蔓草，連延不可窮。宋玉《高唐賦》：薄草靡靡，連延夭夭。

范靖婦

登樓曲案：雜曲歌辭。

憑高川陸近，望遠阡陌多。相思隔重嶺，相憶限一作「恨」。長河。

越城曲按：雜曲歌辭。

別怨一作「遠」。悽歌響，離啼濕舞衣。願假《烏棲曲》，翻從南向飛。

蕭子顯

南征曲案：雜曲歌辭。

櫂歌來楊女，操舟驚越人。圖蛟怯水伯，照鷁竦江神。《山海經》：朝陽之谷神曰天吴，是水伯也。相如《子虛賦》：浮文鷁。注：鷁，水鳥也。畫於船首，故曰文鷁。按：《説苑》：越處海垂之際，剪髮文身，爛然成章，以像龍子，將避水神也。

陌上桑二首

按：相和歌辭相和曲。注見卷一古樂府。

日出秦樓明，條垂露尚盈。蠶飢心自急，開奩妝不成。按：此首《樂府》作亡名氏詩。

今月開和景〔一〕，處處動春心。挂筐須葉滿，息倦重枝陰。按：此《古樂府》作王臺卿詩。

〔一〕「今」，《樂府詩集》卷二十八作「令」。

桃花曲

按：雜曲歌辭。《樂府》作簡文帝詩。

但使桃一作「新」。花豔，得百美人簪〔一〕。《韓詩外傳》：簡主曰：「夫春樹桃李，夏得蔭其下，秋得食其實。」何須論後實，怨結子瑕心。

〔一〕「百」，《樂府詩集》卷七十七作「間」。

樹中草

按：雜曲歌辭。《樂府》作簡文帝詩。

幸有青袍色，聊因翠幄凋。古詩：春袍似青草。雖間珊瑚帶，一作「蒂」。非是合歡條。

王臺卿

陌上桑四首

鬱鬱陌上桑，盈盈道旁女〔一〕。枚乘《雜詩》：盈盈樓上女。送君上河梁，拭淚不能語。

鬱鬱陌上桑，遥遥山下蹊。君去戍萬里，妾來守空閨。

鬱鬱陌上桑，皎皎雲間月。非無巧笑姿，皓齒爲誰發。曹植《雜詩》：誰爲發皓齒。

鬱鬱陌上桑，裊裊機頭絲。君行亦宜返，今夕是何時。

案：此卷是古之五言絶句。宋刻一百五十三首，今存一百五十五首，多二首，蓋後二首活本所無也。并吴增三十首，共一百八十八首。又按：宋本後有紅字寫「宋刻《玉臺新詠》，計詩六百九十首」。刻本止六百八十九首，宋刻時已亡其一。今馮本仍存六百九十首，顯令增宋刻不收者一百七十九首，共八百六十九首。

〔一〕「道傍」，《全梁詩》卷十三注：「《樂苑》作『陌上』。」

原書序跋

陳玉父

右《玉臺新詠集》十卷。幼時至外家李氏，於廢書中得之，舊京本也。宋已失一葉，間復多錯謬，版亦時有刓者，欲求他本是正，多不獲。嘉定乙亥，在會稽，始從人借得豫章刻本，財五卷。蓋至刻者中徙，故弗畢也。又聞有得石氏所藏録本者，復求觀之，以補亡校脱。於是其書復全，可繕寫。夫詩者，情之發也。征戍之勞苦，室家之怨思，動於中而形於言，先王不能禁也。豈惟不能禁，且逆探其情而著之，《東山》、《杕杜》之詩是矣。若其他變風化雅，謂「豈無膏沐，誰適爲容」、「終朝采緑，不盈一掬」之類，以此集揆之，語意未大異也。顧其發乎情則同，而止乎禮義者蓋鮮矣，然其間僅合者亦一二焉。其措辭託興高古，要非後世樂府所能及。自唐《花間集》已不足道，而況近代狹邪之説，號爲以筆墨動淫者乎！又自漢魏以來，作者皆在焉，多蕭統《文選》所不載，覽者可以覩歷世文章盛衰之變云。是歲十月旦日書其後，永嘉陳玉父。

昔昭明之撰《文選》，其所具録，采文而間一緣情。孝穆之撰《玉臺》，其所應令，詠新而專精取麗。舍此而求，先乎此者，惟尼父之删述耳，將安取宗焉？今案劉肅《大唐新語》云：「梁簡文爲太子時，好作豔詩，境内化之，浸以成俗。晚欲改作，追之不及，乃令徐陵撰《玉臺新詠》，以大其體。」凡爲十卷，得詩七百六十九篇。世所通行妄增，又幾二百。惟庾子山《七夕》一詩，本集俱闕，獨存此宋刻耳。虞山馮己蒼未見舊本時，常病此書原始梁朝，何緣子山厠入北之詩，孝穆濫擘箋之詠？此本則簡文尚稱皇太子，元帝亦稱湘東王，可以明證。惟武帝之署梁朝，孝穆之列陳銜，并獨不稱名，此一經其子姓書，一爲後人更定無疑也。得此始盡釋群疑耳。至若徐幹《室思》一首，分六章，今誤作《雜詩》五首，以末章爲《室思》一首之類；顔延之《秋胡詩》一首，作九首，亦沿其誤。魏文帝甄皇后樂府《塘上行》，今作武帝，已誤，直作甄后，大謬。傅玄《和班氏詩》誤《秋胡詩》。沈約《八詠》，舊本二首在八卷中，其六首附於卷末，自是孝穆收録。其合作者止此，故《望秋月》、《臨春風》删去「登臺」「會圃」四字。昔之分刻，尚存史闕文遺意；今合刻，遂全失撰者初心。此皆顯失，敢不詳言。至於字句小異，兹固未可悉呈矣，苟不精考，雷同相從，轉展傅會，與昔人本旨何與？故今又合同志中詳加對證，雖隨珠多纇，

趙均

虹玉仍瑕，然東宫之令旨還傳，學士之崇尊斯在。竊恐宋人好僞，葉公懼真，敢協同人，傳諸解士，矯釋莫資，逸駕終馳焉耳。時崇禎六年歲次癸酉四月既望，吴郡寒山趙均書於小宛堂。

李維楨

余自南宫得雋後，有客從關中來，攜宋刻《玉臺新詠》一帙示余。較今之行世本，十減三四，而每卷首，俱各不同，而增者有十之一，且卷中字句與今大不類，如以「昔」作「若」，以「傳」作「轉」，不可枚舉，是康武功篋中物也。其中有數字用朱點定，亦是武功壯年健筆，故娬媚可愛，留之信宿而去。今甲辰春莫，吴中翰惟吉氏，忽以此本相示，宛然當年舊册，閲後且二十六載矣。余嘗想不去懷，不覺驚歎豐城之異，因題以歸中翰，其世寶藏，毋墜落傖父手也。京山李維楨題。

馮舒

此書今世所行，共有四本：一爲五雲溪館活字本，一爲華允剛蘭雪堂活字本，一爲華亭楊元鑰本，一爲歸安茅氏重刻本。活字本不知的出何時，後有嘉定乙亥永嘉陳玉父序，小爲樸雅，譌謬層出矣。華氏本刻于正德甲戌，大率是楊本之祖。楊本出萬曆中，則又以華本意儳者。茅本一本華亭，誤踰三寫。嘗憶小年侍先府君，每疑此集緣本東朝，事先天監，何緣子山竄入北之篇，孝穆濫擘牋之曲，意欲諦正，時無善本，良用憮然。己巳早春，聞有宋刻在寒山趙靈均所，乃于是冬挈我執友，偕我令弟，造于其廬，既得奉觀，欣同傳璧。于時也，素雪覆堦，寒凌觸研，合六人之功，鈔之四日夜而畢。飢無暇咽，或資酒煖；寒忘墮指，唯憂燭滅。不知者以爲狂人，知音亦詫爲好事矣。所憾者，尋較不精，時起同異，誤自適于通人，疑未絶于愚口。敬遵先志，參其得失。見聞不廣，敢矜三豖之奇；心目略窮，自盈偃鼠之腹。上鄀馮舒默菴述。

馮班

己丑歲，借得宋刻本校過一次。宋刻訛謬甚多，趙氏所改，得失相半，姑兩存之，不敢妄斷。至於行款，則宋刻參差不一，趙氏已整齊一番矣。宋刻是麻沙本，故不佳。舊趙靈均物，今歸錢遵王。小年兄弟，多學玉溪生作儷語，偶讀是集，因摘其豔語可用者，以虚點志之。馮班二癡記。

法頂

辛卯三月一日，假馮氏校定本對讀，不獨辨其魯魚，且并存其字體，至三日早晨訖。道人法頂。

轂道人

是月十五日，借孫本對録異同，亦照馮本參量圈點，增其不足，廣其所用，藏之篋中，俾補吟詠。因憶此書余十六歲收藏時，靈均新刊，同志愛之若珍，後從錢太史得京山李跋本，勘過一次，遂同摹宋本《才調集》爲枕中之玩，至今閲十七年，乃得重勘，可謂遠矣。其間人世推遷，變故横生，不勝今昔之感。讀書篤志之士，十去八九，此書校本亦湮没者多。即余所藏，自兵燹後，百無一二，惟兹與《才調》相攜有年，可謂幸矣！故雖非宋刻，亦不失爲宋之曾元，寥寥篋中，足當世寶，因示後之人，毋或忽焉。孫即法頂，馮即二癡，并記。南陽轂道人。

徐釚

趙本《玉臺新詠》，爲靈均氏所刻。舊説謂《玉臺新詠》宋刻本，出自寒山趙氏。孝穆在梁時所撰，卷中簡文，尚稱皇太子，元帝稱湘東王，可以考見。今流俗本爲俗子矯亂，又妄增詩二百首，賴此本得存舊觀，今閲之果然。因知是書乃摹仿宋槧，而得其精妙也。然聞滄桑以後，斯板已經燬廢，當時所印，止百十餘本。宋刻原本，不知存亡，而是書亦流傳無幾。觸手磨抄，紙墨粲然，不勝東京夢華之感。内兄吴君顯令，耆年嗜古，取此本箋注傳世，定與孝穆並垂不朽。而靈均之功，亦藉以顯云。舊史虹亭徐釚題。

吴兆宜

梁昭明太子《文選》一書，諸體畢備，爲操觚家準的。隨有六臣爲之注，不啻鄭、孔、王、賈之於六經也。孝穆少仕梁東宫，亦嘗有《玉臺新詠》之選，流行天地間，與《文選》並傳。而惜乎無爲之注者，緣其使事命句，大率多出漢魏以上之書，而書不易多搆。今年余適館玉峰之傳是樓，樓多藏書，乃廣搜博採，取此書注以傳世。恐不乏舛謬，惟同志者無靳教焉。孝穆所選詩凡八百七十章，其入昭明選者六十有九，宋刻不收者一百七十有九。時康熙乙卯，吴江吴兆宜顯令序。

阮學濬

松陵吴顯令氏箋注《徐孝穆集》，予得舊槧板，重加補剟。復見《玉臺新詠》注本，思欲校勘付梓，而心慵筆倦，日減讎書之課，不果也。程子東冶博學好古，取而訂之。吴注雖引證典核，而胥鈔多脱誤。今則譌者悉正，且删繁補闕，參以評點，洵爲善本。徐箋不及禪代諸製，後爲徐大文氏增補。此編得東冶重訂，兩書皆全璧矣。刻既成，用誌數語，深喜東冶之獲我心也。

乾隆三十九年歲次甲午冬日，淮南阮學濬蘊村跋。

程琰

《玉臺新詠》十卷，《南史》及《陳書》徐陵本傳皆不載。然見於《隋·經籍志》、唐、宋《藝文志》，流傳久矣。靈均趙氏仿宋槧板，虞山二馮氏校正之，最爲善本。又王西莊先生藏有嘉靖間徐學謨海曙樓刻，亦爲古雅，而箋注則無其人。適見松陵吴君顯令注本，頗徵詳贍，而疵纇時有。中爲鈔胥傳寫，烏焉亥豕，脱誤亦多，爰取以讎勘。原注引五經四子書中語人所習見者汰之，載入《文選》及《漢書》者，本六臣注顔注增删之，評語間採之齊次風先生。隙見偶及，有所疏通證明，每條加按字以别之。板從趙刻，與徐刻校對同異。其各卷後所增詩，宋槧不載，從顯令注本增入者也。昔衞正叔嘗言，世儒勦取前人之説，以爲己出，故他人著書，惟恐不出于己，余惟恐不出于人。今琰删補此注，隻字單辭，必求依據，亦竊取正叔之志云。書刻竣，附跋於後，以質當世之好古者。乾隆三十有九年歲次甲午冬日，長洲程琰東冶氏跋。

朱彝尊

《昭明文選》初成，聞有千卷。既而略其蕪穢，集其清英，存三十卷，擇之可謂精矣。然入選之文，不無僞製。所録古詩十九首，以徐陵《玉臺新詠》勘之，枚乘詩居其八。至《驅車上東門行》，載《樂府雜曲歌辭》，其餘六首，《玉臺》不録。就《文選》本第十五首而論，「生年不滿百，長懷千載憂。晝短而夜長，何不秉燭游。」則《西門行》古辭也。古辭：「夫爲樂，爲樂當及時。何能坐愁怫鬱，當復來兹。」而《文選》更之曰：「爲樂當及時，何能待來兹。」古辭：「貪財愛惜費，但爲後世嗤。」而《文選》更之曰：「愚者愛惜費，但爲後世嗤。」古辭：「自非仙人王子喬，計會壽命難與期。」而《文選》更之曰：「仙人王子喬，難可與等期。」裁翦長短句作五言，移易其前後，雜糅置十九首中，没枚乘等姓名，概題曰古詩，要之皆出文選樓中諸學士之手也。徐陵少仕于梁，爲昭明諸臣後進，不敢明言其非，乃別著一書，列枚乘姓名，還之作者，殆有微意焉。劉知幾疑李陵《答蘇武書》爲齊梁文士擬作，蘇子瞻疑陵武贈答五言，亦後人所擬，而統不能辨。非不能辨也，昭明優禮儒臣，容其作僞。今《文選》盛行，作僞者心不徒勞也已。或者以爲《文選》闕疑，《玉臺》實之以人，非是。當其時，昭明聚書三萬卷，大集群儒討論，豈不知五言始自枚乘。而序所云：「退傅有『在鄒』之作，降將有『河梁』之篇，四言五言，區以別矣。」注《文選》者，遂謂「河梁」之別，五言此始。鍾嶸《詩品》亦云：「逮漢李陵，始著五言之目。」抑何謬歟！然則誦詩論世者，宜取《玉臺》並觀，毋偏信《文選》可爾。

附録

補序跋二十八篇

中華書局文學編輯室按：在讀稿過程中，我們又輯得各本序跋二十八篇，併附於此，以便研究工作者參考。

袁宏道

嚴滄浪之論詩也，有「徐庾體」，有「玉臺體」。《玉臺新詠》乃陳尚書徐孝穆所輯，而徐之於詩，固與庾子山並傳不朽者也。夫選詩如庾，繡口錦腸，在北周實駕蕭搗、宗懍而上。以庾揆徐，徐之鑒賞當自不苟。余歷覽名勝，謁禹陵，盤桓蘭亭之墟，過山陰道上，興致蕭疏，神情開迪，恨不携驚人句來與山川相映發。夜宿陶周望所，樓頭鼓動，竟未成眠。抽架上書讀之，得《玉臺新詠》，清新俊逸，嫵媚艷冶，錦綺交錯，色色逼真，使勝遊携此，當不愧山靈矣。惜板剥蝕，字模糊，若以珠玉委之草莽，可勝扼腕。幸其詩多見於他集中，讀之如逢故人，猶能證其魯魚，第無會意者梓寫兩新，爲此集生色耳。昔坡老詩不嚼唐人剩飯，獨擅千秋。漢魏六朝諸家先唐人著眼，其風格絶非三唐所及，况孝穆以鍾情闌入者哉。讀復叫，叫復讀，何能已已。假令起庾九京，再見斯集，得毋曰「大兒庾信，小兒徐陵」，不惟詩有同體，其亦鑒有同操。明月當窗，丹鉛在案，肆筆批閱，遂爾達曙。以示周望，周望曰：「孝穆有同調矣。」請顔玆集，以俟重刻。北京大學圖書館藏明天啟二年沈逢春刻本《玉臺新詠》

沈逢春

蓋聞詩本人情。「情之所鍾，正在我輩」。嗟乎！未免有情，亦復誰能遣此。此《三百篇》所爲作也。自唐以詩取士，風流藻雅，競盛一時。宋人以理學傳之，而詩之脈遂絶。今之人知有唐，而不知唐以前其接《三百篇》之脈者，漢魏六朝諸篇故在也。即知漢魏六朝者，亦類於《選》詩中概其一斑。然而統大所選，大都以氣格勝，竊狹其以選文之法選詩，而未竟乎詩之情也。夫詩之情通於氣之先，遊於格之外，以氣格範情，非其至情，不爲氣格役而妙乎氣格，則其至者也。夫是以統大而後徐孝穆有《玉臺新詠集》，詩不一代，代不一人，人不一詩，總之，情不爲氣格役而妙乎氣格者，斯羅括焉，雖略氣格而第言情可也。孝穆以情彙，中郎以情鑒賞且品題之、序之，世有能解是集之不離乎情者，可以讀是集矣。不寧是也，下而唐，上而《選》，上而《三百篇》，一以貫之，無不可讀也。自非然者，以氣格求之，板矣；寖假而理學，腐矣；或索之以議論，弇山人之所謂「鬼道」矣。不循其本，奚以讀夫詩？本之詩以求其情，將柳柳州之言非耶？中郎每薄今之人拾牙後之慧於三唐，今人輒疑其法宋人。夫唐尚薄之，何有於宋？彼殆於是集中有窺漢魏六朝之微者矣。夫非於漢魏六朝窺其微也，其所窺者蓋情也。「情之所鍾，正在我輩」，中郎與孝穆，庶不愧斯語夫！天啟壬戌孟冬，錢唐沈逢春書於泰和堂。同上

方大年

《玉臺新詠》之編傳於世者，今蓋千有餘年矣。中間板既湮亡，而其書每至殘且蠹者，十或八九。我皇明嘉靖己亥間，乃徽郡鄭君玄撫重陳代之集綺，慨今茲之没寳，而遍搜訪區内，所獲者皆斷簡廢篇。久之，甫得鈔本一帙，因復選附陳、隋外集於後，付梓人刻而傳諸永久，甚盛心也。逮今纔閱四十許年，而其板亦竟散弛無存矣。錦帙阽亡，貴者共惜。萬曆己卯季冬，余過吴興華林里故友茅穉延所居，其子元禎慮其書之如鄭君之日也，爰命工者重刻之，而復加讐校，於其間正其魯魚亥豕者百每一二，比鄭爲精且至矣。嗚呼！夜光之珠，得隋侯而永其耀；連城之璧，遘卞氏而世其珍。亦猶此書之謂也。元禎字公良，顧其所爲者若是，良可謂善世其箕裘者。然其先君擅詞場於當世，且足以慰其有後矣。抑使陳尚書僕射徐君陵不負其往昔之勤勞於是編，亦豈不德公良於九泉之下哉！吾因公良用心於是，甚躍然喜，爲後之摛藻君子深懷不畔失其宗派淵源慶。吴門研山迂生方大年撰。北京圖書館藏明崇禎二年馮班鈔本《玉

臺新詠》

馮班

己巳之冬，獲宋本於平原趙靈均，回，重録之如右。是書近世凡有三本：一爲華亭楊玄鑰本，一爲歸安茅氏本，一爲袁宏道評本。歸茅、袁皆出於楊書，乃後人所删益也，是本□其□書，後人有得此者，其審□□□常熟馮班者也。壬申春日識此。同上

己巳冬，方甚寒，燃燭録此，不能無亥豕。壬申春，重假原本，士龍與余共勘二日而畢，凡正定若干字，其宋板有□則仍之云。馮班再記於確菴之北窗。同上

余十六歲時，嘗見五雲溪館活字本於孫氏，後有宋人一序，甚雅質。今年又見華氏活字本於趙靈均，華本視五雲溪館頗有改易，爲稍下矣。然較之楊、茅則尚爲舊書也。聞湖廣李氏有別本宋板，甚精，交臂失之，殊爲悵恨也。班又識。同上

錢孫艾

定遠此本甚善，較之茅、袁兩刻之謬，可謂頓還舊觀矣。但索借頗多，遂爲俗子塗改，中間差誤已失鈔時本來面目，又不能不爲定遠惜，亦不能不爲俗子悲也。書此以戒世之借人典籍

而擅以無知之識爲瞎盲識字者。崇禎十七年七月晦，籛後人客菴識。　同上

錢謙益

《玉臺新詠》宋刻本出自寒山趙氏本，孝穆在梁時所撰，卷中簡文尚稱皇太子，元帝稱湘東王，可以考見。今流俗本爲俗子矯亂，又妄增詩二百首，賴此本少存孝穆舊觀，良可寶也。凡古書一經庸人手，紕繆百出，便應付蠟車覆瓿，不獨此集也。《有學集》

紀容舒

六朝總集之存於今者，《文選》及《玉臺新詠》耳。《文選》盛行，《玉臺新詠》則在若隱若顯間，其不亡者幸也。自明以來無善本，趙靈均之所刻，馮默菴之所校，悉以嘉定宋刻爲鼻祖。然觀所載陳玉父跋，則傳寫踳駁，自宋已然。跋又稱得石氏録本補亡校脱，然則竄亂舊本未必不始於斯時。陳氏兹刻，蓋亦功過參半矣。崇禎癸酉距今百有余載，意其書已不存。乾隆壬申，忽於常熟門人家得之，紙墨完好，巋然法物。摩挲遠想，如見古人。然亦時時有訛字。馮鈍吟云宋刻是麻沙本，故不佳。信矣。乙亥六月，余自雲南乞養歸，檢點藏書，多所散佚，惟幸是本之僅存。林居無事，稍理舊業，偶取閲之，喜其去古未遠，尚有典型，終勝於明人臆改之

本。用參校諸書，仿《韓文考異》之例，各箋其棄取之由，附之句下。兩可者並存之，不可通者闕之，雖可通而於古無徵者，則别附注之。丹黄矻矻，蓋四閲月乃粗定。耗日力於綺羅脂粉之詞，殊爲可惜。然鄭衞之風，聖人不廢，苟心知其意，温柔敦厚之旨亦未嘗不見於斯焉。乾隆丁丑二月廿一日，河間紀容舒序。《玉臺新詠考異》

按：此序見於《玉臺新詠考異》，而北京圖書館藏紀昀《玉臺新詠校正》稿本亦有此序，惟「壬申」作「壬午」，「乙亥」作「辛卯」，「丁丑」作「壬辰」，末署「紀昀書」，并無塗改痕迹。稿本後又有「觀弈道人」跋文一篇，稱《考異》爲己所作。「觀弈道人」即紀昀，則《考異》及其序文的作者尚有可疑之處。

紀昀

孔子論《詩》曰「思無邪」，孟子論説《詩》曰「以意逆志」，聖賢宏旨，具於斯矣。學者取古人之詩，究其正變，以求所謂發乎情而止乎禮義者，或法或戒，皆可以上溯風雅也。否則，横生意見，以博名高，本淺者務深言之，本小者務大言之，本通者務執言之，附會經義，動引聖人，是之謂理障。舊説既無師承，古籍亦鮮明證，鉤稽史傳，以傅其姓名年月之偶合，是之謂事障。矜一韻之奇，爭一字之巧，所謂好色不淫、怨誹不亂者弗講也；所謂鋪陳終始、排比聲韻者弗講也，所謂思表纖旨、文外曲致者弗講也，是之謂詞障。三障作而詩教晦矣。是非俗士之弊而通人之弊也。《玉臺新詠》雖宫體，而由漢及梁文章升降之故亦略見於斯。譬之古碑、舊帖，不必盡合於六書，而前人行筆結字之法，則往往因是而可悟。余既粗爲校正，勒爲《考異》十卷，會汾陽曹子受之問詩於余，屬爲評點，以便省覽，因雜書簡端以應之，與《考異》各自爲書，不相雜也。曹子如平心静氣以言詩，則管蠡之見或不無小補，如欲高論以駭俗，則僕不敏焉。癸巳正月二十七日，觀弈道人記。　北京圖書館藏紀昀《玉臺新詠校正》稿本

陳鴻壽

此集録之最古者，後人以枚乘證昭明之謬，然刊本謬誤宏多，及得此宋槧，老目爲之一明。惜均之不肯割愛，題字還之，正如歸來堂上韓滉畫卷也。時嘉慶丁丑長至前一日，同觀者聽香、曼生、晴厓、蘧庵，並記於袁浦之竿木盦。　北京圖書館藏明崇禎六年趙均刻本《玉臺新詠》

翁方綱

星伯館丈以舊本《玉臺新詠》見示，此即趙凡夫所傳宋槧本，馮己蒼據以校正諸本者也，不僅字畫古雅而已。嘉慶丙寅仲冬廿日，北平翁方綱。　同上

許乃普

《玉臺新詠》自南宋已有兩本，明人重刻，竄亂彌多。張嗣修、茅國縉本更非其□，唯南宋永嘉陳玉父本爲佳，此本是也。爲徐星伯前輩所藏，今歸於予，實近今不多見之秘笈。卷帙如新，而墓有宿草，安得起故人於地下而欣賞之也。噫！咸豐紀元辛巳秋，滇翁手識。同上

汪正鋆

《玉臺新詠》推南宋陳玉父本爲第一，予從得一本於胥江舟次，精神充足，古艷照人。嘗攜之以行，戴金溪比部勸予仿刻行之，予以爲恐貽譏效顰也。伊揚州見之，歎爲百金之直，持古書與徐俟齋畫册求易。徘徊久之，終不能忍。丙子夏，挾之入都，爲陳秋舫所窺，盛譽之於葉東卿。東卿予親家，亦秋舫親家也，藏書富逾王侯，聞秋舫言，笑而不答。越日，秋舫生日，東卿出此本爲壽，秋舫乃狂喜，馳以示予，予亦驚歎。諦審之，終若神氣不足。出藏本方之，此迺紙略新，墨亦少輕，其爲玉父本可寶愛一也。秋舫言：「東卿遂能捨此，均之不如東卿達觀。」予言：「東卿遂能捨此，均之不能如東卿忍情也。」秋舫大笑，東卿亦大笑，屬予記之。是日酷熱，越二日大雨驟涼，展對灑然，乃爲書其簡首。嘉慶丙子六月廿一日，桐城汪正鋆均之氏記於蓮

花寺寓舍。　同上

陳沅

丙子六月十八日，爲余三十二生日，葉東卿以此爲壽。七月朔旦，值章大琯香初度之辰，還以贈之。琯香愛此書甚，其在琯香，猶其在秋舫也，猶其在東卿也。陳沅並識。　同上

馮登府

道光九年己丑五月，同年生柯易堂大令以此書持贈，考證之，真嘉定本之至精者。重付裝池，並録此條坿於卷尾，而藏之石經閣。嘉禾馮登府記於閩中志局。　上海圖書館藏明崇禎六年趙均刻本《玉臺新詠》

翁心存

予年弱冠，曾手撫馮知十影鈔宋本，自謂不爽毫髮，與此本正同，暇時當互勘之。咸豐十年庚申人日，拙叟記，時年七十。　北京圖書館藏清影明鈔本《玉臺新詠》

上年臘月兒子同書寄到是本，今歲予偶得兵馬司中街老屋數椽，庭多花木，爲養痾習静之所。憶嘉慶戊寅己卯章琯香曾寓於斯，展閲此册，不禁憮然。庚申上巳日，拙叟又誌。　同上

翁同書

明寒山趙宧光曾得嘉定乙亥永嘉陳玉父本，影寫授梓，足以亂真。今之書賈以宋刻欺人者，皆是物也。二馮先生曾就靈均手鈔，世有行本，默庵一跋，定遠一跋，定遠跋與此不同，而可以互證，蓋當時所鈔非一本。又有籛後人一跋並錢孫艾印，豈即錢孫愛歟？藏書家最重常熟派，定遠與陸勑先尤喜手鈔。二百年來，典型具在。兵燹之餘，復歸吾邑，楚弓楚得，豈非幸事也哉！咸豐九年五月二十四日，常熟翁同書志於皖北定遠縣軍營。　北京圖書館藏明崇禎二年馮班鈔本《玉臺新詠》

卷首有二痴印，二痴即定遠。又記。　同上

己未五月二十四日手跋此書，閲兩日而賊至，衣裝書册盡爲劫灰，獨此書得脱於厄，異哉！豈二馮先生之靈實式免之歟？是歲九月六日同書復志於壽春誠寀。先是左臂風痺，幾不能舉，偶尋醇酒飲之，遂小愈。　同上

周鑾詒

此明趙氏小宛堂仿宋嘉定本，通稱陳玉父本。己卯十月周荇農丈見贈，甲申祭書日補記。時荇丈已歸道山，藏書多爲廠估持去，撫此慨然。鑾詒。　湖南省圖書館藏明崇禎六年趙均刻本《玉臺新詠》

前輩南皮張孝達家藏本有趙氏跋，聞王廉生同年言此本趙跋已削去，卷首又有錢遵王僞印，殆出茗估所爲。他日當從張氏借録趙跋，以復此本本來面目。　同上

宗室伯熙同年一本，亦無趙跋，且染紙矣，亦茗估射利假冒宋本也。此本幸未染紙。　同上

秦曼青

曩客長沙，值周䉤齋家藏書散之坊肆，余竭力收購，而精者已先爲定侯所有，此其一也。越十年庚午，薢茩海上，復得借觀。擬從乞讓，而割愛未能。取舊藏日本文化三年（當吾國嘉慶十一年）翻本校讀一過，並識數語還之。也是翁《讀書敏求記》著録者，即趙氏此刻。王廉生謂錢遵王藏印爲茗估狡獪，殆不然也。十一月廿九日，嬰闇居士識。　同上

葉啟發

《玉臺新詠》，明嘉靖中徐學謨曙海樓仿宋刻本，流傳極稀，海内藏書家志目罕見著録，唯日本森立之《經籍訪古志》有之，孤懸海外，無由見也。崇禎六年癸酉，寒山趙宧光小山堂得宋嘉定乙亥陳玉父本，據以翻雕，行欵一仍舊式，半頁十五行，行三十字。葉次通連，計七十四番。宋諱「殷」、「玄」、「弦」、「泫」、「匡」、「筐」、「敬」、「驚」、「鏡」、「竟」、「慎」、「貞」等字均闕筆。前有徐陵序，後有陳玉父後序，板刻古雅，規矩謹嚴，無明人刻書竄亂臆改惡習。徐書原本賴以復見人間，宜其見重藝林，藏書家均推爲善本也。《四庫全書總目》著録者即此本，館臣謂《玉臺新詠》「明代以來刊本不一，非惟字句不同，即所載諸詩亦復參差不一。萬曆中張嗣修本多所增竄，茅國縉本又併其卷第亂之，而原書之本真益失。惟寒山趙宧光所傳嘉定乙亥陳玉父本最爲近古，近時馮舒本據以校正，差爲清整」云云。獨山莫氏亦謂此本最佳，他刊皆不足道。可見此本在明刻諸本中，信爲首屈，雖五雲溪館、蘭雪堂二活字本之希見，固不如此本仿宋精良之有來歷也。馮氏校定本，康熙甲午其猶子虎武爲之刊行，大抵以不誤爲誤，以誤爲不誤，頗多曲解，好爲是非，較此本之篤守典型，闕以存疑固遠遜矣。唯馮氏謂宋本參差不一，趙氏加以整齊，轉失真面，言未必非，然究不足爲此刻病也。趙刻後有跋文，書估每每割去，以充宋槧，家藏三部均同，蓋珷玞可以亂玉，即此可見趙刻之精。特惜趙氏幾以此而翳没其傳刻之功，是固趙氏所不及料也已。趙氏宋本後歸虞山牧翁，庚寅火後，爲其從子遵王所得，述古之藏，乃不知流於何所。大興徐星伯太史松有一本，有「翁正三洗馬方綱」跋者，未知即其本否也。此本首有「虞山錢曾遵王藏書」朱文長方印，知爲述古插架之副。虎賁中郎不讓天水舊槧，自當益加珍視矣。遞藏蔣宗海春農家，有「潤州蔣氏藏書」朱文方印，又有「永明世進士坊共墨齋周氏兄弟藏書記」十六字朱文大長方印，則季罍編修鑾詒、笠樵舍人銑詒兄弟收藏印記，前有墨筆跋語，亦編修手筆也。仲兄定侯從編修後人獲此，江都秦子曼青三請見讓，堅未之許，借觀數日，題記歸還，是可見仲兄書癖之深矣。曼青爲伯敦太史恩復後裔，好收藏，精鑒賞，湘垣滬上，時相過從。亂後天各一方，求如昔時之聚首笑談，研討辯論，渺不可得，又不禁期遇之感縈繞於心，而不能釋然矣。辛未六月望日，炎威灼人，東明揮汗書。　同上

葉裕

戊子冬嘉平月，山居暇日，岑寂無聊，偶得宋刻，較正本重勘一過。但宋本頗多訛舛，而今之行世者仍有佳處，今舊兩歧，勢不得不淆溷無□，又不敢擅自增改，故並改列於上，以證是非。是在知者能曉之耳。仁祖識。　北京圖書館藏明崇禎六年趙均刻本《玉臺新詠》

吴慈培

《玉臺新詠集》十卷，曹彬侯藏書。去年臘月在京師以銀四十兩購於正文齋譚篤生。篤生父爲借得王鴻甫主事所藏寒山趙氏刊本，有舊校，盡録之以歸。除夕，補摹後跋一葉，今年正月重裝成，二月取所録王本校語以藍筆臨於眉端。校者不著名氏，係以宋本及《文選》、《初學記》、《藝文類聚》、《古詩紀》諸書互勘，頗多是正。惜未卒業，異日當補校之。宣統二年二月廿八日，吴慈培識，時初號偶能。　北京圖書館藏清初鈔本《玉臺新詠》

鄧邦述

此活字本亦不常見，而所據乃宋本，與趙靈均翻陳本又不同。亡友吴佩伯得曹彬侯藏鈔本，又非靈均底本，係馮二癡輩同時傳鈔，見於錢遵王《敏求記》。馮、李、葉三跋勞□卿曾録於錢書中，故偶有與靈均刻本異同處，其非據趙本迻寫蓋可知也。余假佩伯過録，四年之久始得録竟，而佩伯墓木已拱。追念曩日過從考訂之雅，益深愴然。丙辰夏至，正闇學人。　北京圖書館藏明五雲溪館銅活字印本《玉臺新詠》

書中緑筆又一人手校者，未書名字，不可知爲何氏，且亦未卒業，至五卷爲止。據《文

選》校異同處爲多，間有採《藝文》、《初學記》者，其中言宋本作某，則不知據何本也，因附記之。　同上

壬子五月廿八日開始校寫此本，紙墨多渝敝，恐不能精也。凡與鈔本異同，寫入行側。其在欄上、下者，皆依原校迻録。正闇緑筆所寫，係校寒山趙氏翻陳玉父本，與鈔本同出一源。緑筆所稱「宋本作某」與此活字本相符，知此本所據，亦宋本也。且有勝於趙氏所據者，不可以其爲活字本而輕之。正闇又記。時雨後暑退，几案如沐。　同上

梁啟超

總集之選，貴有範圍。否則，既失諸氾濫，又失諸罣漏。《隋志》總集百四十七部，今存者《文選》及《玉臺新詠》而已。《文心雕龍》亦入總集，實不當也。然《文選》之於詩，去取殊不當人意。《新詠》爲孝穆承梁簡文意旨所編，目的在專提倡一種詩風，即所謂言情綺靡之作是也。其風格固卑卑不足道，其甄録古人之作，尤不免强彼以就我。雖然，能成一家言。欲觀六代哀艷之作及其淵源所自，必於是焉。故雖漏略，而不爲病。且如魏武帝、謝康樂詩一首不録，阮詩僅録二首，陶詩僅録一首，然而不能議其隘陋者，彼所宗不在是。譬諸刻桷之匠，則楩柟豫章之合抱者，無所用之也。故吾於此二選，寧右孝穆而左昭明，右其善志流别而已。趙氏小宛

堂本據宋刻審校，汰其羼續，積餘重刻，更並讎諸本，附以札記，蓋人間最善本矣。屬當草韻文史，輒點讀一過，記所感焉。甲子十一月二日。　南陵徐氏覆小宛堂景宋本《玉臺新詠》

羅振玉

敦煌唐寫本《玉臺新詠》，起張華《情詩》第五篇，訖《王明君辭》，存五十一行。前後尚有殘字七行，不見書題而諸詩皆在《玉臺新詠》卷二之末，知即《新詠》矣。以今本與此比勘，異同甚多。張華《情詩》第五首「巢居覺風飈」，今本誤作「風飄」。《雜詩》「容與縁池阿」，今本「縁」誤作「緑」；「同好逝不存，迢迢久離析」，今本「逝」誤作「遊」，「久」誤作「遠」；「無然徒自隔」，今本「然」誤作「愁」。潘岳《内顧詩》「忽焉搱絺綌」，今本「搱」作「振」；「引領訴歸雲」，今本「訴」作「訊」；「不見陵間柏」，今本「間」作「澗」。《悼亡詩》「悵怳如或存，周皇忡驚惕」，今本「悵怳」僞「帳幔」，「周皇」作「回遑」；「比目中路隔」，今本「隔」作「析」；「長戚令自鄙」，今本作「自令鄙」。石崇《王明君辭》，今本題「王昭君」；序「故改也」，今本奪「也」字；「遂入凶奴城」，今本「遂入」作「乃造」；「殺身良不易」，今本作「未易」；「英華不足歡，甘與秋草并」，今本「英華」譌「朝華」，「甘與」作「甘爲」，均可是正今本。其兩本均可通者亦以此本爲勝矣。其與今本尤異者，潘岳詩之前，此本先題「潘岳詩四首」，下小字夾注「内顧二首，悼亡二首」，其《内顧詩》前别出題目，《悼亡詩》前亦然。蓋此書之例，先題作者姓名及總篇數，下分注各篇篇題篇數，每詩之前仍各冠以本篇題目。今本則但書潘岳《内顧詩二首》，而總篇數及小注皆削去。經後人妄改舊例，賴此本存之，尤可喜也。《新詠》刊本以寒山趙氏重槧宋嘉定乙亥陳玉父本爲最善，且有此失，惜石室所遺僅此五十餘行，不獲徧校，則又可憾耳。丁巳閏月。《雪堂校刊群書叙録》

鄧之誠

《玉臺新詠》世罕宋本，二十五年前於會澤友人劉克齋盛堂齋中見所藏宋刻，僞爲題記纍纍，即此本也，惟麻紙所印似舊槧耳。《湘綺樓日記》謂借得譚氏所藏宋本鈔之，頗似元槧，恐皆此本化身。藝風丈昔年見語，世貴趙刻如宋元，其直昂甚，不可問津。今知詩者少，得稍廉平，予乃獲之，可謂幸矣。日本有翻本，毫髮無異，非精鑒者不能别，今亦稀見矣。此本紙槧精好，即非初印，亦在順、康之間。當時流傳頗廣，今乃僅見，不可解也。丙子十月十五日正予五十初度，爲記之如此。文如居士之誠書於海淀寓坐之五石齋。中國科學院圖書館藏明崇禎六年趙均刻本《玉臺新詠》

徐釚《南州草堂集》有「趙氏覆刻《玉臺新詠》僅印百餘部，後板歸秦中張氏」云，蓋清逆後人也，居金陵，所謂侯府有六朝松者。此本有漫漶處，殆張氏所印。丙戌九月朔，文如居士，距

得此書時已十年矣。　同上

張爾田

《玉臺新詠》傳本極夥，而寒山趙氏本爲最。據趙跋，合同志詳加對證，又馮定遠亦謂宋本訛謬甚多，趙氏所改得失參半。又云宋本行欵參差不一，趙氏已加整齊，則亦不盡仍宋本之舊。今宋本已罕見，無以覈其異同，則趙刻要爲天壤祖本矣。此趙刻初槧，惜佚去原跋，然紙楮蠲潔，神采焕然，非河豚贋本可比。文如先生得於故家，丙子冬獲觀於五石齋，記之。張爾田題。　同上

鄭振鐸

此嘉靖刊本《玉臺新詠》十卷，《續玉臺新詠》五卷，諸家書目皆未見著録，帶經堂從廣州購書數百種，中有此書，予一見即收之。雖中闕五至八卷，亦無傷也。欲奪之者頗衆，但終歸予有。西諦。一九五六年十一月十日燈下，木犀軒。舊本書目有嘉靖仿宋本，當即此書。北京圖書館藏明嘉靖十九年鄭玄撫刻本《玉臺新詠》